Ru
FIC
Leont'ev, Anton.
Les razbuzhennykh snov
c2007.

Что выбрать:
раскрыть чужую тайну
или сохранить свою?

коллекция дамских авантюр

**Читайте романы Антона Леонтьева
в серии «Коллекция дамских авантюр»**

АНТОН ЛЕОНТЬЕВ

ЛЕС РАЗБУЖЕННЫХ СНОВ

Москва
«Эксмо»
2007

УДК 82-3
ББК 84(2Рос-Рус)6-4
   Л 47

Оформление *С. Груздева*

Леонтьев А. В.

Л 47   Лес разбуженных снов: Роман / Антон Леонтьев. — М.: Эксмо, 2007. — 384 с.

ISBN 978-5-699-21818-9

Неожиданно для себя доктор психологии Стелла Конвей поспособствовала развалу обвинительного процесса против маньяка-убийцы Вацлава Черта. Когда-то она сама едва не стала его жертвой и пыталась это скрыть. А в результате адвокат Черта представила дело так, словно Стелла была его любовницей! Выйдя на свободу, маньяк решил довести начатое до конца и снова начал преследовать девушку... Начальник доктора Конвей спрятал ее в глухой провинции. Но Стелла и там оказалась в опасности: в городке происходят загадочные убийства, которые приписывают мифическому существу — вулкодлаку. Конечно, девушка не верила ни в каких чудовищ. Пока во время приема в старинном замке во дворе не возник зловещий силуэт... Вулкодлак! Неужели этот монстр существует на самом деле?

УДК 82-3
ББК 84(2Рос-Рус)6-4

© Текст. Леонтьев А., 2007
© ООО «Издательство «Эксмо», 2007

ISBN 978-5-699-21818-9

...Марко сел на коня вороного,
Взял с собою мертвое тело
И поехал с ним на кладбище.
Там глубокую вырыли могилу
И с молитвой мертвеца схоронили.
Вот проходит неделя, другая,
Стал худеть сыночек у Марка;
Перестал он бегать и резвиться,
Все лежал на рогоже да охал.
К Якубовичу калуер приходит, —
Посмотрел на ребенка и молвил:
«Сын твой болен опасною болезнью;
Посмотри на белую его шею:
Видишь ты кровавую ранку?
Это зуб вурдалака, поверь мне».
Вся деревня за старцем калуером
Отправилась тотчас на кладбище;
Там могилу прохожего разрыли,
Видят — труп румяный и свежий, —
Ногти выросли, как вороньи когти,
А лицо обросло бородою,
Алой кровью вымазаны губы, —
Полна крови глубокая могила.
Бедный Марко колом замахнулся,
Но мертвец завизжал и проворно
Из могилы в лес бегом пустился.
Он бежал быстрее, чем лошадь,
Стременами острыми язвима;
И кусточки под ним так и гнулись,
А суки дерев так и трещали,
Ломаясь, как замерзлые прутья...

А.С. Пушкин. «Марко Якубович»
(Из цикла «Песни западных славян»)

«...Итак, я, со своей стороны, отказываюсь
от вечного успокоения и добровольно всту-
паю в тот мрак, в котором, может быть, за-
ключено величайшее зло, какое только
встречается в мире и в преисподней...

Брэм Стокер. «Граф Дракула»

...На небольшом расстоянии от сэра
Чарльза виднелись совершенно свежие и
четкие...
— Следы?
— Следы.
— Мужские или женские?
Доктор Мортимер как-то странно посмот-
рел на нас и ответил почти шепотом:
— Мистер Холмс, это были отпечатки лап
огромной собаки!

Артур Конан Дойл.
«Собака Баскервилей». Пер. Н. Волжиной

ВУЛКОДЛАК! ВУЛКОДЛАК! ВУЛКОДЛАК!

Завидев улыбающуюся физиономию Лешека, Ванда вздрогнула и поперхнулась куском эклера. Взгляд девушки переместился с большого окна кондитерской, за которым ее любимый корчил смешные рожицы, на суровый лик тети Клары.

— У меня что, прическа не в порядке? — спросила тетя Клара и полезла в большую сумку, гордо именовавшуюся ридикюлем.

— Да нет же, тетечка, — едва сдерживая смех, произнесла Ванда.

Пока тетка копалась в кожаном ридикюле цвета подгнившей черешни, пытаясь отыскать пудреницу, девушка погрозила Лешеку кулаком. Молодой человек, послав воздушный поцелуй, исчез за углом, и вовремя, потому что тетя Клара, вытащив наконец старинную деревянную пудреницу с треснувшим зеркальцем, заметила, как племянница обменивается пламенными взглядами с кем-то за ее спиной, и быстро обернулась. Ванда перевела дух: не хватало еще, чтобы она увидела Лешека! Ее драгоценного, шаловливого, хотя и безголового Лешека.

— Тетечка, хотите еще пирожного? — отвлекла внимание своей дуэньи Ванда на первый взгляд невинным, а в действительности коварным вопросом.

Тетя Клара, дама постбальзаковского возраста и мегарубенсовских размеров, обожающая платья с рюшами, вязаные гольфы и котов, была двоюродной сестрой матери Ванды. Тетя Клара гордилась тем, что у нее никогда не было мужа или хотя бы любовника, она исправно помогала католическому священнику и усердно потчевала племянников и племянниц, в том числе и Ванду, нравоучениями, досаждала обличением грехов и призывала к воздержанию и полному самоконтролю. Всю свою нереализованную энергию тетя Клара отдавала религии и сладостям. Поэтому-то Ванда и зашла с теткой, якобы ненароком, в кондитерскую, что открылась недавно, но пользовалась всевозрастающей популярностью.

Убедившись, что с прической все в полном порядке, а за спиной не прячется ретивый молодой человек, только и жаждущий одного — лишить ее дорогую племянницу Ванду невинности (однако едва тетка отвернулась и потянулась к тарелке с аппетитным трехцветным пирожным-безе, как за окном кондитерской снова возник Лешек), тетя Клара со вздохом произнесла:

— Как же я рада, что ты наконец-то вняла доводам разума и церкви, дорогая моя! Твои родители и, конечно же, я были очень рады, когда ты порвала с этим мерзопакостным проходимцем, молодым оболтусом, юным преступником...

Она запнулась, подыскивая подходящее словосочетание, характеризующее в полной мере греховность того, кто сейчас, прильнув к окну кондитерской, целовал стекло и показывал на часы, намекая, что пора избавиться от нудной тетки.

— Тетечка, твои слова открыли мне глаза на то, как подобает вести себя, — едва сдерживая смех, лицемерно произнесла Ванда.

— Так вот ведь! — изрекла тетя Клара и позолоченной вилочкой отсекла половину пирожного. — Твои родители поступили мудро, обратившись ко мне! Я знаю, что современная молодежь так падка на призывы слабой плоти, в дьявола сейчас никто не верит, немодно, видите ли, но он существует! Поверь моим словам, дорогая племянница, нечистый поджидает нас на каждом шагу, у него легион фальшивых лиц, он завлекает мишурным блеском сладкой жизни и туманит разум плотскими желаниями. Но все те, что попадутся на его удочку, отправятся прямиком в ад. Ибо рогатый не дремлет, он всюду! И в тот момент, когда беспомощное, юное создание, доверившееся некоему проходимцу, чьей душой управляют бесы, поддастся на уговоры и решит подарить этому недостойному то самое ценное, что следует беречь для суженого, с кем соединят тебя пред алтарем нерушимыми узами церковного брака...

Ванда вздохнула и отхлебнула остывшего кофе. Если бы тетя знала, что «то самое ценное», о коем она вещает с таким запалом, ее племянница подарила Лешеку еще в начале лета, и никакой дьявол не явился по ее душу, дабы покарать за приятные минуты на чердаке, то поперхнулась бы немедленно пирожным. Но она ничего не знала и тем же тоном вещала:

— И в тот самый момент, моя дорогая, когда грешнику кажется, что он превыше Создателя, дьявол и появляется. О, и это будет уже не миляга-друг или веселый сосед, се будет ужасный, пощады не ведающий монстр, от коего нет спасения! И вырвет он из груди грешника душу, и несчастный, променявший свое божественное предначертание на жалкие наслаждения, отправится прямиком в геенну огненную! Прямиком в преисподнюю!

Тетя могла твердить о подобном часами, недаром же она посещала все службы в церкви, смотрела в рот падре, обрушивающемуся с чуждой истинному христианину непримиримостью на тех, кто нарушает десять заповедей, и отмечала в особой тетрадочке имена тех, кто не явился на мессу. Тетя Клара никак не могла смириться с тем, что церкви, внезапно наполнившиеся молящимися после краха коммунизма в Герцословакии, начали через несколько лет столь же стремительно пустеть — люди разочаровывались в вере, отдавая все свои силы поискам денежной работы и тех самых наслаждений, ранее находившихся под запретом компартии.

— Тетечка, я заказала тебе еще два пирожных, — проворковала Ванда, и официантка поставила перед тетей Кларой две тарелочки с изумительными творениями кондитерского искусства: шоколадным, с засахаренной вишенкой, и ананасово-клубнично-виноградным, с желе.

Тетя Клара посмотрела на часы, висевшие на стене кондитерской, и с тоской в голосе произнесла:

— Почти семь, тебе через четверть часа нужно быть в музыкальной школе...

— Тетечка, кушайте на здоровье! — воскликнула Ванда. Она знала: тетке потребуется не меньше получаса, чтобы справиться со сладостями. — Школа-то всего в трех шагах отсюда, я сама до нее доберусь.

— Но я обещала твоим родителям... — начала тетя Клара, но ее голосу не хватало уверенности. Дьявол, подумала Ванда, добрался и до тети Клары — в форме вкуснющих пирожных и тортов.

Ванда поднялась со стула, засунула под мышку папку с нотными листами и произнесла:

— Тетечка, вы же знаете, что можете мне доверять! История с... ну, вы знаете, с кем... осталась в прошлом! Я прекрасно понимаю родителей и одобряю то, что они, уехав в командировку, попросили вас приглядеть за мной. Так что оставайтесь в кондитерской, а я пойду на занятия. В половине десятого я буду дома!

Тетя Клара, в чьи обязанности входило не спускать с Ванды глаз, пока родители ездили в столицу по делам фирмы, быстро пошла на компромисс с собственными убеждениями и, главное, со страстью к пирожным.

— С занятий я сразу отправлюсь домой, — заверила ее Ванда и, чмокнув в щеку, вылетела в ноябрьскую тьму.

Лешек поджидал ее за углом. Молодой человек привлек Ванду к себе и поцеловал. Девушка ударила его нотной папкой и, поправив беретик, прошипела:

— Только не здесь! А что, если нас увидят? У тетки везде имеются осведомители!

Юноша, прищурив зеленые глаза, от которых Ванда сходила с ума, небрежно произнес:

— Твоя помешанная на религии тетушка снова внушала, что заниматься сексом до брака грешно? И опять дьяволом голову морочила?

* * *

Ванда познакомилась с Лешеком прошедшим летом, через день после того, как ей исполнилось пятнадцать. Лешек был водителем микроавтобуса, на котором приехали музыканты. Ванда сразу обратила внимание на невысокого, ладно сложенного темноволосого молодого человека, занимавшего водительское сиденье и лениво курившего сигарету.

Она никак не могла выбросить незнакомца из головы, и когда на следующий день столкнулась с ним около дома, то оторопела: как он попал сюда?

— А ты симпатичная, малышка, — сказал он.

Ванда покраснела — она находила свои уши слишком большими и оттопыренными, нос — горбатым, а волнистые русые волосы — невыносимыми.

— Меня зовут Лешек, — произнес он и улыбнулся. — Я сразу приметил, что ты на меня запала. Так ведь?

Лешек стал для Ванды самым большим секретом того лета. Он был на семь с половиной лет старше девушки, подрабатывал то здесь, то там частным извозом, покуривал марихуану и обожал «Раммштайн».

Ванда влюбилась в Лешека без оглядки, и, когда тот потребовал от нее доказать искренность своих чувств, она забралась с ним на чердак (родители были дома и не подозревали, чем занимается их единственная дочь). Окрыленная словами Лешека, уверявшего, что они поженятся еще до Рождества, Ванда поведала обо всем своей лучшей подруге Милославе, с которой была неразлучной с самого детства. Ванда рассказала ей и о планах сбежать из ненавистного родного городка в столицу — Лешек уверял, что найдет хорошее место.

Планы так и не реализовались: вечером того же дня отец, выпоров Ванду, запер ее в комнате, запретив покидать дом, а сам отправился в полицию, дабы обвинить Лешека в растлении малолетней. Оттуда отец вернулся вместе с дородной дамой, представившейся работницей полиции. Ванда не хотела никого видеть и, накрыв голову подушкой, лила слезы, то ли из-за синяков на попе, то ли из-за того, что так и не удалось сбежать в Экарест.

Отец стащил девушку с кровати и заставил выслушать рассказ полицейской. Та прихватила с собой копии кое-каких документов из дела Лешека. Выяснилось, что он начал карьеру в возрасте десяти лет с кражи в овощном магазине, в двенадцать попался при попытке раскурочить банкомат, в пятнадцать оказался замешанным в изнасиловании — сам Лешек в истязании жертвы участия не принимал, доверив это дело старшим товарищам, однако стоял на шухере, где и был пойман с поличным бдительным гражданином. Лешеку дали полтора года и отправили в колонию для малолетних. Когда его через восемь месяцев выпустили за примерное поведение, подросток вернулся домой, где его ждали вечно пьяный отец и прикованная к кровати из-за перелома позвоночника мать. В восемнадцать лет Лешека арестовали по подозрению в ограблении виллы заместителя мэра, но отпустили в связи с отсутствием доказательств. С тех пор Лешек находился на примете у полиции — молодого человека подозревали в распространении наркотиков, организации подпольного тотализатора и рэкете. Он в самом деле был водителем — у шефа одной из преступных группировок городка, а частным извозом подрабатывал тогда, когда требовалось найти богатеев, чью хату можно было бы обчистить.

— Он приходил в наш дом в мое отсутствие? — вопрошал отец. Он и мама работали в организованном ими туристическом агентстве, у которого не так давно появилось два новых филиала: дела шли как нельзя лучше. — Ты водила его по нашему дому? Показывала, где мы храним деньги? Он ведь через тебя подбирается к нашим кровавым потом заработанным ценностям! Господи, за что господь ниспослал мне такого глупого ребенка!

Ванда не могла поверить тому, что Лешек лгал и использовал ее как источник информации. После того как тетя Клара провела несколько воспитательных бесед, более похожих на проповеди, и миновало больше двух месяцев с момента разоблачения козней Лешека, Ванде было дозволено ненадолго покидать дом. К несчастью, ее всегда сопровождал кто-то из родственников: родители боялись рецидива и, несмотря на заверения дочери, что Лешек для нее ничего не значит, справедливо полагали, что береженого бог бережет.

Встретиться с Лешеком Ванде удалось в городской библиотеке: тетя Клара надолго застряла в буфете, и девушка могла украдкой обменяться несколькими фразами с молодым человеком, который днем ранее прислал ей записку, в которой указал, где они смогут увидеться.

Лешек не отрицал, что проник в дом Ванды по заказу своего шефа.

— Но тебя я полюбил по-настоящему! — заявил он. — Эй, малышка, неужели ты думаешь, что я способен на подлость? Я люблю тебя!

У Ванды отлегло от сердца. Они с Лешеком разработали коварный, но эффективный план: она изображала из себя пай-девочку, усыпляя внимание родителей и тетки, и постепенно контроль ослабевал. Ванда снова смогла встречаться с Лешеком, и они принялись обдумывать план побега: юноша считал, что в Экаресте можно по-настоящему широко развернуться и они в два счета станут богатыми.

— А когда деньги есть, то на всех наплевать, — рассуждал он. — Когда тебе исполнится шестнадцать, мы поженимся, и твои родители ничего сделать не смогут. У меня есть в столице на примете несколько человечков, которые заправляют в теневых структурах, и если на них работать, то можно высоко взлететь. Начну с должности шофера, а через несколько лет стану боссом. И тогда, малышка, у нас все будет: и своя вилла с бассейном, и дюжина лимузинов, и шмоток у тебя завались...

От подобных головокружительных перспектив у Ванды сладко щемило в сердце и щекотало в носу. Родители же что-то заподозрили и снова приставили к Ванде тетю Клару. Однако девушка знала, как можно вывести из строя свою дуэнью, и частенько оставляла ее в кондитерской, отправляясь «на занятия в музыкальную школу».

Играть на виолончели Ванда ненавидела, тусклые сонаты Баха и унылые сарабанды Скарлатти навевали на нее тоску, но родители отчего-то считали, что их дочь создана для пиликания на виолончели, и твердили, что Ванда, став взрослой, поймет их правоту и будет благодарить за то, что ее отдали в музыкальную школу.

По средам, вечерами, Ванда посещала занятия по сольфеджио и музыкальной литературе: первое длилось час, второе — сорок пять минут. На сольфеджио Ванда тщетно напрягалась, пытаясь постичь секреты мажорного и минорного лада, на музыкальной литературе откровенно зевала, выслушивая биографии сто, двести, а то и триста лет тому назад почивших композиторов.

Родители знали, что Ванда без особого энтузиазма ходит в музыкальную школу, поэтому когда с середины октября дочь вдруг перестала ныть, требуя прекратить занятия в «камере пыток», как именовала она музыкальную школу, и с большим усердием собирала папку, не в состоянии дождаться, когда же тетя Клара зайдет за ней, чтобы проводить на урок, мать с отцом вздохнули с облегчением.

— Такое бывает, я читала в последнем номере педагогического журнала, — авторитетно заявила мама. — Когда у подростка заканчивается период траура по первой неразделенной любви или, как в случае с нашей Вандочкой, траур по растоптанным чувствам и обманутым надеждам, они отдают себя всецело новому, сугубо эстетическому увлечению, например, литературе, музыке или театру.

Они и не подозревали, что Ванда на самом деле организовала огромную инсценировку, в которой она и Лешек были режиссерами и главными исполнителями, а родители вкупе с тетей Кларой — ничего не подозревающими зрителями.

Знакомый Лешека, невропатолог, согласился за деньги подтвердить на официальном бланке с внушительной фиолетовой печатью, что Ванда страдает повышенным внутричерепным давлением, по причине коего не может регулярно посещать занятия сольфеджио. Ванда появлялась в музыкальной школе, приносила очередную справку, оправдывающую ее многочисленные прогулы, играла роль больной и затем исчезала снова на несколько недель.

Однако каждую среду она уходила на занятия в музыкальную школу. Если тетю Клару не удавалось сплавить в кондитерскую или ее отводили отец или мама, она прощалась с ними в вестибюле школы, приветливо махала на прощание рукой и, дождавшись, когда взрослые скроются, покидала здание школы с единственной целью — встретиться с Лешеком. Правда, в таких случаях у них было не больше полутора часов, затем девушке приходилось тащиться в школу, дабы встретить в холле родителей, явившихся забрать свое чадо, и заявить им: «Нас отпустили на пять минут пораньше», — а затем побыстрее уносить ноги, чтобы не столкнуться с товарищами по группе или, чего доброго, с учительницей сольфеджио.

Посему Ванда изо всех сил старалась затащить тетю Клару в кондитерскую, где та объедалась пирожными, в то время как племянница спешила на рандеву с Лешеком. Тетка зачастую теряла счет времени и, набивая желудок, иногда могла провести в кондитерской по два, а то и три часа кряду. Тогда Ванда могла миловаться с Лешеком подольше и сама приходила в кафе, где заставала тетку с затуманенным, как у наркомана, взглядом за столиком, уставленным полудюжиной пустых тарелочек.

* * *

— Куда мы пойдем в этот раз? — спросила Ванда.

В прошлую среду они посетили жилище одного из друзей Лешека, но Ванде не понравился продавленный матрас, использованные шприцы в углу и засаленные плакаты с изображениями гологрудых красоток на облупившихся стенах.

Лешек прижал к себе девушку и утробным голосом ответил:

— Там, где нас никто никогда не отыщет! В гости к вулкодлаку!

Он указал на старинный замок, возвышавшийся на нависшей над городком горе. Ванда поежилась: любой знал, кто такой вулкодлак — помесь оборотня и вампира. Согласно легенде, князь-воин, прославившийся ратными деяниями в мрачном Средневековье, не был принят ни раем, ни адом из-за своих многочисленных прегрешений и был обречен скитаться то ли в виде огромного волка с горящими глазами и клыкастой пастью, то ли гигантской летучей мышью в местах, где когда-то сеял зло.

Родной городок Ванды под названием Вильер располагался в горах, поросших лесом. Там все еще водились волки и медведи, и случалось, что охотники, грибники или туристы натыкались на изувеченное тело с оторванной головой или распотрошенным животом где-нибудь в чащобе (наверняка работа дикого зверья!), и тогда оживали суеверия, и жители шептались, что-де он снова принялся за прежнее.

Он — вулкодлак.

— Что, вулкодлака боишься? — спросил Лешек.

Ванда повела плечами и, фыркнув, ответила:

— Еще чего! Это все бредни, такие же, как и сказки про Санта-Клауса или снежного человека.

— Снежный человек существует, — заявил авторитетно Лешек и пощекотал Ванду за ушком. — Это уже наукой доказано на все сто!

Ванда взглянула на темную громаду замка и вдруг воскликнула:

— Посмотри-ка, там свет!

И действительно, одно из окон замка, который многие годы пустовал, пока не был переоборудован под пансионат для членов ЦК коммунистической партии Герцословакии, а затем снова был забыт, светилось призрачным желтым цветом. Уже стемнело, и городок стал заложником долгой ноябрьской ночи, поэтому светлое пятно на темном пятне громады замка казалось таинственным, загадочным.

— Неужели старый князь бродит в ночи, желая отправиться на охоту... — пробормотала Ванда.

— А как же! — подвывая на почти полную луну, заговорил Лешек. — Старый хрыч покоится в саркофаге в домовой капелле. Я подростком с пацанами туда на спор лазил ночью, мы даже по очереди на крышке с зажмуренными глазами сидели. Одного оставляли в капелле, а другие выходили и закрывали тяжелые бронзовые двери. Там даже три засова имеется — снизу, сверху и посередине. Как будто склеп от кого закрывают, чтобы нечисть оттуда не вылезла...

— Прекрати немедленно! — воскликнула Ванда, кусая губы.

Но Лешек не внял ее требованию.

— Никто из моих товарищей больше трех минут не продержался, все орали благим матом и просили, чтобы их выпустили. Уверяли, что крышка саркофага под ними начинала шевелиться. Когда моя очередь настала, уселся я на княжеский гробик... Сижу, весь трясусь — хотя лето стояло, но в капелле ледяной холод. И вдруг чувствую — крышка начинает мелко дрожать...

— Замолчи! — взмолилась Ванда, которая не понимала, как Лешек может обожать совершенно идиотские фильмы ужасов и до невозможности примитивные комиксы про оживших мертвецов и красногубых упырей.

— И скрежет такой противный раздался, как будто кто-то когтями по камню стучит... Ну, думаю, вот и настала пора повидаться с вулкодлаком. А у меня был крест припасен освященный, а еще я облатку прихватил — говорят, если ее в рожу вулкодлаку кинуть или лучше ему в пасть засунуть, он и сгинет. Но так надо бороться с теми, кого старый князь, выпив кровь, своими слугами сделал. А чем взять его самого, главного паразита? Ему ведь больше полтыщи лет, он столько душ загубил, столько кубометров крови высосал и вагонов человечьих костей разгрыз, так взматерел, что ни молитвой, ни облаткой, ни крестиком оловянным его не возьмешь...

— Ты хочешь, чтобы я ушла? — уже начала возмущаться девушка.

А Лешек, расплывшись в хитрой улыбке, продолжал:

— Как видишь, малышка, вулкодлак меня не слопал. В общем, я рот раскрыл, чтобы заорать, да крик в глотке застрял. И тут что-то черное вылезает из-за крышки саркофага. И шасть ко мне!

— Вулкодлак... — помертвевшими губами прошептала Ванда. — Или ты все врешь? Вечно истории сочиняешь!

— Это была крыса, — ответил Лешек. — Только такая, что я подобных не видывал, — размером с жирного кота твоей тети Клары, не меньше. Наверное, их там много, грызут княжеские кости да припасы в погребах, что от коммунистических заправил остались. А еще говорят, что в тюрьме, которая в горах расположена, заключенных раньше грохали и трупы выбрасывали около замка, вот крысы и расплодились. Той зверюге я ногой хребет перебил, она еще долго лапами дергала, пока не сдохла. В общем, я один из всех пацанов продержался в капелле целых пятнадцать минут!

Ванда натянуто улыбнулась. Ну конечно, никакого вулкодлака не бывает!

— А в замке свет горит, потому что наследник объявился, какой-то мужик то ли из Франции, то ли из Германии приехал, — сообщил Лешек. — Когда частную собственность снова ввели и старым хозяевам все земли и угодья отписали, замок долго пустым стоял — вроде вымерли все из княжеского рода. А вот недавно, в газетах писали, нашелся один — то ли племянник, то ли сынок по-

16

следнего князя, я не помню. Он замок и оттяпал, а тот, хоть и развалюха, стоит миллионы в баксах. Наследник собирается его переоборудовать под шикарный отель и открыть в подземелье что-то вроде парка ужасов. Будет, одним словом, зарабатывать деньги на суевериях!

Молодые люди отошли от кондитерской на приличное расстояние и оказались перед каменистой дорогой, уводившей в горы.

— Сегодня мы отправимся туда! — торжественно произнес Лешек и указал на замок.

— Но если там наследник живет... — заикнулась Ванда.

— Ну, не в сам замок, а около него, — подмигнув, ответил парень. — Там же, малышка, много укромных местечек. Шантрапы не бывает, потому что все вулкодлака боятся, а вот парочкам там сущий рай!

Ванда поежилась на холодном ветру и жалобно сказала:

— Погода не подходит. Может, в другой раз, Лешек? Летом?

Молодой человек обнял девушку.

— Да ты никак вулкодлака боишься? Запомни, малышка, со мной тебя ни одна нечисть не обидит. А если какой упырь позарится, я ему живо обломаю рога и копыта повыдергиваю. Тебе же хата, где мы были в последний раз, не понравилась? — Ванда замотала головой. — Ну, тогда в чем проблема, детка? Там, на полпути к замку, имеется егерская хибара, а у меня от нее есть ключики. — Он помахал перед лицом Ванды связкой ключей. — Там нас никто не потревожит, клянусь тебе, а идти не больше пятнадцати минут. Славно развлечемся, детка!

И его рука словно невзначай сползла с плеча на грудь Ванды.

Они отправились в путь. Дорога плутала по склону, Ванда запыхалась. Замок, теперь уже в нескольких окнах которого мигали огни, приближался. Внезапно девушка услышала протяжный вой, от которого кровь застыла в ее жилах.

— Что это? — выдавила она.

Лешек, крепко сжимавший ее ладонь в своей, произнес страшным голосом:

— Старый князь пробудился к жизни. Он поднялся из гроба и понял, что ему хочется свежей человеческой крови, такой вкусной и теплой. И вот он обратился в страшное существо — трехметрового исполина на двух ногах, но с мордой и лапами гигантского волка. И рыщет по здешним горам в поисках жертв...

17

Лешек остановился и с жадностью поцеловал Ванду. Нервы девушки были на пределе, ей хотелось одного — спуститься вниз и оказаться в уютной кондитерской рядом с нудной тетей Кларой. Все, что угодно, только быть как можно дальше от жуткого замка!

— Мы на месте! — объявил Лешек.

Они подошли к одноэтажному строению из красного кирпича. Молодой человек включил на крыльце фонарь, и Ванде сразу сделалось легче. Страхи отступили.

— Ну как, лучше? — спросил заботливо Лешек, открывая дверь.

Обиталище егеря было обставлено скудно — старый диван, застеленный клетчатым одеялом, умывальник, несколько полок с разномастной посудой, два стула и стол.

— Собственно, тут никто давно не живет, зато кое-кто проворачивает здесь прибыльные делишки, — произнес Лешек и вытащил из-под дивана небольшой чемоданчик. Он раскрыл его, и Ванда увидела бело-синие упаковки с таблетками.

— Наркотики! — воскликнула Ванда.

— Малышка, да любое лекарство, хоть от запора, хоть от поноса, может стать наркотиком, если принимать его в лошадиной дозе, — пустился в объяснения Лешек. — А это так, для резвых мальчиков и взрослых девочек на дискотеках. Если с пивком или с мартини выпить, настроение сразу улучшается, хандра проходит, гормоны играют...

Лешек подошел к Ванде и заметил:

— Да ты вся дрожишь! Все еще боишься вулкодлака? Ну-ка, забудь свои бредни! Мы тут совсем для другого оказались!

Лешек налил из-под крана воды в щербатую кружку, извлек из чемодана четыре таблетки, три закинул в рот, а одну протянул Ванде:

— Попробуй, сразу почувствуешь, что бояться нет причин.

— Но если это наркотик... — попробовала протестовать Ванда.

— Никакой не наркотик, а таблетка для клёвого секса! — отрезал Лешек. — А нам ведь именно это требуется, да, малышка?

Ванда позволила себя уговорить и, не разжевывая, проглотила таблетку, запив ее двумя глотками ледяной воды. Лешек тем временем скинул куртку и свитер. Прижавшись горячим телом к Ванде, прошептал:

— Неделя прошла, как мы последний раз виделись, малышка, я весь извелся!

Он провел языком по щеке Ванды, дотронулся пальцами до шеи и пробормотал:

— Кровь, кровь, кровь... Какая ты аппетитненькая, детка! Будь я вулкодлаком, обязательно бы на тебя набросился!

Таблетка начала оказывать свое действие: Ванда отбросила страхи, а вместе с ними водолазку и лифчик. Она и Лешек целовались, как сумасшедшие, на скрипучем диванчике. Молодой человек начал стаскивать с девушки джинсы, и вдруг Ванда вскрикнула:

— Господи, что это?

— Где? — обернулся Лешек и уставился в незанавешенное оконце, выходившее в чащу. — Ветер, вот ветки и колышутся.

— Да нет же! — чувствуя, что желание спадает, а страх возвращается, ответила Ванда. — Я видела чью-то тень! Кто-то большой и... косматый прошел мимо окна!

— Ну да, вулкодлак пожаловал! — усмехнулся Лешек. Разгоряченный эротическими ласками и таблетками, он навалился на Ванду. — Малышка, я по тебе схожу с ума! Когда в столицу рванем и обзаведемся своей хатой, то не будем вылазить из постели сутками!

Ванда, чье сердце учащенно билось, правда, не по причине быстрой любовной прелюдии и предстоящей бурной интермедии, а скорее от страха, закрыла глаза и откинулась на спинку дивана, позволяя Лешеку ласкать себя. В голове колыхался теплый кисель, хотелось одного — отдаться любимому. Так, наверное, вели себя одалиски в гареме султана...

Ванда распахнула глаза, когда на пороге что-то ухнуло. Лешек, оторвавшись от груди девушки, не мог не признать, что около хижины что-то происходит. Молодой человек подскочил, застегнул джинсы и вытащил из кармана валявшейся на полу куртки нож.

— Лешек, милый, прошу тебя... — захныкала Ванда, превращаясь из безудержной одалиски в пугливую девчонку, коей, собственно, и была.

Юноша, подкидывая нож в воздухе, хорохорился:

— Не исключено, что бомжи отираются, но я им живо мозги вправлю. Будут знать, как шастать по моей территории!

Он подошел к двери, отодвинул засов, повернул ключ и распахнул створку. В комнату хлынул поток холодного воздуха. Ванда поежилась.

— Накройся, а то простудишься, — приказал Лешек. — Я быстро.

— Милый, я не хочу оставаться одна, — промямлила Ванда. В голове запульсировало — неужто так таблетка подействовала?

— Вот видишь, на крыльце никого нет! — заявил Лешек, а Ванда, взглянув на черный лес, выдохнула:

— Там, посмотри...

Лешек, играя мускулами, повернул голову в указанном направлении.

— Так и есть, бомж! Эй ты, чего здесь делаешь, старая шваль? Тебе что, надоело носить по свету свои жалкие кости? Вали отсюда! Сейчас я тебя проучу, гад, как подсматривать в окна!

Ванда нечетко видела высокую фигуру, притаившуюся за разлапистой елью. Именно к ней и обращал свой монолог Лешек. Юноша сбежал с крыльца и, продолжая громогласно ругаться, ринулся к ели.

Резкий порыв ветра захлопнул дверь, и Ванда вздрогнула от неожиданности. На секунду воцарилась тишина. А затем до ее слуха донесся жалобный вскрик — кричал Лешек. Девушка моментально узнала его голос, полный страшной боли и всемерного отчаяния.

Ванда как будто приросла к дивану. Крик повторился, а секунду спустя внезапно оборвался, как будто кто-то выдернул радиоприемник из розетки. Хруст. Хруст... Шаги!

Нечто массивное приближалось к домику. Ванда, боясь вздохнуть, сидела на диване, поджав под себя ноги и чувствуя, как начинают шевелиться на затылке волосы.

Хруст прекратился. Стену хибары сотряс мощный удар, и тотчас вырубился свет: пристанище двух влюбленных погрузилось во мрак.

Дверь, заскрипев, медленно распахнулась. Ванда, словно завороженная, дрожа от страха, смотрела вперед, не в силах закрыть глаза. Под елью лежал Лешек!

Девушка выпростала левую ногу, затекшую от неудобной позы. Ванде было очень страшно, но она должна помочь любимому. И вообще, с чего она взяла, что... что на него напал вулкодлак? Какие, право, глупости! Лешек стал жертвой нападения бандитов, а она забивает себе голову сказками...

Ванда, нащупав водолазку, кое-как натянула ее и только потом сообразила, что надела ее наизнанку. Хотела переодеться, и тут вспомнила, что у Лешека имелся мобильный телефон, аппарат у него в кармане джинсов. Нельзя медлить!

Засунув ноги в туфли, Ванда вышла на крыльцо, посмотрела по сторонам. Почему она никак не может отделаться от ощущения, что за ней кто-то наблюдает? До нее снова донесся треск веток. Ванда подбежала к лежащему Лешеку и опустилась перед ним на колени.

— Милый мой, что с тобой! — простонала девушка.

Она дотронулась до лба молодого человека и отдернула руку — пальцы окрасились кровью. На шее Лешека зияла глубокая рана.

— Лешек, я тебе помогу... сейчас вызову подмогу, позвоню в полицию, в больницу... — лепетала Ванда. Но Лешек не отвечал. Ванда запустила руку в карман его джинсов и нащупала мобильный телефон.

Послышался хруст. Ванда в панике обернулась. Рядом с хижиной возвышалась темная фигура.

— Что вам надо? — попыталась воскликнуть Ванда, но из горла вырвалось только шипение. Фигура двигалась к ней!

— Лешек, Лешечек, мой хороший, поднимайся! — прошептала Ванда, тормоша молодого человека. Однако уже понимала: Лешек мертв. И убил его тот, кто приближался сейчас к ней.

Зажав в руке мобильный телефон, девушка бросилась в чащу. Она неслась, не разбирая дороги, то и дело оборачиваясь. Зловещая фигура исчезла. Ванда, зацепившись ногой то ли о ветку, то ли о камень, полетела на мокрые, источающие запах гниения листья.

Одна из туфель слетела с ноги, и Ванде пришлось достаточно долго ползать на карачках, отыскивая ее. Сильно болело плечо, а поднявшись на ноги, девушка поняла, что подвернула левую лодыжку: бежать она больше не могла, да и каждый шаг давался с большим трудом.

Ванда, прислонившись к стволу могучей лиственницы, прислушалась. Лес был полон странных и страшных звуков: угукали филины, каркали вороны, шелестели листья. Со всех сторон доносился треск веток, и Ванда никак не могла понять — движется ли это человек, убивший Лешека, или просто играет ветер.

Слезы потекли по грязным щекам Ванды. Ведь всего десять минут назад она и Лешек наслаждались друг другом, а потом... Что же случилось потом? Непроизвольно взгляд Ванды упал на черный силуэт замка. А что, если тот, кто охотится за ней, вовсе и не человек, а... вулкод-лак...

Девушка внезапно ощутила пронзительный холод. Еще бы, из одежды на ней были лишь тоненькая льняная водолазка да трусики! Но самый страшный холод поселился внутри, сковал сердце. Внезапно в голову Ванде пришла простая и потрясающая мысль — ведь в руке у нее зажат мобильный телефон. Она набрала три заветные цифры.

— Служба спасения! — раздался после нескольких показавшихся бесконечными гудков далекий женский голос.

— Помогите, прошу! — зашептала Ванда. — Он напал на Лешека и гонится за мной!

— Пожалуйста, говорите громче! — потребовала дама. — Вас очень плохо слышно. Где вы находитесь? Кто гонится за вами?

— Вулкодлак! — выпалила Ванда. — Господи, сделайте же что-нибудь!

Из ночного мрака донеслись завывания волков. И вдруг к заунывным руладам серых хищников присоединился леденящий душу стон, переходящий в вопль. И тот, кто его издавал, был неподалеку.

— Девушка, перестаньте меня разыгрывать! — произнесла женщина. — Хэллоуин уже прошел! Если вам требуется помощь, четко скажите, в чем дело и где вы располагаетесь. Только в этом случае я смогу выслать вам на подмогу полицию или медицинскую бригаду.

Но Ванда уже не слышала ее слов. Выронив из ослабевших пальцев телефон, она ковыляла по лесу, стараясь отойти подальше от источника страшного воя.

— С вами все в порядке? — произнесла работница службы спасения. — Девушка, отвечайте!

Тот, кто подошел к мобильнику, лежавшему на листве, со всей силы наступил на аппарат. Раздался треск пластмассы, связь пропала.

Ванда, плача, шла по лесу. Она корила себя за то, что выронила телефон, за то, что согласилась подняться с Лешеком в горы, за то, что обманывала родителей и тетку. Быть может, права была тетя Клара, и дьявол наказывает за прегрешения каждого? Неужели тот, кто преследует ее в ночи, и есть нечистый?

Девушка снова упала — нога запуталась в сплетении древесных корней, а острый сук пропорол плечо. Ванда попыталась ползти. Хруст ломающихся веток приближался. Девушка из последних сил прильнула к пню и, обхватив лицо грязными, вымазанными в земле и глине руками, принялась громко молиться, с трудом вспоминая слова. Тетя Клара обучала ее когда-то молитвам, но она откровенно зевала на воскресных мессах в церкви, а «священные» книжки, которые подсовывала тетка, навевали на нее тоску.

Ветки перестали трещать. Ванда знала, отчего: тот, кто преследовал ее по темному лесу, стоял всего в паре метров от нее. Она слышала его тяжелое, звериное дыхание и улавливала странный запах.

Медленно, как в замедленной съемке, Ванда обернулась, дабы разглядеть того, кто убил Лешека и намеревался (в этом она уже не сомневалась) сделать то же самое и с ней. Глаза девушки давно привыкли к темноте.

Он стоял перед ней. Громадный, черный, пылающий злобой, полный жажды крови. Его лицо... Нет, то было не лицо человека, а морда адской твари! Девушка поняла, что тетя Клара была права: сатана самолично забирает души грешников, и вот властитель ада явился и за ней.

— Вулкодлак... — прошептала Ванда, и звук ее голоса потонул в громком вое волков.

Тот, кто стоял перед ней, запрокинул морду, и через секунду по лесу пронесся раскатистый, устрашающий, тоскливый вой. Вой не человека и не зверя. Вой вулкодлака!

А затем тварь бросилась на беззащитную Ванду...

КАТАСТРОФА В СУДЕ

— В качестве свидетеля обвинения вызывается специальный агент отдела по расследованию серийных убийств при министерстве внутренних дел доктор Стелла Конвей, — раздался в динамиках голос секретаря суда.

Стелла дожидалась вызова на свидетельское место в коридоре. За два с половиной часа, которые прошли с момента начала пятого дня процесса, она успела выпить два бокала кофе из автомата (на редкость отвратительного), прочитать от корки до корки последний выпуск «Королевского сплетника» (бульварный листок на первой странице сообщал о секс-скандале в школе — учительница рисования завела интрижку с тринадцатилетним учеником и умудрилась от него забеременеть) и просмотреть первую страницу монографии по психологии серийных убийц известного датского врача (она не запомнила ни слова: слишком велико было волнение).

Доктор Стелла Конвей выступала в суде достаточно регулярно, поэтому причин для беспокойства вроде бы не было. Однако дело Вацлава Черта (да, такая была у него фамилия — под стать натуре!) представлялось ей особым.

— Доктор, ваш выход, — доложил охранник, открывая дверь зала суда.

Стелла поднялась с неудобной скамьи, поправила темно-красный костюм, раскрыла сумочку и достала очки. Так она будет выглядеть внушительнее и произведет на судью и присяжных нужное впечатление.

Она шагнула в зал. По распоряжению судьи слушание дела происходило при закрытых дверях.

Заявки на аккредитацию подали более двухсот изданий и телекомпаний — процесс над Вацлавом Чертом, которого еще до поимки, по злой иронии судьбы, пресса окрестила Кровавым Дьяволом», вызвал всеобщий ажиотаж. Как специалист по составлению психологического портрета особо опасных преступников, Стелла Конвей прекрасно знала, что обыватели, сами того не понимая, превращают маньяков в некое подобие «национальных святынь». Только два года назад, во время суда над новым Вулком Сердцеедом, убивавшим девиц легкого поведения и вырезавшим у них сердца, пресса буквально сходила с ума, делая из беспощадного убийцы героя новостных выпусков. Такая же участь ожидала, по всей видимости, и Вацлава Черта. Но его отправят в тюрьму, ибо он (доктор Конвей была в том совершенно уверена) был полностью вменяем и отдавал себе отчет в любой момент совершения своих ужасных деяний.

Стелла Конвей обвела взглядом зал, где находились зрители, допущенные в качестве наблюдателей, родственники жертв Черта и представители нескольких СМИ, которым все-таки было разрешено присутствовать на процессе.

— Свидетель, займите свое место! — провозгласил судья, полный мужчина лет шестидесяти с бульдогообразным красноватым лицом и большой проплешиной. Судья, облаченный в черную мантию, восседал в большом кресле.

Секретарь суда провел Стеллу на место, предназначенное для свидетелей.

Доктор Конвей опустилась на стул и посмотрела сначала налево — там располагались представители обвинения. Она слегка улыбнулась заместителю прокурора Экареста, коренастому чернобровому мужчине лет сорока, облаченному в элегантный костюм жемчужного цвета с галстуком цвета бордо (Феликс Дарбич всегда тщательно отслеживал последние веяния мужской моды). Обвинитель не отреагировал на ее слабую улыбку и зашелестел бумагами, лежавшими перед ним на столе. Что же, если учесть, что расстались они не совсем мирно (Стелла бросила его, чем задела самолюбие Феликса), то реакция господина заместителя прокурора столицы вполне объяснима.

Затем взгляд доктора Стеллы Конвей переместился вправо, где находились обвиняемый и его адвокат. Сердце у Стеллы забилось с удвоенной силой, но на лице не дрогнул ни единый мускул (профессиональная выдержка!). После поимки Вацлава Черта почти полгода назад она знала, что рано или поздно ей придется снова встретиться с ним в суде. И вот этот момент настал.

И все же... Былой кошмар возвращался к ней во сне, иногда раз в месяц, иногда — три раза в неделю. Каждый раз она просыпалась в холодном поту с криком на устах и с ощущением того, что в спальне она не одна. Кто бы знал, что доктор Стелла Конвей, одна из самых известных профайлеров страны, специализирующаяся на поимке серийных убийц, последние десять месяцев спит с включенной настольной лампой, потому что боится остаться в темноте...

Тот, кто научил ее бояться темноты, кто являлся ей в ночных кошмарах, сейчас сидел всего в каких-то пятишести метрах. Вацлав Черт — самодовольный блондин с тонкими бескровными губами и узкими серыми глазами. Одет в темно-синий костюм в полоску с темным галстуком, по внешнему виду — менеджер среднего звена в страховой компании или продавец в небольшом ювелирном магазине. В действительности Черт, юрист по образованию, работал в администрации президента, был одним из многочисленных чиновников — отвечал за координацию работы с провинциями. Относительная близость к власти и бордовое удостоверение с тисненным золотом гербом и надписью «Администрация Президента Республики Герцословакия» позволяли ему в течение многих лет оставаться неуловимым и каждый раз оставлять полицию с носом, избегая засад и ловушек. У Черта была великолепная сеть невольных осведомителей — друзей, знакомых, сослуживцев в различных ведомствах страны, в том числе в министерстве внутренних дел, генеральной прокуратуре и министерстве юстиции. Если ему требовалось узнать, что замышляет полиция для поимки Кровавого Дьявола, он просто снимал трубку служебного телефона, набирал номер того или иного ведомства и, поболтав со знакомым или с приятельницей, как бы между прочим переводил разговор в нужное русло и задавал невинные вопросы любопытного обывателя, в действительности же добирался до конфиденциальных и вообще-то разглашению не подлежащих сведений.

Произошло то, чего Стелла так боялась: она встретилась взглядом с Вацлавом Чертом. В последний раз, когда он смотрел ей в глаза, она находилась в его полной власти и только чудом осталась жива. Черт усмехнулся и провел языком по губам. Стеллу передернуло от отвращения — для всех это невинный жест, а для нее — напоминание о прошлом! Внезапно Черт подмигнул ей, и Стелла поняла, что он ее не забыл.

Подле Кровавого Дьявола, в течение почти семи лет нападавшего на молодых женщин, насиловавшего их и душившего, а после этого превращавшего их квартиры или дома (Черт никогда не нападал на жертвы на улице или в публичных местах, предпочитал заставать несчастных врасплох в их собственных убежищах) в место кровавой бойни, сидела его защитница, госпожа адвокат Амелия Гольдман, внучка, дочь и племянница тех самых Гольдманов, что блистали еще при королях, а потом переметнулись на службу коммунистическим бонзам. Амелия, производившая фальшивое впечатление хрупкой анемичной особы (темные локоны, алебастровое лицо, фиалковые глаза), считалась одним из самых удачливых, свирепых, красноречивых, опасных и дорогих адвокатов по уголовным делам Герцословакии. Черт никогда бы не смог нанять ее себе в защитницы, однако Амелия сама предложила Кровавому Дьяволу, убившему по крайней мере двадцать восемь женщин, свои услуги — совершенно бесплатно. Судачили, что на одной из вечеринок, где присутствовали сливки экарестского общества, Амелия заявила, что добьется для Черта оправдательного приговора, а затем напишет о провальном для прокуратуры процессе книгу, которая непременно станет бестселлером.

Стелла не была представлена Амелии, однако была знакома с ее репутацией. Адвокатша, которой принадлежали небольшой палаццо в Венеции (часть отступного при разводе со вторым мужем — итальянским графом) и островок в Эгейском море (презент благодарного клиента, бывшего премьер-министра страны, обвинявшегося в зверском убийстве молодой любовницы и признанного в итоге невиновным), не любила проигрывать. Благодаря великолепному знанию законов и еще более великолепному знанию лазеек между законами, Амелия Гольдман почти во всех делах умудрялась разрушить линию защиты, посрамить прокуратуру и добиться если не оправдательных, то невероятно мягких приговоров для подопечных — проворовавшихся министров, эксцентричных звезд, олигархов и не ведающих запретов детишек властей предержащих.

Почти во всех делах, но не во всех. Стелла знала, что Черту ничто не поможет — уж слишком серьезными были улики против него, и одним красноречием, пускай ни в чем не уступающим знаменитым филиппикам Цицерона, их не опровергнуть. Странно, что подсудимый отверг предложение прокуратуры признать себя виновным и не выходить на процесс — в таком случае его обещали поместить до конца жизни в комфортабельную, недавно введенную в эксплуатацию тюрьму для госчиновников, где имелись обширная библиотека, разнообразное меню в столовой и даже бассейн. Черт отказался сотрудничать со следствием, не отвечая ни на один из вопросов, и заявил на первом заседании, что виновным себя не признает.

Пока что Амелия мало себя проявила, лишь добилась отвода двух свидетелей и подвергла сомнению выводы экспертизы метахондрий. Стелла Конвей знала: если дело пойдет так и дальше, то Черт получит двадцать восемь раз пожизненное заключение (по количеству жертв) и отправится в печально известный тюремный комплекс, условия содержания в котором парламентарии и комиссии Европейского Союза постоянно подвергали самой резкой критике.

— Свидетель, назовите свое полное имя, возраст и профессию! — произнес судья.

Стелла Конвей охотно пояснила:

— Меня зовут Стелла Конвей, тридцать один год, последние пять лет являюсь специальным агентом отдела по расследованию серийных убийств при министерстве внутренних дел.

— Господин прокурор, можете приступить к допросу свидетеля! — разрешил судья.

Феликс Дарбич, поднявшись из-за стола, пружинистой походкой направился к Стелле. Вопросы были рутинными, ответы на них заранее согласованы с прокуратурой —

Амелия не должна найти ни единой зацепки. Стеллу несколько удивило то, что при подготовке процесса Феликс не пожелал ее видеть и прислал к ней своего помощника, который притащил папку с вопросами и заранее напечатанными ответами. Доктор Конвей выпроводила ретивого молодчика, а затем позвонила Феликсу и заявила ему, что не собирается выступать в роли попугая, повторяющего заученные фразы. Феликс во время того телефонного разговора был сух и резок — вероятно, никак не мог простить ей, что она сама ушла от него, а не дождалась, пока он ее бросит. Или (эта мысль пришла Стелле позднее) он все еще любит ее? Впрочем, какая разница — у Феликса жена, с которой он состоит в законном браке больше пятнадцати лет, трое детей-школьников и перспектива через год-два занять место прокурора столицы.

— Благодарю вас, доктор, — произнес прокурор, на лице которого играла торжествующая улыбка.

Судья обратился к Амелии Гольдман:

— Госпожа защитник, вы будете допрашивать свидетеля?

Адвокатша, облаченная в черный брючный костюм, с нитью отборнейшего бахрейнского жемчуга на тонкой шее, ответила завораживающим мелодичным голосом:

— Да, ваша честь, не премину воспользоваться данной возможностью.

Амелия не торопясь поднялась из-за стола, одарила присяжных доброй улыбкой, подошла к Стелле и участливо поинтересовалась:

— Вы хорошо себя чувствуете, доктор Конвей?

Стелла несколько резковато ответила:

— Более чем.

— Я рада, — ответила Амелия Гольдман. — Хотя вообще-то у меня создается впечатление, что вы не в своей тарелке, доктор Конвей. Хотите бокал воды?

— Нет, — ответила Стелла.

— Может, на вас так угнетающе действует спертая атмосфера в зале? Кондиционеры, увы, еще старые, социалистические... — многозначительно произнесла адвокатша, повернувшись к присяжным.

Из рядов, где восседали журналисты, послышались отдельные смешки.

Стелла подумала, что наличие у Черта, лишившего жизни почти тридцать дам, женщины-адвоката, по мнению Амелии, наверняка производит положительное впечатление на присяжных.

Судья, нахмурившись, произнес:

— Госпожа защитник, переходите к допросу свидетеля.

— Ваша честь, я уже допрашиваю свидетеля, — почтительно ответила Амелия, повернулась лицом к Стелле и спросила: — Или ваше хорошее настроение испортилось по причине того, что вы находитесь в одном помещении с господином Чертом?

— Ваша честь, протест! — подал голос прокурор Феликс Дарбич. — Не понимаю, к чему защита адресует свидетелю совершенно посторонние и совершенно нелепые вопросы. Хотел бы я видеть человека, за исключением самой госпожи защитника, кто был бы в диком восторге от общества подсудимого — жестокого убийцы и насильника!

Представители прессы снова закхекали.

— Господин обвинитель, советую вам приберечь подобные остроумные, с позволения сказать, замечания для пресс-конференции! — заявил судья. — Господин Черт, пока не доказана его вина, не может быть назван убийцей и насильником, и доказать это — ваша задача. Что же касается защиты, то, госпожа Гольдман, прошу не ходить вокруг да около, иначе буду вынужден сделать вывод, что свидетель вам не требуется, и тогда я отпущу доктора Конвей.

— Ваша честь, у защиты имеются все основания полагать, что доктор Конвей предвзята в своих суждениях. Этим и объясняются мои вопросы, — ответила Амелия.

— Продолжайте, — бросил судья.

Стелла на мгновение закрыла глаза. Черту инкриминировалось двадцать восемь убийств. Но их могло бы стать двадцать девять. О том, что Кровавый Дьявол напал на нее десять месяцев назад, вскоре после того, как она выступила в ток-шоу, где обсуждались деяния маньяка, знали только она сама и, разумеется, Вацлав Черт. Он изнасиловал ее и приготовился убить, но Стелле удалось вонзить ему в правое предплечье ножницы. Черт попытался задушить свою жертву, но не смог сделать это одной рукой и ретировался, оставив ее в полуобморочном состоянии на ковре спальни. Доктор Конвей приняла решение не информировать полицию. Черт овладел ею, а даже спустя десять месяцев после происшествия Стелла никак не могла отделаться от чувства дурноты, временами накатывающего на нее, когда она всего лишь вдруг вспоминала тошнотворный запах его дорогой туалетной воды.

Неужели Черт сообщил о нападении на нее Амелии? И она намерена использовать это каким-то образом в своих целях?

— Доктор Конвей, — произнесла Амелия Гольдман, — доводилось ли вам встречаться с подсудимым, господином Вацлавом Чертом, до сегодняшнего дня и при каких обстоятельствах?

Все взгляды устремились на Стеллу. Она опустила голову и попыталась совладать с паникой, охватившей ее. Что же делать? Сказать правду? Но тогда придется признать факт нападения и изнасилования, а также то, что она, специальный агент министерства внутренних дел и в то же время — сотрудник команды по поимке Кровавого Дьявола, намеренно скрыла от следствия чрезвычайно важную информацию. Ведь после нападения на нее Черт лишил жизни еще четырех женщин. Если бы его схватили после нападения на нее, они бы, может быть, остались в живых...

— Нет! — ответила она громко и сама поразилась, как неестественно звучит ее голос. Иной возможности, как все отрицать, у нее нет.

Феликс с беспокойством посмотрел на Стеллу. Доктор Конвей ощутила желание выбежать из зала, где шел процесс над Чертом. Эта мысль ее развеселила, и Стелла улыбнулась.

— Вам смешно, доктор Конвей? — тонкие брови Амелии взлетели вверх. — Неужели мой вопрос был таким уж забавным? Или вы радуетесь тому, как вам удалось обвести вокруг пальца присяжных и судью?

— Инсинуация! — вставил Феликс Дарбич. — Беспочвенные обвинения, рассчитанные на то, чтобы при помощи дешевого эффекта дискредитировать важного свидетеля...

— Ваша честь, — предваряя реплику судьи, заявила Амелия Гольдман, — разрешите мне разъяснить уважаемому суду и несведущему господину обвинителю следующее: доктор Конвей только что намеренно солгала, заявив, что до сегодняшнего дня не встречалась с подсудимым. Это не так! В моем распоряжении имеются вещи, принадлежавшие доктору Конвей и подаренные ею господину Вацлаву Черту. Причем некоторые из вещей весьма интимного характера, что позволяет нам сделать некоторые выводы о том, в какой именно связи состояли господин Черт и доктор Конвей.

— Ваша честь! — взвился Феликс. — Прошу вас не поддаваться на провокацию со стороны...

Судья прервал его:

— Продолжайте, госпожа защитник. Однако вынужден вас предупредить: если окажется, что ваше заявление не более чем попытка очернить свидетеля, то это будет иметь чрезвычайно серьезные для вас последствия.

— Уверяю вас, ваша честь, — сказала Амелия, — уважаемый суд сейчас убедится в том, что так называемый свидетель обвинения — лгунья.

Стелла онемела. Она со всеми находившимися в зале напряженно следила за тем, как Амелия вернулась к столу, вытащила небольшую кожаную сумку и расстегнула «молнию». Блеснула догадка: Вацлав Черт был склонен к фетишизму и забирал с места преступления вещи и одежду жертв. Покидая квартиру Стеллы, он, видимо, прихватил кое-какие аксессуары.

— Вот мобильный телефон, зарегистрированный на имя доктора Конвей... ночная рубашка со следами ее ДНК... записная книжка с отпечатками ее пальцев... любимые духи доктора Конвей, опять же с отпечатками ее пальцев на флаконе... — комментировала Амелия. А когда сумка опустела, она спросила: — Если вы никогда ранее не встречались с подсудимым, доктор Конвей, то как оказались у него все эти вещи?

— Они были украдены у меня, — ответила Стелла.

— Украдены? Какой оригинальный ответ! В таком случае прошу подвергнуть свидетельницу телесному осмотру.

— Что? — переспросил судья.

— Мой клиент утверждает, что был интимно близок с доктором Конвей, и я могу представить заверенное у нотариуса описание тела доктора Конвей, составленное со слов господина Черта. Мой подзащитный называл, например, родинки на лопатке и на животе, шрам от аппендицита, особенности формы грудей. Это доказывает, что доктор... гм... знала, причем во всех смыслах, господина Черта, хотя только что утверждала обратное!

Феликс Дарбич попытался возразить, но судья остановил его:

— Защита выражает сомнения в правдивости показаний свидетеля, поэтому обращаюсь к вам, доктор Конвей, с просьбой отправиться в мое бюро, где сотрудники аппарата суда, разумеется, женского пола, подвергнут вас осмотру.

Вацлав Черт усмехнулся.

Стелла тяжело вздохнула и решилась:

— Ваша честь, я готова сделать заявление. Вещи, продемонстрированные защитой, принадлежат мне...

В зале раздались возгласы.

— Тишина в зале! Иначе все зрители будут выдворены в коридор! — пригрозил судья.

— Однако речи не может быть о том, что они были подарены мной подсудимому, — продолжила свидетельница. — Он, как я уже сказала, похитил их у меня. Вацлав Черт... пытался убить меня десять месяцев назад, в ночь с 12 на 13 января этого года.

Невзирая на предупреждение судьи, зал снова загудел. Признание доктора Конвей вызвало бурю эмоций. Корреспонденты застрочили в блокнотах, один, сидевший с краю, поднялся и покинул зал. Судья в ярости воскликнул:

— Каждый, кто без моего разрешения удалится из зала, понесет наказание за неуважение к суду и будет препровожден в камеру на семь суток! Прошу охрану задержать господина, только что в спешке проскользнувшего в коридор, чтобы оттуда, я в том нимало не сомневаюсь, известить свою редакцию или телекомпанию о сенсационных разоблачениях раньше всех.

Удрученного журналиста вернули в зал.

— Вами я займусь позже, — бросил ему судья, а затем обратился к Стелле: — Доктор Конвей, вы понимаете, что сделали сейчас чрезвычайно важное заявление, от которого зависит не только ваша карьера, но и текущий процесс?

— Да, ваша честь, — твердо заявила Стелла.

Амелия Гольдман, чьи глаза радостно сияли, спросила:

— Доктор Конвей, вы огорошили всех нас двумя противоположными, более того, взаимоисключающими заявлениями: пять минут назад вы, по вашим словам, знать не знали господина Черта и под присягой заявили, что не видели его до сегодняшнего дня, теперь же пытаетесь нас уверить, что мой подзащитный пытался убить вас. Так что же правда? Ваше первое заявление, ваше второе заявление или, не исключено, ни первое, ни второе?

— Я говорю сейчас правду, — сказала Стелла. — Вацлав Черт напал на меня... — Она запнулась, покраснев, закончила фразу: — Изнасиловал, как делал это и с другими жертвами, и приготовился лишить жизни. И только оказав сопротивление, я избежала смерти. На правом предплечье подсудимого наверняка имеется шрам от ножниц, которыми я его ранила.

Амелия Гольдман немедленно откликнулась:

— Ваша честь, вы дозволите моему клиенту снять пиджак и рубашку, дабы все присутствующие, в первую очередь уважаемые присяжные, имели возможность убедиться в том, справедливы ли слова доктора Конвей.

— Я не большой поклонник превращения заседания в цирковое представление, а тем более сеанс стриптиза, — заявил судья, — но коль нечто похожее уже произошло, то пускай господин Черт снимет пиджак и рубашку и продемонстрирует нам свое правое предплечье.

Обвиняемый, как будто дожидавшийся этого момента, поднялся, ловко снял пиджак, быстро расстегнул пуговицы рубашки, сбросил ее и обнажил торс, поросший рыжеватыми волосками. Амелия Гольдман подошла к Черту и, указав на правое предплечье, спросила:

— Видит ли кто-либо шрам или что-то подобное?

Предплечье было гладкое, без шрамов, царапин и порезов. Стелла удивилась. Как же так? Она прекрасно помнила, что вонзила ножницы глубоко. У Черта обязательно должен был остаться след!

— Разрешите продемонстрировать уважаемому суду и левое предплечье, дабы не возникло сомнений, не перепутала ли доктор Конвей право и лево, — саркастически заметила защитница и попросила Черта повернуться другим боком, что подсудимый охотно и сделал. Но шрама не было и на левом предплечье.

Стелла судорожно сглотнула. Что за наваждение? Наверняка и зрители, и судья, и, что важнее всего, присяжные считают ее обманщицей. Но это Черт вместе со своей ушлой адвокатшей пускали пыль в глаза, а не она!

— Как видите, утверждения доктора Конвей не выдерживают проверки опытным путем, — заявила Амелия Гольдман. — Ваша честь, разрешаете ли вы моему клиенту одеться?

— Да, да, — рассеянно проговорил судья, Вацлав Черт принялся натягивать рубашку, а госпожа защитник проронила:

— Итак, не вызывает сомнений, что доктор Конвей не являлась — подчеркиваю, не являлась! — жертвой моего клиента, а была его добровольной любовницей.

— Ваша честь! — возражающе воскликнул Феликс Дарбич, чей лоб был покрыт испариной.

— Согласен, — устало произнес судья. — Последние слова защиты из протокола изъять.

Но Амелии было достаточно того эффекта, который уже был произведен, — ей удалось убедить присяжных в том, что нельзя верить ни единому слову Стеллы Конвей. Все наукоемкие объяснения касательно вины Вацлава

Черта, представленные доктором в качестве ответов на вопросы обвинения, были моментально забыты, в памяти осталось одно: свидетельница — лгунья и, не исключено, любовница человека, обвиняющегося в двадцати восьми убийствах. Более того — может, и соучастница, кто знает?

— Ваша честь! — заявила вдруг Амелия Гольдман. — Вынуждена признаться, что изучение сексуальных эскапад доктора Конвей еще не завершено.

— Ну что еще? — проворчал судья, до крайности недовольный развитием событий на процессе, но не в состоянии запретить защите выступление.

— Я хотела бы продемонстрировать уважаемому суду неопровержимые доказательства того, что весь так называемый процесс — не более чем интрига, сплетенная доктором Конвей и ее сообщником для того, чтобы лишить моего клиента свободы.

— Это переходит всяческие границы, ваша честь! — закричал Феликс Дарбич. — Мало того, что защита...

— Мне решать, переходит это всяческие границы или нет, — перебил судья, он внимательно посмотрел на Амелию Гольдман и произнес: — Учтите, госпожа защитник, если в итоге выяснится, что происходящее — срежиссированный вами спектакль, то вам не сносить головы. Подобное сурово карается — например, исключением из адвокатской корпорации и пожизненным запретом заниматься адвокатской практикой.

— Ваша честь! — воскликнула мадам адвокат. — Мое единственное желание — представить вам и общественности неопровержимые доказательства того, что доверять доктору Конвей нельзя. Она, как мы только что убедились, лжет под присягой, и никто не гарантирует, что ее показания не направлены на то, чтобы упечь моего клиента в тюрьму. Но если бы мы имели дело с одной лишь нечестной женщиной, желающей отомстить своему бывшему любовнику — господину Вацлаву Черту... — Под грозным взором судьи Амелия исправилась: — Пардон, последнюю фразу прошу не вносить в протокол. Компетентным органам еще предстоит выяснить, отчего доктор Конвей решила обманывать высокий суд. Однако, ваша честь, разрешите продемонстрировать уважаемым присяжным доказательства того, что верить нельзя не только доктору Конвей, но и официальному представителю обвинения, заместителю прокурора Экареста господину Феликсу Дарбичу...

Стелла увидела, как побледнел Феликс.

Амелия Гольдман тем временем подошла к судье и положила перед ним большой конверт из плотной бумаги. Судья, нацепив очки, извлек из конверта пачку фотографий. Мельком просмотрев их, он снял очки и произнес:

— Запрещать вам демонстрировать эти фотографии я не могу, ибо вы правы — они имеют к разбираемому делу непосредственное отношение. Пожалуй, даже предпочту, чтобы вы презентовали их публике в зале суда, а не на пресс-конференции. Хотя, боюсь, сегодня вечером вы сделаете и это, госпожа защитник.

Амелия, победоносно улыбаясь, сгребла фотографии и подошла к присяжным. Подняв над головой фотографии, она заявила:

— Дамы и господа! На снимках запечатлены два человека, которые вам знакомы. Мужчина и женщина в ситуациях, которые не оставляют сомнений в том, что они — любовная пара.

Адвокатша раздала фотографии присяжным. Доктор Стелла Конвей заметила, как заместитель прокурора попытался ослабить узел галстука. А Вацлав Черт, сцепив руки на животе, ухмылялся.

Присяжные, рассматривая фотографии, охали и бросали взгляды, полные негодования и отвращения, в сторону Стеллы и Феликса Дарбича. Однако доктор Конвей не сомневалась, что основной аудиторией для продолжавшей разглагольствовать адвокатши были вовсе не присяжные и даже не судья, а журналисты, с жадностью ловившие каждое ее слово.

— На фотографиях изображены доктор Стелла Конвей и заместитель прокурора Феликс Дарбич. Представитель обвинения и один из главных свидетелей состоят в интимной связи! Ведь так, доктор Конвей? — продолжила Амелия Гольдман, резко повернулась к Стелле и быстрым шагом подошла к ней. — Не забывайте, что вы все еще находитесь под присягой и обязаны говорить правду, что, впрочем, не удержало вас от ложных показаний всего несколько минут назад, — не преминула вкрадчиво отметить защитница Черта. — Доктор Конвей, вы состояли в любовной связи с заместителем прокурора Дарбичем?

Стелла молчала, поняв, что попала в ловушку. До сих пор Амелия пыталась убедить суд и присяжных в том, что она руководствуется личными антипатиями и намеренно лжет под присягой, но теперь адвокатша явно хотела инициировать крах всего процесса. Ведь если выяснится, что один из главных свидетелей обвинения и заместитель прокурора любовники, то у защиты появится уникальный шанс: Амелия наверняка потребует от судьи признания процесса недействительным.

— Да или нет, доктор? Мы ждем! — буквально пропела Амелия и уставилась на Стеллу фиалковыми глазами.

Молодая женщина на свидетельском месте замерла в растерянности. Произнесенное ею сейчас «да» будет означать конец карьеры Феликса и, вероятнее всего, ее собственной. И, что хуже всего, Вацлаву Черту удастся внести сумятицу в умы, перетянуть на свою сторону общественное мнение и представить себя жертвой юридического произвола. «Нет» же равносильно самоубийству: отрицать очевидное бессмысленно.

Вацлав Черт, ухмыляясь, нагло уставился на Стеллу. Его тонкие губы зашевелились, и доктор Конвей уловила смысл его беззвучной фразы: «Ты скоро станешь моей!»

— Так в чем же дело, отчего вы молчите? — вопрос Амелии вернул Стеллу к действительности. Следом и судья произнес строго:

— Свидетель, потрудитесь немедленно дать ответ на поставленный вопрос! Напоминаю вам, что вы поклялись говорить правду, только правду и ничего, кроме правды!

Феликс Дарбич, откинувшись на спинку стула, все еще теребил галстук. Лицо заместителя прокурора столицы приняло пепельный оттенок, руки предательски дрожали. Стелла подумала о том, что честолюбивым мечтам Феликса пришел конец. Они ведь и поссорились-то из-за того, что тот откровенно заявил — развестись с женой он не может, хотя ее и не любит, поскольку развод означал бы для него отказ от продвижения по службе.

— Да, — выдавила из себя, уставившись в пол, Стелла.

Амелия Гольдман, сияя, воскликнула:

— Доктор Конвей, а не могли бы вы громко и четко повторить то, что произнесли? Боюсь, ваш придушенный голос доносится не до всех присутствующих в зале!

Она не только хотела разрушить ее карьеру и вывести из игры как чрезвычайно опасного для своего клиента свидетеля, но и растоптать. Однако ответа не избежать... Стелла подняла взгляд и, уставившись в лицо адвокатше, отчеканила:

— Да, вы правы. Феликс Дарбич и я были любовниками.

— У защиты более вопросов нет! — бросила, отвернувшись, Амелия.

Зал гудел, судья потирал виски, Феликс в оцепенении сидел, механически, сам того не замечая, играя карандашом.

— На основании вскрывшихся фактов, ваша честь, — произнесла Амелия Гольдман, — в частности, того, что заместитель прокурора Дарбич и свидетельница обвинения доктор Конвей состояли в любовной связи, обладая, следовательно, возможностью для сговора и подтасовки улик, я требую объявить процесс недействительным! Прошу отправить дело на дорасследование, исключив из него все имеющиеся улики, ибо они могли быть фальсифицированы обвинением и так называемыми экспертами. Мой клиент Вацлав Черт стал жертвой беззакония, поэтому прошу заменить заключение под стражей — ведь ордер на арест базируется на косвенных доказательствах, к тому же, вполне вероятно, подтасованных прокуратурой! — на подписку о невыезде.

Каждое слово Амелии отдавалось звоном в ушах Стеллы. Минуту назад она собственноручно подписала смертный приговор, причем не только себе, но и Феликсу.

Судья, взывая к тишине, отчаянно заколотил молоточком. Когда волнение в зале улеглось, он объявил:

— Ходатайство защиты удовлетворяется по всем пунктам. Закон полностью на стороне защиты. Процесс признается недействительным, жюри присяжных заседателей распускается. Заместитель прокурора Экареста Дарбич отстраняется от участия в следующем процессе, если до оного вообще дойдет дело. Улики, фигурирующие в деле по обвинению Вацлава Черта в двадцати восьми убийствах, изымаются из дела. Ордер на арест признается недействительным. Обвиняемый освобождается из-под стражи в зале суда — без подписки о невыезде. Желаю всем отличного дня!

Судья, с гневом поднявшись, покинул зал заседания через дверь, располагавшуюся у него за спиной. Журналисты атаковали Феликса, который, прокладывая себе путь через толпу, отвечал на все вопросы хриплым голосом одно и то же: «Без комментариев!»

Судебные приставы оттеснили журналистов, публика начала покидать зал. К Стелле подошел раскрасневшийся мужчина, сопровождаемый всхлипывающей дамой. Размахивая кулаками перед лицом доктора Конвей, мужчина заорал, брызжа слюной:

— Ты, шлюха, все испортила! Нашу единственную дочь убил этот негодяй, а из-за того, что ты трахалась с прокурором, его отпустили на свободу!

К мужчине, отцу одной из жертв, подоспели охранники. Его жена, вытирая слезы, произнесла:

— Желаю вам тысячу несчастий, доктор! Пускай же вы помучаетесь так, как мучилась моя дочурка!

Стелла опустила взгляд. Что она могла ответить на упреки, совершенно справедливые, со стороны родителей жертвы? Сказать, что ей ужасно жаль и она раскаивается в произошедшем?

Амелия Гольдман, собирая бумаги со стола, давала наставления Вацлаву Черту.

— Сейчас у нас пресс-конференция, говорить буду только я. Вы запомнили? Ни на один из вопросов не отвечайте!

Черт кивал, но его взгляд был устремлен на Стеллу. Он поднялся и сделал несколько шагов по направлению к доктору Конвей. Адвокатша предостерегающе окликнула его:

— Господин Черт, вам не стоит говорить с ней, это может негативно сказаться...

Вацлав Черт, не слушая, приблизился к Стелле, и она уловила тот самый аромат дорогой туалетной воды, что доводил ее до дурноты почти десять месяцев. Черт, уставившись в лицо Стелле, прошептал:

— Спасибо! Ты здорово выручила меня. Думаешь, откуда взялись фотографии? Я же их и сделал — до того, как напасть на тебя в январе, следил за тобой пару недель, выведывал твой график.

Стелла отпрянула, узкая бледная ладонь Черта с длинными, покрытыми редкими золотистыми волосками узловатыми пальцами и с острыми ногтями, дотронулась до запястья Стеллы. Доктор Конвей вздрогнула, как будто ее пронзил электрический разряд.

Серые глаза Черта сузились, превратившись в две щелочки, крылья носа затрепетали, он с шумом втянул воздух и облизал губы кончиком языка.

— Я схожу по тебе с ума, — произнес его и провел ногтем большого пальца по запястью Стеллы. — А что касается исчезновения шрама... спасибо современной пластической хирургии — при помощи лазера можно удалить и не такое. Но сделал я это за границей, так что ничего не докажешь. Нам ведь было так хорошо вместе! Но я так и не успел распробовать тебя!

Вацлава Черта позвала Амелия. Он досадливо дернул плечом и сказал:

— Адвокатша мне ужасно надоела, болтлива, как сорока, и нудна до опупения. Думаю, настало время пришить и ее. Она сделала свое дело — я на свободе! А знаешь, что будет потом? — Губы Черты дрогнули в ухмылке, Стелла увидела его острые, мелкие, ослепительно белые зубы. — А потом я убью тебя, Стелла! — прошептал он. — Я же сказал тебе сегодня: «Скоро ты станешь моей». Я видел, ты прочла это по моим губам. Очень скоро! Очень!

Его рука, как змея, промелькнула в воздухе, Черт отвернулся и пошел небрежной походкой к Амелии. Стелла, набрав в легкие воздуха, крикнула:

— Госпожа Гольдман, берегитесь, он только что сказал, что собирается убить вас! А затем и меня!

Несколько человек, находившихся в зале, с большим удивлением и, как показалось Стелле, с недоверием посмотрели на нее. Черт галантно подхватил тяжелый портфель, принадлежавший Амелии.

А та, повернувшись, произнесла ядовито и торжествующе:

— Вы, доктор Конвей, никак не можете смириться с тем, что проиграли? Понимаю, тяжело в тридцать лет понять, что карьера закончена. Сочувствую вам, доктор Конвей! Я на днях от имени господина Черта подам иск против вас, Дарбича и министерства внутренних дел. Только мы с моим клиентом пока не решили, на сколько десятков миллионов. Увидимся в суде!

И она вместе с Вацлавом Чертом направилась к выходу. Стелла осталась в зале одна. Дверь приоткрылась, появился охранник и нерешительно произнес:

— Доктор, думаю, вам следует покинуть помещение.

Стелла знала, что ее сейчас ожидает. Она вновь тяжело вздохнула и медленно вышла из зала. Послышался треск фотовспышек, со всех сторон полетели вопросы:

— Доктор Конвей, это конец вашей карьеры? Как давно вы состоите в любовной связи с Феликсом Дарбичем? Правда ли, что вы спали с Чертом и ваше выступление в суде — попытка отомстить бывшему бойфренду? Намерены ли вы подать заявление об уходе?

КРОВАВЫЙ ДЬЯВОЛ
НАНОСИТ НОВЫЙ УДАР

— Сожалею, что потревожил вас в столь поздний час, Стелла, — произнес Теодор Готвальд, глава спецкоманды по поимке Кровавого Дьявола, — но экстраординарные обстоятельства, увы, требуют этого.

Он пожал Стелле руку, доктор заметила, что Готвальд выглядит чрезвычайно уставшим...

Последние шесть дней были для него ужасны. Доктору Конвей казалось, что за неполную неделю, прошедшую с момента признания процесса недействительным и освобождения Вацлава Черта из-под стражи, Готвальд постарел сразу лет на десять. Раньше она знала его энергичным, моложавым мужчиной с короткой седой шевелюрой и громким голосом. Но в течение шести дней она видела Готвальда в каждом выпуске новостей — ему приходилось оправдываться, давать разъяснения, признавать вину, — и тот ссутулился, под глазами залегли желто-черные тени, на лице застыла гримаса раздражения.

Готвальд говорил с ней всего несколько минут вечером того дня, когда Черт вышел на свободу. Теодор был известен своим крутым нравом и склонностью к непечатным выражениям, но со Стеллой, которую знал уже почти шесть лет и которую считал одним из лучших своих сотрудников, он был холоден, но корректен.

Доктор Конвей подумала тогда, что лучше бы он кричал на нее, ругался и даже обматерил. Был бы трижды прав! Но Готвальд, избегая смотреть ей в глаза, сухо объявил, что она отстранена от всех текущих дел, отправлена в бессрочный отпуск, а специальная комиссия рассмотрит ее дело и возможность увольнения в течение недели.

Феликс Дарбич ушел в отставку, генеральный прокурор страны получил нагоняй от президента и заявил, что и прочие виновные (то есть Стелла) понесут самое строгое наказание и навсегда потеряют возможность работать в следственных структурах. Доктор Конвей не сомневалась, что ею пожертвуют ради восстановления статус-кво.

Черт покинул зал суда свободным человеком в пятницу, а во вторник на очередной пресс-конференции Амелия Гольдман объявила, что от лица своего клиента предъявила генеральной прокуратуре, министерству внутренних дел, министерству юстиции, а также лично Феликсу Дарбичу и Стелле Конвей ряд исков, общая сумма компенсаций по которым составляла в пересчете на доллары пятнадцать миллионов.

Стелла не читала газет («Королевский сплетник» уже который день обмусоливал ее личную жизнь, вопрошая: «С кем еще спит доктор Конвей, подарившая свободу Кровавому Дьяволу?), на телефонные звонки не отвечала. Запершись в своей квартире, превратившейся после январского нападения Черта в мини-крепость, оснащенную самой современной сигнализацией и хитроумными ловушками для налетчиков, смотрела телевизор — канал о путешествиях и чудесах природы. Но даже подобные программы прерывались выпусками новостей или сопровождались бегущей строкой, оповещавшей о новых поворотах в деле Вацлава Черта.

Стелле даже не потребовалось отвергать ничью помощь: слава богу, что родители не дожили до позора, обрушившегося на голову их дочери, думала она. А друзей, как, впрочем, и близких родственников, у нее не было, поэтому никто не пытался утешить ее, уверяя, что ничего страшного не произошло.

Телефон время от времени звонил, но Стелла включила автоответчик — покидать Экарест ей было запрещено, но никто не мог обязать ее брать трубку. Звонили журналисты, пара коллег, снова журналисты, старенькая тетка и снова журналисты. Стелла подспудно опасалась, что объявится Вацлав Черт, но тот не торопился воплощать свои обещания в жизнь.

Всего единожды она подошла к телефону — чтобы позвонить Феликсу. Трубку сняла девочка, вероятно, одна из его дочерей.

— Вы из какой газеты? — раздалось вместо «алло».

— Я коллега папы, — слукавила Стелла. — Он мне очень нужен.

— Папа заперся в кабинете и ни с кем не хочет говорить, — бойко и не без удовольствия объяснила девочка: видимо, она была из тех людей, кто получает от скандала и хаоса большое удовольствие.

— Передай ему, что... что звонит Стелла, — произнесла доктор Конвей. И услышала дробный топот, а затем возбужденный голос девочки: «Мамочка, мамочка, звонит та самая тетя, которая с нашим папой шуры-муры разводила и помогла освободить маньяка!»

В наушнике зашуршало, и сразу раздался резкий женский голос:

— Как вы после всего того, что причинили моему мужу, осмеливаетесь звонить сюда? Вы — бессовестная, дрянная гадина! Вы разрушили его карьеру, погубили репутацию, лишили моих детей средств к существованию!

Супруга Феликса положила трубку, и Стелла поняла, что с ее стороны было ошибкой пытаться поговорить с Феликсом. Даже если бы он подошел к аппарату, что бы она сказала? Что ей ужасно жаль и она не хотела причинить ему вред?

Поздно вечером в четверг, начиная с половины двенадцатого, телефон звонил с периодичностью в каждые две-три минуты. К тому времени память цифрового автоответчика была уже заполнена множеством сообщений (Стелла намеренно не стирала их, чтобы вездесущие журналисты не нервировали, неся чушь и прося об эксклюзивном интервью), поэтому доктор Конвей не знала, кто именно добивается ее в столь поздний час? В конце концов она выключила телефон, хотя знала, что не должна этого делать.

Когда в начале второго раздалась трель домофона и на экране камеры Стелла увидела двух человек, развернувших удостоверения министерства внутренних дел, сердце у нее оборвалось: она поняла, что решение принято. Ее уволили и, по всей видимости (зачем же тогда понадобилось посреди ночи посылать к ней верных псов Готвальда?), решили для острастки заключить под стражу.

Появившиеся молодые люди, облаченные в черные костюмы и стандартные мешковатые плащи, с хмурыми индифферентными лицами и бритыми затылками, ничего объяснять не стали. Но и никаких бумаг (ордера на арест!) они не предъявили, просто заявив, что госпожа Конвей обязана пройти с ними. На сборы ей дали пять минут.

Стелла быстро переоделась, сменив халат на строгий черный костюм. Волосы она забрала в пучок и надела очки. Из зеркала на нее смотрела испуганная и не знающая, как жить дальше, особа неопределенных лет — спать за прошедшие дни ей удавалось не больше трех-четырех часов в сутки, и то днем, при закрытых жалюзи и включенном торшере.

На вопросы молодчики не отвечали. В лифте, пока они спускались с тридцать восьмого этажа в холл (Черт проник в ее квартиру, располагавшуюся на втором этаже старинного особняка, вскарабкавшись по кирпичной стене, поэтому, решив сменить жилье, Стелла остановила свой выбор на недавно выстроенном небоскребе с совершенно гладкими стенами и затемненными окнами), один из них доложил по мобильному: «Мы ее взяли».

Стеллу усадили на заднее сиденье черного джипа с государственными номерами, оба молодчика сели по бокам, словно боясь, что она попытается сбежать. Водитель, еще один субъект в черном костюме, игнорировал светофоры и правила дорожного движения. Во время поездки по столице доктор Конвей, исподтишка посматривая в окно, пыталась сообразить, куда же ее везут. Когда подъезжали к зданию одной из тюрем, машина начала сбрасывать скорость, и Стелла вообразила, что ее отправят в камеру предварительного заключения.

Однако автомобиль, плавно повернув около тюрьмы, поехал дальше, в направлении аэропорта. Тогда Стелла подумала, не хотят ли ее переправить куда-нибудь в глубь страны, там ведь предостаточно тюрем. И вдруг джип неожиданно затормозил — они находились в районе фешенебельных вилл на выезде из столицы.

— Что мы здесь делаем? — спросила доктор Конвей, но ответа удостоена не была.

Выйдя на свежий морозный воздух (температура в столице ночью упала до минус семи), Стелла заметила большой особняк в стиле Тюдоров. Около ворот толпились люди. Один из них направился к доктору Конвей, и она узнала Теодора Готвальда, своего начальника — бывшего или все еще настоящего, она так и не знала.

— Сожалею, что потревожил вас в столь поздний час, Стелла, но экстраординарные обстоятельства, увы, требуют этого, — произнес он, пожимая женщине руку. — Вы не подходили к телефону, хотя находились в квартире, пришлось послать за вами моих ребят.

— Вы что, следили за мной, поэтому так уверены, что я не покидала квартиру? — спросила саркастически Стелла.

Готвальд, потерев шею, ответил:

— Да, именно так.

— Вы отдали команду следить за мной? — произнесла Стелла, не зная, стоит ли ей удивиться или рассердиться. — Но почему, Теодор? Я разве дала повод... — И осеклась: повод она дала.

— Мы не исключали возможности, что вы действуете заодно с Чертом. Хотя, скажу честно, лично я не верил полностью в то, что это возможно.

— Не верили полностью? — переспросила Стелла.

Получается, что Готвальд, знавший ее в течение шести лет без малого и раскрывший с ней десятки, если не сотни дел, все-таки не исключал того, что она работает на маньяка?

Готвальд молча развернулся и зашагал к чугунным воротам. Стелла заспешила за ним, продолжая прояснять ситуацию.

— Шеф, выходит, что вы обращались... обращаетесь со мной как со шпионкой, следили за мной, подозревали в сговоре с Чертом... А «жучки» в квартиру поставили? Зачем вы приказали привезти меня сюда? Это что, ваш дом?

— Хорошего же вы обо мне мнения, Стелла, — без тени улыбки заявил вместо ответа Готвальд.

Он махнул рукой, и ворота распахнулись. Они прошли на территорию небольшого поместья и двинулись к освещенному особняку.

— Чтобы заработать на подобный дворец, мне понадобилось бы беспрестанно трудиться во славу отечества около трехсот лет, — сказал Готвальд. — Вы требуетесь мне в качестве эксперта.

— Отчего такая перемена? — задала вопрос доктор Конвей. — Я же пария, от меня требуют выплаты нескольких миллионов долларов в карман Вацлаву Черту за нанесенный ему моральный ущерб, и дисциплинарный комитет наверняка принял решение о моем бесславном увольнении...

Готвальд на ходу поправил:

— Заседание было назначено на завтра. Но я уже позвонил, и его перенесли на неопределенный срок. Если вам повезет, Стелла, то оно вообще не состоится. Но вам должно крупно повезти! Очень!

С этими словами он поднялся по гранитным ступенькам и подошел к массивной деревянной двери. Стелла вступила вслед за ним в холл. Пол здесь был выложен мраморной мозаикой, копировавшей фривольный орнамент, обнаруженный при раскопках виллы какого-то патриция в Геркулануме, сметенном с лица земли во время легендарного извержения Везувия: фавны, преследующие обнаженных нимф, сатиры, уестествляющие дриад, простые смертные, предающиеся любви с богами.

Особняк, отметила для себя доктор Конвей, явно принадлежал человеку, обладавшему большими деньгами, но не бездной вкуса. Еще один штришок: картины импрессионистов, украшавшие драпированные темно-синим бархатом стены, — в том случае, если они подлинники, — стоят безумно дорого.

— Кто-нибудь объяснит мне, в чем дело? — спросила Стелла Конвей во весь голос. Сотрудники, сновавшие по холлу, воззрились на нее.

Готвальд, поднимавшийся по большой лестнице на второй этаж, остановился и обернулся:

— Черт совершил новое убийство — жертвой стала его собственная адвокатша, та самая Амелия Гольдман, что вытащила на свет божий паскудную историю о вас и заместителе прокурора.

— Что?! — воскликнула потрясенная Стелла, не веря

собственным ушам. Сотрудники, замершие на секунду, возобновили деятельность, неловко скрывая смущение.

Готвальд, неверно интерпретировав возглас спутницы, договорил жестко:

— Не рассчитывайте на извинения от меня, если задел ваши нежные чувства, Стелла. О том, что вы спали с Дарбичем, известно теперь всей стране и даже в других государствах. О вас сообщали даже по Би-би-си и Си-эн-эн. Можете гордиться!

Стелла покраснела.

— Не в том дело, шеф, я не воспитанница института благородных девиц, чтобы падать в притворный обморок при каждом упоминании о факте моего прелюбодеяния. Просто... Черт в зале суда пообещал мне, что убьет Амелию, а также меня, и теперь вы говорите...

— Следуйте за мной, — прервал ее Готвальд. А когда Стелла поднялась вслед за ним на второй этаж, негромко произнес: — О том, что он вам угрожал, вы были обязаны доложить мне изначально!

— Разве это что-либо изменило бы, шеф? — спросила Стелла. — Никто не сомневался в моей вине, да и я не отрицаю, что из-за моей связи с Феликсом все полетело псу под хвост... и вы сами подозревали меня в сговоре с Чертом, поэтому ни одному моему слову не поверили бы...

— В следующий раз обо всем немедленно докладывать мне лично! — приказал Готвальд. — И не при таком стечении народа, Стелла!

От лестницы они направились по коридору к комнате, из дверей которой лился яркий свет.

— Значит, он таки убил Амелию? — спросила Стелла.

— Убил, — подтвердил Готвальд. — Сейчас все сами увидите!

Доктор Конвей вошла в большую комнату, оказавшуюся спальней. И сразу в нос ей ударил специфический запах крови. Стелла подавила волну тошноты, внезапно накрывшую ее, и замерла на пороге.

Ворсистый белый ковер был залит кровью. Кровь была и на стенах лавандового цвета, на картинах, на фотографиях, на венецианском зеркале-трюмо, уставленном флаконами, коробочками и тюбиками, и даже на золоченом вентиляторе под потолком.

— Черт превзошел самого себя, — произнес один из медицинских экспертов, склонившийся над большой двуспальной кроватью. На постели крови было больше всего.

Стелла, стараясь не наступать на бордовые разводы,

подошла к эксперту. Знаменитый адвокат по уголовным делам Амелия Гольдман лежала на кровати: руки, как и у всех жертв Черта, прикреплены наручниками к спинке, лицо превращено в кровавую маску, обнаженное тело покрыто множеством ран.

— М-да... Наш общий друг постарался... — заметил Готвальд.

— Можно и так сказать, — отозвался медицинский эксперт. — Почерк Кровавого Дьявола, никаких сомнений. Детальный отчет смогу представить не раньше утра, после вскрытия. Как и всем предыдущим, он перерезал ей глотку и, пока она агонизировала, изнасиловал. Не сомневаюсь, что, как и во всех предыдущих случаях, использовал презерватив, ибо видимых следов спермы нет. Затем устроил бойню — на первый взгляд не меньше пятидесяти ножевых ранений, кожа с лица срезана, причем сделал он это, когда она еще была жива.

Стелла на мгновение вспомнила события десятимесячной давности — она, как и Амелия, находилась в полной зависимости от Вацлава Черта, и только по благоприятному стечению обстоятельств ей удалось выжить.

— С вами все в порядке? — обеспокоенно спросил Готвальд.

Доктор Конвей, взяв себя в руки, поспешила успокоить шефа:

— Да, да. Когда было обнаружено тело?

— Два с половиной часа назад, — ответил Готвальд. — Горничная Амелии Гольдман нашла ее, у бедной женщины до сих пор шок.

— А Черт? — осторожно спросила Стелла.

— Исчез, — ответил начальник. — Все силы столичной полиции брошены на его задержание. Это же неслыханно — Черт решил воспользоваться небывалым шансом и, оказавшись на свободе, снова принялся за убийства!

Стелла подумала: если бы не ее оплошность, Амелия осталась бы в живых. Хотя она ведь пыталась предупредить адвокатшу, но та не пожелала слушать. Гольдман знала, что имеет дело с безжалостным убийцей, однако была уверена, что ее-то Черт не тронет — еще бы, она же его защитница! За свою самоуверенность Амелия поплатилась жизнью.

Настало время осмотреть место преступления. Готвальд пояснил:

— Мы должны убедиться, что перед нами новая жертва Черта, а не имитатора его злодеяний. Вы, Стелла, как никто другой, знакомы со всеми деталями, так что осмотритесь...

Доктор Конвей прошлась по спальне, заглянула в ванную комнату, спросила:

— Как он проник в дом?

— Следов взлома нет, — ответил Готвальд, — создается впечатление, что Амелия впустила его.

— Обычно Черт проникал в дома жертв тайно, — заметила Стелла.

Она с беспокойством вспомнила о том, что обещал маньяк — после адвокатши жертвой станет она сама. Оставалось надеяться на то, что полиция нападет на его след и арестует до того, как тот доберется до Стеллы.

— Куда мог скрыться Черт? — произнесла она вслух вопрос, который тревожил ее больше всего.

— Едва я получил сообщение о произошедшем убийстве, — заговорил Готвальд, — то немедленно распорядился выслать группу захвата к нему домой. В квартире никого не оказалось, а у оперативников создалось впечатление, что Черт там после освобождения и не появлялся — везде пыль, никаких следов хозяина. Скорее всего, он снял номер в какой-нибудь гостинице. Мои ребята отслеживают его кредитную карточку, но пока результатов нет. Ну ничего, рано или поздно мы его схватим! Физиономия его слишком известна, никуда он не денется! Совершив это убийство, Черт выдал себя с головой, когда мы его поймаем, в нашем распоряжении будут неопровержимые доказательства его вины.

— Не удивлюсь, если выяснится, что у Черта имеется тайное логово, о котором мы не имеем представления, — заметила Стелла. — И, вероятно, у него имеется паспорт, а то и несколько, на другое имя, а также предостаточно наличности. Или существует несколько счетов на подставных лиц.

— Что вы хотите сказать? — произнес недоверчиво Готвальд. — По всей столице проходит спецоперация, цель которой — задержание Черта нынче ночью. Я уверен, мои сотрудники справятся! Еще до рассвета мерзавец окажется в наших руках! Оказавшись на свободе, он потерял голову от радости и, соблазнившись легкой добычей, лишил жизни Амелию Гольдман.

Стелла так не считала. Она не сомневалась: убийство адвокатши не было спонтанным актом, Черт тщательно готовился к нему. Амелия, сама того не ведая, превратилась в игрушку в руках маньяка — он манипулировал

Гольдман, подбросив ей улики, которые вынудили судью признать процесс недействительным...

Ее размышления прервало появление одного из помощников Готвальда. Он протянул шефу мобильный телефон. Тот, выслушав донесение, воскликнул, сияя:

— Его только что взяли, Стелла! Наглец как ни в чем не бывало развлекался в ночном клубе! Я же сказал, что еще до рассвета он окажется в наших руках! Я лично примусь за его допрос, и он живо выложит мне всю правду! Убив адвокатшу, Черт совершил большую ошибку: никто из столичных законников экстра-класса не захочет защищать его, ему дадут государственного адвоката, а те красноречием и сообразительностью не отличаются, так что на новом процессе никто не сможет устроить театр. Ну что ж, поехали, Черта везут в тюрьму!

— Но улики... — заикнулась Стелла. — Пока в нашем распоряжении нет ни единой улики...

— За ними дело не станет, — холодно отрезал Готвальд, выходя из спальни покойной Амелии Гольдман. — Этот тип признается мне не только в убийстве адвокатши, но и во всех прочих преступлениях!

СКОРО ТЫ СТАНЕШЬ МОЕЙ...

Вацлав Черт вел себя на удивление спокойно и уверенно. Стелла, наблюдая за ним через зеркальное стекло из небольшой комнатки, нашпигованной записывающей аппаратурой, видела перед собой скучающего человека. Одетый в черные джинсы и пеструю батиковую рубашку, закинув ногу на ногу, Черт восседал на металлическом стуле. Внезапно он посмотрел прямо в глаза Стелле, находившейся с противоположной стороны большого зеркала, и произнес:

— Добрый вечер, моя хорошая. Мне жаль, что вырвал вас из объятий ваших кошмаров. Но ничего, скоро вы вернетесь к ним!

По телу Стеллы пробежали мурашки. Откуда Черт может знать, что она находится в смежной комнатке? Он не в состоянии видеть ее!

Маньяк улыбнулся и приветливо помахал рукой. Что-то в его поведении настораживало Стеллу — он вел себя уж слишком самоуверенно. Она надеялась, что после убийства Амелии он предпочтет скрыться, а вместо этого... Ведь Черта задержали в одном из самых известных ночных заведений Экареста! Он и не пытался бежать! Был с полицейскими корректен, а прибыв в тюрьму, первым делом потребовал своего адвоката — Амелию Гольдман.

Дверь комнаты для допросов распахнулась, появился Теодор Готвальд в сопровождении своего заместителя. Черт расплылся в улыбке и произнес:

— Господин руководитель группы по моему задержанию, как же я рад видеть вас! Чему обязан подобной весьма сомнительной честью лицезреть вас в столь поздний час? Или я нарушил какое-то неведомое мне предписание, развлекаясь в ночном клубе?

Готвальд, подойдя к Черту, наотмашь ударил его по лицу. Стелла увидела, как из разбитой губы задержанного потекла тонкая струйка крови. Глаза Черта загадочно сверкнули, и на секунду Стелле показалось, что он чрезвычайно рад произошедшему.

— Мы знаем, что это ты убил ее, — произнес Готвальд, тяжело дыша. — И не пытайся юлить, мерзавец!

— О чем вы? — утирая тыльной стороной ладони кровь со рта, произнес Черт. Стелла отметила, что у него великолепно получается разыгрывать невиновного.

Вместо ответа Готвальд сильно толкнул его в грудь, стул, на котором сидел Черт, пошатнулся. Задержанный попытался встать, Готвальд нанес ему удар в живот.

— Ты отлично знаешь, о чем я веду речь, — произнес он.

— Я требую... требую предоставить мне свидание с адвокатом... — задыхаясь, прошептал Черт. — Вы не имеете права подвергать меня физическому насилию, это противозаконно...

— Физическое насилие? — делано удивился Готвальд. — О каком насилии ты ведешь речь, приятель?

— Вы избиваете меня, — прогнусавил Черт.

— Мы избиваем тебя? — ужаснулся Готвальд и со всей силы ударил Черта двумя ладонями по ушам. Тот с протяжным стоном повалился на пол. — Кажется, ты страдаешь галлюцинациями, — заявил Готвальд. — Никто тебя не избивает, а вот сам, наоборот, ты буйствуешь и наносишь себе увечья.

— Мой адвокат Амелия Гольдман... — простонал Черт.

Готвальд с размаху «поддел» задержанного ногой и заявил:

— Тебе лучше, чем кому бы то ни было, известно, что твоя адвокатша мертва: ты убил ее сегодня вечером. Ну что, хочешь сделать чистосердечное признание?

— Я не понимаю, о чем вы говорите... — услышала Стелла тихий голос Черта.

Готвальд, рывком подняв Черта с пола, бросил его на металлический стол и принялся избивать. Доктор Конвей отвернулась. Она знала, что ее вмешательство не избавит Черта от мер физического воздействия. Странно, однако она испытывала непонятное чувство по отношению к Вацлаву Черту — нечто похожее на жалость.

— У тебя есть возможность в любой момент остановить происходящее, — заявил Готвальд, нанося удар за ударом. — У моего заместителя имеется признание, от тебя требуется лишь подписать его. Как только поставишь свою закорючку, мы оставим тебя в покое. Ты меня понял, Черт?

— Стелла! — услышала доктор Конвей свое имя и вздрогнула. Черт обращался к ней. — Я ни в чем не виновен, клянусь вам! Помогите мне, прошу вас! Иначе ваш начальник убьет меня...

Готвальд продолжал истязать Вацлава Черта. Стелла слышала мерные удары и стоны задержанного. Наконец раздался хриплый шепот:

— Я согласен, я все подпишу... Только прекратите!

— Вот это мне нравится, — похвалил Готвальд и, схватив за волосы лежащую на столе голову Черта, приподнял ее. Заместитель шефа раскрыл папку и услужливо подал ее Черту. Готвальд вложил в пальцы задержанного ручку.

— Можешь не читать, — заметил он со смешком. — Здесь перечисляются твои деяния: все убийства, в том числе последнее, жертвой которого стала Амелия Гольдман. Можешь, впрочем, добавить и другие, совершенные тобой.

— Амелия мертва? — прошептал Черт.

— Не изображай из себя дебила! — ударив его по шее, воскликнул Готвальд. — Конечно, мертва, ты ведь сам убил ее всего несколько часов назад. Ну, я жду! Или ты хочешь, чтобы возобновились воспитательные меры?

Черт склонился над бумагами, задумался, поднес ручку к признанию и... энергичным жестом перечеркнул его крест-накрест.

— Я не собираюсь сознаваться в том, чего не совершал, — заявил он с вызовом и швырнул ручку под ноги Готвальду. — Повторяю, я невиновен!

— Значит, невиновен? — протянул зловеще Готвальд.

Лицо шефа налилось кровью. Стелла поняла, что тот находится на грани нервного срыва. Это может закончиться фатально как для Черта, так и для него самого. Он и так нарушил должностные инструкции, подняв на задержанного руку.

Доктор Конвей выбежала из комнатки и прошествовала в соседнее помещение.

— Шеф, остановитесь! — сказала она, появляясь в тот самый момент, когда Готвальд, повалив Черта на пол, занес ногу над его лицом.

— Что вы здесь делаете? — воскликнул Готвальд. — Убирайтесь прочь, Стелла!

— Побоями вы ничего не добьетесь, только усугубите ситуацию, — ответила доктор Конвей. — И кроме того, я не могу безучастно наблюдать за тем, как вы применяете силу в отношении задержанного. Мне чрезвычайно жаль, шеф, но я не могу допустить, чтобы вы избивали господина Черта...

* * *

Дверь комнаты для допросов раскрылась, на пороге возник солидный господин в дорогом темном костюме с лазурным галстуком, украшенным сверкающей булавкой. В появившемся субъекте Стелла узнала одного из самых знаменитых адвокатов столицы, коллегу покойной Амелии Гольдман, Вольдемара Канна.

— Немедленно отойдите от моего клиента! — с вызовом произнес он.

— Кто вы такой и что здесь делаете? — произнес, опешив, Теодор Готвальд. Он явно не ожидал увидеть в комнате для допросов постороннего.

— Кажется, я когда-то имел несчастие быть вам представленным, — процедил адвокат и подошел к лежащему на полу Вацлаву Черту. — Меня зовут Вольдемар Канн, я — защитник господина Черта. Как только мне стало известно о его аресте, я немедленно отправился сюда, чтобы представлять его интересы. Как я вижу, вы не теряли времени и попросту жесточайшим образом избили моего клиента. Учтите, это выйдет вам боком! Я потребую вашего отстранения от расследования. Или вам мало тех миллионов, которые господин Черт потребовал в качестве компенсации от государственных органов и частных лиц, причастных к возбуждению дела по ложным обвинениям?

Адвокат помог Черту подняться. Тот, издавая громкие стоны, изображал из себя тяжелораненого.

— Что, теперь твой защитник — мужчина? — процедил Готвальд. — Не бойтесь, адвокат, что после того, как вызволите Черта из тюрьмы, он проникнет к вам в дом и вырежет всю вашу семью?

Вольдемар Канн, проигнорировав замечание Готвальда, усадил Черта на стул, затем раскрыл большой кожаный портфель и вытащил пачку документов, которые швырнул на стол.

— Сразу отвечу на ваш бестактный последний вопрос: я холостяк, семьи у меня нет. Теперь по делу: вы арестовали моего клиента по подозрению в убийстве Амелии Гольдман. Однако имеется свидетельница, которая готова под присягой подтвердить то, что весь прошедший вечер, с двадцати часов до момента своего задержания, господин Вацлав Черт находился вместе с ней в ночном клубе «Рай и ад». Насколько мне известно, примерное время убийства — двадцать три часа — двадцать три часа тридцать минут. Согласно показаниям свидетельницы, мой клиент был в это время с ней!

Готвальд хмыкнул:

— Не может быть! Ваша свидетельница ошибается или врет! Никаких сомнений нет, что Амелию Гольдман убил Вацлав Черт!

— Тогда докажите это! — заявил адвокат. — У вас имеется двадцать четыре часа, чтобы после задержания предъявить господину Черту официальное обвинение. И на сей раз, не сомневаюсь, прокуратура не будет спешить с этим — кому хочется снова попасть впросак и столкнуться с новым иском. А пока что требую перевода моего клиента в тюремный лазарет и регистрации всех его увечий и повреждений. В дальнейшем, господин Готвальд, вы ответите за избиение моего подопечного самым строгим образом!

Теодор Готвальд, крепко выругавшись, вышел из комнаты для допросов. Вацлав Черт, с трудом приоткрыв уже опухающий глаз, повернулся к Стелле:

— Спасибо, что попытались спасти меня, доктор! Я никогда этого не забуду! Мы ведь еще встретимся?

Стелла выбежала вслед за шефом. Она нагнала его в коридоре и сказала:

— Не сомневаюсь, что алиби Черта окажется бронебойным, иначе бы он не позволил задержать себя.

— Что вы хотите сказать? — произнес в раздражении Готвальд. — Что Амелию убил не он?

— Напротив, я уверена в том, что Гольдман стала его новой жертвой, однако Черт играет с нами в кошки-мышки, — возразила Стелла, подумав, что в первую очередь маньяк играет с ней. — Вам стоит приготовиться к тому, что его новый адвокат потребует отстранить вас от ведения дела, предъявит новый иск на огромную сумму и будет давать направо и налево интервью, живописуя кошмары, которые довелось пережить его клиенту. Он же элементарно спровоцировал вас, добившись, чтобы вы подняли на него руку. Теперь он — жертва полицейского произвола. Черт выйдет на свободу...

— Никуда он не выйдет! — вспыхнул Готвальд. — Он убил три десятка женщин! И это те жертвы, о которых нам известно, не исключено, что имеются и другие. Я готов отвечать за содеянное и не раскаиваюсь в том, что избил Черта. С еще большим удовольствием я бы отправил его на тот свет...

— Он добивается того, чтобы выглядеть мучеником, — убеждала доктор Конвей, — заставляет нас совершать ошибки и делать неправильные ходы. После того что вы совершили, шеф, нам будет крайне сложно убедить прокуратуру начать работу над новым процессом.

Свидетельницей, обеспечивавшей алиби Черта, была молодая девица, которая, как выяснилось, являлась внештатным корреспондентом «Королевского сплетника». Она твердо стояла на своем — с двадцати часов десяти минут до момента задержания она вместе с Чертом была в клубе «Рай и ад», и задержанный покидал ее всего два раза, чтобы наведаться в туалет, причем не дольше чем на пять минут. Нашлось и еще несколько человек — вышибалы, бармен, несколько гостей, стриптизерши, уверявшие, что Черт в самом деле находился в клубе.

Под утро Готвальд получил отчет патологоанатома: Амелия Гольдман умерла между одиннадцатью и половиной двенадцатого вечера. На месте преступления не было обнаружено ни единой улики, позволяющей изобличить Черта и доказать его причастность к убийству столичной адвокатши.

Стелла находилась в кабинете Готвальда, изучая отчет о вскрытии и протокол допроса свидетелей. Готвальд, мрачно пивший кофе, спросил:

— И что вы обо всем этом думаете? Он что, подобно доктор Джекиллу и мистеру Хайду, один в двух лицах? Или у него имеется подражатель или, что еще хуже, неведомый помощник?

Доктор Конвей, в очередной раз рассмотрев фотографии с места убийства Амелии Гольдман, ответила:

— У меня нет сомнений: и это преступление, и предыдущие совершены одним и тем же человеком — Вацлавом Чертом. Ничто не указывает на наличие сообщника. Да Черту никто и не требуется — он привык наслаждаться своими ужасными деяниями в одиночку. Он мнит себя гениальным убийцей и исключительной личностью, и все те, кто оказывают ему помощь, совершают это либо по незнанию, как Амелия Гольдман, либо по глупости, как свидетельница из ночного клуба.

— Так она лжет или нет? — взвился Готвальд.

— Частично, — ответила Стелла. — Прочие свидетели — гости, стриптизерши, бармен, охранники — готовы подтвердить, что видели Черта в клубе: как он вместе с девицей входил туда в начале девятого вечера, как танцевал, заказывал напитки, перебрасывался парой слов со случайными знакомыми и так далее. Но никто, за исключением свидетельницы, не может поклясться, что Черт был в клубе на протяжении всего времени.

— Значит, вы думаете, — сказал, ударяя кулаком по столу Готвальд, — что девчонка врет, выгораживая Черта?

Стелла пояснила:

— Черт, как мы знаем, умеет манипулировать людьми. Если ему удалось провести такую ушлую и хитрую особу, каковой была покойная Амелия Гольдман, то перетянуть на свою сторону глуповатую и жаждущую сенсационного репортажа молодую внештатную журналистку для него проще простого. Спрашивается, с чего вдруг он отправился в ночной клуб, если мы знаем, что раньше он никогда не посещал подобные заведения? Его увлечения — книги садистского содержания, которыми он наслаждается под музыку Вагнера в полном одиночестве, планируя очередное убийство. Так вот: в клуб он отправился, дабы создать себе алиби. Там его видело много народу, но его коронный свидетель — журналистка. Кстати, не находите, что в восемь вечера рановато отправляться в ночной клуб?

— Но как он заставил ее солгать? Запугал? — предположил Готвальд.

— Нет, скорей всего пообещал эксклюзивное интервью и сенсационные откровения, вот дурочка и клюнула, — пожала плечами Стелла. — Вы же ее видели: двадцать три года, недавно окончила университет, постоянного места в газете не нашла, поэтому работает внештатным корреспондентом, однако надеется на прорыв и головокружительную карьеру. Когда Черт предложил ей отправиться с ним в клуб, а затем, после его ареста, подтвердить его алиби, она наверняка была на седьмом небе от счастья. Я с ней говорила, она не задумывается о том, что покрывает безумного маньяка, все разговоры сводятся к одному: как здорово — написать душераздирающий репортаж и стать в мгновение ока знаменитой, тогда все известные «желтые» газеты столицы предложат ей долгожданное место. Ради сенсации она готова пойти на что угодно!

— Я заставлю ее сказать правду! — выкрикнул Готвальд. — Девчонку надо как следует потрясти, она живехонько выложит все, как на духу!

— Шеф, вам лучше держаться от нее подальше, — сказала Стелла. — Адвокат Черта уже оповестил общественность о том, что вы едва не убили его, выбивая признание. Если станет известно, что вы оказываете давление на свидетельницу... Разрешите мне еще раз переговорить с ней!

— Только неофициально, — ответил в раздражении Готвальд. — Не забывайте, что вы отстранены от работы.

* * *

Агнешка Липой, невысокая, с короткими рыжими волосами и мелкими чертами хитроватого личика, покрывала ногти серебристым лаком, когда Стелла Конвей вошла в комнату для допросов. Заметив ее, журналистка продемонстрировала ей пальцы и жеманно спросила:

— Вам нравится? В этом сезоне самый писк!

Девица производила впечатление недалекой особы, однако свои права она знала отлично. Не успела Стелла опуститься на стул, как Агнешка, спрятав пузырек с лаком в сумочку, спросила:

— Как долго вы намереваетесь мариновать меня здесь? Я сказала вам все, что знала.

— Агнешка, я хотела бы еще раз услышать вашу версию того, что произошло прошлым вечером, — произнесла доктор Конвей.

Журналистка надула губки.

— Да сколько можно рассказывать, у меня уже язык устал! Вы и ваши коллеги слышали это уже десять раз!

— И все же... — настаивала Стелла.

Агнешка вздохнула:

— Ну ладно, Вацлав забрал меня в половине восьмого, мы отправились в «Рай и ад». Я уже давно хотела там побывать, но туда ведь не так-то легко попасть. А у него связи, он же работает... работал в администрации президента! Обещал меня познакомить с влиятельными людьми, у которых я могла бы взять интервью. — Агнешка закатила глаза и всплеснула руками. — Он платил за меня, был таким галантным! Вы не представляете, Вацлав — отличный рассказчик!

— И что же он вам рассказывал? — спросила Стелла Конвей.

— Разное, — уклонилась от прямого ответа Агнешка, и в глазах промелькнули озорные огоньки.

— Рассказывал, например, о том, что в детстве был нелюдимым и жестоким? — спросила Стелла. — Что вырос в деревне, где его любимым занятием было сворачивать голову утятам и цыплятам да топить в колодце щенков и котят?

— Нет, но... — залепетала Агнешка.

— А поведал ли он, что не пользовался ни в школе, ни в институте популярностью у девушек, поэтому напал на одну из сокурсниц и попытался ее изнасиловать?

— Я не знала... — начала журналистка.

— А о том, что его подозревали в глумлении над трупами в ту пору, когда он учился на медицинском и подрабатывал сторожем в морге?

Агнешкина улыбка исчезла.

— Я же знаю, что вы пытаетесь его очернить, вы — та самая докторша, которую он бросил. Вацлав мне все о вас рассказал! Что вы глубоко фрустрированная особа с массой комплексов, у вас в течение последних трех лет не было мужика, а до того — всего пара случайных связей, что вы затащили его в постель, а потом, когда вы ему надоели и Вацлав с вами расстался, решили ему отомстить!

— Вот, значит, что он поведал вам обо мне? — медленно произнесла Стелла, стараясь сохранить спокойствие. — Взгляните сюда, Агнешка! — И она пододвинула к девушке папку.

— Что это? — спросила та и раскрыла папку. Глаза молодой журналистки распахнулись, она ойкнула и побледнела.

— Перед вами фотографии седьмой жертвы Вацлава Черта, — стала пояснять Стелла. — Она была убита самым жестоким образом — эксперты насчитали на ее теле восемьдесят три ножевых ранения. На следующей фотографии двадцатая жертва, молодая женщина была на третьем месяце беременности, вместе с ней погибла и ее дочка. А еще ниже — фотографии Амелии Гольдман, защитницы Черта, которую он использовал для своих целей.

Она, как и вы, считала, что Черт не сможет обхитрить ее. Фатальная ошибка. Ибо именно Черт контролирует ситуацию, хотя у вас создается ложное впечатление, будто он у вас на крючке. Амелия, с моей невольной помощью, добилась признания процесса над Чертом недействительным, избавила его от тюрьмы. И чем он отплатил ей? Жестокой смертью: на ее теле насчитали пятьдесят четыре ножевых ранения. Он перерезал ей горло и изнасиловал, а затем срезал ткани лица и дождался, пока она истечет кровью. Так заслуживает ли этот субъект того, чтобы вы его спасли? Если он выйдет на свободу благодаря вашим ложным показаниям, то первым убьет вас, Агнешка. Вы чрезвычайно опасная свидетельница! Я знаю, что он покидал вас в клубе на некоторое время, но вы молчите об этом. Скажите правду, и тогда вы сможете написать грандиозный репортаж! Еще бы, вы станете знамениты на всю страну, нет, на весь мир! Вы поможете упечь Кровавого Дьявола за решетку, любое издание предложит вам высокооплачиваемую работу, вами заинтересуется телевидение!

Агнешка колебалась. Стелла знала, что если задействовать страх и тщеславие, то почти всегда можно добиться требуемых результатов. Не исключено, что молодая журналисточка считает, что влюблена в Вацлава Черта, он был для нее неким воплощением гламурного мира, ведь о нем писали газеты и сообщало телевидение. Поэтому требовалось донести до сознания падкой на сенсации и жаждущей славы девчонки, что Черт — не поп-певец или олимпийский чемпион, а убийца, отправивший на тот свет почти тридцать женщин. Тогда можно надеяться, что девица поймет свою ошибку и даст показания.

— Я... Вацлав... Он просил меня... — произнесла наконец Агнешка.

Стелла приободрила ее:

— Расскажите, как было на самом деле. Он ведь наверняка сказал, что вы ему нравитесь и что он поможет вам стать автором сенсации?

— О чем это вы? — вдруг выпалила журналистка. — Сенсация... Какая сенсация? Я сказала все, что знала! Или у вас имеются еще какие-то вопросы? Тогда задавайте их побыстрее, я хочу отправиться домой! Хотя... Хотя чего я жду? Я ведь свидетельница, следовательно, нахожусь здесь по собственной воле. И удерживать меня у вас нет никакого права! — Девица поднялась и направилась к двери.

— Агнешка, у вас пока еще имеется возможность спасти свою жизнь и жизнь других женщин! — крикнула Стелла Конвей.

Но та самоуверенно ответила:

— Я раскусила вас, доктор, вы хотите использовать меня в своей игре! Вы требуете от меня рассказать прав... я хотела сказать — требуете поддержать версию, которая вам выгодна. Тогда вы арестуете Вацлава, а сами сможете реабилитироваться. За мой счет хотите стать той, кто упек Кровавого Дьявола в тюрьму. Не получится! Если кто его в тюрьму и отправит, так только я! Но не когда вы мне прикажете, а когда я сама захочу!

— Значит, вам известно нечто такое, что может доказать вину Вацлава Черта... — начала Стелла, но журналистка перебила ее:

— Я не сказала «Вацлава Черта», я сказала Кровавого Дьявола». А Вацлав ни в чем не виновен. Он был все время со мной в клубе, с восьми вечера до того момента, когда его арестовали эти мужланы в масках и с автоматами наперевес. Еще вопросы? Нет? Тогда чао, доктор, мне надоело у вас в тюряге, я ужас как хочу принять душ и завалиться побыстрее спать!

Журналистка выскочила из комнаты для допросов и с силой хлопнула дверью. Стелла вышла в коридор, где к ней подошел Готвальд.

— Вам почти удалось склонить ее к тому, чтобы дать показания против Черта, — заметил он поощряюще. — И не ваша вина, что девчонка оказалась такой сумасбродной. Ничего, в ближайшие дни мы сумеем вытащить из нее правду.

— Как бы не опоздать, — ответила Стелла. — Черт приложит все силы, чтобы ликвидировать Агнешку. Кстати, где он?

Шеф помрачнел.

— Десять минут назад покинул следственный изолятор в сопровождении своего адвоката. Если Черт и его пришьет, то я буду только рад — такой беспардонный тип! Я распорядился установить за Чертом негласное наблюдение, и стоит ему сделать один неверный шаг, приблизиться к чужому жилищу или, не дай бог, наведаться на квартиру к юной журналисточке, как его тут же схватят с поличным.

— Приставьте охрану и к ней, — попросила Стелла.

— Еще чего! — заявил Готвальд. — Дала бы показания против него — стала бы участницей программы по защите свидетелей. Мы бы тогда охраняли ее на полную катушку, глаз бы с нее не спускали, дюжина человек ее стерегла бы. А пока не хочет с нами кооперироваться, так пусть и не рассчитывает на помощь с нашей стороны. Ничего, как только девчонка поймет, что Черт хочет ее кокнуть, она сразу выложит правду. Он ведь не сегодня завтра к ней заявится, чтобы убить, мы его там и возьмем. А если опоздаем и эта вертихвостка отдаст концы, сама будет виновата — у нее была великолепная возможность выдать нам Черта с потрохами, но она решила промолчать. Уверен, что на днях мы его арестуем, и прокуратура сумеет начать новый процесс!

Но доктор Стелла Конвей не разделяла беспочвенной эйфории шефа, хотя предпочла и не сообщать ему об этом.

ВИЛЬЕРСКИЙ КОШМАР

Четыре дня спустя произошло то, чего так опасалась доктор Конвей. Теодор Готвальд вызвал ее к себе, и по его тону Стелла сразу поняла: случилось нечто непредвиденное.

— Новое убийство? — спросила она. — Черт снова вышел на охоту?

— Не исключено, — кивнул Готвальд. — Агнешка, та самая журналистка, что выгородила Черта, найдена мертвой. Однако, в отличие от других жертв, не у себя дома, а на улице. Кто-то напал на нее в темном переулке и задушил. Никаких следов сексуального насилия, зато исчезла ее сумочка с документами и портмоне. Полиция придерживается версии о разбойном нападении, однако у меня большие сомнения в ее достоверности.

— Ваши люди следили за Чертом? — продолжала допытываться Стелла.

— Следили, — подтвердил Готвальд. — Но что толку? Он, вероятно, знал об этом и все же умудрился выскользнуть из дома так, чтобы его не заметили. За журналисткой тоже следили, однако сегодня утром мне приказали снять наблюдение — начальство получило жалобу от ее адвоката. Мне пришлось повиноваться.

— Значит, Черт устранил единственную свидетельницу, которая могла бы дать против него показания, и обставил все как ограбление, — вздохнула Стелла. — Вы точно уверены, что нет улик, позволяющих заподозрить его в убийстве журналистки?

— Кроме того, что убийцей был мужчина, причем достаточно сильный, ростом около метра восьмидесяти, то есть таких же параметров, как и Черт, эксперты ничего не раскопали, — сообщил Готвальд. — Он издевается над нами! Его теперешний адвокат, тот, что заявился тогда в следственный изолятор, подал новый иск, и в нем фигурирует мое имя. Он требует моего отстранения от ведения дела.

— Я же говорила вам, шеф, что рукоприкладство до добра не доведет, — покачала головой доктор Конвей. — Черт — коварный противник, он отлично знает свои права и использует их против нас. Не сомневаюсь, что он получает огромное удовольствие от игры с нами, мнит себя всемогущим — еще бы, он ведь оставляет с носом прокуратуру и полицию раз за разом!

— В старые добрые времена, когда мы жили при коммунизме, а адвокаты предпочитали помалкивать, зная, что у них в любой момент могут отозвать лицензию, преступников, подобных Черту, обхаживали резиновыми дубинками, а затем запирали в карцер — и они сами признавались в содеянном, — негодуя заявил Готвальд. — Теперь же так поступать с задержанными нельзя, каждый из них знает свои права и грозит исками. Не сомневаюсь, что в ближайшие дни Черт добьется своего — нам будет приказано снять наблюдение за его домом. И значит, маньяк, на совести которого три десятка жертв, сможет творить, что ему захочется. Прокуратура уже заявила, что после исключения из дела всех улик устраивать новый процесс против Черта не имеет смысла. Может быть, когда он убьет еще кучу женщин и допустит ошибки, они займутся им, но не сейчас!

Стелла тяжело вздохнула. Выходит, им остается только рассчитывать на удачу. Вацлав Черт добился своего и, выйдя на свободу, продолжает убивать. И остановить Черта, пока он не оставит улики на месте преступления, нет никакой возможности.

— Теперь перейдем к делу, — заявил Готвальд. — Вы представляете для Черта особый интерес. За ним ведется наблюдение, и он не посмеет начать охоту на вас. Но его адвокат, как я уже сказал, подал апелляцию, и по имеющимся у меня сведениям она будет удовлетворена на текущей неделе.

Доктор Конвей поежилась. Вацлав Черт был, пожалуй, самым опасным и кровожадным убийцей, с которым ей приходилось сталкиваться. И он недвусмысленно заявил: они скоро встретятся! Черт, наплевав на собственную безопасность, совершил два новых убийства, соответственно, не остановится и перед третьим.

— Что вы хотите сказать, шеф? — произнесла Стелла дрогнувшим голосом.

— У меня так и чешутся руки... — признался Готвальд. — Будь я на пенсии, то взял бы пистолет, отправился бы в логово к Черту и всадил ему в грудь всю обойму. Меня бы, понятное дело, арестовали и отдали под суд за преднамеренное убийство, но одним извергом на земле стало бы меньше. К сожалению, ничего подобного я позволить себе не могу: до пенсии мне еще далеко, и если я сейчас отправлюсь в тюрьму, к вящей радости всех негодяев и извращенцев в нашей стране, то кто будет их ловить? Но я не хочу, Стелла, чтобы вы стали следующей жертвой Черта!

Доктор Конвей вздрогнула и произнесла слабым голосом:

— Вам не стоит обо мне беспокоиться, шеф! Я сумею справиться с Чертом...

— Вы уверены? — хмыкнул Готвальд. — Он помешан на убийствах, вы сами мне это говорили. Ему наплевать на то, что полиция может его арестовать, ему хочется крови. На сей раз — вашей крови, Стелла. Он ведь уже проникал в ваш дом...

— Я не хочу об этом говорить! — воскликнула Стелла.

— Проникал и даже пытался убить вас, — продолжил, невзирая на ее протест, Теодор Готвальд. — И вы допустили большую ошибку, не сообщив тогда в полицию.

— Шеф, прошу вас, давайте оставим тему! — попросила... нет, потребовала Стелла.

— Если Черт однажды проник в вашу квартиру, то он сделает это снова, — добавил тем не менее Готвальд. — И вам не поможет даже то, что вы проживаете в высотном доме, на тридцать восьмом этаже, а ваша квартира превращена в филиал швейцарского банка — кинокамеры, сигнализация, датчики движения, инфракрасные лучи и прочая дребедень. Вы же занимались составлением «портрета» Черта, и вам отлично известно: если он выбрал себе жертву, то обязательно найдет способ умертвить ее. Ведь так?

Стелла ничего не ответила. Она знала, что Готвальд тысячу раз прав. Несколько раз кто-то звонил ей и молчал в трубку, и Стелла подозревала, что на другом конце провода находится не кто иной, как Вацлав Черт. А буквально сегодня утром она получила открытку с изображением пляжа и океана, адресованную ей некоей подругой по имени Валерия Челарь. Но такой подруги у Стеллы никогда не было! «Подруга» сообщала, что у нее все хорошо, отпуск проходит отлично, а завершалось послание зловещей фразой: «Уверена, скоро мы увидимся, дорогая. Встреча доставит нам массу удовольствия». Стелла нехотя поведала о звонках и открытке Готвальду.

— Почему вы не сообщили мне об этом раньше? — воскликнул тот. — Я немедленно отдам приказ привести Черта ко мне и...

— И ничего не получится, — закончила фразу за него доктор Конвей. — Потому что его адвокат прибудет раньше, чем ваши люди доставят Черта. Он наверняка будет кричать, что вы выбрали Черта в качестве жертвы и, используя служебное положение, терроризируете его.

— На открытке могут иметься отпечатки его пальцев, — предположил Готвальд.

— Черт не доставит нам подобного удовольствия, — покачала головой Стелла. — Но в том, что прислал ее он, сомневаться не приходится. Валерия Челарь — Вацлав Черт, инициалы совпадают. Он как бы напоминает, что выбрал меня в качестве жертвы. Но ни один судья не подпишет ордер на арест на основании столь смехотворных доказательств.

— Вот, вот, вот! Я считаю так: пользуясь тем, что он пока ограничен в передвижениях и в ближайшие дни, покуда за ним еще ведется наблюдение, не посмеет совершить нападение, вам лучше всего исчезнуть.

— Исчезнуть? Что вы имеете в виду, шеф?

— Уезжайте отсюда. За границу! Вы все равно находитесь в бессрочном отпуске, и я сумею добиться для вас разрешения покинуть страну. Отправляйтесь куда-нибудь подальше, в Канаду или в Австралию. Я не прощу себе, если Черт...

Он не договорил, но Стелла прекрасно поняла Теодора Готвальда. Он не хочет, чтобы Черт убил ее.

— Шеф, не имеет смысла бежать от опасности, — подумав, ответила доктор Конвей. — Наоборот, я предлагаю расставить ему ловушку и согласна выступить в качестве приманки. Черт до такой степени помешан на желании довести однажды начатое до завершения и... и убить меня, что забудет об опасности. У нас имеется реальный шанс схватить его с поличным.

Готвальд, сверкнув глазами, отрезал:

— Полностью исключено, Стелла! Разве вы забыли,

что мы уже пытались поймать Кровавого Дьявола на «живца», и чем это завершилось? Наш агент была изнасилована и убита, несмотря на то, что дюжина патрульных машин, набитых моими людьми, находились неподалеку.

Стелла помнила, как Черт обхитрил полицию и напал на женщину не в квартире, нашпигованной подслушивающей и записывающей аппаратурой, а в лифте. Когда двери кабины распахнулись, то глазам Готвальда предстала кошмарная картина — труп одной из лучших агенток с двумя десятками ножевых ранений. Черт скрылся из кабины через шахту.

— Начальство никогда не даст «добро» на новую подобную операцию, — с уверенностью продолжал Готвальд. — Одним словом, и думать забудьте о том, чтобы спровоцировать Черта. Вы покинете Экарест, причем как можно скорее. Желательно — прямо сегодня!

— Вы хотите выпроводить меня из страны? Но такие поездки не организовываются за несколько часов. Как же быть с визой и прочими формальностями?

— Вот уж над чем вам не стоит ломать голову! Министерство иностранных дел готово нам помочь, — успокоил Стеллу Готвальд. — Только скажите, в какую точку земного шара вы хотите отбыть, и они все устроят. Билет на самолет, проживание в отеле — все за счет отдела. Если вы внезапно исчезнете, то это выведет Черта из равновесия и заставит совершить оплошность. Не сомневаюсь, что он попытается вас найти. А мы будем следовать за ним по пятам.

— Шеф, у меня имеется встречная идея, — упрямо возразила доктор Конвей. — Зная наши службы, могу сразу сказать, что никто не разрешит мне находиться за границей за государственный счет дольше недели. А этого времени не хватит, чтобы спастись от Черта.

— Я поговорю с начальством, — заикнулся Готвальд, но Стелла невесело рассмеялась:

— И после всего случившегося, я имею в виду лопнувший процесс, вы сможете убедить какого-нибудь надутого болвана в министерстве, что на меня стоит тратить деньги налогоплательщиков? Сильно сомневаюсь! Вам ответят, что о своей безопасности я должна заботиться сама. Поэтому лучше поступить по-другому...

— Что у вас на уме, Стелла?

— Вы правы, мне лучше не оставаться дольше в Экаресте, — продолжала доктор Конвей. — И я покину столицу, возможно, еще сегодня вечером или завтра на рассвете. Все должны быть уверены в том, что я, как вы и планировали, отправилась за границу, вы должны без стеснения заявлять об этом. Рано или поздно новость дойдет до Черта, и он, возможно, предпримет попытку отправиться вслед за мной в Канаду или в Австралию.

— Понимаю! — воскликнул Готвальд. — А вы в действительности останетесь в Герцословакии?

— Вот именно! — ответила Стелла. — Я бы могла и не покидать столицу, однако риск слишком велик, поэтому все же мне лучше убраться из Экареста в провинцию.

— У вас имеются какие-нибудь родственники или друзья, умеющие держать язык за зубами? — спросил Готвальд.

Стелла вспомнила шквал телефонных звонков от посторонних людей, досаждавших ей всего несколько дней назад. Высказывались негодование, удивление, любопытство... И никому не пришло в голову поверить ее словам, все изначально считали ее виновной и спешили облечь свою уверенность в глупые слова.

— Вижу, что, как и у меня, насчет родственников у вас не ахти, — резюмировал Готвальд. — Да и если бы они были, отследить их или друзей не составило бы труда, в особенности такому мерзавцу, каким является Вацлав Черт. Дайте-ка подумать... — Готвальд зашелестел бумагами, затем взял трубку телефона и произнес: — Илона, принесите мне сообщение из Вильера. Да, да, то самое. Я жду!

Через пару минут, прошедших в сосредоточенном молчании, на пороге кабинета возникла секретарша, эффектная блондинка лет сорока в рыжем брючном костюме и с броскими длинными серьгами из серебра. Она кинула недобрый взгляд на Стеллу (доктор Конвей как-то имела неосторожность пошутить — заявила шефу при свидетелях, что его секретарша в него влюблена, о ее словах немедленно донесли Илоне, и та, хотя с тех пор прошло уже несколько лет, «одаривала» Стеллу именно таким взглядом). Илона подплыла к столу, улыбнулась и грудным голосом произнесла:

— Шеф, как вы и просили, донесение из Вильера!

— Можете идти, — сухо распорядился Готвальд.

Секретарша, краснея, как девочка, робко спросила:

— Не хотите ли кофе, шеф?

— Нет, благодарю, Илона, — бросил он, погрузившись в чтение бумаг. — Впрочем, принесите что-нибудь доктору Конвей...

— «Что-нибудь» мы не держим, — заявила, фыркнув, Илона и с гордо поднятой головой удалилась из кабинета.

— Похоже, она все еще питает к вам нежные чувства, — сыронизировала Стелла.

Готвальд, оторвавшись от изучения документов, рассеянно спросил:

— Кто? Илона? Да бог с вами, Стелла. Она трижды побывала замужем и, кажется, собирается туда же в четвертый раз. На что я ей? Впрочем, не в Илоне дело. Я получил это на днях из Вильера.

— Из того самого Вильера! — улыбнулась Стелла.

Готвальд усмехнулся:

— Именно, из небольшого городка, расположенного у подножия гор. Вильер — край вулкодлака, что известно любому мальчишке в нашей стране. Шеф местной полиции, комиссар Золтарь, доложил в столицу: некоторое время назад были обнаружены два трупа — погибли школьница пятнадцати лет и ее дружок двадцати с небольшим. Кто-то зверским образом лишил их жизни, причем способ умерщвления позволяет предположить, что... Ладно, сами прочитайте эту галиматью!

Он протянул Стелле тонкую бумажную папку. Доктор Конвей бросила взгляд на несколько фотографий и обеспокоенно воскликнула:

— Такое впечатление, что в Вильере завелся умалишенный! Тела изуродованы до неузнаваемости.

— Да уж... — Готвальд оперся на стол локтями и сложил ладони лодочкой перед лицом. — Девушку и ее бойфренда — парочка удалилась в заброшенный егерский домик в горах, чтобы, по всей видимости, заняться сексом, — буквально растерзали в клочья. Молодого человека обнаружили неподалеку от избушки, под большой елью, девицу — примерно в полутора километрах к юго-западу, в лесной чащобе. Она вроде пыталась скрыться от своего преследователя, но подвернула ногу и не смогла далеко уйти. Такой вывод, во всяком случае, сделал патологоанатом. Да и ночь уже наступила, а девчонка была только в трусиках и водолазке, босиком. Она дозвонилась по мобильному телефону своего приятеля в службу спасения, ее звонок был зарегистрирован, время в отчете шефа полиции указано...

— Двадцать один час сорок семь минут, — заметила Стелла.

— Вот-вот, — оскалился Готвальд. — Пленка с записью голоса девушки имеется. Но ее словам элементарно не поверили.

— Как не поверили? — изумилась Стелла. — В подобных организациях должны реагировать на все звонки! Зачастую люди оказываются в небывалых ситуациях, и работа сотрудников службы спасения заключается в том, чтобы моментально реагировать на обращения...

— Так-то оно так, но только теоретически, — сказал Готвальд. — Знаете, что сказала девица дежурной? Распечатка разговора к делу приложена.

Стелла зашелестела бумагами и нашла ее. Вчиталась, пытаясь представить себе то, что разыгралось несколько дней назад в небольшом провинциальном городке в совсем другом конце страны.

— Вулкодлак? — потрясенно произнесла наконец доктор Конвей. — Девушка утверждала, что на нее и на ее... гм... Лешека напал вулкодлак?

— Вот именно! — потерев переносицу, ответил Готвальд. — Вы знаете, что это за зверь?

— Мифическое существо, — сказала Стелла. — В Румынии существует культ Дракулы, а у нас, в Герцословакии, имеется вулкодлак. Помесь вампира и оборотня.

— Да, так, — кивнул Готвальд. — Помню, мальчишкой я вместе с друзьями играл в вулкодлака на заброшенном кладбище — страшно было, аж мороз по телу продирал и волосы дыбом становились. Стоило вороне каркнуть или сучку треснуть, сердце от ужаса в пятки падало...

Стелла вспомнила мини-сериал, не так давно с большим успехом прошедший по телевидению. В деревушке после войны происходят жуткие убийства, суеверные жители уверены, что действует оборотень, и из столицы присылают молодого комиссара, который, конечно же, атеист и материалист. Однако чем дольше он ведет расследование, тем больше убеждается в том, что имеет дело не с окопавшимися в лесах фашистами или сумасшедшими людоедами, а с порождением преисподней. Сериал был мистическим, поэтому когда к концу третьей или четвертой серии возник вулкодлак во всей красе — двухметровый монстр, покрытый черной шерстью, с длинным волчьим хвостом и огромной зубастой мордой, усеянной острыми белыми клыками, с которых капали слюна и кровь, то комиссар окончательно уверился в том, что ему надо бороться с пришельцем из ада при помощи святой воды, револьвера, заряженного серебряными пулями, и осинового кола. Фильм побил все рекорды популярности, молодой актер, исполнявший роль комиссара, получил награду на кинофестивале за лучшую мужскую роль, телекомпания принялась за съемку продолжения, а по стране прокатилась волна вулкодлакомании: в магазинах продавались резиновые морды твари, большими тиражами издавались «шедевры» на мистическую тематику, а пара младенцев были названы родителями, фанатами сериала, Вулкодлаками.

— Дама из службы спасения, что говорила с девчонкой, с Вандой Крот, ей, натурально, не поверила, — продолжил Готвальд. — Тем более что дурацкий импортированный праздник Хэллоуин был недавно, а по всем каналам трубят, что накануне Нового года выйдет в эфир вторая часть идиотского сериала о вулкодлаке. Вот сотрудница и решила: подростки балуются. Однако, надо отдать ей должное, все равно пыталась узнать, что же происходит и где девица, которая слезно молила о помощи, находится. Но Ванда ничего толком не могла сказать, а потом связь прекратилась. Мобильный телефон, как следует из отчета, нашли в ста пятидесяти метрах от того места, где обнаружили тело Ванды Крот. Он был раздавлен: кто-то, по всей видимости, наступил на него.

— Кстати, вроде бы в Вильере имеется замок вулкодлака, в котором якобы похоронен тот самый князь, перешедший в стан адских сил? — поинтересовалась Стелла.

— Вы правы, — ответил Готвальд. — Недавно туда приехал наследник, желает реконструировать и перестроить старый замок и превратить его в шикарный отель. Тот человек является каким-то родственником старого князя, отпрыском некогда богатейшего аристократического рода. И жители городка, как значится в отчете, толкуют о том, что убийства возобновились, как только в Вильере объявился один из «них» — из династии вулкодлаков.

— Возобновились? — нахмурилась Стелла. — Разве...

Готвальд нажал кнопку селекторной связи.

— Илона, так и быть, принесите мне кофе. А для доктора Конвей...

— Зеленый чай, — попросила Стелла.

— Зеленого чая нет, — прокаркала секретарша.

— Тогда не зеленый, а любой другой, — приказал Готвальд. Затем ответил Стелле: — Ну да, вы в силу своего молодого возраста не можете знать об этом. К тому же в коммунистические времена о таких вещах запрещали упоминать. Вильер всегда был неспокойным городком, несмотря на то, что природа там идиллическая — горные массивы, девственные леса...

— И тюрьма смертников, шеф, — добавила Стелла.

— И тюрьма смертников, — согласился Теодор Готвальд. — Подальше от столицы, можно сказать, на краю света!

— Ведь именно там казнили раньше, до моратория на смертную казнь, всех самых жутких маньяков?

— Чертов мораторий нам все перечеркнул, — проворчал Готвальд. — Все в Европу стремимся, вот и навязали нам эту... индульгенцию для типов, которых надо в расход отправить. Ведь и Черт, когда его поймают, получит по максимуму всего лишь пожизненное, что означает — он годы, а то и десятилетия будет сидеть на шее у государства, то есть простых граждан, отменно питаться за их счет да мемуары пописывать... Раньше как было хорошо: за убийство — расстрел.

Стелла не стала спорить с шефом, который придерживался архаической точки зрения на наказание, был уверен, что человека перевоспитать нельзя, и почитал формулу «око за око, зуб за зуб» как нельзя актуальной в современном мире.

— Там ведь и Вулк Климович сидел? — спросила она, меняя тему.

— Да, и Климович сидел, самый знаменитый маньяк нашей страны, любивший у женщин вынимать сердца и поедать их для продления своей бренной жизни, — подтвердил Готвальд.

В дверь постучали, появилась Илона с подносом и двумя чашками. Одну из них секретарша аккуратно поставила перед Готвальдом и проворковала: «Шеф, с учетом ваших пристрастий я положила четыре ложечки сахара с горкой». Другую чашку, надтреснутую и покрытую изнутри желтоватым налетом, Илона сунула под нос Стелле, надменно произнеся: «Вам сахару не положила, сами небось в состоянии!» Буквально швырнув на стол сахарницу, она сладким голосом осведомилась у Готвальда, не желает ли тот перекусить, и, получив отрицательный ответ, удалилась.

— Илона готовит замечательный кофе, — прихлебывая из чашки, заметил Готвальд.

Стелла, выудив из своей сморщенный пакетик с чайной заваркой, подумала, что Илона подсунула ей использованный — уж слишком светлой была жидкость. Стелла добавила ложку сахара, тщательно размешала и отхлебнула. В горле немедленно запершило, из глаз брызнули слезы.

— Господи, да это же не сахар, а соль! — произнесла Стелла.

Появившаяся на зов Готвальда Илона фальшиво выразила сочувствие Стелле:

— И как могло получиться, что в сахарнице оказалась соль? Чего только не бывает! Хотите еще?

— Нет, благодарю, — вежливо отказалась доктор Конвей и налила из графина, стоявшего на столе у шефа, в бокал воды.

Наконец секретарша скрылась, и Теодор Готвальд, попивая кофе, продолжил:

— Так вот, к вопросу о возобновившихся убийствах. Вы правы — если говорят «смерти возобновились», значит, они уже когда-то имели место. Вообще-то время от времени в лесах около Вильера находят мертвецов — то с вывороченным животом, то с оторванной головой, то разодранного на мелкие части. Что поделать — в лесах водятся и волки, и медведи, и кабаны, и лоси. А лоси, да будет вам известно, опаснее всех других хищников вместе взятых, в особенности в брачный период. Так как тела почти всегда основательно обглоданы зверьем, то сложно сказать, что именно послужило истинной причиной смерти — то ли несчастный случай на охоте или во время сбора грибов и ягод, то ли, скажем, сердечная недостаточность или что-то иное. Пара-тройка мертвецов в год статистики не портят, все списывают на несчастные случаи: пошли люди на свой страх и риск в чащу, заблудились, стали жертвой волков или замерзли. Но вот в девятнадцатом веке имела место странная цепь убийств. Людей находили на полях, в горах, лесных дорогах и даже в собственных домах в... м-м... распотрошенном виде. Тогда решили, что действовал волк-людоед или даже стая волков. Но местные жители были уверены, что это деяния вулкодлака. Тогда даже из столицы специальную команду посылали, чтобы волков изничтожить, а слухам, вызвавшим панику, положить конец. И расследование, кажется, велось, но так все и заглохло. Массовые убийства вроде прекратились, но вплоть до сегодняшнего дня среди жителей края бытует мнение, что просто вулкодлак стал более осторожным и перестал убивать в больших количествах, ограничиваясь несколькими жертвами в год, а в остальное время впадая в спячку.

— И вы в это верите, шеф? — спросила Стелла Конвей

насмешливым тоном агностика. Однако доктор пыталась скрыть подспудный страх, вызванный повествованием начальника.

— Неважно, кто во что верит, мы должны руководствоваться фактами, — уклонился от прямого ответа Готвальд. — В крови девчонки и особенно парня была обнаружена солидная порция молодежного наркотика: не исключено, что вулкодлак Ванде почудился. Но то, что она и ее ухажер были зверски убиты, факт непреложный. В деле имеется вырезка из местной газетенки...

Стелла отыскала первую страницу «Вильерских вестей». Большие черные буквы на первой странице грозно заявляли: «Ужасная смерть двух подростков: полиция отказывается от комментариев. Вулкодлак снова вышел на охоту?»

— То, что многие из жителей думали, но не рискнули произносить вслух, какой-то идиот, желающий увеличить тиражи провинциального листка, напечатал в передовице! — рявкнул Готвальд. — И пошло-поехало: в Вильере царит паника, люди уверены, что вулкодлак вновь принялся за страшные убийства, как сто пятьдесят лет назад.

— А как насчет местной полиции? — спросила Стелла. — Она в самом деле бездействует?

— Не совсем, — заметил Готвальд. — Я говорил по телефону с тамошним, так сказать, шерифом, он толковый, здравомыслящий, ответственный парень. Но что он может поделать, если на него все насели — мэр требует скорейшей поимки убийцы, княжеский отпрыск, надумавший строить отель, грозит мэру, мол, инвесторы могут передумать, если убийца не будет пойман в ближайшее время, и тогда Вильеру не грозит стать туристическим раем, и не видать новых рабочих мест и крупных отчислений в городской бюджет. А журналюги, упирая на свободу слова, накаляют страсти, играя на суевериях и страхах, постоянно печатают статьи с намеками на то, что полиция ничего не может поделать, так как убийца — не обыкновенный человек, пускай и необычайно жестокий и лишенный совести, а исчадие ада — вулкодлак!

Готвальд смолк и уставился на Стеллу. Ей сделалось неуютно под его пристальным взглядом.

— Все зависит от вас, доктор, — произнес он. — Предлагаю вам поехать в Вильер. Вацлав Черт вас там ни за что не отыщет! Мы будем поддерживать версию о том, что вы отбыли за границу, и намекать на то, что вы находитесь, скажем, в Новой Зеландии. Полиции в Вильере требуется помощь, у них ведь нет толковых специалистов. Вернее, у них вообще никаких специалистов нет! Не сомневаюсь, там появился какой-то сумасшедший, а вы специализируетесь на поимке подобных им. Шеф полиции Вильера просит подмогу, но я не могу командировать к нему столичных ребят, у нас и так дел невпроворот, тем более сейчас, после того, как Черт вышел на свободу. Вы, пока Черт не пойман и не осужден, не можете работать в столице, но в Вильере это знать необязательно. Поедете туда, и если поможете поймать убийцу — хорошо, нам только на руку. Если нет, тоже небольшая беда. Для Вильера я подготовлю все необходимые бумаги, отправитесь туда под мою ответственность. Черт с ног собьется, но вас так и не отыщет, я уж позабочусь. А вам там скучать, сидеть сложа руки не придется: ищите себе пресловутого вулкодлака!

— Предложение мне нравится, шеф, — не раздумывая, откликнулась Стелла Конвей. — Когда мне отправляться в Вильер?

— Не спешите, еще день-два они без вас обойдутся, — заявил Готвальд. — Для всех, в первую очередь для Черта, организуем ваш отъезд за границу: на машинах с мигалками, в международный аэропорт столицы. Я лично поеду вас провожать! Комар носу не подточит! Для всех вы отбываете в долгий заграничный вояж, дабы поправить пошатнувшиеся нервы. А в самом деле отбудете в противоположном направлении в небольшой провинциальный городок — в гости к вулкодлаку.

Спустя двадцать минут они завершили обсуждение всех деталей. Оказавшись в приемной, Стелла заметила Илону, щебетавшую с кем-то по телефону. Секретарша при виде ее поджала губы и произнесла в трубку:

— Милочка, мне пора закругляться, работа зовет! Я перезвоню тебе сегодня вечером!

Провожая доктора Конвей взглядом, подумала: чуть было не попалась. Ей было чрезвычайно интересно, о чем говорят шеф и его противная сотрудница. Не дай бог лопочут романтические глупости! Секретарша, как обычно, попросту подслушала разговор в кабинете. Ничего занимательного она не узнала, но от сердца отлегло: мымра и шеф не состоят в любовной связи. А то от ушлой Стеллы, которая спала и с прокурором, и с маньяком, всего можно ожидать!

Илона была не против заполучить шефа в мужья, но он пока не поддавался ее чарам. Ничего, еще немного усилий, и Теодор Готвальд капитулирует. Вот и хорошо, что

Стелла укатит в какой-то провинциальный городок помогать в расследовании тамошних убийств. Может, вулкодлак ее сцапает и оторвет ей башку? Тогда Илона станет жить спокойнее...

В КРАЮ ВУЛКОДЛАКА

Спектакль под названием «Отбытие за границу» прошел без эксцессов и не возбудил подозрений. Как Готвальд и обещал, Стелла появилась в международном аэропорту Экареста в сопровождении трех машин с государственными номерами и мигалками. Шеф помог ей выгрузить два внушительных чемодана и лично проводил к стойке, за которой проходила регистрация рейса на Канберру. Миловидная служащая, которой доктор Конвей предъявила паспорт, выдала ей посадочный талон, а чемоданы скрылись в недрах аэропорта.

— Он здесь, — доверительно сообщил Стелле Готвальд. Доктор Конвей вздрогнула и оглянулась по сторонам.

— Что за невозможная женщина! — прошипел шеф и дернул ее за рукав пальто. — Вы все равно его не увидите, он отлично замаскировался. Нам было приказано снять наблюдение за Чертом, что официально и было сделано. Однако начальству необязательно знать о том, что я отдал распоряжение не спускать с этого мерзавца глаз. Мои ребята сказали, что он направился в аэропорт вслед за нами.

Стелле сделалось не по себе. Вацлав Черт слов на ветер не бросал, он в самом деле объявил на нее охоту. Готвальд, догадываясь о смятении чувств, царившем в душе Стеллы, похлопал ее по плечу:

— Ну, ну, не волнуйтесь, мы прижмем его к ногтю.

— А его нельзя задержать? — неуверенно спросила доктор Конвей.

— В связи с чем? — горько откликнулся Готвальд. Его адвокат найдет тысячу причин, по которым Черт имел право, нет, более того, был обязан оказаться сегодня в аэропорту. Он сейчас находится в одном из ресторанов, расположенных на втором этаже. Оттуда, кстати, отлично просматривается нижний уровень. И он убедится в том, что упустил вас, Стелла!

После сдачи багажа доктор Конвей прошла паспортный контроль. Готвальд, стоявший рядом с ней, предупредил:

— Не дергайтесь, он спустился вниз и наблюдает за вами. Дальше ему путь закрыт. Ну что ж, давайте-ка сейчас правдоподобно изобразим расставание на долгое время...

Готвальд по-отечески обнял Стеллу и даже как будто смахнул слезу. Доктор Конвей не выдержала и обернулась, но Вацлава Черта не увидела — в аэропорту было великое множество народу. Как и полагалось, она прошла в зал ожидания. Рейс в Австралию отправлялся через сорок минут. Когда объявили посадку, она вместе с другими пассажирами спустилась к автобусу, где ее и перехватил Готвальд.

— Тут ваше путешествие на континент, где живут кенгуру, заканчивается, — улыбнулся шеф. — Мои ребята следили за ним — он проводил вас на посадку, постоял несколько минут, вышел из здания, поймал такси и отправился обратно в Экарест. Черт клюнул на представление, он уверен, что вы в страхе бежали от него в Австралию. Самолет доставит вас до областного центра, а оттуда придется добираться до Вильера на поезде.

— А мои чемоданы? — забеспокоилась Стелла.

— Уже в пути в другой аэропорт, — ответил Готвальд. — Машина ждет нас, но не у центрального входа, а у дежурного.

Полчаса спустя они находились в соседнем аэропорту, откуда осуществлялись рейсы по Герцословакии. Там-то состоялось подлинное прощание. Готвальд дал Стелле последние наставления и приказал — чуть что, немедленно звонить ему.

— Как долго мне придется находиться в «Австралии»? — спросила доктор Конвей.

— Чем дольше, тем лучше, — усмехнулся шеф. — Вернее, пока мы не засадим подлеца за решетку, уже до конца его собачьей жизни. Во всяком случае, вам придется пробыть в Вильере не меньше месяца, а то и двух. Я уже разрабатываю операцию по задержанию Черта с поличным.

— Постараюсь порадовать вас положительными результатами дела о вулкодлаке, — добавила на прощание Стелла.

* * *

Небольшой самолет, направлявшийся в глубь страны, стартовал с опозданием на десять минут. Стелла, занимавшая место в хвостовой части салона, у иллюминатора, бросила взгляд на удаляющуюся столицу и почувствовала облегчение. Вацлав Черт остался в прошлом, их с каждой секундой разделяет все больше километров, он уверен, что она отправилась за океан, в то время как в действительности ее путь лежит в расположенный у отрогов гор маленький городок Вильер.

Стелла достала из портфеля, который взяла в качестве ручной клади, тонкую папку и пролистала документы по делу вулкодлака. Несомненно, убийство юной Ванды и ее дружка Лешека было совершено психически неуравновешенным человеком. Кто бы еще мог с такой ненужной жестокостью измолотить тела? Доктору Конвей бросилась в глаза строка из отчета патологоанатома: тот не исключал, что на молодых людей напали дикие животные — их тела были разодраны как будто медведем. Так, так... А ведь согласно поверьям, вулкодлак представляет собой помесь человека, волка и медведя...

Стелла поежилась и вспомнила свой визит в архив министерства внутренних дел днем ранее. Она попыталась найти дело об убийствах в Вильере в середине девятнадцатого века. Служащий архива, выслушав ее просьбу, поскреб кадык и с сомнением ответил:

— Боюсь, те бумаги не сохранились, сгорели в числе прочих во время войны. Однако я посмотрю...

Из хранилища архивариус вернулся минут через пятнадцать и развел руками.

— Сожалею, но ни подлинников, ни копий нет. Однако я обнаружил запись в старом журнале поступлений о том, что в городской библиотеке Вильера должны иметься многочисленные материалы по этому делу. Разрешите спросить, почему оно вас так интересует? Решили написать роман про оборотней?

...Полет длился чуть меньше полутора часов. Стелла погрузилась в короткий и тревожный сон. Разбудил ее голос стюардессы, объявившей, что самолет идет на посадку в аэропорт областного центра... Неожиданно сильно затрясло, и Стелла, закрыв глаза, постаралась ни о чем не думать.

Ее встречали сотрудники местной полиции, доставившие на машине на вокзал, оттуда вскоре уходил поезд до Вильера. Стелла заняла место у окна, вытащила бумаги, но вместо того, чтобы приняться за их изучение, заснула. Открыв глаза, доктор Конвей убедилась, что находится в пути. Состав несся в ночи, постукивали колеса, мелькали редкие фонари и далекие огоньки населенных пунктов.

Согласно расписанию, поезд прибыл в Вильер в пять

минут первого ночи. Стелла и еще несколько пассажиров вышли на перрон. Она ожидала увидеть большое здание вокзала, но разглядела лишь крошечную будку, в которой продавали билеты. Поезд, нетерпеливо гудя, покатил прочь еще до того, как Стелла сумела сориентироваться.

Колючий холодный ветер ударил ей в лицо, Стелла осмотрелась. Вокзал в Вильере состоял из двух путей, а пожелтевшее расписание на щите поблизости гласило, что поезда останавливаются в городке четыре раза в день, и то всего на пару минут: два поезда в столицу, два — в противоположном направлении. Ее никто не встречал, хотя Готвальд договорился, что от вокзала путешественницу доставят в гостиницу или в какой-нибудь пансион. Доктор Конвей беспомощно оглянулась на пустом перроне — немногочисленные попутчики уже скрылись в подземном переходе, выводившем в город.

Она постояла на платформе, переминаясь с ноги на ногу. На вокзале не было ни тележек для багажа, ни носильщиков. Поколебавшись, Стелла подошла к билетной будке, надеясь получить от кассира разъяснения, однако обнаружила, что будка закрыта. Табличка над окошком извещала: «Продажа билетов с 8 до 19, по выходным и праздникам с 10 до 15 часов».

Грязный треснувший циферблат часов над будкой показывал четверть первого. Стелла не знала, что делать. Она находится в незнакомом городке, ее никто не встречает... Внезапно она подумала, что остановись сейчас здесь поезд на Экарест, она бы без промедления заняла в нем место. Вильер ей не понравился с первого взгляда.

— Вы — доктор Стелла Конвей? — раздалось у нее за спиной.

Стелла повернулась и едва не столкнулась с белобрысым молодым человеком. А тот, не дожидаясь ответа, подхватил оба ее чемодана и потащил их к спуску в подземный переход.

— Извините, что задержался, — сказал незнакомец. — Я думал, поезд прибывает в половине первого. Меня зовут Йозеф Ковач, но можете называть меня просто Йозек.

Стелла улыбнулась. В тусклом свете ламп, пока они шествовали по длинному и на редкость грязному подземному переходу, она рассмотрела Йозека повнимательнее. Ему было от силы двадцать, однако парень старался выглядеть солиднее и старше. Доктор Конвей предложила забрать у него один из чемоданов, но Йозек, пыхтя и обливаясь потом, замотал головой:

— Нет, что вы, для меня это сущая ерунда! А правда, что вы приехали к нам ловить вулкодлака?

Внимание Стеллы привлекли рисунки безвестных художников, изобразивших при помощи баллончиков с краской занятные картинки на кафельных стенах подземного перехода. Огромный монстр с волчьей мордой и непомерно большими лапами, увенчанными когтями, отрывал голову голой девице.

— А, современная наскальная живопись, — протянул Йозек, перехватив взгляд гостьи и улыбнувшись. — Я и сам, сознаюсь, когда-то баловался. До недавних пор рисунков подобных было немного, а сейчас везде, куда ни глянь. Убийства так на подростков повлияли! Зато... Все так напуганы, в том числе и хулиганы, что ночью по улицам можно без опаски ходить. Народ, как стемнеет, по домам сидит, никто на улицу носа не кажет. Еще бы, вдруг хозяин замка, вулкодлак, объявится!

Они оказались на небольшой привокзальной площади. Стелла заметила горную гряду, окружившую Вильер, и светящийся бледными огнями старинный замок над городком.

— Там хозяин и живет, — авторитетно сообщил Йозек. — Ну, старый князь. Это ведь от него все пошло! Он был первым вулкодлаком. А как его наследник в город приехал, так все и пошло-поехало. Судачат, что *это* у них, как генетическая мутация, от отца к сыну передается.

— Что это? — спросила Стелла.

Они подошли тем временем к старенькой машине, одиноко припаркованной на стоянке. Йозек, запихав один чемодан в багажник, а другой положив на заднее сиденье, распахнул дверцу и галантно произнес:

— Доктор, прошу вас! Ехать недолго, у нас городок небольшой. Доставлю вас в пансион, который моей матушке принадлежит, вам уже приготовили лучшую комнату.

Автомобиль долго не хотел заводиться, Йозек, проклиная старую колымагу, безуспешно поворачивал ключ в замке зажигания.

— Сколько раз жаловался шефу, что машине пора на свалку, а он твердит — денег бюджетом для приобретения новой не предусмотрено, — вздохнул юноша. — Придется матушке звонить, просить, чтобы она нас забрала...

Машинешка, словно услышав жалобы Йозека, вдруг захрипела, затарахтела и завелась. Молодой человек вырулил со стоянки. Городок состоял из сплетения узких улочек, на которых соседствовали старинные каменные дома с остроконечными черепичными крышами и уродливые бетонные сооружения эпохи развитого социализма.

Стелла заметила, что фонарей на улице мало. Она увидела по пути всего нескольких пьяниц, а также небольшую компанию что-то бурно обсуждавших подростков.

— Вы интересуетесь, *что* от отца к сыну передается? — спросил вдруг Йозек.

Доктор Конвей вздрогнула: она уже думала, что молодой человек забыл ее вопрос.

— Способность превращаться в вулкодлака, — пояснил Йозек. — В общем, болезнь, что ли. В одних аристократических семействах распространено безумие, гемофилия или подагра. А у Сепетов — ликантропия, как-то так это научно именуется. Князья, что жили раньше в замке, все потомками первого вулкодлака были. И время от времени они выходили на охоту. Да и тот, что приехал к нам в городок, из их числа! Чистой воды вулкодлак!

Стелла подумала, что юноша шутит или дурачится, но его сосредоточенное востроносое лицо не выражало ни капли иронии.

— Вы ведь не верите в вулкодлака? — спросил Йозек. — Ну конечно, не верите! Не обижайтесь, доктор, но по вас сразу видно: столичная штучка! Прикатили из Экареста, наверняка регулярно бываете за границей, над суевериями таких провинциалов, как мы, потешаетесь. Для всех прочих вулкодлак — жутковатая старинная легенда. Недавно вот сериал по телику крутили, так у нас весь город хохотал — там ляп на ляпе! Сложно, конечно, вам, экарестцам, правдоподобно изобразить жизнь в здешних суровых краях, не сделав ошибок. Для кого-то вулкодлак — сказка, а для нас — неотъемлемая часть существования.

Доктор Конвей не знала, что ответить. Похоже, жители Вильера изначально уверены в том, что знают имя виновника недавнего двойного убийства — вулкодлак.

— А вы, я смотрю, к этому скептически относитесь, — вздохнул Йозек. — Прям как мой шеф! Он, как и вы, человек пришлый, не здесь вырос, а совсем в других краях, поэтому считает местные легенды «байками из склепа». Уверяет, что никакой мистической подоплеки в произошедшем нет. Эх, хорошо бы, чтобы он прав оказался...

Машина свернула с асфальтированной дороги на грунтовую и, протрясясь по колдобинам несколько минут, замерла около трехэтажного дома с вывеской: «Пансион матушки Гертруды».

— Ну вот, доктор, мы и на месте! — торжественно объявил Йозек. — Давайте выгружаться!

Стелла вышла из салона автомобиля. На черном небе сияла убывающая луна, похожая на объеденную мышами головку сыра. Замок на скале магнитом притягивал к себе взор доктора Конвей. Где-то вдалеке раздался протяжный вой. Стелла вздрогнула и спросила у Йозека, управлявшегося с чемоданами:

— А что это за звуки?

— Волки, — ответил тот обыденным тоном, как будто речь шла не о серых хищниках, а о простых дворнягах. — Их тут много в лесах. Раньше, при коммунистах, за их поголовьем следили, отстреливали, к нам партийные шишки из столицы прикатывали, чтобы охотой побаловаться. А как система рухнула и деньги лесничим перестали выделять, так волки и расплодились. Иногда даже в город спускаются и на людей нападают.

Стелла вдруг подумала, что крошечный Вильер, взятый в кольцо волками, не уступает по опасности огромному Экаресту, в котором ее поджидает кровожадный Вацлав Черт. Она уехала из столицы, желая не подвергать себя опасности, однако кто сказал, что тут, в провинции, она окажется огражденной от опасности — только другого, *сверхъестественного*, рода?

— Добрый вечер, доктор Конвей! — услышала гостья глубокое контральто.

На крыльце пансиона возвышалась дородная женщина с мощным бюстом. Она была облачена в темно-синее клетчатое платье, похожее на старинное; округлые плечи закрывала ажурная шаль, седые волосы были забраны невидимой сеточкой, большие глаза излучали энергию. На вид хозяйке пансиона было под пятьдесят.

— Почему так долго, Йозеф? — властно спросила женщина у юноши. Йозек стушевался и начал что-то бормотать в свое оправдание. — Надеюсь, доктор Конвей, вам не пришлось мерзнуть на вокзале, дожидаясь моего нерадивого сыночка? — спросила дама с улыбкой, но в ее голосе слышалось скрытое недовольство. — Ужасно несобранный мальчишка, вы уж меня извините. Как он еще работает в полиции, пусть и на побегушках у Марка, меня вообще удивляет. Я бы на месте его шефа давно выставила такого сотрудничка за дверь!

— Но, матушка Гертруда… — промямлил Йозек, залившись краской стыда.

Стелла подумала, что отношения между сыном и матерью странные: Йозек, давно совершеннолетний, кажется, откровенно под каблуком властной родительницы и позволяет обращаться с собой, как будто ему не двадцать, а лет десять.

Гертруда, сменив гнев на милость, подошла к Стелле, протянула гостье руку и крепко пожала ладонь.

— Как добрались из столицы? — спросила хозяйка пансиона и с легкостью подхватила один из чемоданов Стеллы. Поймав ее удивленный взгляд (доктор Конвей знала, что чемодан весит не меньше тридцати килограммов), Гертруда благодушно пояснила:

— Ах, когда-то давным-давно, в молодости, я была спортсменкой, меня даже прочили в олимпийскую команду Герцословакии по триатлону. Однако этому не суждено было сбыться...

Йозек поднял второй чемодан, и они прошли в холл пансиона. Страхи Стеллы — не попала ли она в какую-нибудь затрапезную гостиницу — немедленно развеялись. Здесь было чисто, уютно, вкусно пахло чем-то жареным, яркие лампы светили с потолка.

— Вы, верно, устали с дороги. Еще бы, весь день в пути! — сказала Гертруда. — Я приготовила вам нашу лучшую комнату, в Вильер в это время года приезжает не так-то много туристов. Вот если его светлость князь Юлиус Сепет построит отель, то к нам поедут в любой сезон, и даже из-за границы. А так пансион пустует. Но, думаю, вы не откажетесь от позднего ужина, моя дорогая?

— Приму ваше предложение с большим удовольствием, — ответила Стелла.

По всей видимости, Гертруда принадлежала к категории людей, которые не воспринимали отказа и были уверены, что все остальные просто обязаны им подчиняться. Несладко, видимо, приходится Йозеку с такой властной мамочкой!

— Йозеф, отнеси вещи доктора Конвей в ее комнату, — распорядилась Гертруда, и Стелла подумала, что владелица пансиона похожа на вдовствующую императрицу. А кстати, не назвали ли ее родители в честь королевы Дании, матери Гамлета?

Юноша, кряхтя, потащил чемоданы по крутой лестнице наверх. А Гертруда объявила:

— Мои постояльцы трапезничают в столовой. Соблаговолите следовать за мной!

Они прошли в большую комнату, обитую дубовыми панелями, украшенную рыцарскими доспехами с гербами и головами разнообразных животных. Со стен скалили зубы волки, пучили глаза кабаны, разевали пасти медведи, испуганно взирали олени с ветвистыми рогами.

— Коллекция вашего супруга? — спросила Стелла, стремясь поддержать разговор.

Гертруда, запахнув на груди шаль (высокий воротник, успела заметить Стелла, был сколот старинной камеей), спокойно ответила:

— Я никогда не была замужем, доктор Конвей!

— Прошу прощения, — пробормотала Стелла, коря себя за то, что поставила Гертруду в неловкое положение. Удивительно, но хозяйку пансиона вопрос вовсе не смутил.

— Садитесь, я сейчас принесу вам ужин, — распорядилась Гертруда.

Женщина исчезла за дверью кухни, а доктор Конвей заняла место за одним из столов. И вот матушка Гертруда возникла с подносом, уставленным тарелками. Стелла с опаской взглянула на нечто, напоминавшее суп с большими фрикадельками.

— Местное блюдо, — пояснила Гертруда. — Называется шушимбла. Вам понравится.

Стелла попробовала кушанье со странным названием «шушимбла» — на вкус оно было обжигающе-жирным. Похоже, Гертруда не уделяла особого внимания здоровому питанию и не заботилась о низкой калорийности своих блюд. Чтобы не обижать хозяйку, Стелла впихнула в себя несколько ложек. Затем Гертруда поставила на стол большое блюдо с жареным картофелем и тремя огромными кусками мяса, залитыми кроваво-красной подливой. За ним последовали плошка с салатом, тарелка с толстыми ломтями ржаного хлеба, мисочка с шоколадным пудингом, вазочка с мороженым и стакан киселя.

— Это все для меня? — изумилась Стелла. В Экаресте такого количества продуктов ей хватило бы на неделю.

Где-то в горах снова завыли волки, и внезапно до Стеллы донесся протяжный, пробирающий до костей крик, переходящий в захлебывающийся лай.

— Тоже волки? — охнула доктор Конвей.

Гертруда, усевшись напротив, покачала головой:

— Кто-то считает, что это голос вулкодлака. Раньше его не было слышно, а в последнее время тварь пробудилась к жизни.

— И вы верите в вулкодлака? — спросила Стелла и

только потом поняла, что неудачно выразилась: получается, что она подвергала сомнению позицию Гертруды.

Хозяйка пансиона усмехнулась.

— Какая разница, кто во что верит, ведь это ничего не меняет, не так ли, доктор Конвей? В нашем мире очень много зла, очень много... Мой сын наверняка уже все уши вам прожужжал о вулкодлаке. Он на нем помешан.

— Но ведь то, что выло сейчас, не волк? — спросила Стелла. — Я, конечно, не очень разбираюсь в животных, однако... Кто может так выть? Как будто животное и человек в одной ипостаси.

— Доктор Конвей, вы же сами говорите, что не разбираетесь в этом, — отрезала Гертруда. — Горы скрывают от нас много загадок, сейчас осенняя пора, ветер играет в пещерах и заброшенных штольнях, и многие звуки, что возникают таким образом, простачки принимают за «рулады» вулкодлака.

Слова Гертруды не убедили Стеллу, однако она решила ей не противоречить.

— Вы больше не хотите есть? Не привыкли к простой грубой пище? — спросила Гертруда, убирая тарелки, к которым Стелла практически не прикоснулась. — Впрочем, у меня имеются мюсли и йогурты, если пожелаете, могу подать их вам на завтрак. Вижу, что у вас глаза слипаются. Давайте провожу вас в комнату!

Они поднялись на третий этаж. Номер, отведенный Стелле, оказался просторным, с двумя большими стрельчатыми окнами, через которые был виден далекий замок. Имелась и ванная комната с большой чугунной лоханью на позолоченных лапах.

— Желаю вам доброй ночи, доктор, — произнесла Гертруда. — Спите спокойно.

Она зашагала по коридору, однако, видимо, поддавшись внезапному импульсу, повернулась. Стелла поразилась: лицо хозяйки пансиона выражало сейчас крайнюю степень страха.

— Доктор, пока не поздно, уезжайте обратно в Экарест, — прошептала она. — Вам нечего делать здесь, в краю вулкодлака. Так будет лучше для всех нас и для вас!

— Что вы имеете в виду? — спросила, отступая в комнату, Стелла.

Лицо Гертруды приняло обычное надменное выражение, женщина ответила:

— Ах, не обращайте внимания, дорогая моя! Просто я опасаюсь, что местный климат придется вам не по нраву.

Она удалилась, а Стелла, прикрыв дверь, повернула в замке ключ. Чем объяснялось странное поведение Гертруды и что она хотела действительно сказать ей? По всей видимости, ей совсем не нравится появление в городке незваной гостьи из далекой столицы. Но почему?

Над кроватью доктор Конвей заметила в стальной рамке под стеклом пожелтевший лист, на котором значилось:

ПЕСНЬ О ВУЛКОДЛАКЕ

По небу черному-пречерному плывет луна.
Подобно глазу филина во тьме горит она.

Старинный замок-град ввысь стремится на скале.
Он неприступен для врагов; князь-воин славный живет в оне.

Не ведает пощады могучий князь-боец к турецким басурманам
И рубит главы с плеч разбойникам жестоким и злобным атаманам.

С годами же уверился сей князь, что выше заповедей Библии
             и Бога он!
И стал вершить-творить невиданное зло и ночью темною,
             и светлым днем.

Но умер в муках князь-боец во темну-страшну грозовую ночь,
Душе его растленной и порочной молитвами святыми не помочь!

Ибо ни рай, ни ад и ни чистилище его принять к себе не возжелали,
И серафимы князя-грешника на муки для искупления грехов
             кровавых обрекали!

Отныне и покамест не найдет душа воителя сего спасенья,
Он будет по земле блуждать до скорого второго Христова
             Воскресенья.

Князь станет чудищем — то будет помесь человека, волка,
             и медведя,
Покоя вечного лишенное и обреченное в аду и после милости
             Христа гореть!

И твари дьявольской и лютой бояться будет всяк!
И имя твари сей поганой и премерзкой — вулкодлак!

Семейное предание княжеского рода Сепетов (XVI в.)

Стелла два раза прочитала стихотворение и поежилась — да уж, в Вильере все буквально помешаны на вулкодлаке! Доктор Конвей сняла рамку со стены и спрятала ее в комод. Так-то лучше!

Она почистила зубы и приняла ванну. Часы показывали без пяти два, когда она, переодевшись в пижаму, нырнула под теплое пуховое одеяло, оставив включенным верхний свет.

Напрасно доктор Конвей надеялась быстро заснуть. Она ворочалась с боку на бок, думая о Вацлаве Черте, об убийстве в Вильере, о вулкодлаке. То и дело приподнимаясь с подушки, посматривала на замок, в котором погасли все огни, за исключением одного-единственного, в северной башне.

И вот, в тот момент, когда после полутора часов метаний сон наконец-то пришел и Стелла ощутила, что соскальзывает в объятия Морфея, раздался уже знакомый страшный вой, но не в горах, а где-то гораздо ближе. Сонливость как рукой сняло, Стелла вздрогнула и, скинув одеяло, соскочила с кровати. Босиком она подбежала к одному из стрельчатых окон и, чувствуя дрожь во всем теле, всмотрелась во тьму. Дрожала она не от холода — в комнате работало центральное отопление, и большие чугунные батареи так и дышали жаром, — а от непонятного страха, охватившего ее. Вой, смолкнув на мгновение, вновь прорезал ночь: взбираясь до отчаянных высоких нот, он внезапно падал на октаву ниже, переходя в захлебывающийся, утробный рык. Стелла вдруг поняла, что не одна она внимает этой мелодии ночи, подобно ей, сотни жителей городка, кто накрывшись одеялом с головой, кто припав к окну, кто проверяя запоры на дверях и вооружившись старой винтовкой или топором, слушают навевающие ужас и нагоняющие тоску крики неведомого обитателя гор, того, кто, по мнению многих, рыщет в течение столетий в поисках новых жертв, и имя ему — вулкодлак!

Стелла всмотрелась во мрак, и внезапно что-то со всего размаху ударилось об оконное стекло. Раздался отчаянный писк, и непонятное создание, по размерам весьма большое, сделало несколько кругов перед окном. Доктор Конвей, вскрикнув, отшатнулась, метнулась к кровати и, забравшись на нее, натянула одеяло до подбородка.

Странные, тревожные мысли мучили молодую женщину. Вулкодлак, согласно легендам, может обращаться в летучую мышь или в хищную птицу. А что, если… если тот, кто считает городок своей вотчиной, пытался сейчас проникнуть к ней, ибо ему не нравятся пришельцы, прибывшие на борьбу с ним?

ВИЛЬЕРСКИЙ КРУТОЙ УОКЕР

Только под утро, убедив себя, что бояться нечего, Стелла провалилась в сон. Проснулась она от назойливого стука в дверь. Свет хмурого ноябрьского солнца лился через окно в комнату. Стелла, скинув одеяло и потушив верхний свет (не хватало еще Гертруде узнать, что ее гостья боится спать в темноте!), подбежала к двери и повернула замок.

Йозек, облаченный в серый костюм, белую рубашечку с аляповатым золотистым галстуком, выпалил:

— Доброе утро, доктор Конвей! Извините, что бужу вас, но Марк... то есть мой шеф... начальник полиции Вильера... Он просил вам передать, что... Ну, в общем...

Юноша смутился, а Стелла заметила, что его взгляд уперся ей в грудь.

— Спасибо, Йозек, — ответила доктор Конвей. — Я буду готова через двадцать минут!

Наскоро умывшись и одевшись, она спустилась в холл. Гертруда, выплыв из столовой, произнесла:

— Милая моя, я приготовила фруктовый салат. Думаю, вам, столичной жительнице, он придется по вкусу.

— Сожалею, но у меня нет времени, — ответила Стелла. — Меня ждут.

— Выпейте хотя бы чашку кофе и скушайте булочку с маслом! — потребовала Гертруда и прикрикнула на сына: — А твой обожаемый главный следопыт может подождать! Где это видано, чтобы человек отправлялся на работу, толком не позавтракав? Если не успел подзарядиться энергией с утра, весь день пойдет насмарку!

Не в силах противиться напору Гертруды, Стелла наспех выпила чашку кофе со сливками и умяла сдобную булочку с маком, которую Гертруда обильно смазала маслом, утрамбовав еще сверху два толстущих куска сыра.

— Ну вот, видите, теперь совсем другое чувство, ведь так? — спросила Гертруда и, не дожидаясь ответа, хлопнула в ладоши: — Что ж, можете отправляться к нашему Шерлоку Холмсу. Только советую вам противостоять его чарам, моя дорогая!

Йозек на своем драндулете ждал Стеллу около пансиона. При свете солнца городок и окрестности выглядели величественно: высокие горы, покрытые смешанным лесом, голые скалы, вздымающиеся в серо-желтое небо, идиллические домишки, разбросанные на склонах, и городок в котловине, как драгоценный камень в углублении сафьяновой коробочки. Даже замок не внушал больше страха, и Стелла увидела, что древняя постройка основательно обветшала — зубья стен кое-где обвалились, а вездесущий мох покрыл сизый камень.

— Как спалось? — спросил молодой человек после того, как машина тронулась с места. И, не дожидаясь ответа, выпалил: — Вулкодлак сегодня разошелся! Не удивлюсь, если прошедшей ночью он себе новую жертву выбрал. Или это он так перед вскрытием саркофага буянит?

— Вскрытие саркофага? — удивленно обронила Стелла. И юноша, крутя баранку, пояснил:

— Наследник, что теперь замок модернизирует, намерен в ближайшие дни вскрыть семейную усыпальницу. Даже журналистов пригласил. Еще бы, ведь это возбудит интерес к его проекту и обеспечит рекламу по всей стране и за рубежом! И он заявил, что в присутствии прессы вскроют саркофаг, в котором покоится его предок-вулкодлак. Вроде чтобы всем слухам положить конец. А я думаю, что наоборот — чтобы сплетни подхлестнуть. Представляете, что будет, если тело князя, умершего шестьсот лет назад, не истлело, а находится в отличном состоянии?

— Вряд ли такое возможно, — заявила Стелла. — Известны случаи, когда тела, находящиеся в сухой среде и недоступные насекомым-падальщикам, не истлевали, а мумифицировались, но чтобы труп за шесть столетий вообще не подвергся изменениям... Нет, это противоречит всем естественным законам!

Йозек шумно вздохнул.

— Так в том-то вся и фишка, доктор Конвей! Вулкодлак никаким естественным законам не подчиняется. Оборотень — он и есть оборотень. А правда, что после смерти у людей растут ногти и волосы, и если вскрыть старые могилы, то можно найти мертвецов с длиннющими когтями и волосами до пупа?

— Ерунда, — ответила Стелла, — ногти и волосы действительно растут по инерции некоторое время после смерти человека, но очень быстро рост прекращается, ведь начинается распад тканей. Пара миллиметров — вот максимум, на который они могут вырасти. А начало легендам про вампиров и вурдалаков положили эпидемии чумы в Средние века — трупы разбухали до невозможности, могилы заполнялись слизью, и те, кто натыкался на подробных мертвецов, решали, что это и есть «не-мертвые».

— Вы уверены? — в голосе Йозека звучало сомнение. — А то я слышал...

— Следи за дорогой! — оборвала его Стелла, и молодой человек смолк.

Они подъезжали к центру городка. Доктор Конвей поняла, что прошедшей ночью была несправедлива к Вильеру, ибо находилась под властью негативных эмоций и страха. Городок оказался небольшим, но симпатичным. Правда, жители, что спешили сейчас по своим делам, выглядели мрачноватыми и смотрели неприветливо.

— А часто у вас бывает, что летучие мыши или птицы ударяются об оконное стекло? — спросила, поддавшись искушению, Стелла.

Йозек, ничуть не удивившись, со знанием дела ответил:

— Редко, но случается. А что, вам в окно ночью кто-то шибанул? Можете быть уверены: это *он* пришел на вас посмотреть. Не любит он чужаков, ох как не любит!

Стелла уже не стала спрашивать, кого имеет в виду Йозек, так как ответ был очевиден. Вдруг машина резко затормозила, и молодой человек, погрозив кулаком пешеходу, перебегавшему улицу в неположенном месте, сообщил:

— Ну вот, доктор, мы почти приехали.

Автомобильчик свернул и остановился перед зданием из красного кирпича. Большая выцветшая вывеска гласила: «Полицейское управление гор. Вильера».

— Здесь я и работаю, — пояснил Йозек. — Шеф уже ждет вас. Он позвонил мне ночью, хотел узнать, как вы добрались. И сегодня утром тоже звонил.

Парень, придержав тугую скрипящую дверь, пропустил доктора Конвей внутрь полицейского управления. Ступая по выцветшему линолеуму и вдыхая знакомый запах пыли и старых бумаг, Стелла подошла к окошку, за которым сидел дежурный. Полицейский, лысый мужчина лет пятидесяти, сосредоточенно изучал свежий выпуск «Королевского сплетника».

— Привет, Густав, — помахал ему рукой Йозек.

Полицейский испуганно отбросил газету.

— А, это ты... Что, уже с утра новая задержанная? — Выпуклые голубые глаза Густава пытливо изучали доктора Конвей.

— Ну ты даешь, Густав! — со смехом ответил Йозек. — Разреши представить тебе столичного специалиста по маньякам, доктора Стеллу Конвей. Она специально прибыла к нам, в провинциальный Вильер, чтобы помочь в расследовании убийств.

— У нас и своих специалистов хватает, — неучтиво

пробурчал Густав и поднялся. Он был высоким и плотным мужчиной, форма песочного цвета туго обтягивала его мощную фигуру. — И кроме того... Что какая-то столичная штучка может сделать с вулкодлаком?

— Вы уверены, что убийство — дело рук, вернее, лап мифического создания? — спросила Стелла. Дежурный ей не понравился.

Густав почесал абсолютно лысую голову и выпятил нижнюю губу.

— Понимаю, как вы к этому относитесь, доктор, но лучше бы сидели у себя в столице, занимались научными изысканиями. А мы сами со своими проблемами разберемся! И вообще, не стоит совать нос в дела, которые вас не касаются!

Стелла отметила, что Густав крайне недоволен ее появлением. Почему? Она видела полицейского первый раз в жизни, однако он с первого взгляда невзлюбил Стеллу.

— Такой он, наш Густав, — шепнул ей Йозек, — не обижайтесь на него, доктор. Он всегда брюзжит и вечно всем недоволен. Густав — заместитель шефа...

Доктор Конвей сдержалась, чтобы не сделать ядовитое замечание в адрес такого вот заместителя. А тот, потеряв всяческий интерес к Стелле, уселся на скрипучий стул и вновь принялся изучать прессу.

— Искренне надеюсь, что ваш шеф отличается от своего заместителя, — повела плечом Стелла.

— Марк вам понравится, доктор! — заверил ее Йозек. — Он — мой кумир! Хотел бы и я, как и он, стать когда-нибудь главой полиции Вильера...

Хлопнула дверь, послышались шаги, и за перегородкой возник статный высокий темноволосый мужчина лет тридцати трех — тридцати пяти.

— Вот и начальство, — произнес шепотом Йозек. — Наш Марк!

Стелла не без удовольствия отметила, что глава полиции Вильера весьма привлекателен. Марк, завидев Йозека и Стеллу, произнес приятным низким голосом:

— Густав, отчего ты не доложил мне, что наша столичная гостья уже в здании?

— А на что здесь мальчишка? — ответил его заместитель, не отрывая взора от «Королевского сплетника». — Он ее привез, пускай к тебе и ведет. И вообще, я занят.

Марк нахмурился, и доктор Конвей отметила, что гнев чрезвычайно к лицу начальнику полиции. А тот вышел из-за конторки и, протягивая Стелле руку, произнес:

— Прошу извинить моего сотрудника за глупые замечания. Вы ведь доктор Стелла Конвей, не так ли? Рад приветствовать вас в Вильере! Для нас большая честь визит такого известного специалиста, как вы. Меня зовут Марк Золтарь, я — начальник местной полиции.

Стелла подумала, что Марк, окажись безработным, мог бы с легкостью найти работу в качестве модели дорогого мужского белья или принадлежностей для бритья. Темно-синие глаза, загорелая кожа, классические черты лица и соблазнительная улыбка неплохо бы смотрелись в рекламе. Впервые за много часов доктор Конвей подумала, что ее визит в Вильер может стать занимательным.

Ситуацию испортил Густав, который скрипучим голосом начал задавать вопросы:

— Доктор, не про вас ли в «Сплетнике» недавно писали? Кажется, именно ваш непомерный сексуальный аппетит и полная некомпетентность привели к признанию процесса над Вацлавом Чертом недействительным?

— Густав! — резко оборвал Марк Золтарь.

— А что? Вы ведь тоже об этом читали, шеф! Или столица, следуя своей старой привычке, решила присылать к нам неудачников, карьеристов и неумех?

Густав с шумом сложил газету и поднялся. Стелла отметила, что Марк едва сдерживается от гнева.

Затренькал старый черный аппарат. Густав поднял трубку и величественно произнес:

— Полицейское управление Вильера, вы говорите с заместителем начальника!

Марк со смущенной улыбкой повернулся к Стелле:

— У моего заместителя, доктор, сложный характер...

— Я уже успела это заметить, — кивнула та.

— В действительности же Густав отличный сотрудник, хотя зачастую и невыносим в общении, — добавил Марк.

А лысый полицейский раздраженно кого-то отчитывал по телефону:

— И вы с такими пустяками решили звонить в управление? Чего вы хотите, чтобы мы все ринулись на поиски вашей кошки? Еще чего, мы занимаемся серьезными преступлениями, а не подобной ерундой!

Марк провел Стеллу по коридору к двери, обитой черным дерматином. Распахнув ее, он галантно пропустил гостью первой и чуть виновато произнес:

— Доктор, не пугайтесь типичного для меня хаоса.

Небольшая комната была завалена бумагами, на письменном столе возвышалась старенькая пишущая машинка, в углу громоздился древний компьютер. Марк, расчистив шаткий стул от бумаг, смахнул с него рукавом пыль. Стелла не без опаски опустилась на него, с любопытством поглядывая на нового знакомого. Интересно, есть ли у Марка супруга? Ее взгляд скользнул по его руке, но обручального кольца она не увидела. Кажется, и Гертруда, и Йозек намекали на то, что начальник полиции неравнодушен к противоположному полу и его чар стоит опасаться. Наверняка у красавца имеется дюжина подружек!

За пыльными стеклами нескольких книжных шкафов посверкивали золотым тиснением своды законов, энциклопедии, а также медицинские и фармакологические справочники. Единственное окно обрамляли выцветшие желтые занавески, а на подоконнике притулился треснувший пузатый горшок с пожухлым горбатым фикусом. На стене Стелла увидела большую карту Вильера и окрестностей.

Марк Золтарь опустился в крутящееся кресло, предательски под ним заскрипевшее. Доктор Конвей вынула из сумочки документ, полученный от Теодора Готвальда, и протянула недоумевающему Марку.

— Мои верительные грамоты, — пояснила она.

Начальник полиции, даже не взглянув, поспешно засунул письмо на бланке в ящик стола и сказал:

— Доктор, мы в Вильере привыкли доверять друг другу без бумажек! Я недавно говорил с вашим шефом, господином Готвальдом. Скажу честно, я его боготворю! Он предупредил меня о вашем визите. Для нас это большое подспорье. — Марк встрепенулся, вспомнив, что ему надлежит быть гостеприимным хозяином: — Не хотите ли кофе? Вы ведь остановились у Гертруды, матушки Йозека. Замечательная женщина, хотя не без странностей. Однако готовит она божественно!

Вспомнив странные кушанья, которыми Гертруда потчевала ее ночью, Стелла воздержалась от комментария и попросила чаю. Доктор отметила, что начальник полиции смущен и сбит с толку. Внезапно она поняла — именно ее присутствие выводит красавца Марка из равновесия. Неужели местный донжуан положил на нее глаз?

— Доктор, буду откровенен, нам требуется ваша помощь, — сказал Марк. — Вы же знаете, что речь идет о двойном убийстве — школьницы Ванды и ее друга Лешека. Жуткое дело, скажу я вам. Первой тревогу подняла тетка Ванды, когда в начале одиннадцатого обнаружила, что ее племянница не вернулась с занятия в музыкальной школе. Родители Ванды, бизнесмены, часто в отъезде, поэтому о девочке заботится... заботилась их родственница. Тетя Клара немедленно обратилась в полицейское управление, а Йозек сразу связался со мной. Вообще-то в подобных случаях, как вы сами знаете, мы должны выждать семьдесят два часа, прежде чем объявить человека в розыск. Девица пятнадцати лет, у которой раньше был дружок, выполнявший мелкие поручения местных бандитов, могла вместе с ним податься в столицу. Но тетя Клара была уверена, что произошло нечто ужасное. Чтобы успокоить бедную женщину, я отдал распоряжение сотрудникам прочесать городок и окрестности. Мы ничего не нашли. И только на следующий день случайные прохожие обнаружили около егерской избушки, что располагается на полпути к старому замку, тело Лешека. Я немедленно прибыл на место. Да, скажу вам, доктор, мне пришлось повидать многое, однако с таким столкнулся впервые!

Марк смолк. В дверях возник Йозек с подносом, на котором находились две щербатые красно-белые кружки.

— Молодого человека словно пропустили через мясорубку, — продолжал Марк. — Не буду углубляться в детали, если хотите, можете прочитать протокол. У меня уже тогда возникло подозрение, что и Ванда мертва. Однако я надеялся — вдруг девушка осталась в живых: например, ей удалось сбежать от убийцы или убийц. Мои сотрудники начали осматривать склон горы и под вечер обнаружили Ванду. Она тоже была убита, причем, как и ее друг, зверским образом. Я немедленно сообщил о столь ужасном происшествии в столицу.

— Почему? — спросила Стелла, отхлебывая чай. — Обычно сотрудники провинциальных отделений стараются вести расследование собственными силами и только в исключительных случаях, не по собственной воле, соглашаются с визитом столичных коллег.

— Можете считать, что случай именно такой, исключительный, — ответил Марк. — Не буду ходить вокруг и около... Йозек ведь уже изложил вам свою теорию?

— Не теорию, а убеждение, — заметила, усмехнувшись, Стелла. — Кажется, многие в Вильере уверены: убийства совершены вулкодлаком.

Марк грустно кивнул.

— Как я ни пытался бороться с суевериями, ничто не помогает, доктор! Те, кто родился и вырос в Вильере — а я к таковым не принадлежу, — с молоком матери впитывают эти жуткие истории. Для них вулкодлак реален, как для нас восход солнца или свежая газета.

— Вы не верите в то, что убийства совершены вулкодлаком? — с легким удивлением спросила Стелла.

— Я разочаровал вас, доктор? Да, я один из немногих в Вильере, кто не верит в подобную чушь. Вулкодлак — плод фантазии здешних жителей, во многом склонных к суевериям. Знаете, здесь, в отдаленных горных селениях, до сих пор еще поклоняются языческим богам, а христианство понимается на свой лад: дьявол и его слуги для большинства вильерцев — не абстрактные понятия, а реальные создания. Зло воплощается для них в виде вулкодлака, что выпивает кровь и терзает свои жертвы. В общем, борюсь я, борюсь, а успеха нет!

— Марк... — заговорила Стелла радостно, найдя единомышленника. — Вы разрешите называть вас по имени?

— Ну конечно! — Темно-синие узкие глаза начальника полиции вспыхнули.

— Да, давайте обойдемся без формальностей, — добавила доктор Конвей. — Вы тоже можете называть меня по имени. Вы — первый из встретившихся мне вильерцев, кто не верит в козни вулкодлака!

— И вы хотите знать, отчего? — Марк усмехнулся. — Вильер — замкнутый мирок, крошечная вселенная, существующая автономно от Экареста и живущая по своим диким, вызывающим изумление законам. Местные жители — чрезвычайно гостеприимные и хлебосольные, однако вы, сколько ни проживете в городке, навсегда останетесь чужаком. Я приехал сюда больше десяти лет назад, но до сих считаюсь «другим». Таких здесь немного: из Вильера уезжают, чтобы начать жизнь где-нибудь в крупном городе, но по собственной воле здесь никто не поселяется. Для меня, как, наверное, и для вас, суеверия местных жителей смешны и непонятны. Вулкодлак превратился в навязчивую идею для многих из них, я же как здравомыслящий человек, воспитанный в духе материализма и атеизма, отказываюсь верить в существование адского монстра.

— А что говорит судмедэксперт? — спросила Стелла.

— Вы наверняка ознакомились с его отчетом. Некто превратил тела юноши и девушки в куски мяса. Следов сексуального насилия не обнаружено, следовательно, кто-то совершил злодеяние, руководствуясь совершенно иными мотивами.

Дверь кабинета начальника полиции распахнулась, вошел встревоженный Йозек.

— Шеф, шеф! — закричал он. — У нас появился подозреваемый! Только что доложили — мужчина попытался сбыть с рук вещи, предположительно принадлежавшие убитым Ванде и Лешеку! На них обнаружены следы крови!

— Ну вот, Стелла, дело и сдвинулось с мертвой точки, — радостно потер руки Марк. Затем он вынул из сейфа кобуру и прицепил ее на пояс. — Если хотите, можете отправиться с нами на задержание подозреваемого. Вполне вероятно, что мы нашли убийцу, и тогда у вас появится возможность допросить его.

БОНЯ ЗАКОРЮК И АЛТАРЬ ВУЛКОДЛАКА

Стелла и Марк вышли из кабинета. В полицейском управлении царила суматоха: несколько сотрудников громко переговаривались, кто-то докладывал по рации о том, чем занимается подозреваемый. И только Густав, продолжавший изучать свежую прессу, казалось, был совершенно равнодушен к происходящему.

— Йозек, останешься в отделении, — распорядился Марк.

— Ну, шеф, — заныл юноша, — я же тоже хочу хотя бы одним глазком взглянуть на вулкодлака!

— При чем тут вулкодлак? — в раздражении воскликнул Марк. — Сколько раз говорил тебе, что это все — сказки венского... пардон, вильерского леса! Нет никакого вулкодлака, и точка!

Йозек посмотрел на шефа исподлобья, на секунду в отделении воцарилась тишина. Стелла отметила, что прочие сотрудники уставились на Марка с подозрением, а кое-кто с откровенным презрением. Похоже, все, за исключением самого Золтаря, уверены в том, что убийцей является вулкодлак, и не прощают своему шефу то, что он в него не верит.

— Как скажете, шеф, — произнес уныло Йозек. — И все-таки мне бы так хотелось посмотреть на него...

— Потом, — отрезал Марк. Покинув здание полицейского управления, он сел за руль одной из патрульных машин и бросил Стелле: — Занимайте место рядом со мной. Нам недолго ехать!

Вереница полицейских машин тронулась с места. Прохожие, оглядываясь на них, о чем-то перешептывались, несколько женщин осенили себя крестным знамением, молодая мать прижала к себе ревущего карапуза и прикрыла ему ладошкой глаза.

— Они все уверены в том, что я, пришелец, не в состоянии проникнуться духом их родины, — отрывисто ронял Марк, вцепившись в руль. — Меня уважают, но не любят. Еще бы, я ведь не верю в вулкодлака! А раз не верю, значит, не имею права принадлежать к числу избранных, коим открыта правда. Вы не поверите, Стелла, но сейчас, в начале двадцать первого века, в эпоху компьютеров, Интернета и роботов, здесь, в Вильере, процветает вера в чертовщину, бабки торгуют амулетами от сглаза, один за другим открываются салоны, в которых предсказывают будущее и гадают на кофейной гуще. С одной стороны, Вильер — обычный провинциальный городишко, каких сотни в нашей стране, а с другой... С другой — замкнутый мир, своего рода секта, проникнуть в которую неимоверно сложно. Все существование местных жителей базируется на страхе и преклонении перед вулкодлаком. Никто не признается в этом открыто, но еще десять лет назад личности, именующие себя хранителями города, приносили жертвы вулкодлаку. А по моим сведениям, и до сих пор такое случается. Все пока ограничивалось мелкими животными, но не удивлюсь, что рано или поздно пресловутые хранители переключатся и на людей...

Стелла поняла, что Марк излагает ей давно наболевшее, то, что никто в городке слышать не хотел. И вот появилась она, тоже чужая здесь, не верящая в вулкодлака. Не это ли их так сближает?

Машина резко затормозила около какого-то весьма непрезентабельного строения. К Марку подошел молодой человек в штатском и доложил:

— Шеф, я обнаружил его на рынке. Он ходил по рядам и предлагал амулеты под названием «Антивулкодлак». Я подслушал его разговор с одной бабкой: он уверял ее, что у него имеются вещи, пропитанные кровью жертв, и если их носить при себе, то вулкодлак ни за что не тронет. Я ведь и сам слышал, что от вулкодлака надо защищаться...

— Достаточно, — прервал его Марк. — Кто он?

— Местный бомж Павлушка, — ответил молодой полицейский. — Он как-то проходил у нас по делу о краже в гастрономе, стащил тогда двух бройлеров. В сущности, безобидный тип...

— Все маньяки, пока не принимаются за кровавые убийства, в сущности, безобидные типы, — отрезал Марк. — Где он живет?

— То здесь, то там, но в данный момент — тут, — указал полицейский на ветхий дом. — Он продал бабке кошелек со следами крови, и я, дождавшись, когда он отойдет на порядочное расстояние, конфисковал его у старухи. Как вы думаете, шеф, после завершения всего дела я смогу забрать кошелек себе? Ведь он помогает бороться...

К дому подъехали еще три полицейских автомобиля. Марк распорядился:

— Стелла, займите место в машине и не подвергайте себя излишнему риску!

Он вытащил пистолет и сказал:

— Действуем без лишнего шума. Постараемся взять его живым и невредимым. Думаю, он может рассказать много полезных нам сведений.

— Шеф, но если он вулкодлак... — начал кто-то из полицейских. Марк рявкнул:

— Он не вулкодлак, это понятно? Павлушка — местный бомж и попрошайка!

— А, ну тогда понятно... Не вулкодлак, а его помощник, — пробасил кто-то. — Но хозяину не понравится, что мы его слугу сцапали...

— Кто не хочет обострять отношения с вулкодлаком, может тотчас отправиться в управление и подать заявление об уходе, — огрызнулся Марк.

Стелла поняла, что шеф полиции прикладывает нечеловеческие усилия, чтобы держать подчиненных в узде. Ей стало даже немного жаль красавчика Марка.

Она вернулась к машине. Полицейские во главе с Марком двинулись к дому. Один из сотрудников высадил входную дверь, и все ввалились внутрь. Минутой позже все было кончено: на пороге показались двое полицейских, тащившие человека с всклокоченной седой бородой и безумными глазами.

— Аллилуйя! — вопил задержанный, брызгая слюной. — Все вы, нечестивцы, станете его жертвами! Он всемогущ, ибо не принимает его ни небо, ни земля!

Стелла заметила, как полицейские тревожно переглянулись.

— Мой хозяин доберется и до вас, и тогда пощады не будет! — надрывался Павлушка. — Учтите, ироды, вас и ваших щенков он убьет! Ибо он силен, как миллион ангелов, и никто не в силах остановить его!

Полицейские, на лицах которых был написан ужас, потащили бездомного к полицейскому фургону с зарешеченными окнами. Появился и Марк, вытиравший капли пота со лба. Он подошел к машине.

— Кажется, взяли нашего клиента, Стелла. Там настоящий храм вулкодлака. Старик, который уже давно был не в себе, окончательно съехал по фазе, вообразил себя вулкодлаком и принялся за убийства. И решающую роль в его сумасшествии сыграл сей городок, где всяк и каждый верит в чудовищного зверя!

Старик, изрыгая витиеватые проклятия и насылая на головы полицейских беды, не давал затащить себя в фургон. Да и полицейские, как заметила Стелла, работали не особенно рьяно.

— Смерть вам всем! Хозяин уже точит когти! Следующей ночью... о, я чую... он выйдет на охоту! И пощады не будет! Мы все в его власти! Все, все, все!

Слова Павлушки задели полицейских за живое. Стелле показалось, что они даже готовы отпустить задержанного. Тогда Марк, отстранив одного из сотрудников, грубо толкнул бородача по направлению к фургону. Павлушка, извернувшись, впился зубами в плечо Марку и завыл. Стелла похолодела — вой чрезвычайно походил на ту страшную «песнь», что разносилась по Вильеру ночью. Неужели Павлушка и есть убийца?

— Вулкодлак силен и могуч! Вы, человецы, не сможете остановить его! Ибо он — всех нас хозяин безраздельный! Хо-хо-хо-хо!

Павлушка залился потусторонним хохотом, Марк ударил его ребром ладони по шее. Задержанный, икнув, опустился на землю. Смахивая с плеча слюни, Марк произнес с гримасой отвращения на лице:

— Иного выхода, как применить силу, у меня не было. Пока он без сознания, заприте его в фургон. И не забудьте сковать наручниками!

Потерявшего сознание бездомного поволокли в фургон. Внезапно Стелла услышала треск фотовспышки. Откуда ни возьмись около нее возник худой, как щепка, субъект с лохматой рыжей шевелюрой. Он был облачен в полосатые штаны и зеленую куртку, а к лицу у него был прижат профессиональный фотоаппарат.

— Измываетесь над слабыми, шериф? — завопил он фальцетом, снимая, как бесчувственного Павлушку запихивают в фургон. — Я все заснял, в том числе и как вы его избили! Завтра это появится на первой полосе моей газеты!

Тип, похожий на сумасшедшего кузнечика, ловко перебирал тоненькими ножками, прыгая с места на место.

На секунду он оторвал камеру от лица, Стелла заметила постную физиономию, покрытую лиловыми кратерами угрей. Тоненькие брови субъекта взлетели вверх, он присвистнул:

— Мать честная, да это же сама доктор Стелла Конвей! Вы дадите мне эксклюзивное интервью? Учтите, моя газета платит хорошие деньги! Скажите, вы правда спали с Вацлавом Чертом? А с заместителем столичного прокурора Дарбичем? Что привело вас в наш замшелый городок? О, неужели вулкодлак и его жертвы? Так, так, так... занимательно... Мои читатели завтра обо всем узнают!

Субъект тараторил, пританцовывал и продолжал снимать. Стелла попыталась закрыть лицо, что, однако, не помешало фотографу щелкнуть ее дюжину раз. Марк бросился к «кузнечику» и выхватил у него камеру. Субъект заголосил:

— Что вы себе позволяете? Это нарушение свободы слова! Вы не имеете права препятствовать моему занятию! Согласно закону, все действия полиции могут быть засняты и получить огласку в средствах массовой информации!

Марк, производя над камерой какие-то манипуляции, повернулся к Стелле:

— Разрешите представить вам нашего гениального журналиста, местного Ларри Кинга, языкастого сплетника и главного редактора поганенькой газетенки «Вильерские вести» Бонифация Ушлого. Таков его творческий псевдоним, настоящая же фамилия не столь цветастая — Закорюк.

— Остановитесь! — вопил главный редактор. — Прекратите произвол!

Марк, возвращая ему камеру, усмехнулся:

— Забирайте ваше имущество, господин Закорюк. Я стер все фотографии.

Журналист — лицо его побагровело, а прыщи на нем полиловели — затряс рыжими патлами и взвизгнул:

— Сатрап, настоящий сатрап!

— Но, но, полегче, — оборвал его Марк. — За оскорбление представителя законности при исполнении можете схлопотать до полугода. Мне доставит неземное блаженство заключить вас под стражу, господин Закорюк. Посидите в камере, подумаете о бренности бытия... А если судья еще и штраф наложит, тогда, может быть, ваша газетенка разорится и вы прекратите вбивать в голову вильерцев сказки о вулкодлаке!

Стелла вспомнила — еще в Экаресте, знакомясь с досье, присланным из Вильера, она обратила внимание на вырезку из тамошней газеты. Некто (как теперь выяснилось, «кузнечик» Бонифаций Ушлый, он же Закорюк) распространял сомнительные измышления и потчевал читателей мистическими бреднями, уверяя, что «вулкодлак снова вышел на охоту». Возмущение Марка было ей хорошо понятно: подобные типы мешают расследованию, манипулируют общественным мнением и беззастенчиво врут с единственной целью — заработать как можно больше денег, сбывая экземпляры своих изданий. Таких газетчиков навалом и в Экаресте, только в провинции они именуются бумагомарателями и дешевыми писаками и обитают в крошечных редакциях, а в столице титулуют себя «главными редакторами изданий с самым большим тиражом по стране» и резидируют в стеклянных небоскребах.

— Сатрап, изверг, франкист! — визжал Закорюк. — И... и... и...

— Троцкист, — подсказала Стелла.

Марк захохотал, прочие полицейские прыснули. «Кузнечик» скривился, оскалив неровные желтые зубы, и процедил:

— Вы за это ответите! Я буду жаловаться министру внутренних дел и министру печати! И в администрацию президента факс пошлю! У меня могущественные друзья! Вы уничтожили мою интеллектуальную собственность, такой произвол карается законом. Не я, а вы, шериф, отправитесь на нары срок мотать!

Марк, смахивая слезы с уголков глаз (Стелла, украдкой взглянув на шефа полиции, подумала, что он смеется, как ребенок), ответил:

— Не надо стращать друзьями, которых у вас нет, господин Закорюк.

— Ушлый моя фамилия, Ушлый! — топнул худенькой ножкой журналист. — Я давно поменял фамилию, мне даже паспорт новый выдали!

— Как вам угодно, господин Закорюк. Вы поминаете закон, а я разрешу себе напомнить вам следующее: если речь идет о спецоперациях органов внутренних дел, при которых задерживаются особо опасные преступники, подозревающиеся в совершении тяжких правонарушений, как то — терроризм, убийство, торговля наркотиками, государственная измена, то я имею полное право запретить прессе документировать процесс операции, а незаконно сделанные фотографии конфисковать, носители же информации — разрушить.

— И в чем обвиняется бедолага Павлушка? — елейно заметил Бонифаций. — В торговле паленой водкой или, о ужас, святотатстве по отношению к нашему разлюбезному мэру-взяточнику?

— В двойном убийстве, — заявил Марк. — Притом на ритуальной основе.

В рыбьих глазах Бонифация сверкнули искорки, он затряс рыжими лохмами.

— Это станет сенсацией! И к черту фотографии, которые вы стерли! Полиция арестовала подозреваемого в убийстве Ванды и Лешека!

— Минуточку, я не сказал, что мы подозреваем его... — начал Марк, но Бонифаций хихикнул:

— О каком ином двойном убийстве может идти речь? За последние сорок лет имело место только одно, недавнее, когда прикончили школьницу и ее дружка в лесу. Значит, вы нашли убийцу? Как увлекательно! Только безосновательно, потому что каждому известно, что ребят ухандокал вулкодлак. Спасибо за информацию, шериф. А с вами, доктор, мы еще встретимся, уж будьте уверены!

Кузнечик-журналист улепетнул, Марк тяжело вздохнул, а Стелла с улыбкой заметила:

— Сразу видно, Марк, что у вас нет опыта общения с прессой. Он каждую вашу фразу исказит, переврет, представит в нужном ему свете. И все это называется «свободой слова».

— В том, что произойдет именно так, как вы говорите, Стелла, я не сомневаюсь. Бонифаций — известный враль, он меня ненавидит. Я, впрочем, плачу ему той же монетой. Года полтора назад его задержали в нетрезвом виде за рулем автомобиля, и я приказал арестовать его: мой предшественник относился к Бонифацию и им подобным с великим трепетом и закрывал глаза на шалости журналистов, а они в ответ печатали в газетах исключительно панегирики полиции. Я же для Ушлого — лютый враг.

Тем временем Павлушку погрузили в фургон. Марк распорядился:

— Везите его в управление, мы с доктором Конвей скоро подъедем и начнем допрос. — Затем Марк повернулся к Стелле: — Думаю, нам следует взглянуть на обиталище задержанного. Не исключено, обнаружим там какие-нибудь улики.

В подъезде неказистого дома пахло кошачьей мочой,

плесенью и кислой капустой. Доктор Конвей отметила, что двери почти всех квартир стоят нараспашку.

— Дом подлежит сносу, — объяснил Марк, — жильцов давно выселили. У города нет денег, чтобы привести планы в исполнение, поэтому бездомные — Павлушка и ему подобные личности — самовольно заняли квартиры.

Они поднялись по щербатым ступеням на второй этаж. Стены подъезда были исписаны похабными надписями и покрыты фривольными рисунками. Стелла отметила и повторяющуюся тему: двуногий монстр с головой волка раздирает жертву.

— Павлушка живет здесь, — сказал шериф, указывая на зеленую дверь с цифрой 5.

Стелла перешагнула порог, в нос ей ударило зловоние. О чистоте жилец явно не заботился. Впрочем, и понятно: в доме давно отключены вода, свет и отопление.

Из узкого коридорчика дверь вела в комнату. Несмотря на то, что на улице сияло солнце и стоял белый день, здесь было темно. Шериф включил фонарик, подошел к окнам и распахнул тяжелые портьеры. Однако это не помогло: окна были забиты досками. Марк чертыхнулся, споткнувшись обо что-то.

— Все в порядке? — осведомилась Стелла.

— Пытаюсь найти керосиновую лампу, — ответил начальник полиции. — Не может быть, чтобы Павлушка жил в темноте, как крот. Ага, вот!

Зажегся трепещущий огонек, Стелла с удивлением осмотрелась. На стенах, поверх висевших клочьями обоев, были нарисованы кресты и намалеваны молитвы. Марк поддел пальцем одну из досок, которой было забито окно.

— Здесь тоже какие-то надписи, — произнес он и попытался прочитать: — «Боже, охрани меня от нечисти подземной и не ввергни в лапы зверя адского, что зовется вулкодлаком...»

— Похоже, бедняга действительно помешан на вулкодлаке, — задумчиво произнесла Стелла. — Но если он его боится, то, значит, сам он — не вулкодлак!

— Боже, а это что такое? — отозвался Марк.

Стелла присмотрелась и поняла: то, что она приняла за большой комод у стены, на самом деле было неким подобием алтаря. На нем возвышалась слепленная из воска скульптура — чудовище-вулкодлак с оскаленной пастью и когтистыми лапами склонился над женщиной, из горла которой рекой текла кровь.

— Чем он тут занимался? — подозрительно пробормотал Марк. — Неужели мы имеем дело с безжалостным убийцей?

Стелла увидела большое темное пятно на вздувшемся от влаги паркете. Присев на корточки, она внимательно осмотрела его и произнесла одно только слово:

— Кровь.

— Кровь? — выдохнул Марк. — Человеческая?

— Чтобы сказать это, потребуется провести анализ, — ответила Стелла. — Взгляните, Марк: Павлушка, думается мне, приносил жертвы!

Марк с отвращением уставился на трупики крыс и мышей, валявшихся тут и там. У несчастных грызунов были оторваны головы.

— Что он с ними делал? — пробормотал начальник полиции. — И для чего? Теперь мне все понятно — начал с животных, а потом перешел на людей!

В смежной комнатке на полу лежал грязный матрас, а вокруг него — стопки книг. Стелла взяла одну из них и прочитала название: «Вампиры и оборотни: действенные советы по борьбе с нежитью». Доктор Конвей пролистала страницы. Мелькали рисунки — звериные морды, разодранные трупы, виселицы и костры с грешниками.

— Взгляните сюда! — раздался удивленно-испуганный возглас Марка. Стелла поспешила в помещение, бывшее некогда кухней. — Только зажмите нос!

Стелла, приложив к лицу платок, переступила порог. Стены здесь были увешаны, как ей вначале показалось, похоронными венками вперемежку с распятиями.

Марк потрогал венки.

— Знаете, что это такое? Чеснок! Павлушка развесил по всей квартире венки из чеснока! Согласно поверьям, чеснок — действенное средство в борьбе с нечистью. — Начальник полиции в растерянности почесал затылок. — Ну и для чего, позвольте спросить, старик превратил жилище в место поклонения вулкодлаку?

— Не совсем так, — прервала его Стелла. — Вы правы, в комнате имеется импровизированный алтарь, а на ней — фигурка монстра, однако, как мне кажется, Павлушка не поклонялся ему, а защищался от чудовища.

— Защищался? — скептически усмехнулся Марк. — Тогда с ним все окончательно ясно: бедняга сошел с ума. У всех психов так: один воображает себя Наполеоном, другой твердит, что его регулярно похищают зеленые человечки, а третий, наш друг Павлушка, например, уверен, что за ним охотится вулкодлак. Или он вообразил себя вулкодлаком? И пошел на убийства? — Марк распахнул дверцы комода, служившего алтарем, и воскликнул: — Ого, вот это да! Вы только посмотрите!

Он осторожно вытащил окровавленную одежду.

— Вещички хорошего качества и дорогие, — задумчиво произнес начальник полиции.

Стелла осмотрела вещи и сказала:

— Думаю, вы правы, Марк. Но что это дает? Павлушка наверняка нашел эти вещи или, что не исключено, украл их.

— Как бы не так! — заметил начальник вильерской полиции. — Бьюсь об заклад, что знаю, кому они принадлежали. Вы ведь читали в отчете, что тела девицы Ванды и ее дружка Лешека были обнаружены полуголыми. Вначале я думал, что убийца — извращенец и фетишист и раздевает свои жертвы, но потом все стало на свои места: девица и парень заявились в егерскую избушку, чтобы заняться втихую сексом. Тот, кто напал на них, явился в момент, когда молодые люди уже наполовину разоблачились. И сдается мне, что одежда принадлежит убитым! Как вы видите, Стелла, вещи в пятнах крови, экспертиза установит, я и не сомневаюсь, что кровь — Ванды и Лешека. А если так, то дело закрыто: убийца — Павлушка! Иначе почему он хранит у себя в комоде... то есть в алтаре вещи умерщвленных молодых людей? И не забывайте о кошельке, который он пытался сбыть на рынке.

— Не слишком ли вы рано празднуете победу, Марк?

— А в чем дело? — с вызовом спросил начальник полиции и выпятил подбородок. — У вас имеется другое мнение?

— Мне кажется, что Павлушка собирает все, что связано с вулкодлаком, — ответила доктор Конвей. — В том числе и вещи его жертв.

— Не начинайте опять про вулкодлака! — заскрипел зубами Марк. — Он — такая же выдумка, как Микки-Маус и Дед Мороз.

— Но только не для Павлушки, — покачала головой Стелла. — Он боится того, что монстр нападет на него, поэтому забил окна и развесил везде чеснок и кресты.

— И что из того? Вначале боялся вулкодлака, потом решил, что сам им является, — отрезал начальник полиции. — Дело закрыто!

— Не думаю, что все так просто, — возразила Стелла и протянула Марку большую тетрадь. — Она лежала в смежной комнате, на матрасе. Павлушка — не убийца и, разу-

Антон Леонтьев

101

меется, не оборотень. Однако, думаю, он может вывести нас на него!

Марк раскрыл тетрадь: на первой странице был нарисован ужасный зверь, покрытый черной шерстью, — на двух лапах, с телом человека и мордой волка.

— «Сегодня я впервые встретился с хозяином, — прочитал Марк. — Он пришел ко мне ночью и сказал, что пощадит и не убьет, но взамен я обязан служить ему верой и правдой как до смерти, так и после нее. И я, слабый духом и плотью, согласился. Отныне мой повелитель он — вулкодлак...» Что, черт возьми, это должно означать? — протянул изумленно шериф и уставился на доктора Конвей.

ТОПОР И ЗАМОК

— Итак, старик, у тебя имеется возможность сделать чистосердечное признание, — грозно произнес Марк Золтарь. — Советую воспользоваться уникальным шансом!

Марк и Стелла находились в комнате для допросов вильерской полиции. Поручив экспертам обследовать жилище Павлушки, они вернулись в управление. Перед зданием, к своему большому неудовольствию, Марк обнаружил с десяток человек — в основном стариков, вооруженных вилами, берданками и граблями.

— Смерть ироду! — неслось со всех сторон. — Вы поймали вулкодлака! Пусть он сгорит на костре! А голову ему набить чесноком и бросить в реку!

Марк, войдя в отделение, гневно спросил:

— Кто разрешил устраивать митинг?

— Они сами, без разрешения... — промямлил один из сотрудников.

Марк ткнул пальцем в Густава, лениво читавшего газету:

— Ты мой заместитель, поэтому поручаю тебе отправить стариков по домам.

— Вряд ли получится, — заявил лысый Густав. — Задержанного вулкодлака еще привезти не успели, а они уже тут как тут были.

— Бонифаций Ушлый, будь он неладен! — воскликнул Марк, и в его голосе Стелла уловила кровожадные нотки. — Открутить бы ему башку! Он натравил на нас местных жителей, повернутых на вулкодлаке. В общем, Густав, делай, что приказано — митингующих убрать, а если не будут подчиняться, разогнать! Где задержанный?

— Где ему быть? В камере! — отозвался Густав. — Забился под лавку и бормочет, что хозяину это не понравится. Может, его отпустить? Народ сам с ним разберется!

— Никакого суда Линча! — отрезал Марк. — Чтобы через пять минут от митингующих не осталось и следа!

Густав, тяжело вздохнув, поднялся со стула и двинулся к выходу.

— А мы с вами, доктор, займемся допросом Павлушки, — промолвил Марк. — Хотя все и так ясно — убийцей является он.

— Мне кажется, что вы уже приняли решение и не намерены отступать от него, — вздохнула Стелла.

Марк ничего не ответил и прошел в комнату для допросов. Минутой позже два полицейских втащили трясущегося Павлушку. Старик все бормотал: «Свят, свят, свят...»

— Ну что, старче, будешь сознаваться? — нависая над ним, рявкнул Марк. — Нам все известно, ты убил ребят! И не думай тут изображать из себя чокнутого, не поможет. Эта дама — психиатр, она таких, как ты, много повидала, сразу отличит тех, кто по-настоящему спятил, от злостных симулянтов, как ты. Не притворяйся, что не слышишь меня, старик!

Павлушка, застывший на стуле, обхватил голову руками и читал молитву. Поведение старика, как заметила Стелла, начало выводить из себя Марка.

— Ты что, не понимаешь меня? — Он схватил старика за плечи и тряхнул. — Рассказывай, как ты убил Ванду и Лешека. Что, бродил по лесу в поисках легкой добычи? Вообразил себя вулкодлаком, а когда наткнулся на ребят, решил устроить кровавое пиршество?

Услышав слово «вулкодлак», Павлушка перекрестился и, впервые взглянув на Марка, забормотал:

— Он всесилен и беспощаден! Я видел его! Видел, когда ходил по лесу и бутылки собирал. Он... Он был ужасен...

— Прекращай ломать комедию! — грохнул кулаком по столу Золтарь. Старик вздрогнул и смолк. — Ты косишь под дурика, думаешь, что это облегчит приговор. Получишь на полную катушку — пожизненное! Ты же знаешь, что тюрьма для таких, как ты, здесь неподалеку, в горах. Тебе уже и камеру готовят, примут с распростертыми объятиями!

— Марк, я могу переговорить с вами один на один? — остановила его Стелла. А когда они вышли в коридор, с огорчением произнесла: — Ваша манера вести допрос ничем не отличается от методов некоторых представителей столичной полиции.

— Так я и есть полицейский, — обиженно произнес Марк. — А что вам не нравится?

— То, что вы выбиваете из Павлушки нужное вам признание, — ответила Стелла. — Находясь под таким давлением, он рано или поздно признается в убийствах.

— И отлично, — ответил раздраженно Марк. — И люди поймут, что это дело рук свихнувшегося чудика, а не мифического вулкодлака.

— Вот, оказывается, зачем вам нужен быстрый результат! А я уж подумала, Марк, что вы сами верите в вулкодлака...

— Да что с вами, Стелла? Конечно же, я не верю в эту чушь! Вы бы еще сказали, что верю в ангела-хранителя и гороскопы... Я руководствуюсь исключительно фактами!

— А ведете себя как мальчишка, — ответила доктор Конвей. — Или вы хотите не жителей городка, а себя самого в первую очередь убедить в том, что имеете дело не с посланцем ада, а с обыкновенным, пускай и сошедшим с ума человеком? Марк, вы боитесь признаться, что в глубине души вас терзают сомнения — а вдруг все-таки нечистая сила таится за всем происходящим, и, быть может, жители Вильера правы, безоговорочно веря в существование вулкодлака...

Марк оглянулся, заметил Йозека, делавшего вид, что изучает стену, а на самом деле внимательно прислушивавшегося к их беседе, и рявкнул:

— Ты что здесь, оболтус, делаешь? Живо в архив — разбирать старые дела! — Йозека как ветром сдуло, а Марк, натужно кашлянув, тихо заметил: — Недаром вас взял в свою команду сам Теодор Готвальд. Черт, и как у вас получается, Стелла, в душу залезть!

Доктор Конвей ощутила странную радость — обычно к похвалам она была равнодушна, но скупые слова из уст Марка были для нее слаще признания в любви.

— Только вы никому не говорите, Стелла, — переминаясь с ноги на ногу, шепнул шериф. — Я не могу себе позволить переметнуться в стан мракобесов и дремучих личностей, в общем, тех, кто верит в вулкодлака, но...

— Но вас все же время от времени навещает мысль: может, в легендах имеется доля истины? — спросила Стелла.

Марк, с видом обреченного на казнь, признался:

— Вот именно, время от времени! Я же разумный человек, во всякую галиматью не верю, но... Но все вокруг меня верят, и в такой ситуации сложно оставаться скептиком. А еще сложнее заявить, что сомнения одолели, ведь тогда получается, что между стариками на улице и мной — никакой разницы.

Стелла отлично понимала проблему Марка. Он боялся даже самому себе признаться, что верит в вулкодлака, поэтому так отчаянно и искал виновного, чтобы продемонстрировать всем: убийца — не мифический монстр, а обыкновенный сумасшедший!

— Поймите, Павлушка под давлением признается в чем угодно, даже в убийстве президента Кеннеди, — заговорила спокойно Стелла Конвей. — А тут «вину» его доказать и совсем несложно. Еще бы, такие шикарные улики — вещи убитых в доме подозреваемого! Суд признал бы Павлушку виновным, приговорил к пожизненному заключению в стенах психиатрической клиники. Но вы, Марк, вы нашли в себе мужество признаться в собственной необъективности и поведать мне о своих страхах.

— Но я... начальник полиции... мне не дозволено... — заикаясь, пробормотал Золтарь.

Стелла поняла: больше всего Марк боится предстать перед сослуживцами и в собственных глазах размазней и хлюпиком, а именно такими, по его убеждению, являются люди, верящие в вулкодлака.

— Вы ведь не верите в то, что Павлушка убийца? — просто спросила Стелла.

И Марк, потерев переносицу, ответил:

— Он не убийца. Во-первых, слишком хилый и старый. Тот, кто убил Лешека, был наделен колоссальной физической силой. А Ванду он гнал по лесу. И вовсе не из-за того, что девица была такой прыткой, она сумела сначала от него убежать — ему нравилось наслаждаться властью над ней. Он знал, что она скоро умрет, но хотел, чтобы перед смертью несчастная девчонка помучилась и испытала всю гамму ужаса. Нет, Павлушка не из таких.

— Зато он может быть свидетелем, — добавила Стелла. — Он, вероятно, и правда видел того, кто совершил убийства. Поэтому одежда и оказалась у него в квартире — он взял ее с места преступления. Я могла бы попытаться вытащить из него эту информацию.

Марк с заметным облегчением перевел дух:

— Буду вам крайне благодарен, доктор! Значит, вы думаете, что Павлушка видел убийцу? Но почему он тогда твердит, что это — вулкодлак?

— Вот что я и хочу выяснить, — подчеркнула Стелла и вернулась в комнату для допросов.

Старик, сгорбившись, сидел на стуле и смотрел в пол. На появление Стеллы и Марка он не отреагировал. Казалось, Павлушка погрузился в транс.

— И какой он, ваш хозяин? — спросила громко Стелла.

Старик вздрогнул и медленно поднял голову. С минуту изучал лицо доктора Конвей, а потом заговорил визгливо:

— Он ликом страшен и силен необычайно! Я видел, как он выходил из леса, и когти у него были в крови!

— Когда он впервые заговорил с вами? — продолжила Стелла. — В вашем дневнике написано, что...

Павлушка перебил ее:

— Хозяин сам пришел ко мне! Сам! Это — знак его безграничной милости по отношению к такой жалкой твари, как я. Он ведь мог убить меня, как и других, но сказал, что я просто должен служить ему верой и правдой! И я служил, клянусь, служил! Он являлся ко мне и говорил, что я должен рассказывать о нем всюду и выть... выть, как он. Он, хозяин, просил меня... Он добрый, он дает мне еду и питье...

— Но тем не менее вы боитесь хозяина, — вставила Стелла. — Иначе чем объяснить, что вы развесили по всей квартире чеснок и распятия, а на досках, которыми заколочены окна, написали молитвы?

Павлушка, хитро подмигнув Стелле, прошептал:

— А ты не такая дура, как говорил мне хозяин!

— Вулкодлак... хозяин говорил... обо мне? — изумилась Стелла, чувствуя, что страх растекается по телу.

— Он все знает! — воскликнул Павлушка. — Все и обо всех! Он сказал мне, что замок скоро станет его, и тогда... тогда городку нашему несдобровать. А тебе стоит быть начеку. Хозяин точит на тебя зуб, красотка!

Марк, не вытерпев, рявкнул:

— Старик, перестань говорить загадками! Кто он такой, твой хозяин? Ты ведь его видел, значит, наверняка можешь опознать. Кто приказал тебе выть? Живо отвечай, старый пень!

— Хозяин сказал, что если я предам его, то мне конец, — прохныкал Павлушка. — Я знаю, что он может просочиться в камеру в виде лунного света или под видом крысы пробраться ко мне и растерзать!

— Если не он растерзает тебя, так это сделаю я! — заявил Марк. — Старик, ты подозреваешься в совершении двух убийств. Тебе понятно? Все улики свидетельствуют против тебя, в твоей квартире найдены вещи убитых. Суд, поверь мне, не будет долго церемониться — тебя признают виновным. Вот и вся милость твоего всемогущего хозяина. Кто тебя нанял? На кого ты работаешь? Где взял вещи убитых? Он тебе дал?

— Вещи я в лесу нашел, — залепетал Павлушка. — Мне были нужны деньги, поэтому я решил продать кое-что на рынке. Я же знаю, что колдуньям они требуются для ритуалов...

— Ты только местных ведьм не приплетай! — воскликнул Марк. — Ты видел хозяина, у тебя находятся вещи жертв, значит, ты его сообщник. Единственная для тебя возможность облегчить свою участь — вывести нас на след хозяина. Или хочешь отправиться до конца жизни в сумасшедший дом? Ты ведь, кажется, уже провел там какое-то время, тебя оттуда не так давно выпустили...

Павлушка захныкал:

— Нет, только не в психушку! Там со мной плохо обращались, заставляли таблетки глотать, шланг в желудок запихивали, по голове били! Пообещайте мне, что не выпустите меня отсюда! Заприте в камере без окон и поставьте трех часовых с пистолетами, заряженными серебряными пулями! И дайте мне распятие, Библию и венок из чесночных головок. И флягу с освященной водой!

Марк посмотрел на Стеллу, доктор Конвей едва заметно кивнула.

— Все получишь, старик, — пообещал Марк. — И чеснок, и святую воду, и камера у нас имеется в подвале, там стены двухметровой толщины, ни один вулкодлак сквозь них не проникнет. Тебя будут охранять день и ночь, даю тебе свое слово. А теперь расскажи — кого видел?

— Марк, у меня идея... — подала голос Стелла. — А что, если Павлушка нарисует нам своего хозяина? В квартире я заметила большое количество набросков, росписи на стенах — у него несомненный художественный талант.

— О, когда-то, давным-давно, — пробормотал старик, — я работал в издательстве оформителем. И у меня была семья. А теперь я совершенно один на белом свете... Но я не хочу в дурилку! Дайте мне бумагу, я изображу вам хозяина!

Марк сбегал в кабинет и принес несколько белых листов и два карандаша. Павлушка склонился над столом, его рука задвигалась, он принялся что-то яростно чертить.

Марк порывался посмотреть, но Павлушка, укрывая от него рисунок, предупредил:

— Получишь его, когда будет готова камера для меня. И не забудь святую воду!

Начальнику полиции не оставалось ничего иного, как отдать распоряжение приготовить для Павлушки камеру в подвале. Йозек, которому Марк приказал доставить святую воду, Библию, распятие и чеснок, уважительно посмотрел на Золтаря и спросил:

— Шеф, вы решили бороться с нечистью? Я давно хотел вам сказать, что нам тут следует иметь особые средства, чтобы, если вулкодлак ночью нападет...

— Без комментариев! — заявил Марк. — Сумеешь достать все как можно быстрее?

— Так точно, шеф! — заверил юноша и умчался прочь.

Йозек не обманул — ему потребовалось меньше двадцати минут, чтобы вернуться, нагруженным необходимыми предметами. Он вручил Марку источающий резкий запах чесночный венок и заметил:

— На рынке цены так взлетели... И все из-за убийств и вести о поимке вулкодлака. Но вот святой воды не нашел, церковь закрыта...

Марк велел отнести все в камеру. Павлушка, прижимавший к груди лист, узнав, что все готово, заволновался:

— Я должен сам все проверить! Тогда и получите мой рисунок!

Его провели в подвал, старик, взглянув на массивную железную дверь, удовлетворенно закивал:

— Да, такую даже хозяин не проломит. Ага, вот и чеснок, и Библия... А почему распятие пластиковое? Мне нужно из серебра! Или, на худой конец, деревянное. И еще мне требуется осиновый кол... — Затем старик попробовал на вкус воду из фляги и остался доволен: — Сразу чувствуется, что освящена в церкви!

— Я ее из-под крана налил, — шепнул Марк Стелле.

— Эй, а часовых поставил? У них серебряные пули имеются? — спросил напоследок Павлушка.

— А как же, — заверил его Марк. — Нам из Экареста специально присылают, для борьбы с нечистью. Все чин чином, старик. Ну, я свою часть договоренности исполнил, теперь дело за тобой...

— Закрывайте меня! — заявил Павлушка.

Полицейский по команде Марка захлопнул тяжелую

железную дверь, повернул ключ в замке. Марк отворил крошечное оконце в двери и спросил, доволен ли арестант?

— Доволен! — откликнулся старик. — Здесь хозяин до меня не доберется. Но и вы будьте начеку, он хитер, попытается меня убить. Никого, кроме тебя самого и дамы из столицы, я видеть не желаю. Потому что он может принять любой облик! — И Павлушка просунул через окошко свернутый в трубочку рисунок и добавил: — Теперь молиться буду, о своей грешной душе к Богу взывать. Не мешайте мне!

Марк и Стелла торопливо развернули рисунок Павлушки.

— Что это? — вырвалось у начальника вильерской полиции. — Мерзкий старикан, он меня надул!

В слабом свете лампочки под сводчатым потолком подвала Стелла разглядела изображение высоченного монстра с разинутой волчьей пастью, двумя неимоверно длинными руками, увенчанными когтями, и с огромными глазами.

— Ну, он у меня поплатится! — закричал Марк и ринулся к камере.

Стелла удержала его за рукав.

— Этим вы ничего не добьетесь. В голове у Павлушки все перемешалось, он видит хозяина таким, каким хочет видеть, — клыкастым монстром. Самовнушение — удивительная штука. Два года назад я принимала участие в качестве эксперта в расследовании одного дела: школьного учителя физкультуры обвиняли в растлении одной из несовершеннолетних учениц. Девочка в подробностях рассказывала о том, как он измывался над ней, заманив в раздевалку. Учитель, конечно же, все отрицал. Суд признал его виновным и приговорил к тринадцати годам. И только полгода спустя после вынесения приговора, когда девочка, переведенная в другую школу, заявила, что ее изнасиловал учитель пения, выяснилось: она страдает неврозом, коренящимся в грязном разводе родителей, и выдумывает страшные истории, в которых изображает себя жертвой. Она не обманывала следствие — она сама была уверена, что ее фантазии имели место в действительности. Благо что у учителя пения оказалось незыблемое алиби на момент «изнасилования». Девочка с такими деталями рассказывала о том, что он якобы совершил, что не поверить было трудно. Удивительно, но она выдержала тест на детекторе лжи, ибо истово верила в то, что говорит. И только при помощи психотерапевтического воздействия и сеансов гипноза удалось докопаться до правды. Но ее первую жертву, учителя физкультуры, это не спасло: его, обвиненного в педофилии, отправили в колонию, где сокамерники убили его. А в действительности он не был ни в чем виноват! Так и с Павлушкой — он истово верит, что встречался с вулкодлаком. Но я уверена, что, если с ним побеседовать еще раз или попытаться вызвать в памяти при помощи гипноза его реальные воспоминания, мы можем узнать много нового.

— Я доверяю вашему опыту, Стелла, — успокоился Марк. — Вы поможете выудить из старика правду.

Доктор Конвей, перевернув рисунок Павлушки, спросила:

— Вы это видели?

— Что именно? — произнес Марк. Стелла указала на затейливый орнамент. — В подвале плохое освещение, давайте поднимемся ко мне в кабинет.

По тону Стелла поняла, что начальник полиции что-то скрывает. По дороге она еще раз присмотрелась к изображению на обратной стороне листа. Круг, разделенный поперечной полосой. В верхней части топор, в нижней — стилизованное изображение замка. Круг венчала корона.

— Марк, я же вижу, вы узнали изображение, — сказала Стелла.

— От вас ничего не утаить, — шериф потер ухо. — Да, вы правы, я узнал его еще в подвале, несмотря на плохое освещение. Мне потребовалось собраться с мыслями, вот я и предложил пройти наверх...

— Так в чем же дело? — спросила доктор Конвей. Внезапно у нее мелькнула мысль. — О, я поняла! Вы знаете, что это за изображение и к кому оно имеет отношение!

— Вы, как мисс Марпл, чертовски проницательны, — невесело усмехнулся Марк. — Изображение отлично известно всем жителям нашего городка. Вот, взгляните на это!

Он открыл створку одного из книжных шкафов и вытащил большой иллюстрированный альбом. На обложке красовалась сделанная с вертолета фотография княжеского замка. Марк перевернул несколько страниц, и Стелла увидела червленый круг, разделенный зеленой полосой, черный топор вверху и крошечный серебристый замок внизу. Над кругом парила корона.

— То, что нарисовал Павлушка, является фамильным гербом княжеского рода Сепетов, которому принадлежит замок на горе. Вулк Сепет, по преданию, господарь Вильера в середине четырнадцатого века, отличался непомерной жестокостью и стал первым вулкодлаком. Прямой потомок Вулка, его светлость князь Юлиус Сепет, недавно вернулся в Вильер, чтобы вести переговоры с иностранными инвесторами о превращении замка предков в роскошный отель. Кстати, князь Юлиус, перед которым лебезит наш мэр, носит на пальце родовой перстень с изображением этого самого герба. Черт возьми, ну мы и влипли!

НЕСНОСНАЯ СЕКРЕТАРША

— Меня зовут Виктор Дон, я — корреспондент Первого канала, — представился посетитель и продемонстрировал работнику архива внутренних дел свое удостоверение.

— Чем могу помочь? — откликнулся тот.

— Я разыскиваю человека, который работал в архиве позавчера в первой половине дня. Не сомневаюсь, что вы можете мне помочь. Речь идет о сведениях, чрезвычайно важных для политического журнала Первого канала. И, конечно, каждый, кто окажет нам содействие, получит щедрое вознаграждение.

— И какое же? — облизнулся работник архива, услыхав последнюю фразу.

Корреспондент открыл портмоне, вынул купюру с числом «сто» и положил ее на стол.

— Ну, вообще-то я пока не припоминаю, — задумчиво забормотал архивариус, не отрывая взгляда от банкноты, — однако если постараться освежить память...

Возникла еще одна купюра, и тогда работник воскликнул:

— Это же так просто! Я сверюсь с журналом, подождите, пожалуйста!

Оставшись один, посетитель опустился в старое кресло и задумался. Он знал, что при помощи денег сумеет раздобыть любые сведения. Интересно, зачем же она заходила сюда?

Работник архива вернулся с большой тетрадью в бордовом коленкоровом переплете. Раскрыв ее посередине, сообщил:

— В тот день работал Богдан Цуль.

— А когда он будет работать снова? — встрепенулся корреспондент.

— Завтра во второй половине дня, — ответил архивариус. — Но вы уверены, что только он может вам помочь? Я готов оказать вам любое содействие...

Корреспондент, не слушая его разглагольствования, вышел за дверь. Работник, пожав плечами, положил деньги в карман темно-синего кителя, пробормотав себе под нос: «Странный тип!»

* * *

Корреспондент навестил архив день спустя. Заметив на груди работника табличку с именем Богдан Цуль, он вежливо поздоровался. Архивариус взглянул на посетителя поверх очков.

— Что вас интересует?

— Мне требуется информация. Я — корреспондент Первого канала, — визитер продемонстрировал удостоверение. — Вы ведь работали в архиве три дня назад с утра?

— Предположим, — ответил Богдан. — И что?

— Тогда вы именно тот человек, который может мне помочь! — с энтузиазмом воскликнул корреспондент. — Наверняка вы помните, что к вам заходила молодая красивая женщина, доктор Стелла Конвей. Дело в том, что я — ее муж. По моей вине мы и расстались — она застала меня с девицей. Но, клянусь, я любил и люблю Стеллу, однако она немедленно съехала с квартиры и подала на развод. Как ни стараюсь убедить ее, что раскаиваюсь, она никак не смягчается.

— И чем же я могу вам помочь? — спросил без особого интереса Богдан Цуль.

Посетитель — господин, облаченный в дорогой плащ, под которым виднелся дорогой же костюм, производил на него приятное впечатление, сразу видно, птица высокого полета, наверняка на своем телевидении получает хорошие деньги. Не то что он, рядовой работник, который за гроши прозябает в пыльном архиве.

— О, господин Цуль, я уверен, что вы можете оказать мне неоценимую помощь, — засмеялся корреспондент, и работник архива машинально отметил, что тонкие губы корреспондента, расплываясь в улыбке, не придавали его лицу доброго выражения. Наоборот, узкие глаза смотрели зло и напряженно.

— Я хочу помириться с моей женой, потому что не представляю без нее жизни. Но Стелла — своенравная женщина, она не подходит к телефону, когда я пытаюсь застать ее дома, попросту не открывает дверь...

— Знакомая ситуация, — с фальшивым сочувствием произнес архивариус.

Значит, несмотря на деньги, журналюге живется не так-то сладко. Сам Богдан регулярно изменял жене — последний раз со студенткой университета, проходившей в архиве практику месяц назад. Она намекнул девчонке, что, если та хочет получить от него хорошую рекомендацию и положительную оценку, ей придется уступить его требованиям. На что только не способны отличницы в погоне за пятеркой! А вот жене знать об этом необязательно. Журналист дурак, раз попался. Привел подружку к себе домой, а жена раньше положенного вернулась — классическая ситуация! Поэтому нечего любовницу домой таскать, этим можно заниматься и на рабочем месте — в архиве масса укромных уголков...

— Вижу, господин Цуль, что вы меня понимаете, — проникновенно продолжал журналист. — Я рад, что имею дело с тонко чувствующим человеком. Я совсем недавно узнал, что Стелла покинула Экарест. Куда — мне неизвестно. На работе ее все как воды в рот набрали: она своих коллег — там все, все без исключения незамужние дамы — настроила против меня, и те держат круговую оборону, не отвечают ни на единый вопрос. Я уже и цветы дарил, и конфеты приносил, и на колени становился...

Богдан победоносно посмотрел на журналиста. Растяпа тот и идиот! Разве с женщинами так можно обращаться? Цветы, конфеты, серенады... Нужно быть суровым и не просить их, а требовать, тогда они становятся как шелковые. Многому еще работнику Первого канала придется научиться в жизни!

— И вы — единственный человек, который может мне помочь! — заключил свою пламенную речь журналист.

— Как именно? — спросил Богдан Цуль, ничего не понимая.

Журналист потупил глаза.

— Не исключено, что бумаги, которые просматривала Стелла в архиве перед своим отъездом, имеют отношение к цели ее поездки. Вы же наверняка помните, что она спрашивала. Сразу оговорюсь: я готов щедро оплатить ваши услуги, господин Цуль!

— Щедро оплатить? — спросил радостно архивариус, и журналист положил перед ним три сотенные бумажки. Богдан схватил их и сказал:

113

— Я ее помню, она хотела ознакомиться с документами по делу вулкодлака из Вильера.

— Вильерский вулкодлак? — протянул разочарованно журналист. — Кажется, это что-то давнее...

— Середина девятнадцатого века, — уверенно ответил Богдан. — Вулкодлак нападал на людей где-то в глухой провинции и все такое. Туда даже выезжала специальная комиссия из столицы, но убийцу так и не нашла. Насколько мне известно, вывод гласил, что во всем виноваты волки, которых в лесах великое множество. Но документы пропали много лет назад, кое-что сгорело во время войны, когда старый архив попал под бомбежку, а другое сожрали мыши.

— Значит, Стелла ушла несолоно хлебавши... — протянул журналист. — Господин Цуль, прошу вас, вспомните каждую деталь.

— Ишь чего! — ответил тот. — За три сотни напрягать память?

Журналист, чьи глаза странно сверкнули, добавил еще две бумажки, и архивариус сообщил:

— Ей кто-то на мобильный позвонил, и она говорила здесь, в архиве. Я, натурально, слышал.

— И о чем шла речь? — встрепенулся журналист.

— Что-то насчет аэропорта и рейса в Австралию. Дамочка сказала, что собрала все нужные вещи и уже готова вылететь в... в Канберру.

— Австралия, — произнес ровным голосом корреспондент. — И это все?

— Все! — уверенно заявил архивариус. — Она, продолжая разговаривать, вышла из архива, поэтому то, о чем она говорила дальше, я никак слышать не мог. Так что ваша супружница смылась в Австралию! Там вам ее и искать!

Журналист, попрощавшись, покинул архив. Его единственным желанием было задушить мерзкого архивариуса. Он ничегошеньки нового не сказал ему!

Спускаясь по лестнице, Вацлав Черт (а именно он выдавал себя за журналиста Первого канала) натягивал перчатки. Конечно же, никто в архиве не узнал его — он изменил внешность, а подделать же документы не составляло проблемы, тем более что мало кто знает, как они выглядят на самом деле.

Вацлав Черт так надеялся на то, что сумеет выйти на след Стеллы! Доктор Конвей скрылась из столицы, и причиной тому был именно он, тут и нечего сомневаться. Стелла его боится, и это очень хорошо. Вначале он попался на удочку и поверил в то, что доктор Конвей улетела в Австралию. Он следил за ней в аэропорту и видел, как Готвальд провожал свою сотрудницу на рейс до Канберры. Пришлось взять билет на следующий самолет.

Черт совершил утомительный перелет в Австралию и только там узнал, что его надули: в числе прибывших в Канберру Стелла не значилась. Они с Готвальдом разыграли отличный спектакль! Поэтому Черт немедленно вернулся в Экарест.

Он следил за Стеллой и знал, что незадолго до «отлета в Австралию» она посетила архив внутренних дел. Он так надеялся, что этот след приведет его к Стелле, но ошибся! Наверняка это был еще один из ложных ходов, придуманных Стеллой и Готвальдом.

Но Вацлав Черт знал: он все равно доберется до Стеллы. Доктору Конвей посчастливилось когда-то избежать смерти, но на сей раз все будет по-другому. Он найдет ее и доведет однажды прерванное до конца. Стелла умрет. Адвокат Черта добился того, чтобы органам внутренних дел было запрещено вести слежку за клиентом, так что руки у него развязаны.

Черт все еще ухмылялся, вспоминая провальный процесс. Стелла помогла ему выйти на свободу, и он никогда этого не забудет. Но теперь он будет осторожным, его не упекут за решетку. За прошедшие дни он совершил три убийства: первой жертвой стала дура Амелия, адвокатша, которая Вацлава до безумия раздражала. Подумать только, она пыталась затащить его в постель! Видимо, хотела испытать, что же это такое — переспать со знаменитым маньяком. Вот и испытала в полной мере. Потом была Агнешка, дебильная журналистка, обеспечившая его алиби на момент убийства Амелии. Девица едва не продала его Стелле, поэтому пришлось позаботиться о ее кончине до того, как она не выдержит хитроумных вопросов доктора Конвей и не сдаст его с потрохами. Черт обставил убийство как уличное ограбление. Полиция, конечно же, подозревает в первую очередь его, но доказательств-то нет! Еще одну жертву он нашел прошедшей ночью. Пьяная проститутка привела его к себе домой, там он с ней и расправился. Пришлось отказаться от старых привычек, полиция не должна заподозрить его в причастности к этой смерти. А так хотелось выпустить на волю гнев: Стелла ускользнула от него!

Ускользнула, но ненадолго. Архивариус, на которого он потратил столько денег, не сообщил ничего путного. Зачем Стелле потребовалось вильерское дело? Смысла в этом Черт не видел. Ну что ж, у него в запасе еще один козырь. И он разыграет его как можно быстрее!

Тем же вечером Черт последовал за Илоной — секретаршей Готвальда. Она может знать очень многое, но как от нее добиться правды? Напасть, похитить и пытками выбить все, что она знает? Мысль заманчивая, но если с секретаршей что-то случится, то Готвальд немедленно поймет, кто стоит за происшествием. И тогда Стелла снова исчезнет, и все добытые с таким трудом сведения окажутся ненужными. Придется действовать крайне осмотрительно.

* * *

Илона, вернувшись с работы, отправилась за покупками в супермаркет. Черт установил, что она живет одна — ни мужа, ни детей. Значит, одинокая и разочарованная особа, которая компенсирует свое недовольство жизнью при помощи яркой и модной одежды. Предстояло завязать с ней знакомство.

Черт, в очередной раз изменив внешность (выкрасил волосы в темный цвет, приклеил тонкие усики и надел очки в стальной оправе, что сделало его похожим на преуспевающего адвоката или врача), зашел в тот же супермаркет, что и Илона. Взяв тележку и кинув в нее кое-какие продукты, Черт бродил по магазину в поисках секретарши.

Он обнаружил ее в отделе морепродуктов — Илона покупала осьминогов. Черт неспешно последовал за ней и, когда Илона остановилась, со всего размаху въехал своей коляской в коляску секретарши.

— Что вы себе позволяете? — обернулась в гневе Илона. Завидев Черта, она смолкла.

Вацлав одарил ее самой своей очаровательной улыбкой.

— О, приношу свои глубочайшие извинения! Надеюсь, с вами все в порядке, мадам? Это было так неловко с моей стороны! Пардон, пардон!

— Смотреть под ноги надо! — проворчала Илона.

Черт подумал, что с большим удовольствием убил бы наглую секретаршу — он ведь расшаркался перед ней, а она все еще изображает из себя рассерженную. Возможно, когда-нибудь, после того как Стелла умрет, он наведается и к Илоне.

— Вы правы, — снимая и протирая очки, ответил Черт. — Позвольте вам помочь...

Он наклонился и поднял с пола укатившуюся банку черных оливок. Илона, поджав губы, заметила:

— Не моя!

— Ах, я думал, что был до такой степени неловок... — начал Черт, но Илона уже отвернулась и зашагала от него прочь.

Вацлав затрясся от гнева. Мерзкая секретарша не желает иметь с ним ничего общего? Как же так? Он ведь все просчитал — такая женщина, как Илона, не избалованная мужским вниманием, у которой нет ни супруга, ни любовника, должна от радости прыгать, когда с ней заговаривает импозантный мужчина. Или он сделал что-то не так?

Черт последовал за Илоной, держа дистанцию. Еще одно «столкновение» в супермаркете вызовет у нее подозрения. Придется менять внешность и выдумывать новый план. А ведь как все было хорошо запланировано: он знакомится с ней в супермаркете, приглашает на ужин, потом следует постель, он выуживает из нее необходимые сведения и отправляется туда, где прячется от него Стелла. А гадина-секретарша воротит от него нос! Честное слово, он убьет ее, и Илона пожалеет, что появилась на свет, потому что ей доведется мучиться дольше, чем всем остальным его жертвам, вместе взятым!

Черт пристроился в очередь в кассу, соседнюю с той, за которой расплачивалась Илона. На что ей моллюски, шампанское и трюфели? Неужели он прошляпил тайного воздыхателя? Если так, то подобраться к Илоне будет чрезвычайно сложно. Или все же привести в действие план с похищением? Нет, так можно все испортить...

Вацлав Черт, лихорадочно соображая, последовал за секретаршей в подземный гараж. Предложить ей помощь? Нет, Илона насторожится. Оставалось беспомощно наблюдать за тем, как секретарша запихивает банки, пакеты и бутылки в багажник своего «Рено». Еще минута — и она умчится прочь.

Внезапно Черт заметил, как около Илоны возникли два подростка в балахонистых военных штанах и куртках с натянутыми на голову капюшонами.

— Тетка, деньги! — донесся до Черта визгливый голос одного из них. Илона, выпустив из рук пакет, шумно вздохнула.

— Эй ты, старая кошелка, шевели жопой и гони деньги! — тыкая ей в лицо пистолетом, заявил второй. — Или хочешь, чтобы я выстрелил?

Илона, всхлипывая, потянулась к одному из бумажных

пакетов, вынула из него портмоне и протянула юному грабителю. Подросток схватил его, распахнул и возмутился:

— Что, всего только полсотни? Бабка, снимай серьги! И кольца!

Секретарша беспомощно оглянулась — вдалеке большая семья (полный папа, еще более полная мама и четверо детей в возрасте от пяти до пятнадцати лет, по комплекции под стать родителям) копошилась около миниавтобуса, загружая в него содержимое пяти доверху набитых огромных тележек.

— Пикнешь — пристрелю! — заявил подросток.

Черт, притаившийся всего в нескольких метрах, за «Мерседесом» с тонированными стеклами, понял, что пробил его час. Сейчас или никогда!

Он бесшумно приблизился к подросткам, стоявшим к нему спиной. Вацлав приложил к губам палец, призывая Илону, выпучившую при его появлении глаза, не поднимать шума. Но секретарша не отрывала от него взгляда, и один из подростков обернулся. Черт ударил его по руке, одновременно лягнув другого в живот. Первый подросток выронил пистолет, другой, осев на пол, закашлял. Черт подхватил пистолет, мальчишка бросился прочь, к выезду со стоянки. Вацлав вырвал у корчившегося на бетонном полу подростка кошелек Илоны, а парень, неловко поднявшись, заковылял вслед за сообщником.

— Задержите их! — заверещала Илона. — Они пытались ограбить меня! И убить! Вот ведь гаденыши, таких надо запереть в тюрьму!

Контакт с полицией в качестве свидетеля в планы Черта не входил. Он позволил юным налетчикам скрыться и, повернувшись к Илоне, галантно протянул ей кошелек. Та вырвала у него из рук портмоне, пересчитала деньги и, с подозрением уставившись на Черта, заявила:

— Десятки не хватает!

Вот ведь тварь, пронеслось в голове маньяка, ничем ей не угодишь. Она что, думает, это он спер десятку? А то, что он спас ей жизнь, Илону не интересует?

— Почему вы не выстрелили? — спросила женщина недовольным тоном. — И вообще, вы должны были броситься за ними в погоню! Представляете, что они сотворят со следующей своей жертвой, на которой решат отыграться за меня?

Она как будто недовольна благоприятным для нее исходом! Черт был в недоумении. Любая нормальная женщина на ее месте бросилась бы на шею своему спасителю, с радостью приняла бы его предложение довезти ее домой и пригласила бы на чашку кофе или даже на ужин. Но эта стерва, кажется, и не помышляет о подобном!

— Я вас знаю, — заявила Илона, захлопывая багажник своего «Рено». — Вы едва не переехали меня в супермаркете.

— Мадам, с вами все в порядке? — попытался сыграть роль заботливого рыцаря Черт.

— А что должно быть не в порядке? — огрызнулась Илона. — Распустили молодежь, раньше дети ходили в кружки «Умелые руки», а теперь промышляют ограблениями. И во всем виноваты их родители, которые не смотрят за чадами, уже поверьте мне!

Черт подумал о собственной матери. Когда ему было двенадцать лет (с момента смерти отца минуло два или три месяца), она впервые соблазнила его. Согласно мнению психиатров, именно инцест, имевший место на протяжении тринадцати лет (пока Черт не совершил первое убийство — жертвой стала ненавистная и обожаемая мамочка), и превратил его из застенчивого пугливого мальчишки в жестокого убийцу.

Илона обличающе взглянула на Вацлава. Черт смутился и подумал, не возлагает ли секретарша на него ответственность за то, что милые мальчики, только что напавшие на нее, обратились в малолетних жуликов.

— Мадам, если я могу вам чем-то помочь... — предложил Вацлав. — Я могу отвезти вас домой и...

Секретарша его не слышала. Вацлав заметил, что по ее щекам текут слезы. Черт подошел к Илоне и проникновенно произнес:

— Полноте, мадам, все позади. Полиция, уверяю вас, ничем не поможет, только лишняя канитель, они продержат вас три часа, а подростков так и не поймают...

Илона, внезапно разрыдавшись, уткнулась в грудь Черту и прошептала:

— Господи, какой ужас, какой ужас!

Запоздалая реакция на шок, сообразил Черт. Наконец-то Илона проявила человеческие эмоции, а то он уже думал, что эту «Снежную королеву» ничем не проймешь.

— Они больше не причинят вам вреда, — как мог, утешал ее Черт. — Да и пистолет пластмассовый, они бы не могли причинить вам вреда, мадам...

Секретарша подняла заплаканное лицо и воскликнула:

— Он назвал меня старой кошелкой! И бабой! И теткой! Но я ведь молодая женщина! Мне всего тридцать четыре года!

Черт отлично знал, что Илоне на девять лет больше, но тактично промолчал. Секретарша рыдала вовсе не из-за того, что ее ограбили и угрожали пистолетом, пускай и игрушечным, а из-за слов подростков, назвавших ее старухой. Есть из-за чего лить слезы, подумал с омерзением Черт, стараясь отодвинуть от себя Илону — еще запачкает тушью и помадой дорогой светлый плащ!

— Я молодая... — рыдала Илона, — а этот маленький преступник... назвал меня... В тюрьму, пожизненное заключение... Он назвал меня...

Дальше все было делом техники. Черт усадил Илону в машину, заботливо пристегнул ремень безопасности, взял у нее ключи и сел за руль. По дороге домой секретарша жаловалась на жизнь, уверяя, что не заслужила нелестных сравнений юных грабителей. Черт многое бы отдал, чтобы заставить Илону замолчать! Остановившись на большом перекрестке в ожидании зеленого сигнала светофора, он подавил в себе внезапное желание наброситься на Илону прямо в салоне автомобиля и придушить: может, тогда эта несносная особа заткнется хотя бы на секунду?

Илона раскисла, из ее патетического монолога, прерываемого репликами в его сторону («Не тормозите так резко!», «Не неситесь вы так!», «Вы что, купили права на базаре?»), Вацлав узнал, что Илона безнадежно влюблена в своего шефа, Теодора Готвальда.

— У него два года назад умерла жена от рака, и пока она болела, я за ним ухаживала...

— За ним? — переспросил Черт, думая, что ослышался.

— За ним! — подтвердила Илона. — Он ведь такой беспомощный, он так страдал... А тут возникла эта фифа...

Черт изнемогал от обилия ненужной информации.

— Эта доктор Стелла Конвей, — фыркнула секретарша.

Черт едва не врезался в шедшую впереди машину.

— У вас что, глаз нет? — взвилась Илона. — Я машину всего год назад купила в кредит, мне еще полжизни за нее расплачиваться! А вы ездить не умеете!

— Так что же с доктором Стеллой Конвей? — попытался вернуть секретаршу к интересующей его теме Черт.

Но не тут-то было. Илона заявила:

— Далась вам эта вертихвостка! — И принялась излагать свои взгляды на новый кодекс правил дорожного движения.

Черт остановил машину около дома Илоны, донес покупки до квартиры. Секретарша растворила дверь, и навстречу ей бросился огромный полосатый котище.

— Да, да, мой хороший, пришла мамочка, принесла осьминогов и трюфели... — засюсюкала Илона. — Сейчас кушать будем... Мой малыш Теодорик уже проголодался?

Черт, пораженный тем, что Илона назвала кота в честь Готвальда, спросил:

— Вы кормите животное осьминогами и трюфелями?

— Теодорик их обожает! — сообщила Илона. — Ну что ж, спасибо за помощь. Всего хорошего! — И закрыла перед носом Вацлава дверь.

Черт остолбенел: Илона не пригласила его к себе! Что за особа... Убить такую — значит, совершить благодеяние для всего человечества! И она знает Стеллу, более того — ненавидит ее, поскольку та, по мнению секретарши, пытается завладеть сердцем ее разлюбезного шефа. Илона может поведать очень много занимательного и полезного для Черта... Все бы хорошо, но как заставить ее сделать это?

Вацлав позвонил в дверь. Илона, взглянув в глазок, спросила:

— Кто?

— Ваш спаситель! — ответил Черт. Она что, не узнает его? Дверь немного приоткрылась, Черт разглядел толстенную стальную цепочку.

— Что вам надо? — спросила Илона.

— Я хотел бы узнать... Могу ли я позвонить от вас?

— Теодорик сейчас ужинает, а он ужасно не любит, если в это время по квартире шастают посторонние, — отразила Илона.

— Тогда... не согласитесь ли вы сходить со мной в ресторан, — предпринял последнюю попытку Черт.

— Не хожу по ресторанам, это рассадники дизентерии и ботулизма, — отрезала Илона и захлопнула дверь.

Черт, постояв на лестничной клетке, спустился вниз. В душе его клокотало искреннее возмущение, глаза застилал кровавый туман. Он знал, что он означает: ему требовалось разрядиться. То есть совершить убийство.

Он отправился в Ист-Энд, район столицы, где издавна обитали продажные девицы и скупщики краденого, а в последнее время — торговцы наркотиками. Дамочки фланировали по грязным тротуарам, подмигивая прохожим. Черт схватил за локоть первую попавшуюся проститутку и грубо сказал:

— Пошли к тебе!

— Милок, остынь немного, — осадила его та. — А то ты весь трясешься от возбуждения. Гони деньги вперед!

Вацлав Черт отсчитал купюры, проститутка повела его к себе на квартиру. Едва они прошли в темное помещение, как Черт кинулся на женщину со спины. Руки в перчатках сомкнулись на ее шее. Внимая предсмертным хрипам, Черт представил себе лицо Стеллы, которое сменилось физиономией Илоны.

Убитую проститутку он положил в ванну, которую наполовину наполнил холодной водой, и вышел из квартиры. Черт почувствовал заметное облегчение. Илона — кладезь полезной информации, но подобраться к ней сложно. Однако только через нее он сможет найти Стеллу, значит, он просто обязан найти путь к сердцу секретарши. И времени на это у него не так уж много.

Черт осторожно выглянул из подъезда. Дождавшись, когда стоявшая невдалеке девица в короткой зеленой юбке, ажурных чулках и розовой курточке и обнимавшие ее два бородатых вдребезги пьяных типа скроются в соседнем подъезде (свидетели ему были ни к чему), он вышел во двор и, подняв воротник плаща, быстро зашагал по направлению к ближайшей станции метро.

КОЕ-ЧТО О КНЯЗЕ СЕПЕТЕ

— Его светлость просил вас присутствовать при вскрытии саркофага Вулка, — объявил утром следующего дня Марк.

Стеллу мучили страшные сны — ей казалось, что за ней гонится монстр — вулкодлак. Трижды за ночь она просыпалась в тот момент, когда во сне оступалась, падала, а над ней склонялась морда твари, с клыков которой капали слюна и кровь. Серебристый свет луны проникал сквозь стекла, и где-то вдали выли волки. Доктор Конвей была рада, что настало утро. Наскоро перекусив, она вместе с Йозеком отправилась в полицейское управление Вильера.

— Такова официальная версия, — продолжил Марк. — Однако подозреваю, что ушей Юлиуса достигла весть о приезде красавицы-доктора из самой столицы. Князь — известный юбочник, был женат не то три, не то целых пять раз. Хотите кофе?

Стелла отметила, что мужественный шериф раздосадован предложением Юлиуса. Уж не ревнует ли он?

— Мне будет интересно познакомиться с потомком знаменитого князя Сепета, — сказала Стелла. — Что он собой представляет?

— Стареющий плейбой, который никак не может с этим смириться, — ответил, протягивая Стелле кружку с кофе, Марк. Лицо начальника вильерской полиции выражало крайнюю степень презрения. — Сибарит, воспитанный в роскоши. Его отец, князь Фредерик Сепет, подростком вместе с родителями покинул Герцословакию сразу после крушения монархии, в середине сороковых. Юлиус вырос во Франции, был завсегдатаем ресторанов и клубов в Сен-Тропе, принимал участие в регате в Бертране, путешествовал по всему миру, заводя интрижки, плодя незаконных детей и растрачивая остатки семейного состояния, некогда одного из самых крупных в Европе. Когда пал «железный занавес», он вдруг ощутил тягу к родине предков, на которой ни разу не был. А когда парламент принял закон о возвращении бывшим владельцам всех земельных угодий и экспроприированных коммунистами ценностей, он осчастливил Вильер своим визитом. Еще бы, ведь он получил старый замок! Юлиус — бездельник и фанфарон, история рода его не заботит, он хочет превратить семейное гнездо в отель для богачей!

— Вы, как я понимаю, относитесь к князю без должного почтения, — улыбнулась Стелла.

— Можно и так сказать! — хмыкнул Марк. — Князь изображает из себя великого благодетеля и считает, что все население Вильера, включая и меня, должно быть благодарно ему за его сумасбродную идею — переделать замок в отель.

— А что в этом плохого? — удивилась Стелла. — Если я правильно понимаю, отель принесет городку множество рабочих мест, сюда потянутся туристы со всех концов страны и из-за рубежа...

— И на Вильер обрушится золотой дождь? Как бы не так! — отмахнулся Марк. — Поверьте, Стелла, я тоже хочу, чтобы жители нашего городка получили дополнительный заработок и экономическая ситуация здесь хотя бы немного улучшилась, но князь совершенно не думает о Вильере. Для него на первом плане собственные интересы — побыстрее найти инвесторов, продать замок и переделать его в гостиницу для богачей. Предложи ему кто-нибудь превратить замок в шашлычную или даже в бор-

123

дель, он бы, и глазом не моргнув, дал свое согласие: главное, он получит свои миллионы, которые сможет потратить в рекордно короткий срок. Еще бы, ведь его светлость проживает большую часть времени, невзирая на вновь открытую любовь к исторической родине, вовсе не в Вильере и даже не в Экаресте, а в Париже, Бертране, Лос-Анджелесе и Лондоне. Мы для него — источник заработка. А это, поверьте, Стелла, мне не нравится!

Доктор Конвей с улыбкой посмотрела на Марка. Он говорил с таким поразительным напором, что ей подумалось: либо начальник полиции душой радеет за Вильер, либо... Либо все дело в том, что он не хочет представлять ее старому ловеласу.

— Кстати, я припоминаю, князя Юлиуса обвиняли несколько лет назад в избиении бармена в Кении, — сказала, меняя тему, Стелла.

— Точно, — подтвердил Марк, — несчастный уверял, что его светлость ударил его бутылкой по голове и харкнул ему в лицо, и все после того, как бармен вежливо призвал напившегося и оскорблявшего посетителей князя к порядку. В Кении князь тоже пытался изображать из себя филантропа, помогал строить школу и больницу, но ему быстро надоело. Свидетелей инцидента в баре было много, но только два человека рискнули дать показания против князя. Его светлость приговорили к трем месяцам условно и штрафу в размере почти четверти миллиона долларов. Он подал апелляцию, уверяя, что бармен лжет: якобы тот сам на него напал, и его светлость орудовал бутылкой исключительно в целях самообороны. Но если бы только это! Во время международной выставки компьютерных технологий в Токио папарацци застукали князя за одним из павильонов: он в сопровождении своего охранника преспокойно... мочился на стену! Фотографии обошли все «желтые» издания планеты.

— Помню, помню, — добавила доктор Конвей. — Кажется, князь подал в суд на газету, но проиграл процесс.

— С тех пор его в Вильере за глаза зовут «писающим князем», — ухмыльнулся Марк. — Вообще-то послужной список его светлости больше похож на личное дело уголовника. Я с такими имею дело каждый день, но никто из них не является владельцем замка и не заставляет титуловать себя «ваша светлость». Я поднял подшивки газет и установил: в шестидесятые и семидесятые годы несколько женщин обвинили князя Юлиуса в сексуальных домогательствах, даже в изнасиловании. Но жалобам горничных, массажисток и стриптизерш никто не придал значения, в то время князь, женатый на младшей дочери великого князя Бертранского Виктора Четвертого, был табу для полиции. Откровенно говоря, я опасаюсь того, что с открытием отеля в Вильер придет не экономический расцвет, а понаедут проститутки, продавцы наркотиков, мошенники и грабители: ведь в замке планируется устроить рай для супербогатых. Нам, жителям городка, его светлостью дозволено исполнять роль прислуги и гнуть спины на состоятельных бездельников.

Марк с грохотом поставил бокал с кофе на стол и помолчал, немного успокаиваясь:

— Однако не буду забивать вам голову ерундой, Стелла. Не скрою, князь мне не по душе, и он платит мне той же монетой. Три месяца назад ко мне обратилась матушка одной семнадцатилетней девицы, работавшей официанткой в ресторанчике. Его светлость почтил визитом сие заведение, хотя сомневаюсь, что он решил попробовать блюда местной кухни. Вернее сказать, он раззявил рот, но вовсе не на суп из кролика или на жаркое по-вильерски, а на симпатичных официанток. Юлиус уверен, что любая из горожанок сочтет за честь переспать с ним. Я беседовал с девушкой, она после долгих ломаний подтвердила, что князь домогался ее, а когда она отказала, велел своим телохранителям затащить ее в лимузин. Он едва не изнасиловал ее — к счастью, мужская сила покинула князя, августейший причиндал оказался не готовым к развратным действиям, и девушку попросту выбросили в лесу. Я был готов арестовать князя, но прокурор и мэр, словно сговорившись, заявили, что если я сделаю это, то потеряю должность начальника полиции. Поверьте мне, Стелла, я не карьерист и пекусь вовсе не о своей шкуре, но если на мое место придет ставленник князя, тогда Вильер станет его вотчиной. А пока я при должности, то хотя бы как-то противостою его светлости.

— Неужели князь Юлиус так и не понесет наказания за попытку изнасилования? — спросила Стелла с отвращением.

— Не понесет, — с горечью подтвердил Марк. — Девушка наотрез отказалась подавать заявление, а без ее показаний мы... я ничего не смогу предпринять. У ее родителей побывал адвокат князя и передал им чек на весомую сумму — кажется, двадцать или тридцать тысяч долларов. Для Вильера это прорва денег! И родители подписали бумагу о том, что ни их дочь, ни они сами не имеют никаких претензий к князю Юлиусу. Он и раньше действовал подобным образом: те женщины, которые обвиняли его в изнасиловании, получали щедрые отступные. А вот одна, как мне удалось узнать, бесследно исчезла: смелая девушка хотела довести дело до суда, и князь мог бы загреметь в каталажку на несколько лет.

— Бесследно исчезла? — переспросила Стелла. — И вы полагаете, что...

— Я ничего не полагаю, — ответил понуро Марк. — Этому происшествию много лет, да и оно имело место, кажется, в Италии. Исчезновение бедняжки никого не заинтересовало, подумали, что она сбежала куда глаза глядят — еще бы, в то время в католической стране девица, ставшая жертвой изнасилования, в глазах почтенных матрон и даже церкви была грешницей. Мне удалось только узнать, что с той поры ее след затерялся. Она исчезла совершенно неожиданно, ничто не предвещало побега. И вроде бы вечером того дня, когда она исчезла, соседи видели около ее дома шикарную красную машину марки «Астон Мартин». Удивительно, но факт: у князя Юлиуса, который в те годы куролесил в Европе, была именно такая машина!

— Полиция должна была заняться расследованием! — воскликнула Стелла. — И князь стал бы первым подозреваемым по факту убийства! Ведь именно об этом вы думаете, Марк, — что князь Юлиус убил несчастную, которая могла бы разрушить его жизнь, отправив за решетку на долгие годы?

— Без комментариев, — отозвался Марк. — Князь в то время обхаживал дочку великого князя Бертранского и не мог позволить себе намека на грязный скандал. То, что он менял любовниц, как трусы, никого не смущало, но если бы его обвинили в изнасиловании и он предстал бы перед судом, тогда бы ни о какой свадьбе с представительницей правящей династии Гримбургов не могло быть и речи. А князю требовалась знатная и, что важнее всего, состоятельная невеста.

— Поэтому он и пошел на крайние меры, — заключила Стелла.

— Но никто не может быть признан виновным иначе, кроме как по приговору суда. Вы правы, Стелла, я не исключаю, что этот мерзавец-аристократ попросту убил девушку, а ее тело бросил в море, зарыл или избавился от него еще каким-то страшным образом. Самое ужасное, что к тому времени несчастная была на пятом месяце беременности — она носила во чреве отпрыска князя Юлиуса. Я не верю ни в бога, ни в черта, но удивительно, что некие силы покарали князя — ни одна из его официальных жен так и не родила ему наследника! И еще, заметьте, Стелла, именно с появлением князя в Вильере начали происходить странные вещи. Я уже говорил вам о его приставаниях к местным девушкам и женщинам. А теперь вот двойное убийство...

— Вы думаете... — начала Стелла.

Марк покачал головой.

— Предпочту не афишировать то, что я думаю. Не забывайте, одной из жертв стала школьница. Экспертиза не выявила следов сексуального насилия, но вы как специалист в этой области знаете: многие из убийц, особенно из тех, кто является импотентом, получают удовлетворение не от полового акта, а от криков жертвы, ее попыток скрыться и спастись. Ванду гнали по лесу — некто, не торопясь, шествовал за ней, зная, что она никуда от него не денется.

Стелла задумалась.

— Смерть друга Ванды могла быть маскировкой. Некто, страдающий навязчивыми идеями и не желающий мириться с потерей мужской силы, некто богатый, влиятельный и хитрый, некто, в чьих жилах течет испорченная кровь и чьи предки вошли в историю страны как чрезвычайно жестокие личности, решился на убийство. Чтобы отвести от себя подозрения, он решил свалить вину на мифического оборотня, якобы обитающего в здешних лесах. Это позволяет ему беспрепятственно выбирать жертвы, лишать их жизни кровавым способом и выходить незапятнанным из всех передряг...

— Стелла, вы читаете мои мысли! — воскликнул Марк. — Я знаю, что отцы города никогда не решатся пойти против князя Юлиуса. Они приложат все усилия для того, чтобы затушить скандал и скрыть факт его причастности к убийствам. Он постоянно пугает их тем, что откажется от переделки замка в отель, а мэр и иже с ним спят и видят, что городок превратится из провинциальной дыры, каковым он, увы, является, в новый Лас-Вегас. Юлиус умеет играть на человеческих слабостях. Теперь вы понимаете, отчего я, мягко выражаясь, не совсем положительно отношусь к его светлости? — Он немножко помялся и добавил: — Князь хочет познакомиться с вами, Стелла. Прошу, будьте с ним осторожны! У него повадки джентльмена и сердце Джека-потрошителя. Я не хочу, чтобы...

чтобы... — Марк покраснел и, отвернувшись, пробурчал: — Чтобы с вами что-то случилось.

— Марк, благодарю вас за трогательную заботу обо мне, — улыбнулась Стелла, — но я взрослая женщина, и никто не сможет причинить мне вреда...

Голос ее предательски задрожал — доктор Конвей вспомнила Вацлава Черта. Он едва не убил ее! А ведь она была уверена, что ей никто не страшен. И приехала она в Вильер не по своей воле, а скрываясь от Черта...

— Стелла, что с вами? — произнес Марк, заметив смятение на лице собеседницы. — Извините, я никак не хотел обидеть вас. Какой же я бестактный!

Стелла, справившись с секундной паникой, отмела воспоминания и твердым голосом произнесла:

— Марк, все в порядке. Значит, князь хочет нас видеть?

— Не совсем так, — смущенно ответил Золтарь. — Он хочет видеть вас, но не меня. Каждый раз, когда я встречаюсь лицом к лицу с его светлостью, это завершается словесным столкновением. Когда я приехал к нему в замок, чтобы потребовать разъяснений по поводу попытки изнасилования семнадцатилетней официантки, он велел телохранителям спустить меня с лестницы и заявил, что в следующий раз натравит на меня собак. Я же, перед тем как его шкафы-охранники ринулись на меня... — Марк смущенно посмотрел на Стеллу. — Я вмазал ему по лощеной физиономии и, кажется, расквасил августейший нос. Во всяком случае, его светлость в спешном порядке покинул Вильер и отбыл в Калифорнию, к своему пластическому хирургу, который, по слухам, взял у князя, пардон, с седалища кусок кожи, чтобы восстановить попорченное мной рыло. Я ожидал увольнения, но князь Юлиус промолчал. Он мог бы стереть меня в порошок, но не сделал этого, потому что понимал: если он ступит на тропу войны, то не удастся скрыть причину конфликта — его позорное поведение и попытку изнасилования. Для меня бездействие князя является лишним доказательством его вины: если бы Юлиусу было нечего опасаться, он натравил бы на меня своих адвокатов.

— Горжусь вами, Марк, — сказала Стелла. — Значит, его светлость хочет видеть исключительно меня, желая, скорее всего, затащить в княжескую опочивальню? Можете быть спокойны: у него ничего не получится. Когда начнется вскрытие саркофага Вулка Сепета?

Марк взглянул на настенные часы.

— Вообще-то — через пять минут. Князь пригласил команду историков из Экареста, мэр без промедления дал «добро» на эксгумацию останков старого князя. Юлиус уже продал права на публикацию фотографий «вулкодлака» нескольким таблоидам. Он намерен поднять шумиху в средствах массовой информации вокруг своего проекта с отелем.

— Так чего же мы ждем? — вскинулась Стелла. — Точность, как известно, вежливость королей.

— Вы хотите отправиться в замок? — в легкой панике спросил Марк.

— Отчего же нет? — улыбнулась Стелла. — И вы как представитель местной полиции отправитесь со мной. Насколько мне помнится, согласно закону об эксгумации при открытии могилы обязательно присутствие полицейского. Предположу, что никто из ваших коллег не поехал в замок?

— Нет, — подтвердил Марк. — Однако мэр звонил мне и просил оставить князя в покое, не приближаться к замку ближе чем на километр...

— Но вы же не можете пренебречь своими законными обязанностями! — воскликнула Стелла. — С тех пор как мы уверились в том, что убийца девушки и ее приятеля не Павлушка, нашей задачей является поиск истинного виновника. А князь Юлиус — один из самых подходящих кандидатов, ведь так?

Марк, уже вынимая из сейфа кобуру с пистолетом, кивнул:

— Вы правы! Плевать я хотел на предупреждения мэра. Одну я вас в логово князя не отпущу. Поехали!

Они вышли из кабинета вильерского шерифа. Заместитель Золтаря, лысый Густав, как всегда читавший газету, подозрительно спросил:

— Шеф, вы куда?

— В замок, — ответил кратко Марк. — Сделаю его светлости небольшой сюрприз. Рация при мне, Густав, если что-то стрясется, выходи на связь.

— Угу, — заместитель снова уткнулся в газету.

Стелла и Марк вышли на улицу.

— У вас чрезвычайно работящий заместитель, — заметила Стелла, усаживаясь в полицейскую машину.

— Густав — весьма странный тип, однако пожаловаться на его работу я не могу, — откликнулся Марк, заводя двигатель.

Тот, о ком шла речь, внимательно наблюдал за тем, как бело-синяя машина с мигалками, в которую уселись Стелла с Марком, отъехала от здания управления. Выждав для верности пару минут, он взял трубку телефона и набрал хорошо знакомый ему номер.

— Замок его светлости князя Сепета, — раздался грубый голос.

Осмотревшись по сторонам и убедившись, что его никто не слышит, Густав произнес:

— Соедините меня с его светлостью. Это срочно! Передайте, что звонит Густав.

В трубке раздалась мелодия ноктюрна Шопена, звонившему пришлось достаточно долго ждать. В управление вошли двое полицейских. Густав замахал им руками, приказывая не задерживаться и не мешать ему.

— Мэр на проводе, — прикрыв трубку рукой, сказал он. — Старый хрыч опять чем-то недоволен!

Коллеги, понимающе закивав головами, прошли в глубь здания.

— Ну, что тебе? — раздался в трубке раскатистый мужской голос. — Я же велел сюда не звонить, я сам буду выходить с тобой на связь!

— Ваша светлость, — тихо заговорил Густав. — Марк только что отправился в замок.

— Что? — раздался на другом конце провода удивленно-испуганный вопль. — Этот вильерский рейнджер, борец за права угнетенных и изнасилованных, шериф-троглодит направляется сюда?

— С ним доктор Стелла Конвей, — добавил Густав. — Ну, я вам о ней докладывал. Аппетитная шлюшка из Экареста, Марк в нее, кажется, без памяти втюрился.

— Ага, — произнес князь. — Что ж, я достойно встречу незваного гостя!

— Ах, ваша светлость, — торопливо произнес Густав, боясь, что князь Сепет повесит трубку. — Вы обещали выплатить мне вознаграждение за поставку информации. И это было в прошлом месяце. Мне неудобно вам напоминать, но если вы рассчитываете по-прежнему быть в курсе дел моего шефа, то хорошо бы перейти от слов к делу...

— Ты мне угрожаешь, мерзавец? — произнес надменно князь, по тону которого сразу чувствовалось, что он привык повелевать людьми. — Раз я сказал, то получишь деньги!

Раздались гудки отбоя. Густав повесил трубку и схватился за газету. Из-за угла вывернул Йозек.

— Ты что без дела шляешься? — спросил сурово Густав. — Ну-ка притащи мне пиццу!

— А с кем вы говорили по телефону? — поинтересовался юноша.

Густав побагровел и рявкнул:

— С каких пор я должен перед тобой отчитываться, сопляк? Выполняй свои прямые обязанности и тащи мне пиццу! Ну, живо, балбес!

Йозек, подслушавший телефонный разговор Густава с князем, выбежал из управления и направился к расположенной за углом пиццерии.

ЧУДЕСА ПРИ ВСКРЫТИИ САРКОФАГА

Полицейская машина взбиралась по грунтовой дороге на гору. Вокруг простирался безбрежный лес: высоченные сосны, лиственницы, дубы. Зарядил мелкий дождик. Когда автомобиль проехал мимо приземистого кирпичного здания, подход к которому был огражден желтой лентой, Марк заметил:

— Обратите внимание — место преступления. Молодого человека нашли около дома, а его подружку — в полутора километрах в чаще.

Минут через десять машина вывернула на открытое пространство. Доктор Конвей разглядела мощные каменные стены замка, поросшие мхом, в сизое небо вздымались узкие башни.

— Замок начали строить в двенадцатом веке, — пояснил Марк, — но от тех времен сохранилась только конюшня. Вулк Сепет, наводивший ужас на окрестности в четырнадцатом веке, велел возвести неприступную крепость. В то время Европа отражала нашествие османов — эти края были лакомым кусочком для воинственных сынов Востока. Вулк прославился своей жестокостью, но ему удалось успешно справиться с басурманами: Вильер они так и не захватили.

— Про Вулка Сепета ходит много легенд, — сказала Стелла. — Как-то мне пришлось смотреть телевизионную программу, и некий историк доказывал, что в действительности он был чрезвычайно либеральным правителем.

Марк расхохотался.

— В четырнадцатом веке таких понятий, как либерализм, права человека, толерантность и уважение чужой точки зрения, попросту не существовало. Вулк, одержав победу над османами, велел обезглавить всех пленных, а их было без малого шесть с половиной тысяч! Он лично отсекал головы, да так рьяно, что под вечер повалился без сил на землю. К своим подданным он относился тоже без пощады — если в Вильере кто-то обронил золотую монету, то она могла пролежать на улице неделями, и никто не осмелился бы взять ее. За воровство по приказу Вулка отсекали левую руку, а если человек попадался второй раз, его бросали в чан с кипящим маслом или смолой. Его любимым развлечением было сажать людей на кол, причем он так поднаторел в этом, достиг такой виртуозности, что посаженные им лично на кол несчастные жили в течение многих дней, иногда — до полутора недель! Но Вулк не был, как его часто представляют, просто жаждущим крови монстром, он являлся одним из высокообразованных людей своего времени. Свободно говорил на пяти или шести языках, увлекался астрономией, астрологией, алхимией и ведовством. И это при том, что за сношения с нечистой силой, то есть за то, чем он занимался в подземельях замка, его подданные сжигались на костре, четвертовались или сбрасывались со скалы в пропасть. До нашего времени дошли несколько трактатов, написанных им на латыни, например, о том, как получить золото из свинца или вызвать дьявола. Говорят, что ему удалось призвать к себе Вельзевула, и тот пообещал ему вечную жизнь и колоссальное богатство в обмен на душу. Вулк скончался при странных обстоятельствах — его вроде бы отравила молодая жена, восьмая по счету. Семь ее предшественниц умерли не своей смертью: трех он задушил, одну уморил голодом в застенках, двух повесили за измену, а еще одну, самую любимую, замуровал где-то в стенах замка, и ее призрак вроде бы до сих пор шастает по коридорам. Восьмая супруга, родная сестра предыдущей под номером семь, не желала разделить участь других жен и вроде бы подлила в любовный эликсир, которым Вулк взбадривал свой стареющий организм, адскую смесь, в результате чего ее супруг немедленно скончался. В ночь его кончины была ужасная гроза, и по небу носилась огненная колесница, запряженная тринадцатью бесами, — согласно летописи монахов соседнего монастыря, Вельзевул лично явился по душу Вулка. Тело князя неимоверно распухло, почернело и распространяло страшную вонь — раньше считали, что это свидетельствует о его глубокой порочности, но, скорее всего, таково было воздействие мышьяка, коим молодая жена попотчевала Вулка. 13 февраля 1387 года Вулка погребли в замковой капелле, а в следующую ночь он, превратившись в чудовище, якобы покинул свою усыпальницу и принялся за убийства. Во всяком случае, его жену, ее любовника и с два десятка слуг обнаружили растерзанными в замке. Такова была месть вулкодлака!

Марк, заметив на лице Стеллы страх, поспешно добавил:

— По иной, заслуживающей большего доверия версии, княгиню, ее фаворита и слуг укокошили преданные князю воины, решившие покарать убийц своего хозяина.

— Вы чрезвычайно много знаете о Сепете, — сказала доктор Конвей.

Марк польщенно засмеялся и ответил:

— Я с раннего детства увлекался историей. И...

Машина резко затормозила. Стелла заметила, что они подъехали к пропасти, через которую был перекинут мост. Около моста находилось несколько подозрительных типов — широкоплечих, бритоголовых, в темных костюмах.

— Телохранители его светлости, — заметил, глуша мотор, Марк. — Князь опасается за свою драгоценную жизнь, видимо, понимает, что на этом свете найдется много людей, желающих призвать его к ответу за совершенные им преступления. Но что они здесь делают? Откуда они могли узнать, что мы появимся?

* * *

К машине вразвалку подошел один из охранников. Марк приспустил стекло, охранник, чье гориллье лицо украшали черные очки, жуя резинку, прохрипел:

— Что, полицай поганый, захотелось отведать моих кулаков? Его светлость запретил тебе переступать порог замка!

— Разве мы находимся на территории, принадлежащей его светлости? — спросил Марк.

— Ты что, изображаешь из себя придурка, полицай! — прошипел охранник. — Впрочем, тебе и изображать-то не требуется, ты такой и есть! — Прочие охранники загоготали. — Убирайся, урод, а не то мы тебя пристрелим! Его

133

светлость велел нам всякого, кто незаконно проникнет на его территорию, одаривать дыркой в башке!

Марк вышел из автомобиля. Охранник продолжал издеваться над ним. Стелла разглядела молниеносное движение, и верзила в черном костюме, только что изображавший из себя Рембо, скорчился на коленях в грязи. Марк держал его за запястье.

— Отпусти! — выл охранник. — Ой, как больно!

Его очки свалились в слякоть. Другие охранники вытащили пистолеты и наставили их на Марка.

— Бросить оружие, — произнес спокойно Золтарь. — Ну, кому сказал! Я — представитель местной полиции и имею право находиться здесь. Я прибыл, чтобы присутствовать на вскрытии усыпальницы, как то и предписано законом. И его светлость никак не может воспрепятствовать этому. Или кто-то из вас хочет оказаться в тюрьме за попытку нападения на представителя закона при исполнении? Срок до пожизненного заключения!

Охранники опустили пистолеты. Марк, наступив ботинком на очки корчившегося перед ним неандертальца, обратился к нему:

— А тебе, парень, советую поменьше смотреть дешевые американские боевики. Иначе, не ровен час, ты вляпаешься по вине своего босса в плохую историю. Его светлость тебя бросит, как он это обычно делает, и отдуваться за его преступления придется тебе.

Он оттолкнул охранника, тот на карачках отполз в сторону.

Марк уселся за руль и завел машину. Автомобиль прогрохотал по мосту, Стелла в страхе бросила взгляд в бездонную пропасть, раскинувшуюся под ним.

— Вулк Сепет намеренно выбрал самое неприступное место, — ровным тоном продолжил рассказ Марк. — Если мост поднять, то в замок невозможно попасть. Идеальное логово для сумасшедшего убийцы. В прошлом году по приказу Юлиуса в замке сделали вертолетную площадку.

Едва автомобиль въехал под своды замка, как позади него с грохотом обрушилась металлическая решетка.

— Не обращайте внимания на дешевые фокусы князя, — сказал Марк. — Так он демонстрирует своим гостям, что они находятся в полной его власти.

— А вы не боялись, что охранники выстрелят? — спросила наконец Стелла.

Марк, ни секунды не колеблясь, ответил:

— Такая возможность была минимальной. Бодигарды

его светлости, по сути, трусливые личности, он нанял их не в достойной доверия конторе, а подобрал где-то на улице. Они обыкновенные мелкие преступники, которые работают на его светлость. Он платит им хорошие деньги, но жертвовать ради него жизнью они не станут. Они могли бы нажать на курок с перепугу, но мне удалось донести до их тупых мозгов простую мысль: это только усугубит ситуацию.

Автомобиль, проехав длинную арку, больше похожую на небольшой туннель, попал в квадратный внутренний двор. Стелла разглядела мрачные каменные стены, остроконечные башни, некоторые — с наполовину разобранными крышами, узкие окна с разноцветными витражами.

Их уже встречали. Завидев импозантного черноволосого мужчину с орлиным носом, который спешил к ним от одной из лестниц, Стелла спросила своего спутника вполголоса:

— Это и есть его светлость князь Юлиус Сепет?

— Нет, сейчас вы познакомитесь с его адвокатом, весьма противным типом, — морщась, словно куснул зеленого яблока, заметил Марк и вышел из автомобиля.

Дождь усиливался.

— Что вы себе позволяете, комиссар Золтарь? — вопросил адвокат, игнорируя приветствие Марка. — Его светлость запретил вам появляться на территории своих угодий, к коим, как вам отлично известно, относится и замок! Он имеет полное право выставить вас вон! Кроме того, я и еще пять надежных свидетелей наблюдали за тем, как вы напали на охранников его светлости, когда те любезно попросили вас убраться восвояси!

Тарахтение адвоката не произвело на Марка никакого впечатления. Заложив руки за пояс, спокойно произнес:

— Я прибыл сюда, чтобы присутствовать на вскрытии саркофага. Запретить мне это вы не можете. Его светлость обладает правом выставить из замка вон любого другого, но только не меня. Я — представитель закона. Что же касается так называемых телохранителей его светлости, то советую уволить их. Конечно, я, так и быть, могу закрыть глаза на то, что они, подобно разбойникам с большой дороги, напали на меня и доктора Конвей, угрожали физической расправой и оскорбляли. Впрочем, мне не составит труда вызвать подкрепление и арестовать всю вашу гоп-компанию вместе с вами и его светлостью.

Марк подошел к машине, вытащил рацию и произнес:

135

— Управление, это Золтарь. Немедленно вышлите четыре... нет, лучше пять патрульных машин, а также фургон к...

— Комиссар! — заговорил уже примирительным тоном адвокат. — Мы же разумные люди и всегда можем договориться! К чему этот цирк с патрульными машинами и арестом?

Марк, дав по рации отбой, сказал:

— Господин адвокат, вы меня удивляете. Только что вы грозили выгнать меня вон, а теперь хотите «договориться».

— Его светлость вас ждет, — изменил тон адвокат. — Конечно же, мы знаем, что при вскрытии гробницы требуется присутствие полиции. Почтем за честь принять вас и вашу спутницу, комиссар!

Стелла, подойдя к адвокату, протянула ему руку. Тот пожал ее, доктор Конвей ощутила на себе оценивающий взгляд адвоката.

— Мы очень рады тому, что вы приняли предложение его светлости и пожаловали в замок, — учтиво поклонился адвокат. — Его светлость ожидает вас, доктор!

К ним уже спешил тощий молодой человек с огромным черным зонтом. Адвокат любезно сообщил:

— Доктор Конвей, это для вас. Погода, увы, нас не радует, но что поделать — ноябрь.

Стелла, ощущая себя членом королевской семьи, оказалась под зонтом, который услужливо держал мокнущий под дождем слуга.

— Не будем терять времени, — заявил адвокат. — Теперь, когда все формальности улажены, мы можем пройти в замковую капеллу.

Он направился через двор к одной из угловых башен. Стелла, сопровождаемая дворецким с зонтом, и Марк последовали за ним. Наконец они оказались перед порталом с изображениями святых и с огромной кованой дверью из бронзы, покрытой благородной патиной. Адвокат услужливо распахнул дверь перед Стеллой и вновь поклонился:

— Только после вас!

Стелла шагнула на выщербленную гранитную плиту. Ее шаги гулким эхом отдавались в просторном длинном холле. У стен располагались рыцарские доспехи, то и дело попадался герб рода Сепетов: круг с топором и замком, увенчанный короной. Они шли довольно долго по холлу, неяркий свет, проникая сквозь цветное стекло, придавал помещению жутковатый вид.

— Прошу прощения, но другого пути в капеллу не существует, — извиняющимся тоном пояснил адвокат. — В замке более четырехсот комнат, большая часть из них, конечно же, необитаемы. Пока еще необитаемы, так как всего лишь через два года родовое гнездо Сепетов превратится в самый дорогой и известный отель Южной Европы!

Они свернули за угол, спустились на три пролета по каменной лестнице и оказались перед чудной работы дверьми. Стелла не смогла сдержать возгласа восхищения.

Золотистые, сверкающие створки были покрыты рельефом на библейские сюжеты. Адвокат важно заметил:

— Одно из чудес замка Сепетов. Исполнено лучшими золотых дел мастерами того времени — князь Вулк заказывал специально в Венеции. Он хотел, чтобы его усыпальница ни в чем не уступала королевской, и ему удалось этого добиться.

Двери распахнулись, и Стелла шагнула в капеллу. В глаза ей бросился алтарь, а над ним — витраж с изображением снятия Иисуса с креста. У одной из колонн, поддерживающих своды капеллы, сгрудилась группа людей. Все обернулись, устремив взгляды на вошедших.

— Я уж думал, что вы не пожалуете! — произнес, подходя к Стелле, высокий грузный мужчина, и она поняла, что имеет дело с князем Юлиусом Сепетом. На вид ему было между пятьюдесятью и шестьюдесятью — загорелая кожа, покрытая морщинами, дряблая шея, умело скрытая цветастым платком, седые локоны, падающие на плечи, эспаньолка, делавшая его похожим на стареющего мушкетера, и узкие серые глаза. На князе был костюм нежно-кремового цвета и бордовые замшевые туфли.

— Доктор Конвей, рад приветствовать вас в своем замке!

Князь излучал обаяние и любезность, но глаза выдавали его — в них затаился страх и презрение к окружающим. Стелла отметила, что шейный платок был скреплен старинным аграфом с большим квадратным изумрудом, а когда князь галантно склонился над ее рукой, на его указательном пальце сверкнул золотой перстень с фамильным гербом. Именно эту эмблему изобразил на своем рисунке арестованный бомж Павлушка.

Юлиус Сепет, взяв гостью под руку, промурлыкал:

— Для нашего крошечного городка огромная честь, что такой человек, как вы, доктор, оказались в этих краях.

137

Вы ведь разрешите называть вас по имени — Стеллой? Взамен вы можете обращаться ко мне не как все прочие, титулуя «вашей светлостью», а тоже по имени. Для вас я — Юлиус!

Стелла почувствовала, как цепкие пальцы князя легли на ее талию. Доктор Конвей попыталась высвободиться из его объятий, но у нее ничего не получилось. Сепет повел ее к колонне, за которой их ждали, и, не оборачиваясь, кинул адвокату:

— А что делает в моем замке этот грубиян? Я же приказал выбросить его вон.

Адвокат, приблизившись к князю, что-то зашептал ему на ухо. Сепет остановился, лишь немного повернул голову и надменно произнес, обращаясь к Марку:

— Так и быть, снизойду до вас, любезнейший... запамятовал вашу фамилию.

— Комиссар Золтарь, — отчеканил Марк, и Стелла заметила, что под кожей у него заходили желваки. Она вспомнила, чем закончилась последняя встреча князя и начальника вильерской полиции: дракой.

— Ах, ну да, Золтарь, — процедил князь, демонстрируя в злобном оскале, который у него получился вместо улыбки, ровные белоснежные зубы. — Не ожидал увидеть вас в замке, но вас так и тянет сюда, как муху на навозную кучу. Вы притащились, чтобы помешать мне вскрыть саркофаг Вулка Сепета? Учтите, у вас ничего не выйдет, у меня имеются все необходимые разрешения!

— Я прибыл сюда, чтобы узнать, как ваше здоровье, князь, — ответил с едкой улыбкой Марк. — Как я вижу, ваш нос окончательно зажил. Пересадка кожи с августейшей задницы помогла, ведь так?

Князь дернулся, его длинные пальцы с бледными ногтями инстинктивно дотронулись до носа. Сверкнув глазами, Сепет произнес:

— Я ничего не забыл, комиссар! Когда-нибудь, придет время, мы с вами поквитаемся!

— Вы мне угрожаете? — удивленно парировал Марк. — Князь, ваши головорезы пытались сделать то же самое, но это плохо для них закончилось. Кстати, откуда вы узнали, что мы направляемся к замку?

Сепет, не ответив, повернулся к Стелле и заговорил неприятно интимным тоном:

— Меня утомляет общение с этим мужланом. Он страшный зануда, вы не находите, Стелла?

Его рука сползла с ее талии на ягодицы. Стелла, сбросив ее, начала:

— Ваша светлость...

— Юлиус! Зовите меня просто Юлиус! — проворковал князь.

— Ваша светлость, — упрямо продолжила доктор Конвей, как будто не замечая его реплики, — давайте не будем задерживать процедуру вскрытия саркофага. Ведь нас ждут!

Князь Юлиус поморщился. Стелла отметила, что ее поведение пришлось потомку вулкодлака не по вкусу. «Наверное, он привык, что женщины бросаются ему на шею», — подумала доктор Конвей.

— Вы правы, — заметил Сепет.

Они подошли к большой колонне, украшенной затейливым рельефом, и оказались подле огромного саркофага из красноватого мрамора. Около усыпальницы Вулка Сепета толпилось не меньше дюжины человек. Юлиус, небрежно кивнув, произнес:

— Команда историков и археологов из столицы, они по моему заданию занимаются вскрытием саркофага. Их руководитель профессор Вассерман.

Сутулый мужчина с обширной лысиной, длинными седыми волосами, собранными в косичку, косматой черной бородой, в мешковатом красном свитере и грязноватом клетчатом пиджаке с кожаными заплатами на локтях, протянул Стелле руку.

— А я вас знаю, — произнес он, демонстрируя прокуренные зубы, — вы ведь та самая доктор Конвей, о которой сообщали в газетах. Ну, процесс над Вацлавом Чертом и все такое!

Возникла неловкая пауза, которую умело разрядил князь Юлиус. Он, игнорируя нетактичное замечание профессора Вассермана, пустился в пояснения, указывая на саркофаг:

— Стелла, как вы уже, вероятно, догадались, это и есть объект наших изысканий — гробница моего грозного предка.

Стелла посмотрела на последнее пристанище князя-вулкодлака — саркофаг длиной не менее трех метров. На крышке был высечен огромный крест, а полустершиеся буквы старинной вязи гласили: «Здесь нашел упокоение князь Вулк Сепет, величайший воин, мудрый государь и добрый христианин».

— Хм, ни один из эпитетов не соответствует действительности, — подал голос Марк.

Князь Юлиус нахмурил слегка брови:

— А вы, комиссар, оказывается, не только умеете избивать честных граждан, но и мните себя специалистом в области средневековой истории? Похвально! Когда потеряете работу в полиции, а это случится весьма скоро, то я, по доброте своей душевной, окажу вам протекцию — вас возьмут в университет. Вахтером!

И князь оглушительно расхохотался своей шутке. Адвокат подхалимски захихикал — все остальные с мрачными лицами стояли около саркофага. Смех у князя был неприятный, гортанный. Он оборвался так же внезапно, как и начался.

— Ну что ж, все в сборе! — провозгласил князь и бросил одному из историков: — Включайте камеру, я хочу, чтобы вся процедура была сохранена для потомков!

Историк включил небольшую камеру. Профессор Вассерман заговорил в волнении:

— Дамы и господа, наступил долгожданный момент, которого лично я ожидал многие годы! Еще во времена коммунизма я пытался получить разрешение от властей в Экаресте на вскрытие гробницы, однако партийные бонзы регулярно накладывали вето на мое предложение, причем никто не мог толком объяснить, почему это запрещается. Королевская усыпальница была вскрыта и разграблена, а перед князем Сепетом даже вожди-атеисты, казалось, испытывали неведомый трепет. Наконец-то мы сможем узнать, отчего на самом деле скончался князь Вулк! Вы, ваша светлость, любезно согласились с моими доводами и не возражаете против вскрытия саркофага. То, чем мы сейчас займемся, не уступает по своей исторической важности вскрытию саркофага фараона Тутанхамона...

— Подождите! — раздался вопль, и Стелла, вздрогнув, заметила спешащего к ним журналиста Бонифация Ушлого. На тощей груди «кузнечика» болталась большая камера.

— Как же вы можете начинать без представителя местной прессы? — закричал Бонифаций и ловко протиснулся к саркофагу. — Ваша светлость, я так рад, что вы разрешили мне...

— От вас было проще всего отвязаться, разрешив присутствовать при эксгумации, — скривился князь Сепет. — Если возражений не имеется, то начнем.

Историки оттеснили зрителей, Бонифаций, перебирая

тонкими ногами, защелкал фотоаппаратом. Над саркофагом была установлена сложная конструкция, предназначенная для подъема надгробной плиты. Профессор Вассерман отдавал распоряжения: «Спускаем тросы! Осторожнее, не повредите крышку! Так... так... Почему задержка? Шевелимся, ребята!»

Князь, взяв Стеллу под руку, комментировал:

— Профессор сказал мне, что крышка неимоверно тяжелая, она толщиной почти в полметра и весит не менее двух тонн. Удивительно, что у всех прочих моих предков, захороненных в капелле, а их здесь не менее трех дюжин, саркофаги не такие прочные. Вы ведь знаете, что говорят о князе Вулке — якобы он превратился в оборотня и выбирается по ночам из могилы. Как будто его намеренно накрыли тяжеленной крышкой, чтобы помешать его потусторонней активности!

Тросы укрепили в железных кольцах, ввинченных в крышку саркофага. Напряжение нарастало.

— Нет, не так! — горячился профессор Вассерман. — Крышка не должна упасть нам на головы! Работаем не только руками, но и головой! — А когда наконец под крышкой оказались все три петли, он, утирая пот со лба, объявил: — С подготовительным этапом мы справились отлично. Ваша светлость, отдавайте команду!

Князь Юлиус, подойдя к саркофагу, принял театральную позу и, смотря в камеру, провозгласил:

— Я, прямой потомок Вулка Сепета, разрешаю потревожить прах моего достопочтенного предка!

— Шут гороховый, — достаточно отчетливо произнес в наступившей тишине Марк.

Князя передернуло, он приказал остановить съемку и ощерился:

— Комиссар Золтарь, если вам что-то не нравится, то вы знаете, где дверь...

Пришлось сделать еще один дубль, и князь снова напыщенным тоном произнес несколько глупых фраз.

Марк сквозь зубы пробормотал:

— Изображает из себя повелителя Вильера! Стелла, я же вижу, что он к вам клеится. Вы только скажите мне, и я с ним разберусь!

— Начинаем подъем крышки! — скомандовал профессор Вассерман. — Надеюсь, что лебедка выдержит полный вес, иначе... На счет «три»! Раз, два, три!

Помощники профессора, находившиеся с четырех

концов саркофага, потянули трос. Крышка дрогнула и медленно пошла вверх.

— Плавно, равномерно! Слева немного побыстрее, а справа помедленнее! Так, так, отлично! Никто не отпускает... Это понятно? Ну, еще немного...

Крышка оторвалась от гробницы уже на полметра. Стелла заметила черный провал, ее охватил беспричинный страх. Кто знает, что их ожидает, что они увидят в саркофаге... Она с беспокойством посмотрела на витражное стекло — на улице клубилась ноябрьская мгла.

— Еще, еще, еще! — командовал профессор. — Так, отлично, все идет как по маслу...

Едва он произнес это, раздался оглушительный треск, и трос, продетый через нижнее левое кольцо, лопнул. Крышка закачалась, Бонифаций, ахнув, отскочил в сторону и наступил на ногу Марку. Комиссар Золтарь болезненно поморщился, но ничего не сказал. Крышка накренилась, профессор Вассерман в отчаянии крикнул:

— Ребята, осторожно опускайте ее! Только не со всего размаху!

По капелле пронесся глухой удар — крышка легла обратно на саркофаг.

— В чем дело, отчего заминка? — спросил раздраженно князь Юлиус. — Профессор, вы же мне голову давали на отсечение, что все пройдет без сучка без задоринки. Какого черта я вбухал столько денег в вашу работу?

— Крышка, по всей видимости, оказалась тяжелее, чем мы рассчитывали, — заметил ученый. — Ваша светлость, это не представляет совершенно никакой проблемы! Всего десять минут, и мы снова попытаемся поднять ее!

— Князь-вулкодлак не хочет, чтобы потревожили его дневной сон, — хихикнул Бонифаций. — Пока провозимся, начнет заходить солнце. И представляете, что будет: вскроем его гроб, когда наступит тьма! А князь обретет силу и превратится в монстра! И всех нас растерзает!

Юлиус Сепет грубо прикрикнул на него:

— Журналист, заткнись! Я знаю, что именно ты распространяешь лживые истории про вулкодлака. Запомни, все это бредни! Я специально согласился на вскрытие могилы, чтобы раз и навсегда положить конец слухам, домыслам и легендам. Все убедятся в том, что мой предок князь Вулк давно превратился в прах, в лучшем случае от него остался пожелтевший череп и кучка костей.

— Вы накроете саркофаг прозрачной крышкой и будете водить сюда богатых туристов? — спросил Марк. В его голосе Стелла уловила презрение. — Не сомневаюсь, что прилепите к черепу пару фальшивых клыков. Вы сможете зарабатывать на Вулке кучу денег, князь! Это сейчас вы не хотите ничего знать про вулкодлака, потому что ваши друзья-инвесторы из-за океана волнуются: кто захочет отдыхать в местечке, где орудует неизвестный убийца? Хотя личность убийцы, может быть, не такая уж и таинственная, вы не находите, ваша светлость?

Юлиус Сепет покраснел и взвизгнул:

— Вашей задачей, комиссар, является как можно скорее найти этого умалишенного! А вы все копаетесь, ничего не предпринимаете, медлите и тянете кота за хвост! Или все дело в том, что вы не обладаете нужной сноровкой и профессионально некомпетентны? Я давно подозревал...

— Полегче, ваша светлость, — в запале прикрикнул на него Марк. — Иначе вам придется вторично подставлять пластическому хирургу свою физиономию!

Стелла дернула его за рукав, князь оскалился, желая сказать что-то нелицеприятное, но зарождающийся скандал прервал профессор Вассерман.

— Мы готовы! — провозгласил бородатый ученый. — Теперь осечки не будет, клянусь вам! Приступаем!

Повторилось то, что уже было: крышка, криво лежавшая на саркофаге, задрожала и взмыла в воздух. Профессор отдавал команды, дирижируя подчиненными.

— Отлично! — закричал наконец Вассерман. Крышка находилась на высоте примерно трех метров. — А теперь фиксируем! Уф, как же я рад, все прошло без проблем! Я же говорил, ваша светлость, что не стоит ни о чем беспокоиться! И сдержал слово!

Стелла с опаской посмотрела на мраморную плиту, нависшую над саркофагом. Все четыре петли были целы, но что произойдет, если трос опять порвется? Тогда двухтонная крышка рухнет на саркофаг и на тех, кто под ним находится...

— Причин для волнения не существует! — успокаивал всех профессор Вассерман. — Крышка закреплена надежно, и мы можем приступить к самой важной части — извлечению гроба! Не желаете ли заглянуть внутрь, ваша светлость?

— Стелла, — повернулся к доктору Конвей князь Юлиус, — я же знаю, что вы тоже сгораете от нетерпения. Мы станем первыми, кто увидит гроб моего предка Вулка!

Они подошли к раскрытому саркофагу. В лицо доктору

Конвей пахнуло затхлостью, на дне она увидела большой гроб, перетянутый несколькими черными полосками.

— Я тоже хочу посмотреть! — пискнул Бонифаций Ушлый, но Юлиус грубо ответил:

— Тебе, журналист, я не разрешаю приближаться к саркофагу. Профессор, начинайте извлечение гроба!

Полчаса спустя гроб Вулка Сепета был бережно поставлен на большой деревянный помост, находившийся в нескольких метрах от саркофага. Профессор Вассерман в большом волнении провел пальцами по гробу и сказал:

— Как же давно я ждал этого момента! С самого детства бредил Вулком Сепетом, истории о вулкодлаке завораживали меня, но я знал, что рано или поздно столкнусь с князем лицом к лицу...

— Открывайте гроб, — прервал его Юлиус. — И снимайте, черт побери, все на камеру!

Профессор ковырнул пальцем одну из черных скоб, которыми был охвачен гроб, и, присмотревшись, сообщил:

— Если не ошибаюсь, это серебро. За прошедшие шестьсот с лишним лет оно основательно окислилось. На скобах заметен какой-то орнамент и надписи. Ну-ка... язык старогерцословацкий... «Обереги нас от зла, что насылает на голову рабов божьих враг рода человеческого». Ого! Сенсация! Ведь считалось, что легенда о князе-вулкодлаке появилась спустя некоторое время после смерти Вулка Сепета, назывались середина шестнадцатого — начало семнадцатого века. А выходит, те, кто опускал мертвого Сепета в саркофаг, уже боялись, что он выберется наружу, иначе зачем скреплять гроб серебряными скобами с молитвами...

— А гробик-то выглядит целехоньким, — высказал свое мнение Бонифаций Ушлый. — Если вулкодлачина на протяжении шести сотен лет из него подымается и забирается обратно, он должен выглядеть по-иному!

— Согласно преданию, вулкодлак может обращаться в луч луны, — возразил профессор Вассерман, — а также в дождевые капли и пыль, так что ему не составляет труда просочиться из саркофага наружу и, уже оказавшись на воле, принять облик чудовища. Ага, тут и печати имеются! Княжеские, без сомнения. Герб рода Сепетов из тончайшего листового золота на каждой скобе! Подайте мне ножницы по металлу!

Профессор, срезав одну из печатей, бережно преподнес ее князю Юлиусу. Стелла затаила дыхание, рассматривая небольшой желтый кружок, больше похожий на монету или медальон. Скобы осторожно сняли, профессор, осмотрев гроб, заявил:

— Он заколочен, причем на совесть, а сделан из мореного дуба. Придется применить физическую силу, чтобы вскрыть домовину. Постараюсь повредить по минимуму. Ребята, где инструменты?

Профессор Вассерман и несколько коллег, вооружившись небольшими ломиками, принялись осторожно приподнимать крышку гроба. В капелле начало темнеть.

— Включите прожектора! — распорядился увлеченный работой профессор. Вспыхнули яркие лампы. То и дело раздавался легкий треск — крышка гроба шаталась. — Кажется, все... — выдохнул профессор. — Камеру сюда! Дамы и господа, мы становимся свидетелями уникального события! Надеюсь, его светлость князь Вулк простит нам вмешательство в его загробную жизнь. С богом!

Вассерман и трое других ученых подхватили крышку и, шумно отдуваясь, приподняли ее.

— Тяжеленная! — охнул профессор.

На подмогу бросилось еще два человека. Всеобщими усилиями удалось снять крышку и положить ее на помост. Профессор заглянул в гроб и воскликнул:

— Ага, он еще запаян золотой фольгой! Удивительно, впервые вижу подобное!

Стелла, приблизившись к гробу, увидела сверкающую в лучах прожекторов пленку, закрывавшую содержимое гроба. Фольга была покрыта рисунками, изображающими ратные подвиги Вулка Сепета: князь, сидя на коне, рубил головы османам, восседал на троне и даже собственноручно усаживал кого-то на кол.

— Разрежьте фольгу! — потребовал князь Юлиус.

Профессор Вассерман возразил:

— Ваша светлость, это произведение средневекового искусства! Повредить ее — святотатство. Взгляните, пленка прибита к гробу тончайшими серебряными гвоздиками. Придется обождать, пока мы не извлечем их все...

Князь Юлиус ничего не ответил, но по выражению его лица было понятно, что ему надоело ждать. Профессор и его коллеги принялись за извлечение гвоздиков. Время тянулось неимоверно долго. Стелла ощутила холод и поежилась. Марк, скинув полицейскую куртку, бережно накинул ее на плечи доктора Конвей.

— Какой, однако, джентльмен... — заметил с гадкой усмешкой князь Юлиус. — Дорогая Стелла, не желаете ли

145

пока что пройтись в мои апартаменты — предлагаю вам перекусить. Все равно извлечение гвоздей продлится не меньше часа или даже двух.

Стелла отказалась. Князь удалился, оставив в качестве цербера адвоката. За окнами капеллы уже сгустилась тьма, когда профессор Вассерман, вознеся над головой крошечный гвоздик, произнес:

— Последний! Теперь мы можем снять фольгу и...

— Без его светлости категорически запрещено! — отрезал адвокат и начал звонить по мобильному. — Ваша светлость, все готово! Конечно, пока вы не придете, никто не посмеет прикоснуться к гробу!

— Его светлость корчит из себя китайского императора, — заметил Марк. — Или японского.

Князь Юлиус заставил себя ждать и появился через четверть часа. Бросив плотоядный взгляд на Стеллу, он сказал:

— Дорогая, вы многое упустили, оставшись в холодной капелле. Профессор, снимайте фольгу!

Вассерман побледнел.

— Не могу поверить, что сейчас мы увидим бренные останки князя Вулка Сепета, скончавшегося более шестисот лет назад... Ну что же...

Он приподнял фольгу и передал ее двум помощникам, а затем заглянул в гроб. Его лицо выразило крайнюю степень удивления. Покачнувшись, он поднял взгляд на присутствующих и ошеломленно пробормотал:

— Этого не может быть! Этого просто не может быть!

* * *

Его светлость князь Юлиус рванулся к гробу и, заглянув в него, истерично вскрикнул:

— В чем дело, профессор? Вы решили надуть меня? Без моего ведома вскрыли гроб?

— Как вы можете подозревать меня в подобном! — оскорбился бородатый историк. — Ваша светлость, вы же сами видели, что гроб, запаянный золотой фольгой, забитый и скрепленный скобами, находился в неповрежденном саркофаге! Не сомневаюсь, что в течение шести с лишним столетий к нему никто не прикасался!

— Тогда как понимать это? — завопил Юлиус, указывая пальцем, увенчанным перстнем с фамильным гербом, на гроб. — Или вы хотите сказать, что тело до такой степени разложилось, что не осталось ни единой косточки?

— С учетом того, что гроб был так тщательно запаян и закрыт, мы должны были найти отлично сохранившееся тело князя Сепета, — пробормотал профессор Вассерман. — Я бы не удивился, если бы покойный выглядел как живой человек, заснувший несколько минут назад. Так было с телом Иоганна Вольфганга фон Гете: когда советские солдаты вскрыли герметически запаянный его саркофаг в Веймаре, то их глазам предстало ничуть не изменившееся тело великого поэта, хотя к тому времени со дня смерти Гете прошло около ста двадцати лет.

— Так в чем дело? — подбежал к гробу Бонифаций Ушлый.

Репортер заглянул в гроб, отшатнулся и начал мелко креститься.

— Там никого нет! — закричал он, и его слова многократным эхом прокатились под сводами капеллы. — Гроб совершенно пуст! Вулкодлак выбрался наружу!

— Не мелите чепуху, — резко бросил Марк и подошел к гробу.

Стелла последовала за ним. Посмотрев в гроб, доктор Конвей не увидела ничего, кроме пустоты. Ни пыли, ни обломков костей, ни обрывков одежды или ратных доспехов.

— Может быть, под влиянием каких-либо факторов тело попросту бесследно исчезло? — предположил князь Юлиус. — Ведь саркофаг по-латыни — «пожирающий плоть». Его так назвали древние римляне, потому что тела, помещенные в подобные могилы, со временем полностью рассыпались в прах.

— Но здесь нет и праха! — ответствовал потрясенный профессор Вассерман. — У римлян саркофаги были из пористого известняка, а этот высечен из цельной глыбы гранита. Гроб был запаян, никакие насекомые и грызуны не могли бы проникнуть внутрь. И даже если бы подобное произошло, то остались бы кости. Но гроб пуст! Я ничего не понимаю!

— Господи, неужели вы не понимаете? — продолжая креститься, прошептал Бонифаций Ушлый. Журналист оступился и рухнул на каменные плиты капеллы. — Вулкодлак выбрался из могилы и рыщет где-то поблизости в поисках новых жертв! Он уже убил двоих и наверняка продолжит свое кровавое пиршество. Вы разве не слышите?

Откуда-то издалека в капеллу ворвался протяжный вой, то уходящий по тону ввысь, то низвергающийся до низких нот. Стелла похолодела, а Ушлый закричал:

— Ему не нравится, что вы разворотили его могилу! Не удивлюсь, если это его разозлит! Еще бы, вы лишили его дома! Вулкодлак отомстит за подобное, и месть его будет ужасна!

— Замолчи, идиот! — дрожащим голосом произнес князь Юлиус.

Вой нарастал, переходя в захлебывающийся кашель. Вдруг к вою присоединились другие, более тонкие и тоскливые голоса.

— Волки! — заметил кто-то из историков. — Как пить дать, волки!

— Он ими повелевает! — заорал Ушлый. — Господи, и зачем я согласился принимать участие во всем этом? Он же теперь будет за мной охотиться! Изыди, нечистая сила! Пощади меня, Вельзевул!

Плюясь и крестясь, Ушлый выкатился из замковой капеллы. Стелла шепнула Марку:

— Неужели вы до сих пор считаете, что источник заунывного воя — ветер? Я уверена, что он принадлежит... принадлежит живому... существу. Или, во всяком случае, чему-то, что было раньше живым!

Вой наполнял капеллу. Князь Юлиус, дрожа, придушенно прошептал:

— Волки, мерзкие волки... Я прикажу организовать на них облаву...

— То, что так воет, не может быть волком, — заметил кто-то из команды профессора Вассермана. — Журналист прав, так может выть только что-то потустороннее!

Князь Юлиус, несколько оправившийся, подошел к Стелле:

— Как бы там ни было, моя дорогая, но ни черт, ни вулкодлак не заставит меня отменить назначенный на завтра праздник. Состоится прием, на котором будут присутствовать мои заокеанские друзья, желающие финансировать переоборудование замка под отель. Вы, дорогая моя, будете желанной гостьей. Жду вас к восьми!

Князь неловко развернулся и, сопровождаемый адвокатом, буквально вылетел из капеллы.

Вой, достигнув апогея, внезапно смолк. Марк, внимательно осмотрев пустой гроб, спросил:

— Профессор, каково ваше мнение как ведущего специалиста по Вулку Сепету? Вы же не верите бредням про ожившего мертвеца, в обличье монстра бродящего по местным лесам? Отчего могила оказалась пустой?

— Пока я не могу предложить никаких объяснений по данному поводу, — почесав бороду, ответил профессор

Вассерман. — В одном я уверен — если тело князя в саркофаге и находилось, то оно давно отсюда исчезло. Каким образом, почему и когда именно, я не могу сказать. А по поводу вулкодлака вообще не хочу давать комментариев.

— Профессор, не может быть, чтобы вы верили в подобную ерунду! — заявил сердито Марк.

— А вы, комиссар, вы верите в вулкодлака? — спросил профессор Вассерман.

Марк не медлил с ответом. Потом резко заявил:

— Конечно же, нет, профессор!

Стелла, наблюдавшая за комиссаром Золтарем, поймала себя на мысли, что не верит в искренность его слов.

ГОРОД В ПАУТИНЕ СТРАХА

По дороге из замка в городок Марк и Стелла практически не разговаривали, обменявшись всего несколькими ничего не значащими фразами. Ни он, ни она не затронули тему вскрытия княжеской усыпальницы и отсутствия в ней тела Вулка Сепета. Марк привез Стеллу к пансиону матушки Гертруды.

— Не хотите ли выпить со мной чашку кофе? — предложила доктор Конвей.

Марк заколебался, но отказался:

— Мне требуется заглянуть в управление, я отсутствовал полдня. Стелла, вы намерены идти завтра на прием, устраиваемый Юлиусом?

— Еще не решила, — ответила доктор Конвей. — Но почему вы спрашиваете?

— Я не хочу... мне бы не хотелось, чтобы вы оказались в гостях у старого донжуана. Он положил на вас глаз!

Стелла едва не поинтересовалась, не положил ли сам Марк на нее глаз, но вместо этого выпалила:

— Как вы думаете, тела князя не оказалось в гробу, потому что он, обратившись в вулкодлака, бродит по горам?

— Я уже говорил, что не верю в подобное, — дернул плечом комиссар.

— Но вы как-то признались, что вас терзают сомнения... — возразила Стелла.

Марк Золтарь вспыхнул:

— Если кто из княжеского рода Сепетов и опасен, так вовсе не Вулк, умерший шестьсот лет назад, а его потомок, живущий ныне. Прошу вас, не ходите завтра на прием! Я не хочу, чтобы Юлиус... чтобы он...

— Не беспокойтесь, шериф, я не позволю князю распустить руки. А кроме того, на приеме будет куча народа, как я поняла, — усмехнулась Стелла. — Вы не передумали насчет кофе?

Марк уехал, а Стелла задержалась на улице. Она всматривалась в черный силуэт замка, возвышавшийся над городом, и размышляла о том, что, возможно, где-то там, в горах, покрытых лесом, бродит нечто, внушающее ужас и несущее смерть.

— Доктор, вы так и будете мерзнуть на улице? — раздался голос Йозека.

Стелла, вздрогнув, обернулась — молодой человек стоял у нее за спиной.

— Мама ждет, ужин готов, — добавил тот. И его взгляд тоже устремился на темные горы. — Вы ведь верите в него? — спросил Йозек. — В вулкодлака?

Стелла не успела ответить, потому что скрипнула дверь, и Гертруда произнесла:

— Я накрываю на стол! Йозек, не приставай к госпоже доктору с глупыми расспросами!

* * *

Следующий день прошел в суматохе. Утром Стелла переговорила с Экарестом и узнала от Теодора Готвальда, что Вацлав Черт по-прежнему на свободе и новых улик, которые могли бы способствовать его аресту, не обнаружилось. Затем доктор Конвей отправилась в полицейское управление, где ее ожидал Марк Золтарь.

— Я пытался переговорить с Павлушкой, и... — шериф вздохнул, — у меня нет больше причин задерживать его. Однако старик уверен, что вулкодлак поджидает его на воле. Несчастный слезно просит оставить его в камере.

— И каково ваше решение? — спросила Стелла.

— Тюрьма — не отель. Павлушка не причастен к убийствам, хотя является важным свидетелем. От него нельзя добиться правды, потому что все в его больной голове перемешалось. Придется выпустить его. — Таков был ответ шерифа.

Павлушка упорно не хотел покидать камеру. Когда Стелла в сопровождении нескольких полицейских спустилась в подвал, чтобы выдворить старика на улицу, он забился в угол камеры и закричал:

— Оставьте меня здесь, умоляю! Хозяин снова придет ко мне! Я боюсь его!

— Вам не стоит ничего опасаться, — пыталась успокоить Павлушку Стелла. — Но в тюрьме вы больше находиться не можете.

— Я знаю, ты мне не веришь! Но хозяин не дремлет! У него всюду имеются слуги! Он знает обо всем, что происходит в городке! И это он сделал так, чтобы я вышел на свободу! Я слаб плотью, поэтому и служу ему. Но когда-то он убьет и меня, и остальных! — выкрикивал Павлушка.

Павлушку выдворили из управления. Оказавшись на улице, старик упал на колени и закрыл лицо руками. Стелла, наблюдавшая за ним из окна, хотела выйти и спросить, все ли с ним в порядке, но Марк ее удержал.

— Сдается мне, старик — хороший актер, — в задумчивости произнес он. — Не исключено, что он действительно не в себе, однако устроил нам отличное представление. Он уверяет всех, что хозяин, то есть вулкодлак, приходит к нему. А что, если он имеет в виду князя Юлиуса? Поэтому я отдал распоряжение установить негласное наблюдение за Павлушкой. Может быть, и доведется встретиться таким образом с самим вулкодлаком!

Ноябрьский день пролетел быстро: солнце, затянутое дымкой, начало закатываться за горы в начале пятого.

— Стелла, вам пора отправляться домой, — сказал Марк. — Вы все еще хотите принять участие в приеме, устраиваемом его светлостью?

— Вы же подозреваете князя в причастности к убийствам, если не нынешним, так к другим, имевшим место много лет назад, — ответила доктор Конвей. — Князь благоволит ко мне, так почему бы не попытаться выудить из него информацию?

— Вы играете с огнем, — вздохнул Марк. — Мне бы так хотелось сопровождать вас... Однако это невозможно. Если при вскрытии саркофага я имел право присутствовать в качестве представителя местной власти, то на прием князь меня не пустит. Ну что ж, займу место около жилища Павлушки в патрульной машине, может быть, хозяин, как он именует вулкодлака, соизволит посетить его сегодня!

Стелла видела, что Марк не в восторге от ее решения отправиться на прием в замок Сепетов, и ей даже стало жаль красавца-шерифа. Но переборов секундное желание сказать ему, что она никуда не поедет, Стелла решила вернуться в пансион, чтобы приготовиться к приему.

Она отказалась от предложения Марка подвезти ее: до пансиона матушки Гертруды было пятнадцать минут пешком. Доктор Конвей покинула управление, когда последние лучи солнца таяли над долиной. Она заметила, что многие из горожан, спешивших по делам, то и дело задирают головы, бросая мимолетные взгляды на небо. Как только солнце исчезло и начала сгущаться осенняя тьма, люди, словно по волшебству, исчезли с улиц. Стелла слышала, как захлопываются тяжелые ставни, падают жалюзи, гремят засовы. Проходя мимо игровой площадки, она увидела торопливо удирающих мамочек и бабушек с детскими колясками. Еще несколько минут назад там было много народу, и вдруг все опустело. Стелла заметила мальчишку лет четырех, стоящего посредине площадки и ревущего. Никто не обратил на него внимания, каждый был занят одним-единственным делом — стремился с наступлением темноты вернуться домой.

Стелла подошла к заливающемуся слезами мальчишке и спросила:

— Ты почему плачешь?

Ребенок зашелся в крике, Стелла прижала его к себе.

— Моя мама... она меня бросила... — глотая слезы, прошептал ребенок. — Все ушли домой, а она меня оставила! А ведь темно!

— Наверняка твоя мама сейчас придет, — заявила доктор Конвей. — Она немного задержалась, но, поверь мне, она тебя любит и не могла бросить.

Ребенок, немного успокоившись, спросил:

— Тетя, а ты не боишься?

— Чего именно? — откликнулась Стелла.

— Вук... вукл... вулкодлака! — еле выговорил малыш. — Он ведь ночью выходит на охоту. А сейчас ночь! Он питается маленькими детьми!

И мальчишка снова заревел. Стелла посмотрела по сторонам в поисках помощи: немногочисленные прохожие, подняв воротники и натянув на лбы шапки, прошмыгивали мимо, совершенно не интересуясь, отчего кричит ребенок. Стелла поразилась — неужели страх до такой степени овладел душами жителей Вильера, что они утратили способность логически мыслить?

— Знаешь что... Я познакомлю тебя с добрыми дядями, — сказала, сжимая руку найденыша, Стелла. — Мы отправимся в полицейское управление, и дядя Марк обязательно отыщет твою маму.

— А у него есть пистолет? — спросил малыш. — Если на нас нападет ву.. вулкодлак, он должен стрелять ему в сердце!

Стелла услышала топот и, обернувшись, увидела растрепанную молодую женщину, на всех парах несущуюся к ним по детской площадке.

— Мама, мамочка! — радостно завопил малыш и, вырвавшись из рук Стеллы, бросился к ней. Женщина, подхватив ребенка, подозрительно уставилась на доктора Конвей.

— Ваш сынок плакал, и я пыталась его успокоить... — начала она, но вместо слов благодарности услышала возмущенное:

— Лучше занимайтесь своими делами! Вы ведь та самая столичная дамочка, что приехала сюда расследовать убийства? Не втягивайте в это ни меня, ни моего ребенка! Потому что он будет ужасно недоволен!

— Кто, ваш муж? — спросила, ничего не понимая, Стелла.

Женщина, закрывая уши ребенка ладонями, понизила голос и прошептала:

— Он! Неужто не доходит? Хозяин Вильера! Вулкодлак! Мой вам совет — убирайтесь отсюда подобру-поздорову, пока имеется возможность, иначе потом будет поздно. Он не любит чужаков. Попомните мои слова — хозяин уничтожит вас! Но я не хочу, чтобы произошло что-то страшное и с моим малышом!

Женщина мелкой трусцой бросилась в обратном направлении. Стелла побрела в пансион. У горожан, похоже, нет сомнений в существовании вулкодлака, он так же реален для них, как волки или медведи, что обитают в здешних лесах.

Гертруда встретила ее на пороге. В руках у хозяйки пансиона была большая старинная керосиновая лампа.

— Небольшая авария, — пояснила она, — в пансионе нет света. Кажется, перегорела проводка. Ремонтная бригада уже работает в подвале, а пока я приготовила лампы и свечи.

Она провела Стеллу по темной лестнице и мрачным коридорам в ее комнату. Доктор Конвей ощутила страх. Ей вспомнились Вацлав Черт, обещавший найти ее и завершить начатое, и вулкодлак, рыщущий в поисках жертв. Лампа скупо освещала большую комнату.

— Я слышала, что вы отправляетесь сегодня на прием в замок? — заговорила странным тоном Гертруда.

— Да, это так, — ответила Стелла.

— Князь — плохой человек, — произнесла женщина. — Я... Впрочем, неважно. Лучше откажитесь под благовидным предлогом!

— Но почему? — удивилась ее словам Стелла.

153

— Он устраивает пир во время чумы. Знаете ли вы, что сегодня — ночь вулкодлака? Его не оказалось в гробнице... Но этого и следовало ожидать! Потому что он давно среди нас!

— С чего вы взяли, что сегодня — ночь вулкодлака? — дрожа, задала вопрос Стелла. Ей хотелось одного: чтобы зажегся свет.

— Я чувствую! — зловеще прошептала Гертруда. — Все вильерцы обладают особым даром — они знают, когда хозяин спустится с гор, ища новую жертву. И это произойдет сегодня!

В комнате вспыхнула люстра, Стелла на секунду зажмурилась. Страхи, терзавшие ее, отступили. Гертруда, задув лампу, буднично поинтересовалась:

— Вы хотите перекусить, доктор? Хотя его светлость, по слухам, не пожалел денег на прием.

— Вы думаете, что сегодня произойдет еще одно убийство? — спросила доктор Конвей.

Но Гертруда пожала плечами и произнесла уже совсем другим тоном:

— На все воля божья! Не забивайте себе голову вещами, которых не понимаете. Вильер — не ваш мир. — И она оставила Стеллу в одиночестве.

Доктор Конвей, подняв трубку старого телефонного аппарата, набрала номер полицейского управления и попросила соединить ее с Марком.

— Что-нибудь случилось? — раздался встревоженный голос шерифа.

Стелла почувствовала радость и улыбнулась — хорошо, когда имеется человек, для которого ты важна.

— Жители городка уверены, что сегодня вулкодлак совершит очередное убийство, — сообщила Стелла. — Может, звучит глупо, но я хотела предупредить вас... Возможно, полиция предотвратит его.

— Мои подчиненные тоже только об этом и шепчутся, — ответил Марк Золтарь. — Причем не могут толком объяснить, почему кто-то решил, что сегодня — ночь вулкодлака. Сделаю все, что в моих силах. Кстати, я отослал патрульную машину к обиталищу Павлушки и сам заступлю на дежурство в одиннадцать. Если вулкодлак объявится, то я, клянусь, не долго думая, засажу ему в морду всю обойму.

Разговор с Марком оказал на Стеллу положительное воздействие. Она, высмеяв себя за нелепые страхи, приняла ванну и стала готовиться к приему. Князь обещал прислать за ней машину в восемь. В Вильер доктор Конвей захватила несколько деловых костюмов, а вот о вечернем платье не подумала. На выручку пришла Гертруда, с которой она поделилась этой своей бедой.

— Когда-то я обладала такой же изящной фигурой, как и вы, доктор, — сказала владелица пансиона. — Но те времена давно ушли в прошлое. У меня сохранилось несколько вечерних туалетов, может быть, среди них найдется такой, который вам понравится.

Она провела Стеллу в свою комнату, располагавшуюся на первом этаже, распахнула дверцы большого шкафа и предложила:

— Выбирайте. Время у нас имеется, если платье окажется не совсем по вашей фигуре, я его подгоню.

Гертруду позвал Йозек, и хозяйка удалилась. Роясь в вещах, Стелла наткнулась на дне шкафа на альбом с фотографиями. Решив, что Гертруда вряд ли будет иметь что-то против, если она заглянет в него, доктор Конвей перевернула первую страницу.

Гертруда не обманывала — в возрасте двадцати с небольшим лет она была похожа на фотомодель — точеная фигурка, длинные темные волосы, выразительные глаза. Вот Гертруда и ее товарищи по спортивной команде, они на соревнованиях во Франции, Германии, Италии... А вот Гертруда с младенцем на руках: Стелла поняла, что это — новорожденный Йозек. В середине альбома оказалось несколько фотографий, где молодая женщина была запечатлена с мужчиной, только его лицо было аккуратно вырезано ножницами. Наверное, это отец Йозека, чье имя Гертруда никогда не упоминает.

Дверь комнаты бесшумно раскрылась, и Гертруда застигла доктора Конвей врасплох. Стелла неловко захлопнула фотоальбом и виновато произнесла:

— Лежал на дне платяного шкафа, и я решила...

Гертруда, побледнев, подошла и вырвала у нее альбом.

— Вы нашли подходящий наряд? — спросила она внезапно осипшим голосом, и Стелла схватила черное платье. — Думаю, вам пора собираться, доктор! А у меня еще много дел!

Она буквально вытолкала Стеллу из комнаты, задержалась там на несколько секунд, вышла и, громыхнув связкой ключей, заперла дверь. Реакция Гертруды была вполне объяснима: она, как и любой другой человек, не хотела, чтобы кто-то копался в ее воспоминаниях.

— Мне очень жаль, если я позволила себе вторгнуться в вашу личную жизнь, — попыталась Стелла еще раз сгладить ситуацию.

Владелица пансиона подобрела.

— В альбоме имеются фотографии... отца Йозека. Он умер много лет назад. Я любила его до беспамятства, он обещал на мне жениться, а потом... потом произошло несчастье. Ну, ладно... Ваше платье надо погладить — я займусь этим.

Часы показывали три минуты девятого, когда Стелла услышала призывный автомобильный гудок. Она в последний раз взглянула на себя в зеркало и нашла, что короткое черное платье никогда не выйдет из моды. Йозек, влетев к ней в комнату, одобряюще присвистнул.

— Доктор, вы выглядите потрясающе! Если бы мой шеф не был влюблен в вас, как мальчишка, то я бы все отдал за то, чтобы вы стали моей подружкой!

Стеллу рассмешил неуклюжий комплимент Йозека, который позволил ей узнать о чувствах Марка. Значит, красавец-начальник полиции влюблен в нее?

— Ой, я ведь пришел, чтобы передать — княжеский лимузин ждет вас, доктор! — спохватился Йозек.

Стелла спустилась вниз. Длиннющий черный автомобиль с тонированными стеклами замер перед крыльцом пансиона матушки Гертруды. Шофер с физиономией уличного грабителя предупредительно распахнул дверцу.

— Желаю хорошо провести время! — подмигнув, сказал на прощание Йозек. — И не забудьте о том, что я вам сказал, доктор: Марк в вас втюрился, аж места себе не находит! Так что вы там с князем Сепетом полегче.

— Не болтай лишнего! — погрозила ему пальцем, появляясь на пороге пансиона, Гертруда. Затем она отвесила сыну подзатыльник и, подойдя к Стелле, перекрестила ее. — Мой подарок, — сказала она, вешая доктору Конвей что-то на шею.

— Я не могу принять такой подарок! — воскликнула Стелла, разглядев, что это старинный золотой крестик на изумительной цепочке.

— Нет, я так хочу! — отмела ее сомнения Гертруда. — Этот крест — все, что осталось у меня от любимого.

— Тем более я не хочу лишать вас семейной реликвии, — снова попыталась протестовать Стелла, но Гертруда была неумолима:

— Он тебе пригодится! Крест спас меня от многих бед и позволил справиться с различными несчастьями, пус-

156

кай отныне служит тебе. И попомни мое слово: этот крест защитит тебя от вулкодлака!

Стелла, расцеловав Гертруду в обе щеки, опустилась на мягкое кожаное сиденье в салоне лимузина. Шофер захлопнул дверцу, и несколькими мгновениями позже автомобиль тронулся с места.

Доктор Конвей обнаружила на сиденье бордовую розу и узкий конверт. Открыв его, нашла письмо от князя Сепета, который в сладких выражениях давал понять, что будет чрезвычайно рад визиту Стеллы. Она перечитала письмо дважды и подумала, что его светлость не теряет времени даром: старый ловелас решил заполучить ее.

— Только ничего у вас, князь, не получится, — произнесла она и рассмеялась. От шофера ее отделяла перегородка, и тот не мог слышать крамольных по отношению к его хозяину слов пассажирки.

Лимузин плыл по пустынным улочкам городка, больше похожего на кладбище — ни единой живой души, только тонкие полоски света, вырывающиеся из-под плотных занавесей и спущенных жалюзи. Автомобиль начал подниматься на гору. Стелла дотронулась до золотого крестика, подарка Гертруды. Затем сняла его и рассмотрела — работа искусного мастера стародавних времен, такая вещица стоит больших денег. Особенно поражала цепочка, составленная из крошечных витых пластин, между которыми были вмонтированы драгоценные камни разных форм и цвета: каплевидные изумруды, овальные сапфиры, квадратные рубины, округлые бриллианты. Стелла знала, что вернет подарок Гертруде по возвращении с приема. Доктор Конвей вновь надела крестик, откинулась на спинку сиденья и прикрыла глаза.

Так, так... Значит, Марк Золтарь влюбился в нее, как мальчишка... А она? Испытывает ли она чувства к темноволосому начальнику полиции?

СМЕРТЬ НА ПРИЕМЕ У КНЯЗЯ СЕПЕТА

Лимузин проехал по подъемному мосту, миновал длинную арку и оказался во внутреннем дворе замка. Двор был подсвечен разноцветными прожекторами, на стенах колыхались огромные полотнища с изображениями фамильного герба Сепетов, центральная лестница была увита гирляндами из живых цветов.

Шофер почтительно распахнул дверцу, перед Стеллой

возник уже знакомый ей адвокат его светлости. Законник был в белом смокинге с красной гвоздикой в петлице. Он помог Стелле выйти из лимузина, галантно поцеловал руку и произнес:

— Доктор Конвей, от имени князя Юлиуса Сепета рад приветствовать вас в его родовом замке. Его светлость повелел мне встретить вас. Он с нетерпением ожидает вашего появления.

Адвокат сопроводил Стеллу через двор. Они поднялись по лестнице и вошли в просторный теплый холл с полом, выложенным черным мрамором. До слуха Стеллы донеслась классическая музыка, звон бокалов, гул голосов и смех. Их встретил дворецкий в красно-серебристой ливрее и напудренном парике, который провел их через несколько комнат в зал для приемов.

На пороге ожидал князь Юлиус, весь в черном, только белая орхидея была приколота к отвороту смокинга. Его светлость склонился над рукой Стеллы и промурлыкал:

— Дорогая, вы — бесценный алмаз в сокровищнице, коей является мой скромный праздник! Как же я рад, что вы в этот раз явились без сопровождения нахала-комиссара.

Пока князь сыпал комплиментами, Стелла осмотрелась — в зале для приема было не меньше пяти десятков человек, облаченных в вечерние туалеты. Доктор Конвей узнала некоторых из них: пара второстепенных экарестских политиков, известные актеры и актрисы, телеведущие. Князь, досадливо взмахнув рукой с фамильным перстнем, пояснил:

— Вся та же шушера, что и обычно, дорогая моя Стелла. И к тому же так называемый локальный бомонд — мэр с супругой, его заместители, судья, прокурор и начальник налогового управления. Вы не представляете, сколько мне приходится платить поземельного налога за владения моих предков! Однако совсем скоро все изменится — в Вильере откроется самый роскошный отель Южной Европы!

Перед Стеллой возник официант с серебряным подносом. Доктор Конвей взяла бокал шампанского, князь наконец-то, извинившись, отошел — отправился встречать вновь прибывавших гостей. Кто-то неуклюжий задел Стеллу, и она увидела смущенную физиономию профессора Вассермана, одетого в потрепанный коричневый костюм, рукава которого были слишком коротки. На ногах ученого красовались белые носки, предательски выглядывавшие из-под брючин, а на шее висел нелепый пестрый галстук с лупоглазыми стрекозами. Профессор, поймав взгляд Стеллы, добродушно рассмеялся.

— Тысяча извинений, доктор Конвей! Не привык я к подобным мероприятиям, моя стихия — университетская аудитория, научные симпозиумы и архивы. Но князь просил меня присутствовать на приеме, и я не мог отказать ему. Правда, подходящего костюма не нашлось, пришлось взять у одного из сотрудников моей команды, а галстук откопали у другого. Так всем миром меня и нарядили. Что, похож на пугало?

Стелла не смогла сдержать улыбки. Ей понравилось, что профессор не стесняется своего внешнего вида, разительно отличающегося от дорогих нарядов прочих гостей.

— По секрету скажу, — заявил профессор, хватая с подноса проходящего мимо официанта сразу два бокала с шампанским, — галстуков я в своем гардеробе, когда выезжаю в экспедиции, не держу.

И сразу ученый принялся излагать Стелле свою гипотезу того, почему в гробнице не обнаружилось останков князя Сепета. Доктор Конвей с грустью подумала, что много отдала бы, дабы оказаться сейчас подальше от замка — например, в кабинете начальника вильерской полиции. Она почувствовала, что ей не хватает Марка.

— Профессор, прекратите истязать доктора Конвей своими измышлениями, — довольно грубо заметил появившийся как из-под земли князь Юлиус. — Не забывайте, вы должны отыскать прах моего пращура, он требуется мне!

— Неужели вы в самом деле хотите накрыть гробницу прозрачной крышкой и позволить постояльцам глазеть на прах князя Вулка? — спросила Стелла.

Его светлость возвел глаза к потолку, украшенному лепниной.

— Подобный ход привлечет массу туристов — ведь осмотреть капеллу и полюбоваться на тело Вулка смогут только те, кто остановится в моем отеле. В Штатах уже запущен первый этап пиар-кампании. Если бы вы только знали, Стелла, как падки люди на рекламу! И мне это на руку — еще бы, посетить край вулкодлака, чтобы увидеть его останки, а также оставить в кассе отеля кругленькую сумму — вот что надо вложить в головы богачей всего мира!

Рука князя легла на талию Стеллы. Доктор Конвей ощутила волну отвращения, однако не решилась высвободиться, боясь оскорбить князя жестом или взглядом.

— Пройдемте на террасу, Стелла! — пригласил князь Юлиус. — Ровно девять, а это значит, что сейчас прибудут мои самые важные гости — после вас, разумеется!

Они вышли на огромную террасу, нависавшую над пропастью. Оттуда открывался поразительный вид на горы и городок, лежавший в долине. В небе послышался шум. Стелла подняла голову и увидела вертолет, заходящий на посадку, — одна из башен замка была приспособлена под вертолетную площадку.

— Мои американские спонсоры! — перекрикивая гул, сообщил князь. Его ладонь словно невзначай легла Стелле на грудь. — Очень богатые и влиятельные люди! Они хотят собственными глазами осмотреть замок!

Князь, оставив Стеллу, ринулся навстречу гостям, появившимся из арки вертолетной башни пятерым мужчинам в возрасте от сорока до семидесяти лет, в смокингах и с неулыбчивыми лицами. Его светлость разительно переменился, из вальяжного аристократа мгновенно превратившись в заискивающего мещанина.

Спонсоры прошествовали в зал для приемов. Слуги к моменту их появления установили большой подиум, на котором возвышался пластиковый макет гостиничного комплекса, которым надлежало стать замку. Стелла с сожалением отметила, что князь Юлиус намеревается вырубить половину леса, покрывающего горы, и частично срыть их, устроив поля для гольфа. Замок ожидало переоборудование в туристическую Мекку — полная перепланировка, строительство гигантского бассейна с уродливым стеклянным куполом, пятиуровневого подземного гаража и прочие новшества.

— Какой ужас! — произнес потрясенный профессор Вассерман, рассматривая макет. — От прежнего замка, одного из самых красивейших в Европе, ничего не останется. Его светлость превратит обиталище предков в некое подобие Диснейленда для толстосумов.

Князь, вещавший с подиума, сыпал цифрами, обещая Вильеру экономическое чудо и финансовое процветание. Спонсоры, которым речь князя переводилась на английский, время от времени кивали головами, выражая согласие.

— Что бы сказал старый князь, узнай он о том, что его потомок намеревается превратить замок в отель-бордель! — сердито пробурчал профессор. Он оттащил Стеллу в сторону и, ткнув в один из портретов на обитой золотистым шелком стене, сказал: — Кстати, вот он был какой — старый Вулк.

Стелла взглянула на портрет князя-оборотня. Полотно изображало мужчину лет сорока двух — сорока трех, с выпуклыми темными глазами, черными усами и длинными седеющими волосами, ниспадающими из-под головного убора, чем-то похожего на меховую шапку, увенчанную короной с огромным квадратным темно-красным камнем. Тонкие губы князя были приоткрыты, виднелись белые зубы, похожие на клыки. Лицо Вулка выражало презрение, пресыщенность и жестокость.

— Один из немногих портретов, написанных при жизни князя, — пояснял профессор Вассерман. — Большая часть гравюр и парсун с изображением Сепета были созданы уже после его смерти, на этой же картине он запечатлен примерно за год до кончины. Вулк Сепет на вершине власти — он только что разгромил армию басурман. Его княжескую шапку, как вы видите, украшает красный алмаз, по легенде, принадлежавший Мустафе-паше, возглавлявшему армию, разбитую Сепетом. Вулк сам принимал участие в сражении, убил великое множество оттоманов и ворвался в шатер, где находился Мустафа-паша. Князь не ведал пощады и лично посадил на кол пашу. Тот мучился два дня, и князь положил конец его страданиям, сняв одним ударом с несчастного голову. При этом с головы Мустафы-паши слетел тюрбан, из которого выпал этот колоссальный алмаз, в то время считавшийся самым большим и ценным на Востоке. И, что удивительно, Мустафа-паша владел этим камнем, тот был нежно-голубого цвета. Алмаз, как пишут средневековые хронисты, упал к ногам князя Сепета в лужу крови. Князь поднял его, обтер рукавом, и камень воссиял в лучах солнца. Однако затем, прямо на глазах Сепета и его придворных, постепенно покраснел, как будто налился кровью. Вроде бы князь был таким беспощадным и кровожадным, что даже камень перенял кровь его жертв, как только он дотронулся до него. Безусловно, романтическая легенда, но самое занимательное, что камень после смерти Сепета исчез и так нигде за шестьсот с лишним лет и не всплыл.

— Дамы и господа, внимание! — прервал рассказ профессора Вассермана голос князя Юлиуса. Он, окруженный спонсорами, находился перед столом, на котором лежал обтянутый красной кожей весомый том.

— Сейчас мы поставим подписи под контрактом века! — заявил князь. — И, начиная с завтрашнего дня, при-

Антон Леонтьев

ступим к переоборудованию замка моих предков в самый шикарный европейский отель!

Князь торжествующе обвел всех взглядом, взял с золотого подноса, что держал лакей, ручку, отвинтил колпачок, склонился над столом...

Глухой удар донесся откуда-то из недр замка. Князь Юлиус нахмурился и, подозвав одного из своих телохранителей, спросил:

— Что это такое?

* * *

Профессор Вассерман, вцепившись мертвой хваткой в плечо Стеллы, охнул:

— Господи, я знаю, что случилось! Крышка саркофага! Тросы не выдержали, и она упала!

По команде князя из зала выбежали несколько охранников. Его светлость, сверкая фальшивыми зубами, призвал всех к порядку:

— О, причин для волнения не существует! Мы можем продолжить подписание контракта!

Однако спонсоры хотели знать, что же произошло. Стелла увидела, что князь в бешенстве, но отлично это скрывает. Спрыгнув с подиума, он направился к выходу из зала.

— Эти американские остолопы, — бросил он на ходу адвокату, — не желают ставить свои подписи, пока все не урегулируется. Не хотят, видите ли, никаких эксцессов. Они вкладывают свои миллионы только в то, что стопроцентно безопасно и приносит прибыль! Черт, да что же они так долго копаются там в капелле...

Профессор Вассерман в волнении произнес:

— Я немедленно спущусь туда и посмотрю, что случилось. Неужели крышка при падении повредилась или, не дай бог, раскололась?

Зал загудел. Стелла побежала за профессором. Ей показалось, что она неслась за Вассерманом не меньше получаса через темные коридоры, по еле освещенным лестницам, сквозь мрачные залы и анфилады комнат с затянутой тканью мебелью. И вот доктор Конвей оказалась в замковой капелле. Влетев вслед за профессором в величественное помещение, она услышала приглушенный крик.

Крышка саркофага лежала на полу — она, как того и опасался профессор Вассерман, раскололась надвое. Самое ужасное, что из-под нее сейчас расплывалась лужа крови. Стелла заметила чьи-то торчащие ноги рядом с ней и, пошатнувшись, поняла: под крышкой находился человек! Его придавило двухтонной плитой!

Князь Юлиус с пеной у рта отдал приказание:

— Вытащите его оттуда! А мне пора к инвесторам.

— Необходимо срочно вызвать «Скорую помощь» и полицию, — заявил в большом волнении профессор Вассерман. — Ведь несчастный, которого придавило, нуждается в помощи.

— Никакой полиции! — завопил князь Юлиус, и Стелла подумала, что его сиятельство выказывает признаки сумасшествия. — Из-за каждого идиотского происшествия вызывать полицию? Чтобы комиссар... как же его фамилия... испортил мне весь праздник? Он что, будет допрашивать гостей? Моих инвесторов?

— Если потребуется, он и их допросит! — заявила Стелла и склонилась над человеком, погребенным под крышкой саркофага. — Князь, если вы не вызовете полицию, то это сделаю я! Вы не имеете права утаивать несчастный случай!

— Кажется, бедолаге уже не поможешь, — констатировал, осматривая место происшествия, профессор Вассерман. — Здесь ужасное количество крови, не меньше нескольких литров. При такой кровопотере ничего поделать нельзя. Плита, как видите, накрыла его почти полностью, а весит она... Увы, он мертв!

Стелла и сама уже поняла, что человек, находившийся под крышкой саркофага, вряд ли жив.

— Кто он? — спросила доктор Конвей.

— Один из моих людей, — зло ответил князь Юлиус. — Не понимаю, что он делал в капелле, ему было приказано нести охрану в западном крыле замка. Какого черта он приперся сюда? И почему решил привести в действие механизм, который удерживал крышку? Во всем вы виноваты, профессор, с вашим чертовым механизмом! Надо было закрепить плиту соответствующим образом! Вы убили моего охранника, Вассерман!

Профессор Вассерман, обогнув кровавое озерцо, внимательно осмотрел тросы и авторитетно заявил:

— Кто-то опустил крышку в тот самый момент, когда под ней находился ваш охранник, князь. Сдается мне, мы имеем дело вовсе не с несчастным случаем, а с убийством, как ни прискорбно это констатировать. Тросы никак не могли лопнуть! Да и посмотрите, они целехоньки и не повреждены. А вот рычаг механизма, фиксирующего крыш-

163

ку, некто привел в движение, сам погибший охранник сделать этого не мог. По всей видимости, он склонился над саркофагом, а кто-то, находившийся у него за спиной, на расстоянии двух с половиной метров, потянул рычаг, и крышка, упав, погребла под собой вашего телохранителя.

Хозяин замка тяжело дышал. Стелла заметила, как напряглись жилы на шее его светлости. Подумав, князь Юлиус заговорил придушенным голосом:

— Ни о каком убийстве не может быть и речи. Вам понятно, Вассерман? Вы же хотите продолжать изыскания в замке? Мне ничего не стоит выставить вас вон и нанять другого ученого, кого-нибудь из ваших конкурентов. Произошел ужасный несчастный случай. О семье погибшего я позабочусь: выдам весомую денежную компенсацию. А взамен родные подпишут бумагу, что отказываются от каких бы то ни было претензий.

Похоже, плата за молчание и сокрытие преступлений — любимое занятие князя Юлиуса. Он не сомневался, что за деньги может купить абсолютно все.

— Может, профессор и смолчит, но не я, — вступила в разговор Стелла. — Князь, вы не имеете права фальсифицировать улики и скрывать от общественности факт убийства. Я немедленно позвоню в полицейское управление и попрошу прислать в замок патрульную машину.

Князь Юлиус нетерпеливо щелкнул двумя пальцами, и Стеллу взяли в кольцо охранники.

— Моя дорогая девочка, — развязно произнес князь. — Запомните — вы находитесь в моем замке на моем празднике, и только я, а не вы или профессор, принимаю здесь решения. В частности — о чем сообщать в полицию, а о чем — нет.

— Князь, я не понимаю! — воскликнула Стелла. — Вы что, намерены силой помешать мне? Вы же не сможете удерживать меня все время... — Она не закончила начатую фразу, вспомнив об исчезнувшей много лет назад девушке, желавшей заявить на князя в полицию и обвинить его в изнасиловании. Ведь та пропала без следа!

— Стелла, — мягко заговорил князь, но в его глазах сверкал дьявольский огонь, делая Юлиуса чрезвычайно похожим на бессердечного предка, — становиться у меня на пути чрезвычайно глупо. Потому что всегда выигрываю именно я! Если понадобится, вы задержитесь в замке на... настолько, насколько будет нужно мне. Здесь предоста-

точно комнат, как на верхних этажах, так и в подвалах,

представляющих собой настоящие лабиринты. Там вас не найдет никакая полиция! — Во время своей речи князь подошел к Стелле и взял ее двумя пальцами за подбородок. Доктор Конвей отшатнулась, а его светлость с кривой ухмылкой произнес: — Уверен, вам понравится быть у меня в гостях, дорогая девочка! Я — заботливый хозяин. Или вы все-таки предпочтете забыть то, что видели? Ведь произошел несчастный случай?

Его рука скользнула по шее доктора Конвей, коснулась цепочки. Внезапно Сепет побледнел и, отпрянув от Стеллы, в страхе спросил:

— Что это у вас?

Стелла сжала в кулаке золотой крестик и подумала, что реакция князя очень похожа на реакцию вампира или демона, прикоснувшегося к освященному предмету.

— Подарок подруги, — ответила она и, словно желая показать крестик, протянула его князю.

Юлиус Сепет попятился, лицо его побледнело, глаза засверкали. Неужели он, потомок вулкодлака, в самом деле боится креста?

— Произошел несчастный случай, — выдохнул Сепет. — Вы поняли?

Профессор Вассерман торопливо поддакнул:

— Да, ваша светлость, вы совершенно правы! Ни о каком убийстве не может быть и речи! Охранник сам по глупости сунулся под саркофаг и... м-м... задел рычаг, чем вызвал обрушение гранитной крышки. Он немедленно умер, тут нет сомнений. И доктор Конвей подтвердит эту версию. Я за нее ручаюсь!

— Вы ведь подтвердите, Стелла? — спросил князь, пожирая глазами крестик.

— Да! — вырвалось у доктора Конвей.

— Ну вот и отлично! — с явным облегчением вздохнул князь. — Что ж, гости наверняка уже заждались, надо развеять их тревогу и перейти к подписанию контракта. А то как бы инвесторы не решили отложить заключение контракта века. Эти американшки такие пугливые!

Князь, успокоившись, взял под руку Стеллу, и доктор Конвей не посмела оттолкнуть Юлиуса.

— Как же я рад, что разум взял верх над эмоциями, — сказал князь. — Нам пора присоединиться к гостям! А вы, — обратился он к телохранителям, — приведите капеллу в порядок. Сделайте все, что требуется. Полицию, увы, вызвать тем не менее придется. Когда все закончите, сообщите мне, я лично проверю. Только после этого можно будет сообщить о произошедшем нашему ретивому комиссару.

Князь Юлиус, поняла Стелла, отдавал приказание подтасовать улики и замаскировать убийство под несчастный случай. Профессор Вассерман шепнул ей:

— Доктор, соглашайтесь со всем, что он требует.

— Вы даете милой Стелле бесценные советы, — усмехнулся князь Юлиус. — Кстати, профессор, вам тоже здесь нечего делать.

— Крышка саркофага... ваши люди могут повредить ее... — начал ученый, но Сепет перебил его:

— К черту крышку! Склейте ее! Я больше не могу заставлять гостей, особенно заокеанских, ждать!

Обратный путь в зал для приемов они проделали в молчании. Стелла, переступив порог, немедленно освободилась от руки князя Юлиуса.

— Мы с вами еще пообщаемся, милочка, — произнес тот многозначительно и направился к подиуму. — И вы мне расскажете, кто такая ваша подруга, которая подарила крест!

Стелла увлекла профессора Вассермана в уголок и прошептала:

— Мы должны что-то предпринять! Иначе он уничтожит улики и скроет убийство!

— Боюсь, это уже произошло, — почесывая бороду, ответил профессор. — Доктор, не сходите с ума. Полиция обо всем узнает, но только не сейчас. Не забывайте — для вас и для меня важно покинуть замок живыми и невредимыми!

Стелла посмотрела на двери — около них замерли телохранители, внимательно следившие за гостями. Как раз в тот момент они вежливо, но недвусмысленно не позволили одной из дам выйти из зала, где проходил прием.

— Видели? Юлиус отдал распоряжение никого не выпускать, — подытожил профессор.

Князь забрался на подиум, перекинулся с инвесторами несколькими фразами и, очаровательно улыбаясь, провозгласил:

— Приношу самые искренние извинения за задержку! Все в полном порядке, дамы и господа, все в совершеннейшем порядке! Итак, мы можем перейти к тому, на чем остановились, — к подписанию контракта века!

Князь поставил под договором подпись.

— Он своего добился, — произнес профессор Вассерман, и в его словах Стелла уловила скрытую горечь. — Замок в скором будущем превратится в отель! Историческая реликвия будет сметена с лица земли! Эх...

Первый из инвесторов, пожилой господин с седой гривой волос и ухоженными усами, взял ручку, склонился над договором и начал выводить подпись. И в этот момент...

Вой, страшный, леденящий душу, словно идущий из преисподней, прорезал наступившую тишину. Стелла вздрогнула, профессор Вассерман крякнул, дамы из числа гостей заохали. Инвестор, выпустив из пальцев ручку, отшатнулся и в испуге посмотрел на князя.

— Небольшой аттракцион! — быстро пояснил тот по-английски. — Так, по преданию, воет вулкодлак. Нанятые мной артисты имитируют монстра.

— A very bad joke! — отчетливо произнес один из американцев.

— Князь совсем заврался! — прошептал профессор Вассерман. — Пытается спасти ситуацию!

Вой усиливался, в зале раздалось несколько испуганных голосов:

— Господи, это же вулкодлак! Настоящий вулкодлак! Он вышел на охоту!

— Всем заткнуться! — прервал восклицания князь Юлиус по-герцословацки. Затем с подобострастной улыбкой обернулся к американцам: — Джентльмены, мы можем подписывать бумаги, прошу вас! Все под контролем!

— Прикажите артистам замолчать! — воскликнул один из богачей. — Мне от их странного воя становится не по себе. Шутка переходит все границы!

— Господи, что это? — завизжала какая-то дама. Прижав к груди сумочку, смертельно побледнев, она указывала дрожащей рукой на террасу. — Там он, клянусь всем святым! Вулкодлак!

ЯВЛЕНИЕ ВУЛКОДЛАКА НАРОДУ

— Идиотка, тебе померещилось! — прошипел князь Юлиус. — Перепила небось! Эй, выведите даму прочь, ей не место в зале для приемов!

— Оставьте в покое мою жену! — послышался грозный голос. Стоявший рядом с испуганной дамой мужчина заслонил ее от подошедших телохранителей князя. — Я — первый заместитель мэра Вильера. Если дотронетесь до моей жены хотя бы пальцем, у вас будут очень большие неприятности!

167

Инвесторы, о чем-то перешептываясь, замерли на подиуме. Князь тщетно пытался убедить их приступить к подписанию контракта.

— Боже, вот он! — раздалось сразу несколько голосов. Все указывали на террасу. Одна из дам закричала дурным голосом, кто-то толкнул официанта, и тот выронил поднос с фужерами.

— Да что вам там мерещится, провинциальные кретины? — разъяренно орал князь Юлиус. — Вы намеренно срываете подписание договора? Учтите, без отеля ваш мерзкий городок окончательно зачахнет! Вы зависите от одного человека — от меня!

Он подошел к большим стеклянным дверям и распахнул их. По залу пробежал холодный ноябрьский ветер. Вой, смолкший на минуту, возобновился, и Стелла поняла — то, что издавало его, находилось в непосредственной близости от замка.

— А-а-а! — завопил другой официант, швырнул поднос на пол и ринулся прочь из зала.

Стелла и профессор Вассерман протиснулись ближе.

Луна, висевшая высоко в черном небе, излучала призрачный свет на скалу, находившуюся неподалеку от замка, на другой стороне пропасти. Верхушка скалы была голой, и Стелла заметила на ней какую-то фигуру.

— Господи... — сипло произнес профессор Вассерман. — Это ведь в самом деле он...

Доктор Конвей увидела что-то огромное, ростом не меньше двух с половиной метров. Это нечто, стоявшее на двух конечностях, медленно повернулось, и луна осветила его. Страх, подобно медленному яду, растекся по жилам Стеллы. Зрелище было невероятно ужасным, но в то же время чарующим. То, что замерло на вершины скалы, не было человеком. Как не было и животным. Доктор Конвей разглядела узкую морду, более похожую на волчью. Монстр поднял переднюю конечность, и Стелла увидела, что она увенчана длинными загнутыми когтями.

— Вулкодлак! Он самый! Боже, он сейчас нападет на нас! — доносилось со всех сторон. Князь Юлиус, приволакивая ноги, вышел на террасу.

— Что за черт... — вырвалось у него. Его светлость был бледен, как покойник, а глаза грозили вылезти из орбит. — Что за черт!

— Это и есть черт! Нечистый! Посланник ада! Вулкодлак! — заголосили несколько гостей.

168

Тварь воздела к нему и вторую лапу, открыла пасть, и по окрестностям полился заунывный, кошмарный вопль.

— Стреляйте в него! — заорал Юлиус, оборачиваясь к охранникам.

Те, дрожа, в нерешительности замерли. Князь подскочил к одному из них, вырвал из кобуры, висевшей под пиджаком, пистолет и подлетел к перилам. Руки у князя тряслись, он, пытаясь навести пистолет на монстра, спустил курок. Грянул раскатистый выстрел.

— Остановите его! — раздался голос мэра Вильера.

Несколько мужчин бросились на князя и сбили его с ног. Юлиус, изрыгая ругательства, кричал:

— Пустите, я застрелю этого монстра!

— Вулкодлака не взять обыкновенным оружием! — четко произнес кто-то.

Чудовище, которому выстрел князя не причинил ни малейшего вреда, опустило задранные лапы и поворотило пасть в сторону замка. Стелла почувствовала, что рассудок покидает ее: в темноте были отчетливо видны два рубиновых глаза.

— Застрелите его, застрелите его! — бился в истерике князь Юлиус. — Я знаю, что он пришел за мной! Убейте чертову тварь!

— Вулкодлак не хочет, чтобы замок продавали! — закричал кто-то из гостей. — Теперь все ясно: он убивает, потому что хочет сохранить семейное гнездо неприкосновенным! Мы не должны допустить переоборудования замка в отель!

— Никто не помешает мне сделать из этой дряхлой усыпальницы прибыльный отель! — стенал князь Юлиус. — Джентльмены, прошу вас, подписывайте договор! Завтра, нет, уже сегодня... я свяжусь с подрядчиками... мы приступим к строительству... Никто... ничто... никакая тварь не помешает нам!

Его слова заглушил протяжный вой. Монстр, чьи глаза горели во тьме, зарычал. Одна из дам дико завизжала и брякнулась в обморок. Инвесторы соскочили с подиума и выбежали из зала. Князь Юлиус, раздавая удары удерживающим его мужчинам, вырвался и бросился вслед за ними, крича на ходу:

— Джентльмены, прошу вас, одумайтесь! У нас имеется устная договоренность! Вы не можете уехать, не подписав контракт! Я подам на вас в суд!

Стелла перевела взгляд на скалу. На вершине никого не было. Профессор Вассерман в потрясении произнес:

— Всего мгновение назад он... вулкодлак... был там, а потом раз — и его не стало! Он обратился в луч лунного света!

И в то же мгновение в зал через раскрытые двери террасы впорхнуло что-то черное. Одна из дам завизжала — ей в волосы вцепилась огромных размеров летучая мышь.

— Вулкодлак, он здесь! — раздался истерический крик.

Гости окончательно обезумели, все устремились к дверям. А с террасы в зал влетали все новые и новые летучие мыши. Твари, пища, метались в воздухе. Стелла отшатнулась, еле увернувшись от летучей мыши, появившейся из темноты. Профессору Вассерману не повезло: мерзкое создание упало ему на бороду. Историк, отшвырнув его, схватил Стеллу за руку и потащил куда-то.

— Здесь имеется еще один выход, — сказал он, подбегая к небольшой нише, — если мы вернемся в зал, то нас попросту раздавят.

Он распахнул дверь, втолкнул Стеллу в проем и захлопнул за собой створку. На несколько мгновений, показавшихся Стелле вечностью, они оказались в темноте. Затем на потолке вспыхнула одна-единственная неяркая лампочка — профессор нашарил выключатель. Они находились на вершине винтовой лестницы, гранитные ступени которой уводили вниз.

— Мы попадем во внутренний двор, — заявил профессор. — Правда, на лестнице нет освещения. Держитесь за мою руку, Стелла!

Вцепившись в потную мягкую ладонь историка, доктор Конвей последовала за ним вниз. Снаружи доносились приглушенные вопли, истеричные выкрики, безумный хохот, плач и редкие тщетные призывы сохранять спокойствие. Стелла бежала вниз за профессором Вассерманом, в узких оконцах, мелькавших кое-где в стене, появлялись то иссиня-черное небо, то луна. На одной из ступеней Стелла едва не упала, наступив на что-то мягкое. Послышался противный писк.

— Не волнуйтесь, это всего лишь крыса, — прогудел профессор. — Похоже, в замке имеются все виды живности — и крысы, и летучие мыши и даже натуральный вулкодлак!

Стелла задыхалась, чувствуя, что силы ее на исходе. Они вдруг остановились в тупике. Профессор Вассерман ногой ударил в темный прямоугольник, оказавшийся дверью, створки со скрипом открылись, и в лицо беглецам ударил холодный воздух. Они оказались во внутреннем дворе замка.

Метрах в пятидесяти от них, около центральной лестницы, где были припаркованы автомобили, царила суматоха. Машины отчаянно сигналили, послышался визг тормозов и звук столкновения. Гости, надрываясь в истошных криках, пытались покинуть негостеприимный замок.

— Вы целы? — спросил профессор Вассерман.

Стелла, не находя сил ответить, вяло кивнула. Историк, стащив с себя пиджак, приказал:

— Ну-ка, живо укройтесь! Вы дрожите, как осиновый лист! Еще бы, на улице, наверное, ноль. Или на вас явление вулкодлака народу так подействовало?

— Вы... вы ведь тоже видели его? — с трудом шевеля губами, спросила Стелла. Профессор хохотнул:

— О, не волнуйтесь, дорогая, у вас не было обострения белой горячки и вы не наглотались сушеных мексиканских грибов! Тварь предстала перед нами во всей красе! Господи, умереть и не встать, как говорил один из моих аспирантов. Я-то никогда не верил в вулкодлака, а он, оказывается, существует... Ну да ладно... Надеюсь, у монстра хватит такта не нападать на нас сейчас...

Стелла потянулась к толпе гостей, но профессор удержал ее.

— Вас там попросту задавят, — предостерег он. — Все стремятся сбежать, никто не обращает внимания на других. Не удивлюсь, если после этой занятной вечеринки кое-кто окажется в больнице с переломами, а парочку гостей и вовсе затопчут до смерти. И, кроме того... — Неожиданно прогремел выстрел, за ним еще один. Профессор увлек Стеллу обратно в потайной ход. — У кого-то, скорее всего у охранников нашего любимого князя, сдали нервы. Начинается заваруха. Нам там делать нечего. Кстати... вас ведь привезли сюда на лимузине его светлости? Думаю, при подобных обстоятельствах князь вряд ли велит доставить вас обратно в Вильер.

— Но что же... — начала Стелла и всхлипнула.

Профессор своей волосатой лапищей погладил ее по голове и пояснил:

— Главное в подобной ситуации — не сходить с ума. Даже если вулкодлак явится сюда во двор замка, вряд ли у него хватит сил справиться с пятью десятками обезумевших представителей местного и столичного истеблишмента. — У Стеллы вырвался истеричный смешок. А профессор продолжил: — Отлично, что вы сохранили

171

способность понимать юмор! Значит, вы еще вменяемы — в отличие от тех, кто устраивает тут борцовский поединок. Итак, мое предложение следующее: все бегут прочь, потому что считают, что небезопасно, а мы, наоборот, останемся в замке, так как, на мой взгляд, здесь единственное безопасное место. У меня имеются собственные апартаменты, и если вы примете мое предложение, то я предоставлю вам кров до утра. О, не подумайте ничего плохого, я, в отличие от его светлости, джентльмен до кончиков ногтей!

Болтовня профессора Вассермана немного успокоила Стеллу. Она спросила:

— А как же быть с убитым охранником? Неужели... неужели он стал жертвой вулкодлака?

— В метафизических материях я не особенно силен, — хмыкнул профессор, — и привык мыслить материалистически. В свое время у меня была твердая пятерка по теоретическому марксизму-ленинизму, а он, как известно, не предусматривает существования мистических тварей, лицезреть одну из коих мы имели возможность недавно. Посему отложим дискуссию по поводу того, с чем мы столкнулись, до лучших времен. Спешу вас успокоить — на стене моей кельи имеется отличное распятие, а в холодильнике наличествует банка с огурцами, в которой плавают зубчики маринованного чеснока. Если князь Вулк Сепет, превратившийся в вулкодлака, явится по нашу душу, мы сможем дать ему достойный отпор. Во всяком случае, я на это сильно надеюсь... — Профессор выглянул за дверь и констатировал: — Потасовка продолжается. Но зато нас никто не заметит. Так вы согласны с моим предложением или хотите пешком пуститься до города через лес? Вот уж чего я бы вам никак не посоветовал...

Они выскользнули из укрытия, пересекли двор и приблизились к массивной двери. Профессор, выудив из кармана ключ, отпер ее и пропустил Стеллу вперед. Подъем по лестнице, проход сквозь бесчисленные комнаты... Наконец беглецы оказались в небольшом помещении, заваленном бумагами, чертежами и книгами. Профессор Вассерман усадил Стеллу на старый диванчик и буднично спросил:

— Что желаете пить? Кофе с коньяком, коньяк без кофе или сливовую водку? Последнее очень помогает собраться с мыслями и снять стресс!

Не дождавшись ответа, профессор распахнул шкафчик, выудил пузатую бутылку, налил из нее в бокал с полустертым изображением голой красавицы и протянул Стелле.

— Пить залпом!

Доктор Конвей, зажмурившись, проглотила обжигающую жидкость и почти сразу ощутила сонливость.

— Ого, да вы, я вижу, готовы немного вздремнуть! — профессор кинул Стелле пару грязноватых подушек и предложил: — Располагайтесь на диванчике.

— А как же вы? — спросила, уже находясь в полудреме, Стелла. Страх, который сковывал ее мысли еще минуту назад, исчез. Присутствие громогласного бородатого историка вселяло в нее уверенность.

— Постелю себе на полу, — ответил тот, — одеяла имеются. Я к такому привычный. Или, если что, отправлюсь в княжескую опочивальню, там имеется кровать с балдахином эпохи барокко.

— Полиция... Марк... — прошептала Стелла, вытягиваясь на диване.

— Не беспокойтесь, полиция, я думаю, уже на пути в замок, — успокоил ее профессор, заботливо укрывая лоскутным одеялом, — выстрелы и вопли достопочтенных удирающих из замка гостей разносятся по всей округе.

Стелла мгновенно заснула. Удовлетворенно поцокав языком, историк прошептал себе под нос: «Да уж, ночка выдалась славная. Прямо как фильм ужасов!»

Откуда-то издалека донесся протяжный вой. Профессор, поежившись, продолжал разговаривать вслух:

— Чертова тварь, неужели ты на самом деле существуешь? Как бы там ни было, это не помешает мне довести до конца то, ради чего я прибыл в замок!

Вассерман вытащил из сейфа, стоявшего за диваном, небольшой портфель и вынул из него бумаги.

— Итак, что мы имеем... Могила князя пуста. Сам старый князь, не исключено, в виде монстра бродит по горам. Значит ли это, что его бренные останки мне не найти? Но ты мне нужен, Вулк Сепет, ты мне очень нужен! И будь ты трижды вулкодлаком, да хоть самим сатаной, я найду твои кости! Даже если мне понадобится спуститься в чистилище!

КНЯЗЬ В ЯРОСТИ

Все закончилось катастрофой. Князь Юлиус был вне себя. Инвесторы, напуганные появлением воющей твари, поспешно удрали на вертолете. Собираются ли они по-прежнему вкладывать деньги в его проект, князь не знал.

Гости, основательно передавив друг друга, покинули замок. Его светлости, находившемуся в кабинете, подле весело потрескивающего камина, доложили о прибытии полиции.

— Оставьте меня в покое! — взорвался князь Юлиус. — О трупе в капелле, надеюсь, позаботились? Представьте все так, как будто охранник погиб во время всеобщей паники. Ну, задел рычаг и так далее!

— Комиссар Золтарь желает побеседовать с вами, — сказал адвокат, — и я бы советовал вам, ваша светлость, принять комиссара, несмотря на глубокую антипатию, которую вы к нему испытываете. Кроме того, Золтарь настойчиво интересуется тем, где пребывает доктор Стелла Конвей...

— Откуда мне знать! — грубо ответил князь. — Она наверняка убежала вместе с остальными трусливыми идиотами. Ты — мой адвокат, я тебе плачу деньги за то, что ты представляешь мои интересы. Иди к зануде-комиссару и представь все в выгодном для меня свете. И распорядись, чтобы он и его людишки побыстрее убрались из замка!

— Вряд ли это получится, — вздохнул адвокат. — Ваша светлость, при бегстве гостей погиб один человек — затоптали насмерть. Да еще так называемый несчастный случай в капелле... Сейчас я сумею защитить вас от общения с комиссаром, однако тогда завтра вам придется давать ему показания.

Князь в бешенстве швырнул в камин бокал с виски и пролаял:

— Показания, показания, вот ведь заладил! Дам я ему показания, не сомневайся, но не сейчас! И вообще, этот Золтарь меня неимоверно раздражает. Если с кем и буду беседовать, так с его заместителем, этим Густавом. Он — мой человек. А теперь оставь меня в покое!

Адвокат, пожав плечами, удалился. Князь наполнил новый бокал виски и опустошил его одним глотком. Затем уселся в большое кресло с высокой резной спинкой и задумался, потеряв счет времени.

Очнувшись, князь подошел к окну, выходившему в сторону пропасти, и бросил взгляд на горы, покрытые черным лесом. Ему показалось, что на верхушке скалы снова возникла гигантская фигура. Князь Сепет отшатнулся от окна и опустил жалюзи. Затем подбежал к этажерке, на которой стояли бутылки, и снова наполнил бокал. Пройдясь по кабинету, он остановился перед портретом своего предка, князя Вулка. Отсалютовав картине, с которой на него взирал выпуклыми глазами прапрапрапрапрапрапрадед, Юлиус произнес:

— Ну что ж, вулкодлак, ты выиграл первый раунд! Но запомни: никто, и в последнюю очередь ты, не помешает мне. Не хочешь, чтобы твой замок стал отелем? Поздно! Я продам его, а в твоей опочивальне устрою сортир! Ты меня понял, вулкодлак?

Князь выплеснул виски из своего бокала на портрет и расхохотался, наблюдая за тем, как янтарная жидкость капает на ковер с полотна и золоченой рамы.

До слуха князя Юлиуса донесся осторожный стук в дверь. Дернувшись, его светлость возопил:

— Ну что еще? Проваливайте, я занят!

— Князь, — сказал, появляясь на пороге, адвокат, — не хочу мешать вам, но вы должны знать: полиция наконец удалилась. Мне удалось представить смерть охранника в выгодном для вас свете. Золтарь, конечно, желал переговорить с вами, но мне удалось убедить его, что сейчас это невозможно. Он вернется завтра... вернее, уже сегодня, около полудня.

Его светлость, повертев в руках пустой бокал, швырнул его на ковер.

— Все пропало! Американашки не будут вкладывать деньги в отель, им, видите ли, нужна уверенность в успехе проекта, а убийства и... этот чертов зверь, что появился сегодня, сводит все, абсолютно все, на нет!

Адвокат поежился, вспоминая явление монстра.

— Ваше светлость, еще не все потеряно. Предлагаю вам представить... вулкодлака как рекламный трюк. Инвесторы напуганы, и это вполне естественно, однако речь идет о десятках миллионов...

— Вот именно! О десятках миллионов! — воскликнул князь Юлиус. — У меня нет таких денег, чтобы самостоятельно финансировать проект, тебе отлично известно, что мои дела расстроены. Я надеялся, что открытие отеля разрешит все мои проблемы, но явление вулкодлака... Скажи-ка, ты ведь тоже видел его?

— Мы все стали свидетелями небывалого зрелища, — осторожно заметил адвокат.

— И что скажешь? — спросил князь. — Может, это был большой волк-мутант? Или оголодавший медведь? Или еще черт знает что?

Адвокату не хотелось вызвать у князя новый припадок гнева, и он продолжил так же осторожно:

— Я не биолог, ваша светлость, и не специалист по фауне Герцословакии. Но то, что предстало нашим глазам, передвигалось на задних лапах, а подобное, насколько мне известно, свойственно исключительно человеку и некоторым приматам, а никак не волкам...

— Орангутанг? — живо спросил князь. — Как в новелле алкоголика По «Убийство на улице Морг»? Все думают, что имеют дело с человеком, а на самом деле преступник — огромная дикая обезьяна?

— Ваша светлость, — мягко заметил адвокат, — позволю себе напомнить вам, что ни одна обезьяна, даже самая выносливая, не смогла была бы выжить в окрестных лесах. Температура сейчас около нуля, а скоро выпадет снег и начнется зима. Да и... морда у этого... м-м... существа была совсем не обезьянья.

— Ты тоже видел! — Князь пнул ногой бокал, валявшийся на ковре. — Морда была волчья! И дьявольские глаза горели во тьме! Он вел себя как хозяин... как тот, кому принадлежит городок, замок и горы... как вулкодлак... Как мой пращур Вулк Сепет!

Адвокат, взглянув на портрет старого князя, предпочел ничего на это не отвечать. Выждав несколько секунд, заговорил почти робко:

— Ваша светлость, хочу вас предупредить, что мне понадобится на несколько дней съездить в столицу. Речь идет о представлении ваших интересов в суде, будут рассматриваться два иска...

Князь дико расхохотался:

— Бежишь, подлая крыса? Что, поджилки трясутся после встречи с вулкодлаком? Не хочешь, чтобы он по твою душу пришел?

— Ваша светлость, уверяю, мой отъезд был запланирован заранее и никак не связан с сегодняшним появлением неведомого зверя, — лицемерно заявил адвокат. — Не забывайте, что я представляю ваши интересы и не могу все время находиться в провинции. Кроме того, у меня имеется семья, проживающая в Экаресте!

— Ну, ну, зачесал языком... — раздраженно буркнул князь. — Что ж, беги, коль испугался вулкодлака. Вы все можете проваливать из замка! Если понадобится, я сам пойду на охоту и вытащу вулкодлака из его логова! И загоню этой богомерзкой твари в грудь осиновый кол. Их, оборотней, ведь так убивают?

— Ваша светлость, прошу, никаких глупостей! — воскликнул адвокат. — Над вами и так висят два процесса, которые могут закончиться весьма плачевно. Если нам повезет, вас приговорят к выплате внушительных штрафов, что окончательно подорвет ваши и без того расстроенные финансы. Впрочем, вы знаете, что по одному из дел вам грозит тюремное заключение сроком до трех лет.

— Катись, мерзавец! — снова заорал князь. — Давай улепетывай в Экарест, подальше от вулкодлака! Но если уж ты меня бросаешь, то сделай все возможное и невозможное, чтобы процессы закончились для меня безболезненно! Я — невиновен!

Адвокат отлично знал, что князь Юлиус виновен в том, что ему инкриминируется — избиение офицера полиции, задержавшего лимузин князя и установившего, что его светлость, находившийся за рулем, был вдребезги пьян, и нанесение тяжких телесных повреждений не в меру любопытной журналистке, а также попытка изнасиловать ее. Но Сепет платил ему отличные гонорары, а ради денег законник был готов отмазать от тюрьмы кого угодно, хоть самого Вулка Сердцееда!

— Вне всяких сомнений, вы невиновны, — подтвердил адвокат. — У меня уже имеются свидетели, которые подтвердят под присягой, что полицейский, задержав вашу машину и узнав вашу светлость, просто решил заработать и нагло потребовал денег. Пришлось, конечно, раскошелиться на свидетелей, но что поделать. С журналисткой хуже, ее коллега-репортер сделал серию снимков, на которых отлично видно, как вы, ваша светлость, бьете ее по лицу, срываете с нее майку, а затем затаскиваете в салон лимузина. Здесь мы будем упирать на то, что журналистка вместе со своими друзьями-папарацци намеренно спровоцировала вас, и все так называемое «изнасилование» было инсценировано этой ушлой особой, желавшей одного — заполучить сенсационные снимки. Они предложили их трем изданиям, так что это значительно снижает достоверность показаний журналистки.

Князь замахал рукой.

— Иди прочь! Пытаешься заморочить мне голову, представив все в выгодном для себя свете? Мол, вот какой ты умный и хитрый, трудишься на меня, не покладая рук. Знаю ведь, когда у меня деньги закончатся, ты первым сбежишь и предашь меня!

— Ваша светлость, я верен вам, и подозревать меня ни в чем не следует! — скривившись, сказал адвокат. Он уже успел привыкнуть к оскорбительным замечаниям Юлиуса. — Но даже самый искусный адвокат, а я, позвольте заметить, являюсь именно таковым, не в состоянии будет спасти вас от тюремного заключения и добиться мягкого приговора, а тем более оправдания, если вы будете мешать этому!

— Что? — Князь, колдовавший у этажерки с бутылками, вздрогнул и выпустил из рук пузатый графин с виски. Тот с грохотом полетел на пол. — Черт... Что ты мелешь?

— Мне отлично известно, какие у вас намерения в отношении доктора Конвей, — продолжал холодно адвокат. — Заклинаю вас, забудьте о ней! Как и о прочих особах женского пола! С официанткой из ресторана, которая была готова заявить на вас в полицию, удалось договориться полюбовно, но кто гарантирует, что другие дамы будут столь сговорчивы? А если судьи узнают о том, что против вас ведется расследование в схожих делах, то приговор можно считать известным!

Князь, подойдя к адвокату, толкнул его в грудь и просипел:

— Не тебе мне указывать! Твоя работа — вытаскивать мою княжескую задницу из плохих историй. До Стеллы я еще доберусь! С бабами вообще церемониться не следует, а чтобы они потом не поперлись в полицию и не заявили на меня... — Он замолчал и, хищно скалясь, сжал перед лицом напуганного адвоката пальцы в кулак. — Чтобы они на меня не заявили, позаботятся мои телохранители, — произнес князь Юлиус. — Кстати, скажи одному из них, пусть зайдет ко мне, а сам можешь хоть сию минуту драпать в Экарест. Не желаю больше видеть твою лощеную морду!

Адвокат вышел из кабинета, громко хлопнув дверью. Его первым порывом было заявить Сепету, что он больше на него не работает. Но нет, сейчас нельзя давать волю чувствам. Князь, знакомый со многими влиятельными лицами в столице, постарается распространить о нем лживые слухи и порочащие сплетни. Однако... Собственно, какая ему разница, что произойдет с Сепетом потом? Как только станет ясно, что князь по уши увяз в своих грехах, так что никакие деньги уже не помогут, тогда и можно будет бросить его на произвол судьбы. А пока он платит и лазейки находятся, надо работать на него.

Интересно, думалось адвокату, что Сепет намеревается делать с девицами, которых поставляет ему охрана? Князь сказал, что с «бабами церемониться не следует». Неужели он готов... А, ладно, это дело князя, Сепет сам будет нести ответственность за все, что натворит! Ведь он уже лет двадцать или даже тридцать назад был причастен к бесследному исчезновению девицы, желавшей заявить на него в полицию. Ту несчастную и по сей день не нашли, и вероятнее всего, Сепет избавился от нее. Если он собирается поступить таким же образом в отношении других женщин...

Адвокат решил не забивать себе голову попусту. Ему нет дела ни до противоестественных пристрастий Сепета, ни до того, что происходит с его жертвами. Законник решил, что покинет замок с рассветом, еще до повторного появления комиссара Золтаря. И пускай его истерическая светлость сам тут разгребает то дерьмо, в котором оказался!

Первому же встретившемуся телохранителю адвокат передал распоряжение князя немедленно зайти к нему, затем поднялся к себе в апартаменты, повернул ключ в замке и закрыл окна, выходившие на покрытые лесом горы, портьерой. По стеклу забарабанили тяжелые капли — полил дождь.

Где-то вдалеке раздался страшный тоскливый вой. Адвокат вздрогнул, перекрестился и вытащил из ящика стола затычки для ушей. Вставив их, он радостно потер руки: воя не стало слышно. А всего через несколько часов он будет в Экаресте, далеко от крошечного провинциального Вильера, где властвует князь-оборотень, скончавшийся шестьсот с лишком лет назад... И, удовлетворенный радужными перспективами, адвокат извлек детективчик, решив почитать на сон грядущий.

Антон Леонтьев

* * *

Князь Сепет тем временем инструктировал охранника:

— Приведешь ее ко мне и позаботишься о том, чтобы нам никто не мешал. Все понятно?

Телохранитель наклонил голову и пробасил:

— Так точно, ваша светлость!

— Ступай! — распорядился князь, находясь в возбуждении. — И побыстрее!

Горячая волна звериного желания захлестнула Юлиуса Сепета, сейчас ему требовалось одно: расслабиться и забыть о произошедшем. Расслабление достигалось у его светлости тремя способами: во-первых, при помощи изрядного количества алкоголя, во-вторых, рукоприкладством, в-третьих, посредством секса.

Князь уже изрядно напился, но чувство унижения и

страха не исчезло. Он велел охраннику привести к нему одну из горничных, симпатичную, рыженькую, на которую он положил глаз с самого начала. Девица, как отметил Юлиус Сепет, бросала на него соблазнительные взгляды, а когда он ударял ее ниже пояса, то даже не ойкала. Значит, она ничего не будет иметь против небольшого развлечения!

Дверь кабинета еле слышно скрипнула, охранник втолкнул горничную, кутавшуюся во фланелевый халат. Девушка испуганно посмотрела на князя.

— Ваша светлость, ваш телохранитель поднял меня с постели и сказал, что вы желаете...

Князь нетвердым шагом приблизился к горничной, провел рукой по ее щеке. Девушка отшатнулась. Рыжие волосы каскадом струились по плечам. Сепет заговорил хрипло:

— Ты была в постели? Ну конечно, половина третьего ночи! Не волнуйся, милашка, мы немедленно отправимся обратно — в постель. Вместе!

Он хихикнул и икнул. Горничная жалобно произнесла:

— Ваша светлость, если вы хотите, чтобы я приготовила вам поздний ужин, то...

Князь, схватив девушку за волосы, привлек к себе и прошептал:

— О да, я люблю поздний ужин! В особенности если на десерт подается такая милашка, как ты! Как твое имя?

Девушка застонала, пытаясь высвободиться. Сепет, намотав на руку длинные волосы, рванул их на себя, горничная вскрикнула.

— Меня зовут... Богдана... — простонала она. — Ваша светлость, прошу вас... Мне очень больно!

— Знаю, что больно! — ухмыльнулся князь и обмотал локоны еще туже вокруг ладони. — Я же видел, как ты на меня смотрела! Сколько тебе лет, Богдана?

— Девятнадцать, — со слезами на глазах ответила горничная. — Ах... Умоляю вас, ваше сиятельство... Отпустите меня!

Другой рукой князь ударил девушку по лицу и отшвырнул на ковер. Богдана со стоном упала. Сепет заявил:

— Ты — бесстыжая девка, Богдана! Сама напросилась! Нечего было мне глазки строить! И когда я тебя по заднице ударял, ты терпела!

— В...ваша светлость, — уже рыдая взахлеб, бормотала девушка, — я не хотела потерять работу... Я так гордилась тем, что вы взяли меня в горничные... Еще бы, работать в самом замке! В Вильере работы нет, а вы наш ангел-хранитель... Я думала, что если возмущусь... когда вы до меня дотронулись... вы меня уволите...

— Правильно думала! — похотливо усмехнулся князь и склонился над девушкой. Его руки обшарили ее тело, рванули халат. — Ого, вот это тело!

Девушка поползла к двери, князь настиг ее и наступил ногой на ладонь. Богдана вскрикнула.

— Ты останешься в моем кабинете, тебе это понятно? — произнес князь. — Ну, раздевайся!

— Ваша светлость, я не могу... Вы неправильно меня поняли... У меня есть друг, Яков... Мы с ним поженимся в следующем году... Ваша светлость...

Князь Юлиус, не слушая сбивчивой речи горничной, сорвал с нее халат и тонкую сатиновую ночную рубашку. Разглядывая обнаженную девушку, князь затрясся и, пуская слюни, закряхтел:

— Ну, Богдана, будешь хорошо себя вести, устрою тебя в модельное агентство. В столицу переедешь, о своем сопливом дружке-женишке забудешь!

Он оседлал Богдану. Девушка брыкалась, но князь был намного сильнее. Он пригнул ее руки к полу и впился в рот Богданы долгим слюнявым поцелуем. Девушка глухо застонала, дернулась... Князь пронзительно вскрикнул и отшатнулся.

— Тварь! — завизжал Сепет. — Ты укусила меня за язык!

Его светлость принялся наносить беспорядочные удары по голове и груди Богданы. Горничная закричала:

— Помогите, прошу вас! Он сошел с ума!

Князь схватил ее обеими руками за шею, девушка захрипела. На пороге кабинета появился охранник. Его глазам предстала страшная картина: князь Сепет с полуспущенными штанами и окровавленными губами верхом на обнаженной горничной с разметавшимися рыжими волосами. Но князь за то и платил, чтобы никто и никогда не удивлялся.

— Чего стоишь, придурок? Помоги мне! — заявил князь.

Телохранитель медленно подошел к горничной.

— Держи сучку за руки! — велел князь.

Охранник, стараясь не смотреть в лицо девушки, исполнил приказание. Князь оторвал руки от горла Богданы. Горничная втянула воздух и закашляла — на белой коже проступили фиолетовые следы от пальцев.

181

— Помогите! — простонала еле слышно девушка. — Вы же охранник, спасите меня!

— Заткни ей пасть! — велел князь другому телохранителю, появившемуся на шум.

Тот схватил с софы шелковую подушку и накрыл ей лицо девушки. Князь, одобрительно хмыкнув, сжал груди Богданы и, пронзительно застонав, принялся насиловать ее. Но, сделав несколько движений тазом, его светлость остановился.

— Чего на меня вылупились? — крикнул он охранникам, пылая гневом. — Я так не могу!

Князь с кряхтением поднялся, охранники тактично отвели взгляд. В последнее время князь не мог довести до финала ни один из интимных актов.

— Где таблетки? — прыгая по кабинету в спущенных штанах, вопил князь Юлиус. — Где эти чертовы таблетки?

Он вытащил из стола коробку, вытряхнул из нее две голубоватые пилюли, запихнул их в рот и запил большим глотком рома. Потом прошелся по кабинету, ощущая, что мужская сила начинает подыматься. Сепет, как коршун, склонился над горничной. Девушка уже не сопротивлялась. Князю хватило минуты, чтобы овладеть Богданой. Отвалившись от нее, он велел охраннику:

— Да убери ты с ее лица эту чертову подушку!

Тот послушно снял подушку, Сепет увидел синюшное лицо горничной.

— Эй, ты, как тебя, просыпайся! — завопил князь в панике, тряся девушку за плечи, колотя ладонями по щекам. — Что ты с ней сделал, идиот?

— То, что вы велели. Вы сказали, что я должен заставить ее замолчать, — тупо ответил охранник.

— Придурок, идиот, тупица, имбецил! — сыпал проклятиями князь. — Ты придушил ее! Убил! Черт, еще одна смерть в замке за последние шесть часов! Полиция насядет на меня! Где адвокат?

Через пять минут в кабинет притащили заспанного адвоката. Тот, увидев полураздетого князя и голую девушку на полу, замахал руками:

— Я ничего не видел, ничего не слышал, ни о чем не знаю! Ваша светлость, я вас предупреждал, что вы и только вы будете отвечать за произошедшее!

— Ты уволен, гнида! — рявкнул Юлиус Сепет.

Адвокат с облегчением ответил:

— Хорошо, утром я покину замок...

182 — Сию секунду! — завизжал князь. — Эй, охрана, по-

заботьтесь, чтобы этот ублюдок самое позднее через пять минут оказался на улице! Ты мне больше не нужен! Никто мне больше не нужен!

И тут Богдана вдруг тяжело вздохнула и закашлялась. Князь, подпрыгнув, облегченно вскрикнул:

— Девчонка жива! Ну слава богу!

Девушка приоткрыла глаза и просипела:

— Вы за это ответите... Вы... вы изнасиловали меня... И пытались убить! Я обращусь к комиссару Золтарю...

Князь ударил горничную по лицу, взвизгнув:

— Никуда ты не обратишься!

— Обращусь! — упрямо повторила Богдана. Продолжая кашлять, она поднялась с пола и поплелась к двери. — Вы очень плохой человек, ваше сиятельство. Но вас не защитят ни ваш титул, ни ваши деньги, ни ваши связи.

Князь метнулся к девушке и, схватив ее за волосы, втащил обратно в кабинет. Богдана, обернувшись, впилась в шею князю. Сепет ударил горничную коленкой в живот, и девушка повалилась на пол.

— Ну, чего уставились, придурки? — крикнул он оторопевшим охранникам и, сорвав у одного из них с пояса наручники, застегнул их на запястьях Богданы.

— Оставьте меня в покое, — простонала горничная. — Вы взяли все, что хотели.

— Э нет, милая моя, — заявил князь. — Ты ведь готова сдать меня полиции. Вывезите девчонку в лес и кокните ее!

— Кокнуть? — переспросил один из охранников. — Но, ваша светлость...

— Кокнуть, пришить... Убить, одним словом, — распорядился князь. — И позаботьтесь, чтобы ее тела никто не нашел. Только не в замке, а то после ее исчезновения сюда заявится чертов комиссар и перевернет здесь все вверх дном. А лес — огромный, им его никогда весь не обыскать. Захватите лопаты и мешок! Льет дождь, так что все следы исчезнут!

Богдана тихо плакала на полу. Князь вытер кровь с губ, схватил бутылку виски и отхлебнул прямо из горлышка.

— Черт, щиплет! — взвизгнул он. Заметив стоявших в нерешительности охранников, накинулся на них: — Ну что стоите, как столбы? Вам что, дважды повторять? Если девчонка начнет «петь» в полиции, мне крышка. И вам крышка тоже, вы ведь соучастники. Нас посадят, но я получу пару месяцев, а вы — на полную катушку.

Охранники подошли к Богдане и подхватили ее за руки. Девушка попробовала позвать на помощь, но из ее горла вырвались только хрипы.

— Вы поплатитесь за это, ваша светлость, — прошептала Богдана. — Исчадие ада — вот вы кто! Вулкодлак — не ваш предок, а вы сами!

— Уберите ее! — завопил князь.

— Он до вас доберется, я это чувствую, — сказала Богдана. — Он, вулкодлак, убьет вас!

Девушку выволокли из кабинета. Князь швырнул вслед разорванную ночную рубашку и халат. Он знал, что совершил ошибку, исчезновение девчонки может очень дорого ему обойтись. Да и с адвокатом он зря поссорился... Ничего, если удвоить жалованье, тот как миленький обо всем забудет и возобновит работу.

Руки у князя дрожали, он влил в себя треть бутылки виски. Дождь за окном перешел в подлинный ливень. Вой ветра заглушал все, и это было хорошо: рулады вулкодлака не были больше слышны.

Князь подошел к портрету Вулка Сепета, сорвал его со стены, бросил на пол и принялся топтать. Картина была дорогой — работа известного европейского мастера. Ну и черт с ней! Вулкодлак до него не доберется!

Его светлость опустился в кресло, и ему показалось, что выпуклые темные глаза с истоптанного портрета князя-вулкодлака наблюдают за ним.

ПЕСНЬ ВУЛКОДЛАКА

Охранники спустили Богдану вниз по тайной лестнице. Стояла ночь, но мало ли кто мог их увидеть. Девушка уже не сопротивлялась, смирившись со своей участью. Залепив ей рот скотчем, телохранители положили ее в багажник джипа и покинули замок.

— Ну и погода! — сказал охранник, сидевший за рулем. С черного неба лил холодный дождь, выл ветер, играя верхушками огромных деревьев.

— И что мы будем с ней делать? — спросил другой охранник. — Его светлость приказал...

— Да знаю я, что приказал старый импотент! — огрызнулся тот, что находился за рулем. — Он с девочками развлекается, а мы обязаны следы устранять. Если потом это всплывет, он все на нас свалит. Прикинется несведущим, скажет, что мы на него поклеп возводим. Мол, сами горничную оттрахали, а потом грохнули и в лесу закопали. Он-то отмажется, а мы загремим в тюрягу!

Машина тряслась по грунтовой дороге. С неба низвергался водопад, сверкали молнии. Внезапно одна ударила в гигантскую сосну, и та, вспыхнув, накренилась, а затем повалилась, преграждая путь. Водитель ударил по тормозам.

— Уф! — произнес он, вытирая со лба пот. Фары освещали толстенный ствол, лежавший поперек дороги метрах в пятидесяти. — Ну, значит, сама судьба против того, чтобы мы девчонку грохнули. Вернемся в замок, скажем его светлости, что если хочет ее убивать, пускай сам это делает. А то, хитрый какой, заставляет нас черную работу делать. Ладно еще — журналистам по роже съездить, и совсем другое — человека убить.

Второй телохранитель с сомнением произнес:

— Старик будет недоволен. Работу потеряем...

— Как бы не так! — уверенно ответил шофер. — Мы слишком много о его светлости знаем, он побоится нас уволить!

— Адвоката же уволил, а тот побольше нашего знает, — возразил напарник.

— Он его уже раз десять увольнял, а потом сам просил остаться, — уверил его водитель. — Не дрейфь, все путем будет. Сам посуди, какого черта ради князя руки марать? Даем задний ход!

Но джип увяз в раскисшей глине. Как ни пытался водитель дать задний ход или развернуться, ничего не получалось. Тогда его напарник вылез наружу и попытался подтолкнуть автомобиль.

— Давай, еще немного! — кричал ему водитель. — Ну, мы почти выбрались!

Сверкнула молния, затем последовал оглушительный удар грома. Небо, иссеченное белыми зигзагами, походило на чудовищную морду, покрытую шрамами. Охранник, что толкал джип, почувствовал страх. Что там произошло вечером на приеме? Сам он дежурил внизу, но товарищи рассказывали: на скале возник вулкодлак — трехметровый монстр с волчьей пастью и с когтистыми лапами.

Охранник поднатужился — колеса джипа почти вылезли из ямы. Двигатель ревел. Снова сверкнула молния, и охранник, бросив быстрый взгляд на сосну, перегородившую дорогу, увидел высоченную фигуру.

От неожиданности он поскользнулся, упал и едва не попал под колеса джипа. То была не галлюцинация —

длинная фигура застыла всего в каких-то двадцати метрах! Охранник бросился к товарищу.

— Ты чего? — закричал тот. — Осталось немного, мы бы выбрались!

— Смотри! — ткнул тот пальцем вперед. — Вулкодлак! Вулкодлак, вулкодлак!

Водитель, повинуясь, посмотрел на дорогу и увидел огромную фигуру.

— Боже, у него волчья морда! И лапы длинные, с когтями! И... и... и... — Фары, мигнув, погасли. — Аккумулятор сел! — дрожащим голосом произнес шофер.

Он выскочил на дорогу и вытащил пистолет.

— Где он, ты его видишь?

— Кто? — тупо спросил напарник.

— Вулкодлак! — истерично ответил шофер. — Ты же тоже его видел? Там, на дороге, около сосны! О, у меня имеется фонарик!

Водитель вытащил из кармана куртки фонарик и направил его луч на сосну. Там, где несколько мгновений назад высилась фигура, никого не было.

— Померещилось! — облегченно выдохнул водитель. — Это ты во всем виноват! Орешь — вулкодлак, вулкодлак... Взрослый же мужик, а веришь сказкам.

— Я точно его видел, — упрямо повторял телохранитель. — Вот те крест! Большой, метра под три, шерстью покрытый, и морда, как у волка, только гораздо больше. И глаза горят, как рубины.

— Не бреши! — ответил его друг и вдруг заметил в нескольких метрах от себя два уголька, как бы парящих в темноте.

И тут же полился страшный вой. То, что выло, находилось неподалеку. Водитель нажал на кнопку фонарика, луч, запрыгав в дрожащих руках, осветил взбухшую глину, деревья на краю дороги, а потом уперся в морду страшилища — красные глаза, разинутая пасть с длинными клыками. Шофер, завопив, выронил фонарик.

— Это он, вулкодлак! — заорал водитель и выстрелил во тьму.

— Ничего не поможет! — толкнул его напарник. — Его берут только серебряные пули и осиновый кол! Господи, помоги мне! Больше грешить не буду, зарок даю, во всем раскаюсь и в монастырь уйду, если меня спасешь от лап вулкодлака!

186   Незадачливые убийцы, развернувшись, бросились бежать к замку. Позади слышался вой, переходящий в рев. Водитель, зацепившись ногой о корень, упал и закричал:

— Помоги мне! Я не могу встать...

Его товарищ, что несся впереди, повернулся, окликнул приятеля:

— Эй, ты где? Я ничего не вижу! Подай голос!

— Я здесь! — раздался заглушаемый ветром и дождем ответ водителя. — Боже, я слышу его дыхание! Помоги мне! А-а-а-а! Вулко...

Крик смолк, утонув в кровожадном рычании и вое. Охранник со всех ног понесся к замку. Судьба приятеля его не волновала. «Спастись, спастись, спастись...» — единственная мысль прыгала у него в голове, билась в висках и колотилась в сердце. Он много раз падал, но тотчас подымался, продолжая бег. Охранник задыхался, во время одного из падений в лодыжке что-то хрустнуло, но он, превозмогая адскую боль, ковылял вперед.

Наконец перед ним возник силуэт замка. Въездной мост был поднят. Охранник, подбежав к краю пропасти, замахал руками и попытался завопить. Но голос у него был сорван, а рот полон глины и грязи. Да и сумей он кричать, его все равно никто бы не услышал — ветер и ливень заглушали все звуки.

Охранник вспомнил, что у него в кармане мобильный телефон. Он позвонит в замок и велит немедленно спустить мост! Одно неосторожное движение, и телефон упал. Рыча и рыдая, охранник опустился на колени и принялся шарить под ногами. Телефон исчез! Как же он теперь спасется?

Молнии раскололи небо, и охранник бросил взгляд на дорогу. Монстр настиг его: вулкодлак был всего в десяти метрах. Морда чудовища была в крови, а в правой лапе... в правой лапе он сжимал что-то круглое, знакомое... Охранник пискнул, ощутив приступ тошноты. То была голова его напарника-водителя.

— Господин, умоляю, пощади меня! — захрипел охранник, чьи колени утопали в жиже. Еще одна молния пролетела по небу, и он увидел, что чудовище приближается. Слышалось ворчание зверя. Зверя, не ведающего пощады.

Охранник сунул руку под куртку, вытащил пистолет и нажал курок. Но вместо выстрела раздался безобидный треск. Отшвырнув пистолет, охранник попятился.

Монстр, задрав узкую морду, с которой капала кровь, завыл и бросил под ноги охраннику голову своей предыдущей жертвы. Вылезшие из орбит глаза водителя, казалось, взирали на охранника, искаженный судорогой рот как будто шептал: «Он убьет тебя!»

— Он убьет меня, он убьет меня! Вулкодлак убьет меня! — чувствуя, что в черепной коробке закипают мозги, заорал охранник. Сапфировая молния рассекла небо, и он увидел тварь в двух или трех метрах от себя. Охранник понял, что он должен сделать.

Он подбежал к краю пропасти, судорожно перекрестился и прыгнул вниз. Лучше такая смерть, чем в лапах адской твари! Последнее, что он услышал до того, как его сердце отказало, а секундой позже бездыханное тело упало на острые камни, был торжествующий, всепоглощающий, сводящий с ума вой — песнь вулкодлака!

* * *

Богдана услышала, что машина остановилась, и поняла: ей осталось жить несколько минут. Она пришла в себя, когда ее укладывали в джип, но не подала виду. Девушка отчаянно надеялась на то, что ей представится возможность бежать. Князь приказал убить ее, его слуги исполнят волю хозяина. Застрелят или задушат и закопают в лесу.

Лежа в багажнике, девушка старалась уловить каждое слово, произнесенное охранниками. Она слышала их спор, и у нее мелькнула надежда — один из них сомневался, стоит ли выполнять приказание его светлости.

Когда автомобиль замер, Богдана притаилась. Она изобразит из себя полумертвую, охранники отвлекутся, и она побежит куда глаза глядят. Лишь бы спастись! Она не хотела умирать. Оказавшись на свободе, она первым делом обратится в полицию. Князь Сепет должен понести наказание за свои преступления. Если понадобится, она выступит в суде и даст показания против могущественного аристократа.

Но охранники и не думали приступать к убийству. Судя по их возбужденным голосам, дальнейший путь был невозможен — огромная сосна, сраженная молнией, перегородила дорогу. Автомобиль забуксовал в размякшей глине, и парни, матерясь, пытались вызволить его из плена.

Они собираются вернуться в замок, поняла горничная. Значит, они не будут убивать ее. По крайней мере, пока.

Внезапно девушка услышала заунывный вой. Охранники впали в панику, а один из них громко, заглушив шум ветра, завопил: «Вулкодлак, вулкодлак!»

О том, что произошло дальше, Богдана могла только догадываться. Раздалось несколько беспорядочных выстрелов, вопли — и вой, переходящий в утробное рычание. Ни живая ни мертвая, уткнувшись лицом в грязные тряпки и закрыв глаза, дрожа всем телом, Богдана притаилась. Она не сомневалась, что на охранников кто-то напал. Или что-то. Вернее, *нечто*. Она родилась и выросла в Вильере и знала наизусть сказания о вулкодлаке. Богдана не верила в сказки, но то, что происходило сейчас, заставило ее изменить отношение к ним.

Нет, не волки напали на них. Волки так не воют. Да и охранники вряд ли впали бы в панику, увидев пару хищников. Волки очень редко выходят на охоту поблизости от замка, они обитают далеко в горах. А нечто, напавшее на охранников, не боялось ни темноты, ни грозы, ни молний, ни огнестрельного оружия. Ибо это был вулкодлак!

Кажется, монстр выбрал в качестве жертв охранников. Голоса стихли, вой удалился. Девушка, перевернувшись на другой бок, попробовала открыть багажник. Нет, у нее ничего не выйдет! Но это и хорошо! Зверь избавил ее от охранников князя, значит, они не смогут лишить ее жизни. Но как быть с самим вулкодлаком? Ему требуется свежая человеческая кровь! Он за версту чует плоть.

Девушка сжалась в комок и начала молиться. Струи дождя хлестали по джипу. Время как будто застыло на месте. Богдана просила Всевышнего об одном — даровать ей жизнь! Уж лучше бы охранники остались в живых, от них легче убежать, с ними можно договориться, предложив свое тело в обмен на жизнь, чем одолеть его... вулкодлака!

Неужели сказки оказались реальностью? Богдана слышала об убийстве девушки и ее друга около егерской хижины; очень многие, в том числе ее родители, были уверены, что вулкодлак, который в течение многих десятилетий притаился и только изредка нападал то на туриста, то на охотника, то на грибника, снова обрел былую мощь. Последний раз, говорили старики, он бесчинствовал после окончания войны: в лесах находили людей с оторванными головами и вспоротыми животами. Власти уверяли, что это дело рук обезумевших партизан или разрозненных немецких отрядов, а то и людоедов, коих во времена повального голода было предостаточно. Но в Вильере все знали: вулкодлак восстал к жизни!

И вот теперь тварь снова выбралась из своего логова. Стоило князю Юлиусу Сепету заявить о том, что замок будет перестроен и станет отелем, как его предок вылез из могилы. Богдана заслышала страшный вой где-то вдалеке и перевела дух. Монстр удалился, значит, ей придется дожидаться утра, ее обязательно кто-то найдет.

Девушка убедила себя, что все самое страшное позади. Княжеские сатрапы ее не убили, и даже мифический оборотень, что напал на них, пощадил. Богдана заплакала. И за что судьба ввергла ее в такую передрягу? Говорили ведь родители, что служба в замке добром не закончится. Уговаривали и даже угрожали, запрещая ей становиться горничной. А она заявила им, что уже совершеннолетняя и сама может принимать решения. Просто ведь для свадьбы с Яковом требуются деньги, а князь платил более чем щедро. О, только бы дождаться рассвета! Она поведает комиссару полиции обо всем, а затем вместе с женихом сбежит из Вильера. Она готова жить где угодно, только не в краю вулкодлака!

Богдана постепенно успокоилась, еще раз попыталась выбраться из багажника, а поняв, что у нее ничего не получится, попыталась устроиться удобнее. Только вот что скажет ее любимый Яков? Ей придется сознаться в том, что князь... что старый князь изнасиловал ее. Сумеет ли Яков жить с тем, что его невеста, а в скором будущем — законная жена, подверглась насилию? Или ей не стоит ни о чем говорить? Но в таком случае князь выйдет сухим из воды! На его совести немало преступлений, и он не только лишил ее чести, но и отдал приказ об убийстве! Оставить подобное безнаказанным нельзя, ведь тогда князь Юлиус продолжит свои гнусности, и ее нерешительность может стоить жизни другим бедняжкам.

Горничная убедила себя, что обязательно обратится к комиссару Золтарю. Он — честный и компетентный полицейский, не берет взяток и не пресмыкается перед князем. Говорят, что они на ножах и красавец-комиссар как-то расквасил лощеную физиономию его светлости. Богдана и сама бы сделала это с большим удовольствием. Представив, что в ее руках тяжеленная кочерга, девушка даже рассмеялась, и разбитые губы немедленно заныли. Князь за все поплатится!

Яркий свет ударил Богдане в глаза. Дернувшись, девушка сразу не поняла, что это: молния, луна или восходящее солнце? С трудом повернувшись, она увидела, что источник света — где-то снаружи. Кто-то стоял около джипа и светил внутрь фонариком.

— Помогите! — прохрипела девушка. — Князь Сепет приказал меня убить! Освободите меня, умоляю вас! Его светлость изнасиловал меня и...

Фонарик (или то, что Богдана приняла за фонарик) погас. Девушка заметила метнувшуюся в сторону тень, и волна страха немедленно накрыла ее. Почему она решила, что тот, кто несколько секунд взирал на нее, человек? Откуда взяться человеку в столь ужасную погоду, ночью на лесной дороге? Богдана похолодела, в мозгу ее шевельнулась одна-единственная мысль: он вернулся! Вулкодлак вернулся!

Нечто стремительно приблизилось к багажнику. Девушка изо всех отодвинулась, забившись вглубь. Она не сомневалась — монстр увидел ее! Раздался скрежет, и дверца багажника пошла вверх. Девушка зажмурилась, бормоча молитву. Ей припомнился рассказ из детства — древняя старуха, местная сумасшедшая, которой было не меньше ста лет, уверяла, что на нее напал вулкодлак, и ей удалось пережить атаку, прикинувшись мертвой. Чудовище обнюхало ее, заворчало и ушло. Правда, родственники старухи уверяли, что на нее напал вовсе не вулкодлак, а медведь, но Богдана попыталась последовать ее примеру.

Тело предательски дрожало, а из-под закрытых век катились слезы. Девушка слышала подозрительные шорохи и тяжелое дыхание. «Ни за что не открою глаза», — уверяла себя Богдана, но в то же время неведомая сила подталкивала ее взглянуть на вулкодлака. Богдана распахнула правый глаз и увидела темный силуэт. Что-то большое и черное, как будто покрытое шерстью, стояло рядом с машиной. Словно завороженная, горничная посмотрела в лицо этому созданию. Но лица у него не было, а только звериная морда с горящими красными глазами и острыми клыками. Вулкодлак, как показалось Богдане, отошел в сторону.

Девушка не сдержала стон, монстр поворотил мордой и уставился на горничную. Чувствуя обжигающий взгляд монстра, девушка поняла, что медлить нельзя. Она выпрыгнула из открытого багажника, плюхнулась в грязь и на четвереньках поползла прочь. Не удержавшись, обернулась и увидела монстра, наблюдавшего за ней. Богдана с трудом встала на ноги и побежала босиком по ледяной скользкой жиже. Девушка споткнулась и упала на что-то мягкое. Присмотревшись, с ужасом увидела, что лежит на человеческом теле. У тела не хватало головы — наверняка он, повелитель лесов, отодрал ее. Богдана, вскочив на ноги, побежала прочь. Ствол большой сосны перегородил дорогу; девушка, вскарабкавшись на него, обдирая кожу, упала в грязь с обратной стороны.

Вулкодлак, вулкодлак, вулкодлак! Она видела его! А тех, кто его видит, монстр всегда убивает! Богдана помчалась по дороге прочь от автомобиля. Через каждые несколько метров она оборачивалась, пытаясь разглядеть, не нагоняет ли ее монстр. Вой полетел над лесом, и это подстегнуло Богдану, не обращая внимания на холод, она неслась вперед.

Она сама не помнила, как долго продолжалось ее бегство. Грунтовая дорога сменилась асфальтом, девушка выбежала на шоссе, что вело к городку. Послышался отчаянный автомобильный гудок. Богдана, обернувшись, увидела мчавшуюся на нее машину. Девушку сильно ударило, она отлетела в сторону и приземлилась на мокрый асфальт. Боль пронзила тело Богданы. Горничная силилась подняться, но не могла пошевелить ни ногой, ни рукой.

— Господи, что это? — раздался истеричный женский голос. Ему вторил мужской:

— Она появилась как из ниоткуда! Я ее не видел, клянусь!

Над Богданой склонились мужчина и женщина.

— Она голая! — ужаснулась женщина. — И в крови!

— С вами все в порядке? — глупо спросил мужчина. — Мы не можем долго задерживаться в Вильере, нам надо к утру поспеть в Экарест.

— Вызывай неотложную помощь! — распорядилась женщина.

Со всех сторон неслись гудки. Богдана закрыла глаза. Она знала, что умирает. Ей удалось пережить истязания, которым подверг ее князь Сепет, его подручные оставили ее в живых, и даже вулкодлак не тронул ее. И вот, вылетев на трассу, попала под первую встречную машину...

— Она силится что-то сказать! — закричала женщина.

Мужчина ответил:

— Я вызвал команду медиков и полицию, но при такой погоде они быстро не доберутся. Эй, как вы себя чувствуете?

— Сколько крови натекло! — зарыдала женщина. — И ноги-то у нее вывернуты, как у куклы. Ничего, милая, все будет хорошо! Сейчас приедет команда спасателей, и вас отвезут в больницу!

— Ву... вулко... — прошептала, чувствуя на губах привкус крови, Богдана.

Мужчина и женщина склонились над ней. Девушка отчетливо произнесла:

— Вулкодлак!

И испустила дух.

ЧИТАТЬ ЧУЖИЕ ПИСЬМА НЕХОРОШО!

Доктор Стелла Конвей, открыв глаза, подумала, что ей привиделся нелепый и страшный сон: прием у князя, появление таинственного зверя на вершине скалы, летучие мыши в зале, всеобщая паника... Только через несколько секунд, убедившись, что находится не в номере пансиона матушки Гертруды, Стелла поняла, что сон был явью. Потянувшись, откинула одеяло и села, спустив ноги с дивана.

Так и есть, она находится в комнате профессора Вассермана. Самого ученого не было видно. Стелла осмотрелась — на небольшом столе находился работающий ноутбук, подле дымился бокал с кофе.

— Доброе утро, профессор! — произнесла Стелла, но никто не отозвался.

Доктор Конвей, сладко зевнув, подошла к стрельчатому окну и распахнула его. В лицо ей ударил свежий холодный воздух. Сквозь тучи проглядывало солнце, накрапывал мелкий дождик, но буря, разыгравшаяся ночью, прошла. Стелла бросила взгляд на покрытые лесом горы. Неужели и правда где-то там обитает вулкодлак?

Ночные страхи показались ей совершеннейшей чепухой. Гости перепугались появления... волка на скале. Но был ли то волк? Кто же еще! Большой матерый волк, которого разбушевавшееся воображение подвыпивших людей превратило в вулкодлака.

Стелла подумала, что ее аргумент звучит неубедительно. Нет, то, что предстало перед ее глазами, не было волком. Волки не могут ходить на задних лапах и не достигают в размерах двух с лишним метров, у волков не горят так во тьме глаза и нет длинных лап с острыми, как лезвия, когтями.

— Профессор, вы здесь? — позвала Стелла еще раз, но ответа снова не получила.

Часы показывали половину девятого. Надо же, как она разоспалась. Самое удивительное, что ее не мучили кошмары, которые были бы оправданны после того, что имело место в замке.

Ноутбук издал мелодичный звон, доктор Конвей подошла к письменному столу. Профессор Вассерман, как она успела заметить еще прошедшей ночью, аккуратностью и страстью к порядку не отличался. На экране компьютера высветилась табличка с надписью: «У вас одно новое сообщение. Желаете ли его прочесть?»

Доктор Конвей всегда с уважением относилась к приватной сфере других людей. Однако нехороший голосок внутри ее твердил сейчас: «Прочитай, прочитай, прочитай!»

Испытывая одновременно крайнюю неловкость и раздирающее любопытство, Стелла нажала на кнопку «Да». Интересно, подумалось ей, сколько бы людей на ее месте поступили точно так и прочитали чужое сообщение? Да все! Или таким образом она пытается убедить себя в том, что в ее поступке нет ничего дурного?

Имя отправителя гласило «Melinda R.». Профессор Вассерман обзавелся приятельницей в виртуальном пространстве? Стелле казалось, что историк увлечен одним: поиском останков князя Вулка Сепета.

«Компаньоны очень недовольны провалом операции. У вас имеется семь дней, чтобы все исправить. Не забывайте об ответственности. Держите меня в курсе происходящего. То, что продажа замка сорвалась, внушает нам определенный оптимизм. Жду вашего подробного отчета. Lemur».

Стелла перечитала сообщение два раза. Вот это да — послание не имеет никакого отношения к флирту по Интернету! Доктор Конвей, отыскав «иконку» почтовой службы, уже без стеснения раскрыла папку «Входящие сообщения». Мелинда Р., оказывается, регулярно корреспондировала с профессором Вассерманом — как минимум раз в день, а иногда даже по три или четыре раза! Стелла вытащила одно из последних сообщений.

«Почему так получилось? Мы рассчитывали на успех операции. Если не в капелле, то где?»

О чем идет речь? По всей видимости, об останках князя Вулка. Все, в том числе и профессор, были уверены, что его тело находится в саркофаге, но его там не оказалось. И профессор с большим энтузиазмом ищет его.

Стелла наугад раскрыла еще одно сообщение, пришедшее двумя неделями ранее.

«Сепет продает замок. Ваша миссия должна быть завершена до момента начала работ. Если требуются деньги, сообщите. Попробуйте убедить князя перенести сроки строительства отеля. Вы уверены, что он находится в саркофаге?»

Ага, значит, профессор подозревал: тело князя может быть захоронено в ином месте. Но почему он охотится за останками князя, скончавшегося в конце 14-го столетия? И кто такие «компаньоны», отдающие приказания через Лемура, который именует себя также Мелиндой Р.?

Стелла прочитала последнее послание, отправленное с ноутбука профессора в четыре ноль восемь. Она спала без задних ног, а историк подробно изложил произошедшее на приеме. Стеллу заинтриговала фраза: «Князь, по всей видимости, на время откажется от идеи продажи замка. Нам это только на руку. Уверен, что смогу убедить его продолжить поиски могилы Вулка. У компаньонов нет причин для беспокойства. Все идет в полном соответствии с планом. Вулкодлак на нашей стороне!»

«Вулкодлак на нашей стороне»? Странная фраза. Что бы она могла значить? В коридоре раздался зычный бас профессора Вассермана:

— Как, неужели правда? Передайте комиссару, чтобы не беспокоился, доктор Конвей провела ночь со мной. Хехе... Конечно, между нами, клянусь своей бородой, ничего не было. Увы, увы! Бедняжка спит, как сурок. Сейчас ее разбужу!

Стелла, торопясь, закрыла письмо профессора, быстро пометила пришедшее от Мелинды Р. сообщение как непрочитанное и отпрыгнула от ноутбука в тот самый момент, когда Вассерман прошел в комнату.

Профессор, завидев Стеллу, загремел:

— Доброе утро, прекрасная незнакомка! Вы уже на ногах? Вот и отлично! А здесь такое творится!

— Что-то еще случилось? — спросила Стелла как можно более естественным голосом, потянулась и зевнула.

Вассерман, подойдя к ноутбуку, пробормотал:

— Ага, ответил... — Обернувшись, он испытующе посмотрел на Стеллу и спросил невинно: — Доктор, вы когда соизволили продрать глазки?

— За минуту до вашего появления. Собственно, ваш голос в коридоре меня и разбудил, — ответила Стелла.

— Так, так... — бормотнул профессор, и Стелле показалось, что он ей не поверил. Ну конечно, сообщение-то она пометила как непрочитанное, однако профессор наверняка удивился, не обнаружив таблички с извещением о том, что пришло новое послание, ведь это может означать только одно: кто-то копался в его компьютере. И под определение «кто-то» попадал один-единственный человек — Стелла.

Профессор Вассерман быстро прочитал сообщение, а потом выключил ноутбук.

— Вы спрашиваете, случилось ли что-то? — проговорил он в задумчивости. — Можно и так сказать. Вас желает видеть комиссар Золтарь. Сейчас он беседует с его светлостью. Собственно, комиссар разыскивает вас, он ведь не знал, что вы остались у меня. Думал, что вы стали еще одной жертвой вулкодлака! Марк о вас заботится, как о невесте!

— Еще одной жертвой? — переспросила Стелла, пропуская мимо ушей ехидное замечание Вассермана.

— Ну да, замок, а вместе с ним и весь Вильер только о том и говорит. Прошедшей ночью вулкодлак совершил новые убийства. Видимо, показавшись нам во всей красе, тварь отправилась выискивать себе пару человечков на сытный ужин. И кокнула двух охранников князя где-то в лесу. А на трассе, около горы, машина сбила абсолютно голую девицу. За ней, похоже, гнался знакомый нам вулкодлак. Но комиссар вам сам обо всем расскажет. Он желает немедленно вас видеть. Я провожу!

Что-то в тоне профессора не понравилось Стелле. Уж слишком просто, даже шутливо он говорил об ужасных вещах. Если убили еще двух человек, то почему профессор улыбается в бороду и насвистывает веселый мотивчик. Ну да, «Вулкодлак на нашей стороне»...

Стелла не решилась напрямую спросить Вассермана. Лучше рассказать обо всем Марку, и они вместе решат, как быть. Профессор, казавшийся совсем недавно безобидным, теперь вызывал у Стеллы большие подозрения. И она провела ночь в его апартаментах! Хотя Вассерман, желай он убить ее, мог бы сделать это сотню раз.

— У меня что-то с лицом? — обеспокоенно произнес Вассерман. — Или в бороде что-то застряло? Почему вы так на меня смотрите, милая доктор Конвей, будто увидели привидение или самого вулкодлака?

— Это от голода, — выпалила Стелла.

Профессор, сделав вид, что поверил, хитро улыбнулся.

— О, как же я хорошо понимаю вас! Плотный завтрак — вот какая мечта заставляет меня просыпаться ни свет ни заря. А после этого возникает мысль о не менее плотном обеде, полднике и ужине! Не желаете ли привести себя в порядок?

Стелла, пройдя в крошечную ванную комнату, умылась холодной водой, критически осмотрела себя в зеркале и нашла, что мятое вечернее платье ей не к лицу. Требовалось принять душ и переодеться.

Профессор проводил ее по бесконечным коридорам замка в библиотеку. В овальной комнате, заставленной шкафами с книгами, было жарко натоплено. Потрескивал большой камин, князь Юлиус Сепет, облаченный в домашнюю замшевую куртку, прифрантился, украсив шею пятнистым шарфом. Его сиятельство сидел в кресле и потягивал что-то из бокала. Около князя замер с хищным выражением лица адвокат.

* * *

Марк, увидев Стеллу, радостно воскликнул:

— Доброе утро! С вами все в порядке?

— Вот и доктор Конвей! — произнес с усмешкой адвокат. — Надо же, вы провели ночь в замке, а хозяин даже не был проинформирован.

— Не думаю, что в свете произошедших событий его сиятельство имел что-либо против, — отрезал Марк.

— Раз вы обнаружили доктора Конвей, то не вижу более причин, которые бы заставляли вас задерживаться в замке, и… — начал адвокат.

Марк прервал его:

— Полиция задержится в замке ровно до тех пор, пока я не отдам приказ вернуться в Вильер. Вчера вечером в замке произошел несчастный случай, который требует тщательного расследования. А также возникла массовая паника, в результате которой погиб один из официантов.

— Подумаешь! Невелика потеря, — произнес князь странным голосом и поправил шарф на шее. Блеснул фамильный перстень. — С ним все ясно — его затоптали обезумевшие люди, стремившиеся покинуть замок.

Марк Золтарь, не скрывая враждебного тона, возразил:

— Если бы этим все и ограничилось, то я был бы рад. Однако вам хорошо известно, что около замка было совершено еще два убийства.

— Одно убийство, — заявил адвокат. — В двух других случаях мы имеем дело с несчастными случаями.

— Следствие покажет, — уперся Марк. — Одному из ваших охранников, князь, форменным образом оторвали голову. Другого нашли на дне пропасти. И, наконец, девушка, работающая... работавшая у вас горничной...

— Ее смерть вообще не имеет к нам отношения! — заявил адвокат. — Эту особу сбил автомобиль!

— Верно, — сказал Марк, и Стелла отметила, что он еле сдерживает гнев. — Богдану, так зовут горничную его светлости, сбил автомобиль, и вины водителя в этом нет — девушка неожиданно появилась из темноты и перебегала трассу в неположенном месте.

— Вот видите, — притворно вздохнул адвокат, — одно из так называемых «убийств» разъяснилось. А что касается двух охранников... Напились, повздорили, быть может, из-за той самой девчонки. Она наверняка не была монашкой. Один другому и свернул шею. Все ясно как божий день, комиссар!

— Делать выводы — моя прерогатива, — глухо отозвался Марк Золтарь, — Богдана выскочила на дорогу абсолютно голой, на ее теле обнаружены следы истязаний, и меня не удивит, если во время вскрытия выяснится, что девушка была изнасилована.

— Что поделать, — развел руками адвокат, — его светлость не отвечает за своих подчиненных. Если двум охранникам пришла в голову идея развлечься с горничной, то вы должны призывать к ответственности именно их. К счастью... пардон, я хотел сказать, к несчастью, они оба мертвы. А что вы ожидали от подобных людей? В их среде проблемы разрешаются при помощи силы.

— В вашем изложении все звучит складно, — заметил Марк, — однако у меня имеется несколько вопросов к его светлости. Князь, поведайте мне, где вы провели прошлую ночь!

Юлиус Сепет встрепенулся, в очередной раз поправил шейный платок и нервно спросил:

— К чему этот балаган? Меня в чем-то подозревают?

— А что, ваша светлость, я должен вас в чем-то подозревать? — спросил в свою очередь Золтарь.

Адвокат запротестовал:

— Комиссар, не смейте оказывать на моего клиента давление!

— Господин законник, вообще-то ваше присутствие вовсе не обязательно, — ответил Марк. — Князь не подозреваемый, по крайней мере пока, а только возможный свидетель. Адвокат же, как вам отлично известно, представляет интересы взятых под стражу.

— Ваша светлость, поведайте комиссару правду, — произнес адвокат, сделав ударение на последнем слове. — Правду!

Князь кашлянул.

— После приема, закончившегося столь трагическим образом, а также вашего визита... я почувствовал себя не очень хорошо и прилег отдохнуть.

— Во сколько это было? — спросил сурово комиссар.

Князь Сепет бросил быстрый взгляд на адвоката и ответил:

— Примерно в половине первого, может быть, без четверти час.

— Кто может подтвердить ваши слова? — последовал новый вопрос.

— Мои охранники, — заявил Сепет. — Они несли дежурство перед дверью моего кабинета... я хотел сказать, моей спальни. Однако спал я недолго, около получаса. Бессонница, знаете ли. А затем, примерно с часа ночи до половины четвертого, я имел важную беседу по поводу... продажи замка... с господином адвокатом.

— Господин адвокат тоже не спал? — спросил иронично Марк. — И тоже бессонница?

Адвокат с достоинством ответил:

— Я руководствуюсь интересами моего клиента, его светлости князя Юлиуса Сепета. Если он хочет получить мой совет в час ночи, я всегда к его услугам. Вы слышали, комиссар? С пяти минут второго до двадцати пяти минут четвертого его светлость и я обсуждали важные темы. Потом я отправился к себе немного отдохнуть.

— И вы, не сомневаюсь, ничего не слышали? — спросил Марк.

— Напомню вам, комиссар, что разыгралась страшная буря, — ответил адвокат. — И если вы намекаете на крики, выстрелы или что-то подобное, то мы ничего не слышали. Ни его светлость, ни я.

— Разве я что-то сказал о выстрелах? — заметил Марк.

Адвокат снисходительно усмехнулся:

— Не стоит ловить меня на словах, комиссар! Я вел речь не о конкретных выстрелах, а о гипотетических. Итак, у вас имеются еще вопросы?

— Пока нет, — ответил, подумав, Марк, — но не думайте, что мы видимся с вами в последний раз. Если выяснится, господин адвокат, что вы лжете, покрывая своего клиента, то я засажу вас в тюрьму, добившись предварительно лишения адвокатской лицензии.

— Неужто? — изогнул брови адвокат. — Комиссар, у меня создается впечатление, что вы изначально враждебно настроены по отношению к его светлости и ко мне и заранее решили сделать нас убийцами. Вашему начальству в Экаресте подобная предвзятость не понравится. Так что не мне, а вам следует опасаться весьма и весьма неприятных последствий, причем очень скоро!

— Угроза? — с вызовом поднял голову Марк.

— О, как можно! — театрально изумился адвокат. — Доктор Конвей и профессор Вассерман охотно подтвердят, что если кто и угрожал, так это вы его светлости и мне, а никак не я вам, комиссар! Если у вас возникнут другие вопросы, князь и я всегда к вашим услугам. Однако прошу вас загодя предупредить о визите, ведь может статься, что его светлости не будет какое-то время в замке — ему надо посетить Экарест.

— Не рекомендую вам покидать Вильер, — сказал Марк. — По крайней мере, до конца расследования.

— Которое, как я надеюсь, не будет тянуться слишком долго, — сказал адвокат и посмотрел на часы. — Не смеем вас более задерживать, комиссар Золтарь. В связи с последними трагическими событиями у вас наверняка масса неотложных дел!

Марк понял намек и повернулся к Стелле.

— Нам пора. Вы ведь не хотите остаться в замке? Я отвезу вас в Вильер.

ДВА НЕГОДЯЯ

Дождавшись, пока Марк, Стелла и профессор Вассерман покинут библиотеку, адвокат вполголоса заметил:

— Вчерашнее «выступление» обойдется вам, князь, в круглую сумму. Чертов комиссар прав — если вскроется, что я покрывал вас, обеспечивая фальшивое алиби, мне конец. Не помогут ни связи, ни друзья на самом верху.

Юлиус Сепет, теребя платок на шее, усмехнулся:

— Я так и знал, продажная тварь, что ради денег ты готов на все. Но успокойся, комиссар никогда ни до чего не докопается.

— Вы его недооцениваете, — заметил холодно адвокат. — Советую вам заняться выводом Золтаря из игры. Подкупить его не получится, а смерть комиссара вызовет массу подозрений. Необходимо сделать так, чтобы его отстранили от расследования. И как можно быстрее. Это не только в ваших интересах, князь, но и в моих.

Сепет зло рассмеялся:

— Что, задрожал, подонок? А ведь хотел ночью драпать, кинув меня на произвол судьбы! Теперь же моя судьба неразрывно связана с твоей. Если я пойду ко дну, то непременно утащу и тебя! И твоя лощеная адвокатская задница окажется в тюряге! Даже одного намека на то, что ты врал комиссару и подтасовал улики, приведет к краху твоей карьеры. Поэтому ты должен сделать все возможное и невозможное, дабы замять дело!

— И это будет последним, что я сделаю для вас, ваша светлость, — с отвращением произнес адвокат. — Затем не желаю иметь с вами ничего общего!

— Ковер из кабинета со следами крови уничтожил? — спросил князь.

— Ваши люди уже занимаются этим, — ответил адвокат.

— Ну, иди прочь! Не желаю тебя больше видеть. И проследи, чтобы Золтарь убрался прочь. А вот прелестная докторша...

— Забудьте о ней! — взвизгнул адвокат. — Вы что, не понимаете, князь, ваша кобелиная похоть ставит вас... и меня под удар! Тело горничной сейчас у экспертов, и они обнаружат массу улик! Не удивляйтесь, если к вам в скором времени снова явится Золтарь и потребует предоставить пробу ДНК. А ваша шея, которую вы прикрываете платком? Девчонка ее исцарапала, ваша кровь и кожа у нее под ногтями!

— Вот и сделай так, чтобы ко мне никто не пришел, — заявил князь. — Что же касается Стеллы... Я еще доберусь до нее!

Адвокат направился к двери, но князь вдруг остановил его вопросом:

— Ты думаешь, это *он*?

— Кто он? — изумился адвокат.

Сепет поморщился.

— Не строй из себя дурака. *Он*. Вулкодлак. Это ведь он убил охранников? И гнался за девицей, иначе с чего бы она как сумасшедшая выбежала на трассу?

Оставив вопрос князя без ответа, адвокат вышел. Юлиус Сепет, отхлебнув виски, пробормотал:

— Ну что же, вулкодлак, посмотрим, кто кого!

ПОДОЗРЕНИЯ СГУЩАЮТСЯ

Стелла, оказавшись во дворе замка, поразилась тому, как безобидно выглядит резиденция князей Сепетов при свете солнца. Прошедшим вечером ей казалось, что она находится в заколдованном дворце, полном призраков. Теперь же она видела, что провела ночь в старинном замке, срочно нуждающемся в капитальном ремонте.

— Стелла, как же я рад, что с вами все в порядке! — сказал, открывая дверцу полицейского автомобиля, Марк Золтарь. По его тону доктор Конвей поняла, что Марк говорит абсолютно искренне.

— Профессор Вассерман был столь любезен, что предложил мне переночевать у него, — отозвалась Стелла. Затем, немного поколебавшись, она все же поведала Марку о странных посланиях, обнаруженных ею в ноутбуке профессора.

Они миновали подъемный мост и остановились. Стелла заметила, что не меньше двух десятков полицейских ведут на дороге сбор улик.

— То, о чем вы мне рассказали, крайне интересно, — произнес задумчиво Марк. — Скажу откровенно, что профессор уже давно внушал мне подозрения. Уж слишком рьяно он интересовался всем, что связано в Вулком Сепетом и вулкодлаком.

— Вы думаете, что профессор может быть причастен к тому, что произошло минувшей ночью? — спросила Стелла. — Но я отлично помню: до того, как я заснула, профессор работал за компьютером...

— А что произошло далее, вы, конечно же, не были в состоянии отследить, — сказал Марк. — Кто знает, для чего профессор предложил вам свои апартаменты в замке. Не исключаю, что ему требовался свидетель, который бы подтвердил: в момент совершения убийств он находился рядом с вами. А на самом деле профессор мог выскользнуть незамеченным из замка и...

— Так что же произошло? — перебила его Стелла. — Я слышала, что... вулкодлак снова совершил нападение.

— Верно, — ответил мрачно Марк.

Он вышел из автомобиля. Стелла последовала его примеру. Начальник вильерской полиции подошел к полицейским, работавшим на краю пропасти.

— Пока никаких результатов, — доложил один из них. — Все следы начисто смыты ливнем.

— Я не верю, что в нашем распоряжении не имеется

ни единой улики! — воскликнул комиссар. — Не может быть, чтобы убийца был так уж умен! Мы должны схватить его в ближайшее время, иначе... — Он повернулся к Стелле и признался: — Сегодня я уже успел переговорить и с мэром, и с губернатором. И тот, и другой дали мне двадцать четыре часа для ареста подозреваемого. В Вильере царит подлинная паника, не меньше двух сотен жителей в срочном порядке покинули город. Они верят, что вулкодлак снова вышел на охоту и успокоить его будет чрезвычайно сложно.

— А во что верите вы? — спросила Стелла.

Комиссар уклонился от прямого ответа:

— Мы должны в первую очередь анализировать улики. Но их практически нет.

На поясе Марка завибрировал мобильный телефон. Комиссар выслушал звонившего и коротко ответил:

— Сейчас будем. Ну что ж, дело, кажется, сдвинулось с мертвой точки, — повеселев, ответил Золтарь. — Звонили из морга, где проводилось вскрытие жертв. Под ногтями горничной, сбитой автомобилем, обнаружены частицы кожи. Я завезу вас в пансион, чтобы вы смогли прийти в себя, переодеться и позавтракать...

— Завтрак может и подождать, — остановила Стелла.

Комиссар, с восхищением взглянув на нее, пробормотал:

— Были бы мои сотрудники такими, как вы! Ладно, тогда немедленно в морг. Думаю, нас ожидают интересные новости.

Оказавшись в Вильере, Стелла удостоверилась: в городе действительно царит паника. Жалюзи на окнах многих домов были спущены, лавки и магазинчики закрыты. Редкие прохожие на улицах возбужденно переговаривались, показывая друг другу газету.

— Бонифаций Ушлый постарался на славу, — зло скривился Марк. — Первым оповестил город о произошедших убийствах, да еще напечатал фотографии убитых. Зрелище, скажу вам честно, ужасное. На первой полосе — изуродованное тело без головы и надпись: «Вулкодлак разбушевался».

— Как же журналист сумел заполучить снимки? — спросила доктор Конвей.

Марк хмыкнул:

— Меня тоже занимает этот вопрос. Я уже навестил достопочтеннейшего писаку, но он, сославшись на закон, разрешающий ему не выдавать свои источники, наотрез

203

отказался говорить. Думаю, что попросту подкупил кого-нибудь из работников морга, и те сделали несколько фотографий. Но с Ушлым я еще разберусь.

* * *

Автомобиль подъехал к небольшому бетонному зданию, стоявшему на отшибе. Минуту спустя Стелла и Марк оказались в длинном коридоре, пропахшем чем-то кисло-едким. Их встретил пожилой патологоанатом. Срывая окровавленные резиновые перчатки, он протянул руку Стелле и произнес:

— Много о вас наслышан, доктор Конвей. А вы, комиссар, горите желанием узнать последние новости? Хотите взглянуть на красавцев?

Золтарь нерешительно ответил:

— Да нет же, полностью доверяю вам...

— Не бойтесь, комиссар, — подмигнув Стелле, заметил патологоанатом, — ничего особо ужасного вас не ожидает! Да и отчет я оставил в прозекторской!

Он толкнул деревянную дверь, и они прошли в большой зал, выложенный темно-зеленой кафельной плиткой. Стелле доводилось бывать в моргах, и каждый раз визиты оставляли у нее в душе неприятный осадок. Ее взгляду открылось три ряда металлических столов, на некоторых из которых лежали мертвецы, накрытые простынями.

— Работаем по старинке, — перехватив взгляд Стеллы, сказал патологоанатом. — Холодильников катастрофически не хватает, так что приходится держать подопечных на столах. Вильер хоть и маленький город, но уровень смертности, в особенности в последнее время, весьма высокий. Это и понятно: большой процент стариков, а молодежь склонна к употреблению наркотиков и алкоголя, по причине чего часты глупые стычки и несчастные случаи на дорогах. Вот и наш трупик!

Он, подойдя к одному из столов, стянул простыню. Стелла увидела молодую женщину с ярко-рыжими волосами. Ее лицо и тело было покрыто ссадинами и синяками.

— Смерть наступила вследствие перелома основания черепа и многочисленных внутренних кровотечений, — заявил патологоанатом. — Но вам гораздо интереснее будет другое: девица незадолго до смерти была подвергнута сексуальному насилию.

— Значит, в ее смерти виноват человек, а не сказочный оборотень, — сказал Марк.

— Вот-вот, — поддакнул эксперт. Он стянул простыню чуть ниже, и Стелла увидела, что запястья девушки стянуты наручниками. — Кто-то, как установили ваши люди, комиссар, транспортировал ее в багажнике джипа. На теле найдены микрочастицы, совпадающие с теми, что нашлись в багажнике автомобиля.

— Зарегистрированного, кстати, на имя князя Сепета, — добавил Марк. — Но его светлость отрицает свою причастность к произошедшему. Якобы охранники решили поразвлечься с горничной.

— Я уже доложил вам, комиссар, по телефону, — продолжал эксперт, — что под ногтями девушки обнаружены частицы кожи и крови. Но они не принадлежат ни одному, ни другому охраннику — по моей просьбе был проведен блиц-тест. Кровь редкой четвертой группы, резус отрицательный, а у охранников — вторая и третья. Дальнейшие исследования ведутся, результаты получим во второй половине завтрашнего дня. Что касается ранений на телах мужчин... Один из них упал на камни с высоты почти в сто сорок метров, другой... Но об этом позднее.

— Значит, говорите, группа крови под ногтями девушки не совпадает с группами крови охранников? — повторил Марк, и его глаза засветились охотничьим азартом. — Не могу себе представить, что девица, напади на нее вулкодлак, попыталась сопротивляться и разодрала ему, скажем, морду ногтями. Да и кровь-то ведь человеческая, не так ли?

— Конечно же, человеческая, — кивнул важно патологоанатом. — Не звериная, так что причастность, как вы говорите, вулкодлака к ее смерти исключается. Да и есть ли кровь у посланца ада? Однако перейдем к прочим занимательным моментам. Девица, как я уже сказал, была изнасилована, и тот, кто совершил это, не использовал презерватив. В нашем распоряжении имеется образец его семенной жидкости. И что самое удивительное, ее антигены совпадают с антигенами крови под ногтями горничной — речь идет о четвертой группе крови.

— Он попался! — воскликнул Марк.

— Можно выразиться и так, — подтвердил патологоанатом. — Как я уже сказал, результаты генетической экспертизы получим завтра, у нас в Вильере такого оборудования нет, пришлось отправлять образцы с курьером в столицу. Мне обещали, что их анализ получит там «зеленый свет». Но и сейчас не сомневаюсь в том, что кровь и сперма принадлежат одному человеку. И скоро в наших руках будет его уникальный генетический отпечаток. На всякий случай в Экарест ушли и образцы крови двух охранников. Однако уверен, насильниками они не были.

— Если не они, то кто? — спросила Стелла.

Ей было жаль несчастную девушку, что лежала сейчас на столе в морге. Подумать только, вот так же могла лежать и... и она сама! Доктор Конвей прогнала воспоминания о Вацлаве Черте. Оставалось лишь надеяться, что Теодор Готвальд наверняка не сидит без дела и сумел отыскать изобличающие Черта улики.

— Предположу, что истинным виновником является князь Юлиус Сепет, — заявил Марк. — Однако пока отсутствуют результаты генетической экспертизы, я не могу ничего предпринять. Слава богу, что в распоряжении правоохранительных органов имеются образцы генетического материала князя, полученные во время одного из предыдущих расследований, и можно будет сравнить те частицы, что обнаружили под ногтями горничной, с кровью Сепета. Не сомневаюсь, что они совпадут. У князя имеется время до завтрашнего вечера. А потом я лично его арестую!

Патологоанатом тем временем подошел к другому столу и сказал:

— Вы хотели видеть охранников, комиссар? Вот тот, что упал со скалы.

Стелла мельком взглянула на изуродованное лицо и искореженную грудную клетку.

— В крови отмечена небывалая концентрация адреналина, что свидетельствует: перед смертью бедняга пережил подлинный стресс, — сказал патологоанатом. Можно, конечно, предположить, что причиной его дикого страха был вулкодлак, но ведь и падать с такой высоты... А вот и его товарищ...

Медик стащил простыню с другого тела, и Стелла в ужасе отвернулась. На столе покоилось измочаленное тело, а рядом с ним лежала голова, отделенная от туловища. Патологоанатом любезно предложил:

— Если требуется, могу дать нашатырный спирт. Да, зрелище не для слабонервных! Но у нас, в Вильере, время от времени приходится подвергать вскрытию тела и похуже. В особенности если они пролежали в лесу несколько месяцев...

— Что... кто убил его? — спросил хрипло Марк.

Эксперт помолчал минуту.

— Пока я это установить не могу. Во всяком случае,

тот, кто лишил охранника жизни, обладал недюжинной физической силой. И был намного выше его, хотя, как вы видите, убитый был мужчиной немелким, рост — метр восемьдесят семь. И вот что интересно: голову отрезали острым ножом. Ее обнаружили на краю пропасти, недалеко от того места, где на камни сорвался второй охранник, почти в полутора километрах от места обнаружения обезглавленного тела. Предположу, что убийца... принес голову и, не исключено, испугал охранника. Тот предпочел спрыгнуть вниз, а не дожидаться своей участи.

— Как вы думаете, мужчину мог убить дикий зверь? — спросил Марк, и в его голосе Стелла уловила страх. — Например, взбесившийся медведь или... очень крупный волк?

— Тот, кто лишил беднягу жизни, был зверем... хотя и в человеческом обличье, — ответил патологоанатом. — Мне приходилось препарировать тела людей, ставших жертвами нападения медведя. Ничего похожего, комиссар! Да и волки не отрезают головы! Посмотрите на глубокие раны на лбу охранника. Создается впечатление, что некто... обладал длинными и чрезвычайно острыми когтями! Или чем-то чрезвычайно острым — ножом или кинжалом.

Стелла вздрогнула, Марк осторожно спросил:

— Но как такое может быть?

Патологоанатом, некоторое время подумав, наконец ответил:

— Не знаю. О том, что я скажу вам сейчас, прошу не распространяться. Сдается мне, что охранника убило нечто, сочетающее в себе черты как зверя, так и человека. Зверя, потому что охранника лишили жизни с необычайной жестокостью, да еще эти когти... Человека, потому что убийца обладал дьявольски хитрым разумом и пользовался холодным оружием. Слышали ли вы что-либо о Звере из Жевадона?

— Зверь из Жевадона? — наморщила лоб Стелла. — Какая-то средневековая французская легенда. Ах, и еще фильм был, «Пакт волков»...

— Да, — кивнул патологоанатом, — создатели фильма «Пакт волков» отталкивались от истории о Жевадонском Звере, но это не легенда, а совершенно реальная история, зафиксированная множеством хроникеров и историков. И не такая уж она и древняя. В отдаленной французской провинции, вернее, в местечке под названием Жевадон, в шестидесятые годы восемнадцатого века происходили страшные вещи: нечто, получившее название Жевадонского Зверя, нападало на людей. Зверь был очень жесток и могуч, свирепствовал несколько лет, официально с 1764 по 1767 год, и его жертвами стало более ста человек — в основном женщины, дети и подростки. Зверя из Жевадона пытались поймать лучшие из охотников, проблемой озаботился в Париже даже престарелый король Людовик XV. На Зверя устраивались облавы, в ходе которых были уничтожены тысячи, без преувеличения, волков. Но Зверь продолжал убивать! И тогда решили, что Зверь — порождение ада, оборотень, посланец преисподней. В июне 1767 года был пристрелен необычайно большой волк, в брюхе которого обнаружили человеческие останки. И было объявлено, что Зверь убит. Но убийства продолжались и после этого, по некоторым сведениям — вплоть до революции, то есть еще целых двадцать лет.

Стелла поежилась.

— Это в самом деле был волк?

— Никто не знает, — ответил патологоанатом. — Возможно, помесь волка и дога, по некоторым предположениям — полосатый шакал, леопард или даже невесть откуда взявшийся саблезубый тигр, вообще-то вымерший еще в эпоху плиоцена, двадцать миллионов лет назад. Но даже если два первых... Как подобное животное, обитавшее в Азии, Африке и Южной Америке, оказалось во Франции и, главное, без проблем перезимовывало в течение многих лет? В фильме выдвигается теория, что Зверь был африканским хищником, которого заключившие «пакт волков» дворяне, недовольные разнузданными нравами, царившими в Париже, использовали для устрашения народа и короля, желая, чтобы в сердца людей вернулся страх перед Богом.

— Но ведь никакого «Пакта волков» в действительности не было! Это все выдумки киношников! — не выдержал Марк.

— Ну, я бы не стал спешить с выводами, — промолвил патологоанатом. — Знаете, что роднит Жевадонского Зверя и вулкодлака? То, что в обоих случаях монстр является одновременно и животным, и человеком. Так, некоторые из жертв Жевадонского Зверя были подвергнуты сексуальному насилию, другие же — убиты холодным оружием. Существуют также версии, что кое-кто из охотников занимался ужасными преступлениями, убивая и насилуя беззащитных детей и женщин и выдавая это за деяния Зверя. Или человек охотился на себе подобных, используя некоего хищника. Или человек и был хищником, обладая способностью превращаться в монстра. Но последнее уже из разряда сказок, хотя, как говаривал Гамлет, в подлунном мире есть много вещей, что и не снились нашим мудрецам. В случае с вулкодлаком разрешу себе следующий вопрос: если это животное или, более того, выходец из ада, то зачем ему пользоваться ножом? Похоже, наш противник очень умное и жестокое существо, сочетающее в себе черты как зверя, так и человека.

«Вулкодлак! Вулкодлак! Вулкодлак!» — заухало у Стеллы в голове.

Воцарилось напряженное молчание. Марк осторожно спросил:

— Вы можете сказать, что именно произошло с охранниками князя?

— Могу лишь попробовать реконструировать произошедшее: вначале он напал на охранника, найденного позднее безголовым, затем расправился с его напарником — либо столкнул в пропасть, либо тот сам полетел туда, а вот случайно или предпочтя покончить жизнь самоубийством, сказать не могу. Но если он предпочел прыгнуть в пропасть, то возникает вопрос: что же преследовало его, раз он чуть не сошел с ума от ужаса? Ну, и девушка... Занимательно, но факт: убийца не тронул ее!

— Разве она не убежала от него? — спросила Стелла.

— Быстро бежать она не могла, убийца, если бы пожелал, мог бы без проблем настичь ее. Но не сделал этого! Она бы выжила, если бы не попала под колеса автомобиля, когда выбежала на трассу. Почему он пощадил ее, остается загадкой. Не исключено, что его спугнули. Или он передумал. Или... Мы узнаем, когда поймаем его, комиссар!

* * *

Все, что можно было узнать, они услышали, и Стелла была рада, оказавшись наконец на свежем воздухе. Марк, посмотрев на нее, спохватился:

— Какой же я дурак, что потащил вас в морг! На вас ведь лица нет!

— Со мной все в полном порядке! — сердито ответила доктор Конвей.

Комиссар в задумчивости произнес:

— Эти убийства не дают мне покоя. Даю руку на отсечение, что князь Сепет изнасиловал горничную и, вероятнее всего, поручил своим охранникам избавиться от нее.

В багажнике были обнаружены две лопаты, большой черный пластиковый мешок и моток бечевки. Для чего два мужика, прихватив все это, отправились посреди ночи, во время ужасной бури, в лес? Ответ на этот вопрос, по-моему, один: чтобы убить девицу, которая представляла реальную угрозу для его светлости, а затем закопать ее. Но им что-то помешало.

— Или кто-то, — вставила Стелла. У нее перед глазами стояла ужасная картинка — тело охранника без головы. — Вулкодлак спас девушке жизнь!

Марк невесело усмехнулся:

— Интересный у вас подход, Стелла. В самом деле, зверь не тронул ее, а расправился с охранниками. Впрочем, пока некто убивал двух мужчин, она могла сбежать из автомобиля. Этим и объясняется то, почему убийца не смог заняться ею. Такой монстр, с которым мы имеем дело, не ведает пощады!

Рация на поясе у комиссара запищала. Золтарь сказал:

— Я отвезу вас в пансион, Стелла. Вам требуется прийти в себя. Мне же пора на работу.

Подчиняясь внезапному порыву, Стелла предложила:

— Заходите ко мне вечером. Я... я приглашаю вас обсудить сложившуюся обстановку.

Марк по-мальчишески улыбнулся и ответил:

— Непременно буду!

БОНИФАЦИЙ ПРОДАЕТСЯ С ПОТРОХАМИ

Бонифаций Ушлый в очередной раз бросил взгляд на передовицу газеты «Вильерские вести», украшенную жуткой фотографией. Сенсация, о которой он так давно мечтал, удалась! Ему звонили из Экареста, добивались права перепечатки. Он милостиво согласился, получив за снимки и статью приличную сумму. Да и столичные телекомпании уже обрывают телефоны, рвутся в Вильер. Самое позднее завтра город будет кишеть репортерами. Однако королем сенсации будет именно он — Бонифаций Ушлый!

...Бонифаций рос хилым и капризным. Родители старались превратить свое чадо, страдавшее рахитом, поносом и аллергией, в настоящего коммуниста, но потерпели неудачу. У Бонифация не было друзей, да они ему и не требовались. С самого детства он привык использовать людей в собственных интересах. Инсценировав приступ астмы или прикинувшись больным, он заставлял родителей возиться с ним, закармливать сладостями и заваливать игрушками.

Школу Бонифаций ненавидел. В семье о нем заботились мама, папа, две бабки, дед, многочисленные тетки и дядьки и прочие родственники. Там он был «милым Боней», «нашим чудом» и «самым способным мальчиком на свете». В школе его дразнили «стрекозой», издевались над его тонкими ногами, скрипучим голосом и лицом, усеянным угрями. В особенности же Бонифаций ненавидел собственную фамилию — Закорюк. Каких только обидных прозвищ ему не давали! Как-то, побитый одноклассниками, Боня пришел домой и, ревя, попросил родителей сменить фамилию. Те никак не могли взять в толк, отчего их любимое чадо ревет. У отца, ударника социалистического труда, проблем с фамилией не было, его уважительно именовали «товарищ Закорюк». Мама, воспитательница в детском саду, была для детей «тетей Шурой». И только он, Бонифаций, был для всей школы «крюкой», «западлюкой» и «золотушной гадюкой». Учился Боня лучше всех, и в старших классах многие из его прежних обидчиков попали от него в зависимость — Бонифаций продавал домашние задания по английскому, алгебре, химии. Его ненавидели, но уже никто не поднимал на него руку и не называл в глаза мерзкими прозвищами. На выпускном вечере Боню крепко побили — учителя обнаружили в школьном туалете развеселую компанию: юного Закорюка под всеобщие радостные крики окунали головой в унитаз.

Бонифаций бежал из Вильера в столицу, где подал документы на историческое отделение Экарестского университета. Безупречный аттестат и пролетарская биография позволили ему стать студентом в то время одного из самых престижных отделений. Боня знал, что исторический факультет является кузницей партийных кадров, и молодой человек, превратившийся в то время из некрасивого подростка в уродливого юношу, стремился к одному — обрести власть. Он представлял себе, как сделает карьеру и станет одним из тех, кто руководит Герцословакией. Тогда его внешность не будет иметь значения, и он сполна расплатится со своими обидчиками!

Коммунистический режим рухнул, когда Боня был на пятом курсе. Историческое образование потеряло былой престиж, и он с большим трудом устроился на работу в школу. Прежний кошмар возобновился — как и раньше, он сделался мишенью всеобщих насмешек и издевательств. Ученики старших классов открыто хамили, называя его на «ты»; стоило ему отвернуться, чтобы написать что-то на доске, в спину летели комки жеваной промокашки, ластики и огрызки. Бонифаций жаловался директору, требуя призвать к порядку разошедшихся учеников, но тот только разводил руками: согласно новым директивам министерства образования, применять к детям меры физического или психического воздействия, распространенные в прежние времена, было категорически запрещено.

Бонифаций терпеливо сносил издевательства, но его терпение лопнуло, когда однажды на перемене к нему подошел карапуз лет семи и пропищал:

— А правда, что тебя окунали головой в унитаз?

Каким-то образом ученики узнали о позоре, имевшем место на выпускном вечере. Позднее выяснилось, что об этом поведал один из бывших одноклассников Бонифация, чей племянник учился в школе, где работал Закорюк, — он узнал его на классной фотографии. Теперь стоило Бонифацию зайти в класс, как дети принимались нагло гудеть, зажав носы и разгоняя воздух перед лицом. Кто-то обязательно добавлял:

— Чего-то тут воняет сортиром!

И даже в учительской его коллеги, когда Бонифаций присоединялся к ним, моментально смолкали, прекращая шушукаться, и он понимал: предмет их сплетен и пересудов — именно он! Две молоденькие учительницы, к которым Боня был неравнодушен, отказали ему, когда он предложил им пойти в кино. Позднее он подслушал в учительской их разговор, одна из них так и сказала:

— Зачем мне кавалер, которого искупали в унитазе?

Нервы Бонифация не выдержали, он подкараулил одного из самых дерзких зачинщиков издевательств зимним вечером около школы и попытался проучить его при помощи палки. Школьник с легкостью справился с Бонифацием и хорошенько его вздул. А придя на следующий день на работу, Закорюк узнал, что его уволили за попытку избить ученика, родители которого подали заявление в полицию. Бонифаций пытался оправдаться, уверяя, что жертва именно он, а не шестнадцатилетний крепыш с прокуренным баском. Суд ему не поверил: бывшие коллеги, не выносившие Боню, дали обвинительные показания, и его приговорили к полугоду тюрьмы.

Шесть месяцев показались Бонифацию вечностью. В тюрьме ему пришлось пережить унижения, по сравнению с которыми издевательства в школе были ласковыми замечаниями. Ко всему прочему суд запретил Бонифацию учительствовать. После выхода из тюрьмы (родителям он соврал, сказав, что его как лучшего преподавателя посылали на стажировку в Америку) Бонифаций вернулся в родной Вильер, где перепробовал множество профессий, пока наконец не стал журналистом в захудалой газетке. Владелец чахнущих «Вильерских вестей», которые с каждым днем теряли подписчиков и покупателей, души не чаял в Бонифации, который обладал поразительным талантом в сочинении желчных, насквозь лживых и претендующих на звание сенсационных статеек. Боня сочетался браком с единственной дочкой владельца, которая была лет на пятнадцать старше его, косоглаза и дебильновата. Это позволило Боне из обычного журналиста превратиться в совладельца, а после кончины тестя — в единоличного хозяина газеты.

Наконец-то он получил то, к чему так долго стремился — доступ к власти! Бонифаций быстро усвоил, что читателям требуется поменьше политики и побольше гадких сплетен. «Вильерские вести», некогда респектабельное и нудное издание, превратилось в бульварный листок. Бонифаций держал сотрудников в ежовых рукавицах, заставляя их вынюхивать самые позорные и мерзкие тайны отцов города. Если тайн не оказывалось или они слишком хорошо охранялись, Закорюк не чурался наводить тень на плетень и придумывать ложные обвинения, прекрасно зная, что клевету никогда и ничем не смоешь.

Его газету несколько раз пытались закрыть, а однажды Бонифация едва не переехал самосвал. Он объявил себя жертвой грязных интриг и обратился за помощью к экарестскому союзу журналистов и заграничным коллегам. Бонифацию удалось свалить мэра, а его преемник оказался более прозорливым. Он заключил с Бонифацием перемирие и выкупил досье с компроматом на себя и свое ближайшее окружение.

Боня Закорюк превратился в Бонифация Ушлого, тиражи «Вильерских вестей» резко пошли вверх, что повысило цену заказных статей. Боня занялся местной политикой: тех, кто ему не платил, он поливал грязью, а тех, кто раскошеливался, превозносил до небес. Часом своего величайшего триумфа он считал грязную кампанию, развернутую против вильерского бизнесмена, владельца салона бытовой техники. Тот пожелал стать депутатом и выставил свою кандидатуру в члены парламента. Бизнесмен был бывшим одноклассником Бонифация, одним из тех, кто окунал Закорюка в унитаз почти двадцать лет назад.

Бонифаций использовал все средства, обвинил владельца салона в немыслимых грехах — неуплате налогов, попытке убийства бывшей жены, обмане покупателей. В газете он опубликовал поддельную медицинскую карточку, в которой значилось, что кандидат в депутаты страдает импотенцией и слабоумием по причине застарелого сифилиса, и, как апофеоз, дал интервью с тринадцатилетней девочкой, которая уверяла, что будущий депутат пытался соблазнить ее и подвергнуть сексуальному насилию (родители девочки получили от Бонифация две тысячи долларов за то, что научили доченьку говорить заранее заготовленные самим же Боней фразы).

Владелец салона был вынужден снять свою кандидатуру и навсегда покинуть Вильер. Бонифаций торжествовал: еще бы, он отплатил одному из обидчиков! Вот она, власть прессы!

* * *

— Господин Ушлый! — раздался соблазнительный голос — в дверях кабинета Бонифация стояла секретарша в мини-юбке. Бонифаций сам отбирал девушек посимпатичнее себе в помощницы, благо что жена не появлялась в редакции, проводя все время в зимнем саду или перед телевизором. — К вам пришли!

— Меня ни для кого нет! — пискнул Бонифаций.

Секретарша округлила пухлые губки и доложила:

— Они говорят, что дело не терпит отлагательств. И велели передать вам вот это! — И она протянула ему золоченый прямоугольник, на котором красовался старинный герб с короной и имя: «Князь Юлиус Сепет».

— Так веди посетителей сюда, что ж ты заставляешь его светлость ждать! — вскричал Ушлый и подскочил как ужаленный.

Какая редкостная удача, князь Сепет пожаловал к нему по собственной воле! Он уже давно добивался интервью с ним, но так и не преуспел. Мэр велел ему не трогать князя, ведь тот намеревался превратить Вильер в туристический центр, а это сулило барыши и Боне. Если их захудалый городок превратится в некое подобие Бертрана или Монако, то и главный редактор самой «желтой» газеты Вильера поднимется на небывалую высоту.

В кабинете Ушлого появился князь — длинный белый плащ, черный вельветовый костюм, алый шейный платок, скрепленный овальным сапфиром. Его светлость сопровождал уже известный Бонифацию тип — адвокат князя, который как-то заявил, что если «Вильерские вести» напечатают статью, представляющую его светлость в ложном свете, то он подаст в суд, и тогда Бонифаций до конца жизни будет работать, чтобы выплатить моральный ущерб его клиенту.

— Какая честь для нашего издания, ваша светлость! — воскликнул Ушлый, протягивая князю руку.

Тот сделал вид, что не заметил ладони журналиста, и, ткнув в свежий выпуск газеты, кислым голосом спросил:

— Это ты написал?

— Я, — сказал с вызовом Бонифаций, чувствуя, что душа уходит в пятки. Что, если князю статья не понравилась и он решил воплотить давние угрозы своего адвоката в жизнь? С князем ему не справиться. Какую компенсацию потребует Сепет? Миллион или все пять?

— Хорошо написано, — неожиданно подал голос адвокат и поинтересовался: — Где тут у вас можно расположиться?

Ушлый, ошарашенный то ли похвалой, то ли любезным тоном, освободил два кожаных кресла от бумаг, сдул с сидений пылинки и расшаркался:

— Прошу вас, ваша светлость! Прошу вас, господин адвокат! Мне чрезвычайно лестно получить столь высокую оценку моих скромных способностей из ваших уст. Могу ли я предложить вам что-нибудь выпить?

— Кофе, — отозвался адвокат.

А князь, взглянув на Ушлого исподлобья налитыми кровью глазами, заявил:

— Спиртное найдется? Тащи что покрепче!

— Князь, с вас достаточно, — сказал адвокат и добавил: — Для его светлости — минеральную воду.

Ушлый кликнул секретаршу и отдал распоряжения. От его внимания не ускользнуло, с каким интересом князь Сепет разглядывает девицу.

— Перейдем сразу к делу, — сказал адвокат. — Вы, господин Ушлый, являетесь самым влиятельным и успешным журналистом этого городка. Ваши статьи пользуются большой популярностью, к вашему мнению прислушиваются не только жители Вильера, но и политики. И вас, что важнее всего, боятся.

215

Бонифаций скромно улыбнулся — перечисление заслуг грело душу.

— Однако в последнем номере «Вильерских вестей» вы перешли все мыслимые границы, — продолжал адвокат. — Вы позволили себе выдумать массу фактов, облили грязью имя Сепетов и открыто заявили, что его светлость является виновником произошедших убийств, так как, цитирую... — Адвокат вытащил из кейса газету и зачитал: — «...Так как его предок, кровожадный вулкодлак, пробудился к жизни и принялся убивать, только потому, что князь Юлиус затеял святотатство — продажу фамильного замка и его превращение в мегаотель».

— Не следует понимать мои слова буквально, — заявил Бонифаций Ушлый. — Каждый представитель средств массовой информации имеет право на свою интерпретацию событий и личное мнение!

— Ну, ну... — зловеще произнес адвокат. — Ваша репутация, господин Ушлый, нам отлично известна. Его светлость не собирается терпеть наветы и оскорбления в адрес предков. Князь попросил меня подготовить документы для передачи их в суд. Вот они!

Адвокат извлек внушительных размеров папку и помахал ею перед носом оторопевшего журналиста.

— Завтра я отправлюсь в Экарест, где передам документы соответствующим инстанциям. Вижу, что вы еще не до конца прочувствовали всю трагичность ситуации.

— Вы блефуете, — произнес Бонифаций. — Ни один суд в мире не признает...

— Ни один суд? — хищно улыбнулся адвокат. — Помилуйте, господин Ушлый, вы ведете речь о нашем герцословацком суде, самом справедливом суде в мире? Известно ли вам, что его сиятельство — хороший друг генерального прокурора страны? А то, что председатель Верховного суда играет вместе с его светлостью в гольф?

— И это еще не все, Ушлый. Твоя газета мне давно на нервы действует, — добавил князь.

— Такова участь всех правдолюбов! — выспренно заметил Бонифаций. — И суда я ни капельки не боюсь. Еще посмотрим, кто кого одолеет. Как известно, Давид победил Голиафа! Процесс сделает меня знаменитым! Даже если мне и придется вам что-то заплатить, то расходы компенсируются увеличением тиражей. Я давно планировал выйти на региональный, а того и гляди, на национальный уровень!

— Неужели? — раздраженно буркнул Юлиус Сепет. —

Вынужден тебя разочаровать, господин главный редактор, твоим честолюбивым планам не суждено сбыться. И знаешь почему? Потому что я только что говорил с директором местного банка, у которого ты взял несколько лет назад кредит под строительство нового здания редакции. Мне удалось убедить его, что банку срочно требуются деньги — уплату кредита с тебя потребуют в ближайшее время. И тогда посмотрим, как ты запоешь! Твоя газета достанется банку, а я выкуплю ее и посажу в твое кресло своего человека.

— Не верите, господин Ушлый? — спросил адвокат.

В дверь постучали, появилась секретарша с напитками. Завидев ее, Бонифаций пронзительным бабским голоском закричал:

— Убирайся прочь, тетеря!

Секретарша покачнулась (она еще никогда не видела босса в таком состоянии, обычно Боня был ласков и нежен, в особенности когда по вечерам они переходили к действиям, не предусмотренным ее рабочим договором).

— А вот я охотно выпью. Что там она принесла? — остановил девицу князь. — Ого, в редакции есть коньяк? Видимо, распространение лжи приносит неплохие барыши...

Составив с подноса бокал и чашки, секретарша ретировалась. Бонифаций, часто дыша, обнажил желтые зубки и, пристально взглянув на его светлость, спросил:

— Чего вы хотите?

— Почему вы решили, что нам что-то от вас требуется? — ответил вместо Сепета адвокат.

— Я же не дурак, понимаю, раз вы прижали мне хвост и заявились сюда, то не хотите моего полного краха, — ответствовал Бонифаций. — Иначе бы сделали все тихо, без проволочек и ненужных визитов. Раз открыто угрожаете, то желаете приструнить меня.

— Какой умный представитель средств массовой информации! — изумился адвокат. — Вот бы все журналисты в Герцословакии были такими, как вы, господин Ушлый, и понимали с полуслова. Сколько бы нервов можно было сберечь!

Князь, отхлебнув коньяка, причмокнул и скривился.

— А в алкоголе ты не разбираешься, покупаешь дорогую гадость. Ты, журналист, все верно понял. Ни ты, ни я не хотим войны. Но до сих пор ты с завидным упорством поливал мое имя грязью. Зачем вытащил на свет божий давние истории про мои юношеские шалости?

— Вы имеете в виду попытки изнасилования и исчезновение одной из беременных пассий? — осведомился журналист. — Читатели обожают скандалы в благородных семействах. Если к титулу прибавить секс и обильно полить все кровью, получается отличная передовица!

— Сколько раз я говорил, что не причастен к исчезновению какой-то там дуры! — произнес, впрочем, не особенно убедительно, князь Сепет. — И было это черт знает когда! Я даже не помню, как ее зовут! Мд-да...

— Ваша светлость, — подсказал адвокат, — мы здесь по другому вопросу.

Князь, одним глотком допив коньяк, брякнул бокал об стол Бонифация.

— Кто твой враг? — спросил он журналиста.

— Что? — выпучил глаза Ушлый.

— На чьих похоронах ты бы с удовольствием станцевал ламбаду? — сформулировал вопрос по-иному князь.

Бонифаций подумал о супруге. Время от времени, когда раз в три, а то и в четыре месяца, он оказывался с ней в постели и механически, закрыв глаза и представив, что его обнимает юная секретарша, выполнял супружеские обязанности, Ушлому приходило в голову, что его половина могла бы и умереть. Например, утонуть в ванной или подавиться любимыми крендельками. Но он отлично знал, что никогда не разведется с ней (газета номинально принадлежала ей) и никогда не поднимет на нее руку: Боня был очень труслив.

— Марк Золтарь! — выпалил журналист, вспомнив все те оскорбления, которым подвергал его начальник полиции.

— В самую точку! — торжествующе произнес князь. — Я же знаю, что он судился с тобой, отдал своим людям приказ останавливать тебя на дорогах и подвергать проверкам, запер как-то в «обезьяннике», прилюдно насмехался...

Бонифаций сжал сухонькие кулачки. Золтарь выкопал историю о купании в унитазе и поведал ее конкурентам Ушлого, листку «Совесть Вильера», которая не замедлила опубликовать ее на первой полосе. Он поклялся, что этого оскорбления комиссару никогда не простит.

— Нам Золтарь тоже поперек горла, — признался адвокат. — Так почему бы, господин Ушлый, не объединить наши усилия?

— Мысль хорошая, но, увы, лишь теории, — уныло заметил главный редактор «Вильерских вестей». — Я пытался наскрести на Марка компромат, но потерпел неудачу. Взяток не берет, курил, но бросил, пьет только по праздникам и в умеренных количествах, наркотиками не балуется...

— А что с женщинами? — спросил адвокат с гадкой усмешкой. — Или наш комиссар Каттани предпочитает мужчин?

— Если бы так... — вздохнул с горечью Ушлый, вспомнив, как расправился с директором частной гимназии, посмевшим заявить, что его газета — криминальное чтиво. Стоило запустить слух о том, что директор пристает к ученикам, как того вышибли с работы.

— У него было несколько романов с местными дамами, — пояснил Ушлый, — но со всеми он расстался без склок и скандалов. Эти особы до сих пор хранят о нем приятные воспоминания и не желают, даже за деньги, выдавать пикантные подробности.

— Вашего комиссара пора при жизни возвести в ранг святых! — зло произнес князь Сепет. — А что с семьей?

— Родители умерли, когда он учился в институте, — ответил Ушлый. — Отец был на дипломатической службе, мать повсюду сопровождала супруга. Братьев и сестер не имеется. С начальством не в очень хороших отношениях. Золтаря ценят, однако пост начальника полиции Вильера для него потолок — слишком он неуживчив и склонен к нарушению субординации. Однако все недостатки компенсируются высочайшим профессионализмом. Вынужден признать, что с тех пор, как Марк возглавил полицию в нашем городке, напряженная раньше криминальная ситуация значительно разрядилась.

— Ну давай колись, вижу по глазам, что у тебя имеется на него «клубничка»! — сказал князь. — Я хочу свалить этого наглеца, и ты мне поможешь!

Журналист с хитрецой покосился на адвоката и ответил:

— Ваша светлость, за то, что я помогу вам уничтожить Марка, придется заплатить!

— Что?! — воскликнул адвокат.

— Не деньгами, а интервью, — поспешно пояснил журналист. — Вы пока не беседовали ни с одной из местных газет.

— Ладно, получишь от меня интервью, — кивнул князь. — Так что можешь сообщить про Золтаря?

— Он увлекся докторшей, приехавшей из Экареста, — сообщил журналист.

— Что за потрясающая новость! — засмеялся адвокат, но князь его прервал:

— Золтарь ухлестывает за Стеллой?

— Еще как! — доложил Бонифаций. — А она еще та штучка. Именно по ее вине провалился процесс над Вацлавом Чертом, тем самым маньяком, на совести которого смерть не одного десятка женщин. Поговаривают, что он и ее пытался убить.

Князь задумчиво побарабанил пальцами по подлокотнику кресла и через минуту поднял глаза:

— Ну что ж, тогда немного изменим первоначальный план. Журналист, ты мечтаешь о сенсации, ведь так? И ты ее получишь! Однако нам нужно, чтобы все совпало...

— О грузе не беспокойтесь, — заверил, повернувшись к своему клиенту, адвокат. — Он уже на пути в Вильер. Я говорил с продавцом. Все в идеальном виде!

— Что за груз? — навострил уши Бонифаций.

— Тебя это не касается, — отрезал князь. — Ты ведь хочешь встретиться с вулкодлаком?

— Ну... не совсем... — промолвил Бонифаций.

Князь хохотнул:

— В головы читателей вбиваешь чушь, а сам боишься персонажа собственных репортажей? Ну вот что, нынче ночью тебе придется поработать. Если сделаешь так, как я тебе скажу, то сенсационный репортаж тебе обеспечен. Готовь камеру!

Четверть часа спустя князь и адвокат покинули редакцию «Вильерских вестей».

— Ваша светлость, не слишком ли вы много рассказали этому болтуну? — с беспокойством заметил законник.

Сепет ответил:

— Пускай думает, что мы выложили ему все детали операции. Журналист нам пригодится, а когда станет мешать...

— Я сделаю все, как вы хотите, князь, — почтительно склонил голову адвокат.

AMOUR, AMOUR, AMOUR...

Приняв душ и наскоро перекусив, Стелла связалась с Экарестом. Теодор Готвальд не смог сообщить ей ничего нового в отношении Вацлава Черта.

— Черт ведет себя на редкость тихо, как будто затаился, — сказал он. — Сдается мне, что это затишье перед бурей. А как дела в Вильере? Вулкодлак продолжает буйствовать? Может, выслать кого-нибудь в качестве подкрепления?

— Нет, шеф, — ответила Стелла. — Но у меня есть просьба: не могли бы вы проверить для меня специалиста по истории Средних веков профессора Генриха Вассермана из Экарестского государственного университета? Не числится ли за ним каких-либо прегрешений и тому подобное.

Повесив трубку, она несколько минут боролась с искушением перезвонить Готвальду и все-таки попросить его снарядить в Вильер нескольких человек из отдела. Какова будет реакция Теодора? Он решит, что Стелла не в состоянии справиться ни с одним из порученных заданий?

Доктор Конвей так и не перезвонила в Экарест. Тем более что стоило подождать еще день, когда в Вильер придут результаты генетической экспертизы.

Стелла заглянула в участок, но Марка там не было — он снова отправился к замку, чтобы руководить сбором улик. Вернувшись в пансион матушки Гертруды, обнаружила перед дверью комнаты конверт цвета мимозы.

— Принес курьер, — пояснила хозяйка, — примерно двадцать минут назад.

Стелла извлекла из конверта приглашение — ей сообщалось, что в двадцать два часа в ресторане «Синий слон» ее ожидает романтический ужин. Доктор Конвей сразу же поняла, кто является отправителем — Марк!

— «Синий слон» — самый престижный ресторан Вильера, — сказала Гертруда. — Что, комиссар оказывает тебе знаки внимания? Он парень неплохой!

Остаток дня Стелла провела в размышлениях, пытаясь рассортировать имевшиеся факты. Ей никак не давал покоя профессор Вассерман. Конечно, не исключено, что его переписка с неизвестной Мелиндой Р. вполне безобидна, но доктор Конвей не была в этом уверена. Профессор неспроста оказался в замке. То есть у него, похоже, не только научный интерес. И он явно знает гораздо больше, чем говорит.

Без четверти десять в комнате Стеллы возник Йозек. Молодой человек тактично напомнил ей, что пора выходить.

— Я отвезу вас в «Синий слон», он на другом конце Вильера, — сказал юноша и, не удержавшись, спросил: — Вы идете на свидание с шефом? Он сегодня, я заметил, весь день отвечал невпопад и задумчивый ходил.

221

Стелла вначале хотела обновить свой гардероб и приобрести в одной из лавок вечернее платье, однако потом передумала, решив, что сойдет и деловой костюм. Кто знает, вдруг Марк хочет встретиться с ней, чтобы обсудить сложившуюся обстановку, а она явится разодетая, как на бал. Хотя вряд ли бы шериф выбрал для служебного разговора...

Они прибыли к «Синему слону» с опозданием в десять минут. Йозек галантно распахнул дверь и, подмигнув, пожелал хорошего вечера. Доктор Конвей видела: что-то угнетает юношу.

— Сдается мне, что вулкодлак снова примется за убийства, — пояснил он.

Стелле стало стыдно: она прибыла в Вильер, чтобы помочь в расследовании, а вместо этого заводит роман с главным полицейским. Замок в горах, изуродованные трупы, неведомая жестокая тварь, рыщущая по лесам, — все это для нее перестало существовать. Во всяком случае, на сегодняшний вечер.

— Почему? — спросила она.

Йозек пожал плечами.

— Чувство такое. У некоторых людей ломит перед дождем кости, собаки предчувствуют землетрясения или наводнения, а у меня на вулкодлака нюх. Мама говорит, что это семейное...

Стелла рассеянно слушала объяснения Йозека. Вообще-то расследование может и подождать. Однако Марк наверняка только о нем и будет говорить. Или не только о нем?

«Синий слон» оказался небольшим уютным заведением, обстановка которого была выполнена в стиле модерн. У входа Стеллу встретил администратор. Она еще не успела назвать свое имя, как тот произнес:

— Добрый вечер, доктор. Прошу вас, следуйте за мной!

Они прошли по залу, освещенному изумрудными, рубиновыми и сапфировыми огнями. На стенах, украшенных отличными копиями мастеров югендстиля, играли таинственные блики. Струнный квартет наигрывал полузабытые сентиментальные мелодии.

Марк ждал ее. Стелла отметила, что он волнуется и это ему шло (как, впрочем, и улыбка, и гнев, и напряженная собранность). Комиссар Золтарь был в черном костюме и рубашке бордового цвета. Стелла нашла, что выглядит он неотразимо.

Он поспешно и чуточку неловко поднялся, приветствуя даму. На секунду их взгляды скрестились, и Стелла пожалела, что не позаботилась о вечернем туалете. Метрдотель, оставив карту вин и меню, удалился.

Доктор Конвей опустилась в резное кресло. Марк вполголоса заметил:

— Я был прав, та таинственная фея, что преподала мне отличный урок, именно ты.

— Что вы имеете... что ты имеешь в виду? — спросила Стелла, поняв, что настал момент сменить официальный тон на дружеский. Они ведь друзья? Или даже больше?

Марк улыбнулся:

— Вообще-то идея отужинать в «Синем слоне» должна была прийти первым в голову именно мне. Но я до такой степени увлекся работой... точнее, завалил себя работой, чтобы не думать о вас... о тебе...

— Ох, как давно я не была в ресторане! — воскликнула доктор Конвей, прерывая невыносимую паузу, последовавшую за его словами.

— Я тоже, — ответил Марк. — А в «Синем слоне» — ни разу. Хотя... года полтора здесь произошел дебош, пришлось разнимать двух туристов...

Бесшумно возник официант. Марк беспомощно посмотрел на Стеллу и шепнул:

— Названия вин по-французски, а я языка не знаю!

— Я тоже, — ответила так же конспиративно Стелла. — Но в институте у нас была латынь, поэтому я попробую сделать заказ. — С важным видом, глядя в винную карту, она произнесла, почти наугад, одно из названий.

— Отличный выбор, мадам! — поклонился официант. — Месье?

— То же самое! — выпалил Марк и, дождавшись, когда официант удалится, как бы извиняюще сказал: — Я и не представлял, что хождение по ресторанам требует фундаментальных знаний. Моя матушка пыталась привить мне интерес к изучению иностранных языков, но потерпела фиаско.

— Она живет в Вильере? — спросила Стелла, и Марк, помрачнев, ответил:

— Она умерла.

— Извини, я не хотела...

— Все в порядке, Стелла, — ответил Марк, но в его глазах Стелла заметила грусть. — Мои родители погибли во время уличного ограбления. Нелепая смерть. Я как раз начал учиться на медика, но после этого решил переквалифицироваться в полицейские.

Принесли вино. На вкус Стеллы, оно оказалось чуть излишне терпким.

— Я еще не поблагодарила вас... тебя за приглашение, — произнесла она.

Марк наморщил лоб и переспросил:

— Меня? Это я пренебрег своими обязанностями, и в итоге ты пригласила меня в ресторан.

— Как же так? — изумилась Стелла. — Я получила от тебя приглашение... Хотя оно не было подписано... но я решила...

Настал черед Марка удивиться:

— Я тоже получил приглашение! Оно тоже было без подписи, но я ни секунды не сомневался, что отправитель — ты!

Пару секунд Стелла и Марк с недоумением смотрели друг на друга.

— Тебе не стоит беспокоиться, я, конечно же, заплачу за ужин... — начал он, но его прервал голос метрдотеля:

— Господин комиссар, приношу свои глубочайшие извинения за то, что вмешиваюсь в вашу беседу с госпожой доктором Конвей, однако вам ни о чем не стоит беспокоиться: все оплачено заранее.

— Кем? — в один голос спросили Стелла и Марк.

Метрдотель покачал головой и ответил:

— Увы, не могу вам этого сказать, потому что не знаю.

— Йозек! — уверенно заявил комиссар, и Стелла согласилась. — Его рук дело! Мальчишка воображает себя нашим ангелом-хранителем.

— Точнее, купидоном, — сказала доктор Конвей.

— Рекомендую вам попробовать оленятину по-старовильерски в брусничном соусе, — провозгласил метрдотель.

* * *

Последующие полтора часа пролетели как одно мгновение. Стелла чувствовала себя с Марком совершенно свободно, и страх, угнездившийся в душе после попытки Вацлава Черта лишить ее жизни, исчез без следа. Ведь с тех пор она превратила свою жизнь в добровольное тюремное заключение — никуда не выходила, кроме как на работу, никого не принимала, боялась каждого шороха и была на грани нервного срыва или даже сумасшествия. Стоило же ей приехать в Вильер, городок, где происходят непонятные убийства, совершаемые, как уверены многие, вулкодлаком, страхи, вместо того чтобы пустить корни в ее душе, рассеялись. И причиной ее чудесного исцеления была не удаленность от Экареста или здоровая грубая пища, которую готовила матушка Гертруда, а Марк Золтарь.

Ужин завершился шоколадным мороженым по любимому рецепту Франца Кафки (так, во всяком случае, уверял метрдотель). Стелле не хотелось расставаться с Марком, она бы отдала очень многое ради того, чтобы вечер, а за ним и ночь длились вечно. И чтобы рядом с ней был Марк.

Покинув ресторан около двенадцати, они вышли на морозный воздух. Стелла поразилась гробовой тишине, окутавшей Вильер. Марк с горечью заметил:

— Как начальник полиции я бы должен безмерно радоваться тому, что покой жителей вверенного моему попечению городка не нарушают пьяные типы, всякого рода наркоманы, безработные бездельники и расшалившиеся школьники. Не так давно пройтись по улицам городка в столь позднее время было бы опасно для здоровья. А сейчас...

Стелла обернулась — на темных, еле освещенных тусклыми фонарями улицах никого не было. Только в некоторых окнах домов горел свет. Марк пояснил:

— Люди теперь рано разбегаются по домам и обязательно спускают жалюзи. Знаешь, сколько заказов за последние дни получили фирмы по установке металлических жалюзи и дверей? Даже не десятки, а сотни!

Ночной Вильер был красив — долину обрамляли высокие горы, покрытые лесом, на вершине одной из которых темнел силуэт замка. Луну и звезды закрывали облака; тьма, казалось, заполняла все пространство, проникала в легкие, стелилась по земле.

— Люди боятся, — продолжал Марк. — А я, тот, кто призван избавить их от страха, ничего не могу поделать! Я беспомощен, как младенец! Я топчусь на месте! Они уверены, что вулкодлак, будь он неладен, ночами бродит по городу и выискивает новые жертвы.

Стелла взяла Марка за руку. У него были теплые пальцы.

— Смотри на все с позитивной стороны! — сказала она с напускной веселостью. — В позапрошлом году, когда маньяк, объявивший себя восставшим из ада Вулком Сердцеедом, убивавшим девиц легкого поведения в 1923 году, принялся за свое кровавое ремесло и держал весь Экарест в страхе, было не так уж и плохо — с улиц исчез народ, в том числе и преступники, которые, как и обычные люди, опасались стать жертвой своего, так сказать, кровожадного коллеги. Благодаря вулкодлаку уровень преступности в Вильере пошел на спад.

— Сейчас у нас здесь уличные разборки, нападения на прохожих и проникновения в жилища по ночам практически сошли на нет, — признался Марк.

Они остановились. Марк внезапно привлек к себе Стеллу и поцеловал. Она закрыла глаза, наслаждаясь его губами. «Нас свел вулкодлак», — пришла ей в голову идиотская мысль, и Стелла рассмеялась. Марк вопросительно посмотрел на Стеллу, и она, обхватив его за шею, велела:

— Не отвлекайся!

И они продолжили. Вдруг по улицам разнесся низкий утробный вой. Стелла вздрогнула. Марк сжал ее руку.

— То не в горах, а в городе! Быть такого не может!

— Ты хочешь сказать, что вулкодлак спустился в Вильер? — спросила Стелла, и прежние страхи, которые, как она считала, бесследно сгинули, с гиканьем и хохотом ворвались в ее душу.

— Вулкодлака не существует! — упрямо произнес Марк. — Я тебе говорил: убийства начались с появлением князя Сепета. Он отлично использует предрассудки в своих целях. Извини, но я должен связаться с управлением!

Марк позвонил дежурному и, узнав, что тревожных звонков не поступало, велел отправить в рейд дополнительно две машины.

— Мои подчиненные не в восторге, — сообщил он Стелле. — Не хотят ездить по пустынным улицам, ведь если что-то случится — никто не придет на помощь и не пустит к себе на порог.

— Ты хочешь отправиться в управление? — спросила Стелла, в голосе которой невольно отразилось разочарование. Марк, нежно поцеловав ее в лоб, ответил:

— Я... я...

— Иди! — произнесла Стелла, тут же укорив себя за то, что короткое словцо прозвучало слишком уж грубо. — Я хотела сказать, что понимаю твое беспокойство. Тот, кто скрывается под личиной вулкодлака, уже лишил жизни пятерых. И пока он на свободе...

— Нет, я никуда не пойду! — ответил, поразмыслив, Марк. — В конце концов, я имею право на личную жизнь. И никакой вулкодлак не отберет у меня... у меня тебя, Стелла! Я... может быть, мои слова покажутся тебе тривиальными... но я давно не ощущал себя таким счастливым, как сейчас, с тобой. Возможно даже, что никогда не ощущал. В управлении дежурят толковые ребята, они дадут мне знать, если что-то произойдет. Нет, ничего произойти этой ночью не может! А мы... сейчас.... мы...

Марк стушевался.

— Как ты относишься к тому, чтобы показать мне свою берлогу? — улыбнувшись, спросила Стелла. — В своем отчете я должна написать, в каких условиях обитает комиссар здешней полиции.

— Неужто? — изумленно пробормотал Марк и, прижав Стеллу к себе, поцеловал. — Какое у тебя придирчивое и любопытное начальство! Но если таковы предписания, доктор Конвей, то не могу ничего поделать! Просто не имею права лишить ваш отчет столь важных сведений! Да и берлога моя недалеко отсюда, так что милости прошу...

И они зашагали под беззвездным небом в сторону дома, где жил комиссар.

ПРИКЛЮЧЕНИЯ НОЧНЫХ ВОРИШЕК

Грета приглушенно выругалась, а из-за забора раздался встревоженный голос:

— Сестричка, с тобой все в порядке?

— Не разевай пасть на всю улицу, — буркнула Грета, поднимаясь на ноги.

Она отряхнула черные брюки и пощупала щиколотку. Не хватало перелома! Но все обошлось. После неудачного прыжка с почти трехметрового забора нога немного побаливала, но таковы недостатки их профессии.

— Модик, где же ты? — позвала брата Грета.

Сопя, хрипя и пыхтя, на заборе появился и Модест — во всей красе своих ста десяти килограммов. Кто бы мог подумать, что он ее старший и горячо любимый братик! Она младше Модика на четыре года, но после того, как отца отправили за решетку на ближайшие двадцать лет, а мать окончательно спилась, именно она, Грета, стала главой семьи.

Ей было тогда тринадцать лет. Она знала, что от нее зависит не только собственная судьба, но и жизнь Модика. Друзья не понимали, как она может опекать старшего брата, издевались над Модиком, а этого Грета стерпеть не могла. Пришлось кое-кого проучить, и с тех пор обидные фразочки в адрес Модика прекратились. Он же не виноват в том, что природа сотворила его таким — таким полным.

Грета, в отличие от брата, была худой брюнеткой со стальной хваткой. Пошла в отца. А вот Модику не повезло — он унаследовал фигуру матушки. Грета пыталась контролировать рацион брата, готовила овощные салаты и низкокалорийные супы, Модик их послушно кушал, а затем отправлялся «погулять» и «растрясти жирок». Однажды Грета случайно обнаружила его в привокзальной забегаловке, где ее братец с большим удовольствием уплетал оладьи с вареньем и сливками — с пальцев Модика капал жир, рот был перепачкан, а глаза горели безграничным счастьем. И ей пришлось признать поражение. Модик был ее любимым братом, и ради него она была готова пойти на все, даже на преступление. Однако в итоге получилось, что на преступление пошла не она, а Модик. Его с поличным сцапала полиция — Модик пытался украсть в гастрономической лавке коробку дорогих конфет. Грета напрасно объясняла, что ее брат не может полностью отдавать себе отчет в совершаемых им действиях.

Хозяин лавки добился, чтобы Модика арестовали, судья наложил штраф и присудил две недели общественных работ. Полгода спустя лавка сгорела дотла — друзья Греты помогли ей отомстить наглому хозяину, не пожелавшему закрыть глаза на проделки Модика.

Грета не хотела, чтобы брат узнал: она нарушает закон. Грета понимала, что с ее уровнем интеллекта она могла бы без проблем получить место в университете, однако она предпочла зарабатывать деньги, не тратя долгие годы на ненужное образование. В стране настали новые времена, и золотые монеты, выражаясь фигурально, валялись под ногами, требовалось только нагнуться и подобрать их. Этим Грета и занималась.

Она нанялась служанкой в дом богатого бизнесмена. Платил тот неплохо, да и работенка была непыльной. Плохо однако, что хозяин почти сразу принялся к Грете приставать, а когда мадам супруга застукала их на чердаке, то пришлось покинуть дом в течение пяти минут.

Грета попыталась устроиться на работу к другим состоятельным вильерцам, но у нее ничего не получилось: бывшая хозяйка позаботилась о том, чтобы никто не захотел взять ее к себе. Тогда Грета решила отомстить. Узнав, что бизнесмен с супругой скоро уезжают в Америку к детям, и дождавшись, когда дом опустеет, она залезла в особняк (отключить сигнализацию для нее не составило труда — она знала нужную комбинацию), перебила флаконы в будуаре хозяйки, распотрошила сейф хозяина и, прихватив весомую сумму наличными и драгоценности, скрылась.

Она закатила пир горой, устроив шикарную вечеринку. Теперь у них с Модиком была прорва денег, и не требовалось заботиться о будущем, гнуть спины на неблагодарных хозяев. Вечеринка продолжалась целую неделю, но в самый ее разгар в дом заявилась полиция, арестовали Грету по подозрению в совершении ограбления.

Девушка не могла поверить, что попалась. Она же предусмотрела буквально все! Действовала в перчатках, не оставляя отпечатков пальцев, вырубила камеру, снимавшую всех входящих в кабинет хозяина, краденые драгоценности сбывала не в Вильере, а в соседних городах...

И все же улик нашлось предостаточно. Бывшие хозяева дали против нее показания, отыскались и скупщики краденого, подтвердившие, что именно Грета продала им похищенные побрякушки, банк, в котором она открыла счет, с готовностью заявил, какую именно сумму внесла девушка, а та как раз соответствовала похищенной из особняка. Судья не церемонился и, несмотря на то, что Грета запиралась, утверждая, что невиновна, приговорил ее к пяти годам. Не помогли и показания Модика, заявившего под присягой, что в ночь ограбления сестра находилась дома. Бедняга трогательно пытался выгородить ее, считая, что как старший брат обязан заботиться о Грете.

Ее отправили в колонию для подростков. Там она провела полтора года и была выпущена за примерное поведение. Вернувшись домой, Грета обнаружила Модика в психиатрической лечебнице, где тот вместе с десятью ему подобными обитал в большой палате, с потолка которой капала дождевая вода, а из вспухших и неплотно прикрытых окон ужасно дуло.

Грета забрала Модика, залившегося слезами при виде сестры, и торжественно ему пообещала, что никогда и ни при каких обстоятельствах не бросит его. Грета честно попыталась найти работу, но никому не была нужна бывшая малолетняя заключенная. Наконец с большим трудом она устроилась в кондитерскую и страшно обрадовалась. Но, на ее беду, однажды в лавку заглянула бывшая хозяйка, пожелавшая купить пирожные. Она с первого взгляда узнала Грету и подняла крик. Тыча в нее пальцем и брызжа слюной, мадам заявила, что Грета — грязная воровка и подлая особа, соблазняющая чужих мужей. Когда Грета следующим утром появилась в кондитерской, владелец сообщил ей, что она больше не может работать на него.

Она совсем отчаялась и решила вместе с братом покинуть Вильер, но ее неожиданно посетила подруга по заключению Марта. Та буквально купалась в роскоши, имела даже собственный автомобиль. И одета Марта была с иголочки.

Грета наивно поинтересовалась, неужели уборщицам так много платят — Марта, отсидевшая несколько лет за участие в ограблении, устроилась уборщицей в супермаркет.

— Конечно же, нет! — рассмеялась та. — Пришлось поломать голову над тем, как себе помочь. Ты ведь знаешь, что у многих на этом свете имеется большое количество денег. Если забрать часть себе, то сможешь жить припеваючи!

— Я с прежней жизнью завязала, — твердо заявила Грета, помня, что преступления до добра не доводят.

— Ну, как знаешь, — ответила разочарованно Марта. — А то мне требуется помощница для одного дела, вот я и подумала о тебе. Получила бы тридцать процентов от того, что взяли бы. А, поверь, там поживиться можно многим! Подумай о себе и о своем дурачке Модике! Кому вы нужны? Что тебя ожидает? Ну переедешь в столицу, наймешься опять в служанки... Так ведь и другой хозяин будет к тебе приставать!

Грета наотрез отказалась, но всю ночь не могла заснуть, ворочаясь с бока на бок. Рано утром она позвонила Марте и, разбудив подругу (та не подымалась раньше полудня), сообщила, что готова пойти с ней на дело.

— Но только один раз! — заявила она. — Всего один раз! Модику требуются дорогостоящие лекарства.

Все прошло на удивление гладко. Они с Мартой обчистили виллу владельца нескольких автозаправок, пока тот с женой находился за границей. На сей раз Грета поступила со своей долей с умом — она съездила в Экарест, где, изменив внешность, продала драгоценности, а деньги спрятала в банковском сейфе, который абонировала по подложному паспорту.

Как она и ожидала, к ней заявилась полиция. Девушку пригласили в управление, где с ней разговаривал заместитель начальника — неприятный лысый субъект с водянистыми глазами. Грета клялась и божилась, что к ограблению непричастна, показала билет из кинотеатра, заявив, что в то время, о котором ее спрашивали, вместе с братом была на премьере нового фильма. Она с Модиком в самом деле была в кинотеатре, и контролерша ее опознала. На самом-то деле девушка вошла в зал, дождалась, пока не погаснет свет, выскользнула из кинотеатра, присоединилась к ожидавшей ее Марте. И полиция отпустила Грету.

А затем вместе с подругой они совершили еще несколько ограблений. В том числе побывали и на вилле бывших хозяев Греты, где повеселились вволю — изрезали все платья мадам, перебили ее любимый фарфоровый сервиз на пятьдесят персон и положили бумаги из стола хозяина в джакузи. Полиция снова побывала у Греты, но ушла ни с чем — доказать ее причастность к ограблению оказалось невозможно.

В конце концов Марта заявила, что в Вильере ей становится тесно, и вместе со своим дружком-наркодилером укатила в столицу «заниматься серьезным бизнесом». Грета осталась в Вильере одна, но не печалилась по этому поводу. Время от времени, примерно раз в полгода, она пополняла запасы денег, совершая новое ограбление. Она знала, что находится у полиции на заметке и ее подозревают в причастности к преступлениям, но Грета извлекла урок из собственных ошибок и действовала крайне осторожно.

Однажды ей не повезло — за ней увязался Модик. Складывая в заплечный мешок дорогие безделушки в одном из особняков, Грета услышала подозрительный шум и, вооружившись ломиком, притаилась за дверью. Она думала, что вернулись хозяева или появился полицейский, заметивший с дороги свет в доме. Но вдруг разглядела массивную фигуру старшего брата, который вошел в особняк и жалобно позвал:

— Греточка, ты здесь?

Девушка была вне себя от гнева и велела Модику немедленно убраться восвояси.

— Ты ведь воровка, правда? — с неподдельным интересом спросил Модик. — Можно, я тебе помогу?

— Я одна справлюсь! — отрезала Грета, на что братец, надувшись, заявил:

— Думаешь, я такой глупый, что ничего не понимаю? Или считаешь, что у меня недостаточно мозгов, чтобы спланировать и осуществить ограбление? Я же фильмы смотрю и знаю, как подобное делается!

Модик и правда обожал фильмы про ограбления и гангстеров. Грете в тот раз едва удалось убедить его покинуть особняк. Когда девушка вернулась домой, Модик, с нетерпением поджидавший ее, взволнованно объявил:

— Я знаю, кого мы навестим в следующий раз!

— Мы? — подозрительно спросила Грета. — Запомни, братишка, добычей денег занимаюсь я. Ты же сидишь дома и обеспечиваешь мне алиби!

Как ни просил Модик, как ни ныл, ни канючил, Грета оставалась непреклонной. Она не хотела втягивать любимого старшего брата в свою преступную деятельность. Модик через некоторое время успокоился, нашел себе новое увлечение: пропадал до позднего вечера в небольшой пристройке, переоборудованной в мастерскую, и над чем-то там напряженно работал. Грета, уверенная, что брат пыхтит над подарком к ее дню рождения, не беспокоила Модика.

Прочитав в местной газете об ограблении в доме заместителя мэра, Грета подумала, что у нее появился опасный конкурент — кто-то чрезвычайно ловко обвел вокруг пальца охрану, проник в дом и похитил несколько старинных бронзовых подсвечников. Полиция не могла понять, почему грабитель не прихватил деньги и ценности или хотя бы картины, висевшие на стене гостиной, а заместитель мэра утверждал, что это происки политических противников, желавших запугать его и продемонстрировать, что он не может чувствовать себя защищенным в собственном доме.

— Кто же похитил подсвечники? — произнесла, размышляя вслух, Грета. И неожиданно услышала ответ — Модик, сидевший напротив нее (они как раз завтракали), с шумом вздохнул и промямлил:

— Я!

— Не говори ерунды! — хохотнула сестра.

— А вот доказательства! — провозгласил сбегавший куда-то Модик и водрузил на кухонный стол два больших витых подсвечника. Грета едва не подавилась булочкой с джемом. Модик заботливо постучал ее по спине и обеспокоенно спросил: — Греточка, с тобой все в порядке?

— Господи, откуда они у тебя? — закричала Грета. — Скажи мне, что ты нашел их на улице — грабитель выбросил эти штуковины, а ты их подобрал! Надо от них немедленно избавиться! Лучше всего утопить в горной речке или закопать в лесу!

— Нигде я их не находил, — обиженно протянул Модик. — Я же сказал тебе, Греточка: на виллу проник я и подсвечники похитил тоже я. Хотел доказать тебе, что у меня хватает мозгов для подобного мело... мероприятия!

Как выяснилось, Модик не обманывал. Он продемонстрировал Грете воровские инструменты, изготовленные им собственноручно в мастерской (так вот чем занимался братишка!). Описания инструментов и даже чертежи он отыскал в Интернете. Грета не знала, что делать — плакать или смеяться.

— Почему ты взял подсвечники? — только и вымолвила она. Модик, потупив взор, ответил:

— Они такие красивые! К тому же золотые, если их расплавить, то можно продать!

Грета не стала разочаровывать братика и промолчала о том, что подсвечники сделаны из бронзы. Она потребовала от Модика рассказать, как он осуществил ограбление, и тот пересказал сюжет одного из любимых гангстерских фильмов. Он действовал так же, как и герои киноленты.

— Разве ты не понимаешь, что в фильме все ненастоящее! — схватилась за голову Грета. — Все, что ты видишь, снято в соответствии со сценарием! Поэтому там охранники и отвлекаются в нужный момент на глупый телефонный звонок, но в реальной жизни все не так! То, что ты сделал, Модик, очень опасно! Тебя могли схватить!

— Раз в фильме получилось, значит, получится и понастоящему, — упрямо твердил братец. — А если бы меня все же схватили, то все равно в тюрьму не отправили бы. Я же дурачок! Таких, как я, закон жалеет.

— Пообещай мне, что никогда, слышишь, никогда более не станешь заниматься подобными глупостями! — воскликнула Грета. — Ты ведь мог угодить в лапы охранников, и они, недолго думая, выстрелили бы в тебя!

— Клянусь, сестричка, что не буду заниматься, — послушно сказал Модик. И ту же добавил: — Один не буду. Теперь я понимаю, как захватывающе интересно проворачивать ограбления. Отныне мы все будем делать вдвоем: ты и я!

— Об этом не может быть и речи! — заявила Грета.

Но Модик пододвинул к ней тетрадочку, страницы которой были покрыты косыми прыгающими буквами, и сообщил:

— План нового ограбления. Прямо как в фильме! Я уже и жертву присмотрел, несколько раз мимо особняка прошелся и в сад заглянул!

Грета, с трудом разбирая каракули братца, ознакомилась с планом и, к своему удивлению, обнаружила, что он

233

совсем не плох. Она похвалила Модика, а тот с гордостью кивнул:

— На занятиях в школе для дуриков нас учили шевелить мозгами, вот я и шевелю. Так когда мы пойдем на дело?

— На дело пойду я! — ответила Грета. — Ты будешь ждать меня дома...

На глаза Модика навернулись слезы. Преступление было для него занимательной игрой, и он не осознавал опасностей, которые были сопряжены с ограблением.

— Ну хорошо, будешь сидеть в автомобиле и следить за тем, чтобы никто мне не помешал, — смилостивилась Грета.

Модик просиял и, обняв сестру, крикнул:

— Как же я тебя люблю!

Только потом та поняла, что хитрющий братец и не думал довольствоваться ролью мелкой сошки. Она оставила его в фургоне, а сама отправилась в особняк. Грета колдовала над замком входной двери, когда позади нее раздался знакомый голос:

— Не получается? Дай-ка я попробую!

От испуга Грета выпустила отмычку, которая со звоном упала на мраморные ступени. Около девушки стоял сияющий Модик, вырядившийся, как заправский грабитель в американском фильме, — черная шапочка, темный тренировочный костюм и кожаные перчатки.

— Что ты здесь сделаешь, ты же пообещал мне оставаться в машине! — зашипела Грета.

Модик поднял отмычку, поковырялся недолго в замке, и дверь беззвучно распахнулась. От изумления Грета на несколько секунд потеряла дар речи, а потом спросила:

— Как у тебя так быстро получилось? Я не могла справиться с замком, он ведь новейшей конструкции, а ты...

Она запнулась. Модик ласково взглянул на сестрицу.

— Продолжай, ты меня не обидишь! Ты же хотела сказать, Греточка, что у тебя ничего не получалось, а я, у которого в голове вместо мозгов солома, взял и справился. В умных книжках пишут, что идиоты, как я, могут обнаруживать таланты в некоторых областях — например, отлично рисовать, демонстрировать фемо... фенмо... феноменальную память или слесарничать. Вот и я такой. Мой талант — придумывать и осуществлять ограбления. Поверь мне, сестричка, тут нет ничего сложного! Да и замок, хоть и новейшей конструкции, в действительности ерундовый. Я придумал особую отмычку, при помощи которой его можно вскрыть за тридцать секунд.

То было их первое совместное дело. Модик оказался криминальным гением — ему не составляло труда придумать, как отвлечь внимание охраны, отыскать замаскированную камеру или отключить сигнализацию. Правда, он терялся, когда речь шла о простых вещах: что прихватить с собой из особняка, как говорить с недоверчивыми полицейскими или прятать добычу. Грета решила, что братец — перст судьбы, и отныне брала его на каждое из дел. Модику доставляло небывалое удовольствие придумывать схемы совершения ограблений, и Грета не переставала удивляться, как в мозгу ее брата, которого врачи называли дебилом и советовали Грете сдать в особую клинику, могут рождаться столь изящные планы ограблений.

* * *

И вот ночью они отправились в особняк владельца ювелирного магазина: тот вместе с семьей накануне спешно покинул Вильер. Город жил страхом, трепеща от одного только слова «вулкодлак». Грета не верила в оборотней и решила, что беззвездная ночь — идеальная пора для ограбления.

— Греточка, прошу тебя, давай тоже уедем из Вильера! — упрашивал ее Модик.

— Ты насмотрелся триллеров и фильмов ужасов, — заявила Грета. — Запомни, вулкодлака не существует, это все сказки истеричных кумушек и прыщавых подростков. Но нам они на руку: испугавшись, ювелир с семьей уехал за границу в длительный отпуск, на вилле осталась целая куча драгоценностей. Горожане так запугали себя вулкодлаком, что по ночам носа из дома не кажут и помешать нам не смогут. В нашем распоряжении уйма времени. Проникнем в подвал особняка, где находится бронированная комната, неспешно вскроем ее, вынесем побрякушки, а потом уедем из Вильера. Это будет наше коронное ограбление! Ювелир обнаружит пропажу не скоро, я проверяла — он заказал каюты первого класса на лайнере, совершающем кругосветное путешествие. Его не будет в Вильере месяц, а то и полтора. К тому времени мы давно покинем родную Герцословакию и сами отправимся в путешествие — на нашей собственной яхте!

Грета знала, что Модик мечтал увидеть дельфинов и китов, а также искупаться в лагуне необитаемого тропического острова. Девушка была уверена, что после ограбления ювелира у них появится прорва денег, которых хва-

235

тит и на небольшую яхту, и на домик где-нибудь на далеком острове, и на беззаботную жизнь на многие годы.

— Но если вулкодлака не существует, то кто же тогда убивает? — резонно спросил Модик.

— Какой-нибудь маньяк, — пожала плечами Грета. — В этом паршивом городке нам делать нечего, ты прав. Мы и уедем — завтра, после того, как вскроем бронированную комнату. Сначала в Антверпен, сбыть часть камешков. Мне Марта дала адрес одного человечка, он лишних вопросов задавать не будет, все купит и деньги хорошие отвалит. А оттуда прямиком в теплые края!

Ночь, как и обещали синоптики, выдалась темной и ветреной. Черное небо заволокли тучи, улицы освещали тусклые фонари, и появись на них случайные прохожие, они не смогли бы рассмотреть лиц той парочки, что двигалась в направлении особняка ювелира. Но никого на улице не было. Грета знала, что город ночью стал подобен кладбищу — после убийств, совершенных вулкодлаком возле замка (одной жертве, охраннику князя Сепета, монстр оторвал голову, вот ведь страсти господни!), даже отчаянные смельчаки и атеисты предпочитали сидеть ночью по домам. Многие грабители тоже боялись, опасаясь вламываться в пустующие дома богатых вильерцев, покинувших городок «до полного прояснения ситуации», тоже сидели в своих берлогах.

Когда брат с сестрой подошли к забору, за которым находился особняк ювелира, над Вильером пронесся зловещий страшный вой.

— Ой, что это, Греточка? — пискнул трусишка Модик.

Грета, у которой вой вызывал не меньший ужас, решила не подавать виду (иначе Модик совсем перепугается и потеряет голову и им придется убраться без добычи) и ответила:

— Что, что... Волки! Разве ты не знаешь, что серые звери спускаются иногда в Вильер?

— Волки не так воют, — неуверенно произнес Модик. — Да и трусливые они, вряд ли в город сунутся. Так воет не зверь и не человек, а нечто, являющееся одновременно и зверем, и человеком! Вот, снова!

Грета рассердилась и, вырвав у Модика из рук сумку с отмычками, заявила:

— Ты можешь возвращаться домой, я сама со всем справлюсь! Начинай укладывать вещи для отъезда. Только немного бери — если полиция нагрянет в наше отсутствие, пускай думает, что мы, как и прочие, убежали из

Вильера, потому что боимся вулкодлака. Я соседям уже сказала, что мы с тобой собираемся на пару недель поехать к двоюродной тетке под Экарест.

— А у нас есть двоюродная тетка под Экарестом? — спросил, забывая о страхах, Модик.

Грета вздохнула — таков был ее братишка, не умеет отличить правду от лжи!

— Нет, но полиции об этом вовсе не требуется знать, — пояснила Грета и, подтянувшись, забралась на забор.

За ней последовал Модик. С его весом подобные упражнения были крайне тяжелыми, но братишка мужественно преодолевал препятствия. Они оказались в парке, вдалеке чернела вилла.

Вой, внушающий ужас (Грета не думала, что воет вулкодлак, считая, если это не волки, то какие-нибудь другие дикие звери), повторился. Девушке показалось, что он раздался где-то очень близко. Ювелир жил на отшибе, и всего в каких-то пятидесяти метрах от забора начинался лес.

— Греточка, прошу тебя, давай перенесем ограбление на завтра! Или лучше на послезавтра! — захныкал Модик.

Грета, растирая ушибленную лодыжку, бросила:

— Сегодня или никогда! Чем быстрее мы доберемся до побрякушек, тем больше у нас будет времени, чтобы с ними испариться из страны и из Европы.

Они подошли к особняку. Грета доверила вскрытие замка Модику. Братец, покопавшись в сумке, убитым голосом произнес:

— Я забыл ее в фургоне!

— Кого ее? — спросила Грета.

— Мою новую отмычку, — пояснил Модик. — Я же работал над ней целых два месяца!

— Попробуй открыть старой, — предложила сестра, но Модик покачал головой:

— Нет, мне нужна новая! Я сейчас за ней сбегаю, — и вперевалку побежал к забору.

Грета посмотрела на часы — 0:39. Что-то Модик долго копается в фургоне. Или он забыл отмычку дома? Нет, возвращаться они не станут, придется воспользоваться теми инструментами, что имеются под рукой.

И вдруг девушка услышала завораживающий вой, а вслед за ним — душераздирающий вопль. Она сразу узнала голос — кричал Модик. Вой захлебнулся, перейдя в рычание. Грета приросла к крыльцу. Перед ее глазами промелькнула страшная картинка — бедный Модик, на которого нападает вулкодлак, двуногая клыкастая тварь, вышедшая из леса.

Модик снова закричал, и его голос выражал неимоверную боль. Грета, очнувшись от секундного оцепенения, поковыляла через парк к забору. Быстро передвигаться она не могла, лодыжка побаливала. Она не простит себе, если с Модиком что-то случится! Не простит и не переживет!

Оказавшись на темной улице, Грета осмотрелась. Справа — покрытый лесом холм, слева, за поворотом, на расстоянии ста с небольшим метров, — фургон. Грета ринулась к нему, крича:

— Модик, где ты? Скажи мне, что с тобой все хорошо! Отзовись!

Модик не отвечал. Куда же он мог запропаститься? И что с ним произошло? Негодный мальчишка, дернул же его черт вернуться к фургону! Сердце Греты обволок небывалый, леденящий страх. Она нащупала в кармане курточки мобильный телефон. Вызвать полицию? А что сказать — мы пытались ограбить особняк, и на моего брата напал... Кто напал? Или что напало? Волки? Медведь? Или... вулкодлак?

Грета приблизилась к фургону. Дверца была приоткрыта. Девушка посветила фонариком внутрь — Модика там не было. Она еще раз позвала братца, но никто не отозвался. И тут до ее слуха донесся приглушенный стон, Грета дернулась.

Луч фонаря уперся в большую темную лужу. Мелькнула мысль: дождя ведь не было... Присев перед лужей, девушка в ужасе поняла, что это не вода, а кровь. Свежая кровь, которой было неимоверно много.

— Модик, милый мой, ты где? — произнесла Грета осипшим голосом. Сердце билось так, что девушке казалось — она сейчас упадет замертво от страха.

— Гре... то... чка! — позвал ее кто-то слабым голоском.

Грета обогнула фургон, но Модика так и не увидела. Но она слышала его крик! Что же случилось с ее глупеньким, доверчивым и восторженно относившимся к ограблениям Модиком? Грета была готова разорвать на мелкие кусочки любого, кто посмеет тронуть на голове Модика хотя бы волосок! В детстве она защищала его от уличных мальчишек, издевавшихся над безобидным братцем, но то были мальчишки. А с кем или с чем она имеет дело теперь?

Голос доносился из придорожных зарослей. Грета осветила их фонариком и увидела капли крови, соединившиеся в цепочку. Девушка бросилась к кустам и обнаружила Модика.

— Глупыш, ты чего-то испугался? — с бесконечной нежностью произнесла Грета, склоняясь над Модиком, лежавшим на пожухлой траве. Она дотронулась до его лба и ужаснулась — он был покрыт тонкой пленкой пота. Модик тяжело болен, а она этого и не заметила! Потащила его на ограбление!

И только мгновением позже Грета поняла, что не пот покрывал лоб Модика, а кровь. Девушка попыталась приподнять братца, но у нее не получилось. Модик издал квакающий звук и прошептал:

— Обо мне... не... беспо... койся... Беги! Про... шу тебя... Грето.. ч... ка... Беги! Они... здессссь...

Девушка, поддерживая голову Модика, увидела, что вся одежда брата пропиталась кровью. Он прижимал руку к горлу, из которого вытекала кровь. Грета осторожно отвела его руки и увидела глубокую длинную рану.

— Кто это сделал? — закричала Грета. — Модик, кто это сделал?

— Они... — выдохнул Модик. — Беги, про... шу! Они при... при...

— Что? — в ужасе произнесла Грета. И заторопилась: — Немедленно в больницу! Тебя спасут! А с этим подонком я сама разберусь. Он будет умолять убить его сразу, но я...

— Они притаились! — выговорил наконец Модик и обмяк.

Девушка оцепенело уставилась на брата. Неужели... Неужели он умер? Грета обхватила Модика и попыталась подтащить его к фургону.

Шорох она услышала слишком поздно. Что-то ударило в спину, девушка, вскрикнув, повалилась на бок. Ее оглушил громогласный вой. Грета заметила рядом что-то большое, темное. Вскочила, продралась сквозь кусты, побежала к фургону. А как же Модик? Она поклялась не оставлять его в опасности, а сама хочет унести ноги? Грета более не сомневалась — на них напал оборотень. Но кем бы ни был ее противник, она не оставит Модика! Даже мертвого! Сейчас подгонит фургон поближе...

Кусты затрещали, из них показалась высокая фигура.

Грета попятилась и, оступившись, упала на землю. Фигура надвигалась на нее. Девушка, всхлипнув, на четвереньках поползла прочь.

Вой рвал ей уши. Фигура настигла ее, и Грета отчаянно завопила. Она не хотела умирать! Ей удастся выжить! И она спасет раненого Модика!

Иллюзии, все иллюзии... Нападавший ударил ее чем-то тяжелым по затылку, и, теряя сознание, Грета поняла, что ни ей самой, ни Модику уже не спастись. Фигура, склонившись над ней, удовлетворенно заворчала. Из леса появилась еще одна темная фигура, и над крышами Вильера прокатился кошмарный вой.

ЛЮБОВЬ ПРИДЕТСЯ ОТЛОЖИТЬ

Комиссар Золтарь обитал в небольшом старинном особняке. Поднявшись на крыльцо, доктор Конвей услышала вой. Марк нервно заметил:

— Мне это очень не нравится. Тот, кто издает этот вой, находится в Вильере.

— На улицах никого нет, — ответила Стелла. — Исчезли даже бездомные и хулиганы. Так что если явился... вулкодлак, то ему нечем будет поживиться.

Марк включил фонарь над крыльцом, Стелла заметила, что его лицо выражает крайнюю степень озабоченности. Как ни пытался Золтарь убедить себя в том, что имеет право на частную жизнь, полицейский в нем возобладал.

— Я хочу отыскать мерзкую тварь и уничтожить ее! — продолжил тему Марк. — И мне все равно, какого она происхождения — естественного или сверхъестественного. Он... вулкодлак нарушает покой жителей моего городка. Я такое не терплю!

Словно услышав слова Марка, тот, кто выводил одинокую ночную песню, замолчал.

— Ну вот, все и закончилось, — вздохнула облегченно Стелла. — Он ушел обратно в горы. Хм, я говорю «он»... Подумать только, выходит, я, как и прочие жители Вильера, уже не сомневаюсь в том, что убийства совершает вулкодлак!

Марк посмотрел на нее понимающе.

— Не знаю, что и думать: я не верю в мистику, однако происходящее внушает мне большое беспокойство. Тот, кто стоит за всеми этими жуткими деяниями, является психически неполноценным... человеком. Если, конечно, он человек!

Комиссар Золтарь повернул в замке ключ и распахнул дверь, пропуская Стеллу вперед. Зажегся свет, доктор Конвей осмотрелась. Обстановка была скромной, квартира комиссара была завалена книгами и бумагами.

* * *

Марк и Стелла, слившись в поцелуе, забыли о ночных страхах, убийствах и вулкодлаке. Доктор Конвей поняла: начальник полиции Вильера — тот самый мужчина, к которому она испытывает... любовь. Неужели? Да, да, она потеряла от него голову! И Марк Золтарь, похоже, отвечает ей взаимностью. Но Стелла никак не могла отделаться от ощущения, что за ними кто-то наблюдает. Глупые страхи, уйдите прочь!

Они поспешно разделись. Руки Марка заскользили по ее телу. Он, подхватив Стеллу, положил ее на софу. Они остались одни в мире, совершенно одни. Только горячее дыхание и терпкие губы. Скользящие пальцы и влажная кожа. Наслаждение и страсть...

Когда все было закончено, Стелла, устроившись поудобнее на груди Марка, погрузилась в сон. С ней был человек, которого она любила, который защитит ее от любой напасти, который...

Где-то неподалеку послышался вой. Стелла встрепенулась. Марк приподнялся. Доктор Конвей заметила морщину, прорезавшую его лоб. Поцеловав Марка, она прошептала:

— Я знаю, что ты не сможешь успокоиться, пока не поймаешь... вулкодлака... или кто он там есть.

За воем последовал крик. Как показалось Стелле, женский. Дикий, отчаянный, полный ужаса. Марк вскочил с дивана. Поспешно одеваясь, он схватил телефон и закричал:

— Это Золтарь! Немедленно высылайте патрульные машины в северную часть города. Я слышал женский крик. И не теряйте ни секунды!

Стелла обеспокоенно спросила:

— Марк, куда ты?

— Я должен узнать, что там случилось, — ответил, проверяя оружие, комиссар.

Доктору Конвей сделалось страшно. Тоже вскочив с дивана, она решительно произнесла:

— Я с тобой!

— Об этом не может быть и речи! — замотал головой Марк, застегивая рубашку. — Машины сейчас подоспеют, однако я пойду на улицу и попытаюсь разузнать, в чем дело. Мне кажется, крики и вой доносятся со стороны леса. Примерно в трехстах метрах отсюда расположены несколько вилл.

Стелла упрямо заявила:

— Я не отпущу тебя одного!

— Я ведь вооружен! — усмехнулся Марк.

— Все равно! — дрожа, ответила Стелла. — И вообще, почему ты собрался туда идти один, Марк? Машины будут с минуты на минуту. К чему тогда геройство? Прошу тебя, обожди!

— Нет, нет, я не имею права ждать, Стелла. Возможно, кто-то нуждается в немедленной помощи, и я, шеф полиции, не должен думать об опасности!

— Зато я думаю о том, что тебе грозит! — воскликнула Стелла.

Марк поцеловал ее.

— Я понимаю, но у меня имеется оружие, да и ребята вот-вот прибудут. Останься здесь, прошу тебя! — И он, набросив куртку, выбежал в ночь.

Стелла и не думала следовать его словам. Она быстро оделась и последовала за Марком. Оказавшись на темной улице, доктор Конвей растерялась. Куда ей идти — направо или налево? Марка не было видно. Кажется, он сказал, что крики и вой доносились со стороны леса... И Стелла, ориентируясь на поросший соснами холм, двинулась по дороге налево. Вскоре послышалось близкое уже завывание полицейских машин.

Доктор Конвей оказалась около высокого забора, за которым, видимо, скрывался большой дом. Стелла заметила темный фургон. Марк, с пистолетом в руках, заглядывал внутрь. Услышав шаги, он обернулся. На его лице отразилось недоумение, а затем гнев.

— Стелла, что ты здесь делаешь? — прошептал он.

— Я тоже хочу знать, что происходит! — упрямо проговорила доктор Конвей.

Она направилась к Марку и наступила в лужу. Приглядевшись, Стелла с ужасом поняла, что это лужа застывающей крови. Марк приложил палец к губам и тихо произнес, указывая пистолетом на придорожные заросли.

— Там кто-то в кустах...

Стелле сделалось жутко. Марк рядом с ней, билась у

нее в голове мысль, но сумеет ли он дать отпор... вулкодлаку?

— Полиция города Вильера! — громовым голосом крикнул комиссар Золтарь. А кусты вдруг затряслись!

Сирены выли уже где-то совсем рядом. Через минуту-другую подоспеет подкрепление, подумала Стелла.

— Выходите с поднятыми над головой руками, — скомандовал Марк. — Считаю до пяти, если вы не появитесь, то открываю огонь на поражение!

Стелла заметила высокую фигуру, отделившуюся от кустов. У нее перехватило дыхание. Неужели они видят перед собой вулкодлака? Но через мгновение глупая мысль, чуть не повергшая ее в панику, исчезла, уступив место безграничному изумлению. Доктор Конвей узнала высокого костлявого субъекта — перед ними предстал Бонифаций Ушлый, в темной куртке с капюшоном, в полосатых брюках и с камерой на шее.

— Комиссар, не стреляйте! — заверещал он, воздевая к небу тонкие руки-грабли. — Я вам все объясню! Я не убийца, клянусь вам!

Держа Бонифация на мушке, Марк приблизился к нему и объявил:

— Вы арестованы! У вас имеется право хранить молчание, потому что все сказанное здесь и сейчас может быть использовано на суде против вас...

К фургону подлетели три полицейских автомобиля, сверкающие мигалками. Из первой машины выпрыгнул лысый Густав.

— Шеф, в чем дело? — спросил он. — Мы, получив ваше приказание, немедленно отправились сюда... — Он уставился за трясущегося журналиста и присвистнул: — Поймали на месте преступления с поличным? Черт, да здесь все в крови! Где жертва?

Бонифаций, которому полицейские, появившиеся из других машин, скрутили руки, завопил:

— Комиссар, вы совершаете большую ошибку! Я ни в чем не виноват! Я, как и вы, оказался здесь совершенно случайно! Хотел сделать несколько снимков ночного города и услышал крики и вой...

— И побежали сюда сломя голову, господин Закорюк? — спросил Марк. — Так я вам и поверил! Вы же трус! Чтобы вы по собственному желанию ринулись туда, где воет вулкодлак? Впрочем, объяснение имеется — или вы знаете, кто совершает убийства, или сами и являетесь монстром!

243

Журналист тонюсеньким голосом заверещал:

— Вы всегда меня ненавидели, комиссар! И арестовываете, прекрасно понимая, что я не имею отношения к убийствам! Вам не терпится продемонстрировать власть! Ну ничего, вы за это поплатитесь, причем очень даже скоро!

Марк тряхнул журналиста за ворот куртки.

— О каких убийствах ты ведешь речь, щелкопер? Выкладывай как на духу все, что тебе известно!

Стелла услышала крики полицейских, начавших осматривать окрестности, чей-то возбужденный голос:

— Господи, вот ведь кошмар! Зовите комиссара!

Марк, оттолкнув Бонифация, побежал к полицейским, столпившимся около обочины метрах в сорока от фургона. Стелла последовала за ним. Полицейские, бледные и испуганные, указывали на что-то бесформенное, лежавшее в грязи. Доктор Конвей заметила, как несколько человек украдкой перекрестились.

Марк, растолкав подчиненных, склонился над темной кучей и тут же отпрянул. Присмотревшись, Стелла ощутила прилив дурноты и пошатнулась — на обочине лежало изуродованное женское тело.

Марк бросился к ней. Прижал ее к себе, нежно гладя по голове.

— Тебе не нужно смотреть на это, Стелла. Новое убийство! Поезжай домой, прошу тебя!

— Я останусь здесь, — упрямо ответила Стелла, чувствуя неимоверную слабость во всем теле.

— Журналист нам все выложит! — воскликнул Марк. — Ох, не зря он оказался на месте преступления раньше полиции... Где Закорюк?

Но Бонифация Ушлого и след простыл. Воспользовавшись сумятицей, имевшей место после обнаружения трупа, и тем, что его оставили без присмотра, Бонифаций скрылся в неизвестном направлении.

— Как вы могли упустить Ушлого! — набросился Марк на подчиненных. — Не исключено, что он — важный свидетель или даже преступник. Хотя в последнем я сомневаюсь, он от вида крови падает в обморок. Отправляйте машину к нему домой и в редакцию.

— Шеф, я займусь этим лично! — с готовностью кивнул Густав. — Доверьте поимку журналюги мне, я его из-под земли достану!

— Поезжай, — кратко распорядился Марк.

Густав, прихватив еще двух полицейских, прыгнул в машину и отправился в город.

— Журналист думает, что обхитрил меня, но за бегство с места преступления после ареста он получит дополнительный срок! — возмущался Золтарь. — Бонифаций прав, он и его лживая газетка давно действуют мне на нервы, но сейчас у меня имеется реальный шанс засадить Закорюка за решетку. После того как Густав его схватит, журналист живо выложит мне всю правду!

Стелла обратила внимание на то, что кровавые следы тянутся от фургона в кусты, где обнаружился Бонифаций Ушлый, и сказала об этом Марку. Комиссар изумился:

— Неужели там еще одна жертва!

Он направился в заросли. Стелла пошла за ним, но Марк безапелляционно заявил:

— Нет, ты останешься у фургона, Стелла!

Комиссар скрылся в зарослях, через секунду раздался его взволнованный голос:

— Еще один мертвец! Боже, тот, кто лишил его жизни, постарался на славу!

Марк выбежал из зарослей и преградил дорогу Стелле, желавшей бросить взгляд на страшную находку.

— Там молодой человек. Кто-то перерезал ему горло. Я попытался нащупать пульс — бесполезно, он скончался.

Его слова потонули в загробном вое, разнесшемся над Вильером. Стелла услышала голоса полицейских:

— Вулкодлак! Вулкодлак! Вулкодлак!

С КЕМ ВЫ ПРОВЕЛИ НОЧЬ, КОМИССАР ЗОЛТАРЬ?

В полицейский участок они попали под утро. Два тела — девушки и молодого человека крупной комплекции — доставили в морг. Судя по документам, жертвы были братом и сестрой. В фургоне, который был припаркован около пустующей виллы, обнаружились воровские инструменты. Не было сомнений в том, что погибшие — ночные грабители, они, пользуясь отсутствием хозяев, намеревались обчистить особняк.

— Дом принадлежит вильерскому ювелиру, который сейчас находится в отъезде, — пояснил Марк. Стелла видела, что комиссар смертельно устал.

Ни Густава, ни Бонифация в управлении не было. Заместитель комиссара на связь не выходил, его рация была выключена.

— Что же произошло? — недоумевал Марк. — Неужели Ушлый так хорошо спрятался, что Густав его не может найти?

Часы показывали половину седьмого, когда дверь кабинета Марка распахнулась. Доктор Конвей и комиссар Золтарь в тот момент пили кофе. Стелла увидела внушительную процессию, возглавляемую солидным господином в темно-синем мундире с золотыми погонами. Завидев его, Марк, поперхнулся, закашлялся и вскочил с места.

«Синий мундир», буквально влетев в кабинет, подозрительно уставился на Стеллу и процедил:

— Вы и есть та самая штучка из столицы? Ну, ну!

Его тон не предвещал ничего хорошего. Марк, вытянувшись в струнку, произнес:

— Доброе утро, господин генерал!

Стелла поняла, что «синий мундир» — не кто иной, как глава областной полиции. Но что он делает в захолустном Вильере в такую рань? Доктор Конвей и Марк переглянулись — визит начальства был не к добру.

Кабинет заполнился людьми в форме — представителями свиты генерала. Среди них Стелла увидела загадочно улыбающегося Густава и адвоката князя Сепета. А он-то что здесь делает?

Генерал, пройдясь по кабинету, провел пальцем по корешкам книг и усмехнулся:

— Неплохо ты здесь устроился, Золтарь, совсем неплохо!

Стелла заметила, что люди из свиты генерала о чем-то шушукаются, то и дело поглядывая на нее и на Марка. Так в чем же дело?

— Господин генерал, — произнес Марк, — разрешите доложить: прошедшей ночью были обнаружены еще две жертвы неизвестного убийцы. Ими стали взломщики, пытавшиеся...

— А с кем ты провел эту самую прошедшую ночь? — вдруг перебил его генерал и нахмурил седые брови.

Марк на секунду запнулся.

— Я... мы с доктором Конвей... пытались обобщить и...

Свита загоготала. Генерал рявкнул:

— Да уж, обобщение и... слияние у вас получились первоклассно!

Марк побледнел.

— Господин генерал, что вы имеете в виду? Я не потерплю грязных намеков в адрес доктора Конвей...

Генерал снова его перебил:

— Все вон из кабинета, за исключением тебя и тебя! — Он ткнул пальцем в Густава и княжеского адвоката. Стелла поднялась, чтобы выйти, но генерал, сверкнув глазами, заявил: — И вы тоже останьтесь, доктор!

Марк, с трудом сглотнув, сказал:

— Господин генерал, не могли бы вы объяснить...

— Объяснить? — взревел полицейский начальник, багровея, и ударил кулаком по столу так, что подпрыгнул и перевернулся пластмассовый стаканчик с карандашами. — Объяснений желаешь? Я был уверен в том, что могу на тебя положиться! Что ты отыщешь этого поганого убийцу! Этого вулкодлака! К твоему сведению, Золтарь, ходом расследования интересуются в столице! Иначе бы хрен я приперся к тебе на вертолете в несусветную рань!

Стелла поразилась, с каким самообладанием внимает воплям генерала Марк.

— На месте последних двух убийств был задержан подозреваемый, — ответил он ровным тоном. — Густав, где журналист? Ты его нашел? Привез? Он ведь, воспользовавшись суматохой, сбежал, хотя я объявил ему, что он задержан.

Генерал, не слушая разъяснений Марка, гаркнул:

— Журналист, говоришь? А вот это ты видел? К твоему сведению, уже в продаже! Адвокат его светлости вытащил меня из постели и продемонстрировал сей шедевр журналистского искусства!

Адвокат услужливо подал генералу газету. Тот швырнул ее в лицо Марку. Комиссар посмотрел на первую полосу и, отшатнувшись как от удара, пробормотал:

— Откуда... откуда у него фотографии?

— Тебя надо спросить, откуда! — заявил генерал. Его лицо приняло лиловый оттенок, и Стелла испугалась, как бы областного начальника не хватил удар. — Тебя и твою докторшу!

— Прошу вас, не вмешивайте доктора Стеллу Конвей! — произнес Марк.

Генерал загрохотал:

— Не вмешивать? Что ты мелешь, молокосос! Ты даешь мне, генералу, указания? Кто ты такой, сопляк? Ты всего лишь жалкий комиссар провинциального городишки, в котором кровожадный убийца творит все, что хочет! Твою докторшу ты сам впутал в историю! Она приперлась

247

сюда из столицы, где по ее милости развалился процесс... трахалась там, понимаешь ли, с заместителем прокурора... а здесь решила потрахаться с комиссаром!

Марк подскочил к генералу и схватил его за плечо. Стелла заметила гадкую усмешку на губах адвоката и радостный огонь в глаза Густава.

— Господин генерал, — произнес ровным голосом Марк, — прошу вас принести доктору Конвей немедленные извинения!

Генерал уставился на Марка с нескрываемым изумлением. Покачав головой, «синий мундир» заметил:

— Ты, Золтарь, грубейшим образом нарушаешь субординацию, нападаешь на меня, своего начальника. А если я не принесу извинений, ты что, ударишь меня? Или на дуэль вызовешь? Тоже мне, рыцарь Печального Образа... защищаешь тут свою Дульцинею...

Генерал стряхнул с себя руку Марка и повернулся к Стелле.

— А вы, доктор, вам не совестно играть чужими судьбами и карьерами? Вы представляете, что теперь будет? Нет, вы не представляете! Вас-то прикроет Готвальд, я с ним уже говорил... надо же, за то, что по вашей вине Вацлав Черт вышел на свободу, вас даже в должности не понизили, только отправили в отпуск! Здесь, в Вильере, вы находитесь неофициально, так что следующим поездом отправитесь в столицу. А вот его ждет много сюрпризов!

Генерал ткнул пальцем в грудь молчавшего Марка.

— Что, успокоился, дуэлянт? Учти, я прибыл сюда спасти твою задницу, Золтарь! А спасаю я далеко не каждого, а только тех, кто мне нужен. А ты мне нужен!

— В данном случае, увы, спасти господина комиссара не получится! — вставил адвокат.

Генерал поморщился:

— Я что, давал вам слово? Как будто не знаю, кем и для чего все это затеяно — его светлостью князем Сепетом!

Марк, откашлявшись, взял себя в руки и начал спокойным голосом докладывать:

— Господин генерал, его светлость подозревается в причастности к убийствам. По моему предположению, князь изнасиловал горничную, которая в дальнейшем погибла под колесами автомобиля. Не исключаю, что так называемый вулкодлак — изобретение князя, он с его «помощником» выгораживает себя и сваливает вину на «силы ада». Результаты генетической экспертизы должны поступить сегодня днем. Не сомневаюсь, что они изобличат князя!

— Генерал, — нахально вклинился в его речь адвокат, — комиссар ненавидит его светлость и делает все возможное и невозможное, чтобы обвинить моего клиента в совершении преступлений. Я требую от вас решительных мер. Или вы хотите, чтобы я обратился к министру?

— Угрожаешь? — процедил генерал. — Сам, без твоих подсказок, разберусь. Вернемся к тебе, Золтарь. Прошедшей ночью ты встречался с доктором Конвей в ресторане, а потом повел ее к себе домой, где вы... как это теперь модно говорить... занимались любовью.

Марк побелел, собрался было что-то сказать, но генерал вновь рявкнул:

— Не сходи с ума, Золтарь! Нечего тебе возразить! Это известно не только мне, но и всему городу! А его светлость постарается, чтобы экземпляры газетки легли на стол и кое-кому в столице. Кстати, доктор, вы видели себя в главной женской роли этого порнофильма?

Генерал схватил со стола газету и протянул Стелле. Доктор Конвей увидела свежий выпуск «Вильерских вестей». На первой странице было несколько фотографий. Вот она и Марк, мило беседующие в ресторане. Время: 21:47. Подпись: «Комиссар Марк Золтарь наслаждается обществом доктора Стеллы Конвей». Вторая фотография — она и Марк идут по ночному Вильеру, время — 23:19. Комментарий: «Когда тебя защищает бравый полицейский, не страшен и вулкодлак». Еще один кадр, пятнадцатью минутами позже — они с Марком целуются на крыльце его дома. Ехидный вопрос журналиста в качестве подписи: «Ограничится ли все этими невинными шалостями?» И наконец фотография, сделанная кем-то через окно в 0:08. Стелла и Марк без одежды на диване в его комнате. Подпись «Наши голубки в гнездышке. А в то же время...»

Дальше шли другие кадры — изувеченный труп Греты и ее брата Модеста, а также фигура непонятного существа между соснами. Время — то же самое, когда Марк и Стелла предавались любовным играм.

Вместо заголовка крупно было набрано следующее: «Наша полиция нас защищает? Наша полиция предпочитает заниматься сексом, когда вулкодлак выходит на охоту. Жители Вильера могут спать спокойно: рано или поздно они все равно станут жертвами монстра. Спасибо комиссару Марку Золтарю и доктору Стелле Конвей!»

— Как... как у Бонифация Ушлого оказались эти фотографии? — выдавила из себя Стелла.

Неужто кошмар, от которого она бежала из Экареста, повторяется? Ни Марк, ни она не могли знать, что в те минуты, когда они любили друг друга, неподалеку разыгрывается настоящая трагедия.

— Как — мы разберемся позже! — ответил генерал. — Если бы ты трахался с докторшей во внерабочее время, то претензий не было бы. Но ты занимался этим, находясь на ночном дежурстве! Ты, Золтарь, повесил работу на подчиненных, а сам предпочел развлекаться со столичной дамой-психиатром.

— Я разберусь во всем немедленно! — заявил Марк, бледнея. — Господин генерал, вы же понимаете, что это попытка дискредитировать доктора Конвей и меня. Его светлости князю Сепету чрезвычайно выгодно прикрыться скандалом, чтобы вывести меня из игры...

— Осторожнее с обвинениями в адрес моего клиента! — усмехнулся адвокат.

— Попытка удалась! — гаркнул генерал.

— Господин генерал, дайте мне еще день! — взмолился Марк. — Я уверен, что нахожусь на верном пути! Теперь я понимаю, кто прислал доктору Конвей и мне приглашения в ресторан — князь Сепет. Проверить это несложно. Он с самого начала планировал вывалять нас в грязи. Ушлый работает на него, я в этом не сомневаюсь. Каким образом журналист мог оказаться на месте преступления раньше полиции и сделать фотографии жертв? Такое возможно лишь в одном случае — он был заранее информирован, когда и где произойдет убийство. Ушлый заодно с князем! А Сепет причастен к убийствам в Вильере!

— Что за бред? — возмутился адвокат. — Ранее вы обвиняли князя в изнасиловании, а теперь и в том, что он — убийца! Не много ли берете на себя, комиссар? И вообще, как можно было заранее знать время и место убийств? Когда воришки отправятся на дело, могли знать только они сами, и уж никак не его светлость!

— Я не так выразился! — поправился Марк. — Князь наверняка поджидал жертву в городе, и так уж вышло, что ему попались Грета и ее брат. А журналист был вместе с ним или получил наводку сразу после совершения убийства. Сепета и Ушлого надо арестовать и по отдельности допросить!

— Его светлость провел весь вечер и всю ночь в замке! — заявил адвокат. — Это могут подтвердить многочисленные свидетели, в том числе ваш покорный слуга.

— Он всех вас купил! — горячился Марк. — Густав, где журналист? Если взять его в оборот и как следует потрясти, он выложит все. Я обещаю, что самое позднее к вечеру Ушлый все расскажет, и тогда при помощи его показаний мы сможем прижать к ногтю и князя...

Генерал топнул ногой.

— Всем молчать! Ты, Золтарь, мог действовать раньше, до того, как в газете появилось твое изображение в объятиях доктора Конвей. Или ты думаешь, я возьму на себя ответственность и буду выгораживать тебя? Газета поступила в продажу, и горожане, не сомневаюсь, через пару часов узнают об этом постыдном скандале.

— Запретите продажу, конфискуйте выпуск... — начал Марк.

— На каком основании? — в ярости воскликнул генерал. — Только из-за того, что там изображены сиськи доктора Конвей и твоя голая задница? О последствиях следовало думать до того, как вы начали стаскивать друг с друга одежду в твое рабочее время! Теперь поздно! Слишком поздно! Оставить без последствий произошедшее я не могу! Полиции и лично мне брошено неслыханное обвинение: в то время как совершались новые убийства, ты забавлялся с доктором Конвей на диване! И ты, Золтарь, хочешь, чтобы я вступился за тебя? Тогда растерзают не только тебя, но и меня!

— Ваше ненасытное либидо, доктор Конвей, губит уже вторую карьеру за прошедшие несколько недель! — ехидно произнес адвокат.

Марк подскочил к нему и заехал кулаком в лицо. Законник отшатнулся, схватился за побагровевший нос и завизжал:

— А за это, комиссар, вы мне ответите особо! И не думай, что легко отделаетесь! — И он выбежал из кабинета.

Генерал устало произнес:

— Какой ты идиот, Золтарь! Я бы вообще-то мог попытаться спасти твою шкуру, но после этой дикой выходки не буду лезть из-за тебя в петлю. Адвокат сейчас побежал небось прямиком к Ушлому, чтобы тот сфотографировал его распухшую рожу. Не сомневаюсь, в следующем экстренном выпуске газетки появится его фотография с заголовком: «Полиция избивает мирных граждан. Комиссар Золтарь — зверь и фашист». — Помолчав с минуту, генерал добавил: — Ты отстраняешься от занимаемой должности, Золтарь. И уходишь... в отпуск. Сдаешь оружие и забываешь обо всем, что произошло. Тебя ждет дисциплинарное расследование.

— Но кто же будет заниматься поимкой убийцы? — оторопело спросил Марк.

— В кадрах дефицита нет. — Генерал указал на еле сдерживающего улыбку Густава. — Ты становишься исполняющим обязанности начальника полиции Вильера. И учти, новые скандалы мне не нужны. Найди общий язык с журналистом. И без лишней надобности не трогай князя!

— Сегодня придут результаты генетической экспертизы! — все не мог согласиться с устранением от дела Марк. — У нас появится возможность арестовать князя за изнасилование и, возможно, за убийства...

— Ну, это уже не твоего ума дело, Золтарь! Сдавай оружие и отправляйся домой. И никакой самодеятельности, учти! Если узнаю, что ты ведешь расследование на свой страх и риск, вылетишь из полиции в двадцать четыре минуты.

«Синий мундир» вышел. Густав, криво улыбаясь, произнес:

— Шеф... То есть я хотел сказать — Марк... Мне очень жаль!

Он протянул руку. Золтарь непонимающе посмотрел на Густава.

— Твое оружие! — потребовал тот.

Марк медленно отстегнул кобуру.

— Я буду держать вас в курсе дела, шеф... Тьфу ты, дурная привычка! Ведь теперь шеф — я! Марк, каждый может сделать ошибку, весь вопрос в том, какую именно. Доктор Конвей, от имени полицейского управления Вильера благодарю вас за помощь, но в ваших услугах мы больше не нуждаемся. Рекомендую вам покинуть наш городок как можно быстрее.

* * *

Марк и Стелла вышли из кабинета. Густав, рассмеявшись, опустился в кресло и вслух произнес:

— Наконец-то! Наконец-то я занял твое место, Марк! Он взял трубку телефона и набрал знакомый номер.

— С его светлостью желает говорить исполняющий обязанности начальника полиции Вильера, — заявил он секретарю князя. — А мне плевать, что князь соизволит еще спать. Это чрезвычайно срочно!

Услышав сонный и злой голос Юлиуса Сепета, Густав сказал:

— Ваша светлость, молчите и слушайте! Да, это я. Золтаря отправили в отпуск, а скоро, если вы и ваш адвокат, которому он расквасил нос, приложите усилия, вылетит и из полиции. Все прошло как по маслу. Вы видели сегодняшний выпуск «Вильерских вестей»? Еще нет? Ушлый — молодец! О результатах генетической экспертизы можете не беспокоиться, я лично возьму расследование под усиленный контроль. Думаю, пора переходить ко второй части плана — к поимке вулкодлака. Вы же хотите стать героем нашего городка и вернуть расположение инвесторов? Ушлый предупрежден. Собирайте пресс-конференцию. Я поддержу ваше начинание, не сомневайтесь. И вот еще что: по причине изменения статуса мне требуется увеличение денежного довольствия. Что, на десять процентов? Мое предложение — в два раза! Вы не ослышались, князь! Не забывайте, результаты генетической экспертизы практически у меня в руках. Согласны? Вот и хорошо! Пока!

Повесив трубку, Густав потер руки, потянулся и опять же вслух довольным голосом заметил:

— Ну что ж, Марк, начинаются новые времена.

Покинув кабинет, который теперь сделался его собственным, Густав заглянул в соседнюю комнату и спросил:

— Результаты экспертизы пришли?

— Поздравляю, шеф, с повышением, — ответил полицейский. — А насчет Марка — правда?

— Да, он потерял место из-за женщины, — презрительно ответил Густав. — Так пришли результаты?

— Только что, — ответил полицейский и протянул большой запечатанный конверт. Густав схватил его, разорвал, пробежал глазами заключения эксперта.

— ДНК князя не совпадает с обнаруженными на теле жертвы генетическим материалом, — сообщил Густав. — Марк ошибался, обвиняя его светлость в причастности к преступлениям.

Он вернулся в кабинет, где включил машинку для уничтожения бумаг и скормил ей вывод экспертов. А те не оставляли сомнений в том, что образцы ДНК, предоставленные для сравнения и взятые с тела горничной, идентичны. Но об этом никто не узнает. В лаборатории, проводившей исследование, имен все равно не было, только номера и коды, эксперты не имели понятия, над каким делом они трудятся, а значит, и не поднимут шум, когда будет объявлено, что с князя Сепета сняты все обвинения.

Наблюдая за тем, как бумаги превращаются в тончайшие полоски, Густав процедил:

— Если на преступление и стоит идти, Марк, то только ради денег! Ради денег!

ВИЗИТ В МИНИСТЕРСТВО

— Илона, добрый день! Что за неожиданная встреча! — произнес Вацлав Черт и, улыбаясь, направился к секретарше Теодора Готвальда. Женщина замерла с подносом в руках — они находились в столовой министерства внутренних дел. Черт продолжал излучать любезность: — Могу ли я вам помочь?

— Нет! — процедила секретарша, лавируя между столиков. Столовая заполнялась работниками министерства, и Илона знала: не пройдет и двадцати минут, как все места окажутся заняты.

Не обращая внимания на неприветливый тон Илоны, Вацлав Черт бросился к одному из столиков, из-за которого только что поднялись двое.

— Илона, вот и место освободилось! Прошу!

Секретарша вспомнила, кем является этот белобрысый мужчина с ледяным взглядом. Так и есть, именно он неделю назад обратил в бегство малолетних преступников, пытавшихся ограбить ее в подземном гараже супермаркета. Он отвез ее домой и попытался остаться на кофе, но Илона, вначале размякшая, отмела попытки провести с ней ночь. Разве она не знает подобных типов — симпатичных, слащавых, а в душе гнилых и развратных? Хотя, захлопнув перед носом своего спасителя дверь, Илона несколько мгновений боролась с искушением все же впустить его в квартиру.

Черт отодвинул стул и доверительно произнес:

— Я так рад, что снова вижу вас!

— Спасибо! — заявила Илона, брякнув поднос на стол.

Черт окинул критическим взглядом ее рацион — вегетарианский супчик из щавеля, пюре с протертой морковкой и жареной капустой-брокколи, стакан молока. Илона следит за фигурой, догадался Черт.

— Вы разрешите составить вам компанию? — произнес он и, не дожидаясь ответа, уселся напротив Илоны.

Проникнуть в министерство оказалось нелегко. Он несколько дней крутился около здания — пройти внутрь можно было лишь по предъявлении пропуска. Черт хотел поговорить с Илоной и выудить из нее информацию о докторе Конвей. Секретарша, как он понял, имеет на нее зуб, значит, если изобрести душещипательную историйку, Илона клюнет. Ему был знаком подобный тип женщин: якобы неприступные, даже грубые, они в душе жаждут одного — обрести надежного защитника. И при этом зачастую влюблены в негодяев или своих начальников. Так и с Илоной — вздыхает по Теодору Готвальду! И уверена, что Стелла пытается «отобрать» у нее шефа.

Домой к секретарше Вацлав решил не заявляться. Вот если бы встретиться на работе... Пускай думает, что он в нее влюбился, тогда, может, и станет более разговорчивой.

На четвертый день Черту улыбнулась удача. К зданию министерства внутренних дел подкатил комфортабельный двухэтажный автобус, из которого вывалились галдящие иностранцы — в Экарест прибыли полицейские из Германии, Австрии и Люксембурга, чтобы ознакомиться с герцословацкой системой правосудия и составить мнение о несомненных успехах коллег по борьбе с коррупцией и организованной преступностью.

Иностранцы, фотографируя мрачное величественное здание, выстроенное в помпезном стиле, столь любимом покойным вождем всех времен и народов товарищем Хомучеком, бормотали:

— Fantastisch... Grandios... Das ist ein echtes Fürstenschloß![1]

Черт нагло подошел к толпе и принялся что-то разъяснять по-английски пожилому немцу. Тот, раскрыв рот, слушал ужасные истории о жертвах репрессий и угнетенных диссидентах.

Когда Черт услышал зычный крик герцословацкого сопровождающего, он, продолжая болтать с немцем, поднялся по ступенькам в холл министерства. У каждого из гостей на лацкане пиджака, куртке или джемпере была прикреплена запаянная в пластик карточка с фотографией и жирной надписью: «По особому приглашению министерства». Черт сообразил, что без такого бейджика ему в здание не проникнуть.

Сопровождающий, указав на потолок, начал рассказ о строительстве здания министерства. Несколько ино-

Антон Леонтьев

---

[1] Фантастика! Грандиозно! Это настоящий княжеский замок! (нем.).

странцев изъявили желание посетить туалет — Черт проследовал за двумя мужчинами в комнатку с табличкой «WC». Один из мужчин был, как и Черт, высоким и со светлыми волосами. Только у него имелись усы, а в ухе — сережка. Когда тот примостился около писсуара, Черт, убедившись, что другой субъект скрылся в кабинке, молниеносным движением ударил иностранца по шее. Тот беззвучно осел. Подхватив его, Черт затащил немецкого (а может, впрочем, австрийского или люксембургского) полицейского в кабинку, связал ему руки и ноги жгутами (Вацлав всегда носил их в кармане), запихнул в рот платок и заклеил губы скотчем. Усадив полицейского на унитаз, он запер изнутри кабинку и снял у того со свитера карточку. Не особо похож, точнее, совсем даже не похож... но придется пойти на риск. Черт приложил палец к сонной артерии полицейского — тот был без сознания. Если повезет, придет в себя не скоро, а пока выберется, Вацлав уже покинет министерство.

Черт выбрался из кабинки через верх. Когда соседняя кабинка открылась, он мыл руки. Вацлав вышел из туалета и присоединился к иностранцам. Сопровождавший объявил по-немецки:

— Дамы и господа, а теперь следуйте за мной! Мы попадем в святая святых — во чрево министерства внутренних дел! Прошу предъявить охране ваши идентификационные карточки...

Черт пристроился в очереди. Охранники вначале внимательно рассматривали карточки, но потом стали пропускать иностранцев, практически не подвергая их контролю. Черт разговорился с двумя австрийками (одна была прямо-таки жирной, хоть и молодой, и не вызвала у Вацлава интереса, а вот вторая, ее коллега из Граца, хоть и постарше, была привлекательной и вполне в его вкусе, он даже подумал, что не отказался бы поразвлечься с ней, а затем, как и других «своих» женщин, убить). Черт подошел к охраннику, пропустив дам, которые миновали охрану без проблем, и с непроницаемым лицом хотел было проскользнуть вслед за ними, но молодой полицейский преградил ему путь.

— Ваша карточка! — произнес он по-герцословацки.

Черт послушно протянул ему бейджик.

— Вы понимаете меня? — с подозрением спросил охранник.

Черт, коверкая родной язык, ответил:

— О, я изучать немного ваш речь! Хотеть прочесть стих

ваш велик поэт: «Гроза бушует над горами, и бедный путник, коченея, идет-бредет туда, где за долами...»

Охранник поморщился и взял карточку. Черт продолжал декламировать поэму, которую помнил со школьной скамьи.

— Отчего усов нет? — спросил строго охранник. Но тут герцословацкий сопровождающий группы зашипел:

— Бог с вами, что вы позоритесь! Вот он, в списке, герр Рюдигер Кеттерле из Карлсруэ, Федеративная Республика Германия. Или вы хотите, чтобы он дома рассказывал о том, как его трясли в нашем министерстве?

Черт, вытянув физиономию, прекратил декламацию:

— Уси? Чик-чик! Мой новый подруга их не любить! Сильно щекотать, когда целоваться! Чик-чик!

— Все ясно, — произнес, возвращая Черту карточку, охранник ледяным тоном. — Добро пожаловать, герр Кеттерле!

Иностранцев повели в зал для торжественных приемов. Черт немного поотстал. Его не скоро хватятся. Больше всего его беспокоил настоящий герр Рюдигер Кеттерле, находившийся в мужском туалете на первом этаже. Как долго он будет пребывать без сознания?

Черт, изучив план министерства, перебрался из корпуса А в корпус F, где находился отдел по расследованию серийных убийств. Он отыскал кабинет Теодора Готвальда и чуть не наткнулся в коридоре на него самого. Встречаться с Готвальдом в планы Черта никак не входило, и он быстро отвернулся. И увидел Илону в костюме нежно-зеленого цвета, со сверкающими длинными серьгами в ушах.

— Я на экстренном совещании, — бросил ей на ходу Готвальд. — Если позвонит Стелла, немедленно предупредите меня.

Черт напрягся. Он ждет звонка от Стеллы? Где же она находится?

— Непременно, — заметила Илона таким тоном, что Черт понял: если Стелла позвонит, то переговорить с Готвальдом вряд ли сможет.

Черт послонялся по коридору, репетируя роль, и вдруг одна из дверей открылась, он снова увидел Илону в сопровождении какой-то кумушки.

— Так что ж, мне придется одной идти в столовую? — спросила ее Илона.

— Да, мой завалил меня работой, никуда отлучиться не могу, — ответила собеседница.

Черт быстро спустился вниз — там располагалась столовая блоков E, F и G. Илона появилась минут семь спустя.

— Мы, кажется, знакомы? — произнесла Илона.

Черт с готовностью подтвердил:

— Ну конечно же! Я никак не мог забыть нашей встречи! И поэтому когда оказался в министерстве по делам, то решил...

— Зачем вы меня разыскали? — спросила Илона, принимаясь за щавелевый суп.

Черт изобразил смятение.

— От вас, проницательной женщины, ничего не утаишь. Недаром вы служите в МВД! Уверен, что ваш шеф отдает должное вашему уму, шарму и обаянию, Илона!

Секретарша встрепенулась и кисло заметила:

— Ну, не совсем!

— О, я знаю, кто тому виной! — сказал Черт. — Вы в прошлый раз упомянули некую Стеллу Конвей, которая...

— Не портите мне аппетит! — перебила Илона. — Об этой особе я говорить не желаю!

Черт с удовлетворением отметил, что рыбка клюнула. Еще немного, и Илона выдаст ему все, что знает!

— Признаюсь, Илона, я не вижу смысла скрывать от столь умной дамы, как вы, истинные причины моего визита. Да, я не случайно оказался в министерстве. Я хотел видеть вас...

— Ну, еще скажите, что с первого взгляда в меня влюбились, — заявила, прихлебывая молоко, Илона. — Если думаете, что таким манером затащите меня в постель, то ошибаетесь!

Вацлав усмехнулся.

— О, я здесь, чтобы просить вашей помощи, Илона! Дело в том, что и тогда, в супермаркете, я... я следил за вами!

— Вы что — маньяк? — спросила секретарша. — Как Вулк Сердцеед или как этот... Кровавый Дьявол?

Черт подумал, что с большим удовольствием свернул бы шею глупой курице. Когда он расправится со Стеллой, то навестит вечерком и Илону.

— Я — брат несчастного человека, который оказался замешанным в трагическую историю, — вздохнул Черт. — Не буду утомлять вас подробностями...

— Да уж, избавьте, — заявила Илона. — Я на работе и без того узнаю столько всяких ужасов, что потом ночами не сплю!

— Мой брат оказался в тюрьме, причем, клянусь, преступления он не совершал, — продолжил Черт.

— И чем я могу помочь? — заявила Илона, принимаясь за второе блюдо. — Да, случается, что и невиновные оказываются в тюрьме. Ну так подавайте апелляцию, требуйте пересмотра дела, обращайтесь в Гаагу, в конце концов!

— О, все гораздо сложнее! Эксперт, который составлял психологический портрет моего брата, отомстил ему. Когда мой брат и... эта особа, я имею в виду эксперта, были парой много лет назад. Но мой брат ее бросил, и она затаила злобу. И надо же такому случиться — именно она оказалась в суде свидетелем обвинения!

— Заявите, что эксперт предвзято относится к вашему брату, — посоветовала Илона. — Потребуйте отвода или попытайтесь доказать злой умысел.

— Мой брат — джентльмен! — вздохнул Черт. — Он не хочет причинить Стелле вреда, тем более в последнее время ей и так много досталось. Но я не могу смириться с тем, что из-за нее мой любимый брат окажется...

— Стелле? — Илона отложила в сторону вилку. — Как звали эксперта? Случаем не Стелла Конвей?

— Она самая, — кивнул понуро Вацлав Черт. — О ней не так давно много говорили. Еще бы, спала с заместителем прокурора, помогла Вацлаву Черту, этому негодяю и подонку, избежать заслуженного пожизненного заключения, и кто знает, может, еще и шашни с ним разводила...

— Значит, Стелла упрятала вашего брата в тюрьму намеренно? — протянула Илона. — Я вам помогу! Мой шеф — золотой человек, правда, помешанный на Стелле. Она, мерзавка, пытается заполучить его. Так вот, господин Готвальд сейчас на совещании, однако я могу устроить вам короткую встречу сегодня вечером...

Черт изобразил на лице восторг.

— О, вы правы, Илона! Я так и знал, что вы мне поможете, поэтому и позволил себе следить за вами! Я знаю, что Теодор Готвальд — один из опытнейших сотрудников МВД. Однако, как вы сами правильно заметили, Стелле Конвей удалось обвести вокруг пальца и его. Боюсь, что она убедила его в виновности моего брата, и он не пожелает слушать моих аргументов.

Илона вздохнула.

— Да, Стелла еще та штучка! Вертит Теодором как хочет! Но как же вам тогда помочь?

— Я пытался поговорить с доктором Конвей, чтобы воззвать к ее совести...

259

— Можете и не пытаться, у этой особы нет совести! — фыркнула Илона.

— Но я бы еще раз попробовал убедить ее. Вдруг получится? Однако... однако она исчезла из Экареста, — вкрадчиво продолжал Черт. — Вероятно, после скандала скрылась: говорят, уехала в Австралию. Я хочу встретиться с ней! Знаю, что, скорее всего, успеха не добьюсь, но мой брат просил об этом. Он, стыдно сказать, в глубине души все еще любит Стеллу...

— Она не в Австралии, — сказала Илона. — Выдумала для всех, а сама бежала из столицы, как трусливая крыса. Знаете, чего испугалась? Этого... как его... Дьявола...

— Черта, — подсказал Вацлав Черт. — Вацлава Черта.

— Ну да, того самого, что в прессе именовался Кровавым Дьяволом». Он, видите ли, вроде пригрозил ей, что доберется и до нее, вот Стелла струханула и смылась с глаз долой. Скажу вам честно, если бы на вашем месте сидел этот самый Черт, я бы за милую душу выложила ему, куда уехала Стелла. И пусть он ее найдет и ножом исполосует!

Черт внутренне усмехнулся: надо же, ему и не требовалось терять время и выдумывать легенду. Мог бы прийти к Илоне, представиться настоящим именем и спросить, как ему найти Стеллу...

— Так она не в Австралии? А где же? — подтолкнул напрямую Черт секретаршу, допивавшую молоко, к решающему признанию.

Илона понизила голос.

— Вообще-то место ее пребывания известно только одному человеку — моему шефу. Стелла, мерзавка, подозревает всех и видит в каждом предателя. Но мне совершенно случайно стало известно, куда она уехала. Совершенно случайно, клянусь вам!

Наверняка подслушала, решил Черт. Он понял, что сделал правильный выбор. Илона все ему расскажет, и он поедет вслед за Стеллой. Чтобы убить ее.

— Конечно же, совершенно случайно! — кивнул ободряюще Черт. — Так где же находится Стелла?

Илона раскрыла рот, готовясь выпалить название города, как вдруг ее взгляд заметался. Черт понял, что у него за спиной кто-то появился. Секретарша сладким голоском произнесла:

— О, шеф, вы же должны быть на совещании...

— Перенесли! — раздался глухой мужской голос.

Черт похолодел, понимая, что позади стоит не кто иной, как Теодор Готвальд.

— Приехали иностранцы, все начальство пока что их ублажает.

— Шеф, хотите перекусить? — защебетала Илона. — Я же знаю, что вы с утра ничего не кушали. Только кофе да сигареты! Вы совсем себя изведете! Прошу вас, присаживайтесь вместе с нами. Я познакомлю вас с одним очень интересным человеком.

Черт проклял мысленно секретаршу. Если Готвальд его увидит (а, сев за стол, тот не может не увидеть его), то все провалится. Удрать не получится — зал полон работников министерства, выходы охраняются. Кажется, из-за идиотки Илоны он попал в ловушку...

— Илона, не будем отвлекать вашего шефа от важных дел, — пробормотал Вацлав Черт.

— Нет, нет, господин Готвальд вам поможет! Он должен знать, какова наша милая Стелла!

Черт услышал голос Готвальда:

— В чем дело, Илона? При чем здесь Стелла Конвей? Пожалуй, я задержусь на минутку. Представьте мне вашего гостя!

И Готвальд, придвинув к себе стул, уселся между Илоной и Вацлавом Чертом. Шеф отдела по расследованию серийных убийств бросил мимолетный взгляд на Черта, и его лицо окаменело. Вацлав не сомневался — Готвальд узнал его. Требовалось действовать быстро и собранно, ибо промедление было подобно смерти. Еще когда Илона верещала, зазывая начальника присоединиться к ним, Вацлав, положив руку на стол, незаметным жестом спрятал в рукав нож. Теперь же, как бы невзначай опустив руку под стол, он вынул его. Подавшись чуть вперед, он дотронулся до коленки Илоны. Та вздрогнула, а Черт приставил к ее ноге нож и безмятежно посмотрел на секретаршу. Илона порывалась что-то сказать, но Вацлав перебил ее:

— Илона, думаю, вам следует сохранять спокойствие и не болтать глупостей. И говорите вашему шефу правду, только правду! Вы же не хотите, чтобы произошло что-то непредвиденное?

Лезвие ножа коснулось ноги секретарши. Черт слегка надавил на рукоятку. Нож был столовым, но в его руках и он превращался в смертельное оружие. Черт знал, у него хватит времени, чтобы перерезать артерию, если понадобится. Тогда воцарится паника, и ему, возможно, удастся улизнуть.

Эти мысли промелькнули у него в голове за секунду, пока Готвальд в молчании пристально смотрел на него. Наконец, словно очнувшись от летаргии, тот произнес:

— Илона, вы знаете, с кем вы имеете дело?

— Это... это... — лепетала Илона.

Черт покачал головой и не дал ей ответить. Повернул голову и заговорил тихо:

— Добрый день, господин Готвальд! Последний раз, когда мы виделись с вами, вы были в чрезвычайно плохом настроении. Помнится, вы даже пытались убить меня.

Готвальд поднялся и заявил:

— Вам крышка, Черт. Сейчас позову охрану и...

— И что? — мягко заметил Вацлав. — Сядьте, Готвальд, давайте побеседуем! Что вы можете мне инкриминировать? То, что я, не являясь сотрудником министерства внутренних дел, отобедал в вашей столовой? И все?

Его стальные пальцы впились в ногу Илоне. Секретарша была бледна и кусала губы. Кажется, идиотка, наконец-то поняла, с кем имеет дело. Вот и хорошо, она не наделает глупостей, и Черт сможет выбраться из министерства...

— Что вы здесь делаете? — спросил, как будто подчиняясь его приказанию, Теодор Готвальд. — Илона, вы же в курсе, что этот субъект — Вацлав Черт? Тот самый Вацлав Черт, которого я безуспешно пытаюсь усадить на скамью подсудимых. Он вам представился как-то иначе? Мерзавец наверняка наметил вас в жертвы! Сейчас мы арестуем его...

Черт погладил коленку секретарши и провел по коже ножом. Она — умная девочка и понимает, что не стоит болтать...

— Мы... я... он... — забормотала Илона.

Убийца снова перебил ее:

— О, Готвальд, какие у вас кровожадные мысли! Я же не убийца, процесс, затеянный вами, развалился! А Илона, разумеется, знала, что меня зовут Вацлав Черт. Знаете, Готвальд, обычно подобные вам типы, избивающие арестованных и принуждающие заключенных к самооговору, работают над книжками, в которых описывают то, как поймали «знаменитого маньяка». Я же решил изменить правила игры — книгу напишу я. Поэтому и встретился с вашей секретаршей. Она любезно согласилась уделить мне полчаса в свой обеденный перерыв.

— Илона, это правда? — строго спросил Готвальд.

Черт сжал коленку Илоны и надавил на лезвие. Секретарша тихо вскрикнула.

— Да, да, шеф, — залепетала она. — Извините... так уж получилось... я...

— Ну вот видите, а вы не доверяли мне! — улыбнулся Черт. — Вы хотите меня арестовать? Прошу! Мой адвокат находится неподалеку, как, впрочем, и телевизионная команда. Я же знал, что встречусь здесь с вами, поэтому все предусмотрел. Арестовывайте меня, Готвальд, и в вечерних новостях поведают всей стране о вашем новом позоре! Ибо вам придется отпустить меня — я нахожусь в министерстве по приглашению вашей секретарши, у меня — статус посетителя, я не нарушил ни единого положения вашего устава. Вы же, я смотрю, так и дышите злобой. Вы готовы к скандалу, Готвальд?

Черт знал, что страшно рискует. Но у него всегда хорошо получалось блефовать. По взгляду Готвальда он заметил, что тот поверил. А значит...

— Илона, как вы могли? — произнес, нахмурившись, Готвальд. — Вы же знаете, что вам запрещено снабжать информацией кого бы то ни было, и уж в последнюю очередь такого мерзкого типа, как Черт. Сколько он вам заплатил?

Секретарша шмыгнула носом, по ее щекам покатились слезы. Вацлав высвободил из-под стола одну руку и потрепал Илону по плечу. Женщина отпрянула и в ужасе посмотрела на Черта. В ту же секунду он другой рукой чуть увеличил давление на нож, и лезвие впилось в кожу на бедре секретарши.

— Вы же не хотите, Илона, все усугубить? — проворковал Черт. — Запомните, моя дорогая, иногда достаточно одного глупого слова, одного неверного движения, чтобы потерять работу... или жизнь! Так что не разочаровывайте меня!

— Вы угрожаете Илоне, Черт? — спросил Готвальд.

Вацлав безмятежно улыбнулся.

— О, какие у вас темные мысли, господин шеф! Да, сознаюсь, что пытался получить от вашей секретарши кое-какие сведения, но приватного характера. Это ненаказуемо! Для моей книги требуются занимательные детали, пояснения, истории...

— Вы слишком много на себя берете, Черт, — нахмурился Готвальд. — Заявились в министерство, как будто к себе домой, склонили мою секретаршу к разглашению конфиденциальной информации. Если имеются вопросы, то задавайте их мне!

— О, я узнал все, что мне требуется. Вернее, почти

все! Я вижу, Илона, что ваш начальник ужасно недоволен. Не буду вас более задерживать!

— Вы нас покидаете? — спросил Готвальд. — А как же книга? Нет уж, вам придется задержаться! Мы обстоятельно побеседуем с вами, Черт, вам не отвертеться...

Черт вынул из кармана пиджака мобильный телефон и, притворно вздохнув, сказал:

— Я так и знал, что вы попытаетесь незаконно задержать меня, Готвальд. Звоню своему адвокату, а также команде журналистов. Адвоката я попрошу присоединиться к нам, а телевизионщики пускай начинают съемку. Вот ведь будет новость — вы в который раз задержали меня и в который раз снова отпустили. Вашему начальству она непременно понравится!

Готвальд исподлобья взглянул на Черта.

— Вы говорили о Стелле! Какое она имеет ко всему этому отношение?

— Вы же знаете, какое, — рассмеялся Вацлав. — Доктор Конвей мне сказочно помогла! Упс, я едва не проговорился... Только не думайте, что можете использовать мои слова против меня! Я имел в виду — Стелла оказала мне большую услугу, поведав на суде чистую правду. Илона предложила мне посвятить доктору отдельную главу, но, боюсь, это слишком большая честь для Стеллы. А вот о вас я напишу подробно, Готвальд! — Затем Черт взглянул на дрожащую секретаршу. — Илона, я узнал все, что мне требуется. Спасибо за сотрудничество. Надеюсь, вы и впредь будете столь же любезны. Вы же не имеете ничего против, если я вас покину? Думаю, вашему шефу не стоит знать все то, о чем мы говорили, ведь так? И запомните — я буду рад навестить вас как-нибудь на досуге! Вас и Теодорчика — так, кажется, зовут вашего милого котика?

Судя по тому, что Илона судорожно закивала головой, она поняла скрытый намек — если она поднимет панику, то Черт ее убьет — вместе с котом Теодориком.

— Люблю иметь дело с понятливыми женщинами! — произнес Черт и ловким движением выдернул руку из-под стола, спрятав нож в рукаве. На подушечках пальцев было несколько капель алой крови, Черт незаметно смахнул их. Затем повернулся к Готвальду.

— Так вы намерены меня арестовывать или уже нет? Испугались шумихи? И реакции вашего начальства? Ну конечно, вы же не хотите, чтобы мой адвокат подал новый миллионный иск! Не хотите ли проводить меня, Илона?

— Илона останется здесь! — заявил Готвальд. — У вас

есть три минуты, чтобы исчезнуть. Потом я отдам приказ охране на выходе задержать вас! Вы — ничтожный, страдающий комплексами и жаждой крови...

Вацлав весело заметил:

— Приятно слышать из ваших уст положительную оценку своей деятельности, Готвальд! И не будьте строги к Илоне, она хотела как лучше. Ведь обыватели имеют право узнать кое-что о вас! — Черт подмигнул Илоне, находившейся на грани обморока, и добавил: — А с тобой, красотка, мы еще как-нибудь свидимся — если ты, конечно, будешь много болтать. Прощай!

Черт с гордо поднятой головой медленным шагом направился из столовой. Готвальд не должен заметить, что он паникует (если секретарша сейчас все-таки завопит и его задержат, у Готвальда появится великолепная возможность упечь его в тюрьму). Но Черт был почти уверен: что в ближайшие несколько часов, а то и дней Илона ничего не расскажет Готвальду. Элементарно побоится! А значит, Готвальд не посмеет задержать его, думая, что Вацлав проник в министерство по приглашению секретарши. Знай он, что в туалете на первом этаже около центрального входа лежит связанный иностранный полицейский, то повел бы себя по-другому...

Покинув столовую, Черт бросился бежать по коридору. Навстречу ему попалась группы иностранцев. Две австрийки, с которыми он любезничал, окликнули его:

— Где вы были все это время? Мы идем сейчас в лабораторию...

Черт, ничего не отвечая, промчался мимо них, преодолел бесконечные спуски и подъемы, добрался до центральной лестницы. Сдержал ли свое слово Готвальд? Или уже связался с охраной на выходе? Вацлав степенным шагом подошел к турникету, предъявил охранникам идентификационную карточку и... вырвался на свободу.

Слетев со ступеней, он засмеялся и оглянулся на мрачное здание министерства. Надо же, он до такой степени бредит Стеллой, что едва не угодил в лапы к Готвальду, пытаясь узнать, где она находится! Жаль, что все сорвалось — мерзкая секретарша ведь была готова это сказать. И что делать теперь?

Черт отправился к станции метро. Ему надо исчезнуть из Экареста. Если Илона расколется, Готвальд арестует его. Где же прячется Стелла? Неужели она осталась в столице, убедив всех, что куда-то уехала?

Убийца прошел мимо газетного прилавка. В мозгу у

Черта что-то взорвалось. Он вернулся, схватил одну из газет. Продавец недовольно воскликнул:

— Эй, если хотите читать, то платите! Тут вам не библиотека!

Швырнув продавцу деньги и не потребовав сдачи, Черт впился взглядом в первую страницу провинциальной газетенки «Вильерские вести». Обычно такие в Экаресте не продают, однако фотографии на первой полосе все объясняли.

Вацлав увидел доктора Стеллу Конвей в компании со статным молодым мужчиной — они в ресторане, на улице, целуются на крыльце дома и, наконец, раздетые на диване. А под ними — хронология убийства: изувеченные трупы и смазанное изображение чего-то темного и лохматого между сосен. Аршинный заголовок гласил: «Наша полиция меня защищает? Наша полиция предпочитает заниматься сексом, когда вулкодлак выходит на охоту. Жители Вильера могут спать спокойно: рано или поздно они все равно станут жертвами монстра. Спасибо комиссару Марку Золтарю и доктору Стелле Конвей!»

Он нашел Стеллу! Она скрывается в провинции, в городишке под названием Вильер, в краю вулкодлака. Ну конечно, поэтому она и была в архиве! Помнится, какое-то время назад в новостях сообщали о непонятных убийствах в Вильере. И Стелла наверняка сочла, что должна помочь в расследовании.

Черт, аккуратно сложив вчетверо газету, спустился под землю на станцию метро. Настроение у него заметно улучшилось, ибо он узнал, что требовалось. В Экаресте ему больше делать нечего. Он соберет вещи и поедет в Вильер — навестить доктора Конвей!

ГОРА ЛЖИ

При появлении князя Сепета, сопровождаемого адвокатом, по залу прокатилась волна щелчков фотоаппаратов. На пресс-конференции, устроенной его светлостью, присутствовало не менее трех десятков журналистов.

Князь опустился в большое кресло и взглянул на адвоката. Они находились в одном из залов замка. С момента отстранения комиссара Золтаря от расследования прошли сутки. Юлиус Сепет был крайне доволен происходящим — наконец-то выскочка-комиссар получил по заслугам! Густав, исполняющий обязанности главы полиции, уничтожил результаты экспертизы и огласил поддельные (которые все сочли подлинными) — все подозрения с князя Сепета были сняты, он не имеет отношения к смерти горничной.

Вечером того же дня князь наконец-то переговорил с одним из инвесторов и убедил его, что не стоит хоронить проект. Тот заявил, что ни он, ни его компаньоны не желают вкладывать деньги в отель, пока не будут раскрыты убийства. Сепет уверил, что проблемы тут не будет. Еще бы, ведь несколькими часами ранее *груз* был доставлен в замок.

Адвокат призвал всех к тишине.

— От имени его светлости князя Юлиуса Сепета хочу сделать следующее официальное заявление — полиция Вильера не видит совершенно никаких оснований подозревать его светлость в каких-либо правонарушениях.

— А как же быть с изнасилованной горничной? — воскликнул один из журналистов. — Комиссар Золтарь был уверен, что это происшествие — на совести его светлости!

Адвокат охотно пояснил:

— Экспертиза установила, что бедняжка стала жертвой одного из покойных ныне охранников, но никак не князя Сепета. С результатами отчета могут ознакомиться все желающие. Что до комиссара Золтаря, то он, как вам должно быть уже известно, отстранен от работы за грубые нарушения!

Журналисты засмеялись. История о том, как комиссар предавался любви с доктором Стеллой Конвей в то время, когда произошло новое убийство, получила широкую огласку. Адвокат князя позаботился о том, чтобы достаточное количество экземпляров провинциальной газеты попали и в столицу.

— Комиссар неоднократно выказывал антипатию в адрес его светлости, — продолжал адвокат. — Так, он даже напал на князя Сепета и нанес ему тяжелые увечья в конце прошлого года — его светлости пришлось обращаться к хирургу. Мы можем только поддерживать мудрое решение об отстранении комиссара от расследования.

Последовали вопросы, связанные с последними убийствами. Адвокат с большим удовольствием поведал о том, что ему известно. Подняв над головой последний выпуск «Вильерских вестей», он заявил:

— Как вы видите, журналисту Бонифацию Ушлому удалось сделать сенсационный снимок!

Первую полосу украшала фотография — темный лес, а между сосен что-то черное и большое. Заголовок вопил: «Первый за шестьсот лет снимок вулкодлака! Монстр попал в объектив камеры! Древняя легенда подтверждается неопровержимыми фактами!»

— Фотомонтаж! — крикнул кто-то из журналистов. — Дешевая подделка! Примерно такая же, как и самка снежного человека, снятая на камеру в шестидесятых годах прошлого века! Кто-то нарядился в шкуру и изобразил вулкодлака!

Адвокат предостерегающе поднял палец.

— Понимаю ваше недоверие, дамы и господа! Я тоже полон сомнений. Фотография, увы, чрезвычайно плохого качества, и вы правы — то, что попало в объектив Бонифация Ушлого, может быть крупным хищником. Более того: ни его светлость, ни я не верим в вулкодлака!

— А как же фотография? — раздалась реплика. — И кто убийца?

Князь Сепет, до того молчавший, важно произнес:

— Именно этим я и хочу заняться! Прежний руководитель полиции Вильера бросал все силы на то, чтобы унизить меня и выставить убийцей. Я много раз предлагал свою помощь комиссару Золтарю, однако он ее каждый раз отвергал, обуреваемый своей идеей фикс — засадить меня в тюрьму. Теперь с его происками покончено! Нынешнее руководство полиции с пониманием относится к моему предложению. Я не могу без боли наблюдать за тем, как в городке, где на протяжении многих столетий обитали мои предки, происходят жестокие, бесчеловечные убийства!

— Разве не князь Вулк Сепет всех убивает? — сказал кто-то, и в зале послышались смешки. — Ну, тот самый, что умер лет пятьсот или шестьсот назад. Ведь его саркофаг, недавно вскрытый по вашему приказанию, был пуст!

Князь Юлиус добродушно усмехнулся.

— Дамы и господа, мы с вами живем в двадцать первом веке, поэтому стыдно верить глупым сказкам! Да, убийства в Вильере происходят, однако никто всерьез не ведет речь о том, что их совершает некое потустороннее существо под названием вулкодлак.

— А кто тогда? Что вам известно о планах полиции, ваша светлость? — послышались вопросы.

Снова заговорил адвокат:

— Мы не имеем права распространяться о намерениях органов правопорядка. Однако я могу поведать вам об инициативе его светлости.

— Я сам сделаю это! — перебил его запальчиво князь. Адвокат, бросив на князя неприязненный взор, кивнул. И Юлиус Сепет, надувшись от важности, провозгласил:

— Я, потомок славного рода Сепетов, чувствую себя в ответе за происходящее в Вильере. Когда-то нашему роду принадлежал не только замок и окрестные горы, но и городок вместе с его жителями. То было давно, и я, разумеется, не жестокий крепостник, а представитель древнего рода, исповедующий демократические принципы...

Адвокат между тем подумал: узнай журналисты о том, какие неимоверные усилия князь приложил, чтобы скрыть свою причастность к изнасилованию погибшей горничной, фальсификации результатов экспертизы и снятию с должности комиссара Золтаря, они бы увидели сейчас перед собой не вальяжного пожилого господина, а монстра почище вулкодлака. А тот продолжал вещать:

— Я не могу наблюдать за тем, как в дорогом моему сердце Вильере бесчинствует маньяк! Марк Золтарь не смог изловить его. Еще бы, у комиссара были другие заботы — он желал опорочить меня и затащить в постель доктора Стеллу Конвей, а своими прямыми обязанностями он пренебрегал. Но теперь все изменилось! Ибо я решил положить конец легенде о так называемом вулкодлаке! Вулкодлака не существует! — Князь победоносно обвел взглядом журналистов и заявил: — Вопрос одного из вас справедлив: кто же совершает убийства? Смею предположить, что речь идет не о человеческом существе!

— Ага... «И по лесу ночью бродит черный, страшный, кровь сосущий вулкодлак»! — донеслась из зала строчка из знаменитой поэмы.

— Когда я сказал, что убийства совершены не человеком, то не имел в виду причастность к многочисленным смертям потусторонних сил, — парировал князь. — Будем руководствоваться фактами, дамы и господа! В вильерских лесах обитает нечто кровожадное, регулярно совершающее нападения на жителей нашего славного городка. Это нечто обладает поразительной физической силой и изворотливым умом. Оно не ведает пощады и выходит на охоту ночью! Знаете ли вы, кто или что оно такое?

В старинном зале возникла секундная пауза. Один из журналистов поднял руку и произнес:

— Вывод напрашивается сам собой — мы имеем дело с пресловутым вулкодлаком!

Юлиус Сепет заявил:

— Даже если так, то он должен быть обезврежен! И я заручился согласием нового шефа местной полиции на поиски кровожадного и опасного существа, которое прячется в вильерских лесах и нападает на людей.

— Ваша светлость, вы хотите, обвешавшись крестами и чесноком, отправиться на его поиски? — заметил кто-то ехидно.

— Я не суеверен, дамы и господа! — ответствовал князь. — Наш род в течение столетий является жертвой глупых домыслов и фантастических россказней. Еще раз повторю — вулкодлака не существует. И я намерен доказать это! Завтра при поддержке местной полиции мы отправимся на поиски монстра. Его ареал нам известен — он обитает недалеко от Вильера, на одном из покрытых лесом холмов. Полицейские методично прочешут местность, им буду помогать нанятые и оплачиваемые исключительно из моих средств опытные охотники и егеря со всей страны. Да, да, я снарядил небольшую мобильную армию, цель которой — развенчать легенду о вулкодлаке. Кем бы ни был зловещий монстр, у него имеется логово где-то в лесу. Мы устроим облаву, и у него не останется ни единого шанса скрыться. Участники операции будут вооружены, и, помимо людей, в ней примут участие охотничьи собаки.

Журналисты заволновались.

— Ваша светлость, ваше заявление произвело фурор, мои поздравления! — шепнул князю адвокат.

— Мы будем искать ужасного зверя, пока не найдем его! — продолжил самодовольно князь. — И, клянусь вам, мы избавим Вильер от мерзкой твари!

— Хозяин тебе этого не простит! — раздался дребезжащий голос. В зале возник Павлушка. Раскачиваясь и закатив глаза, он быстро-быстро говорил: — Вулкодлак всесилен, вулкодлак всесилен, вулкодлак всесилен! Он явился мне ночью и велел передать тебе — его не одолеть! Ибо он — порождение адских сил!

К Павлушке бросились охранники князя. Старика, лепечущего что-то о вулкодлаке и его мести, вывели из зала, где проходила пресс-конференция.

— Приношу извинения, — вставил адвокат, — вы встретились с местным алкоголиком и сумасшедшим, который, как вы поняли, уверен в том, что вулкодлак существует. Увы, многие в Вильере находятся в плену суеверий, но акция его светлости положит им конец.

— Что вселяет в вас такую незыблемую уверенность? — спросила молодая журналистка, но адвокат уже объявил:

— На этом, дамы и господа, мы завершаем пресс-конференцию! Операция под названием «Уничтожение вулкодлака» стартует завтра в семь часов утра. Вы — желанные гости! Всего хорошего!

Князь и адвокат покинули зал. Оказавшись в узком коридоре, Юлиус Сепет фыркнул:

— Что вселяет в вас такую незыблемую уверенность? Да то, что вулкодлак уже в моих руках!

Откуда-то снизу, из подвалов замка, донесся приглушенный рев. Адвокат поежился.

— Я уже видел его, ваша светлость, и, надо сказать, зрелище незабываемое. Он очень опасен! Хотите взглянуть на него?

— Живой он мне ни к чему! — замахал руками князь. — Позаботься о том, чтобы все прошло, как надо. Завтра народу будет презентован мертвый вулкодлак. И тогда американки подпишут договор!

Адвокат прислушался к дикому реву.

— Ваша светлость, и все же мне не дает покоя вопрос: кто же в действительности стоит за убийствами? Ведь не вулкодлак же, в самом деле!

— Меня интересует только одно — заключение контракта с инвесторами, — ответил князь. — Замок пожирает массу денег, и мне требуется срочно сбыть его с рук. Они хотят сделать из него отель? И ради бога! Я получу деньги и покину Вильер и эту идиотскую страну. А будут происходить дальше убийства или нет и кто их совершает, меня не волнует!

ВЫ АРЕСТОВАНЫ, ДОКТОР КОНВЕЙ!

Стеллу разбудил телефонный звонок. Взглянув на электронные часы, поняла: что-то случилось. Иначе вряд ли бы ей позвонили в половине второго ночи.

— Алло! — произнесла Стелла и услышала голос Теодора Готвальда.

— Стелла, это очень важно, — произнес шеф без приветствия и извинений. — Вацлав Черт, по всей видимости, направляется в Вильер. Не исключаю даже, уже прибыл туда.

— Что-то случилось? — спросил Марк, приподнимаясь с кровати.

Разразившийся скандал ударил рикошетом и по доктору Конвей. Она никак не могла простить себе, что из-за нее Марк был отстранен от расследования и отправлен в принудительный отпуск. Комиссар, как мог, утешал Стеллу, заявляя, что все нормализуется: он возлагал огромные надежды на результаты генетической экспертизы. Каково же было его удивление и разочарование, когда новый шеф полиции Вильера, его бывший заместитель Густав, оповестил, что ДНК князя Сепета не совпадает с ДНК человека, изнасиловавшего горничную Богдану.

Марк тяготился бездельем, но доктор Конвей просила его не предпринимать необдуманных действий. В произошедшем было одно преимущество — Марк, не таясь, мог оставаться на ночь у Стеллы в пансионате матушки Гертруды.

— Как... как Черт узнал? — выпалила Стелла, ошарашенная небывалой новостью. И только после этого пришло озарение — «Вильерские вести» с ее фотографиями появились в продаже и в Экаресте.

— Газеты, — подтвердил догадку Готвальд. — И Илона, моя секретарша. Черт ее обхаживал, и она только что соизволила мне сообщить всю правду. Он на моих глазах угрожал ей, а я, идиот, этого не понял! Черта уже ищут, он совершил нападение на немецкого полицейского и, пользуясь его идентификационной карточкой, проник в министерство. Стелла, вы в опасности! Оставаться в Вильере больше не имеет смысла! Вам нужно как можно скорее возвращаться в Экарест. Я об этом позабочусь — ждите меня к полудню у себя. А потом вместе поедем обратно в столицу.

— Нет, шеф, я не могу уехать. Мне нужно быть в Вильере. А Черт... Думаю, он не рискнет напасть на меня.

— Стелла! Вы должны сделать так, как того требует ситуация!

— Ситуация требует, чтобы я задержалась в Вильере, — возразила доктор Конвей.

— Мы с вами еще поговорим об этом! Будьте предельно осторожны! До моего приезда ничего не предпринимайте! — приказал Готвальд и отключился.

— Твой начальник звонил? — взволнованно спросил Марк.

— Да, мне звонил Готвальд, — ответила Стелла, включая свет. Она думала, что сумела побороть свои страхи, но весть о том, что Черт, возможно, находится уже в Вильере, напугала ее. Он хочет доделать то, что ему не удалось — убить ее!

— Стелла, да ты вся дрожишь! — воскликнул, обнимая ее, Марк. — В чем дело?

— Готвальд направляется в Вильер. Он хочет, чтобы я вернулась в Экарест, но я не уеду до тех пор, пока здешний кошмар не закончится, — скрыла правду доктор Конвей.

— С чего он решил приехать сюда? — спросил Марк. — Из-за глупой акции его светлости? Кстати, неужели князь думает, что если заполнит лес собаками и охотниками, то нападет на след вулкодлака? Он что-то затеял, по-моему, но я никак не могу понять, что именно.

Стелла приняла решение — Марку вовсе не обязательно знать о Вацлаве Черте. У комиссара предостаточно и своих проблем. Пришла пора взглянуть в лицо своим страхам, и сделать это она должна в одиночку!

Марк быстро заснул. Вслушиваясь в его ровное, спокойное дыхание, доктор Конвей думала о том, что ее ожидает. Черт хочет убить ее, и, если ему не помешать, он воплотит мечты в реальность. Но даже если не принимать в расчет охотящегося на нее маньяка, дела идут не лучшим образом. Готвальд не простит ей второго скандала, в котором она оказалась замешана, теперь в Вильере. И даже не от мнения Теодора все зависит, ему просто прикажут очистить отдел от обузы, то есть от нее. Хорошо еще будет, если Готвальд предложит ей уволиться по собственному желанию. Она так и поступит. А дальше? Карьера рухнет окончательно, придется начинать все сызнова.

Стелла повернулись лицом к спящему Марку и подумала: и все же она нашла то, что искала! Марк, скорее всего, тоже потеряет работу. Ну и ладно. Они вместе уедут куда-нибудь далеко-далеко... С Марком ей ничего не страшно!

* * *

Доктор Конвей открыла глаза, разбуженная далеким лаем, криками и выстрелами. Марка в постели не было. Стелла обнаружила его в столовой пансиона — комиссар попивал утренний кофе и просматривал свежую прессу.

— Привет! — произнес он, поднимаясь. Марк вытащил из кухонного ящичка большой синий бокал и поставил его перед Стеллой.

— Тебя тоже разбудил этот спектакль?

Он поцеловал Стеллу. Доктор Конвей, наливая себе кофе, поинтересовалась:

— Как я понимаю, князь приступил к обещанному избавлению города от вулкодлака?

— Так и есть, — подтвердил Марк. — Его светлость непременно хочет развеять сомнения инвесторов и все же заключить «договор века». Ради него он пойдет на все. Ему уже удалось каким-то образом подтасовать результаты экспертизы, теперь же он стремится окончательно подчинить себе город, устроив эту охоту!

— Его план увенчается успехом только в одном случае — если он поймает вулкодлака! — сказала Стелла. — А так как мы знаем, что вулкодлака не существует, то князь останется с носом.

Марк не был настроен столь оптимистично.

— Я изучил характер Сепета. Он никогда бы не решился на подобную авантюру, не будучи уверенным в ее благополучном исходе. Не понимаю только, как он все обставит?

Появилась Гертруда, а вместе с ней и Йозек. Стелла отметила, что хозяйка пансиона взволнована. Йозек обратился к комиссару:

— Шеф, я никак не могу привыкнуть, что вас отправили в отпуск! Густав корчит из себя великого визиря и смешно копирует ваш стиль.

— Он ведь всегда метил на мое место, — ответил Марк.

— Шеф, я должен был вам раньше сказать, но времени не было... — поколебавшись, сказал Йозек. — Я как-то подслушал... вернее, случайно услышал разговор Густава с кем-то по телефону. И, клянусь, он пару раз назвал собеседника «ваша светлость». О чем именно он с ним болтал, я не уловил, к сожалению!

Марк расхохотался.

— Ну, теперь все встает на свои места! Мой заместитель Густав с потрохами продался князю. Понятно, отчего на теле горничной не были обнаружены следы генетического материала князя. Были обнаружены, были! Но Густав, получив ответ из столицы, подменил его другим, доказывающим, что князь к смерти девушки не имеет отношения.

— И что ты намерен делать? — спросила Стелла. — Обратиться к начальству?

— К тому самому, что отстранило меня от должности? — иронично усмехнулся Марк. — Господин генерал умом, увы, не блещет, князь его наверняка тоже успел вокруг пальца обвести.

— Тогда, может, в газету, к тому странному типу, что постоянно вертится под ногами? — предложила доктор Конвей. — Он вцепится в такое с визгом. Еще бы, князь скрывает свою причастность к изнасилованию и, возможно, убийствам!

Вместо ответа Золтарь передал Стелле газету. Та пробежала глазами заголовок: «Конец древнему проклятию? Вулкодлак будет пойман, так заявил князь Юлиус Сепет. Его светлость спасает Вильер от нечисти!»

— Не сомневаюсь, что и Ушлый, он же Закорюк, перешел на сторону князя, — произнес Марк. — Наверняка тот пообещал сделать его придворным хроникером, если Закорюк согласится на него работать. Князь все просчитал: пригласил нас в ресторан, подослал Ушлого, который сделал фотографии... Странно только одно — каким образом Бонифаций мог узнать, когда и где так называемый вулкодлак совершит новое убийство?

Йозек, с интересом слушавший рассуждения Марка, брякнул:

— Как будто он обо всем заранее знал...

— Ну конечно! — воскликнул Марк. — Это же все объясняет! У тебя светлая голова, Йозек! Журналист оказался столь ретивым и смог с интервалом всего в несколько минут заснять и нас со Стеллой в... гм... интимной обстановке, и брата и сестру, убитых «вулкодлаком». Закорюк действительно знал, что «вулкодлак» предпримет в ту ночь. Не исключаю, несчастные взломщики жертвами стали случайно, потому что подвернулись под руку, на их месте мог оказаться любой человек, вышедший на улицу той ночью. Но в том-то и суть, что жители после захода солнца носа из домов не кажут или передвигаются на автомобилях.

— Мы ведь тоже были на улице! — воскликнула Стелла. — Значит ли это, что «вулкодлак» мог выбрать в жертвы нас? И кто он?

— На нас он бы вряд ли напал, — ответил Марк. — Ушлый — пугливая крыса, который может продать, предать и подло выстрелить из-за угла, но он не жестокий маньяк, без разбору лишающий людей жизни. Но, вспомним, на кого он работает? Верно, на его светлость! Густав, вместо того чтобы ловить преступника, уничтожает вывод экспертов. А почему? Потому что князь помог ему занять мое место и приплачивает. Все улики указывают на одного человека — на князя Сепета.

— Шеф, мы не можем сидеть сложа руки! — заявил Йозек. — Князя надо разоблачить!

— Перестань! — воскликнула Гертруда, и Стелла отметила, что лицо хозяйки перекошено. — Если комиссар и госпожа доктор и предпримут что-то, то без твоего участия! Я запрещаю тебе совать свой нос в это дело!

— Мама, я же совершеннолетний, — возразил Йозек. — Пойми, князь должен наконец понести наказание...

Гертруда закатила сыну оплеуху. Йозек, с разбитой губы которого закапала кровь, выбежал из столовой. Марк и Стелла переглянулись — отчего хозяйка, обычно флегматичная, так бурно реагирует на вполне здравое предложение?

— Прошу извинить моего сына, — произнесла как ни в чем не бывало Гертруда. — Мальчишка болтает всякие глупости.

— Почему же? — сказал Марк. — Ваш сын — чрезвычайно способный молодой человек, он только что высказал отличную мысль. Князь силен, он многих купил, но это не значит, что мы позволим ему безнаказанно творить зло.

Хозяйка пансиона рассмеялась, и от ее смеха по спине Стеллы пробежали мурашки.

— Вот что я вам скажу, — заговорила Гертруда, оборвав смех. — Делайте все, что считаете нужным, но не вовлекайте моего сына! Он корчит из себя взрослого, а ведь ему всего двадцать. Я не хочу потерять его. Сепет на все способен! Он — страшный человек!

На глазах женщины мелькнули слезы. Помолчав, хозяйка пансиона спросила будничным тоном:

— Хотите ли еще кофе?

Дождавшись, пока она уйдет, Марк шепнул Стелле:

— Гертруда, как и очень многие в городе, трепещет от одного упоминания имени Сепетов. Жаль, что Йозек не сможет помочь. Придется действовать одному...

— Как — одному? — спросила Стелла. — Или ты думаешь, что я, подобно Гертруде, боюсь князя? Я не сомневаюсь, что он — испорченный, психически неуравновешенный, злоупотребляющий алкоголем и, не исключаю, наркотиками садист. Он безусловно опасен, но я не позволю тебе заниматься этим делом в одиночку, Марк! И не пытайся убедить меня!

— Хорошо, не буду пытаться, — с улыбкой ответил комиссар и поцеловал ее в ушко. — Мое предложение — попробовать прищучить Закорюка. Вытянуть из него признание или склонить к роли «двойного агента». Я не большой поклонник применения силы к подозреваемым, но если обстоятельства того потребуют...

— Знаешь, Марк, — перебила доктор Конвей, — я вспомнила одну вещь. Не так давно в Америке разбиралось дело одного серийного убийцы. Перед тем как убить свою жертву, он долго гнал ее по лесу — беззащитную, плачущую, раздетую. Сам-то он был экипирован, как военный, у него имелся шлем, закрывающий лицо, с вмонтированным прибором ночного видения, бронежилет, винтовка с оптическим прицелом. Такая «охота» длилась иногда всю ночь, и под конец, когда жертва едва не умирала от изнеможения, он насиловал ее, а затем убивал. На его совести было девять женщин и девушек в возрасте от четырнадцати до пятидесяти лет.

— И ты думаешь... — медленно произнес Марк. — Ты думаешь, что князь, помешавшись на легенде о своем предке-вулкодлаке, решил перейти порог запретного и вернулся в Вильер, чтобы охотиться на людей, как на животных? Если так, Стелла, то его требуется срочно остановить! Причем любой ценой!

* * *

Полчаса спустя они оказались в редакции «Вильерских вестей». Молоденькая секретарша, увидев Марка, встала в дверях кабинета Бонифация Ушлого и заявила:

— Господин главный редактор очень занят! Он не может вас принять!

Марк, подхватив секретаршу, отнес ее, визжащую, в кресло, затем толкнул дверь кабинета. Та была заперта.

— Закорюк, открывай, мне надо с тобой поговорить! — крикнул Марк. — Я же вижу твою тощую тень! Или ты хочешь, чтобы я вышиб стекло?

Дверь отворилась, на пороге появилась испуганная физиономия Бонифация Ушлого. Марк схватил его за шиворот и вволок обратно в кабинет. Потом швырнул журналиста на письменный стол, придавил ему горло локтем и сказал:

— Я хочу знать, как ты сумел оказаться на месте убийства Греты и ее брата Модеста раньше полиции. Кто тебя предупредил?

— Не могу дышать... — прохрипел Бонифаций. — Комиссар, вы меня убьете! Доктор, помогите! Этот сумасшедший отправит меня на тот свет!

277

Стелла отвела взор. Марк продолжил:

— Воздуха тебе хватит всего на несколько секунд. Вот уже и лицо посинело, Закорюк... Учти, никто не будет по поводу твоей кончины скорбеть. Князю ты не нужен, он просто использует тебя в своей игре.

— Я... все... скажу... — едва пискнул журналист.

Марк отпустил его. Ушлый, кашляя и держась за горло, сполз со стола на пол и просипел:

— Ну и хватка у вас, комиссар! Вы — зверь! Я буду жаловаться!

— Меня и так практически вышвырнули из полиции, — ответил Золтарь. — Из-за твоей, кстати, газетенки! Ну, говори, кто велел тебе скомпрометировать доктора Конвей и меня? Наверняка его светлость?

— Это вы сказали, а не я, — заявил сидевший на полу Бонифаций Ушлый.

— Ты же пообещал все сказать, — пригрозил Марк. — Или хочешь, чтобы я снова применил силу?

Закорюк, скрестив перед лицом руки, застонал:

— Доктор Конвей, не позволяйте ему обижать меня! Я страдаю целым букетом хронических заболеваний, комиссар может спровоцировать у меня приступ стенокардии или бронхиальной астмы!

— Скажите, как вы оказались на месте преступления раньше всех, — спросила Стелла, — и мы, даю вам честное слово, оставим вас в покое.

Журналист хитро взглянул на доктора Конвей.

— Как я там оказался? Все очень просто, очень, очень просто, друзья мои!

Стелла услышала топот в приемной и грубый возглас:

— Где они?

— В кабинете, истязают Бонечку! — завопила секретарша.

Дверь распахнулась, Стелла увидела нескольких типов в черных костюмах.

— Ну наконец-то! Я уж думал, что он меня придушит! — запричитал Бонифаций. — Почему так долго? Уберите отсюда бывшего комиссара и его бабу! Они меня пытали, но я им ничего не сказал!

Один из охранников толкнул Стеллу и сказал:

— Ну ты, цыпа-дрипа, вали отсюда!

— Ага, Марк, ты теперь принимаешь участие в разбойных нападениях? — раздался торжествующий голос, и на пороге кабинета возник Густав.

Стелла отметила, что он был в новехонькой форме начальника полиции. Лысую башку венчала фуражка с гербом.

— А вы, доктор Конвей, ему ассистируете? — сыронизировал Густав и обратился к княжеским телохранителям: — Молодцы, ребята, что так оперативно отреагировали!

— Оперативно... — потирая горло, прошипел Бонифаций. — Меня практически прихыкнули!

— Ничего, на тебе, как на кошке, все заживет, — отмахнулся Густав. — Марк, доктор Конвей, вы арестованы в связи с нападением на господина Ушлого и попытку лишить его жизни. До чего ты, Марк, докатился! Был ведь порядочным полицейским, а теперь ничем не отличаешься от подзаборной швали. Да и подружку себе подобрал соответствующую — она не только под тебя ложится, но и со столичными прокурорами и даже маньяками траха...

Он не договорил, потому что Марк нанес ему сокрушительный удар в челюсть. Густав отлетел, ударившись спиной о дверь. Охранники бросились на Стеллу и Золтаря. С трудом поднявшись, вытирая кровь с разбитого лица, Густав прохрипел:

— Ну что же, Марк, ты сам виноват! За нападение на шефа полиции при исполнении тебе навесят лет десять!

Трое охранников удерживали Марка. Густав подошел к нему, ударил несколько раз в живот, а когда комиссар Золтарь упал, пнул его ногой.

— Оттаскивайте в отделение, — заявил он и плюнул в лицо Марку.

Затем Густав подошел к доктору Конвей и схватил ее за шею.

— А ты, милашка, достанешься князю. Но пока я тебя с собой заберу, в камере посидишь, над своим поведением подумаешь!

На улице Стеллу запихнули в полицейскую машину и доставили в управление. Ее заперли в подвале, в камеру, где когда-то находился Павлушка, и она провела там несколько часов. Заслышав наконец громыхание засова, Стелла вжалась в стенку, не сомневаясь, что ее решил навестить князь Сепет.

Но вместо похотливого аристократа она увидела Теодора Готвальда. Он подошел к Стелле и участливо спросил:

— С вами все в порядке, доктор Конвей?

— Более или менее, — ответила Стелла. — Шеф, как же я рада вас видеть! Хотя прекрасно понимаю, что ваш

279

визит не сулит мне ничего хорошего. А где Марк... то есть где комиссар Золтарь? Начальник здешней полиции — марионетка князя Юлиуса Сепета. Его светлость, тут не может быть никаких сомнений, причастен к убийствам в Вильере! Он и есть так называемый вулкодлак!

Готвальд усмехнулся.

— Юлиус Сепет — вулкодлак? Стелла, я вижу, вы не в курсе последних событий. Монстр, наводивший на Вильер панику, убит во время лесной облавы. Вот, взгляните, экстренный выпуск местного листка...

Он протянул Стелле номер «Вильерских вестей». Заголовок алыми буквами вопил: «Вулкодлак убит по приказу князя Сепета! Чудовище больше не грозит нашему городу! Наступает новая эра!»

— Что это? — спросила Стелла, вглядываясь в фотографию. — Князь Сепет в окружении людей с собаками, а перед ними огромная лохматая туша.

— Это и есть вулкодлак, — ответил Готвальд. — Только не потусторонний, а вполне реальный. Облава князя, надо отдать должное, принесла результаты. Собирайтесь, Стелла, журналист Ушлый после моей с ним беседы отказался заявлять на вас в полицию. С Марком Золтарем сложнее, но, думаю, удастся вытащить и его.

Готвальд вышел из камеры, и Стелла, сжимая в руке газету с фотографией монстра, отправилась за ним.

ВУЛКОДЛАК МЕРТВ?

Комиссар Золтарь хохотал без остановки. Стелла с опаской взглянула на Марка. А тот, смахивая с глаз слезы, простонал:

— И вы этому верите?

— А вы, судя по всему, нет? Отчего подобный скепсис, комиссар? — поинтересовался Теодор Готвальд.

Марка удалось вытащить из тюрьмы. Готвальд переговорил наедине с Густавом, новым шефом полиции Вильера, и тот через силу отдал приказ выпустить своего бывшего начальника. Готвальд расположился в пансионе матушки Гертруды, где снял номер рядом с комнатой Стеллы. В столовой проходило заседание «кризисного штаба», присутствовали — сам Теодор Готвальд, доктор Конвей, Марк Золтарь и Йозек.

— Потому что это чепуха на постном масле! — заявил Марк и ударил кулаком по лежавшей на столе газете с изображением убитого вулкодлака. — Откуда в вильерских лесах мог оказаться медведь-гризли?

— Этим займутся специалисты, — ответил невозмутимо Готвальд. — Вы, комиссар, не биолог, посему ваше мнение, к сожалению, не имеет большого веса.

В «Вильерских вестях» сообщалось, что во время организованной князем Юлиусом Сепетом облавы было застрелено небывалое чудовище, которое и является так называемым вулкодлаком. Монстром оказался медведь-гризли ростом в два с половиной метра и весом в шестьсот сорок килограммов, а в лесу найдены принадлежавшие жертвам вещи. Обстановка в Вильере разрядилась — никто не сомневался в том, что огромный медведь — тот самый кровожадный призрак, наводивший ужас на городок.

— Вы правы, я не биолог, однако прекрасно знаю: гризли обитают в лесах Америки, а вовсе не в Южной Европе! — стоял на своем Марк. — Откуда он мог здесь взяться? Подозреваю, что перелететь через океан ему помог князь Сепет.

— Но зачем? — полюбопытствовал Йозек.

— Все до чрезвычайного просто, — ответила Стелла. — Князь изображает из себя спасителя родного Вильера и презентует всему миру «вулкодлака». Не сомневаюсь, что подобный медведь чрезвычайно опасен, и наверняка он может убить человека, а то и многих. Но Марк прав — как он появился в Вильере? Шеф, прошу вас, мы должны заняться этим!

— Стелла, ваша и моя миссия в Вильере завершена, — покачал головой Готвальд. — Я не собираюсь тратить время на сбор ненужных доказательств. И откуда в Вильере взялся гризли, меня не занимает. Природа, как известно, таит множество секретов, разгадать которые мы не в состоянии. Собственно, чего вы ожидали? Что князь подстрелит оборотня? Убийцей оказался дикий медведь гигантских размеров.

— Но разве медведи могут выть? Они ведь рычат! А то, что убивало, выло так, что по всему городу разносилось, — задумчиво пробормотал Йозек.

— Мальчик, не надо совать нос в дела, которых не понимаешь, — ответствовал Готвальд. — Не забывайте, Стелла, вы прибыли в Вильер, потому что начальник здешней полиции, которым был в то время Марк, согласился принять вашу помощь. Нынешний шеф не хочет вас видеть, и это его законное право. Он уже жаловался в

Экарест на то, что мы злоупотребляем служебным положением и вмешиваемся в ход расследования. Вильер — не наша территория!

— Так подключите спецслужбы! — воскликнула Стелла. — Шеф, прошу вас, сделайте что-нибудь! Я согласна с Марком: медведь — изобретение князя и его адвоката. Недаром его светлость был так уверен в том, что облава принесет результаты. Он просто разыграл на наших глазах спектакль!

— Стелла, не забывайте, зачем я приехал в Вильер! Вацлав Черт знает, где вы находитесь, в любой момент этот умалишенный может нанести удар!

— Я не позволю, — ответил Марк таким тоном, что доктор Конвей сразу поверила: комиссар готов отдать ради нее жизнь.

— А вас, Золтарь, никто не спрашивает, — отмахнулся Готвальд. — Если вы думаете, что, вызволив вас из местной кутузки, я добился отмены дисциплинарных взысканий и замолвил словечко перед начальством, то жестоко ошибаетесь. Вы по-прежнему отстранены от занимаемой должности, и Густав согласился выпустить вас на волю с единственным условием — вы будете находиться под домашним арестом.

— Что? — воскликнули в один голос Марк, Стелла и Йозек.

— Шеф, вы должны... — начала доктор Конвей, но Готвальд перебил ее:

— Я ничего не должен, Стелла! У меня нет полномочий опротестовывать решение местной полиции. И вообще, мне любезно дали понять: наше присутствие в Вильере не приветствуется. Я приехал, чтобы забрать вас в Экарест. И вы отправитесь вместе со мной в столицу!

Стелла беспомощно посмотрела на Готвальда, но ответила достаточно твердо:

— Нет, я останусь в Вильере!

— И подвергнете себя смертельной опасности? — заявил тот. — Я говорил по поводу возможного появления Вацлава Черта в Вильере с исполняющим обязанности начальника полиции, и он обещал мне всемерную поддержку. Я же не могу заявиться в чужой город с моими сотрудниками и, игнорируя местные власти, затеять операцию по поимке маньяка. Единственное, что мне остается, надеяться на взаимопонимание со стороны вильерцев. Доказательств того, что Черт направился сюда, нет никаких, одно лишь мое предчувствие... Оно не аргумент. Но ведь мерзавец обманным путем проник в здание министерства, разговаривал со мной... А я не мог сообразить, что он держит в заложниках Илону! Моя глупая секретарша едва не поведала ему, где вы находитесь. Она, видите ли, имеет отвратительную привычку подслушивать мои беседы! То, что Черт так рисковал, желая напасть на ваш след, Стелла, свидетельствует об одном: он жаждет заполучить вас. Короче, вы едете со мной в Экарест, там вам придется, как и Марку, провести некоторое время под домашним арестом — добровольным, конечно же. Где-то на подступах к вам мы Черта и сцапаем!

— Мне не нравится ваш план, шеф, — призналась Стелла. — Я не считаю, что вильерское дело завершено. Князь Сепет — истинный виновник убийств, уверена, и он до сих пор на свободе, более того — изображает из себя спасителя города и его жителей.

— Не забывайте, Стелла, что я — ваш начальник. Если хотите избежать массы неприятностей, вы поедете со мной в Экарест. Ваш друг Марк останется в Вильере. Расследование убийств официально завершено, и брать под сомнение выводы местной полиции я не стану. У нас и так было предостаточно в последнее время негативного паблисити, Стелла, и я не хочу, чтобы пошли слухи: я вмешиваюсь в работу провинциальных следователей.

Йозек, внимательно слушавший Готвальда, подал голос:

— Но вулкодлак остался на свободе! И он снова примется за убийства! Доктор и комиссар правы — его требуется остановить!

— Вам же, юноша, посоветую не читать на ночь романы ужасов, — ответил Готвальд. — Я говорил со столицей — завтра в первой половине дня за нами пришлют вертолет. Вас эскортируют в Экарест, Стелла, а я головой отвечаю за вашу сохранность. Не хочу присутствовать на ваших похоронах! Вулкодлак — выдумки впечатлительных пацанов, — Готвальд кивнул в сторону задумчивого Йозека, — реальная опасность исходит от типов, подобных Черту.

Доктор Конвей поняла, что переубедить шефа у нее не выйдет. И она сменила тему:

— Вы обещали узнать что-либо о профессоре Германе Вассермане.

— Ну да, еще один подозреваемый... — протянул Готвальд. — Мне не удалось найти ничего компрометирующего. Все отзываются о нем как о великолепном ученом и заслуживающем доверия специалисте. Боюсь, что ваши подозрения беспочвенны, Стелла. Не понимаю, чем профессор возбудил ваш интерес?

Стелла видела: шеф не хочет принимать ее слова всерьез. Он стремится как можно скорее покинуть Вильер, забыть о вулкодлаке и заняться поимкой Вацлава Черта. Доктор Конвей знала, что Готвальда не переубедить. Приняв решение, он от него не отказывается.

— Больше вопросов нет? — недовольно пробурчал Готвальд. — Вот и хорошо! Стелла, я считал, что пребывание в Вильере пойдет вам на пользу, но, к сожалению, ошибся. В столице мы подробно поговорим о вашем будущем в моем отделе. Кое-кто недоволен тем, что ваше имя — и не только имя — снова появилось в газетах, причем в связи со столь неприглядными обстоятельствами.

— Значит ли это, шеф, что мне грозит увольнение? — дрогнувшим голосом спросила Стелла.

Марк Золтарь возмущенно вмешался:

— Вы не посмеете! Стелла — лучший специалист из всех у вас имеющихся!

— Не могу обещать, что удастся отстоять вас, Стелла, — тяжело вздохнул Теодор Готвальд. — Вы изрядно намозолили глаза высокопоставленным личностям в столице, ваше имя у всех на слуху. И, кроме того, вы обладаете поразительной способностью попадать на страницы «желтой» прессы! Думаете, за этим в Экаресте не следят?

Стелла не сомневалась: по возвращении в столицу ее не ожидает ничего хорошего. Готвальд уже намекнул на то, что стоит готовиться к увольнению. Доктор Конвей с грустью посмотрела на Марка. Им придется расстаться.

— Вот и хорошо, что возражений нет! — провозгласил Готвальд. — Комиссар, я сдам вас сейчас на руки полиции, вы отправитесь к себе домой, где будете круглосуточно находиться под надзором бывших коллег. Вы, Стелла, останетесь в пансионе и запретесь в своей комнате. Мне не нужны новые происшествия!

УБИЙЦА И ШАНТАЖИСТ

Князь Сепет налил коньяку в бокал и, злобно усмехнувшись, посмотрел на портрет своего предка Вулка, прислоненный к стене.

— Ну что, старый хрыч, не думал, что все так обернется? Обычно Сепетов подозревают в том, что они кровожадные убийцы, наследники вулкодлака. А мне удалось невозможное: я сам убил вулкодлака!

В кабинете возник адвокат. Князь, смерив его презрительным взглядом, произнес:

— Тебя что, не обучали хорошим манерам?

— Ваша светлость, прекращайте этот балаган, — поморщился адвокат. — Не забывайте, что вы обязаны столь благоприятным для вас исходом дела одному человеку — мне!

Сепет с ненавистью посмотрел на адвоката.

— Что, хочешь еще денег? Я же знаю, ты считаешь, будто я полностью у тебя в руках. Но это не так, мой любезный друг!

Адвокат, подойдя к князю, вырвал у него из руки бокал и поставил его на стол.

— Ваша светлость, вам вредно слишком большое количество спиртного, — заявил он грубо. — Я от вашего имени только что переговорил со всеми пятью инвесторами. Они уже получили переведенный вариант статьи в здешней газетенке и фотографии застреленного «вулкодлака». Немного лести, намек на то, что убийства только подхлестнут всеобщую истерию вокруг вашего имени, — и американцы согласились обдумать мое предложение. Пришлось, правда, принять кое-какие их условия...

— Ты от моего имени меняешь условия сделки? — завопил Юлиус Сепет. Его лицо покраснело. — Да кто ты такой...

— Когда-то я был вашим адвокатом, — дерзко напомнил ему законник, — а теперь — ваш партнер при заключении «договора века». Я позволил американцам понизить цену на шестьсот тысяч...

— Ты... ты... ты... — затрясся князь и бросился на адвоката. В кабинет тотчас влетели двое охранников и оттащили его светлость от улыбающегося законника.

— Только так мне удалось развеять их последние сомнения, — пояснил адвокат. — Они согласны заключить договор, и мы подпишем его завтра. Вернее — поскольку у меня теперь имеется генеральная доверенность, выданная вами, князь, — я подпишу все необходимые бумаги. Инвесторы, слава богу, еще не покинули Герцословакию, они находятся в столице. Так что я слетаю туда и поставлю подпись под контрактом. Можете его отпустить!

Последняя фраза адресовалась охранникам. Они отошли от задыхающегося от злобы князя Сепета. Его светлость, неловко упав в большое кресло, внезапно бурно разрыдался. Адвокат с омерзением посмотрел на него и, вытащив из кармана пиджака белоснежный платок, двумя пальцами протянул его Сепету.

— Возьмите и вытрите августейшие сопли, ваша светлость. Не стоит так обостренно реагировать на мои слова. Я же ваш друг, поверьте мне!

Мановением руки он отпустил переминавшихся с ноги на ногу охранников. Те вышли из кабинета, плотно прикрыв дверь.

— Вы отобрали у меня все! — давясь слезами, вещал князь. — Моих охранников, которые теперь слушаются ваших приказаний и бросаются на меня... Мой замок, который вы от моего имени продадите и получите семьдесят процентов... И мою честь...

— Вот уж чего, ваша светлость, у вас никогда не было, — холодно промолвил адвокат. — Не стоит разыгрывать передо мной комедию, я вас за столько лет отлично изучил. Вы — похотливый, подлый, бессовестный старикан, который готов пойти на убийство ради удовлетворения низменных желаний.

— А ты сам разве лучше? — громко высморкавшись, заявил князь. Его руки дрожали, а глаза налились кровью.

— Речь не обо мне, а о вас. Вам пора смириться с тем, что все изменилось. Вы же не хотите, дабы целый мир узнал, что вы изнасиловали несчастную горничную и приказали ее убить? Ковер с пятнами крови ведь не уничтожен...

— Ты мерзавец, — вяло произнес князь. — Я знал, что ты хочешь одного — прибрать к рукам мой замок.

— А Густав подменил отчет лаборатории по вашему приказанию... — продолжал угрозы законник. — Вам невдомек, что для меня не составит труда добыть второй экземпляр. Легко ведь предъявить подлинные результаты экспертизы — а они, конечно же, указывают на вас! — куда следует. Так что, если не хотите отправиться в тюрьму, князь, вам придется играть по моим правилам. Вы будете, как и раньше, изображать из себя разлюбезного феодала, но решения буду принимать я!

Князь с ненавистью посмотрел на адвоката и пробормотал:

— Когда-нибудь я доберусь до тебя и...

— Не советую, — отрезал новый деловой партнер его светлости. — Документы находятся в надежном месте. И ковер тоже. Если со мной что-то случится, все уличающие материалы будут немедленно преданы огласке.

И вам крышка, князь! Не забывайте и то, что именно я помог вам сделаться «убийцей вулкодлака»!

Адвокат рассмеялся. Юлиус, совершенно раздавленный, прошептал:

— Дай мне выпить!

— Вообще-то вам спиртное противопоказано, но если так уж желаете продолжать разрушать свой организм, то я не имею ничего против, — сказал, подавая ему бокал с коньяком, адвокат. — Идея с гризли была ведь моей, ваша светлость, вы еще помните? Изящная мысль, к слову сказать: местный монстр — гигантский бешеный медведь, и точка!

— А как быть с настоящим вулкодлаком? — спросил внезапно князь. — Он-то все еще жив... Хотя если он мертв в течение шестисот лет, то как он может быть одновременно жив?

Его светлость опрокинул в себя коньяк.

— Неужели вы верите в какие-то жалкие сказки? — усмехнулся адвокат. — Какая мне разница, кто убивает людишек... Важно то, что я подпишу завтра договор и получу свою долю, остальное меня не занимает, князь. А потом Вильер может хоть сквозь землю провалиться, я плакать не буду!

— Старый дьявол, ты всех нас перехитрил! — произнес князь и подмигнул портрету своего предка. — Но я знаю, что ты не дашь этой мрази одержать надо мной победу!

— Князь, вам все-таки стоит поменьше пить, — заявил с усмешкой адвокат. — Вы уже беседуете с портретами?

— Убирайся, не желаю тебя видеть! — завизжал Юлиус.

И в ту же секунду за окнами раздался далекий утробный вой. Адвокат вздрогнул, Сепет радостно встрепенулся:

— Я же говорил тебе, что вулкодлак вечен! Он наверняка разозлен тем, что ты подсунул вместо него паршивого гризли, доставленного в срочном порядке из греческого зоопарка. И, клянусь, он выйдет сегодня на охоту!

Князь залился кудахтающим истеричным смехом. Адвокат, с презрением взглянув на его светлость, удалился.

КРОВАВЫЙ ДЬЯВОЛ В КРАЮ ВУЛКОДЛАКА

Городок Вацлаву Черту не понравился. Было в нем что-то... гнетущее. Холмы и горы, поросшие вековым лесом, замок на скале, узкие улочки, хмурые жители, черное небо... Он бы с удовольствием немедленно отправился обратно в Экарест. Конечно, он так и сделает, вот только доведет до завершения задуманное.

Он не сомневался: Готвальд прибыл в Вильер, чтобы защитить Стеллу. Он не хочет дать в обиду свою лучшую сотрудницу! Наверняка не может смириться с тем, что Черт побывал в министерстве, сидел за одним с ним столом и открыто хамил. Готвальд такого не прощает. Он хочет одного: убить своего противника!

Черт добрался до Вильера с тремя пересадками. Полиция может контролировать тех, кто прибывал в городок по железной дороге, — он не исключал этого. Поэтому последний отрезок пути преодолел пешком.

Он вышел из поезда за два часа до Вильера и отправился на трассу, где через десять минут поймал попутную машину. Вацлав гордился тем, что ему удалось изменить внешность до неузнаваемости. Сейчас он превратился в старика — длинная белая борода, лысина, прикрытая потертой кепкой, длинный старый плащ, латаный чемоданчик. И паспорт у него новый имелся. Черт знал, что рано или поздно ему придется скрываться от полиции.

Водитель оказался неугомонным типом, болтающим о политике. Черт изредка поддакивал ему, не мешая излагать свою точку зрения на мировые процессы. Когда на обочине мелькнул щит с надписью «Вильер — 3 км», он попросил водителя остановить машину.

— Вы что, дедушка, хотите выйти здесь? — спросил тот с суеверным ужасом. За окном была непроглядная ночь, накрапывал дождь.

— Моя сестра, к которой я еду, здесь недалеко живет, — соврал Черт, выходя из машины.

— Будьте осторожны! — воскликнул водитель, быстро захлопывая дверцу. — Может, вы не знаете, но в здешних местах водится... вулкодлак!

Машина, моргнув фарами, исчезла во тьме. Черт ухмыльнулся. Он не верил в потусторонние силы, как не верил и в наказание после смерти за совершенные при жизни преступления. Существуй некая высшая сила, она бы непременно покарала его за те жестокие убийства, что доставляли ему небывалое удовольствие. К нему бы явился архангел в золотых доспехах и пронзил бы огненным копьем: ведь вроде такое обещают грешникам... Но его никто не тревожил, ни разгневанные ангелы, ни бесы, шепчущие на ухо имя новой жертвы, ни плачущие призраки убитых им женщин. Черт спал на удивление хорошо и кошмарами не мучился.

Он слышал, что Вильер — край так называемого вулкодлака. Похоже, в городке действует маньяк, и мысль об этом даже доставляла Черту определенное удовлетворение. У каждого свои удовольствия: кому-то нравится нападать на беззащитных женщин, а некто бродит по темным улицам и заросшим лесом горам и, притворяясь оборотнем, творит бесчинства.

Вдруг Черт, идя по обочине дороги, заслышал вой. Вообще-то Вацлав ничего не боялся, но сейчас душа ушла в пятки. Волки! Хотя вой был какой-то странный, жуткий, как будто... как будто и правда воет некое существо, что не является ни человеком, ни животным, а пришло из глубин преисподней.

Убийце сделалось страшно, но, переборов несколько секунд паники, Вацлав рассмеялся. Один маньяк боится другого, ну не забавно ли? Внезапно Черту представился оборотень, преследующий его на дороге. Он отогнал видение и, ускорив темп, зашагал по направлению к Вильеру.

Как он и ожидал, на въезде в город располагался пост дорожной полиции. Осмотру подвергали всех тех, кто въезжал в Вильер. Обойти пост не представлялось возможным — с одной стороны стеной стояли скалы, с другой — была широкая канава. Черт медленно подошел к посту.

— Остановитесь! — произнес, завидев его, молодой полицейский с автоматом наперевес.

Черт поставил на мокрый асфальт чемодан и замер. Полицейский, отдав водителю стоявшего у обочины грузовика документы, разрешил тому миновать пост.

— Что вы делаете на шоссе в столь поздний час? — спросил он у Черта. — Ваши документы!

Вацлав, тяжело вздыхая, извлек из внутреннего кармана плаща потрепанный паспорт и протянул его полицейскому.

— Да вот, направляюсь в Вильер, к сестре... — произнес он гнусаво. — Давненько у нее в гостях не был. Мы с ней вообще-то в ссоре еще со смерти нашей матушки, а та двадцать лет назад богу душу отдала. Но вчера мне племянница позвонила, сказала, что мать ее, сестрица моя, значит, совсем плоха, у нее болезнь какую-то жуткую нашли. Так и так, говорит, дядя, приезжай, она тебя хочет видеть, помириться перед смертью желает. И разве я мог отказать ей в подобной просьбе?

Пока Черт пытался усыпить бдительность полицейского жалостливым рассказом, тот, включив фонарик, внимательно изучал паспорт. Документ был настоящий, Вацлав купил его у экарестского специалиста, и тот давал руку на отсечение, что к паспорту никто и никогда не придерется.

— Где живет сестра? — спросил полицейский.

Черт растерялся. Если назвать выдуманную улицу, полицейский может насторожиться. А дежурство несут еще четыре человека, и все с оружием. Одному ему с ними не справиться.

На счастье, к посту подъехал автомобиль, и молодой полицейский, держа в руке паспорт Вацлава, направился к нему. Черт остался покорно ждать. Через несколько минут парень вернулся. Видимо, забыв о своем предыдущем вопросе, он сказал:

— Опасно путешествовать по ночам пешком. Вы об этом знаете?

— Да я уже почти пришел, — ответил Черт. — Ехал я с одним типом, он обещал прямиком до Вильера довезти, но когда я проболтался, что денег у меня с собой немного, высадил на дороге. Вот и пришлось топать на своих двоих. А что у вас тут такое случилось? Вулкодлак, что ли, опять за старое принялся?

— Вулкодлака сегодня застрелили, — ответил полицейский. — Медведь огромный им оказался, он людей и заламывал. А мы сумасшедшего столичного убийцу ловим, Кровавого Дьявола. Не слыхали? К нам заявился какой-то тип, шишка из самого Экареста, шухер наводит, а наши перед ним стелются. Охраняем докторшу, ту самую, что с нашим бывшим шефом Марком трахалась. Убийца вроде по ее душу хочет к нам припереться. Вот и приходится работать по ночам, чтобы другие спокойно спали!

— Ах, неужели? — спросил как можно более равнодушно Черт. — Ну, удачи тогда вам!

Однако полицейский не торопился отдавать Вацлаву паспорт. Он подозвал к себе коллегу. Черт насторожился — что это значит? Он что-то заподозрил и хочет его арестовать? Неужели его схватят и он не успеет убить Стеллу?

— Отвези старика к сестре, — сказал полицейский коллеге. — А то что ж ему одному ночью шастать по дорогам. Вулкодлака, конечно, кокнули, но на моей памяти его уже раза три убивали и каждый раз надеялись, что больше в лесах мертвецов находить не будут. Сначала затишье наступало, а затем начинались новые убийства.

И он усадил Черта в машину. Вацлав, ухмыляясь, подумал, что оба полицейских потом, когда он совершит задуманное и будет производиться расследование, до конца жизни станут раскаиваться в том, что помогли «сумасшедшему столичному убийце», любезно подвезли его поближе к жертве.

— Вам куда? — спросил полицейский. Черт, изображая из себя забывчивого старика, велел проехать три улицы, затем свернуть. Автомобиль остановился около большого, погруженного во тьму дома.

— Здесь моя сестра и живет! — сказал, вылезая из машины, Вацлав.

Полицейский извлек из багажника чемодан и направился к калитке. Не хватало еще, чтобы он позвонил и, дождавшись появления заспанных хозяев, узнал от них, что история, рассказанная Вацлавом, выдумка.

— Спасибо вам, офицер! — поспешно заявил Черт, забирая у него чемодан. — Не буду вас задерживать! Пригласил бы чаю выпить, да, боюсь, родичи спят уже.

Полицейский понял намек и ретировался. Черт, воровато оглянувшись, зашагал прочь. Наконец-то отделался от этого идиота! Он чуть было все не испортил! Часы показывали четверть третьего. Черт попал в большой парк, где отыскал скамейку под бледным фонарем, уселся на нее и раскрыл чемодан.

Под одеждой лежал выпуск «Вильерских вестей» с фотографиями комиссара Марка Золтаря и доктора Стеллы Конвей, а также план Вильера, обнаруженный Вацлавом в Интернете. В статье, написанной неким Бонифацием Ушлым, сообщалось, что Стелла остановилась в пансионе матушки Гертруды. Он, согласно плану, располагался на другом конце городка, и Черту не оставалось ничего другого, как плестись туда.

А в парке слышались странные шорохи. Убийца заметил трех дюжих подростков, молча гнавшихся за четвертым, хлипким и уже окровавленным. Черт, озираясь, быстро покинул парк. Всю дорогу до пансиона он не мог отделаться от ощущения, что за ним кто-то наблюдает. Вой, уже знакомый ему, раздался где-то рядом. Черт побежал.

Он оказался около пансиона полчаса спустя. Отдышавшись, Вацлав снял «костюм старика», отлепил бороду и остался в черном тренировочном костюме. Затем извлек из потайного отделения чемодана черную маску с прорезями для глаз, длинный нож с зазубренным лезвием и небольшой рюкзак.

Проникнуть в пансион оказалось проще простого. Дверь поддалась с первой попытки и, тихо скрипнув, отворилась. В коридоре горел ночник. Черт направился к конторке, где отыскал регистрационную книгу. Вот она, нужная запись! Стелла Конвей остановилась в десятом номере.

Черт ощутил радость и возбуждение. Каждый раз, когда он отправлялся на охоту, его обуревали подобные чувства. Вацлав поднялся по лестнице наверх. Когда он подошел к двери, на которой блестела табличка с числом 10, внизу начали бить часы. Вацлав быстро вставил в замочную скважину отмычку, дверь, щелкнув, открылась, и он вошел в спальню.

Затаив дыхание, Черт приблизился к кровати, на которой лежала Стелла. Комнату освещала небольшая лампа под синим абажуром, стоявшая на ночном столике. Стелла боится темноты! Его заслуга!

Черт услышал ее ровное дыхание. Он доведет до конца то, что ему не удалось в начале года, — ему осталось убить Стеллу. Вацлав взял небольшую подушку, лежавшую около закутанной в одеяло фигуры, быстрым движением накрыл голову доктора Конвей. Та беспомощно задрыгалась и замычала, и Черт, сильно размахивая, начал наносить один удар ножом за другим. Жертва хрипела, простыни окрасились кровью. Вацлав, чувствуя сексуальное возбуждение, без остановки работал ножом. Рука уже устала, в горле пересохло, стены были заляпаны багряными брызгами.

Наконец Вацлав остановился и перевел дыхание. Он нанес никак не меньше шестидесяти ударов. Кровать была залита кровью. Жертва не шевелилась — еще бы, женщина давно умерла. Черт знал: наступил момент взглянуть ей в лицо. В лицо, с которого он потом снимет кожу.

Звуков борьбы никто не слышал, пансион мирно спал. Вацлав чувствовал себя опустошенным и счастливым. Доктор Конвей мертва, и он может скрыться за границу. Там, вдали от Герцословакии, он продолжит убийства. В Швейцарии у него имелся счет с крупной суммой, а в банковском сейфе хранились два паспорта — французский и бразильский. Весь мир принадлежит ему!

Он откинул одеяло и взглянул в лицо доктора Конвей.

Я ТЕБЯ ЛЮБЛЮ!

Комиссар Марк Золтарь прошелся по комнате и в который раз посмотрел на часы. Было пять минут двенадцатого. В гостиной комиссар был не один — там же находился один из его бывших подчиненных, полный пожилой полицейский. Новый глава вильерской полиции поручил ему наблюдать за Марком. Задание причиняло полицейскому душевные мучения: с одной стороны, он не хотел потерять работу и выполнял возложенное на него поручение, с другой же — никак не мог отделаться от ощущения, что является предателем.

— Шеф, ну что вы ходите? Сядьте же наконец! — произнес полицейский и тяжело вздохнул.

По телевизору показывали глупый комедийный сериал, но Марку было совсем не до этого. Время! У него так мало времени! Нужно что-то предпринять!

— Мне нужно уйти, — произнес Марк.

Полицейский покачал головой:

— Шеф, я не могу вам позволить покинуть дом! Вы же знаете, я отвечаю за вас головой! Если Густав узнает, что я разрешил вам выйти, он меня выбросит из полиции!

— Густав долго не продержится, — заявил Марк Золтарь. — Он погряз в коррупции, работает на князя Сепета, уничтожает важнейшие улики, покрывает его светлость и обманывает народ, подсовывая труп медведя-гризли! Совсем скоро он с треском вылетит из кресла начальника полиции. Но для меня важна каждая минута! Вацлав Черт наверняка уже в Вильере. Он же попытается напасть на доктора Конвей!

Полицейский почесал затылок.

— Ну, шеф, забудьте об этой столичной штучке, вы и так из-за нее отстранены от расследования! Приехал ее начальник, важный тип из Экареста, он ее и охраняет. Говорят, завтра на вертолете они отправятся в столицу. Вот на что тратятся денежки государства! Какая вам разница, что с ней случится?

Марк подошел к сидящему в кресле полицейскому и процедил:

— Не смей так говорить! Еще одно замечание, и я, клянусь, вытрясу из тебя душу!

— Вы влюбились, шеф, — подытожил полицейский. — Как пить дать, влюбились! Ну что вы такого в ней нашли? Она же не для вас! Вы так любите Вильер, а она привыкла к большому городу. Придется вам ради нее просить о переводе в Экарест или даже увольняться. Подумайте хорошенько — она же всем несчастья приносит, эта Стелла!

Комиссар, зарычав, схватил со стола книгу и швырнул ее в стенку. Полицейский безмятежно продолжал выговаривать ему:

— Шеф, берегите нервы! Ну для чего она вам? Неужели вы готовы рискнуть всем ради нее?

— Готов! — отозвался Марк Золтарь. — И ты должен мне помочь! Я сойду с ума от одной мысли, что с ней может что-то произойти. Готвальд не сможет ее защитить, а Вацлав Черт — хитрый убийца. В салоне матушки Гертруды она находится в опасности. Если с ней что-то случится... Нет, я даже не хочу думать об этом!

Полицейский щелкнул пультом дистанционного управления, выключив телевизор.

— Шеф, вас аж трясет! Охраняют же вашу Стеллу! Да если маньяк ее и найдет... — И умолк под грозным взглядом Марка. Подумав несколько секунд, толстый полицейский продолжил: — Ну, шеф, что же вы себя так терзаете...

— Никакой я тебе больше не шеф! — взорвался Марк. — Меня отстранили от расследования, а на днях вышвырнут с позором из полиции. И все потому, что ты не хочешь позволить мне уйти. Да ведь об этом никто не узнает!

— А если узнают, шеф? — возразил его бывший подчиненный. — Вы-то офицер, с вас взятки гладки, а мне придется отдуваться по полной программе. А у меня жена, дети! Вот уволят меня, кто их будет кормить? Стану я до конца жизни себя корить, думая о том, что виной всему какая-то красотка-докторша из Экареста, что вам в душу запала, шеф...

Марк Золтарь решился. Оказавшись около разглагольствовавшего полицейского, комиссар ударил его ребром ладони по горлу. Голова полицейского слегка дернулась, он обмяк в кресле. Марк пробормотал:

— Сожалею, друг, но иного выхода у меня нет. Ты не хотел выпускать меня, пришлось применить силу. Так ты, кстати, и работу свою сохранишь — я же на тебя напал, а ты не смог сопротивляться.

Пощупав пульс у потерявшего сознание полицейского, Марк принес с кухни моток веревки, привязал своего бывшего подчиненного к креслу, а рот заклеил скотчем.

— Мне очень жаль, — пробормотал, еще раз извиняясь, Марк, как будто тот мог его слышать. — Обещаю, что скоро вернусь. Тебе не придется провести всю ночь связанным.

Комиссар включил телевизор, увеличил звук (если полицейскому удастся сорвать полоску скотча со рта и он будет кричать, то его никто не должен услышать), оделся и выскользнул из дома.

Чтобы добраться до пансиона, комиссару потребовалось чуть больше получаса. Он подошел к зданию со стороны леса и присмотрелся. В номере Стеллы горел свет. Марк потянулся и вскарабкался по водосточной трубе. Давно он таким мальчишеством не занимался! Две минуты спустя он прислонился лицом к оконному стеклу. Доктор Конвей работала за ноутбуком. Марк тихонько постучал. Стелла вздрогнула, в панике посмотрела в окно и в изумлении приподнялась со стула. Затем бросилась к окну и приоткрыла его.

— Марк, что ты здесь делаешь? — прошептала доктор Конвей. — И как тебе удалось уйти из дома? Ты ведь находишься под домашним арестом!

— У меня свои методы убеждения, — уклончиво пояснил комиссар.

Стелла открыла окно полностью, и Марк забрался внутрь комнаты. Он обнял, поцеловал ее и сказал:

— Как же мне тебя не хватало, Стелла! Я не мог находиться вдали, зная, что тебе угрожает опасность!

— Говори тише! — пролепетала, приложив к губам палец, Стелла. — Готвальд живет за стенкой. Если он услышит мужской голос, то поймет, что у меня посетитель. А им может быть либо ты, либо...

— Вацлав Черт, — мрачно закончил фразу комиссар Золтарь. — Поэтому я и здесь! Я останусь с тобой, Стелла, и если убийца явится по твою душу, то собственными руками придушу его! Я не могу... не могу и представить, что с тобой что-то произойдет...

Стелла не дала ему договорить, закрыв рот поцелуем. Последующие несколько минут для влюбленных не существовало ничего, кроме друг друга. Высвободившись из объятий Марка, Стелла прикрыла окно и сказала:

— У тебя ведь будут неприятности! Ты договорился с полицейским или... напал на него? Марк, это же преступление!

— Ради тебя, Стелла, я готов пойти и не на такое, — ответил комиссар. — Я не хочу, чтобы ты завтра отправлялась в Экарест. Ты нужна мне... Ты нужна мне здесь, в Вильере! Мы должны разоблачить козни князя!

— Готвальда не переубедишь, он уже заказал вертолет, — ответила Стелла. — Теодор хочет, чтобы я сидела в своей экарестской квартире, охраняемая двумя дюжинами полицейских.

— Безумие! — выкрикнул Марк, начиная сердиться. — Неужели Готвальд не понимает, что Черта этим не остановишь? Он же опасный убийца и сумеет преодолеть все барьеры, жаждя одного — убить тебя! А со мной, Стелла, ты в безопасности, потому что... потому что я люблю тебя!

Доктор Конвей ласково посмотрела на темноволосого красавца-полицейского. Никто и никогда не признавался ей в любви так, как сделал это Марк. И, самое удивительное, она отвечала ему взаимностью. Находясь около Марка, она чувствовала себя спокойной и уверенной. Ни вулкодлак, ни Вацлав Черт, ни суровый вердикт столичных чинуш ее не страшили.

— Какая прелесть! У меня аж в глазах защипало! — раздался насмешливый голос.

Стелла и Марк, обернувшись, заметили на пороге ее комнаты Теодора Готвальда. В руках у него был пистолет.

— Шеф, что вы здесь делаете... — охнула Стелла.

Готвальд охотно пояснил:

— Стены здесь тонкие, так что, услышав мужской голос, я понял, что вы не одна. Вот и решил нанести визит без предупреждения. Ключ от вашей комнаты у меня имеется, Стелла! — Затем Готвальд взглянул на Марка и спросил: — Вы ее правда любите?

— Вам-то какое дело? — огрызнулся Золтарь. — Вы все равно этого не поймете!

— Как я понимаю, комиссар, вы проникли сюда через окно, — задумчиво проговорил Теодор Готвальд. — А ведь Черт может последовать примеру вашего обожаемого полицейского, Стелла, и...

— Вот поэтому я здесь! — перебил Марк. — Я останусь тут до утра и не сомкну глаз!

— О, в том, что вы оба, находясь в обществе друг друга, не сомкнете глаз, я не сомневаюсь ни секунды, — хмыкнул Готвальд. — Кстати, комиссар, как вам удалось сбежать из дома? Напали на собственного подчиненного? До чего только не доводит любовь! Вам придется отвечать за это, Золтарь!

— Вы ничего не понимаете! — горячась, воскликнул Марк. — Князь Сепет на свободе, вы должны арестовать его. Он — истинный виновник происходящего!

— У вас имеются бесспорные доказательства или

только предположения? — спросил Готвальд. — И не начинайте заново о вулкодлаке! Зверь мертв, вы собственными глазами видели фотографию в газете.

— И вы купились на это! — в голосе Марка слышалось презрение. — Честно говоря, ожидал от вас большего, Готвальд. Князь всех тут купил. Может, и вас в том числе?

— Я не позволю вам обвинять меня в продажности! — желчно заявил Готвальд. — Убирайтесь отсюда подобру-поздорову, комиссар.

— Но, шеф... — начала Стелла, однако Готвальд отрезал:

— Никаких «но, шеф»! Вы, Золтарь, отправляетесь к себе домой, а я, так и быть, ради доктора Конвей закрываю глаза на то, что вы ушли из-под ареста. Со своим охранником сами разбирайтесь, и если удастся его убедить хранить обо всем молчание, то можете считать, что вам сказочно повезло. Дело о так называемом вулкодлаке закрыто! Я не намерен вмешиваться в работу местной полиции. А так как вы ее более не возглавляете, Золтарь, то и навязывать мне свою точку зрения вы не вправе.

Стелла вопросительно посмотрела на Марка.

— Марк, так будет лучше! Ты должен уйти...

— Для кого лучше? — взорвался Марк. — Для Готвальда? А если с тобой что-то случится, он готов взять на себя полную ответственность?

— С доктором Конвей ничего не случится! — безапелляционно заявил Теодор Готвальд. — Именно для того я и прибыл в ваш Вильер. Полицейские охраняют подступы к городу, там и мышь не проскочит. Вацлав Черт не такой уж умный, он сделал массу ошибок. Как только он окажется в поле зрения, я его арестую.

— Стелла для вас — приманка! — ахнул Марк. — Вы никак не можете смириться с тем, что Черт пробрался в министерство и у вас на глазах угрожал секретарше, а вы даже и не догадались! Ущемленное самолюбие — вот ваша основная проблема, Готвальд! И поймать Черта вы хотите вовсе не для того, чтобы оградить женщин, в том числе Стеллу, от его нападений, а дабы покарать его за нанесенное лично вам оскорбление!

Лицо Готвальда потемнело.

— Комиссар, убирайтесь прочь! Или мне стоит позвонить в полицейское управление и попросить прислать за вами команду? Ваш бывший заместитель Густав с большим удовольствием отправит вас в тюрьму!

— Марк, прошу, сделай так, как говорит Теодор! — взмолилась Стелла.

Комиссар нехотя кивнул.

— Ладно, я уйду, но... останусь неподалеку. Стоит кому-то приблизиться к пансиону, как я задержу его!

— Всего один звонок в полицию, и вам конец, — ответил Готвальд. — Комиссар, не путайтесь у меня под ногами. Вы сейчас — влюбленный бунтарь, одна из самых опасных разновидностей сумасшедших. Ваша самодеятельность чревата огромными неприятностями, в том числе и для меня, и для доктора Конвей. Я сумею позаботиться о ее безопасности!

Марку не оставалось ничего другого, как покинуть номер Стеллы. Готвальд проводил его на первый этаж, вытолкнул на крыльцо и заметил:

— Вы — неплохой парень, Золтарь, но руководствуетесь чувствами. Шагайте домой и вызволяйте вашего стража, который наверняка лежит связанным и с кляпом по рту!

Готвальд захлопнул дверь, повернул ключ и вернулся к Стелле. Доктор Конвей стояла около окна, вглядываясь в темноту.

— Больше этот трюк не пройдет, — качая головой, заявил Готвальд. — Не исключаю, что Марк снова загорится идеей пробраться к вам, Стелла, но его ожидает разочарование. Я вот что решил: вы отправитесь в мой номер, а я останусь в вашем.

— Шеф, но мои вещи... — начала Стелла, однако Готвальд был неумолим:

— В ваших вещах я копаться не буду, можете мне поверить на слово. Марш в мой номер, Стелла! А я буду поджидать дорогих гостей, и посмотрим, кто придет первым — комиссар или Вацлав Черт!

Доктору Конвей не оставалось ничего другого, как подчиниться приказанию Готвальда. Она перешла в его номер, некоторое время работала на ноутбуке, то и дело вспоминая слова Марка. Он сказал: «Я тебя люблю!» Она не успела ему ответить, но он наверняка знает — она его тоже любит.

В половине второго Стеллу потянуло в сон. Она прилегла «на минутку» и моментально погрузилась в сон. Проснулась от того, что сквозь сон до ее сознания долетел внезапно приглушенный крик. Стелла, приподняв голову с подушки, прислушалась. Так и есть, за тонкой стенкой, в ее номере, где устроился Теодор Готвальд, что-то происходило. Неужели Марк снова пожаловал к ней, но застал в кровати шефа?

Стелла подошла к двери, открыла ее, выглянула в коридор. Через секунду соседняя дверь раскрылась, и она увидела фигуру, всю в черном, с маской на лице. А в руке у этого человека был окровавленный нож. Доктор Конвей похолодела от ужаса.

Вацлав Черт!

* * *

— Вот ты где, Стелла! — проворковал Черт, тоже заметив ее. — Должен сообщить тебе неприятную весть: я только что прирезал твоего начальника. Скажу по секрету, я давно мечтал сделать это, но получилось в общем-то случайно. А теперь на очереди ты!

Черт ринулся на нее, Стелла еле успела захлопнуть дверь и повернуть ключ в замке. Лезвие ножа прошло сквозь дерево в сантиметре от руки Стеллы — Черт ломился к ней в комнату!

— Открывай, Стелла! — завопил он. — Тебе не будет больно, клянусь!

Доктор Конвей, в ужасе оглядываясь на дверь и наблюдая за тем, как трещит под натиском маньяка хлипкая створка, подбежала к телефону, набрала номер полиции и произнесла:

— Срочно высылайте все, какие есть, наряды к пансиону матушки Гертруды! Это доктор Конвей. На меня и Теодора Готвальда совершено нападение! Предупредите и медиков, мой шеф серьезно ранен!

Прогрохотал выстрел. У Стеллы заложило уши. Одновременно прекратились попытки высадить дверь. Из коридора послышался взволнованный голос Йозека:

— С вами все в порядке, доктор Конвей?

Стелла подошла к двери, рывком распахнула ее. И увидела испуганного парнишку, а на лестнице — облаченную в фиолетовый халат Гертруду. Хозяйка пансиона сжимала в руках дымящееся ружье.

— Его нет, он удрал через окно вашего номера! О, вы находились в этой комнате... Жаль, что я не попала в него, — указывая дулом на выщербленную стену, вздохнула женщина.

— Моя мама — охотница! — с гордостью произнес Йозек. — Вообще-то она метко стреляет!

Не слушая его, Стелла прошла в свой номер. Окно осталось распахнутым, Черта и след простыл. Кровать была залита кровью, и доктор Конвей увидела скорченную фигуру Теодора Готвальда. Стелла убедилась, что он мертв — в груди, на животе и шее начальника зияло множество ран, и Стелла вдруг подумала: а ведь на его месте должна была бы оказаться она...

Послышались завывания полицейских автомобилей. Чувствуя головокружение, Стелла опустилась в кресло. Йозек заботливо склонился над ней:

— Мама приготовит вам горячий липовый чай с медом! И вы тотчас придете в себя!

БОНИФАЦИЙ СПАСАЕТСЯ БЕГСТВОМ

Бонифаций Ушлый на секунду оторвался от мерцающего монитора компьютера. Где-то вдалеке раздался вой. Или ему показалось? Кто-то действительно выводил в ночи ужасную заунывную песню.

Главный редактор «Вильерских вестей» отхлебнул из большой кружки холодного кофе и попытался сконцентрироваться на работе. Но вой опять разнесся над городом. Этот вой не давал ему завершить статью для следующего выпуска газеты.

Ушлый подошел к окну, раскрыл его и всмотрелся в темноту. Как же так? Вулкодлак мертв, он сам оповестил общественность о том, что зверя застрелили! И даже фотографии имелись, подтверждавшие это. Почти все поверили, а кто не поверил, сделал вид, что поверил. Кому охота признаваться в сомнениях, мол, невесть откуда взявшийся в здешних лесах медведь-гризли не имеет отношения к убийствам? Ведь князь Сепет объявил — больше Вильеру ничего не грозит.

Бонифаций вспомнил истеричное заявление Павлушки на пресс-конференции, что вулкодлак покарает всех, кто пытается убить его. Ушлый был в рядах сомневающихся и тоже задался вопросом: если не медведь-гризли, то кто виновник массовых убийств в Вильере? Князя Сепета, похоже, это совершенно не волнует, ему хочется как можно быстрее и выгоднее продать замок.

Ушлый закрыл окно и вернулся к компьютеру. Мысли смешались, и Бонифаций понял, что боится. Ведь если вулкодлак на самом деле существует, то он снова выйдет на охоту... Нет, что за чушь!

До слуха Бонифация донеслись мерные удары с первого этажа. Ушлый вздрогнул. Он ведь в редакции один, у него нет ни охранника, ни вахтера. Бонифаций вынул из ящика письменного стола пистолет и вышел в коридор.

— Эй, кто здесь? — спросил он дрожащим голоском.

Стук возобновился. Бонифаций понял, что кто-то колошматит в дверь. Страх исчез, к журналисту вернулся прежний апломб. Он спустился на первый этаж и подошел к большой стеклянной двери. На крыльце мелькнула и исчезла массивная фигура.

— Что вам надо? — спросил Бонифаций. — Зачем вы меня беспокоите?

Он включил свет и остановился. Ответа не последовало. Зато раздался новый удар, и Бонифаций подскочил от ужаса. За стеклом мелькнула звериная клыкастая морда. Ушлый бросился наверх, влетел в свой кабинет и запер дверь.

Не может быть! Ему померещилось! Вулкодлака не существует! Но что же тогда он видел? То была рожа чудовища!

Вдруг в кабинете погас свет. Снизу послышался звон разбитого стекла. А затем шаги... Бонифаций, схватив трубку телефона, сполз с кресла под стол, дрожащими пальцами набрал номер полиции и зашептал:

— Говорит Бонифаций Ушлый, на меня совершил нападение вулкодлак! Мне требуется... — И только тут главный редактор «Вильерских вестей» осознал, что в трубке нет гудков и никто не отвечает на его звонок.

Монстр приближался. Бонифаций, вытянув руку с пистолетом, заверещал:

— Ты до меня не доберешься, вулкодлак!

Он выстрелил. Затем еще раз. И еще. И еще. Бонифаций захохотал, как сумасшедший. Он победит тварь! Шаги стихли. Ушлый осторожно выглянул из-за стола и крикнул:

— Понял, что со мной шутки плохи? Убирайся к себе в лес!

В коридоре что-то завыло, и Бонифаций снова выстрелил. Он ощущал себя всесильным. Монстр его боялся!

Когда он в очередной раз спустил курок, раздался лишь сухой щелчок, выстрела не последовало. Бонифаций понял — закончились патроны. А вот есть ли у него еще одна обойма, он не знал. Где-то в столе вроде бы имелась...

То, что притаилось в коридоре, возобновило движение. Бонифаций, стоя на коленях, вытащил верхний ящик, высыпал его содержимое на пол и принялся судорожно искать патроны.

Изрешеченная дверь со скрипом приоткрылась. Бонифаций вывалил содержимое второго ящика. Звякнув, патроны покатились по полу. Ушлый схватил один. Но что с ним делать? Он понял, что не знает, как надо обращаться с оружием. В школе по причине слабого здоровья он был освобожден от начальной военной подготовки. И тут его взгляд наткнулся на фотоаппарат.

Заскрипело под ногами вошедшего битое стекло, Бонифаций медленно поднял глаза. Вначале он увидел лапы. Затем косматое туловище. И наконец страшную звериную морду. То, что ворвалось в редакцию, тяжело дыша, замерло перед ним. Красные глаза твари вспыхнули во тьме, и Бонифаций ахнул.

— Господин, поверьте, я не хотел! — чувствуя тупую боль в сердце, прошелестел Бонифаций. Чудовище, казалось, внимательно его слушало. Журналист, пятясь на карачках к окну, продолжал: — Я... я не хотел вас оскорбить, князь! Ваш потомок, Юлиус, заставил меня... Он во всем виноват, клянусь, он виноват! Я — подневольный журналист, игрушка в руках сильных мира сего!

Монстр направился к Бонифацию. Журналист забормотал слова молитвы. Он не верил в вулкодлака, а монстр существует... В мягком свете луны он видел надвигающееся на него страшилище. Вулкодлак протянул к нему лапы с длинными когтями. Бонифаций Ушлый заплакал. Ему так не хотелось умирать!

Журналист, неловко поднявшись, побежал к окну, раскрыл его и выпрыгнул. Когда он приземлился на асфальт, резкая боль пронзила ноги. Бонифаций попробовал подняться, но не смог. Ерунда, главное, что он жив и удрал от монстра! Задрав голову, посмотрел в окно, из которого выпрыгнул. Вулкодлак исчез. А был ли вообще? Или на него нашло затмение и монстр ему привиделся?

Бонифаций пополз прочь от здания редакции. Все позади, все позади, твердил он сам себе, не веря. И когда услышал шаги, понял: позади вулкодлак. Бонифаций умудрился подняться на левую ногу и, приволакивая правую, сломанную, заскакал прочь. Он спасется и тогда... Тогда он станет самым знаменитым журналистом в стране и, возможно, в мире! Ушлый сделал фотографию, затем еще одну. И еще одну. Споткнувшись, он полетел на землю.

Черная фигура неспешно приблизилась к нему. Бонифаций, набрав в легкие воздуха, завопил что было мочи:

— Помогите! На меня напал вулкодлак! Спасите, умоляю!

Тварь оказалась подле Бонифация. Ее рубиновые глаза несколько раз моргнули и погасли. Журналист, щелкнув фотоаппаратом, простонал:

— Изыди, нечистый! Заклинаю тебя божьим именем! Убирайся обратно в ад, там тебе самое место!

Монстр заворчал, лунный луч упал на его узкую зубастую морду. Секундой позже монстр бросился на Бонифация.

ЧЕРТОВО САЛЬТО-МОРТАЛЕ

Прыжок из окна оказался на редкость удачным. Вацлав Черт, приземлившись на рыхлую землю, на мгновение замер. Завывали полицейские сирены, значит, очень скоро пансион будет наводнен служителями закона, и он не сможет напасть здесь на Стеллу еще раз.

Каково же было его разочарование, когда он увидел лицо человека, которого с таким остервенением пронзал ножом! Теодор Готвальд! Произошла нелепая ошибка, и в номере, где должна была обитать Стелла, расположился ее начальник!

Но на размышления у Вацлава не было времени. Он нырнул в лес и затаился. Стелла наверняка думает, что он убежал и, вероятно, покинул Вильер. Как бы не так! Он останется в городе до тех пор, пока она здесь, пока не убьет ее.

Вацлав видел, как к пансионату подлетели три машины с мигалками. Из них выпрыгнули полицейские и бросились в особняк. Минут через десять из дома вышла старуха в халате, та самая, что выстрелила в него из ружья. Мерзкая жаба! Если бы не она, ему удалось бы убить Стеллу! Тетку сопровождал худосочный мальчишка, видимо, ее сынок. Женщина обвела взглядом горы и что-то сказала мальчишке. Черт прислушался. Интересно узнать, что сейчас со Стеллой!

Старуха в халате и парень отошли от пансиона и оказались всего в нескольких метрах от кустов, за которыми прятался Вацлав Черт.

— Мама, настало время рассказать правду, — заявил мальчишка. — Прошу тебя, давай все прекратим, а... Я больше не могу!

— Нет! — властно заявила его мамаша. — Йозек, неужели ты не понимаешь, к чему это приведет? Ты будешь

Антон Леонтьев

303

держать язык за зубами и помогать мне! Я забочусь о тебе и о твоем будущем!

— Ты заботишься только о себе, — ответил мальчишка. — Если ты не расскажешь все полиции, то я сам расскажу... Мама, я не хочу...

Женщина, схватив его за плечи, тряхнула с такой силой, что Вацлав поразился. Конечно, тетка была особой крупной, но откуда в ней столько энергии? Лицо особы в халате перекосилось, рот искривился, и она рявкнула:

— Йозек, ты всегда и во всем подчинялся одному человеку — мне, твоей матери! Ты знаешь, что правда только убьет нас всех. Ты этого хочешь? Мы ведь уже недалеки от цели! Еще немного, и мы сможем навсегда покинуть Вильер! Только я и ты!

Вацлав подумал, что мамаша имеет огромную власть над сыном, и с омерзением, смешанным с любовью, вспомнил о собственной родительнице.

— Хорошо, мама, — понуро отозвался парень, которого женщина называла Йозеком. — Но пообещай мне, что... что больше ничего не будет! Мы... ты уже достаточно натворила! Прошу тебя, мамочка, не усугубляй ситуацию! Если все вскроется...

— Ничего не вскроется! — заявила мамаша и оглянулась. — Похоже, нас ищут. Полицейские здесь долго не задержатся, они сейчас заняты поисками этого придурка...

Вацлав понял, что тетка имеет в виду его. Он бы с огромным удовольствием напал на нее, но она была не одна, а кроме того, дом полон народу.

— Мама, ты клянешься, что больше ничего не будет? — спросил заискивающе Йозек.

Особа ничего не ответила, потому что на крыльцо в сопровождении нескольких полицейских вышла Стелла. Доктор Конвей была бледна, но держалась на редкость собранно. Вацлав Черт уставился на нее и сжал рукоятку ножа. Напасть на Стеллу пока что не представлялось возможным, его застрелят еще до того, как он приблизится к ней. Вот если бы она подошла к кустам, он бы прыгнул на нее... Ему хватило бы одного удара, чтобы умертвить Стеллу! И тогда можно было бы убираться из города.

Но Стелла, вместо того чтобы подойти к зарослям, зашла обратно в дом. Вацлав услышал, как тетка в фиолетовом халате говорит ей что-то про целебный чай для успокоения нервов. Тон у нее был любезный, заботливый и разительно отличался от того, каким поучала своего щуплого сынка. Она, кажется, говорила, что полиция долго тут не задержится. Конечно, никто не подумал, что он попробует повторить во второй раз за ночь попытку убить Стеллу. Доктор Конвей расслабится, Черта будут искать где угодно, но только не около пансиона, и тогда он... Вацлав Черт ухмыльнулся, представив, какая участь ожидает Стеллу.

Перед пансионом затормозил фургон с зарешеченными окнами. Оттуда выпрыгнули двое полицейских, а за ними последовали три овчарки. Вацлав тихо выругался. Они притащили собак! А в спальне, где он убил Готвальда, остался его рюкзак!

Не дожидаясь, когда собаки устремятся к зарослям, где он пока прятался, Черт побежал. Он еще вернется, чтобы завершить начатое, и никто его не остановит!

Вацлав услышал за спиной собачий лай. Его преследуют! Чертовы псины идут по следу!

Увидев небольшой ручей, прыгнул в воду. Метров через двести выбрался на берег и прислушался. Собаки надрывались где-то рядом, но, похоже, его маневр удался — они его потеряли. Но надолго ли? Полиция знает, что далеко он уйти не мог, значит, будут продолжать искать...

Черт снял с лица черную маску, утяжелил ее камнями и бросил на дно ручья. Ноги у него промокли, нестерпимо хотелось есть и принять горячую ванну. В кармане у него были нож, который Вацлав тщательно промыл в воде, а также деньги. И непригодный уже паспорт: ведь на фотографии изображен старик, а фальшивая борода и экипировка старца (они лежали в рюкзаке) уже наверняка в руках у полиции.

Вацлав задрал голову — ночь была безлунная. Он не испытывал страха, но его занимала мысль, как же, во-первых, обмануть полицию, а во-вторых, как добраться до Стеллы. Конечно, он может скрыться из города и бежать за границу, но тогда доктор Конвей останется в живых. Нелепый случай позволил Стелле избежать предуготовленной ей участи, однако Черт уже представлял заголовки газет: Кровавый Дьявол убивает начальника отдела по расследованию серийных убийств». Это-то и плохо: полиция будет носом землю рыть, чтобы его найти.

Собачий лай приближался, и беглец возобновил движение. Внезапно над городом поплыл странный вой, от которого на душе сделалось муторно. Вацлав услышал, как собаки заскулили. Боятся! Неужели волки? Или... вулкодлак?

Вацлав выбежал из леса и тотчас нырнул обратно в гущу деревьев — трассу патрулировали полицейские. Вон их сколько! Думают, что они его поймают... Ну нет, он им такой радости не доставит! Собаки заливались лаем все ближе и ближе. Черт понял — овчарки снова вышли на его след. Через несколько минут он окажется в руках полиции... И тогда до Стеллы ему не добраться!

Черт никогда не терял головы в экстремальной ситуации. Провинциальные полицейские, как он хорошо знал, кулемы, а главного столичного специалиста по маньякам он только что прирезал. Полицейские суетились, докладывая что-то по рации, переговариваясь, переходя от одной машины к другой.

Черт, пригнувшись, тенью перелетел к ближайшему автомобилю. За рулем, развалившись, сидел молодой полицейский. Он при свете тусклой лампочки читал газету. Осторожно выглянув из-за капота, Черт даже разглядел заголовок — «С вулкодлаком покончено!». Внезапно захрипела рация: «Будьте начеку, собаки снова ведут его! Он движется в вашем направлении!»

Пользуясь тем, что полицейский отвлекся, Черт рванул на себя дверцу и бухнулся на сиденье. Полицейский воззрился на него расширенными от удивления глазами. Парень не успел даже вскрикнуть, как Черт полоснул его ножом по шее. Полицейский захрипел, Вацлав вытолкнул его из машины и повернул ключ в замке зажигания.

Прочие полицейские не сразу поняли, что произошло. Черт на полной скорости помчался по трассе. Завывая сиренами, автомобили устремились за ним. Вацлав несколько раз свернул и вырулил на дорогу, ведущую в горы.

Впереди вырос сетчатый забор. Пробив его на полной скорости, Черт влетел на территорию какого-то заброшенного завода или, может быть, шахты. В глаза ему бросились высокие обветшалые здания с разбитыми окнами, похожие на скелеты подъемные краны и несколько остовов грузовых автомобилей.

Черт, чуть сбавив скорость, миновал территорию завода-призрака, пробил еще одну сетку с надписью «Проход категорически воспрещен» и резко затормозил. Метрах в ста пятидесяти дорога обрывалась и плато заканчивалось: впереди была пропасть.

Месяц вышел из-за туч, и Вацлав Черт увидел темные горы, поросшие вековыми соснами. Посмотрел в зеркало заднего вида. Так и есть, он в ловушке — невдалеке остановилось не меньше дюжины автомобилей, и около них замерли в различных позах вооруженные люди. Прорваться он не сможет: его попросту расстреляют.

— Вацлав Черт, ты знаешь, что у тебя нет ни малейшего шанса! — прогремел усиленный мегафоном чей-то грозный голос. — Ты сам загнал себя в мышеловку! Мы предлагаем тебе сдаться! Выходи с поднятыми над головой руками! И без глупостей, одно подозрительное движение, и мы стреляем! Итак, у тебя имеется пятнадцать секунд. Если по истечении этого срока ты не выйдешь из машины, мы открываем огонь на поражение. Один, два, три...

Черт злобно усмехнулся. Обычно он сам диктовал своим жертвам условия. На сей раз все иначе. Что ожидает его, если он сдастся? Ни один столичный адвокат (из тех, кого он еще не прикончил) не отмажет его, за убийство Готвальда дадут пожизненное, но дружки покойного Готвальда постараются запихнуть его в тюрьму, где ему не протянуть больше пары недель. Черт знал, что никто не будет печалиться по поводу его кончины от «острой сердечной недостаточности» в форме остро заточенного черенка алюминиевой ложки, которую ему загонят в тело «благородные» зэки.

Хотя, скорее всего, даже никакого суда не будет. Полицейские на взводе, и если один из них (а по инерции — и все прочие) откроет огонь, когда он, следуя приказанию, выйдет из машины, дабы сдаться, начальство отнесется к этому снисходительно. Наверняка потом свидетели подтвердят под присягой, что он, Черт, сделал странное движение рукой или пытался убежать. Его расстреляют, как зайца на охоте!

Мысли промелькнули в голове Черта за долю секунды. Почему-то вспомнилось, как после своего второго нападения он едва не попался, столкнувшись в подъезде с соседкой зарезанной им женщины. Та увидела разводы крови у него на одежде и сразу поняла, что он только что кого-то убил. Это отразилось на ее лице. Завопи она, на подмогу сбежались бы другие жители. Пришлось отправить тетку в мир теней...

— Десять, одиннадцать, двенадцать... — неслось из мегафона.

Они ждут от него представления? Так они его получат! Он не собирается играть по их правилам! Черт захохотал, повернул ключ зажигания и дал газу.

Он видел панику в рядах полицейских — наверняка решили, что он пойдет на таран. Но Черт и не думал разворачиваться или давать задний ход. Автомобиль на полной скорости устремился к обрыву. Черт отпустил руль. Вот момент его триумфа!

Полицейские, столпившись около развороченного забора, наблюдали за тем, как машина на полной скорости слетела со скалы. Одно или два мгновения она продолжала двигаться по инерции, как будто устремилась к зловещему серебряному рожку месяца. А потом спикировала вниз. Раздался оглушительный взрыв, взметнулись оранжевые языки пламени. Полицейские побежали к обрыву. Их глазам открылась страшная картина — внизу, на глубине добрых восьмидесяти метров, среди черных валунов и сосен бушевал гигантский костер. Один из полицейских снял фуражку, перекрестился и сказал:

— Ну, вот все и закончилось. Так даже лучше. Изверг покончил с собой.

— Может, он все-таки жив? — спросил кто-то.

Густав с мегафоном, расталкивая подчиненных, протиснулся к обрыву и, взглянув на охваченный пламенем остов автомобиля, решительно заявил:

— Куда там жив... Нам повезет, если найдем его нижнюю челюсть и пару костей. Хороший же шашлычок получился из Вацлава Черта!

Словно в ответ на это циничное замечание раздался еще один взрыв, рыжий столб огня взметнулся вверх и опалил несколько деревьев. Густав, плюнув в пропасть, сказал:

— Вызывайте пожарных. Черт сдох, встречается сейчас со своим хозяином в аду. Туда ему и дорога!

Со стороны города донесся протяжный злобный вой.

— Неужто снова вулкодлак... — произнес кто-то из полицейских.

Густав отчеканил:

— Нет никакого вулкодлака, его застрелили! И нечего топтаться тут без дела, можете отправляться по домам! Вацлав Черт подох!

ДЕТСКИЕ ШАЛОСТИ

— Ну что, слабо? — произнес Сергий и с прищуром посмотрел на Максима. — Я знаю, что слабо! Отжаться даже пяти раз не можешь. Эх ты, лошок!

Двое других подростков расхохотались, и в их смехе Максим уловил издевательские интонации. Денис, рыжий, лопоухий, гордился тем, что как-то поймал кошку соседки, что постоянно жаловалась в полицию на его хулиганства, и запихнул живой в морозильный шкаф, где кошка, промучившись около часа, издохла.

— Точно, слабачок! Так что гони деньги, ботаник!

Марцел, с короткой стрижкой и раздутым от чрезмерных занятий с «железками» туловищем, пробасил:

— Такой пай-мальчик, как ты, ведь знает, что нельзя заставлять старших ждать! А то мы можем и обидеться, и даже рассердиться! А если мы рассердимся, то тебе будет очень и очень больно, тормоз!

Снова раздался стегающий по лицу гнусавый смех. Сергий, заводила всей банды, томный синеглазый блондин, звезда школьной баскетбольной команды, от которого в восторге девчонки и которым гордятся все учителя, сорвал с плеч Максима рюкзак.

— Посмотрим, что у него здесь! — произнес он глумливо и вывалил содержимое на мокрый асфальт.

Учебники и тетради упали в лужу. Марцел пнул ногой пластмассовую коробочку, подобрал ее, открыл и загоготал.

— Парни, у него здесь половина яблочка и очищенная морковочка! Мамочка своему сыночку положила? Или бабуленька? Витаминчики для чадушки!

— А это что такое? — Денис подобрал небольшой блокнот в синем переплете.

Максим закричал:

— Отдай! Ты не имеешь права...

И получил удар в солнечное сплетение. Сергий перехватил у приятеля блокнот и произнес:

— Интересно, что за секреты могут быть у такого придурка, как ты? Думаешь, что если перед учителями пресмыкаешься и они тебе за это оценки хорошие ставят, то тебе все дозволено? Ну, отвечай!

Снова удар. Максим привык к тому, что над ним издеваются. Он утешал себя тем, что всего лишь полгода — и он получит аттестат зрелости и уедет из Вильера в Экарест, где никогда не столкнется ни с одним из одноклассников. В особенности с Марцелом, Денисом и их «мозговым центром» — Сергием. Они выбрали его в качестве жертвы давно, еще в начальной школе, и в течение многих лет издевались над ним, требовали давать им списать домашние задания и вымогали деньги. Максим свыкся с этим, родителям ничего не говорил и считал дни до выпускных экзаменов. В последние месяцы ситуация усугубилась — школьная шпана не давала ему прохода, почти каждый вечер поджидая в подворотне. Сейчас Максим был бы рад, если бы все закончилось обычными зуботычинами или оскорблениями. Было далеко за полночь, и вот уже три или четыре часа (Максим потерял счет времени) они издевались над ним. Максим намеренно покидал школу самым последним, зачастую уже после наступления темноты, надеясь, что сумеет добраться домой, не повстречав обидчиков. Иногда ему это удавалось. Сегодня — нет.

Они встретили его в парке и решили проверить физическую форму. Максиму пришлось отжиматься, делать приседания и наклоны. И каждый раз его ударяли в спину или в живот, харкали в лицо или отпускали шуточки по поводу его внешности.

Сергий открыл блокнот и завопил:

— О, да это же дневник нашего лунного мальчика! Чего-то про любовь пишет... Ты случайно не в меня втюрился? А то в спортивной раздевалке постоянно пялишься...

Марцел и Денис захохотали. Максим жалобно произнес:

— Прошу вас, отпустите меня! Уже ведь очень поздно, а завтра же тест по английскому. Мне подготовиться надо! Чтобы все правильно сделать и вам дать списать...

Только бы он не увидел... Только бы не увидел. Только бы...

— Что за хрень? — раздался озадаченный возглас Сергия.

Максим судорожно сглотнул и опустил взгляд. Увидел! Что же теперь будет?

Дрожащим от ярости голосом Сергий воскликнул:

— Знаете, в кого этот урод втрескался, про кого оды пишет, кому сонеты посвящает? Моей Альбине!

Альбина, твердо уверенная в том, что станет знаменитой супермоделью или, возможно, сделает карьеру в Голливуде, была самой красивой девушкой в школе. И подружкой Сергия.

Возникла пауза. Максим бросил быстрый взгляд на Марцела и Дениса. Те протянули:

— Ну ты и попал, дерьмук! Не завидуем мы тебе!

Сергий, с бледным лицом и пылающими глазами, подскочил к Максиму и ударил его в пах. Максим со стоном упал. Сергий принялся избивать его ногами. Удары сыпались со всех сторон, Максим сжался в комок, стараясь защитить лицо и голову.

— Уймись, босс, — произнес взволнованно Денис.

Ему вторил Марцел:

— Ты же его так убьешь!

— Пусть сдохнет, мразь! — рычал Сергий. — Альбина — только моя, ты даже в мыслях не смеешь ее осквернять своей любовью! Понял, уродец?

Сергий употреблял наркотики — Максим сам видел, как он глотал разноцветные таблетки. В гневе Сергий был страшен. Он не так давно во время баскетбольного турнира набросился на игрока команды противников — тот якобы намеренно толкнул его — и успел нанести ему несколько ударов по черепу. Молодой человек провел несколько недель в больнице. Сергию удалось уйти от ответственности, ведь он был лучшим игроком в школьной команде. Да и избитый им сознался, что толкнул Сергия. Однако шептались, что не оттащи Сергия тренер, он бы попросту до смерти забил обидчика. Максим был уверен, что вспыльчивый характер Сергия изменился под воздействием таблеток, и юноша превратился в неуправляемого психопата, готового на убийство.

Марцел и Денис с трудом успокоили Сергия. Максим, размазывая кровь по лицу, поднялся на четвереньки. Каждый вдох давался с трудом, тело пронзала острая боль. Наверняка сломано ребро, возможно, даже несколько. Голова трещала, правое веко не открывалось.

— Что ты с ним сделал, босс! — произнес с беспокойством Марцел. — Ты его обработал, как боксерскую грушу!

Сергий снова рванулся к Максиму, но друзья его удержали.

— Да уж, точно перестарался, — поддержал Марцела Денис. — Лучше бы в лицо ему поссал или заставил собачье дерьмо сожрать, от такого много следов не остается. Родители урода, наверное, уже его ищут, а когда он домой припрется, они в полицию заявят...

Бедный Максим подхватил рюкзак и поплелся, пошатываясь, через парк. Его догнал Марцел и, по-братски обняв, зашептал:

— Ну, ты, того, скажи, что упал. Или что на тебя неизвестные напали и деньги отобрали. Сергий, ты же сам знаешь, если речь об Альбинке идет, с катушек слетает. Родителям про нас не говори! Тебе же еще с нами учиться, паря!

Максим, сбросив лапу Марцела, обернулся и, с трудом шевеля разбитыми губами, произнес:

— Что, боитесь? Боитесь меня, слабака? Меня, тормоза? Меня, уродца?

Сергий уже пришел в себя и исподлобья смотрел на Максима. Денис нерешительно произнес:

— Ты че, на нас обижаешься? Так мы при чем? Если бы не мы, он бы тебя вообще в фарш превратил. Ты нам спасибо должен сказать!

— Спасибо за то, что вы в течение семи лет издевались надо мной? — фальцетом крикнул Максим, чувствуя, что из глаз хлынули слезы. — Спасибо за то, что я с воскресенья ждал следующей пятницы, считая каждую минуту в школе? Спасибо за то, что вы сделали из меня всеобщее посмешище?

— Ну, чего не бывает, — примирительным тоном заявил Марцел. — Хочешь, я тебя домой провожу, родакам твоим скажу, что на тебя напали грабители, а я тебя защитил от них? А деньги мы тебе, само собой, вернем.

Денис приблизился к Максиму и протянул набухшие учебники и мокрые тетради.

— Вот твои вещички, — сказал он заискивающе. — Чего скандал поднимать? Клянусь своей бабушкой, мы тебя больше не тронем!

Максим через силу улыбнулся и ответил:

— Вы все поплатитесь за это! Все трое! А в особенности ваш предводитель! Как дома окажусь, полицию вызовем, и вас арестуют. И я добьюсь, чтобы вы по заслугам получили.

— Вот как ты запел... — проронил Сергий, направляясь к Максиму.

Денис и Марцел бросились к своему боссу, упрашивая:

— Оставь его, он передумает!

— Не передумает, — ответил, сплевывая на асфальт, Сергий. — Такой ублюдок, как наш ботаник, не передумает. Все годы молчал-терпел-страдал и вот решил нам отомстить. Что, чувствуешь себя всесильным, падла? Нет ничего страшнее загнанной в угол крысы. А ты и есть крыса!

— Не передумаю, — ответил Максим и, развернувшись, зашагал по направлению к дому. «Стоять!» — услышал он крик Сергия, но не остановился, а ускорил шаг. «Кому сказал, стоять, гадина!» — надрывался психопат-наркоман.

Сергий настиг его и ударил в спину. Максим полетел на землю.

— Босс, хватит! — с испугом воскликнул Марцел. — Он

и так весь в крови. Нам неприятности не нужны. Ты, паря, сколько хочешь за молчание? Сотню, две, три?

— Он — наша неприятность, — указав на лежавшего на холодном асфальте Максима, заявил Сергий. — Что, не просекли, дебилы? Он ведь нам не простит всего, что было. Мнит, что мы сейчас будем унижаться, на коленях прощения просить, упрашивать его.

— Если он заявит, то придется отвечать, — ляпнул Денис. — Это у тебя отец влиятельный, отмажет, но я молчать не буду, скажу все, как было, что ты его бил, а не мы с Марцелом.

— Я в армию хочу, а оттуда — в спецназ, — добавил Марцел. — А если судимость будет, то меня не возьмут. И что, из-за твоей выходки, босс, мне всю жизнь будущую ломать?

Сергий, снова пнув Максима в бок, ответил:

— Не из-за моей выходки, а из-за него. Если суд будет и тебя в колонию отправят, то уж точно никаких элитных войск и карьеры в армии тебе не видать как своих ушей. А я хочу на юриста потом учиться, адвокатом, или судьей стать, или прокурором... Но кто ж мне позволит с судимостью?

— Меня отчим убьет, — запричитал Денис. — Сказал, что, если я еще раз в историю впутаюсь и его с матерью опозорю, он меня пришьет. И ведь не преувеличивает, прихлопнет, как муху!

— Он нам всем жизнь испортит, — подвел итог Сергий. — Ведь так, урод? Что вылупился? Знаю, что так!

— Я... я никому ничего не скажу, — пролепетал Максим. Только бы сбежать от них, только бы... только...

— Теперь это уже не имеет значения, мразь, — продолжил Сергий. — Ты сейчас готов с три короба наврать, чтобы свою шкуру спасти. А как только к мамулечке и бабулечке под крылышко прибежишь, то сразу воспрянешь духом и полицаям нас заложишь.

— Так что ты предлагаешь-то, босс? — спросил озадаченный Денис.

А Марцел, не отличавшийся большими интеллектуальными способностями, поддакнул:

— Не понимаю, к чему ты клонишь.

Сергий пояснил:

— От него надо избавиться. Сейчас. Раз и навсегда.

— Как — избавиться? — спросил тупо Денис.

— Как ты от соседской кошки избавился — взять и убить, — ответил Сергий.

313

— Убить? — вздрогнул Марцел. — Но ведь это... преступление!

— Ты же в солдаты собираешься, потом хочешь наемником в «горячие точки» ездить или, будучи в числе избранных, врагов государства уничтожать, — заявил насмешливо Сергий. — Убивать тебе придется пачками. Так почему сейчас дрейфишь? Можешь сейчас на нем потренироваться, потом не так противно будет!

Максима охватила дрожь. Сергий не шутит — сразу понятно по его тону. Он в самом деле предлагает друзьям совершить убийство.

— Кошка кошкой, но он — человек! — сказал неуверенно Денис.

— Тонкое замечание, — усмехнулся Сергий. — Ты прав, в холодильник не поместится, разве если на кусочки разрезать.

— Если нас поймают, тогда плохо будет, — вставил Марцел. — За нанесение тяжких телесных дадут полгодика, может, даже и условно. А за убийство... до конца жизни ведь засадят!

— А ты сделай так, чтобы никто тебя не поймал, — заявил холодно Сергий. — Ты что, один из тех идиотов, которые оставляют отпечатки пальцев или прочие улики?

— Так мы... то есть бил-то его ты... И на нем эта, как бишь ее, кислота осталась. Ну, как она называется... Эй, ботаник, ты же все знаешь, скажи!

Денис неловко ударил Максима носком кроссовки по коленке. Максим прошептал:

— Дезоксирибонуклеиновая кислота, она же ДНК. Ваш генетический материал.

— Спасибо, что подсказал, — заявил Сергий. — Но если нет трупа — нет и улик! Надо так его спрятать, чтобы никто и никогда не нашел. Мало ли, что с ним произошло... Например, педофил какой польстился на его прыщастую очкастую рожу, в лесу оттрахал, а тело зарыл. Или вот — вулкодлак на него напал!

— Так вулкодлака же вроде застрелили, в газете сообщалось, — вставил Денис. — Медведь какой-то огромный, бешеный, говорят, им оказался.

— А, неважно, — перебил Сергий. — Мы обеспечим друг другу алиби, никто не подкопается. Только должны вместе держаться, если один расколется, то ко дну все вместе пойдем! Понятно?

— Понятно, босс, — хором заявили Денис с Марцелом. И Максим понял: они готовы пойти на убийство!

— Ну и отлично, — сказал Сергий. — Деня, собери тетради из лужи, что там остались...

— А как мы его... ну... убивать будем? — спросил Марцел.

— Думаю, придушим, — ответил равнодушно Сергий. — У тебя ручищи накачанные, ты ему глотку пережмешь, хребет треснет, он за две секунды сдохнет. И мучиться не будет. Ну, почти не будет.

Максим, холодея, с ужасом слушал, как обсуждается способ его умерщвления.

— Почему я, босс? — охнул пугливо Марцел. — Чуть кого бить, всегда я. Тогда уж вместе будем... убивать. Чтобы... чтобы, если поймают, вина равномерно распределилась. А то один получит три года и по амнистии выйдет, а другой будет десять лет мотать от звонка до звонка.

— А где, прямо здесь его кокнем? — спросил Денис, деловито запихивая в рюкзак тетради.

— Конечно же, нет, — ответил Сергий. — Нам еще повезло, что свидетелей нет. Хотя сейчас мало кто по парку ночью шляется. Нам требуется укромное место, где бы мы смогли тело зарыть. Да так, чтобы случайно, при проведении каких-нибудь ремонтных работ, его не обнаружили или какой-нибудь выгуливающий псину особо ретивый гражданин не нашел, заинтересовавшись, чего его собака яму роет.

— Помогите! — заголосил Максим.

Подростки ринулись на него. Денис сдавил ему шею, Марцел ударил по зубам. Сергий стянул шарф и приказал:

— Рот ему заткни.

Когда жертва смолкла, будущие убийцы стали обсуждать, где же спрятать труп.

— Знаю! — возбужденно воскликнул Денис. — В лесу могут егеря и охотники найти, на стадионе тоже рано или поздно обнаружат. На кладбище! Причем не на новом, а на старом! Там никто никогда не найдет, а если найдет, то кости никого не удивят — там полно мертвяков!

— Лопату бы нам... Тогда я могилку этому красавчику вырою знатную! — заявил, потирая руки, Марцел. — Может, его живым... ну, того... в могилу засунуть и землей засыпать? Тогда и убивать не придется, вроде как сам помрет.

— Старое кладбище? Дельное предложение, — похвалил Сергий. — Как я сам до этого не допер! А что касается могилы, то не стоит трудиться. Там ведь бывают время от времени посетители, бабки древние мужей навещают или родителей. Увидят свежую могилу, панику подымут. Лучше запихнем его в один из склепов, там ведь их много, еще от дворян остались. Если его связать и в саркофаг каменный положить, он там быстро задохнется и помрет. Ну что ж, за работу!

Жертву подхватили и потащили к старому кладбищу, располагавшемуся не очень далеко. Максим извивался, пытаясь вырваться, но, связанному, ему это не удавалось. Миновав лес, подростки вышли к витой чугунной ограде.

— Жуть-то какая! — сказал, присвистнув, Денис. — А мертвяки на нас не нападут?

— Еще скажи — вулкодлак! — рассмеялся Сергий.

Сквозь большую дыру молодые люди проникли на кладбище. Там и сям возвышались покосившиеся кресты, землю усеивали могильные плиты, попадались и надгробные памятники — фигуры скорбящих ангелов.

— Черт, как-то неприятно мне... — сказал Марцел, оборачиваясь. — Побыстрее бы его кокнуть и домой пойти, пожрать и спать завалиться!

Они подошли к склепу, похожему на миниатюрный греческий храм. Гранитные колонны были покрыты трещинами и обросли мхом, позолота с черной мраморной доски облезла. Большая железная дверь с массивным кольцом, торчащим в зубах львиной морды, была приоткрыта.

— Это фамильное место упокоения баронов фон Липп, — сообщил Денис, глядя на мраморную доску, и начал читать: — Гликерия фон Липп, урожденная Гильдесгейм-Сепет, появилась на свет тринадцатого марта года тысяча восемьсот шестьдесят шестого года и отдала богу душу двадцать девятого сентября тысяча девятьсот восьмого... Ого, уже сотня лет с ее смерти миновала! Ее супруг, достопочтенный барон Аркадиус фон Липп, увидевший свет пятого ноября года тысяча восемьсот пятьдесят первого...

— Не канифоль мозги, — заявил Марцел. — Мы че, в школе, на уроке истории?

— Место подходящее. Давайте осмотримся, — приказал Сергий. — Есть ли внутри саркофаг какой, чтобы урода в нем схоронить.

— Чего ты на меня смотришь? — крикнул Марцел Денису. — Не пойду я туда!

— Сдрейфил? — зло спросил Денис. — Железки жмешь, из себя крутого пацана изображаешь, а в склеп спуститься трусишь?

— А сам-то? — ответил Марцел, распаляясь. — Самому-то что, слабо? Откуда я знаю, что там, в склепе?

Послышался холодящий душу вой. Марцел прошептал:

— Ой, вулкодлака же убили!

— Не гони пургу, — распорядился Сергий. — С вами даже убийства нормального не совершишь. Сам схожу в склеп и все осмотрю!

Он подошел к двери, толкнул ее. Та, заскрежетав, поддалась. Сергий исчез в склепе. Марцел занервничал:

— И чего он так долго? Ты ведь, Денис, слышал вой? Где-то совсем рядом!

Из склепа вышел Сергий. Стряхивая с головы паутину, он сказал:

— Отличное местечко. Там не меньше двух десятков саркофагов, все из гранита. Я попробовал крышку одного сдвинуть, не поддается, но втроем справимся. Там ему самое место. Берите этого ублюдка и следуйте за мной. Там, в нише, даже свечу большую нашел, а у меня зажигалка имеется. Ну, нечего терять время!

Марцел глянул на то место, где Максим лежал на земле, и глупо спросил:

— А куда он делся?

— Что значит — куда? — заорал Сергий. — Вы что, его прошляпили?

— Он же связанный, босс, — сказал Денис. — И только что здесь лежал! Куда же он мог деться?

— Вот он, отполз за могилу, спрятался, гаденыш! — провозгласил Марцел, вытаскивая дрыгающегося Максима. — Думал, обдурить нас получится...

Он подхватил худенькую жертву, и подростки направились к склепу. Они спустились по каменной лестнице вниз и оказались в большом зале, украшенном некогда изумительной, а теперь местами обсыпавшейся мозаикой и покрытыми плесенью фресками, отображавшими многовековую историю рода фон Липп. Сергий зажег свечу, и крошечное пламя слабо осветило зал с саркофагами, расположенными в шахматном порядке. Он похлопал по крышке самого большого саркофага.

— Кладите его на пол и помогите мне сдвинуть крышку.

Марцел и Денис, повинуясь приказанию, вцепились в крышку. Та с грохотом отошла в сторону, обнажая черную яму. Денис заглянул в нее и ойкнул:

— Фу... череп, кости да вонючие тряпки.

— А ты чего ожидал? — хмыкнул Сергий. — Как в сказке, Спящую красавицу? Какая-то баронесса покоится здесь больше ста лет. Ну, давай запихивай туда уродца!

Они подошли к извивающемуся на полу Максиму. Он стонал и плакал, пытаясь умилостивить подростков. Марцел нерешительно заявил:

— Может, все-таки отпустим его? Мы уже так его напугали, что он будет обо всем молчать.

Максим замычал, дергая головой и выражая согласие.

— Нет, я ему не верю, — уперся Сергий. — Он все расскажет родителям и полиции, и тогда нам пришьют не только избиение, но и попытку убийства. Так что доведем начатое до завершения. Итак, взялись!

Денис и Марцел подхватили Максима и потащили его к саркофагу. Вдруг подростки услышали хруст и скрип двери. Сергий тихо скомандовал:

— Отставить! Положите его обратно на пол.

— Ой, — уставился на лестницу Денис, — там кто-то есть!

— Это и дурак поймет, — ответил Сергий и ткнул пальцем в Марцела: — Иди и проверь!

— Но почему именно я? — заныл тот. — Вечно на мою долю выпадает вся грязная работа...

— Не спорь! — ответил Сергий. — Наверняка бомжи шастают. Если что, накостыляй по шее и выкинь вон с кладбища.

— А если он все видел? — спросил Денис. — Ну, как мы... как мы пытались урода в саркофаг положить?

— Тогда придется и от свидетеля избавиться, — без сожаления в голосе ответил Сергий. — Или вы хотите, чтобы он сюда полицию привел? Одним убийством больше, одним меньше — роли уже не играет. Мы повязаны общей тайной до конца жизни. Стоит одному из нас расколоться, как и другие отправятся в тюрьму! Ну иди, обезвреживай свидетеля!

Марцел понуро поплелся к лестнице. Сергий и Денис слышали, как он поднялся по лестнице. Завизжала дверь склепа, и раздался голос Марцела:

— Эй, кто тут? Ни зги не видно, темень такая, что хоть глаз выколи! Да почудилось, наверняка ветер дверь захлопнул или зверь какой пробежал. Собака, например, или кошка.

— Тогда спускайся обратно! — крикнул Сергий и, подойдя к Максиму, поставил ему на грудь ногу. — Ну, паршивец, пошли последние минуты твоей никчемной жизни. Что, трусишь? Ого, смотрите, да он обоссался!

И правда, на гранитном полу под Максимом образовалась лужица. Подросток хныкал и пытался что-то сказать.

— Марцел, чего ты там застрял? — спросил Сергий.

Донесся приглушенный голос:

— Да иду уже... Ой, тут действительно кто-то есть! Темная фигура за надгробием... Мужик, стоять! Нет, топай ко мне! Слышал, что я тебе сказал, урод? Делаешь вид, что не понимаешь, глухого из себя разыгрываешь? Ты прав, босс, наверняка какой-то бездомный. Сейчас я его хорошим манерам научу! Как же вы меня достали, попрошайки! Таких, как вы, истреблять надо в газовых камерах. Щас по морде дам!

Сергий и Денис заслышали пыхтение Марцела и скрежет гравия. Затем на несколько секунд воцарилась тишина, и внезапно кладбищенскую тишину нарушил дикий вопль. Вопил Марцел; голос бодибилдера был искажен страхом.

— Помогите! — визжал Марцел где-то наверху. — Изыди, нечисть! Тебя же убили, я сам в газете фотографию видел! Нет, нет, нет... А-а-а-а!

Вопль прекратился, и подростки услышали хлюпающие звуки и утробное рычание. Денис с нескрываемым ужасом посмотрел на озадаченного Сергия.

— Босс, что там произошло? Неужели... неужели на него напало какое-то... чудовище?

— Посмотри, что случилось! — велел побледневший Сергий.

Денис замотал головой:

— Нет, босс! Пойдем вместе!

— Струсил? — злобно рявкнул Сергий.

— А ты, босс? — набравшись храбрости, ответил Денис. — Слабо самому посмотреть?

Подростки заслышали тяжелые шаги. Кто-то, грозно топоча, спускался в склеп. Денис обернулся в поисках оружия. Поднял с пола камень и, зажав его в руке, попятился от лестницы.

— У-у-у-у! — раздался вой, и в тусклом свете свечки возникла крупная фигура. Это был Марцел. Живой и невредимый. Улыбка украшала его глуповатое лицо.

— Что, сдрейфили, парни? — спросил он важно. — Подумали, на меня монстр какой напал? Ловко я вас надул! Босс, чего у тебя морда такая белая и кислая? Ты че, поверил?

— Идиот,.. — процедил Сергий. — Конечно, никто тебе не поверил! Понятно, что ты развлекался!

— А че у тебя камень в руке? — ответил Марцел, глядя на Дениса. — И трясешься весь! Часом, в штаны не наложил? Ха-ха-ха, нагнал я на вас страху! — Он, запрокинув голову, завыл: — У-у-у-у!

— У-у-у-у-у! — эхом донеслось с кладбища.

Трое молодых людей вздрогнули, Денис плаксиво обратился к Марцелу:

— Опять твои штучки?

— Клянусь, я к этому отношения не имею! — ответил, опешив, Марцел. — Вообще-то, когда я на поверхность вылез, мне показалось, что кто-то там за большим надгробием прячется...

— Иди и проверь еще раз! — приказал Сергий. — И без фокусов!

Марцел послушно затопал по лестнице. Секунд через десять послышался его бодрый голос:

— Так, вампиры, оборотни да вулкодлаки, а также ожившие трупы, ведьмы и кикиморы кладбищенские, на первый-второй-третий рассчитайсь! Да нет здесь никого! А выл, наверное, ветер... Или собака какая бездомная, они на кладбище ночуют, здесь же спокойно, да и пара старых косточек найдется, ха-ха-ха...

Марцел загоготал, но смех внезапно оборвался.

— Эй, ты что там делаешь? Я тебя вижу! Ну, живо ко мне! Не хочешь? Тогда я сейчас тебе физиономию отполирую. Ой!

Последний возглас был уже не наглым и самоуверенным, а полон страха и непонимания. Подростки в склепе услышали возню, хрипы, переходящие в стоны, и отчаянный крик Марцела:

— Вулкодлак...

КТО ТЫ?

И все затихло. Сергий, посмотрев на наручные часы, крикнул:

— Уже не смешно! Хватит нас запугивать, на твои штучки никто не поведется! Давай, нечего время терять! Погрузим салажонка в саркофаг, крышку задвинем и по домам пойдем! А то уже слишком поздно!

Марцел не отвечал. Сергий уже начал сердиться:

— Марцел, ты чего? Живо спускайся обратно в склеп! Учти, если вынудишь меня наверх подыматься, тебе несдобровать!

Выждав несколько секунд, Сергий пнул Максима и бросил Денису:

— Пойду с этим шутником разберусь. А ты смотри, чтобы он никуда не делся. — И он легко взбежал по лестнице, крича на ходу: — Марцел, все давно поняли, что ты устроил новое представление. Только не катит уже! Ну, ты где! Ах, вот ты где! Чего развалился около надгробия? Сейчас не лето. Мы тебя ждем, а ты, придурок, видите ли, решил устроить себе короткую паузу. Ты что, заснул? Марцел! — Голос его стал взволнованным. — Деня, иди быстро ко мне! Марцелу плохо, он весь в крови...

— Решили вдвоем меня оболванить? — буркнул Денис, переминаясь с ноги на ногу. — Не выйдет!

— Клянусь, правда! — раздался чуть ли не плачущий голос Сергия. — Быстрее, умоляю тебя! Ему требуется помощь! Господи, да что же это такое?

Смущенный тоном Сергия, Денис начал медленно подниматься по каменной лестнице. Он был на середине, когда услышал короткий вскрик Сергия, злобный рев и глухой удар. Замерев на секунду в нерешительности, Денис продолжил подъем.

Около склепа никого не было. Парень воскликнул:

— Прекращайте дурачиться, мне это действует на нервы! Если сейчас же не объявитесь, то я домой почапаю, и сами разбирайтесь с придурком, который внизу...

— Помогите! — послышался слабый голос.

Денис, присмотревшись, заметил метрах в десяти от склепа что-то на земле. Подойдя, он увидел Сергия. Молодой человек, схватившись руками за горло, лежал около покосившегося каменного распятия. Денис склонился над другом.

— Босс, ты чего? Мне надоели ваши шутки!

Сергий попытался что-то выговорить, но изо рта у него хлынула темная жидкость. Он оторвал руки от горла, и Денис увидел, что они все в крови.

— У... уходи, — прошептал Сергий через силу. — Он... з... здесь!

— Кто он? — чувствуя, что кровь леденеет, спросил Денис.

Глаза Сергия закрылись, и парень внезапно понял, что тот умер. То, что происходило, не было шуткой или розыгрышем. То был подлинный кошмар.

Денис попятился и, наткнувшись на что-то, упал навзничь. Ему сделалось страшно до такой степени, что зазвенело в ушах. Молодой человек на четвереньках пополз прочь с кладбища. Он услышал грузные шаги и треск ломаемых веток, попытался подняться, но руки и ноги не слушались его. Вцепившись окоченелыми пальцами в надгробную плиту, он боялся одного — обернуться. Подросток принялся читать молитву, которой его учила бабушка.

Нечто приблизилось к нему вплотную. Денис, икая от страха и всхлипывая, заслышал сопение. Он все-таки поворотил голову, желая увидеть преследователя. Мелькнули красные глаза, вытянутая косматая морда и когти. Что-то наотмашь ударило Дениса по щеке, голова, дернувшись, как у куклы, резко повернулась, треснули позвонки.

* * *

Максим отчаянно пытался освободиться. Когда исчез Денис, он подполз к саркофагу и поднес шарф, связывающий руки, к пламени свечи. Он слышал вопли на кладбище и понимал, что это не представление. На хулиганов, притащивших его на кладбище и собиравшихся убить, кто-то напал. Мальчик и думать не хотел о том, кто именно.

Он обжег кожу на запястьях, но сумел освободить руки. Затем распутал ноги, поднялся и со стоном повалился обратно на пол — конечности затекли. Максим услышал шаги и задул свечу. Он осторожно пополз к стенке около лестницы и затаился, боясь даже вздохнуть.

Нечто, шаркая ногами (лапами?), спускалось в склеп. Денис увидел массивную фигуру и поразился тому, какая она высокая. Она не походила на человеческую, тело было покрыто шерстью. Монстр прошел в склеп, повернул морду, и Максим увидел, что она — волчья!

Подросток метнулся к лестнице. Ноги еще плохо слушались, их кололо, как иголками, и Максим упал на каменные ступени, пополз наверх. Он знал, что промедление подобно смерти. Но вот и земля...

Превозмогая боль, Максим поднялся на ноги и побежал. Около сломанного креста он увидел Дениса со свернутой на сторону головой.

Мальчик мчался по кладбищу. Его нога попала в небольшую ямку, и он повалился на надгробную плиту. Та, не выдержав веса его тела, начала оседать. Максим выбрался из могилы и осмотрелся. Преследователя не было видно. Подросток ринулся к ограде. Топот возобновился.

Оглянувшись, Максим увидел темную грузную фигуру, спешившую за ним.

Вынырнув из дыры в заборе, Максим оказался за пределами кладбища. Он уже не сомневался, что его преследует вулкодлак. Преодолев небольшой лесок, он подбежал к первому же дому и забарабанил в дверь.

— Откройте, умоляю вас! — завопил подросток. — Он гонится за мной!

В доме вспыхнул свет, раздались встревоженные голоса, кто-то боязливо спросил:

— Что тебе надо, мальчик?

— Впустите меня! — заорал Максим, видя мохнатую фигуру, приближавшуюся к нему. — Вулкодлак идет за мной по пятам!

Свет в доме погас, голоса стихли. Максим отчаянно завопил:

— Пожалуйста, умоляю вас! Спасите меня! Он уже убил трех человек!

Распахнулось окно, Максим увидел пузатого мужчину в белой майке и с всклокоченными волосами. В руках у него было ружье. Не целясь, он выстрелил в Максима и завизжал:

— Пошел вон, ублюдок! У меня семья и дети! Если за тобой охотится вулкодлак, это твои проблемы! Нечего его на нас натравливать!

Пуля просвистела у Максима над головой. Окно со звоном захлопнулось, с треском упали жалюзи. Подросток понял, что помощи ему ожидать не от кого. Задыхаясь, отбежал от дома, поглазел по сторонам, похоже, монстр исчез!

Максим побежал к городскому парку. Вдали слышались завывания полицейских сирен. Набрав в легкие воздуха, мальчик завопил что было сил:

— На помощь, на помощь!

Но никто не откликнулся. Максим снова услышал сопение. И шаги. Чудовище было где-то рядом! Парень несся через парк. Он видел уже улицу, освещенную неяркими фонарями. Только бы ему туда вырваться!

Дорогу ему преградила высокая фигура. Максим попятился, увидев красные горящие глаза и клыкастую пасть. Упал навзничь, завизжал. Чудовище приблизилось к нему. Максиму очень не хотелось умирать. Ведь его едва не убили трое жестоких одноклассников, но ему удалось от них уйти. Так неужто он найдет смерть от рук... от лап вулкодлака?

323

В памяти подростка всплыла фраза из какого-то телевизионного репортажа: если придется встретиться в лесу с медведем, то следует лечь на землю и прикинуться мертвым. Крики и дрыганье ногами-руками зверя только раздражают и пугают. А вулкодлак — он зверь или человек?

Максим стих, замер и прикрыл глаза, наблюдая за происходящим сквозь ресницы. Неимоверным усилием воли он сдерживался, чтобы не закричать. Тело его дрожало, но Максим надеялся, что монстр в темноте не заметит этого.

Преследователь подошел к нему и, как показалось Максиму, принялся рассматривать. Подросток убедился, что монстр не был ни медведем, ни волком, ни человеком. Очень похоже на какое-то чудище фильма ужасов! Так и есть, его настиг вулкодлак! Тот самый, что убил Марцела, Дениса и Сергия. Максиму не было жаль их. Им поделом досталось. Ведь если бы не вулкодлак, он бы задыхался сейчас в каменном саркофаге, лежа на костях умершей сто лет назад баронессы фон Липп.

Вулкодлачья морда склонилась над ним, и Максим ожидал, что ему в лицо ударит запах крови и сырого мяса. Но морда ничем не пахла. Глаза, словно стеклянные, отливали рубиновым цветом. Максим видел длинные клыки, но не ощущал дыхания твари. Или вулкодлаки не дышат?

Не выдержав, мальчик пискнул. Морда вулкодлака отшатнулась. Он же слышал истории про людей, что побеждали тварь! Ей надо запихнуть в пасть крест, и тогда вулкодлак заживо сгорит! Креста у Максима не было, но он нащупал в кармане резинку, обычный школьный ластик. Понимая, что терять нечего, парень со всей силы ударил монстра в морду двумя кулаками. Один из кулаков угодил в пасть. Максим, запихнув туда резинку, заорал:

— Я крест тебе положил освященный! Конец тебе, чудовище!

Кто знает, может быть, возымеет эффект. Ведь главное — не ритуал, а вера! А Максим в тот момент истово верил в то, что сумеет победить тварь!

Однако вместо того, чтобы завертеться волчком и вспыхнуть призрачным пламенем, вулкодлак странно наклонил морду. Кулак Максима застрял в пасти, но чудовище не захлопнуло ее, не откусило руку ровными белыми клыками. Максим, вытащив наконец ладонь из пасти, понял почему — пасть у вулкодлака не открывалась. Не открывалась, потому что была... фальшивой!

— Кто ты? — произнес Максим и снова ударил тварь по морде.

Он услышал стон, очень похожий на человеческий. И стон шел откуда-то изнутри твари. Раньше бы он подумал, что пожранный монстром человек все еще жив, но теперь Максим понял: под личиной вулкодлака скрывается человек! И все вулкодлачье обличье — не более чем маскарадный костюм.

Палец Максима уперся в глаз твари, и подросток нащупал стеклянную поверхность. Так и есть, имитация! Парень ухватился за морду и потянул ее на себя. Лапа вулкодлака, увенчанная огромными железными когтями, ударила его по голове, но Максим, превозмогая боль, продолжал тянуть.

И произошло невероятное — морда-шлем, щелкнув, отделилась от туловища. Максим, сжимая в руках морду монстра, повалился на землю. Взглянув на вулкодлака, он увидел: под мордой твари скрывалась человеческая голова в шерстяной маске! И вполне человеческие глаза сквозь прорези взирали на него с ненавистью и страхом.

Максим отшвырнул морду, вскочил, пнул ее ногой. И дико захохотал.

— Вот это да! — закричал он. — Ты — поддельный! Великий и ужасный вулкодлак — не более чем театральный костюм. А я тебя боялся!

Человек в костюме вулкодлака двинулся к нему и прошептал:

— Ты разгадал мою тайну. Но не забывай — пускай я и не вулкодлак, но я умею убивать!

Максим завопил:

— В теле вулкодлака скрывается человек! И я знаю, кто ты такой! Ты — жестокий маньяк, тебе место в сумасшедшем доме!

Подросток бросился на убийцу в костюме вулкодлака, желая сорвать маску с лица. Но едва его рука дотронулась до маски, «вулкодлак» опустил на спину Максима тяжелую когтистую лапу. Мальчишка рухнул на землю.

«Вулкодлак» склонился над ним. Размахнувшись, наотмашь ударил подростка когтями. Максим охнул, по лицу потекла кровь. «Вулкодлак», отстегнув лапу, высвободил руку, достал с пояса нож и несколько раз вонзил его в тело Максима.

— Теперь ты точно мертв, — заявил «вулкодлак». — Мне не нужны свидетели, по крайней мере, сейчас. Потому что кошмар входит в решающую стадию.

Подобрав морду-маску, «вулкодлак» нахлобучил ее себе на голову и отправился в свою берлогу. Он не мог видеть, что Максим, лежавший в грязи, зашевелился. С губ подростка сорвался стон, а веки затрепетали.

ВУЛКОДЛАК ЖИВ?

Утро следующего дня принесло не только избавление от кошмара, но и новый ужас. Комиссар Золтарь, узнав о неудачной попытке Вацлава Черта убить Стеллу и о смерти Теодора Готвальда, примчался в пансион матушки Гертруды.

Густав, завидев своего бывшего шефа, спросил:

— А ты что здесь делаешь? Ты же должен находиться под домашним арестом!

Марк яростно оттолкнул Густава.

— Я должен ее видеть! С ней все в порядке? Где Черт?

— На дне ущелья, — желчно усмехнулся Густав. — Под моим руководством его удалось обезвредить — на этот раз окончательно. Я уже сообщил в Экарест о том, что Черт погиб. Так что ты здесь делаешь и каким образом тебе удалось сбежать?

Комиссар снова проигнорировал вопрос Густава и отправился к Стелле. Доктор Конвей разговаривала по телефону с кем-то из столицы.

— Привет, Марк! — улыбнулась она, быстро завершив беседу. — Я обязана тебе жизнью. Если бы ты не пришел ко мне ночью и Теодор не застукал бы нас, не приказал поменяться комнатами, то... то последней жертвой Черта стала бы я.

Марк прижал ее к себе и поцеловал.

— Я не должен был уходить! — произнес он с горечью. — Но больше я не повторю этой ошибки, Стелла! Я не дам тебя в обиду!

— Ну конечно, не дашь... — послышался злобный голос Густава. Он подошел к Марку и заявил: — Ты арестован, Золтарь! Мы договаривались, что ты будешь находиться под домашним арестом, но ты напал на сотрудника полиции, оглушил, связал его и явился к своей мамзель.

— У меня не было другого выхода, и ты это знаешь, — ответил Марк.

Густав защелкнул у него на запястьях наручники.

— Не заговаривай мне зубы, бывший шеф! Мне даже

на руку, что Черт прикончил столичного сыщика. Нечего путаться тут под ногами! Ведь маньяк благодаря моим оперативным действиям спикировал на дно ущелья. Суда над ним не будет, и никакая игривая докторша уже не поможет Черту выйти на свободу.

Он вывел комиссара в коридор, Стелла последовала за ними. Навстречу попался Йозек, который бросился к Марку.

— Шеф, только что сообщили, что вулкодлак совершил новые убийства! Он напал на Бонифация, а также на подростков на кладбище.

— Твой шеф — я! — одернул молодого человека Густав. — И вулкодлака в природе не существует. А если он и был, то его уничтожили благодаря его светлости князю Сепету. Убийства, произошедшие ночью, к так называемому вулкодлаку никакого отношения не имеют. Главного редактора «Вильерских вестей» пришили... гм... его дружки из криминальной среды, а что касается подростков на кладбище... Они сами друг друга поубивали! Никакой мистики! Еще нет и восьми утра, а дела раскрыты и могут быть сданы в архив.

— Сколько он тебе платит? — спросил Марк. Густав опешил, а потом ударил комиссара по лицу и крикнул:

— Арестованного в управление, я сам его буду допрашивать! — Затем повернулся к Стелле и прошипел: — Запомни, столичная штучка: в Вильере ты больше никому не нужна. Твоего патрона прирезал Черт, вот и поезжай с его телом в Экарест. А с местными делами мы сами разберемся, без твоей ненужной помощи!

Он зашагал к лестнице. Йозек скорбно спросил:

— Доктор, и как же дальше? Все на этом и закончится? Князь — победитель вулкодлака, Густав — избавитель от Черта...

— Я звонила в столицу, — ответила Стелла. — Мне удалось переговорить с лабораторией, где проводился анализ образца ДНК с тела горничной Богданы. Они утверждают, что генетический материал, предоставленный им для сравнения, а мы знаем, что это был генетический материал Юлиуса Сепета, и частицы, обнаруженные на теле несчастной, идентичны. Князь изнасиловал ее!

— А Густав его покрывает? — встрепенулся Йозек. — Когда об этом станет известно?

— В течение нескольких часов, — ответила доктор Конвей. — Из Экареста вылетела специальная команда. Густава, как и князя Сепета, арестуют. А Марка выпустят.

— Йозек!

В коридоре возникла Гертруда. Стелла обратила внимание, что на щеке хозяйки пансиона появилась длинная свежая царапина — ночью ее не было. И спросила:

— Вы поранились?

— Пустяки, — откликнулась Гертруда. — Спускалась в подвал, поскользнулась и ударилась лицом о стену. Я слышала, что князь будет скоро арестован? Отличная весть!

— Его светлость причастен к изнасилованию и, вероятно, к убийствам, — сообщила Стелла. Йозек с матерью обменялись странными взглядами.

— Это самая хорошая новость за последнее время! — улыбнулась Гертруда. — Стелла, вы пережили кошмарную ночь, вам требуется подкрепиться. Подумать только, в моем пансионе убили человека! Нет, я не чувствую себя в Вильере в безопасности! Когда вся кутерьма закончится, продам пансионат и перееду подальше отсюда. Но не буду забивать вам голову подобными мелочами, Стелла. Вас ждет завтрак!

* * *

Как доктор Конвей и рассчитывала, к полудню все изменилось. Прибывшая из Экареста комиссия по расследованию убийства Теодора Готвальда привезла с собой ордер на арест Густава и князя Сепета.

Комиссара Золтаря выпустили из-под стражи. Генерал, устроивший ему всего пару дней назад разнос, даже коряво извинился.

— Сам понимаешь, комиссар, кто бы мог подумать, что князь окажется такой мразью, — сказал он, похлопав Марка по плечу. — И твой заместитель тоже хорош — уничтожил вывод экспертов, желая услужить его светлости.

— Да и вы, господин генерал, если память мне не изменяет, всегда были на стороне Сепета, — заявил бесстрашно Марк.

Генерал только добродушно рассмеялся и по-отечески заметил:

— Ну, об этом можно и забыть. Чего только в жизни не бывает! В общем, комиссар, ты полностью реабилитирован и снова являешься начальником полиции Вильера.

— Хотите замять скандал? — прищурившись, спросил Марк.

Генерал вроде как смущенно кашлянул.

— Не становись на дыбы, Золтарь. Да, я допустил ошибку, однако истинные виновники найдены и арестованы. Так к чему же прошлое вспоминать? Лучше займись расследованием новых убийств. Беда с этим вулкодлаком! По последнему случаю ведь, кажется, есть свидетель?

— Да, — подтвердил Марк, — школьник по имени Максим. У подростка оказался чрезвычайно выносливый организм. Некто нанес ему ужасной силы удар по голове, пять раз пронзил ножом, причем два удара пришлись в район сердца, он пролежал больше полутора часов, истекая кровью, на холоде — и выжил! Сейчас Максим в больнице, врачи погрузили его в искусственную кому, иначе нельзя.

— Когда мальчишка придет в себя? — спросил генерал. — И когда он сможет дать показания?

— Врачи очень осторожны в прогнозах, — ответил Марк. — По их мнению, ему придется пробыть в коме несколько дней, возможно — даже пару недель. Состояние парнишки очень тяжелое, Максим находится между жизнью и смертью. Так что о допросе нет пока и речи. Кстати, медики не исключают, что по пробуждении у него может наблюдаться ретроградная амнезия.

— Хочешь сказать, что пацан все забудет? — произнес генерал в раздумье.

Марк подтвердил:

— Во всяком случае, такое не исключено. Однако в большинстве случаев память возвращается в течение нескольких дней. Как только Максим придет в себя, я немедленно допрошу его.

— Ну, добро, — кивнул генерал. — Я всегда знал, что ты, Золтарь, толковый работник, сделаешь все как надо. Не подведи меня и теперь! Если мальчишка видел вулко... я хотел сказать, того, кто на него напал, то он чрезвычайно ценный свидетель. Головой за него отвечаешь, комиссар!

После отбытия генерала в кабинете комиссара Золтаря состоялось совещание. Помимо него самого, в обсуждении предстоящих действий принимали участие доктор Конвей, два новых заместителя Марка и Йозек.

— Твои экарестские друзья намереваются поднять со дна ущелья обгоревшую машину с останками Черта, — сказал Стелле Марк. — И допрашивают Густава. Его светлость пока находится в замке, но, как я слышал, его собираются взять под стражу и отправить в столичную тюрьму. Там ему самое место.

329

— А когда, шеф? — спросил Йозек.

— Точно не знаю, кажется, сегодня вечером или завтра утром, — ответил комиссар. — Экарестцы любезно дозволили нам заниматься расследованием убийств, то есть свалили на нас черную работу. Итак, мы имеем следующее — три трупа на кладбище, один около редакции «Вильерских вестей». Все читали последний выпуск?

Осиротевшая газета разместила огромный портрет улыбающегося Бонифация Ушлого и вопрошала: «Как долго в нашем городке будет править тьма? Вулкодлак все еще жив! Это подтверждают предсмертные снимки покойного главного редактора».

Под портретом Ушлого были размещены четыре кадра, которые обнаружились на цифровом фотоаппарате мертвого журналиста. На первом можно было разглядеть когтистую лапу, на втором — часть оскаленной морды и красный глаз, на третьем и четвертом — монстра во весь рост, когда он гнался за Бонифацием.

— Так, значит, вулкодлак... существует? — боязливо поежился один из полицейских. — Но его же вроде убили...

— Нет! — энергично тряхнула головой Стелла. — Адвокат князя, которого подозревают в причастности к ряду преступлений, оказался намного сговорчивее и умнее своего клиента. Он поведал моим коллегам из Экареста о том, что по приказу князя в Вильер был доставлен медведь-гризли, застреленный позже при облаве. Несчастного мишку князь и презентовал всем как вулкодлака. Таким образом он желал убедить американских инвесторов все же подписать контракт и вложить деньги в проект по созданию суперотеля.

— Князь знал, что, покуда вулкодлак не найден, инвесторы не согласятся на сделку, — продолжил Марк. — Не будучи в состоянии найти настоящего убийцу, он подсунул жителям Вильера фальшивого. Для его светлости главное — подписать договор, а затем хоть потоп.

— А как быть со снимками, сделанными Бонифацием Ушлым перед смертью? — спросил Йозек. — На них же четко видно, что его преследовал монстр!

— Снимками занимается специально прибывший из столицы эксперт по компьютерной графике, и вскоре мы сможем получить четкое изображение того существа, которое напало на журналиста, — ответила Стелла. — Странно, но чудовище почему-то предпочло воспользоваться ножом, расправляясь с Максимом. Странно и другое: на теле всех прочих жертв не обнаружено ни единого укуса или отпечатка зубов! Если монстр является помесью волка и медведя или какой-то потусторонней тварью с крепкими клыками, почему же он не разорвал жертвы, как это обычно показывается в фильмах ужасов? Наш «вулкодлак» изуродовал тела, но зубы в ход не пускал. Уж не потому ли, что зубов у него нет?

— Но на снимках... — начал Йозек.

Марк рассмеялся:

— Не всегда надо верить своим глазам, ведь наши чувства так легко обмануть! Проще простого нагнать страх на жителей городка, уверяя их, что убийства совершает вулкодлак.

— На кладбище обнаружены частицы шерсти, — добавила Стелла. — Их анализ осуществляет мобильная лаборатория, прибывшая из столицы. Скоро мы будем знать, что же он за зверь такой, пресловутый вильерский вулкодлак. Но и сейчас про него можно сказать кое-что: он пользуется ножом, хотя у него имеются зубы и когти, он чрезвычайно пуглив, хотя, будь он адской тварью, ему нечего бояться, он беспощаден, однако жестокость его не звериная, а человеческая. Вывод напрашивается сам собой: вулкодлак — наш с вами соплеменник!

В кабинет вошел один из полицейских и передал Стелле запечатанный конверт.

— Адресовано господину Готвальду, но в связи с тем, что он... — Полицейский запнулся.

Доктор Конвей, поблагодарив его, взяла конверт и вскрыла. По мере того как Стелла читала послание, ее глаза расширялись от удивления.

— Что такое? — спросил Марк. — Какие-то новые сведения?

— Именно! — воскликнула Стелла. — Теодор все-таки проверил по моей просьбе профессора Вассермана. Я же тебе говорила, что тот — подозрительный тип! Накануне Готвальд заверил меня, что с профессором все в порядке — он уважаемый ученый, известный не только в Герцословакии, но и за рубежом. И вот — еще одно сообщение из университета! Профессор Вассерман с начала октября безвылазно находится в Скандинавии, где принимает участие в раскопках древней обсерватории.

Марк изумленно воскликнул:

— Помилуйте, но если профессор сидит где-то в Северной Европе, то как он может одновременно пребывать в Вильере уже в течение многих недель?

— Ответ прост, — заключила Стелла, — тот Вассерман, которого мы знаем, вовсе не профессор средневековой истории, а самозванец.

ТАЙНА ПРОФЕССОРА

Марк выбежал в коридор и отдал распоряжение:

— Машину в замок! Задержать профессора Вассермана, вернее, того, кто называется его именем. И немедленно доставить в управление!

Возмущенного ученого привезли через сорок минут. Вассерман пыхтел от негодования и, завидев комиссара Золтаря, пригрозил:

— Вы ответите за произвол! Что вы себе позволяете? Ворвались в замок, оторвали меня от работы, запихнули в полицейскую машину, притащили в участок... В чем, собственно, дело?

— Нам стало известно, — сурово заговорил Марк, — что вы не тот, за кого себя выдаете. Вы не профессор, и фамилия ваша — не Вассерман.

«Профессор» побледнел и выдавил из себя:

— Что за глупости! Разумеется, я профессор Вассерман! Тут какое-то ужасное недоразумение!

Стелла продемонстрировала задержанному письмо из Экарестского университета. Профессор прочитал его и тяжело вздохнул.

— Я так и думал, что все провалится.

— Кто же вы и чем занимаетесь в Вильере? — спросил Марк.

— Я ничего не буду говорить без моего адвоката, — заявил «профессор».

— Где вы были прошлой ночью?

— В замке.

— Кто может подтвердить это? — продолжал комиссар.

— Никто! — вдруг вспылил псевдо-Вассерман. И осекся. — А в чем вы меня подозреваете...

Марк провозгласил:

— Я арестовываю вас по подозрению в причастности к трем убийствам. Если вы не хотите говорить, то придется посидеть в камере. Заберите арестованного, возьмите у него отпечатки пальцев и пропустите их через компьютер!

«Профессора Вассермана» увели.

Через несколько минут Марку доложили, что эксперт по компьютерной графике обнаружил кое-что занимательное. Стелла и Марк прошли в соседнюю комнату, где «колдовал» лысоватый мужчина лет сорока. Завидев комиссара и доктора Конвей, он воскликнул:

— Взгляните на это! — И указал на экран, на котором застыло изображение вулкодлака.

— Я это уже видел, — ответил Золтарь. — Вы можете установить, снимок подделка или нет...

— Никаких следов манипуляций с фотографией я не обнаружил, однако удалось установить следующее... — перебил эксперт и защелкал клавишами. Изображение вулкодлака, заснятое Бонифацием Ушлым, увеличилось. — В общем, у меня нет сомнений: глаза у этого создания — стеклянные.

— Как — стеклянные? — оторопела Стелла.

— Очень просто, — ответил эксперт. — То, что вы видите, не является живым существом. Это — костюм!

— Костюм? — произнес озадаченный Марк. — Вы хотите сказать.... Боже, тогда все становится понятным... Никакого монстра не существует, а кто-то наводит ужас на жителей Вильера, используя старые легенды и костюм «вулкодлака»!

Едва они вышли от эксперта, к комиссару подлетел полицейский и, протягивая конверт, доложил:

— Только что пришло из мобильной лаборатории, шеф.

Комиссар вскрыл конверт, прочитал донесение и протянул его Стелле. Доктор Конвей пробежала его глазами и недоверчиво воскликнула:

— Шерсть, обнаруженная на месте преступления, синтетическая?!

— Что лишний раз подтверждает: вулкодлак — фальшивый, — пояснил Марк. — Некто беспощадный и изобретательный поставил себе на службу суеверия. Вулкодлака не существует, но какой-то человек решил «пробудить» его к жизни. Поэтому он приобрел специальное облачение, в котором разгуливал по лесу и городу и совершал убийства!

— Но зачем? — вырвалось у Стеллы. — Чего ради кто-то пошел на такое?

— Это уже по твоей части, — заявил Марк. — Человек, практикующий подобное, не может быть психически нормальным. И, сдается мне, так называемый профессор Вассерман знает гораздо больше, чем желает сообщить нам.

К комиссару подлетел Йозек:

— Шеф, мы знаем, кто такой самозваный профессор! В системе нашлись его отпечатки.

— Отлично! — радостно откликнулся Марк и быстрым

333

шагом направился вслед за юношей в лабораторию. Стелле тоже не терпелось узнать, кем же является «профессор».

— Его настоящее имя — Пшемысл Бодян, — сказал полицейский, проводивший сопоставление отпечатков пальцев. — Три раза отбывал тюремное заключение, специализируется на мошенничестве, подлоге и аферах.

— Только что привело этого господина в Вильер? — протянул Марк. — Приведите его в комнату для допросов!

Стелла наблюдала за происходящим сквозь большое зеркало в смежной комнате. Профессор Вассерман, он же Пшемысл Бодян, развалился на стуле и разглядывал свои ногти. В комнату вошел Марк и, хлопнув дверью, произнес:

— Итак, Бодян, нам все известно.

Самозваный профессор вздрогнул, однако быстро обрел прежний апломб.

— Что, установили мое подлинное имя? — усмехнулся он. — Поздравляю, комиссар! И долго вы намерены держать меня тут? По какому, собственно, обвинению? Да, сознаюсь, я ввел в заблуждение князя Сепета, нанявшись к нему на работу под фальшивым именем. Но что из того? Суд не будет заниматься таким смешным делом! А ничего другого за мной нет, комиссар. И вообще, я не стану отвечать на ваши вопросы, пока не повидаюсь со своим адвокатом.

— А никто и не собирается задавать вопросы! — произнес зловеще Марк. — Ты — вулкодлак, ведь так? Именно с твоим прибытием в Вильер начались убийства!

«Вассерман» побледнел.

— В своем ли вы уме, комиссар? Убийств вы мне не пришьете! Я никогда не прибегаю к насилию, можете посмотреть мои дела...

— Кто такой «Лемур», он же — «Мелинда Р.»? — перебил его комиссар.

Задержанный опешил, несколько секунд, открыв рот, пялился на Марка, а затем заявил:

— Понятия не имею, о чем вы ведете речь! Эти имена мне ни о чем не говорят!

Комиссар подошел вплотную к самонареченному профессору, и тот завопил:

— И не смейте применять ко мне силу! Я рукоприкладства со стороны полиции так не оставлю! Если меня арестовали, то я имею право на адвоката! Что мне инкриминируется?

— Массовые убийства, — глядя ему в глаза, ответил Марк. — Нашим экспертам удалось установить, что так называемый вулкодлак — фальшивый. Кто-то наряжается в костюм и разгуливает по Вильеру и окрестностям. На счету «вулкодлака» — ряд жесточайших убийств. Я не сомневаюсь, Бодян, что этим монстром являешься ты. Остаток своей никчемной жизни ты проведешь в тюремном заключении, а пока можешь ждать своего защитника!

И Марк направился к двери. «Профессор Вассерман», подскочив со стула, закричал:

— Эй, что вы пытаетесь на меня навесить? К убийствам я не имею отношения! Клянусь всем святым!

— Суд разберется, — ответил Марк и нажал на кнопку. Дверь распахнулась, комиссар бросил полицейскому: — Арестованного обратно в камеру.

— Я желаю сделать заявление! — вдруг провозгласил «профессор». — Немедленно!

— Чистосердечное признание? — спросил, отпуская полицейского, Марк. — Учтите, Бодян, это не облегчит вашу участь. Массовые убийства в особо жестокой форме карались раньше расстрелом. Вам повезло — попадете в тюрьму для маньяков. Она, кстати, располагается недалеко отсюда, вы сможете любоваться из окна камеры чудным пейзажем. Хотя, кажется, в камерах окон нет...

«Профессор Вассерман» заволновался.

— Что за чушь вы несете, комиссар? Какие убийства, какой расстрел? Да, сознаюсь, что прибыл в Вильер под фальшивым именем. Но я...

— Зачем вы это сделали, Бодян? — спросил Марк. — Только не увиливайте от ответа. У вас имеется уникальный шанс, и не прошляпьте его. Убедите меня в том, что вы не имеете к убийствам отношения.

Профессор-самозванец почесал бороду, кивнул на зеркало, и спросил:

— Там кто находится? Доктор Конвей? Именно она вам рассказала про переписку по Интернету? Не сомневаюсь, что она. Я так и знал, что кто-то прочитал одно из посланий Лемура, и это могла сделать только доктор Конвей!

— Выкладывайте все без утайки, Бодян. Вы приехали в Вильер, чтобы совершить очередное преступление? Решили ограбить князя Сепета?

— Что за ерунда! — заявил «профессор». — Грабеж — не мой профиль, комиссар. Я не привык шастать по ночам и вторгаться в чужие дома. Предпочитаю работать головой! — Мошенник вздохнул и продолжил: — Не вижу смысла запираться, вы ведь все равно выйдете на Лемура... Но сразу подчеркну — ничего противозаконного мы не совершили! То, что я назвался чужим именем, преступлением не является. Хотите знать, что я делаю в Вильере? Пожалуйста — меня интересует вулкодлак.

— Я так и знал, что вы причастны к убийствам... — начал Марк, но «профессор» в ужасе замахал руками.

— Нет, нет и еще раз нет! Убивают неудачники и безумцы, а я не отношусь ни к тем, ни к другим, комиссар! Принесите мне мои бумаги из портфеля, я вам все объясню!

Комиссар отдал распоряжение, чтобы доставили портфель «профессора». Заполучив его, «Вассерман» вытащил цветную фотокопию портрета князя Вулка Сепета.

— Что вам бросается в глаза? — спросил он у Марка. Комиссар, скользнув взглядом по изображению князя-вулкодлака, ответил:

— У него взгляд сумасшедшего...

— Да я не о том! — отмахнулся «профессор». — То, что этот Сепет, как и все последующие, был неуравновешенным типом, склонным к садизму, не подлежит сомнению. Неужели вы не замечаете?

Его палец уперся в голову князя. Марк, хмыкнув, спросил:

— И что тут удивительного?

— Красный алмаз, вот что! — провозгласил «Вассерман». — Тот самый, что, по преданию, налился кровью, когда князь Сепет дотронулся до него. Камешек исчез со смертью Сепета. Кое-кто думает, что он — выдумка, но портрет доказывает: алмаз существовал в действительности! Я изучал старинные хроники — вес камня около девяноста пяти — ста каратов. Вы понимаете, что за ценность он имеет с учетом своей редкостной окраски? Он стоит многие миллионы! И эти миллионы спрятаны где-то в замке! — «Профессор» взглянул на Марка. — Вижу, вы еще не верите мне, комиссар. Клянусь, к убийствам я не причастен. Мне и моим компаньонам нужен алмаз. Они спонсируют меня, но им требуются быстрые результаты. Я переписываюсь с ними по Интернету. Именно их письма прочитала любопытная доктор Конвей.

«Вассерман» шутливо погрозил зеркалу пальцем и продолжил:

— Алмаз Мустафы-паши пропал в ночь смерти князя Вулка Сепета в феврале 1387 года. С тех пор никто его не видел. Некоторые историки уверены, что камень был похищен, распилен и продан. Я же не сомневался в том, что алмаз был погребен вместе с князем Сепетом. Иначе чем объяснить то, что уже более шести столетий он скрыт от людских глаз? Камень был трофеем Сепета, и он наверняка находится в гробу князя. Только никто не знает, где он, этот самый гроб! Все, и я в том числе, были уверены, что тело князя лежит в саркофаге в капелле, однако его там нет и никогда не было! Вскрытая под моим руководством гробница оказалась пустой — доктор Конвей и вы можете сами подтвердить это. Но тело князя не могло исчезнуть. Оно, и вместе с ним красный алмаз, находится на территории замка, вероятно, в каком-то тайнике. Именно его я и ищу!

— Это все, что вы можете мне сказать? — спросил комиссар.

— Да! — кивнул «профессор Вассерман». — И вы не можете запретить мне искать сокровища.

— Алмаз, если он существует, принадлежит потомкам князя Сепета, — возразил Марк. — А вы хотели, обнаружив камень, попросту его украсть.

— И что? — с вызовом произнес «Вассерман». — Сепеты жили без алмаза шестьсот лет, так почему болван Юлиус должен получить его?

Марк вышел в коридор. Стелла присоединилась к нему.

— Думаю, что «профессор Вассерман» не имеет отношения к убийствам, — сказала она. — Его цель — найти алмаз.

— Но ради этого он мог пойти и на убийства! — уперся Марк. — Например, для того чтобы запугать жителей городка и самого князя и иметь возможность беспрепятственно рыскать по лесу в поисках камня. Ведь ради такого куша любой решится на кровавые преступления. Деньги сводят человека с ума!

СТРАСТНЫЙ ПУТЬ КНЯЗЯ СЕПЕТА

Через два часа комиссару позвонили из Экареста. Завершив короткий телефонный разговор, он сообщил доктору Конвей:

— Столица дала отмашку на арест князя Сепета. Никаких сомнений нет — он причастен к изнасилованию горничной. Что ж, не удивлюсь, если его светлость окажется и убийцей. Я еду в замок, чтобы взять князя под стражу.

Стелла решила сопровождать Марка. Солнце уже заходило, когда во дворе замка появились три патрульные машины — комиссар, памятуя о диком нраве Сепета, захватил с собой подкрепление. В холле замка его встретил адвокат.

— Что, вы снова здесь? Мало того, что увезли профессора Вассермана, так снова терроризируете князя! Его светлость отдыхает, и если у вас имеются к нему вопросы, то прошу явиться завтра днем, предварительно согласовав время аудиенции со мной.

Марк усмехнулся.

— Вопросы у нас в самом деле имеются. Но князь прояснит их немедленно. Ознакомьтесь с ордером на арест его светлости, а также с ордером на обыск замка.

Адвокат принялся изучать бумаги. Вдруг Стелла услышала каркающий голос:

— Что такое? Ты же обещал, что этот фигляр-полицейский оставит меня в покое!

На лестнице появился облаченный в красный шелковый халат князь.

— Ваша светлость, ничего не могу поделать, предъявленные комиссаром документы в полном порядке, — ответил, возвращая Марку ордера, адвокат.

Комиссар кивнул полицейским, двое подошли к князю. Сепет попятился и воскликнул:

— Предатель! Ты же знаешь, что я не пойду один на дно! Я все расскажу полиции о том, что ты...

— Ваша светлость, не понимаю, о чем вы! — с кислой миной прервал его адвокат. — Если вы и причастны к каким-либо преступлениям, то я не имею к этому никакого отношения! И не пытайтесь очернить меня, вам же будет хуже!

Марк, взглянув на адвоката, пояснил:

— Дойдет и до вас очередь, господин законник. Не сомневаюсь, что вы помогали князю скрывать преступления, так что на скамье подсудимых окажетесь и вы.

— Посмотрим, комиссар, посмотрим, — скривил губы в усмешке адвокат. — Советую вам не торопиться с выводами. Я всего лишь скромный юрист, не более того. А вы, насколько мне известно, питаете небывалую вражду к князю и всем, кто с ним связан.

— Вы позволите мне одеться? — спросил визгливо князь. — Или хотите, чтобы я поехал в управление в халате?

Марк разрешил князю привести себя в порядок, отправив за ним двух полицейских. Его светлость вернулся через четверть часа, облаченный в черный костюм и белый плащ.

— А ты что, не собираешься отстаивать мои интересы? — спросил Сепет презрительно, проходя мимо адвоката.

— Боюсь, ваша светлость, вам придется подыскать для этого нового законника, — с легким поклоном ответил тот. — После ваших нелепых угроз я не могу более работать на вас, князь.

— Ну, ну, если думаешь, что я отправлюсь в тюрьму один, то ошибаешься, — ответил Юлиус Сепет. — Если меня прижмут, я не буду ничего утаивать, в том числе и то, как ты помогал мне избавиться... Ты сам знаешь, что я имею в виду!

Адвокат скорчил непонимающую физиономию и с достоинством заявил:

— Нет, я не знаю, что вы имеете в виду, князь! Похоже, фамильное безумие дает о себе знать.

— Если ты больше не мой адвокат, то убирайся из замка! — нанес последний удар князь и отдал распоряжение охранникам: — Вышвырните подлеца немедленно. А я скоро вернусь! — Затем его светлость снова повернулся к комиссару Золтарю и прошипел: — Что, добился своего? Учти, тебе придется расплатиться за нанесенное мне унижение! Ты уже чуть было не вылетел из полиции, а я сделаю так, что тебя наконец-то уволят!

— Князь, — чуть изменившимся тоном произнес Марк, — вы мне угрожаете? Ну, ну... Кстати, учтите, ваш вассал Густав поет, как канарейка. Сегодня, самое позднее — завтра вам будут предъявлены новые обвинения — попытка манипуляции правосудием, подкуп должностных лиц, уничтожение улик. На свободу вы выйдете не скоро. А также мне очень хотелось бы знать, кто из ваших людей наряжался в костюм вулкодлака и совершал убийства. Или это делали вы сами?

Князь, шумно втянув воздух, заявил:

— Требую адвоката!

— Ваш только что получил пинок под зад, — усмехнулся Марк и легонько подтолкнул князя в спину. — Ну что ж, дамский угодник, прошу на выход. Вас ждет уютная тюремная камера и вкусный ужин!

Князя посадили в одну из машин, и полицейский кортеж отправился в Вильер. Когда они подъехали к управлению, Стелла увидела толпу разъяренных граждан, натиск которых едва сдерживали стражи порядка.

— Убийца, убийца, убийца! — доносилось со всех сторон. — Ты убил моего сына! И нашу Вандочку! Смерть бешеному псу!

Марк подошел к автомобилю, в котором сидел Юлиус Сепет, отворил дверцу и сказал смертельно бледному князю:

— Это они вас имеют в виду, князь. Сдается мне, что проект по обустройству в Вильере суперотеля окончательно приказал долго жить. Ваши инвесторы снова отказались, и на сей раз бесповоротно?

Князь вылез из автомобиля. Стелла заметила, что руки у его светлости трясутся (от страха или чрезмерного увлечения спиртным?), а на лице застыла глуповатая мина. Жители Вильера, завидев князя, начали свистеть, улюлюкать и выкрикивать непристойности.

— Вы хотели, чтобы вас обожали и боготворили в городке, а добились обратного, — беря князя за локоть, сказал Марк. — Вас ненавидят и презирают, князь. Приходится платить за старые грехи!

Князя повели к управлению. Сепет понуро опустил голову. Внезапно около него оказался бездомный Павлушка.

— Уберите его, — поморщился Марк.

Но Павлушка, повалившись на колени перед князем, взвыл:

— Хозяин, не покидайте меня! Как же я буду без вас! Не уходите, умоляю!

— Отстань, идиот! — крикнул князь и ударил Павлушку ногой.

Бездомный откатился в сторону, в его руке матово блеснул металл пистолета — и прогремело четыре выстрела.

Полицейские, растерявшись, отреагировали с опозданием. Они скрутили Павлушку, на асфальт упал небольшой пистолет. Князь Сепет удивленно произнес:

— Он, кажется, попал в меня...

С этими словами его светлость повалился навзничь. На белом плаще расплылись четыре кровавых пятна. Выстрелы возымели магическое воздействие на собравшихся горожан. Они прорвали полицейское окружение и ринулись к истекающему кровью князю. Мужчины пинали его ногами, женщины колошматили сумками и зонтиками.

— Поделом тебе, убийца! Вот он, вулкодлак! Ах ты, мерзкий оборотень! Убил моего Марцела... И нашего Дениса...

Полицейских, пытавшихся противостоять толпе, смяли. Марк затащил Стеллу в управление и захлопнул тяжелую дверь. Доктор Конвей видела через окно, как разбушевавшиеся горожане избивают князя Сепета.

— Мы должны что-то сделать, иначе они убьют его! — воскликнула Стелла. — Он и так тяжело ранен!

— Боюсь, у его светлости изначально не было шансов выжить, — пожал плечами Золтарь... Четыре выстрела с близкого расстояния... м-мда...

И все же Марк, вытащив пистолет, вышел на крыльцо и выстрелил два раза в темное небо. Всеобщая истерика прекратилась. Горожане с испугом посмотрели на комиссара.

— Приказываю всем немедленно разойтись! — крикнул Марк. — Отойдите от князя Сепета! Полиция, где стрелявший? Арестовать и в камеру!

Вильерцы нехотя расступились. Доктор Конвей, выйдя из здания управления, приблизилась к князю Сепету, лежавшему в луже крови. Белый плащ стал серым, лицо было покрыто кровоподтеками и ссадинами. Стелла склонилась над князем и, нащупав пульс, закричала:

— Вызывайте медиков! Ему требуется срочная госпитализация!

Но князь Сепет скончался еще до появления «Скорой помощи». Прибывшие врачи констатировали смерть, последовавшую от большой кровопотери и тяжелых ранений.

Стелла была потрясена случившимся.

— Неужели ты отпустишь людей, убивших князя? — спросила она у Марка, наблюдая за тем, как горожане, превратившись из обуреваемых жаждой мщения безумцев в пугливых мужчин и женщин, расходились, стараясь не смотреть друг на друга.

— Что нам даст массовый арест? — спросил Марк. — Только усугубит ситуацию, и без того тяжелую. Они были готовы устроить в городе погром. Князя не оживить, и убили его не они, а Павлушка.

— Почему он решился на это? — спросила доктор Конвей. — Ты заметил, что он назвал князя «хозяином»? А ведь Павлушка уверен, что его хозяин — вулкодлак.

Марк с минуту размышлял.

— У Павлушки не было оружия. Я уверен, что кто-то использовал несчастного бездомного, у которого мозги набекрень, в своих целях, — велел ему убить князя и вручил пистолет.

Павлушку заперли в камере, однако он впал в ступор и не реагировал ни на какие вопросы. Марк развел руками:

— Не могу же я применять к нему силу... Тем более что сейчас это ничего не даст. Нам требуется время — старик придет в себя, и я попытаюсь с ним поговорить.

Комиссар предложил отвезти доктора Конвей к себе домой, чтобы она могла отдохнуть, но Стелла отрицательно замотала головой:

— Я побуду вместе с тобой в управлении.

Она не хотела признаваться Марку, что боится оставаться в доме одна. Марк выделил ей одну из комнат, где стоял старенький диван, собственноручно застелил его и, поцеловав Стеллу, сказал:

— Тебе требуется отдохнуть, прошедшие ночь и день были полны ужасных событий.

НИЧЕГО НЕ ГОВОРИ!

Стелла попыталась заснуть, но у нее не получалось. Поворочавшись с боку на бок, она поднялась, подбила одеяло так, чтобы создавалась иллюзия — кто-то лежит на диване, накрывшись с головой, и вышла в коридор. В управлении было всего несколько полицейских, заступивших на ночную смену. Марк сидел в своем кабинете, и Стелла не стала тревожить комиссара. Она спустилась в подвал, чтобы посмотреть, чем занимается Павлушка. Не исключено, подумала доктор Конвей, что он уже пришел в себя, и тогда она сможет побеседовать с ним.

Дежурный полицейский, положив голову на письменный стол, громко храпел. Так-то он охранял вверенных его попечению арестованных!

К удивлению, камера, в которой сидел Павлушка, оказалась открытой. Стелла осторожно заглянула в нее и увидела Павлушку, в позе эмбриона лежавшего на кровати, а подле него — Йозека, склонившегося над стариком. До Стеллы долетели слова молодого человека:

— Ты меня понял? Я же вижу, что ты притворяешься! Никому ничего не говори, и все будет в порядке!

— Йозек, что ты здесь делаешь? — спросила Стелла.

Юноша буквально подскочил от неожиданности и обернулся. Доктор Конвей заметила испуганный взгляд и трясущийся подбородок.

— Я... я... я хотел посмотреть на Павлушку... Мне показалось, что он позвал кого-то... — промямлил Йозек, но таким фальшивым тоном, что Стелла сразу поняла: парень лжет.

— А где ты взял ключи от камеры? — поинтересовалась Стелла. — Насколько мне известно, они находятся или у Марка... я хотела сказать, у комиссара Золтаря, или у дежурного.

Ее взгляд переместился на храпящего дежурного и уперся в приоткрытый железный ящичек на стене за спиной полицейского. Там хранились ключи от камер. Значит, Йозек попросту воспользовался тем, что дежурный заснул, и стащил ключ.

— Доктор, прошу вас, вы же с комиссаром так хорошо друг друга понимаете! — взмолился Йозек. — Не говорите ему, что я открывал камеру, а то у меня будут большие неприятности!

Стелла спросила его в упор:

— Что именно не должен никому говорить Павлушка?

Юноша дернулся и с деланым удивлением протянул:

— О чем вы, доктор?

— Я же слышала, как ты внушал ему: «Никому ничего не говори, и все будет в порядке». Что ты имел в виду, Йозек?

Йозек облизнул губы.

— Доктор, вы все не так поняли! Я на самом деле, наоборот, пытался склонить Павлушку к даче показаний! Вот я ему и сказал: «Неужели ты думаешь, что твоя тактика — «никому ничего не говори, и все будет в порядке», возымеет успех?» Вы услышали только часть фразы и превратно ее истолковали! Понимаю, это мальчишество, но мне так хотелось отличиться. Представляете, как было бы здорово, если бы Павлушка сообщил мне имя того, кто дал ему поручение застрелить князя.

— Откуда ты знаешь, что кто-то дал поручение застрелить князя? — спросила доктор Конвей.

Йозек хищно улыбнулся.

— Но ведь об этом все управление говорит! Комиссар уверен, что Павлушка выполнял чью-то злую волю.

Йозек вышел из камеры и запер ее.

— Ну так как, доктор, не заложите меня шефу? — спросил он.

Стелла заметила на лбу у молодого человека капельки пота. В подвале полицейского участка было прохладно, так отчего же он потеет? Ответ один — от страха! Стелла вплотную приблизилась к юноше.

— Йозек, я вижу, что ты меня обманываешь.

— Я — вас обманываю? — голос парня дрогнул. — Клянусь вам, доктор, все было именно так, как я вам сказал! Старик мне ничего не сказал, а я так надеялся получить от него показания... — Лицо Йозека озарила добрая улыбка. — Вы сомневаетесь в моих словах? — вздохнул он тяжко и покачал головой. — Ах, доктор, какая же вы недоверчивая! И как мне вас убедить, что я говорю правду? Хотите, мы вместе пойдем к шефу, и он нас рассудит. Вот увидите, Марк мне поверит!

— Неплохая мысль, — сказала Стелла. — Кстати, мне тоже пришла в голову интересная мысль: Павлушка может многое рассказать, если подвергнуть его сеансу гипноза. И я предложу Марку безотлагательно сделать это. Думаю, кто-то использует несчастного в своих грязных целях, а Павлушка просто не в состоянии рассказать что-либо. Но я, думаю, сумею выудить ответ из его подсознания. Тогда мы и узнаем правду!

— Гипноз? И Павлушка все расскажет? Даже то, что забыл или пытается забыть? Действительно блестящая мысль, доктор. Так чего мы ждем? Пойдемте к Марку. Ах, доктор, доктор...

Они миновали храпящего дежурного и оказались на темной лестнице, ведущей на первый этаж.

— Свет, увы, включить нельзя, — услышала Стелла тихий голос Йозека. — Здесь лампочка давно перегорела, но в бюджете управления денег нет, чтобы новую купить. Осторожнее, доктор, ступеньки!

Йозек шел позади Стеллы. Доктор Конвей почувствовала, как на ее правой руке и шее сомкнулись железные пальцы. Она попыталась вырваться, но не получилось. Возле ее уха раздался свистящий шепот Йозека:

— Доктор, не следовало вам лезть в чужие дела! Никакого сеанса гипноза не будет!

И вслед за тем что-то тяжелое обрушилось на голову доктора Стеллы Конвей.

* * *

Убедившись в том, что Стелла потеряла сознание, Йозек выволок ее из темного коридорчика и положил на пол. Но ведь без чувств она долго не пробудет... Юноша вытащил из железного шкафчика ключ от пустой камеры в самом конце коридора, открыл ее, оттащил туда доктора Конвей. Уложил ее под кровать, предварительно связав руки и ноги разорванной простыней и замотав рот.

— Вы слишком много хотели знать, доктор, — укоризненно произнес молодой человек и закрыл камеру. Ключ он положил к себе в карман и, вернувшись к ящичку, поменял другие ключи местами. Затем Йозек посмотрел на часы. Было семь минут второго ночи.

Воровато оглянувшись и прислушавшись, снова вошел в камеру, в которой находился Павлушка. Бездомный, завидев Йозека, забормотал:

— Хозяин пришел, хозяин пришел!

— Что я тебе говорил, старый идиот? — сказал Йозек, приближаясь к старику. — Ты должен молчать! Я-то думал, что могу на тебя надеяться...

— Я буду молчать, — захныкал Павлушка. — Хозяин, пощадите меня!

Но Йозек, схватив подушку, прижал ее к лицу бездомного. Павлушка недолго сопротивлялся. Секунд через пятнадцать его руки повисли как плети. Отбросив подушку от посиневшего лица Павлушки, Йозек деловито приложил палец к сонной артерии бедняги. Пульс не прощупывался. Молодой человек уложил Павлушку лицом к стенке и накрыл одеялом — теперь любой заглянувший в камеру подумал бы, что тот мирно спит, — юноша закрыл камеру и поднялся наверх. В коридоре ему встретился комиссар Золтарь.

— Ты еще здесь? — спросил он с удивлением. — Тебе давно пора быть дома!

— Решил набраться опыта работы в ночную смену, — весело ответил Йозек. — Но вы правы, шеф, матушка меня наверняка заждалась!

Пожелав комиссару спокойной ночи, Йозек натянул куртку и вышел на улицу. Задрав голову, юноша несколько секунд изучал звездное небо. Затем его взгляд переместился на замок Сепетов — и странная улыбка тронула губы парня. Йозек знал, что в его распоряжении не так уж много времени — через несколько часов, утром хватятся исчезнувшей Стеллы Конвей и обнаружат, что Павлушка мертв. Надо спешить...

Юноша задержался лишь на секунду около решетки водостока: швырнул в канализацию два ключа — один от камеры, где находилась Стелла, другой — от камеры, в которой лежал убитый им бездомный Павлушка.

— Больше в Вильере делать нечего, — сказал Йозек сам себе и, натянув капюшон, размашистым шагом направился к пансиону матушки Гертруды.

МАТЬ И СЫН

Попрощавшись с Йозеком, комиссар Золтарь заглянул в комнату и убедился в том, что Стелла спит, накрывшись с головой одеялом. Потом спустился в подвал, где застал одного из сотрудников громко храпящим. Растолкал его. Дежурный, протерев глаза, вскочил:

— Шеф, больше не повторится! Я всего на минутку задремал! Все под контролем и в полном порядке!

Марк заглянул через «глазок» в камеру к Павлушке — тот, вытянувшись и повернувшись к стене лицом, спал.

— Если старик пожелает дать показания, оповести меня немедленно, — сказал комиссар и удалился. Дежурный, зевнув, несколько минут безуспешно боролся с сонливостью, а затем, удобно положив голову на локти, снова захрапел.

Комиссар Золтарь поднялся к себе в кабинет. На столе он обнаружил только что доставленный отчет из лаборатории. Эксперты обнаружили на пистолете, из которого был застрелен князь Сепет, стертый номер и сумели его восстановить. Оружие принадлежало некоему Альберту Дорну. Марк схватил трубку и связался с лабораторией.

— Вам удалось выяснить, кто такой Альберт Дорн и где он проживает? — спросил он.

Эксперт ответил:

— Установить удалось не так уж много. Господин Дорн скончался двенадцать лет назад.

— Значит, он не может быть организатором убийства, — произнес задумчиво комиссар. — А родственники у него имеются?

— Как раз занимаемся выяснением этого, — сообщил эксперт. — Дорн был полицейским. Странно, что после его смерти оружие так и осталось в семье. У него были жена и сын, вернее, пасынок.

— Где они сейчас? — задал вопрос Марк.

— Жили несколько лет назад в Экаресте, однако уехали оттуда в неизвестном направлении. Пытаемся их найти, но на это может понадобиться время.

— Как, говорите, фамилия вдовы и сына? — произнес рутинно Марк. — Тоже Дорн?

Эксперт порылся в бумагах и доложил:

— Нет, дамочка вышла за Альберта Дорна замуж, однако не сменила девичью фамилию на его. Занятно, что и ее ребенок, законно усыновленный Дорном, тоже сохранил прежнюю, материнскую, фамилию. Где-то тут она была указана, сейчас найду...

Марк подумал, что, даже разыскав вдову полицейского и его пасынка, они вряд ли сумеют выйти на след организатора убийства. В том, что Павлушка совершил преступление по заказу, нет сомнений. И комиссара очень интересовал тот, кто за всем этим стоял. И главное — почему? Что же касается вдовы, то она, видимо, не вернула табельное оружие мужа, а затем продала. Или ее сынок продал. Такое случается. А в итоге пистолет попал в руки убийцы. Проследить всю цепочку вряд ли реально.

— Ах, вот она, та бумага! — вырвал комиссара из раздумий голос эксперта. — Их фамилия Ковач.

— Ковач? — хмыкнул Марк. — Весьма распространенная фамилия. Одного из моих сотрудников тоже так зовут.

— Гертруда Ковач и ее сын Йозеф, — продолжал между тем эксперт. — Последнему в то время не было и десяти, соответственно, сейчас ему под двадцать или около того. Куда мать с сыном уехали из Экареста, неизвестно, однако установить не так уж сложно. Свяжусь со службой регистрации и...

— Гертруда Ковач и ее сын Йозеф? — изменившимся тоном произнес Марк. — Вы уверены?

Эксперт, удивленный тем, что комиссар повысил голос, ответил:

— Да, тут так написано. Что-то не так, комиссар?

— Я знаю, куда они переехали! — воскликнул Золтарь. — В Вильер!

Швырнув трубку на рычаг, он поспешно поднялся и выбежал в коридор. В управлении было тихо. Марк подскочил к дежурному, смотревшему телевизор.

— Где Йозек?

— Шеф, вы же сами его домой отпустили! — ответил тот, зевая.

— Точно, — пробормотал Марк. — Собирай людей, мне нужны две группы захвата!

— А в чем дело, шеф? — удивился дежурный.

— И ничего не говори столичным гостям! — распорядился Марк. — Для них мы — провинциалы, которые ничего не понимают в криминологии. Обзвони всех наших, чтобы через пятнадцать минут были в управлении!

Слова комиссара возымели действие — через десять минут в управлении появились заспанные полицейские. Марк, собранный и решительный, объявил:

— Нам предстоит чрезвычайно важное и щепетильное

задание. Мне стало известно, что... что к убийству князя Сепета имеет отношение Йозек...

— Наш Йозек? — ахнул кто-то. — Да что вы, комиссар! Вы ошибаетесь, шеф! Йозек предан полиции душой и телом! И зачем ему подстрекать бродягу к убийству князя?

— Да, наш Йозек, — мрачно кивнул Марк. — С какой целью он подбил Павлушку на убийство, нам и предстоит выяснить. Оружие, из которого сумасшедший бездомный застрелил его светлость, принадлежало отчиму Йозека, полицейскому.

— Да и Гертруда неплохо стреляет, — промолвил еще один служака.

— Что? — напрягся Марк. — Гертруда умеет стрелять?

— Да еще как! — ответил полицейский. — Лучше многих мужиков! У нее знатная коллекция оружия в подвале, она мне как-то показывала. Сказала, что от покойного мужа досталась. И вообще, она гром-баба. На охоту ходит, добычу собственноручно потрошит. Видели у нее на стенах в пансионе головы зверей? Так это она их сама завалила и освежевала. Ничего не боится — ни медведя, ни волка, ни лося!

Крылья носа Марка затрепетали, в глазах сверкнул холодный огонь.

— Это все усугубляет, — заговорил он медленно, словно прозревая. — У экспертов нет сомнения в том, что так называемый вулкодлак на самом деле — человек, нарядившийся в костюм чудовища. И он отлично знал окрестные леса, а также... разбирался в правилах охоты. Причем вел охоту не на зверей, а на человека! А ведь Гертруда когда-то была членом олимпийской команды по триатлону...

— Шеф! — произнес кто-то шепотом. — И вы думаете... что Гертруда... Она — сильная тетка, я видел, как она мешки весом в полцентнера свободно ворочала...

— Пока речь не идет о ее вине, рано, надо многое прояснить... Хотя нет, все сходится! — потрясенно покачал Марк головой. — Я пытался дозвониться до пансиона Гертруды, но безрезультатно. Никто не берет трубку. Это меня удивляет. Конечно, насколько мне известно, после убийства господина Готвальда постояльцы поспешно съехали, но сама-то она должна быть дома. И Йозек...

— Господи, но Йозек! — простонал пожилой полицейский. — Он же для всех нас сыном был, шеф! И вдруг такое!

— Если даже Гертруда... не исключаю, что Йозек понятия не имел... не имеет о том, что... что творит его мать, —

продолжал задумчиво рассуждать вслух комиссар. — Мы... Я машинально полагал, что если под маской вулкодлака скрывается человек, то непременно мужчина. Как же я ошибался! Не мужчина, а рослая и необычайной силы женщина! Да, именно женщина!

— Одним словом, матушка Гертруда! — воскликнуло сразу несколько полицейских.

Марк обвел взглядом подчиненных:

— Ну вот что, ребята. Столичные орлы превратят задержание Гертруды и Йозека в бойню. Мы же должны приложить все усилия, чтобы, во-первых, не пострадал ни один из нас, во-вторых, и Гертруда, и Йозек остались целы и невредимы. Что же толкнуло их на преступления?

— Свихнулась баба без мужика, — заметил кто-то цинично. — У нее ни супруга, ни любовника!

— Нет, дело здесь в чем-то ином, — поморщил лоб Марк. — Я пока что не понимаю всей подоплеки, посему и Гертруду, и нашего малыша Йозека надо брать живыми, силу применить только в экстренном случае. Мне потребуется десять добровольцев!

Сопровождать комиссара к пансиону вызвалось двадцать человек. Он отобрал из них половину и велел:

— По машинам! Я сейчас к вам присоединюсь. Не забудьте выключить сирены и мигалки, Гертруда и Йозек не должны ничего заподозрить.

Марк прошел в комнату, где спала доктор Конвей. Он решил не тревожить Стеллу, однако не удержался от того, чтобы поцеловать ее, спящую. Откинув край одеяла, комиссар остолбенел — Стеллы на диване не было!

Комиссар немедленно включил свет и обшарил всю комнату — доктор Конвей исчезла. Дежурный, которого Марк схватил за грудки, ничего не знал.

— Шеф, клянусь вам, я ее не видел! Доктор не выходила из управления!

— Наверняка тебя сморил сон, и ты ее не заметил! — прорычал Марк.

— Шеф, ничего подобного, я не смыкал глаз ни на секунду! — поклялся дежурный. — Доктор не могла уйти незаметно!

— Ее верхняя одежда осталась в управлении, — отпуская дежурного и приходя в себя, пробормотал Марк. — Значит, Стелла все еще здесь!

— Шеф, мы готовы! — доложил один из команды захвата.

Марк распорядился:

— Оставшиеся в управлении, переверните тут все

сверху донизу. Стелле может требоваться помощь... Черт! — Он хлопнул себя по лбу и прошептал: — Ну конечно, Йозек! Неужели он и его мамаша для какой-то цели похитили Стеллу? Но зачем? Они... неужели они хотят убить ее?

Комиссар в волнении выскочил на улицу.

Всю дорогу Марк сосредоточенно молчал, о чем-то напряженно думая. Когда машины подъехали к горе, на которой находился пансион, он велел:

— Заглушите моторы! Машины оставим здесь, а сами отправимся к пансиону пешком. Но не по дороге, а через лес. Дорога из пансиона отлично просматривается.

Полицейские, как тени, двинулись за Марком. Они вышли к зданию с тыльной стороны. Затаившись под деревьями, комиссар Золтарь оценил ситуацию. Автомобиль Гертруды стоял у крыльца, багажник был открыт. Дверь пансиона распахнулась, появился Йозек с чемоданом. Парнишка поспешно погрузил его в багажник и осмотрелся.

Под ногами одного из полицейских треснула ветка. Марк смерил бедолагу яростным взглядом. Йозек, быстро захлопнув багажник, воровато оглянулся и юркнул в дом.

— Разделимся на три группы, — приказал Марк. — Первая подходит к центральному входу и остается там, вторая огибает пансион с востока, третья — с запада. Я же проникну в дом с черного хода.

— Шеф, вам потребуется еще кто-нибудь... — возразил один из полицейских.

Марк ответил:

— У них Стелла, и я не допущу, чтобы с ее головы упал хотя бы волос. Пускай думают, что я пришел один. Действуйте исключительно осторожно!

Он выскользнул из леса и устремился к пансиону. Здание высилось темной громадой, только на последнем этаже светилась пара окон. Марк пробрался к черному ходу. Дверь оказалась запертой, но комиссар был готов к этому, и ему не составило труда бесшумно вскрыть замок. Полицейские к тому времени, повинуясь приказу Золтаря, заняли позицию около особняка.

Марк шагнул в темноту. Едва его нога опустилась на коврик, на первом этаже зажегся свет. Комиссар оцепенел. И как только он мог попасться в подобную ловушку! Наверняка под ковриком Гертруда установила простейший сенсор — стоит незваному гостю проникнуть в дом, как зажигаются лампы, предупреждая хозяев — готовьтесь к визиту!

На первом этаже царила тишина. Марк осторожно двинулся по коридору, заглянул на кухню и в столовую. Никого. Прислушавшись, комиссар уловил какие-то звуки. Они доносились из-за плотной железной двери, ведущей в подвал.

Комиссар потянул ее на себя. Дверь отчаянно заскрипела.

— Добрый вечер, комиссар! — услышал он голос позади себя и обернулся. Ухмыляющийся Йозек изо всех сил толкнул своего шефа, и тот кубарем полетел по лестнице куда-то вниз.

* * *

Марк пришел в себя и понял, что лежит на полу. Спина ныла, голова болела. Он попробовал подняться, но не смог — руки и ноги у него были связаны. Около него находились Йозек с пистолетом и Гертруда с двуствольным охотничьим ружьем.

— Пришли по нашу душу, комиссар? — спросила с издевкой Гертруда. — Только вас никто не приглашал!

— Где Стелла? — произнес, чувствуя на губах кровь, Марк. — Отпустите ее и возьмите в заложники меня!

Мать с сыном переглянулись, Гертруда ответила:

— Если будете вести себя, как прикажу я, комиссар, то девка останется жива. А если нет...

Женщина зловеще улыбнулась. Комиссар снова попробовал подняться на ноги. Безрезультатно.

— Успокой своего шефа, — велела Гертруда, и Йозек изо всей силы ударил Марка в живот ногой.

Комиссар задохнулся от резкой боли.

— Давненько я мечтал о подобном! — усмехнулся юноша. — Шеф, вам никто не говорил, что вы умеете ужасно действовать на нервы?

— Почему? — простонал Марк. — Зачем вы делаете это?

— Вам не понять! — заявила Гертруда и, прислушавшись к шуму наверху, сказала: — Ну, началось! Остолопы полицейские проникли в дом! Однако в подвале они нас живыми не возьмут. Дверь им ни за что не вскрыть, она запирается изнутри на три мощных засова.

— Где Стелла? — продолжил Марк. — Даю вам честное слово, что если вы отпустите ее, то я лично разрешу вам покинуть Вильер...

— Что, шеф, вы и в самом деле влюбились в докторшу? — спросил с наглой улыбкой Йозек. — Ну да, она — баба красивая, я бы тоже не отказался с ней поразвлечься!

Он снова ударил Марка. Гертруда, склонившись над комиссаром, злобно задышала ему в лицо:

— Мы были почти у цели! Я так и знала, что вы выйдете на наш след... Мальчишка не удержался и, вручив Павлушке пистолет, приказал убить его светлость. Я ведь когда-то работала медсестрой в психиатрической клинике, где содержался Павлушка. Старик проникся ко мне доверием — я прикармливала его. Но в еду и питье я добавляла галлюциногены. Бродяга потом на каждом углу твердил, что разговаривал с вулкодлаком, но на самом деле беседовал со мной и Йозеком. И еще он весьма натуралистично выл, что было нам только на руку, а он думал, что исполняет волю «хозяина». Старик сдвинулся по фазе и уверял даже, что видел в лесу вулкодлака, я и решила, что нам его россказни тоже на руку.

Взгляд Марка уперся в камею, украшавшую мощную шею Гертруды.

— Топор и замок! — пробормотал он. — Вот откуда старик взял мотив для своего рисунка! Он видел герб не у князя Юлиуса, а у вас!

Гертруда захохотала.

— Это — один из подарков Юлиуса. Он пытался откупиться от меня! Но мне нужна не пара побрякушек, а все, чем он обладает. Все! Юлиусу суждено было умереть, но по-другому: его должен был растерзать вулкодлак. Я лично хотела убить его, что доставило бы мне необыкновенное удовольствие. Но Йозека угораздило взять пистолет моего мужа! Потому-то, наверное, вы вышли так быстро на нас.

— Зачем вы спровоцировали убийство князя? И для чего вы совершали убийства под видом вулкодлака? — спросил Марк. И услышал странный ответ:

— Теперь, после смерти старого сатира, Йозек получит все!

В дверь подвала заколотили.

— Вы в ловушке, — заявил Марк. — Из подвала вам не выбраться.

— Неужели вы думаете, что я не предусмотрела такой поворот? — захохотала Гертруда. — Отсюда можно бежать по подземному ходу, он ведет в лес. Пока ваши придурки будут штурмовать подвал, мы исчезнем из Вильера. Машина, груженная багажом, что стоит перед домом, декорация. Нам с сыном хватит двух небольших сумок с самым необходимым. Документы на новые имена имеются, и этой же ночью мы пересечем границу, благо что до нее не так уж далеко.

— Но вначале, мама, убей его, — сказал капризно Йозек. — Чтобы всегда быть в курсе происходящего в полиции, я и заделался стажером. Как же я ненавидел работу «мусоров»!

Гертруда наставила на Марка ружье.

— Что ж... Настало время подыхать, комиссар!

— Где же Стелла? — воскликнул Золтарь. — Отпустите ее, ведь смерть доктора Конвей вам ничего не даст!

— Какой ты тупой, Марк! — покачал головой Йозек. — Стелла — в отделении, в одной из камер. Мама, стой! Я сам хочу расправиться с ним. Он мне столько нервов попортил!

Наверху полицейские безуспешно пытались высадить дверь подвала. Кто-то кричал:

— Сдавайтесь, у вас нет другого выхода! Иначе мы взорвем дверь!

— Ну и пусть взрывают, — усмехнулась Гертруда, услышав угрозу. — Там под полом — коробка динамита, если рванут дверь, то и сами взлетят на воздух со всем пансионом. Йозек, сынок, у нас мало времени. Пришей комиссара, и уходим!

Она передала ружье Йозеку. Юноша приблизил дуло к лицу Марку.

— Прощайте, шеф! Желаю вам без проблем добраться до ада...

И в это мгновение Марк ударил связанными руками по дулу. Йозек пошатнулся, ружье описало полукруг, грянул выстрел. Уши Марка заложило, подвал затянуло пороховой мглой.

— Мама! — услышал комиссар вопль Йозека. Молодой человек выронил ружье и бросился к Гертруде, оседавшей по стене на пол. — Мамочка, мамочка! Что с тобой?

Гертруда, прижимая к животу руки — сквозь пальцы сочилась кровь, — ласково ответила:

— Мальчик мой, маму задела пуля...

— Это все ты! — гневно завопил Йозек. Он подобрал ружье, наставил его на Марка и выстрелил. Раздался щелчок. Парень застыл в недоумении.

— Ты же выпустил все заряды в свою мамочку, — пояснил Марк.

Йозек, только что пылавший злобой, расплакался, превратившись из беспощадного убийцы в пугливого подростка.

— Йозек, ты должен уйти! — раздался слабеющий голос Гертруды. — Ты же знаешь... Все документы при тебе,

353

из-за границы, наняв адвокатов, ты можешь запустить в ход юридическую машину...

— Мамочка, ты должна пойти со мной! — хныкал Йозек. — Как же я буду без тебя, мамочка!

Гертруда зашептала:

— Быстрее, сынок, быстрее! А то идиоты-полицейские сейчас и правда взорвут дверь в подвал, и тогда сдетонирует взрывчатка...

— Я не оставлю тебя! — заголосил юноша, заливаясь слезами. — Мамочка — ты единственная, кто у меня есть на всем белом свете! Я не смогу без тебя!

— Сможешь! — тихо сказала Гертруда. — Я все равно когда-нибудь умерла бы, Йозечек...

— Но не сейчас! — вопил молодой человек. — Только не сейчас, мамочка! Не оставляй меня! Без тебя я не справлюсь! Я не смогу...

— Сможешь! — сказала Гертруда. — Я все предусмотрела, ты...

Она стихла. Йозек истерично завизжал, тормоша отключившуюся Гертруду, сидевшую в луже крови:

— Мамочка, мамочка, не умирай! Господи, что же делать?

— У тебя два пути, — подсказал Марк. — Или смыться через подземный ход и уйти за границу, но тогда я и твоя мамочка взлетим на воздух. Или открыть полицейским дверь — и тогда Гертруду спасут в больнице.

— Шеф, вы обещаете, что ее вылечат? — простонал Йозек. — Я не могу без нее, она для меня — все! Моя милая мамочка...

— Если не будешь терять времени, Гертруду спасут, — ответил комиссар как можно более твердо. Мальчишка должен поверить ему! Иначе взорвется динамит, и тогда им всем крышка.

Йозек ревел, уткнувшись в грудь Гертруды.

— Все в укрытие! — раздалась сверху команда. Марк понял: сейчас полицейские попытаются освободить дверь в подвал взрывом.

— Ну что же ты, Йозеф? — повернул к парню голову комиссар. — Твоей маме нужна помощь, а ты обрекаешь ее на смерть. Какой же ты после этого любящий сын!

Йозек, пуская нюни, потянул рычаг на стене, сверху раздался скрежет.

— Не взрывать! — завопил что было сил Марк. — Под полом динамит, нас всех разнесет в клочья! Не взрывать!

— Шеф, вы в порядке? — послышались радостные крики. — А где террористы?

Взглянув на Йозека, обнимавшего завалившуюся на бок Гертруду, Марк крикнул:

— Можете спускаться!

Ногой комиссар отшвырнул пистолет, выроненный Йозеком, но юноша ни на что не реагировал. Он, гладя Гертруду по бледному лицу, как в трансе, приговаривал:

— Мамочка, все будет хорошо... Все будет хорошо, мамочка!

ВСЕ РАЗЪЯСНЯЕТСЯ

Следующий день выдался солнечным и теплым. Доктора Стеллу Конвей, живую и невредимую, отыскали в камере. Нашли и убитого Йозеком Павлушку. Под руководством комиссара Золтаря в пансионе Гертруды был произведен обыск, и на чердаке обнаружилась амуниция вулкодлака — костюм, покрытый шерстью, волчья маскашлем со стеклянными глазами, в которых были спрятаны красные диоды, перчатки в виде медвежьих лап с длинными и острыми металлическими когтями.

Столичная команда хотела подключиться к расследованию, но под нажимом Марка экарестцы вынуждены были отступить. Гертруду, впавшую в кому, поместили в больницу, а Йозека заперли в камере.

— Только что раскололся адвокат его светлости покойного князя, — доложил Марку и Стелле, пившим в кабинете шефа полиции кофе, один из сотрудников. — Он валит всю вину на Сепета...

— А как же иначе? Я и не думал, что будет по-другому, — хохотнул Марк, пребывавший в прекрасном расположении духа. — И что удалось установить?

— Два убийства совершены не Гертрудой и Йозеком, — отрапортовал полицейский. — Девица Грета и ее брат Модест, пытавшиеся ограбить виллу ювелира, были лишены жизни по приказу его светлости двумя его головорезами. Тех ребят мы уже допрашиваем, и один, которому прокурор пообещал вместо пожизненного двадцать лет, «запел».

— Но ведь Юлиус больше всего хотел, чтобы монстр исчез, тогда бы он заключил наконец свою «сделку века». Но ведь для чего-то князю понадобилось имитировать нападение вулкодлака? — спросила Стелла.

Марк пояснил:

— Вспомни, когда были убиты двое воришек. В ту ночь, когда мы... — Он смутился. — Когда мы были в ресторане, а затем отправились ко мне домой. Наш поход в ресторан Сепет устроил исключительно для того, чтобы журналист Ушлый сделал наши фотографии и разместил их в своем листке.

Марк нахмурил брови и продолжил:

— Но наши изображения не имели бы большого резонанса, а князю требовалось избавиться от меня. Вот он и решил: если показать народу, что начальник полиции в момент совершения нового убийства занимается... чем-то... гм... далеким от исполнения прямых обязанностей, то все бросятся на меня и затопчут. Так в итоге и вышло. И князь организовал не только наш ужин в ресторане, который плавно перетек в... иные действия, но и убийство.

— Теперь я понимаю! — воскликнула, содрогнувшись, Стелла. — Дабы дискредитировать тебя, Марк, его светлость, убедившись, что мы попались в его ловушку, приказал своим башибузукам совершить убийство покровавее и поужаснее, выдав его за нападение вулкодлака.

— Адвокат так все и рассказал, — подтвердил полицейский.

— Но до какой степени нужно быть безжалостным и сумасшедшим, чтобы отдать распоряжение убить ни в чем не повинных людей ради... ради смены шефа полиции! — потрясенно охнула доктор Конвей.

— Князь Сепет знал: как только из Экареста придут результаты экспертизы ДНК, ему крышка, — пояснил Марк. — Подкупить меня он не мог, убить — было опасно, оставалось добиться отстранения от дел. А в результате спровоцированного скандала, для которого его люди инсценировали убийство, выдав их за злодейства вулкодлака, а подкупленный Ушлый нащелкал снимков, я оказался в опале, и мое место занял Густав, являвшийся марионеткой его светлости, что князю и требовалось.

Стелла, отхлебнув кофе из чашечки, спросила:

— С покойным князем все более или менее понятно, его целью было спасти собственную шкуру, отвертевшись от изнасилования горничной, устранить ненавистного шефа полиции и убедить американских инвесторов подписать «договор века». Но ради чего убивали Гертруда и Йозек? Почему они решили воплотить в реальность сказку о вулкодлаке?

На столе у комиссара зазвонил телефон. Золтарь выслушал донесение.

— Ясно. Спасибо. Можешь покинуть пост, — кратко сказал он в трубку. А завершив разговор, посмотрел на Стеллу и сообщил: — Звонил мой сотрудник из больницы. Гертруда, не приходя в сознание, скончалась пять минут назад. — Потом помолчал и добавил: — Не думаю, что Гертруда, которая была опасной сумасшедшей, и Йозек, превращенный ею в послушное орудие, совершали убийства из одной только жажды крови. Здесь что-то иное!

Марк взял в руки документы, обнаруженные в подвале пансиона. Просмотрел их, вздохнул:

— Ничего занимательного! Думаю, пришло время спросить самого Йозека.

Они спустились в подвал и зашли в камеру, где содержался молодой человек. Увидев их, Йозек встрепенулся и как-то по-детски попросил:

— Шеф, пустите меня к маме!

Стелле стало невыносимо жаль парня. Ненормальная Гертруда использовала его в своих целях, убедив, что убивать — правильно, необходимо.

— Доктор Конвей, я хочу быть с мамочкой! — простонал Йозек. — Прошу вас, помогите мне! Я не хотел причинить вам вред! Вы мне симпатичны, доктор! Поэтому я вас и не убил! Шеф, ну пожалуйста...

— Я тебе больше не шеф, — отрезал Марк. — Я разрешу тебе повидаться с мамочкой, но вначале ты мне все расскажешь!

— Вы не обманываете? — воскликнул радостно Йозек. — Шеф, скажите мне...

Марк перебил его:

— Не смей называть меня шефом, Йозеф! Итак, выкладывай все начистоту. Зачем вы приехали в Вильер и для чего ты подговорил Павлушку убить князя Сепета?

— Мамочка сказала, что князя рано или поздно придется устранить, — промолвил Йозек. — Мы так долго выжидали, готовились, радовались той жизни, что ждет нас впереди...

Марк тряхнул юношу за худые плечи и потребовал:

— Не тяни! Зачем?

— Князь Юлиус Сепет... моя мамочка... они... — Уставившись в пол, Йозек забормотал: — Они... В общем, мамочка была когда-то горничной в отеле, где остановился князь, много лет назад, когда приезжал в Герцословакию. Она провела с князем ночь, Сепет уехал и никогда больше не интересовался судьбой мамочки. Так на свет появился я.

— Твой отец — князь Сепет! — произнес, задыхаясь, комиссар Золтарь.

— Он подарил мне жизнь, но князь был тварью, которую надо было безжалостно убить! — заявил Йозек. — Мамочка вышла замуж за Альберта, очень нехорошего человека. Когда отчим умер...

357

— Мамочка постаралась? — спросил Марк.

Йозек втянул голову в плечи, но тут же вскинулся:

— Не трогайте мамочку! Это я сделал! Альберт поднимал на нее руку, и однажды... Она так плакала, когда он ее избил... Отчим, напившись, спал, и тогда я взял топор... Мамочка сказала, что так нужно!

— Боже, Гертруда подбила на убийство собственного ребенка! — вырвалось у Стеллы. — Теперь я понимаю реакцию князя на крестик, который мне подарила Гертруда: он узнал его! А я-то думала, что он, как наследник вулкодлака, боится святого предмета!

— Мамочка ни на что меня не подбивала, доктор! — возразил Йозек. — Я сам сделал это. Сделал, потому что люблю ее! И после смерти Альберта мы... Мамочка решила, что должен поплатиться и князь Сепет. А кроме того, у князя не было детей, и если бы удалось доказать, что я — его наследник, то мне бы досталось все его состояние.

— Только вначале князю требовалось умереть, — заключил зловеще Марк. — Все ясно, Йозеф!

Марк вышел из камеры, увлекая за собой доктора Конвей. Йозек бросился за ними, крича:

— Вы обещали, что я увижу мамочку! Шеф, так нечестно!

— Увидишь, — закрывая дверь, жестко произнес Марк. — Сегодня вечером. В морге. Забыл тебе сообщить, что Гертруда умерла.

— Нет! — завизжал Йозек. — Вы врете! Мамочка не могла умереть!

Упав на пол камеры, юноша забился в истерике.

— Зря ты так, Марк, — укорила Золтаря Стелла.

Комиссар холодно ответил:

— Он и его мамаша — убийцы. Жалеть их нельзя.

* * *

День быстро пролетел. Под вечер Стелла отправилась домой. Марк сказал, что приедет через пару часов.

Едва Стелла зашла в особняк, зазвонил телефон.

— Мальчишку только что нашли в камере... Он повесился, — сухо доложил Марк.

Итак, все закончилось, подумала Стелла. Йозек не выдержал вести о смерти любимой мамочки и свел счеты с жизнью. Доктор Конвей приняла душ и, изучив содержимое холодильника Марка, принялась готовить ужин. Жизнь и смерть, убедилась она, идут рука об руку. И Марк прав — каждый ответствен за свою судьбу и свои деяния.

Зазвонил телефон, но еще до того, как Стелла сняла

трубку, аппарат отчего-то стих. Через несколько секунд в дверь позвонили. Стелла взглянула на часы — вообще-то до времени возвращения Марка еще часа полтора. Или он решил сделать ей сюрприз?

Доктор Конвей открыла дверь, но никого не увидела. Она вышла на крыльцо, осмотрелась. Шутки подростков?

Она вернулась в дом, взялась за ручку, чтобы закрыть дверь... Створка внезапно отлетела. Кто-то ввалился в коридор и швырнул Стеллу на пол. Доктор Конвей ощутила запах земли, гари и немытого тела. Мускулистые руки сжали ей горло. Над ней возвышался Вацлав Черт.

— Добрый вечер, милая моя, — прошептал он. — Не дергайся, я пришел по твою душу не с того света. Я этот не покидал! Все думают, что я спикировал на автомобиле в пропасть и сгорел в ней, но я успел выскочить еще до того, как машина рухнула вниз. Знаешь, для чего мне понадобилась инсценировка собственной гибели? Чтобы получить возможность довести начатое до завершения — убить тебя, Стелла!

С этими словами Черт надавил на сонную артерию доктора Конвей, и Стелла моментально потеряла сознание.

СОБАКЕ СОБАЧЬЯ СМЕРТЬ!

Комиссар Марк Золтарь распекал подчиненных.

— Как вы могли допустить, чтобы мальчишка повесился! — отчитывал он дежурного. — Ты в камеру заглядывал?

— Шеф, — пытался оправдаться тот, — Йозек сначала бился в истерике, затем стих. Я посмотрел — он лежал на кровати и вроде спал...

— И ты решил, что будешь читать газету, а не регулярно проверять, чем он занимается в камере! — грохотал Марк. Полицейский виновато посмотрел на него. — Получишь выговор. Ты халатно отнесся к своим обязанностям.

Марк вернулся в кабинет и позвонил Стелле, кратко оповестив ее о случившемся. Ну что ж, подумал комиссар, в сущности, этого и следовало ожидать. Полицейский не особо виноват в случившемся. Да и вообще для всех самоубийство Йозека — наилучший выход.

Комиссар разбирал бумаги, когда в кабинет влетел полицейский.

— Шеф, там такое! — выдохнул он.

— Что случилось? — вскочил с места Марк.

— Эксперты только что распилили сгоревший автомобиль Черта. Там никого нет!

359

— Что значит «там никого нет»? — спросил, холодея, Марк.

— Черта там не обнаружили! — выкрикнул полицейский. — Тела нет ни в машине, ни на месте ее падения в пропасть! Эксперты говорят, что наверняка он под покровом ночи выпрыгнул из автомобиля еще до того, как...

Марк схватил трубку телефона и набрал собственный домашний номер. Если Черт жив, терзала его мысль, то он не замедлит навестить Стеллу. Она в смертельной опасности!

— Ну возьми же трубку, Стелла! — буквально простонал Марк. Один долгий гудок, второй, третий... Затем связь оборвалась. Марк набрал номер еще раз, но ответом ему была тишина. Вытащив из сейфа пистолет, Марк выбежал из кабинета.

— Немедленно все полицейские машины — к моему дому! — велел он. — Черт напал на доктора Конвей!

Не дожидаясь, пока полицейские отреагируют на его команду, комиссар Золтарь покинул управление и прыгнул в машину. Он едва не переехал одного из коллег, который в последний момент, с перекошенным от страха лицом, отскочил от ревущего автомобиля.

Он должен спасти Стеллу! Он должен ее спасти! Он обязан ее спасти, ведь иначе...

Марк подъехал к своему дому, бросил машину и взбежал на крыльцо. Осторожно открыл входную дверь и прошел в коридор. В глаза бросились следы борьбы — разбитая ваза, раскиданные вещи и пятна крови. Кровь! Неужели... Марк сжал в руке пистолет. Он убьет маньяка!

На первом этаже никого не было. Значит, они наверху...

Комиссар увидел приоткрытую дверь спальни и заметил движение. Набрав в грудь воздуха, растворил дверь. И увидел Стеллу — без движения, окровавленную, лежавшую на софе. Марк бросился к ней. В ту же секунду в доме погас свет.

— Стелла, прошу тебя, ответь! — Золтарь прикоснулся к ее руке. Ответа не последовало.

В темноте послышался шорох. Марк понял: звук идет со стороны ванной комнаты.

— Черт, я знаю, что ты здесь, — с ледяным спокойствием произнес Марк. — У тебя имеется уникальная возможность сдаться.

Убийца не ответил. Шорох повторился. Марк выстрелил три раза. И услышал крик, сменившийся протяжным стоном. Ногой распахнул дверь ванной — на полу, скорчившись, лежал Черт. Из-под его тела по кафелю расплывалась темная лужа.

Комиссар бросился назад к Стелле. Он все попытался нащупать ее пульс, но не мог. Мысль, что она умерла, пугала его. Нет, Стелла не может умереть!

Марк бережно подхватил Стеллу на руки. До его слуха донеслись завывания полицейских машин. Наконец-то прибыло подкрепление.

— Все будет хорошо, — прошептал Марк, направляясь к двери. — Ты будешь жить!

— Вы в этом уверены, комиссар? — раздался позади насмешливый голос.

Марк замер, стоя спиной к ванной комнате. Пистолет он оставил на постели, в руках у него была Стелла.

— Я уже однажды разыграл свою смерть, так что мне не составило труда сделать это еще раз. Думаете, ваши пули угодили в меня? Как бы не так, комиссар! — Тон Вацлава Черта был полон ехидства. Бутылка красного вина из ваших запасов, театральная поза на полу — и вы решили, что пристрелили меня! Легко же вас обвести вокруг пальца. Не двигаться, Золтарь!

Марк замер. Стелла тихо застонала.

— О, наша красавица пришла в себя?

— Что... что вы с ней сделали? — спросил Марк, лихорадочно пытаясь сообразить, что же ему предпринять.

— Пока только немного поиграл, — усмехнулся Черт. — Комиссар, как же вы неосторожно обращаетесь с оружием! У меня в руках ваш пистолет! Если сделаете неловкое движение, я засажу вам пулю в спину.

Снизу донеслись возбужденные голоса полицейских. Черт выругался:

— Вы притащили с собой «хвост», Золтарь?

— Даже если вы и убьете меня, вам отсюда живым не уйти, — ответил Марк.

Черт насмешливо сказал:

— Думаю, мне удастся обмануть и ваших подчиненных. И знаете, каким образом?

Раздались легкие шаги, и на Марка обрушился удар чудовищной силы. Комиссар, пошатнувшись, осел на пол. Вацлав Черт не стал терять времени...

Две минуты спустя он уже в форме комиссара, прижимая к себе Стеллу, вышел в коридор.

— Не стрелять! — произнес он громким шепотом. — Это я, Золтарь!

Он спустился по лестнице, где его ожидало несколько полицейских.

— Шеф, с вами все в порядке? — спросили они в унисон.

— Стелла ранена, — прошипел Черт. Темнота надежно скрывала его лицо. — Маньяка я убил, так что можете не беспокоиться. Загнал ему три пули в башку. Дорогу!

Он спустился с крыльца и подошел к одному из автомобилей. Уложил Стеллу на заднее сиденье и заявил:

— Я еду со Стеллой в больницу!

— Шеф... — обратился к нему один из полицейских, но Черт уже уселся за руль и дал газу.

Получилось, получилось, получилось! Он решил покинуть Вильер. Стелла находится в его руках, и он наконец-то прикончит ее!

* * *

— Странно, комиссар свернул в противоположную от больницы сторону, — заметил полицейский.

Его коллеги в доме, услышав на втором этаже шум, приготовили оружие.

— Черт, сдавайся! — крикнул один из них. Сверху донесся голос:

— Я не Черт, я — Марк Золтарь!

— Не пытайся заморочить нам голову! — донеслось в ответ. — Думаешь, при помощи такого дешевого трюка обведешь нас вокруг пальца?

Прогремело несколько выстрелов.

— Всех уволю! — закричал Марк Золтарь. — Вы что, не узнаете мой голос? Это я, ваш шеф!

— И точно — шеф! Его голос! — воскликнули полицейские. — Но, шеф, вы ведь только что...

По лестнице спустился Марк Золтарь в нижнем белье.

— Где он? — набросился комиссар на подчиненных. — Вы дали ему уйти?

— Вы... то есть он... отбыл с доктором Конвей в больницу!

Марк вырвал у полицейского пистолет и выбежал на улицу.

— Куда они поехали? — спросил он.

— Шеф, у вас весь затылок в крови, вам требуется медицинская помощь... — начал один из подчиненных, но Марк, не слушая его, проревел:

— В какую сторону они поехали?

Полицейский рукой указал направление. Марк подбежал к машине, вытащил из-за руля одного из коллег и крикнул:

— Передать на все посты, чтобы никого не выпускали из Вильера!

Комиссар помчался вслед за Чертом. Голова немилосердно трещала, кровь струилась по шее, но Марк думал об одном — Стелла находится в руках умалишенного. Возможно, что она уже... Он не допустит этого! А если Черт все же успел убить ее?

С постов доложили, что ни одна полицейская машина не покидала Вильер. Черт как в воду канул. Внезапно в машине Марка ожила рация. Он услышал голос Вацлава.

— Золтарь, ты оклемался? — спросил он.

Марк, схватив рацию, закричал:

— Отпусти Стеллу! Обещаю: тебе дозволено будет покинуть город...

— Думаешь, я тебе поверю? — ответил с усмешкой маньяк. — Как бы не так! Ты врешь, полицай!

— Что ты с ней сделал? — завопил Марк.

Черт довольно расхохотался в ответ:

— Сейчас ты и твои никчемные коллеги можете услышать репортаж о смерти доктора Конвей в прямом эфире. Итак, я останавливаю машину, беру нож, что прихватил у тебя на кухне...

Марк в бессильной злобе выругался. Черт убивает Стеллу, а он ничего не может поделать!

Раздался писк мобильного телефона, лежавшего на соседнем сиденье. Золтарь схватил его.

— Шеф! — задыхаясь, выпалил один из полицейских. — Мы его засекли! Он около замка!

Марк развернул машину и помчался к замку Сепетов.

— Вот я склоняюсь над ней... — шелестел из рации голос Черта. — Она все еще без сознания. Как она красива, комиссар! Она — самая красивая из всех моих жертв. Какая нежная кожа...

Марк, выжимая из машины максимальную скорость, несся по дороге. Только бы успеть, успеть, успеть! Если он не сумеет спасти Стеллу, то...

Путь к замку казался ему нескончаемо долгим.

— Я всаживаю в нее нож! Один раз! Два раза! Три раза! — лилось из полицейской рации.

Марк, завидев автомобиль около подъемного моста, резко затормозил и бросился к нему. Дверца заднего сиденья была распахнута. Стелла, в груди которой зияло несколько ран, лежала, беспомощно раскинув руки. Марк взвыл.

Он услышал визг тормозов и увидел, как автомобиль, на котором он приехал, сорвался с места. Черт снова обхитрил его! Комиссар прицелился и выстрелил. Машина заюлила, а затем перевернулась.

Марк бросился к месту аварии и увидел Черта, пытавшегося вылезти из покореженного автомобиля.

— Комиссар, я сдаюсь! — закричал убийца.

Марк, наведя на него пистолет, без сожаления спустил курок. Собаке собачья смерть!

Раздался холостой щелчок. Черт, покинувший уже кабину, расхохотался:

— Что, Золтарь, патроны закончились? Такое бывает!

Марк ринулся на Черта. В руке у убийцы сверкнул нож. Вацлав ощерился:

— Я убил ее, Золтарь. Уж поверь моему славному опыту, я ее прирезал! Стелла сдохла! А теперь я убью тебя! И пускай меня схватят твои холуи! Я сделаю то, что задумал!

Марк ударил его по руке, в которой был зажат нож, но выбить его не получилось. Черт с хохотом бросился на Марка. Завязалась ожесточенная борьба. Перед глазами у Марка все расплывалось — давал о себе знать удар, нанесенный ему Чертом по голове. Убийца полоснул Марка по плечу и, пользуясь секундным замешательством комиссара, всадил ему нож в низ живота.

Черт снова занес нож, чтобы воткнуть его поверженному Марку в грудь, но рядом послышались завывания сирен — к мосту подлетели полицейские автомобили.

— Не двигаться! — прогремели голоса.

Черт захохотал и ударил Марка ножом в солнечное сплетение. Комиссар ощутил страшную боль, и в этот момент прогремело несколько выстрелов. Черт завизжал и выронил нож.

— Моя рука! — разнесся его истеричный голос. Черт подскочил и бросился бежать к машине, где находилась Стелла.

Марк, приподняв голову, с трудом произнес:

— Не стрелять! Приказываю прекратить огонь!

К нему подлетел полицейский.

— Шеф, врачи уже на пути к замку. Главное — продержитесь!

Марк, схватившись о плечо полицейского, поднялся на ноги. Он чувствовал, как пульсирует, струится по его телу кровь, перед глазами все расплывалось.

— Оружие! — слабым голосом потребовал Марк.

Полицейский заикнулся было:

— Шеф, вы ранены, причем серьезно, не лучше ли подождать медиков...

Но Марк вырвал из его руки пистолет и, шатаясь, направился за Чертом. Тот уже находился за рулем автомобиля.

— Брось оружие, Золтарь, иначе я спикирую с доктором Конвей в пропасть! У меня в этом уже имеется опыт. О, а Стелла, оказывается, еще жива! Я ее не убил! Сознаюсь, комиссар, я к этому и не стремился! Она, как и я, погибнет в огне! И ты до конца дней своих будешь мучиться, представляя, как она сгорела заживо по твоей вине!

Машина взвыла, Марк выпустил пистолет. Прочие полицейские, подбежавшие к нему, наставили на машину оружие.

— Стрелять только по колесам! Там же Стелла! — выдохнул Марк.

Но было поздно. Машина находилась уже в ста пятидесяти метрах от пропасти. Марк видел, как автомобиль, неуклюже вильнув, полетел к ее краю. По горам прокатился безумный хохот Вацлава Черта:

— Я умею летать, комиссар! Тебе меня не поймать! Я, как птица, умею...

Автомобиль, сорвавшись с обрыва, камнем полетел вниз. Через пять секунд, показавшихся Марку пятью часами, раздался взрыв и полыхнуло пламя. Кто-то из полицейских проронил:

— На этот раз он был за рулем.

А на заднем сиденье находилась Стелла. Марк рухнул в грязь. Черт прав — он до конца жизни будет винить себя в том, что не сумел спасти ее.

* * *

— Господи, эта тварь снова умудрилась выпрыгнуть из машины! — заорал кто-то. Марк приподнял голову. — Вон он, смотрите, шевелится на дороге! Стреляйте в него, ребята!

— Марк! — раздался слабый стон, и комиссар мгновенно узнал голос Стеллы. Золтарь рывком поднялся и схватил за руку полицейского, который навел пистолет на темную фигуру, копошившуюся на дороге метрах в двадцати от них.

— Отставить! Не стрелять! — чувствуя прилив неведомых сил, закричал подчиненным комиссар.

Забыв о боли, Марк подбежал к Стелле, протягивавшей к нему руки. Это она, перемазанная кровью и грязью, лежала на дороге. Марк склонился над ней, поцеловал в лоб и прошептал:

365

— Я думал... Я думал, что ты была в машине...

— Пока мы ехали, Черт, думая, что я без сознания, рассуждал сам с собой, излагая план, — слабо ответила Стелла. — Так я узнала, что он хочет направить машину с собой и со мной в пропасть. Поэтому, когда вы боролись... я выползла с заднего сиденья...

Стелла смолкла, и Марк увидел, что она потеряла сознание. Он не имеет права потерять ее сейчас, когда все позади!

Завывая, к мосту подъехали три машины «Скорой помощи».

— Шеф, вот и врачи, они осмотрят вас... — кинулся к Золтарю кто-то из полицейских.

Марк, оттолкнув его, нес на руках к медикам доктора Стеллу Конвей.

ИСТИНА ГДЕ-ТО РЯДОМ

Заслышав звонок, Стелла вздрогнула. На мгновение ей показалось, что возвращается старый кошмар. Нет, все давно прошло, ей нечего бояться!

Она распахнула дверь и увидела молодого человека в форменной желтой куртке и черной кепке.

— Служба срочной доставки «Пегас», — сказал он. — Пакет для господина Марка Золтаря.

— Марка нет дома, однако я ему передам, — ответила доктор Конвей. Она расписалась и получила большой запечатанный пакет.

* * *

С момента кошмарных событий прошло полгода.

Стелле, которой Черт нанес пять ранений, неслыханно повезло — войдя в раж, маньяк наградил ее только поверхностными ударами, не повредив ни одного жизненно важного органа. Марку повезло меньше — ему пришлось провести в больнице почти шесть недель.

На дне пропасти полиция обнаружила сгоревший автомобиль и обугленные человеческие останки. Генетическая экспертиза установила, что они принадлежат Вацлаву Черту — Кровавый Дьявол наконец-то отправился к своему рогатому хозяину.

Кончина Черта, а также завершение «дела вулкодлака» вызвали небывалый общественный резонанс, десятки журналистов атаковали Вильер, но спустя пару недель всеобщая истерия улеглась, и репортеры отбыли восвояси. Жизнь в Вильере, прерванная цепочкой зловещих убийств, которые совершали Гертруда и Йозек, пошла своим чередом.

Комиссар Золтарь получил благодарность от начальства и новое звание, сделался местным героем. Его и Стеллу пригласили в Экарест, где им вручил награды лично президент Герцословакии Гремислав Гремиславович Бунич, назвав в своем выступлении «смелыми гражданами, рисковавшими собственными жизнями на благо Отчизны».

Как по мановению волшебной палочки, о прежних скандалах, связанных с именем Стеллы и Марка, забыли. Доктор Конвей была полностью реабилитирована. Более того — ей предложили возглавить отдел по расследованию серийных убийств, осиротевший после гибели Теодора Готвальда. Но Стелла благоразумно отказалась.

Они с Марком поженились в первый день нового года. Слякотная погода сменилась роскошным снегопадом. Марк, как и Стелла, ушел в отпуск, и они целую неделю не покидали его дом, ненасытно любя друг друга.

Стелла работала в Экаресте, на выходные приезжая в Вильер. Она знала, что Марк прикипел душой к маленькому городку, окруженному горами и лесами, а работа в качестве шефа полиции много для него значит. Поэтому когда в середине марта он сказал, что принял решение уйти со службы, Стелла была поражена.

— Во мне в Вильере видят не просто героя, а прямо-таки какого-то небожителя. Я же всего-навсего — простой смертный, — сказал он. — Да и ты, я вижу, тяготишься постоянными поездками в столицу и обратно. Мне поступило недурственное предложение из Экареста. Думаю, мне стоит принять его!

Жизнь в Вильере нормализовалась, но Стелла чувствовала страх, который все еще жил в сердцах горожан. За границей объявился новый наследник покойного князя Сепета, еще один незаконный ребенок его светлости, предъявивший права на замок и многомиллионное, хоть и несколько расстроенное, состояние князя. По слухам, он намеревался, как и его родитель, продать семейное гнездо, тем более что шумиха в средствах массовой информации подстегнула всеобщий интерес к вильерскому замку, а благополучное разрешение «дела вулкодлака» значительно повысило стоимость владения. Теперь не требовалось искать инвесторов, они сами стояли в очереди, желая заполучить замок Сепетов, чтобы превратить его в шикарный отель.

И это, как понимала Стелла, угнетало Марка. У него были непростые отношения с представителями княжеского семейства, и, по-видимому, появление нового Сепета повлияло на его решение покинуть Вильер.

* * *

Стелла положила пакет для Марка на стол и посмотрела на часы. Золтарь скоро вернется домой — супруги намеревались отпраздновать шесть месяцев семейной жизни в «Синем слоне». А через два дня они уедут в Экарест. Большая часть вещей Марка уже переправлена в столицу, где снята уютная четырехкомнатная квартира: новый достаточно высокий пост Марка в министерстве внутренних дел позволит жить, не заботясь особо о деньгах. Марк получил также предложение начать политическую карьеру, и Стелла была рада за мужа: он, по его собственным словам, наконец-то получил то, к чему стремился. Марк, как узнала Стелла, не был обделен честолюбием.

Доктор Конвей почувствовала себя в роли любопытной девчонки. В пакете, доставленном на имя Марка из Экареста, наверняка находятся документы о новом назначении. Он пока отделывался общими словами о своей новой работе в министерстве, говорил, что это будет административная должность. Но Стелла подозревала, что талантам ее супруга нашлось лучшее применение — наверняка он войдет в одну из команд по поимке маньяков. Она не удивится, если Марк займет кресло, которое предлагалось ей — начальника отдела по расследованию серийных убийств.

Стелла, сгорая от любопытства, пододвинула к себе пакет. Может, Марк не будет сердиться на нее за то, что она одним глазком посмотрит на его бумаги? Отбросив сомнения совести, Стелла схватила ножницы и вскрыла пакет. Так и есть, документы, скрепленные подписями и печатями. Доктор Конвей вчиталась...

* * *

Часы пробили шесть вечера. С последним ударом дверь раскрылась, и на пороге возник улыбающийся комиссар Золтарь. В руках у него был роскошный букет белых роз.

— Стелла, дорогая моя женушка, я, как и обещал, вернулся ровно в шесть, — произнес он. — В конце концов пора моему заместителю входить в курс дела и принимать дела. Столик в «Синем слоне» заказан на восемь. У нас уйма времени, чтобы переодеться, а также...

Марк замер. Он увидел Стеллу, со странным выражением лица сидевшую за круглым столом. В руках она держала один из документов.

— О, пришли бумаги из столицы? — весело спросил Марк, подходя к Стелле и целуя ее. Он протянул доктору Конвей розы. — Для тебя! Что, пакет из министерства?

— Нет, не из министерства, — промолвила Стелла, и бумага вылетела у нее из пальцев.

Марк поднял спланировавший на пол документ и прошептал:

— Господи, эти остолопы...

— Пакет от твоего адвоката, — сказала Стелла.

Марк отшвырнул розы и схватил другие бумаги, разложенные на столе.

— Кто позволил тебе вскрыть пакет, доставленный на мое имя? — завопил он.

Стелла отпрянула — она ни разу не видела мужа в такой ярости. Впрочем, выясняется, что она многого о нем не знала...

Марк бросил документы обратно на стол, оперся на него руками и исподлобья взглянул на Стеллу. В его взгляде смешались страх, любовь и гнев.

— Я думала, что пришло твое назначение из Экареста, — вымолвила Стелла. — Но я ошиблась...

Марк, отдышавшись, спокойно (но спокойствие было обманчивым, Стелла видела, как дрожат его руки) спросил:

— Ты ведь не успела прочитать бумаги?

— Ты ждешь от меня честного ответа? — спросила в свою очередь Стелла. — Я знаю, что надо было бы сказать «нет». Но я скажу «да», Марк. У меня было достаточно времени, чтобы прочитать все, что содержалось в пакете.

ОН ЗДЕСЬ!

Марк прошелся по комнате, расшвыривая ногами розы.

— Почему ты не сказал мне об этом, Марк? — спросила Стелла. И тут она все поняла. Услышав ее тихий возглас, Марк повернулся к жене и процедил:

— О, я вижу, ты наконец-то догадалась!

Он подошел к Стелле, и она отшатнулась. Марк нежно произнес:

369

— Стелла, давай забудем обо всем. О, если бы болваны-адвокаты не прислали мне документы в Вильер! Я же велел отправить их на мое имя в управление! Там никто бы не посмел вскрыть предназначенный мне пакет!

— Значит, это правда? — упавшим голосом произнесла Стелла. Она надеялась, что Марк будет все отрицать, что все окажется дурным сном, что...

— Да, правда! — ответил нависший над ней Марк. — Я — сын князя Сепета. Тот самый наследник, что предъявил права на замок и состояние его светлости. Все думают, что наследник находится за границей, а на самом деле такую иллюзию создают мои адвокаты. Ведь никто не должен знать... не должен был знать, что наследник — я!

Стелла всмотрелась в потемневшее лицо Марка.

— Ты хочешь знать, как давно мне известно, что Сепет — мой папаша? — спросил тот насмешливо. — О, с самого детства! Моя матушка была той самой девушкой, которая бесследно исчезла и про которую думали, что она убита по приказу князя. А на самом деле она бежала, скрываясь от всех. Матушка имела представление, на что способен Сепет!

— И она воспитала тебя в ненависти к отцу, — прошептала потрясенная Стелла. — Как же я сразу не догадалась! Все думали, что той беременной горничной была Гертруда, но на самом деле было две женщины — Гертруда двадцать лет назад и твоя мать тридцать с лишним.

— Именно так! — кивнул Золтарь. — Потому что князь Сепет был ничтожным, подлым, гадким червяком, которой волей судеб оказался обладателем огромного состояния! Я же, его сын, жил в бедности. Матушка вышла замуж, я получил фамилию отчима, который усыновил меня. А затем они погибли... — Марк замолчал ненадолго, а потом воскликнул: — Стелла, прошу тебя, давай забудем о прошлом! То, что было, никого теперь не интересует! Я люблю тебя, я готов отдать ради тебя жизнь! Так для чего же все разрушать?

— Ты ошибаешься, утверждая, что прошлое никого не интересует, — сказала Стелла. — Марк, я хочу знать все! Абсолютно все! Ведь это ты...

Золтарь ударил Стеллу по лицу.

— Не смей так говорить! — закричал он. — Ты хочешь все знать? Но тогда ты не оставляешь мне выбора, Стелла! Да, я знал, что имею право на состояние Сепетов. И я хотел получить его любой ценой. Я сумел добиться назначения в Вильер, город моих предков. Я знал, что замок на горе — мой, и только мой! Как же я ненавидел князя Сепета, своего отца! Но замок и все его деньги я мог бы получить только после его смерти. И вдруг он надумал продать замок...

— И ты решил действовать, — проронила, перебив своего мужа, Стелла.

— Я должен был помешать ему! — воскликнул Марк, и в его глазах загорелось безумие. — Слышишь, Стелла, я был обязан помешать ему! Он не имел права продавать мой замок! Ты понимаешь? Мой!

— Тогда тебе пришла в голову гениальная идея — пробудить к жизни вулкодлака, — содрогаясь, сказала Стелла. — Тогда бы инвесторы, напуганные страшными убийствами, отказались от покупки замка...

— Вулкодлак — один из Сепетов, — Марк не дал ей договорить. — Вулкодлак — мой предок. Ты сочтешь меня безумным, но вулкодлак существует! Я слышу его по ночам! Голос из тьмы, особенно в полнолуние... Я знаю, что он живет в чащобе. И я, сын Сепета, имел право...

— Имел право? — ужаснулась Стелла. — Марк, ты тяжело болен! Ты, нарядившись в этот ужасный костюм, убивал людей? Ты...

— А что мне оставалось делать? — заявил Золтарь. — Безучастно наблюдать за тем, как мой папаша продает замок и спускает мои деньги? Страх должен был вернуться в Вильер! И я стал вулкодлаком. Я продал душу дьяволу, но взамен получил несметное богатство. И тебя, Стелла! И тебя! А мой трюк с летучими мышами... Впечатляюще вышло, правда? Тварей я заранее поймал, а потом выпустил во время приема, что усилило панику...

Стелле сделалось жутко.

— Я хотел убить и князя, но Гертруда и Йозек опередили меня. Кто бы мог подумать — этот прыщавый мальчишка был моим единокровным братом! Он и его маманя тоже положили глаз на замок и деньги Сепета.

— И поэтому им пришлось умереть? — спросила Стелла.

Марк замотал головой:

— Гертруду застрелил ее любимый сыночек, правда, не без моей помощи, а потом Йозек повесился в камере, что было для меня подарком небес. Вообще-то я уже подумывал о том, чтобы инсценировать суицид, но сопляк сам, не выдержав и двух часов без мамочки, покончил с собой. Мне даже не пришлось марать об него руки! Затем мне, комиссару полиции, не составило труда подбросить в дом Ковачей кое-какие «улики» — запасной костюм вулкодлака и прочую ерунду.

371

— Марк, неужели бы ты... ты убил бы собственного брата? — в ужасе всплеснула руками Стелла.

Золтарь приблизился к Стелле.

— Скажу даже больше, дорогая, — прошептал он. — Ради замка и миллионов Сепетов я способен убить не только брата, но и... но и...

Стелла вскочила со стула. Марк бросился к ней, его руки сомкнулись на ее горле. Стелла увидела на глазах мужа слезы.

— Горничная... ты тогда не тронул ее и позволил ей сбежать, потому что знал, что ее изнасиловал князь Юлиус, — проронила доктор Конвей. — И ты хотел отправить его в тюрьму! Господи, Марк, ты... ты как Жевадонский Зверь... Как оборотень... Как вулкодлак...

— Ты права, дорогая! Отец... князь Сепет... Я хотел, чтобы он сгнил в тюрьме! Поэтому и подстроил смерть охранника на приеме, но папаша опередил меня и уничтожил улики.

Доктор Конвей содрогнулась. Боже, ее муж — безумец!

— Я же люблю тебя, Стелла, — продолжал Марк, с трудом подавляя рыдания, — но ты... ты не оставляешь мне иного выбора. Я знаю, что ты не сможешь понять меня, не сможешь простить. О, если бы ты могла! Мы бы зажили счастливо и богато! Мои адвокаты почти добились признания меня единственным наследником всего состояния Сепета. А это — многие миллионы! Ни мы, ни наши дети не нуждались бы ни в чем. Я так хочу... так хотел, чтобы ты подарила мне... маленьких Сепетов. О, Стелла!

И его руки сжали горло доктора Конвей.

* * *

В себя Стелла пришла в полицейском автомобиле. Она (на запястьях наручники, ноги связаны) находилась на заднем сиденье. Марк был за рулем.

— Куда мы едем? — задала вопрос Стелла.

— В лес, — последовал краткий ответ.

— Марк, ты же рисковал ради меня жизнью! — простонала Стелла. — А теперь хочешь... хочешь убить меня?

— Ты думаешь, мне легко это сделать? — спросил грозно Марк. — Я до конца жизни буду помнить тебя, Стелла! Но ты после всего случившегося не захочешь подарить мне наследника, а он нужен мне. Обещаю, что тебе не будет больно!

Машина остановилась. Марк, выйдя из салона, раскрыл дверцы и вытащил Стеллу. Они находились на дороге, с обеих сторон которой вздымался лес.

— У меня затекли ноги, — пролепетала Стелла. — Прошу тебя...

Марк, склоняясь перед Стеллой, произнес:

— Только без глупостей, дорогая. Иначе мне придется применить силу, а я так не хочу этого!

— Как ты намерен объяснить мое исчезновение? — спросила доктор Конвей.

Марк, распутывая ей ноги, ответил:

— Что-нибудь придумаю, я же полицейский. Заподозрить меня никому не придет в голову. Я закопаю тебя в лесу...

Стелла ударила Марка ногой в лицо. Золтарь, застонав, повалился на спину. Стелла побежала. Мелькали деревья, хрустели сучья. Она услышала дикий крик мужа:

— Стелла, не забывай, у меня оружие!

Он выстрелил, и Стелла, как подкошенная, упала на прелую листву. Она увидела кусочек черного неба, усыпанного звездами, и желтую луну, горевшую, как большой фонарь в мертвецкой.

Она была в лесу. Один на один с Марком. С мужем. С убийцей. С вулкодлаком.

Марк подошел к ней.

— Дорогая, я же просил тебя не делать глупостей. Вот видишь, к чему это привело? Я прострелил тебе ногу. Мне очень жаль...

Комиссар Золтарь навалился на Стеллу. Она ощутила его жаркие губы. Стелле сделалось противно.

— Стелла, я люблю тебя! — давясь слезами, шептал Марк. — Но ты же понимаешь, я не могу иначе! Я — Сепет! Я должен...

Его руки легли ей на шею. Марк впился поцелуем в рот Стеллы, и доктор Конвей чувствовала, как он зубами рвал ее губы, а его пальцы все сильнее и сильнее сжимали горло. В ушах у Стеллы зазвенело, она закрыла глаза, не в состоянии вздохнуть. Будто тысячи тонких иголочек пронзили легкие. Стелла слышала слова любви, которые шептал Марк, и знала, что через несколько секунд все будет кончено — он убьет ее!

Вой — страшный, цепенящий, злобный — разнесся над лесом. Марк встрепенулся и отпустил Стеллу. Доктор Конвей судорожно закашлялась.

— Волки! — сказал он. — Чертовы волки!

И Золтарь... нет, Сепет, достойный потомок князя Вулка Сепета... снова вцепился в шею Стеллы. Доктор Кон-

Внезапно все изменилось — Марк ослабил хватку. Стелла, в полузабытьи лежавшая на земле, была так слаба, что не могла открыть глаза. Она услышала приглушенный вопль Марка:

— Волки, здесь волки! Они окружили нас!

Раздались беспорядочные выстрелы. Вой внезапно стих. Марк кричал:

— Чур меня! Господи, он здесь! Он здесь! Он здесь!!!

До Стеллы доносились треск веток и шумное сопение кого-то огромного, тяжелого. Она ощутила животный запах, к ее лицу что-то прикоснулось.

— Он здесь! — орал Марк.

Доктор Конвей, превозмогая смертельную дрему, подняла веки.

Мелькнуло нечто черное и косматое. Она заметила сияющие рубины — чьи-то гигантские глаза. Что-то опустилось на нее (то ли когтистая лапа, то ли ветка), и последнее, что слышала Стелла, был дикий вопль Марка:

— Пощади меня, о вулкодлак!

ПОЧЕМУ БЫ И НЕТ?

В замковой капелле было прохладно, несмотря на июльскую жару: градусник в тени показывал тридцать два градуса. Стелла повела плечами. «Профессор Вассерман», он же Пшемысл Бодян, заметил:

— Что, и вы почувствовали? То ли сквозняк, то ли призрак прошел рядом! Ведь сколько людей в замке и около него смерть нашли! Но сквозняк для вас, моя дорогая, сейчас намного опаснее!

Лжепрофессор подошел к пустому саркофагу князя Вулка Сепета и благоговейно произнес:

— Ваша светлость, вы уж не серчайте, но мы потревожим вас еще раз. И алмазик-то на сей раз придется отдать!

* * *

Той апрельской ночью Стеллу обнаружили путники, чье внимание привлекла полицейская машина, брошенная на лесной дороге. Они сообщили в управление, и туда выслали наряд.

Доктор Конвей плохо помнила, что произошло с ней в

лесу после появления волков. И были ли это волки? Или нечто иное? Она помнила лишь движущиеся тени, шум сосен и дикий, потусторонний вой, словно идущий из преисподней...

Марка обнаружили неподалеку — растерзанным в клочья. Как сказали бывалые охотники, он стал жертвой диких зверей. Каких именно — никто не хотел уточнять. Стелле пришлось провести в больнице неделю, раны на теле затянулись, а вот в душе... Она честно рассказала о том, что Марк пытался ее убить. Там же, в больнице, она узнала, что беременна. В подвале дома комиссара Золтаря (так желавшего стать князем Сепетом!), в том самом доме, который Стелла уже считала своим и где она и Марк любили друг друга, обнаружилась мастерская, и в ней неопровержимые доказательства, в том числе и макет костюма вулкодлака, выполненного Марком по собственным эскизам, а также многое другое.

Стеллу в больнице посетили высокие столичные гости — министр внутренних дел, генеральный прокурор. Они убедили доктора Конвей согласиться с их доводами: было решено объявить смерть Марка ужасным несчастным случаем во время прогулки молодоженов по ночному лесу. О причастности комиссара Золтаря к «делу вулкодлака» решили забыть, оставив в силе официальную версию — убийства совершали Гертруда и Йозек. Правда все бы только усугубила...

Марка похоронили с государственными почестями, и Стелла, стоя около закрытого гроба, поверх которого лежало герцословацкое знамя, думала о том, что человек, желавший заполучить замок, человек, убивший ради этого так много людей, пытавшийся отправить и ее на тот свет, — законный ее муж, которого она — что поделать! — все еще любит.

В обмен на сокрытие правды Стелла получила то, чего так добивался Марк, — замок Сепетов и все капиталы покойного князя Юлиуса. Ведь Марк был его наследником, а Стелла — законной женой и будущей матерью его ребенка. Доктора Конвей просили не распространяться об этом: номинально она считалась руководителем фонда по охране замка.

Стелла вернулась в Экарест и попыталась уйти с головой в работу, но из этого ничего не получилось. Ее снова и снова тянуло в Вильер. И мучила мысль: если на Марка напали волки, то почему звери не тронули ее, окровавленную, лежавшую без сознания на земле? Как будто дикие твари получили чей-то приказ оставить ее в покое. Приказ того, кто был их хозяином и кто уничтожил Марка, дерзновенно совершавшего убийства под его именем.

Вулкодлак... Неужели он все-таки существует?

В начале лета доктора Конвей навестил «профессор Вассерман», давно выпущенный из заключения за отсутствием состава преступления. «Профессор» притащил с собой толстенную папку, полную старых документов.

— Стелла, я знаю, что вы теперь — хозяйка замка, — заявил он без обиняков. — И вообще-то княгиня. Хорошо, хорошо, меня не интересует, как погиб ваш муж и что случилось тогда на самом деле... Я знаю, где алмаз, и вы должны помочь мне найти его!

Да, да, Пшемысл Бодян никак не мог смириться с поражением и жаждал отыскать легендарный камень Сепетов. Компаньоны от него отвернулись, и он на свой страх и риск, тратя собственные деньги, объездил пол-Европы, роясь в архивах и библиотеках.

Поразмыслив, Стелла разрешила «профессору» заняться поисками алмаза в замке. Ей поступали выгодные предложения сбыть с рук фамильное гнездо Сепетов (на деньги, вырученные за него, она бы могла жить припеваючи до конца дней своих), но доктор Конвей отказалась. Странно: Сепеты пытались избавиться от замка, а она, в чьих жилах не текла княжеская кровь, решила не выставлять его на продажу.

* * *

Пшемысл залез в саркофаг и опустился на четвереньки, изучая плиты, которыми был вымощен его пол.

— Так я и предполагал, да, да... — бормотал «профессор».

«Вассермана» сопровождал племянник, специализировавшийся (так отозвался о нем дядька) на подделке финансовых документов. Но в общем и целом, как охарактеризовал его Пшемысл, молодой человек по имени Анджей был исполнительным, надежным и честным.

— Нож! — крикнул «профессор», и племянник протянул ему требуемый инструмент.

Пшемысл попытался засунуть лезвие между плит. Стелла услышала слабый треск. Одна плита подскочила, Пшемысл запустил руку в образовавшееся отверстие.

— Дядя, вы нашли алмаз? — спросил в волнении Анджей.

— Какой шустрый! — проворчал искатель княжеских сокровищ. — Ага, да здесь некое подобие рычага... Посмотрим, что же случится, если его повернуть...

Что-то заскрежетало, саркофаг вдруг сдвинулся с места, открывая подземный ход.

— Вот это да! — воскликнул профессор. — Стелла, вы видели? О том и велась речь в старинной хронике, найденной мною, — некий средневековый зодчий хвастался тем, что по приказу князя Сепета соорудил в капелле хитроумный механизм. Тому строителю, в отличие от других, повезло: князь вовремя умер, иначе бы наверняка приказал посадить его на кол или сварить заживо в масле. Алмаз в самом деле был все время в саркофаге. Вернее, под ним!

Пшемысл подошел к каменной лестнице, уводившей под землю.

— А вдруг это ловушка? — спросил Анджей. — Очередная уловка князя Вулка?

«Профессор» хитро посмотрел на него, а затем предложил:

— Стелла, вам как хозяйке замка надлежит первой спуститься туда. Прошу! — И он галантно протянул ей фонарик.

— Вы позволите мне сопровождать вас? — подскочил к доктору Конвей Анджей. — Когда мы найдем алмаз, дядя останется с носом — камень будет принадлежать нам!

— Как это? — взвился бородатый мошенник и первым полез в подземелье. — Камень наполовину мой, у нас такая договоренность с вами, Стелла, причем письменная!

Доктор Конвей с улыбкой на устах последовала за Анджеем и его энергичным дядькой. Спустившись вниз по покрытым толстенным налетом пыли ступенькам, они оказались в узком проходе. «Профессор», освещая стены фонариком, шел впереди. Через какое-то время он вдруг воскликнул:

— Господи! Смотрите! Ничего себе!

Глазам Стеллы открылась удивительная картина — ниша, доступ к которой был закрыт мощной металлической решеткой. Пшемысл посветил фонарем, и доктор Конвей увидела два скелета: один явно женский — в истлевшем платье, с длинными рыжими волосами, лежавший в гробу, а другой — на полу, вцепившийся руками в решетку. Второй скелет принадлежал мужчине — в лохмотьях можно было узнать камзол.

Решетка была заперта на три огромных висячих замка.

Распилить их удалось только под вечер. Когда наконец Анджей справился с ними при помощи специальной пилы, «профессор» первым вступил в крошечную комнатку.

Он припал к стенам, исписанным чем-то бурым и исцарапанным неровными буквами.

— Он кровью выводил слова! — изрек Пшемысл и указал на скелет возле решетки.

— Дядя, а кто он? И кто такая женщина в открытом гробу? — спросил Анджей.

— Женщина — предпоследняя жена князя Вулка Сепета, им же и убитая. А вот мужчина... Уверен, что мы наконец-то нашли место упокоения его светлости!

Стелла склонилась над мертвецом и взглянула на его гладкий череп.

— Загадка вулкодлака разгадана! — провозгласил «профессор». — Думаю, что последняя жена князя, которую историки подозревают в отравлении Сепета, уготовила мужу куда более ужасную участь. Она велела бросить его, возможно, находившегося под дурманящим воздействием каких-то трав, в это подземелье, где его заперли в клетушку рядом с разлагающимся трупом предыдущей супруги, родной сестры новой жены Вулка. Княгиня покарала супруга за смерть сестры — обрекла грозного Сепета на страшную смерть — в темноте, около мертвого тела, без воды и еды... Гм, не удивлюсь, если князь, сойдя с ума, заделался каннибалом! Интересно, сколько он провел в заточении, пока не умер? Неделю? Две? А то и весь месяц?

Доктор Конвей присмотрелась к стенам, на которых были начертаны богохульственные слова и отчаянные молитвы.

— Чтобы нацарапать что-то на базальте, князю потребовался необычайно твердый минерал, — заметила она.

«Профессор» хлопнул себя по лысине и завопил:

— Ну конечно! Он всегда носил с собой алмаз! По преданию, прятал его в сапоге! Сапоги, пусть и изгрызенные мышами, на скелете имеются, значит...

Он перевернул тело, и под ним что-то тускло сверкнуло. Стелла подняла большой камень кровавого цвета.

— Алмаз! — воскликнул радостно «профессор». — Стелла, вы умница! Вот он!

И Пшемысл, схватив драгоценность, поспешил выбраться из подземелья в капеллу. Стелла еще раз взглянула на останки князя Сепета: тот, как и Марк, сделался жертвой собственных необузданных страстей. Она реши-

Лес разбуженных снов

ла, что погребет князя и его супругу в капелле с подобающими их рангу почестями. Может, хоть так отблагодарит... вулкодлака за то, что он спас ей жизнь в лесу? Наверное, Монстр (если он существует!) не тронул ее по одной простой причине: почуял, что она носит под сердцем нового Сепета. А вот Марк, выполнивший функцию производителя, стал вулкодлаку не нужен. И, может быть, если через три месяца она подарит жизнь юному князю (которого наречет в честь преступного отца Марком), то он, вулкодлак, наконец-то обретет покой и не будет более искать новых жертв...

Стелла поднялась наверх. Пшемысл, рассматривая в лучах заходящего солнца огромный камень, переливающийся багрянцем, охал и ахал.

Племянник «профессора» Анджей кашлянул. Стелла взглянула на него. Молодой человек наконец произнес:

— Стелла, я давно хотел спросить вас... Как вы отнесетесь... Я хочу сказать... Ну...

Дядька, оторвавшись от созерцания алмаза, заявил:

— Когда приглашаешь даму на свидание, не мямли! Запомни, женщинам нужны рыцари, а не оруженосцы!

Анджей покраснел и выпалил:

— Стелла, вы не откажетесь сходить со мной в ресторан?

Доктор Конвей слегка улыбнулась. Анджей, безусловно, славный малый, но никаких чувств к нему она не испытывала. И, конечно же, на многое специалист по подделке финансовых документов рассчитывать не мог. Зато он напомнил ей: запираться по собственной воле в замке, блюдя вечный траур, нет смысла. У нее был муж, и у нее будет сын. И, возможно, когда-то будет еще один муж — но не маньяк, безумец и потомок вулкодлака, а вполне обычный, даже заурядный человек.

Стелла взглянула на Анджея и ответила:

— Почему бы и нет?

Литературно-художественное издание

Антон Леонтьев

ЛЕС РАЗБУЖЕННЫХ СНОВ

Ответственный редактор *О. Рубис*
Редактор *И. Шведова*
Художественный редактор *С. Груздев*
Технический редактор *О. Куликова*
Компьютерная верстка *Т. Жарикова*
Корректор *Н. Понкратова*

ООО «Издательство «Эксмо»
127299, Москва, ул. Клары Цеткин, д. 18/5. Тел. 411-68-86, 956-39-21.
Home page: www.eksmo.ru E-mail: info@eksmo.ru

Подписано в печать 16.04.2007.
Формат 84×108 $^1/_{32}$. Гарнитура «Таймс». Печать офсетная.
Бумага тип. Усл. печ. л. 20,16.
Тираж 14 100 экз. Заказ № 7402.

Отпечатано в полном соответствии
с качеством предоставленных диапозитивов
в ОАО «Можайский полиграфический комбинат».
143200, г. Можайск, ул. Мира, 93.

Оптовая торговля книгами «Эксмо»:
ООО «ТД «Эксмо». 142700, Московская обл., Ленинский р-н, г. Видное,
Белокаменное ш., д. 1, многоканальный тел. 411-50-74.
E-mail: **reception@eksmo-sale.ru**

*По вопросам приобретения книг «Эксмо» зарубежными оптовыми
покупателями* обращаться в отдел зарубежных продаж ООО «ТД «Эксмо»
E-mail: **foreignseller@eksmo-sale.ru**

International Sales:
For Foreign wholesale orders, please contact International Sales Department at
foreignseller@eksmo-sale.ru

По вопросам заказа книг «Эксмо» в специальном оформлении
обращаться в отдел корпоративных продаж ООО «ТД «Эксмо»
E-mail: **project@eksmo-sale.ru**

*Оптовая торговля бумажно-беловыми
и канцелярскими товарами для школы и офиса «Канц-Эксмо»:*
Компания «Канц-Эксмо»: 142702, Московская обл., Ленинский р-н, г. Видное-2,
Белокаменное ш., д. 1, а/я 5. Тел./факс +7 (495) 745-28-87 (многоканальный).
e-mail: **kanc@eksmo-sale.ru**, сайт: **www.kanc-eksmo.ru**

Полный ассортимент книг издательства «Эксмо» для оптовых покупателей:
В Санкт-Петербурге: ООО СЗКО, пр-т Обуховской Обороны, д. 84Е.
Тел. (812) 365-46-03/04.
В Нижнем Новгороде: ООО ТД «Эксмо НН», ул. Маршала Воронова, д. 3.
Тел. (8312) 72-36-70.
В Казани: ООО «НКП Казань», ул. Фрезерная, д. 5. Тел. (843) 570-40-45/46.
В Ростове-на-Дону: ООО «РДЦ-Ростов», пр. Стачки, 243А.
Тел. (863) 268-83-59/60.
В Самаре: ООО «РДЦ-Самара», пр-т Кирова, д. 75/1, литера «Е».
Тел. (846) 269-66-70.
В Екатеринбурге: ООО «РДЦ-Екатеринбург», ул. Прибалтийская, д. 24а.
Тел. (343) 378-49-45.
В Киеве: ООО ДЦ «Эксмо-Украина», ул. Луговая, д. 9.
Тел./факс: (044) 537-35-52.
Во Львове: ТП ООО ДЦ «Эксмо-Украина», ул. Бузкова, д. 2.
Тел./факс (032) 245-00-19.
В Симферополе: ООО «Эксмо-Крым» ул. Киевская, д. 153.
Тел./факс (0652) 22-90-03, 54-32-99.

Мелкооптовая торговля книгами «Эксмо» и канцтоварами «Канц-Эксмо»:
117192, Москва, Мичуринский пр-т, д. 12/1. Тел./факс: (495) 411-50-76.
127254, Москва, ул. Добролюбова, д. 2. Тел.: (495) 780-58-34.

Полный ассортимент продукции издательства «Эксмо»:
В Москве в сети магазинов «Новый книжный»:
Центральный магазин — Москва, Сухаревская пл., 12. Тел. 937-85-81.
Волгоградский пр-т, д. 78, тел. 177-22-11; ул. Братиславская, д. 12, тел. 346-99-95.
Информация о магазинах «Новый книжный» по тел. 780-58-81.
В Санкт-Петербурге в сети магазинов «Буквоед»:
«Магазин на Невском», д. 13. Тел. (812) 310-22-44.

*По вопросам размещения рекламы в книгах издательства «Эксмо»
обращаться в рекламный отдел. Тел. 411-68-74.*

ТАТЬЯНА
СТЕПАНОВА

Достоверность, психологизм и напряжение – три главных принципа, на которых строит свои детективы капитан милиции **ТАТЬЯНА СТЕПАНОВА**. Преступник хитер и неуловим, одна версия сменяет другую, эмоции – на пределе. А разгадка – всегда неожиданна...

Новые детективные истории!

ПОКЕТБУКИ:

«29 ОТРАВЛЕННЫХ ПРИНЦЕВ»

«ПРОЩАЙ, ВИЗАНТИЯ!»

«НА РАНДЕВУ С ТЕНЬЮ»

www.eksmo.ru

Анна Данилова

ДЕТЕКТИВ
ПО ФРЕЙДУ

«Детектив по Фрейду» – это не только классически изящный криминальный роман, но и вечный поединок страсти и рассудка, реальности и мечты, импульсивных эмоций и голого расчета.

СУДЬБЫ ГЕРОЕВ ВЕРШИТ МАСТЕР ПСИХОЛОГИЧЕСКОГО ДЕТЕКТИВА АННА ДАНИЛОВА!

www.eksmo.ru

СЕРИЯ "ДЕТЕКТИВ ВЫСШЕЙ ПРОБЫ"

Татьяна
Гармаш-Роффе

Открой звезду!

**Оригинальные романы
Татьяны Гармаш-Роффе для
тех кто любит разгадывать
психологические шарады!**

www.eksmo.ru

ДЕТЕКТИВ ВЫСШЕГО КАЧЕСТВА

В серии:
**"Мертвые воды Московского моря"
"Ангел-телохранитель", "Шантаж от Версаче"**